MUNDO 21

MUNDO 21

THIRD EDITION

FABIÁN A. SAMANIEGO
University of California, Davis, Emeritus

NELSON ROJAS
University of Nevada, Reno

MARICARMEN OHARA
Ventura College

FRANCISCO X. ALARCÓN
University of California, Davis

Houghton Mifflin Company Boston New York

Publisher: Rolando Hernández
Sponsoring Editor: Van Strength
Development Manager: Sharla Zwirek
Editorial Assistant: Erin Kern
Project Editor: Amy Johnson
Senior Production/Design Coordinator: Jodi O'Rourke
Manufacturing Manager: Florence Cadran
Senior Marketing Manager: Tina Crowley Desprez

Cover painting: *An Active Volcano in the Neighborhood,* © 1990 Lisa Houck, watercolor

For permission to use copyrighted materials, grateful acknowledgment is made to the copyright holders listed on pages 554–556, which are hereby considered an extension of this copyright page.

Printed in the U.S.A.

Library of Congress Control Number: 2002117266

Student Text ISBN: 0-618-27578-9
Instructor's Annotated Edition ISBN: 0-618-27579-7

123456789-DOW-07 06 05 04 03

Contenido

¡Bienvenidos a *Mundo 21*!

Mundo 21, Third Edition, offers a variety of challenging and stimulating features designed to increase the cultural competency and proficiency of the intermediate level, college Spanish language student. The text is unique in that it is designed to help you achieve a global understanding of the sociocultural and historic dimensions of the Spanish-speaking world and its cultures. The text blends cultural insights presented in the **Del pasado al presente** and **Cultura ¡en vivo!** sections with skill development activities that allow you to develop and enhance your communication skills. The themes and explanation of the organization of the book that follow convey the unique approach to the content-based, student-centered approach of **Mundo 21**.

Content-based Approach

Mundo 21's content-based approach provides you with a wealth of opportunities to interact with other students as you discuss the many cultural and literary readings in each unit. The text provides multiple levels of authentic input through culturally rich readings, literary readings, and a fully integrated text-specific video that features authentic footage from various regions of the Hispanic world.

Content Equals Culture

In ***Mundo 21*** you will acquire cultural competency as you improve your listening, speaking, reading, and writing skills. As you discover the twenty-one countries that comprise the Spanish-speaking world,* you gain insight not only into Hispanic cultures and civilizations, but achieve a more global understanding of the issues and challenges faced by the Spanish-speaking world today. The geographically organized text lessons describe people and events, initially in the context of the historical past, followed by new developments of the twentieth and twenty-first centuries.

Skill Development

You will acquire listening skills by using the text-specific video and CD-ROM as well as the audio CDs that accompany the workbook/laboratory manual. Speaking skills are enhanced in the many discussions, role plays, debates, and other activities that follow each reading. As a bridge between first-year language courses and third-year literature classes, ***Mundo 21*** makes a special effort to continue developing your reading skills with pre- and post-reading activities requiring the use of critical-thinking skills. Writing skills are developed using the process writing approach which trains you to plan and organize, write several drafts and get peer feedback, and give and receive editing feedback, all before doing a final draft. In addition, literary skills are developed as you work with basic concepts of literary analysis.

* This number includes the United States, now the fifth-largest Spanish-speaking country in the world. In addition to these countries, Spanish is also widely spoken in the Philippines and is the official language of Ecuatorial Guinea.

New to the Third Edition

- *The new edition has been reformatted into six units instead of eight.* The twenty-one Spanish speaking countries have been reorganized into six logical, geographical units: Hispanics in the U.S.; Spain, Mexico and the Caribbean; Central America; Bolivar's La Gran Colombia; the Andean region; and the Southern Cone.
- *The historical information in* **Del pasado al presente** *has been streamlined into two very manageable sections.* The **Unit opener** now presents the early history of the geographical region comprised of the three or four countries presented in each unit. This has eliminated repetition of the early history of each country in **Del pasado al presente** and has significantly shortened these readings.
- *The unit grammar has been consciously infused into every lesson.* The lesson grammar has been carefully woven into the **Mejoremos la comunicación** readings and the activities that follow, in particular the one labeled **Práctica**. The lesson grammar is also highlighted in the various readings (**Cultura ¡en vivo!, Del pasado al presente, Ventana al Mundo 21**) and specific suggestions for point-of-use work with these structures are given in the Instructor's Annotated Edition (I.A.E.). Sidebar notes clearly highlight to students when they should study a particular grammar point. In addition, a new grammar activity, **Repaso**, has been added at the end of the **Ventana al Mundo 21,** reading allowing for a systematic review of previously presented grammatical structures.
- *New lesson design allows students to move from shorter, easier readings to longer literary readings.* The various lesson components have been reorganized to allow students to go from the shorter readings: **Gente del Mundo 21, Cultura ¡en vivo!,** and **Mejoremos la comunicación,** to the longer, more thought-provoking readings: **Del pasado al presente** and **Y ahora, ¡a leer!.**
- *The Third Edition's overall cultural content has been updated and expanded.* New celebrities have been added to the **Gente del Mundo 21** section as well as to the lists of other outstanding personalities. The **Del pasado al presente** sections have been updated through the end of 2002. New and exciting cultural information has been added to the **Ventana al Mundo 21** and the **Cultura ¡en vivo!** sections, along with a greater focus on women in the Spanish-speaking world.
- *Video footage is now provided for fifteen Spanish-speaking countries.* The video contains three new segments featuring Guatemala, Paraguay, and three ethnic groups in the United States.

An Overview of Your Text's Main Features

Mundo 21 is composed of six units that include three to four lessons each, as well as a **Manual de gramática** section at the end of each unit. Each unit begins with a two-page unit opener.

Unit Opener

Striking photos and a brief historical overview introduce the featured geographical region.

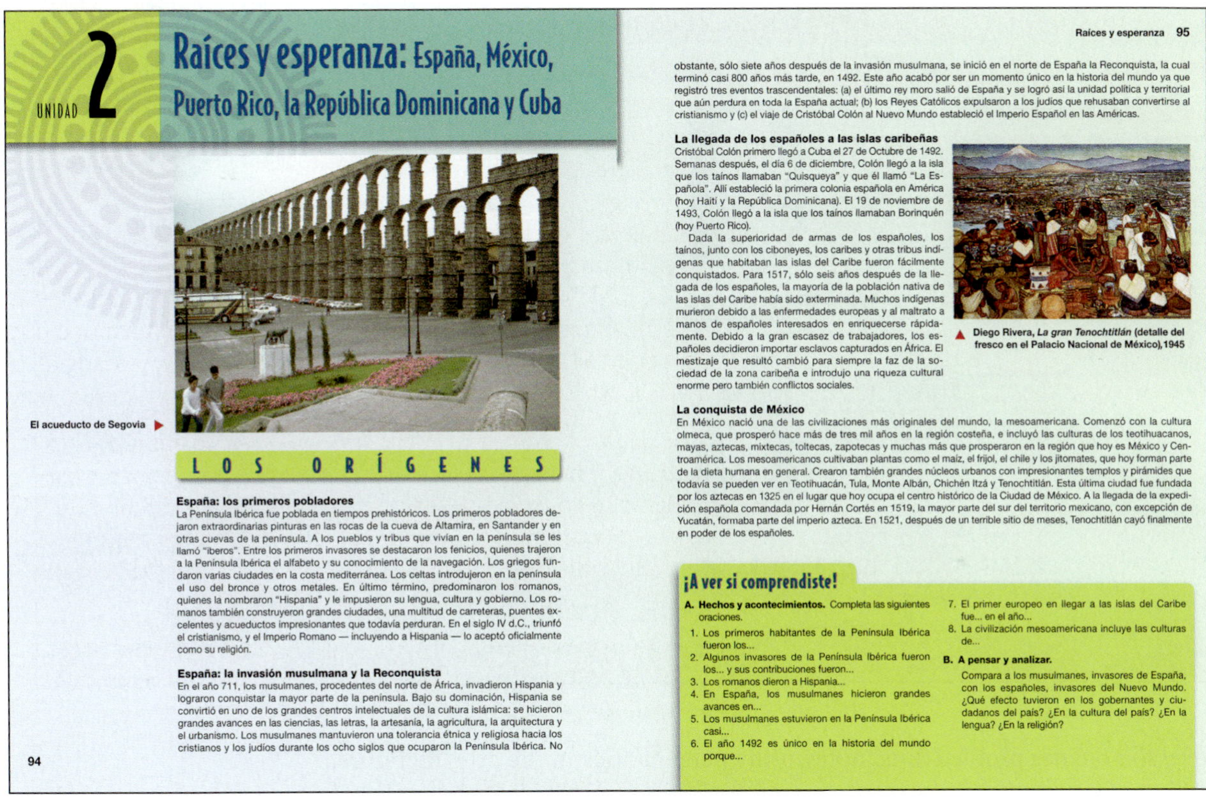

UNIDAD 2

Raíces y esperanza: España, México, Puerto Rico, la República Dominicana y Cuba

El acueducto de Segovia

LOS ORÍGENES

España: los primeros pobladores

La Península Ibérica fue poblada en tiempos prehistóricos. Los primeros pobladores dejaron extraordinarias pinturas en las rocas de la cueva de Altamira, en Santander y en otras cuevas de la península. A los pueblos y tribus que vivían en la península se les llamó "iberos". Entre los primeros invasores se destacaron los fenicios, quienes trajeron a la Península Ibérica el alfabeto y su conocimiento de la navegación. Los griegos fundaron varias ciudades en la costa mediterránea. Los celtas introdujeron en la península el uso del bronce y otros metales. En último término, predominaron los romanos, quienes la nombraron "Hispania" y le impusieron su lengua, cultura y gobierno. Los romanos también construyeron grandes ciudades, una multitud de carreteras, puentes excelentes y acueductos impresionantes que todavía perduran. En el siglo IV d.C., triunfó el cristianismo, y el Imperio Romano — incluyendo a Hispania — lo aceptó oficialmente como su religión.

España: la invasión musulmana y la Reconquista

En el año 711, los musulmanes, procedentes del norte de África, invadieron Hispania y lograron conquistar la mayor parte de la península. Bajo su dominación, Hispania se convirtió en uno de los grandes centros intelectuales de la cultura islámica: se hicieron grandes avances en las ciencias, las letras, la artesanía, la agricultura, la arquitectura y el urbanismo. Los musulmanes mantuvieron una tolerancia étnica y religiosa hacia los cristianos y los judíos durante los ocho siglos que ocuparon la Península Ibérica. No

94

Raíces y esperanza 95

obstante, sólo siete años después de la invasión musulmana, se inició en el norte de España la Reconquista, la cual terminó casi 800 años más tarde, en 1492. Este año acabó por ser un momento único en la historia del mundo ya que registró tres eventos trascendentales: (a) el último rey moro salió de España y se logró así la unidad política y territorial que aún perdura en toda la España actual; (b) los Reyes Católicos expulsaron a los judíos que rehusaban convertirse al cristianismo y (c) el viaje de Cristóbal Colón al Nuevo Mundo estableció el Imperio Español en las Américas.

La llegada de los españoles a las islas caribeñas

Cristóbal Colón primero llegó a Cuba el 27 de Octubre de 1492. Semanas después, el día 6 de diciembre, Colón llegó a la isla que los taínos llamaban "Quisqueya" y que él llamó "La Española". Allí estableció la primera colonia española en América (hoy Haití y la República Dominicana). El 19 de noviembre de 1493, Colón llegó a la isla que los taínos llamaban Borinquén (hoy Puerto Rico).

Dada la superioridad de armas de los españoles, los taínos, junto con los ciboneyes, los caribes y otras tribus indígenas que habitaban las islas del Caribe fueron fácilmente conquistados. Para 1517, sólo seis años después de la llegada de los españoles, la mayoría de la población nativa de las islas del Caribe había sido exterminada. Muchos indígenas murieron debido a las enfermedades europeas y al maltrato a manos de españoles interesados en enriquecerse rápidamente. Debido a la gran escasez de trabajadores, los españoles decidieron importar esclavos capturados en África. El mestizaje que resultó cambió para siempre la faz de la sociedad de la zona caribeña e introdujo una riqueza cultural enorme pero también conflictos sociales.

Diego Rivera, *La gran Tenochtitlán* (detalle del fresco en el Palacio Nacional de México), 1945

La conquista de México

En México nació una de las civilizaciones más originales del mundo, la mesoamericana. Comenzó con la cultura olmeca, que prosperó hace más de tres mil años en la región costeña, e incluyó las culturas de los teotihuacanos, mayas, aztecas, mixtecas, toltecas, zapotecas y muchas más que prosperaron en la región que hoy es México y Centroamérica. Los mesoamericanos cultivaban plantas como el maíz, el frijol, el chile y los jitomates, que hoy forman parte de la dieta humana en general. Crearon también grandes núcleos urbanos con impresionantes templos y pirámides que todavía se pueden ver en Teotihuacán, Tula, Monte Albán, Chichén Itzá y Tenochtitlán. Esta última ciudad fue fundada por los aztecas en 1325 en el lugar que hoy ocupa el centro histórico de la Ciudad de México. A la llegada de la expedición española comandada por Hernán Cortés en 1519, la mayor parte del sur del territorio mexicano, con excepción de Yucatán, formaba parte del imperio azteca. En 1521, después de un terrible sitio de meses, Tenochtitlán cayó finalmente en poder de los españoles.

¡A ver si comprendiste!

A. Hechos y acontecimientos. Completa las siguientes oraciones.

1. Los primeros habitantes de la Península Ibérica fueron los...
2. Algunos invasores de la Península Ibérica fueron los... y sus contribuciones fueron...
3. Los romanos dieron a Hispania...
4. En España, los musulmanes hicieron grandes avances en...
5. Los musulmanes estuvieron en la Península Ibérica casi...
6. El año 1492 es único en la historia del mundo porque...
7. El primer europeo en llegar a las islas del Caribe fue... en el año...
8. La civilización mesoamericana incluye las culturas de...

B. A pensar y analizar.

Compara a los musulmanes, invasores de España, con los españoles, invasores del Nuevo Mundo. ¿Qué efecto tuvieron en los gobernantes y ciudadanos del país? ¿En la cultura del país? ¿En la lengua? ¿En la religión?

Each Unit Opener includes **¡A ver si comprendiste!** that allows you to check your understanding of the information presented in **Los orígenes** and also to analyze that information.

Each lesson of ***Mundo 21*** is designed to develop and reinforce specific language skills and accommodate various learning styles. Each lesson contains nine major sections.

Gente del Mundo 21

Meet outstanding personalities from the featured region to further your introduction to the culture.

LECCIÓN 1

España

Nombre oficial: *Reino de España*

Población: *40.037.995 (estimación de 2001)*

Principales ciudades: *Madrid (capital), Barcelona, Valencia, Sevilla*

Moneda: *Euro €*

GENTE DEL MUNDO 21

Juan Carlos I de España, nieto de Alfonso XIII e hijo de don Juan de Borbón, nació en el exilio en Roma. En 1969 fue designado sucesor al trono de España por el general Francisco Franco. Subió al trono el 22 de noviembre de 1975, dos días después de la muerte de Franco. A partir de entonces, Juan Carlos I ha favorecido la democracia y es una figura que simboliza la tolerancia e integridad nacional. Con su apoyo, en 1978 se aprobó una nueva constitución que reconoce la autonomía de las distintas nacionalidades y regiones del país. Cuando en enero de 1981 unos guardias civiles secuestraron las Cortes o parlamento español, la actuación del rey a favor de la constitución frustró el golpe de estado. S.M. (Su Majestad) el rey Juan Carlos I ha recibido un sinnúmero de premios internacionales, como el premio Fomento de la Paz de la UNESCO (1995), la Medalla de las Cuatro Libertades de la Fundación Franklin D. Roosevelt (1996), el premio Jean Monnet de Suiza (1996) y el premio Estadista Mundial de la Fundación "Appeal of Conscience" (1997). Al cumplir los 18 años en enero de 1986, su hijo, el príncipe Felipe, fue oficialmente declarado sucesor a la Corona.

Penélope Cruz es una bella y talentosa actriz española y una de las más populares en el mundo entero. Es la primera, y hasta el momento, única española que ha conseguido integrarse al mundo del cine estadounidense. Nació en 1975 en Madrid en un hogar de sólidos valores morales y afectivos que han dado a esta estrella su amor por la familia y su dedicación a obras caritativas. De niña, estudio baile nueve años en el Conservatorio Nacional. Una de las personas más importantes en su vida es su abuelita Modesta, y entre sus modelos se destaca la Madre Teresa, cuya fundación en India cuenta con la ayuda personal y económica de la actriz. Comenzó su carrera cinematográfica a los 14 años y a los 17 alcanzó fama en *Jamón, jamón* (1992), que fue seguida por *Belle Epoque* (1992), y *Todo sobre mi madre* (1999), ambas ganadoras del premio "Óscar" a la mejor película extranjera. En este país, se ha destacado actuando con galanes de primera línea en tales películas como *Woman on Top* (1999), *All the Pretty Horses* (2000), *Vanilla Sky* (2001), *Blow* (2001), *Captain Corelli's Mandolin* (2001) y otras, para las cuales tuvo que aprender la lengua inglesa.

96

Pedro Almodóvar es el director de cine español más conocido del mundo. En 1979 salió su primera película, *Pepi, Luci, Beni y otras chicas del montón*. Alcanzó fama internacional cuando su película *Mujeres al borde de un ataque de nervios* (1988) fue nominada para un premio "Óscar" en Hollywood como la mejor película en lengua extranjera. Otras películas suyas son *Átame* (1990), *Tacones lejanos* (1991), *Kika* (1993), *La flor de mi secreto* (1995), *Carne trémula* (1997) y *Todo sobre mi madre* (1998). Pedro Almodóvar ha escrito siete libros y es el tema principal de más de diez biografías. Es, sin duda, un cineasta único, un pionero de la modernidad. Sus películas tienen la magia de ser tragedias y comedias a la vez, y se han convertido en un enorme espejo que refleja la sociedad española contemporánea en toda su complejidad.

Otros españoles sobresalientes

Ana Álvarez: actriz
Antonio Banderas: actor
Camilo José Cela: novelista y cuentista
Salvador Dalí (1904–1989): pintor
Federico García Lorca (1898–1936): poeta y dramaturgo
Julio Iglesias y Enrique Iglesias: cantantes
Carmen Martín Gaite (1925–2000): novelista, cuentista, ensayista e historiadora
Ana María Matute: novelista, cuentista
Joan Miró (1893–1983): pintor
José Ortega y Gasset (1883–1955): filósofo y ensayista
Pablo Ruiz Picasso (1881–1973): pintor
Arantxa Sánchez Vicario: tenista
Miguel de Unamuno (1864–1936): escritor y filósofo

Personalidades del Mundo 21

Contesta las siguientes preguntas. Luego, comparte tus respuestas con dos o tres compañeros(as) de clase.

1. ¿Dónde nació el rey Juan Carlos? ¿Qué edad tenía Juan Carlos I cuando subió al trono? ¿Cómo se puede caracterizar su gobierno?
2. ¿A qué edad comenzó su carrera de actriz Penélope Cruz? ¿Cuáles son algunas de sus películas más destacadas tanto en España como en EE.UU.? ¿Quiénes son algunas personas a las que ella ama? Explica.
3. ¿Cuál es el tema de la mayoría de las películas de Pedro Almodóvar? Si fueras a ver una película que reflejara la sociedad norteamericana contemporánea, ¿qué esperarías ver?

The lesson opener profiles three noteworthy personalities in the arts, literature, sports, or entertainment industry of the country featured. You will also see a list of additional noteworthy figures. Your instructor will ask you to share what you know about these people and to research their background on the Internet.

Cultura ¡en vivo!

Explore interesting facets of Hispanic culture and discover and work with cultural material through thought-provoking activities.

The **Cultura ¡en vivo!** sections introduce some of the active vocabulary explained and practiced in the **Manual de gramática** and used in the **Mejoremos la comunicación** sections.

98 Unidad 2

Cultura ¡en vivo!

Manual de gramática

Antes de leer **Cultura ¡en vivo!**, conviene repasar la sección *2.1*, sobre la formación del pretérito, en el **Manual de gramática** (pp. 157–159).

Obras maestras del arte español

En el siglo XVIII, Carlos III, uno de los reyes Borbones que más se interesó en establecer centros culturales, mandó construir el Museo del Prado en Madrid. Es un bello edificio de estilo neoclásico localizado en el Paseo del Prado y frente al monumento erigido en honor del pintor español Diego Velázquez. En él se depositaron muchas de las obras maestras que el arte español dio al mundo desde el siglo XI hasta el siglo XVIII.

Su extensa colección de pinturas incluye obras de grandes pintores europeos. Entre ellos, se destacan los pintores españoles del Siglo de Oro reconocidos como grandes maestros del arte universal: el Greco, José de Ribera, Francisco de Zurbarán, Diego de Velázquez y Bartolomé Esteban Murillo.

En el Museo del Prado

El museo también dedica varios salones a los distintos períodos del gran artista Francisco de Goya (1746–1828): el período costumbrista, cuyos cuadros sirvieron de base para los famosos tapices de Madrid; el período en el que pintó escenas de la corte; el período que refleja la realidad de una época turbulenta y violenta de España y el período de las pinturas negras, que pintó cuando el artista estaba enloqueciendo.

A. Maestros del arte español. Completa las siguientes oraciones.

1. Frente al Museo del Prado se dedicó un monumento a...
2. La colección de obras del Prado incluye a los grandes maestros del arte español de los siglos...
3. Entre las pinturas del Siglo de Oro sobresalen las obras de los maestros...
4. Las obras de Francisco de Goya se exhiben en varios...
5. Los distintos períodos del arte de Goya fueron...

B. Palabras claves: pintar. Para ampliar tu vocabulario, combina las palabras de la primera columna con las definiciones de la segunda columna. Luego escribe una oración original con cada palabra. Compara tus oraciones con las de dos compañeros(as) de clase.

___ 1. pintoresco	a. pintar mal y sin arte
___ 2. pintura	b. tienda de pinturas
___ 3. pintor	c. color con que se pinta
___ 4. pinturería	d. persona que se dedica a pintar
___ 5. pintorrear	e. atrayente, agradable

Lección 1: España 99

Mejoremos la comunicación

Para hablar de la bellas artes

Al hablar de artistas

— ¿Quién es tu artista favorito del Siglo de Oro?	*Who is your favorite Golden Age artist?*
artista de retratos *portrait artist*	**escultor(a)** *sculptor*
dibujante *m./f. drawer, sketcher*	**pintor(a)** *painter*
— Mi favorito es Velázquez.	*My favorite is Velázquez.*
— ¿Por qué se destacaron sus obras?	*Why did his works stand out?*
— Sobresalieron por su técnica realista y detallista.	*They stood out for their realistic and detailed technique.*

Al hablar del arte

— ¿Qué tipo de arte prefieres?	*What type of art do you prefer?*
— Me encanta el arte impresionista.	*I love impressionist art.*
— A mí me fascinó el arte cubista de Picasso.	*Picasso's cubist art fascinated me.*
barroco(a) *baroque*	**religioso(a)** *religious*
clásico(a) *classic*	**renacentista** *renaissance*
gótico(a) *gothic*	**romántico(a)** *romantic*
neoclásico(a) *neoclassic*	**surrealista** *surrealistic*

Mejoremos la comunicación

To build vocabulary acquisition and grammar skills, mini-dialogues introduce the active vocabulary in context as well as the grammar structure(s) of the lesson.

The dialogue topics are drawn from the **Cultura ¡en vivo!** cultural reading. The activities that follow provide ample vocabulary building and grammar practice through a variety of practice including interactive discussions, role-plays, and debates.

Del pasado al presente

Improve your cultural awareness through additional historical readings.

These readings build on the historical information presented in the **Unit opener.** The accompanying **¡A ver si comprendiste!** activities check your understanding of key facts and events and pose questions that require critical thinking and analysis of some of the historical events presented.

Lección 1: España 101

DEL PASADO AL PRESENTE

España: reconciliación con el presente

España como potencia mundial Por medio de un eficaz sistema de matrimonios de conveniencia política, los Reyes Católicos Fernando e Isabel lograron acumular un extenso territorio que heredó finalmente su nieto Carlos de Habsburgo. En 1516, éste fue declarado rey de España con el nombre de Carlos I, y en 1519 pasó a ser emperador del Sacro Imperio Romano Germánico con el apelativo de Carlos V. Su imperio era tan extenso que en sus dominios "nunca se ponía el sol" y comprendía gran parte de Holanda y Bélgica, Italia, Alemania, Austria, partes de Francia y del norte de África, además de los territorios de las Américas. Este emperador abdicó en 1556, después de dividir sus territorios entre su hijo Felipe II y su hermano Fernando. Felipe II recibió España, los Países Bajos y las posesiones en las Américas e Italia. Durante su gobierno convirtió a España en el centro de oposición al protestantismo y mantuvo constantes guerras religiosas. Venció a los turcos en la batalla naval de Lepanto, pero su Armada Invencible no pudo vencer a los ingleses en 1588. Esta fecha marca el comienzo de la decadencia española.

Velázquez, *Las meninas*

El Siglo de Oro De 1550 a 1650, el arte y la literatura de España florecieron de tal manera que se llamó "Siglo de Oro" a este extraordinario período. Sobresalieron grandes pintores tales como El Greco, Diego Rodríguez de Silva y Velázquez y Bartolomé Esteban Murillo. En el área literaria se destacaron los poetas místicos Santa Teresa de Jesús, Fray Luis de León y San Juan de la Cruz y grandes escritores como Miguel de Cervantes y Francisco de Quevedo. En el teatro se distinguieron geniales dramaturgos como Lope de Vega, Tirso de Molina y Pedro Calderón de la Barca.

La caída del imperio español Es irónico que la decadencia española comenzara hacia fines del siglo XVI, cuando florecía el Siglo de Oro en arte y literatura. El fracaso de la Armada Invencible en 1588 marcó el comienzo de la decadencia española, la cual se completó bajo los reinados de Felipe III (1598–1621) y Felipe IV (1621–1665), dos reyes incapaces de gobernar. El colapso de la economía española y, a la vez, del imperio español, fue resultado de la falta de atención de la Corona a negocios del estado, la disminución del número de envíos de plata y otros minerales venidos del Nuevo Mundo, el tremendo costo de las guerras para

Ventana al Mundo 21

Thematically related cultural vignettes further heighten your cultural awareness.

Each **Ventana al Mundo 21** highlights important individuals, traditions, places, or events. Two activities follow the reading—a brief comprehension activity that encourages the use of critical thinking and inferential skills, and a grammar review activity that allows you to systematically practice with previously presented structures.

104 Unidad 2

Ventana al Mundo 21

Tres maravillas del arte islámico

La Alhambra de Granada. En una colina que domina la ciudad de Granada, los musulmanes construyeron la joya más fascinante de la arquitectura árabe en España, la Alhambra. Este precioso palacio-fortaleza de los reyes moros de Granada, que se comenzó a construir en 1238, debe su nombre al color de sus muros (*Al-Hamra* en árabe significa "La Roja"). La Alhambra incluía palacios reales y viviendas, mezquitas, baños y edificios públicos. Allí se combinaba el placer por las elegantes y delicadas formas decorativas y el contacto íntimo con la naturaleza a través de jardines y fuentes de agua.

La Alhambra de Granada

La Giralda de Sevilla. Esta hermosa torre perteneció a la gran mezquita de Sevilla que se construyó en el siglo XII, en el estilo almohade. En el siglo XVI los cristianos la convirtieron en campanario de la catedral de Sevilla. En su visita a España en 1992, el papa Juan Pablo II usó un balcón de la Giralda para saludar al pueblo de Sevilla.

La mezquita de Córdoba. Sobre una iglesia visigoda se empezó a construir a mediados del siglo VIII lo que sería el templo musulmán más hermoso del Islam. En varias ocasiones fue ampliado y embellecido hasta que fue terminado en el siglo X. Las numerosas columnas de mármol y jaspe le dan la apariencia de un denso bosque arquitectónico. Una infinidad de arcos dirige a los fieles a una maravillosa cúpula que mueve a la oración. Sorprende a los visitantes encontrarse súbitamente con una iglesia cristiana, enclavada en el corazón de la mezquita. Esta iglesia comenzó a construirse más tarde, durante el reinado de Carlos V en 1523.

A. Joyas musulmanas. Decide a cuál de estas maravillas musulmanas describe cada oración: **la Alhambra, la Giralda o la mezquita de Córdoba.** Luego, compara tus respuestas con las de un(a) compañero(a) de clase.

1. Construyeron una iglesia cristiana en el centro de este lugar religioso musulmán.
2. Fue una torre, luego un campanario.
3. Es un bosque arquitectónico de columnas de mármol y arcos exóticos.
4. Dentro de este lugar, construyeron hermosos jardines y fuentes.
5. Este palacio recibió su nombre por el color de sus muros.
6. Es el más antiguo de los tres lugares.

Manual de gramática

Antes de hacer Actividad B, conviene repasar la sección 1.5 sobre los adjetivos descriptivos en el **Manual de gramática** (pp. 80–83).

B. Repaso: adjetivos descriptivos. Completa las siguientes oraciones con las palabras entre paréntesis. Pon atención a la posición de los adjetivos.

1. La Alhambra es una (joya; fascinante) de la arquitectura árabe en España.
2. Ese (palacio-fortaleza; hermoso) debe su nombre a sus (muros; rojo).

Y ahora, ¡a leer!

Successful reading experiences through accessible and interesting literary readings.

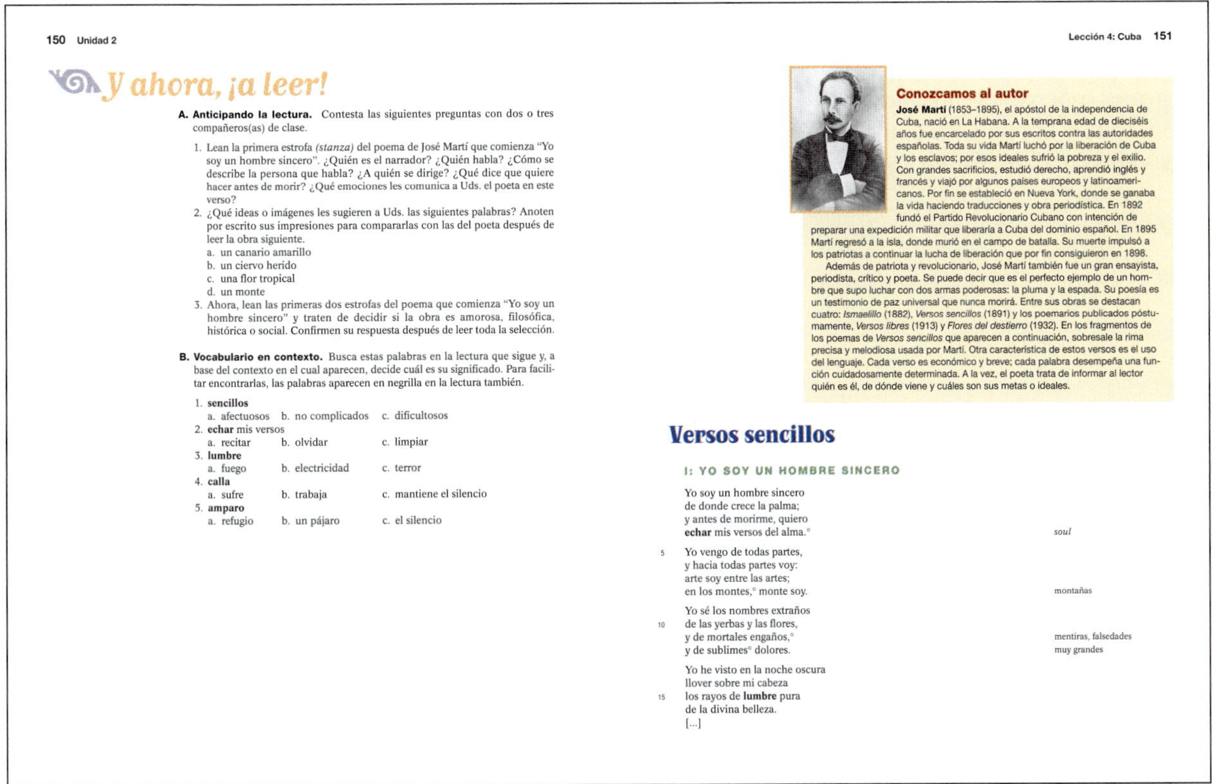

150 Unidad 2

Y ahora, ¡a leer!

A. Anticipando la lectura. Contesta las siguientes preguntas con dos o tres compañeros(as) de clase.

1. Lean la primera estrofa *(stanza)* del poema de José Martí que comienza "Yo soy un hombre sincero". ¿Quién es el narrador? ¿Quién habla? ¿Cómo se describe la persona que habla? ¿A quién se dirige? ¿Qué dice que quiere hacer antes de morir? ¿Qué emociones les comunica a Uds. el poeta en este verso?
2. ¿Qué ideas o imágenes les sugieren a Uds. las siguientes palabras? Anoten por escrito sus impresiones para compararlas con las del poeta después de leer la obra siguiente.
   a. un canario amarillo
   b. un ciervo herido
   c. una flor tropical
   d. un monte
3. Ahora, lean las primeras dos estrofas del poema que comienza "Yo soy un hombre sincero" y traten de decidir si la obra es amorosa, filosófica, histórica o social. Confirmen su respuesta después de leer toda la selección.

B. Vocabulario en contexto. Busca estas palabras en la lectura que sigue y, a base del contexto en el cual aparecen, decide cuál es su significado. Para facilitar encontrarlas, las palabras aparecen en negrilla en la lectura también.

1. **sencillos**
   a. afectuosos b. no complicados c. dificultosos
2. **echar** mis versos
   a. recitar b. olvidar c. limpiar
3. **lumbre**
   a. fuego b. electricidad c. terror
4. **calla**
   a. sufre b. trabaja c. mantiene el silencio
5. **amparo**
   a. refugio b. un pájaro c. el silencio

Lección 4: Cuba 151

Conozcamos al autor

José Martí (1853–1895), el apóstol de la independencia de Cuba, nació en La Habana. A la temprana edad de dieciséis años fue encarcelado por sus escritos contra las autoridades españolas. Toda su vida Martí luchó por la liberación de Cuba y los esclavos; por esos ideales sufrió la pobreza y el exilio. Con grandes sacrificios, estudió derecho, aprendió inglés y francés y viajó por algunos países europeos y latinoamericanos. Por fin se estableció en Nueva York, donde se ganaba la vida haciendo traducciones y obra periodística. En 1892 fundó el Partido Revolucionario Cubano con intención de preparar una expedición militar que liberaría a Cuba del dominio español. En 1895 Martí regresó a la isla, donde murió en el campo de batalla. Su muerte impulsó a los patriotas a continuar la lucha de liberación que por fin consiguieron en 1898.

Además de patriota y revolucionario, José Martí también fue un gran ensayista, periodista, crítico y poeta. Se puede decir que es el perfecto ejemplo de un hombre que supo luchar con dos armas poderosas: la pluma y la espada. Su poesía es un testimonio de paz universal que nunca morirá. Entre sus obras se destacan cuatro: *Ismaelillo* (1882), *Versos sencillos* (1891) y los poemarios publicados póstumamente, *Versos libres* (1913) y *Flores del destierro* (1932). En los fragmentos de los poemas de *Versos sencillos* que aparecen a continuación, sobresale la rima precisa y melodiosa usada por Martí. Otra característica de estos versos es el uso del lenguaje. Cada verso es económico y breve; cada palabra desempeña una función cuidadosamente determinada. A la vez, el poeta trata de informar al lector quién es él, de dónde viene y cuáles son sus metas o ideales.

Versos sencillos

I: YO SOY UN HOMBRE SINCERO

Yo soy un hombre sincero
de donde crece la palma;
y antes de morirme, quiero
echar mis versos del alma.° — *soul*

Yo vengo de todas partes,
y hacia todas partes voy:
arte soy entre las artes;
en los montes,° monte soy. — montañas

Yo sé los nombres extraños
de las yerbas y las flores,
y de mortales engaños,° — mentiras, falsedades
y de sublimes° dolores. — muy grandes

Yo he visto en la noche oscura
llover sobre mi cabeza
los rayos de **lumbre** pura
de la divina belleza.
[...]

Featuring the lesson's principal literary reading, this section provides a good overview of the Hispanic world of letters and includes a wide representation of contemporary writers, both male and female. Extensive pre-reading sections, **Anticipando la lectura** and **Vocabulario en contexto,** provide activities that foreshadow key content and vocabulary, while **Conozcamos al autor** presents background information on the author. Both of these features help prepare you for a successful reading experience. The post-reading section, **¿Comprendiste la lectura?,** checks basic comprehension and encourages you to analyze and discuss salient points about the reading's plot, characters, themes, and style.

Introducción al análisis literario

Introduction to literary analysis facilitates discussion of literature.

This section introduces the basic concepts of literary analysis in order to facilitate your discussion and understanding of various genres: narratives, short stories, poetry, legends, and essays. The activities that follow apply these concepts to the literary work you just read in **Y ahora, ¡a leer!**

154 Unidad 2

3. ¿Cuál es el tono del lenguaje del poeta: poético, científico, sofisticado, natural o común y corriente? Den ejemplos.
4. ¿Qué revelan estos versos de la personalidad del poeta? Den ejemplos.

Introducción al análisis literario

Patrones de rima

Para poder expresar los sentimientos intensamente líricos de la poesía, es preciso usar un lenguaje cuidadosamente escogido y ordenado en el cual el uso de la rima es esencial.

La rima: la repetición de los mismos sonidos al final de dos o más versos. La rima puede ser asonante o consonante.

- **Rima asonante:** Cuando los versos terminan en **vocales** iguales a partir de la última vocal acentuada en cada verso, la rima es asonante. Por ejemplo, en los primeros versos del poema que sigue, los versos pares tienen rima asonante; en **cuestión** y **dos** es igual la vocal final acentuada **o**.

La canción del bongó (Fragmento), por Nicolás Guillén

[...] vale más callarse, amigos,
y no menear la cuesti**ó**n,
porque venimos de lejos,
y andamos de dos en d**o**s. [...]

- **Rima consonante:** Se tiene rima consonante cuando hay igualdad de **vocales y consonantes** a partir de la última vocal acentuada en cada verso. En los siguientes versos, por ejemplo, hay rima consonante entre el primer y el cuarto verso así como entre el segundo y tercer verso: las palabras sab**er** y muj**er**, **digo** y am**igo**.

VII: Para Aragón, en España (Fragmento de *Versos sencillos*), por José Martí

Si quiere un tonto sab**er**,
por qué lo tengo, le d**igo**
que allí tuve un buen am**igo**,
que allí quise una muj**er**.

A. Rima. Contesta las siguientes preguntas. Luego compara tus respuestas con las de un(a) compañero(a) de clase.

1. ¿Qué clase de rima hay en las primeras cuatro estrofas del poema I de *Versos sencillos*?
2. ¿Hay rima asonante o consonante en este poema?
3. ¿Por qué crees que el poeta escogió la clase de rima que usa en este poema?

¡Luces! ¡Cámara! ¡Acción!

Viewing native speakers in real-life situations improves listening comprehension skills.

To improve your listening comprehension skills, you need to be exposed to real language. Like the literary readings of the text, the ***Mundo 21*** video provides natural contexts for you to see and hear native speakers in real-life situations. Pre-viewing (**Antes de empezar el video**) and post-viewing activities (**¡A ver si comprendiste!**) give you the support you need to comprehend natural speech.

110 Unidad 2

¡LUCES! ¡CÁMARA! ¡ACCIÓN!

Juan Carlos I: un rey para el siglo XX

El rey Juan Carlos I llegó a gobernar España después de una dictadura que había durado casi cuarenta años. Al ser proclamado rey en 1975, Juan Carlos inmediatamente prometió convertir España en un país democrático, objetivo que logró cumplir. Después de más de veinticinco años en el trono, tiene la satisfacción de ver a España pasar, sin grandes problemas, de la dictadura a la democracia, y de saber que la monarquía está consolidada y la sucesión garantizada.

En esta selección del video aparece el rey en la inauguración de la Exposición Universal de 1992 en Sevilla. Luego se ve dos meses más tarde en Barcelona, sede de los Juegos Olímpicos. Más adelante Uds. lo vuelven a ver unos años después, en la boda de su hija mayor y más recientemente en la boda de su hija menor.

Antes de empezar el video

Contesten las siguientes preguntas en parejas.

1. En la opinión de Uds., ¿qué papel suele tener un rey? ¿Cuáles son sus responsabilidades? ¿Suele tener un rey poder absoluto?
2. ¿Cuántas familias reales puedes nombrar? ¿Qué tipo de gobierno tienen en sus países respectivos? ¿Cuánto poder verdadero ejerce cada familia real?

¡A ver si comprendiste!

A. Juan Carlos I: un rey para el siglo XXI. Contesta las siguientes preguntas con un(a) compañero(a) de clase.

1. ¿Qué eventos de importancia internacional tuvieron lugar en España en 1992?
2. ¿Por qué dice el narrador que las infantas Elena y Cristina se casaron por amor y no por razones políticas? ¿Estás de acuerdo? ¿Por qué?
3. ¿Cuál fue el objetivo principal del rey Juan Carlos? ¿Lo logró?

B. A pensar y a interpretar. Contesten las siguientes preguntas en parejas.

1. En la opinión de Uds., ¿ha tenido una vida feliz el rey Juan Carlos? ¿Qué pruebas tienen de eso?
2. Hagan una comparación entre el rey de España y la reina de Inglaterra. ¿Cuál ha llamado más la atención del público? ¿Por qué? En la opinión de Uds., ¿cuál de las dos familias representa su ideal de lo que debe ser una familia real? Expliquen.

Escribamos ahora

Develop your writing skills and organizational techniques through this innovative process-oriented approach.

Each of these sections focuses on a specific type of writing, such as description and point of view, contrast and analogy, direct discourse, expressing and supporting opinions, and hypothesizing. This section takes you step-by-step through pre-writing activities such as brainstorming, clustering and outlining, writing a rough draft, rewriting, and peer review. The end result is a well-developed composition on a topic that relates thematically to the lesson.

140 Unidad 2

A. Expresiones que marcan el tiempo. Con un(a) compañero(a) de clase, preparen una lista de todas las expresiones que marcan el tiempo que puedan encontrar en "El diario inconcluso". Deben encontrar una docena por lo menos.

B. Cuento colaborativo. En grupos de cuatro o cinco compañeros(as), escriban una historia similar a "El diario inconcluso" que comience con "Siempre" y acabe con "nunca más". Entre esos dos polos intercalen hechos que ocurran el primer día, el segundo día y a partir del tercer día. Cada persona del grupo es responsable de un momento narrativo. Preparen su historia en orden cronológico y léansela a la clase.

Escribamos ahora

A A generar ideas: descripción cronológica de una persona

1. **Identificación de una persona a través del tiempo.** Vuelve a leer la minibiografía de Ricky Martin en la página 126 y fíjate en cómo se describen cuatro etapas diferentes de su vida: su infancia, a los diez años, a los diecisiete años y actualmente. Para ver esto más claramente, trabaja con un(a) compañero(a) y preparen un esquema como el que sigue, analizando la vida de Ricky Martin a los 17 años y ahora en la actualidad. En la primera columna, anoten la edad que analizan. En la segunda, escriban la descripción específica mencionada en la biografía, en la tercera, el significado de la descripción.

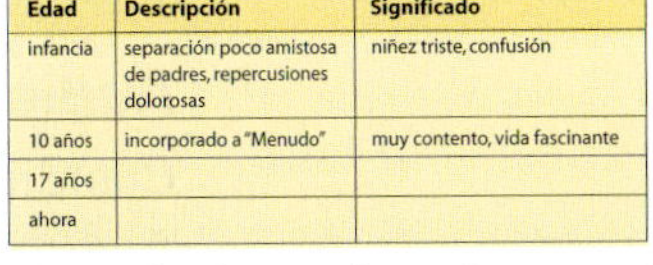

Edad	Descripción	Significado
infancia	separación poco amistosa de padres, repercusiones dolorosas	niñez triste, confusión
10 años	incorporado a "Menudo"	muy contento, vida fascinante
17 años		
ahora		

2. **¡Mi persona!** Piensa ahora en tu propia persona. En un esquema semejante al anterior, anota en la primera columna todas las edades que consideras importantes en tu vida y que tal vez podrías incluir en una breve biografía sobre tu persona. En la segunda escribe hechos o acontecimientos que ocurrieron a esas edades y que consideras tuvieron un impacto en tu persona. Finalmente, en la tercera columna indica lo que esos hechos o acontecimientos dicen de tu personalidad. Por ejemplo, pueden decir algo sobre lo que eres, piensas, sabes, quieres, crees, prefieres, te gusta, ves, conoces, deseas o has visto.

B Primer borrador

1. **¡A organizar!** Vuelve ahora a la información que recogiste en la sección anterior, **¡Mi persona!,** y organízala en orden cronológico en cuatro agrupaciones

Exploremos el ciberespacio

Discover authentic Spanish language on the Internet.

You will find numerous resource materials, activities, and links to sites in Spanish-speaking countries.

EXPLOREMOS EL CIBERESPACIO.

Explora distintos aspectos del mundo cubano en las **Actividades para la Red** que corresponden a esta lección. Ve primero a **http://college.hmco.com** en la red, y de ahí a la página de ***Mundo 21.***

Manual de gramática

Clear grammar explanations separate from the main content lessons allow grammar to be studied separately and reinforced within the lessons.

For greater flexibility in meeting individual class needs, a **Manual de gramática** appears at the end of each unit. Its sections are cross-referenced to the content lessons. Your instructor may choose to work with grammar explanations in class, varying the amount of time devoted to the presentation and review of grammar according to the needs of the class. The **Ahora, ¡a practicar!** exercises following each grammar point reinforce the vocabulary and cultural content in the lesson readings so that you practice new structures in a meaningful context.

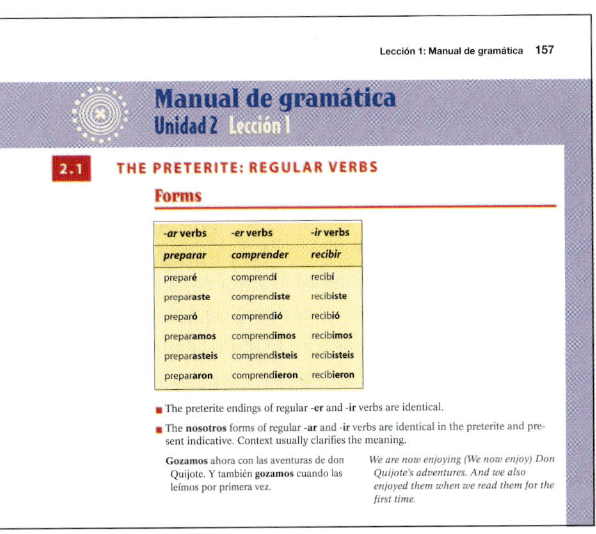

Lección 1: Manual de gramática 157

Manual de gramática
Unidad 2 Lección 1

2.1 THE PRETERITE: REGULAR VERBS

Forms

-ar verbs	*-er* verbs	*-ir* verbs
preparar	***comprender***	***recibir***
prepar**é**	comprend**í**	recib**í**
prepar**aste**	comprend**iste**	recib**iste**
prepar**ó**	comprend**ió**	recib**ió**
prepar**amos**	comprend**imos**	recib**imos**
prepar**asteis**	comprend**isteis**	recib**isteis**
prepar**aron**	comprend**ieron**	recib**ieron**

- The preterite endings of regular **-er** and **-ir** verbs are identical.
- The **nosotros** forms of regular **-ar** and **-ir** verbs are identical in the preterite and present indicative. Context usually clarifies the meaning.

Gozamos ahora con las aventuras de don Quijote. Y también **gozamos** cuando las leímos por primera vez.

We are now enjoying (We now enjoy) Don Quijote's adventures. And we also enjoyed them when we read them for the first time.

Components of the *Mundo 21* Program

The following components are available to students and instructors.

Cuaderno de actividades

Every lesson in the ***Cuaderno de actividades***, Workbook/Laboratory Manual, has two sections: **¡A escuchar!** and **¡A explorar!** An answer key to all written exercises is provided so that you can monitor your progress throughout the program.

Quia Online Activities Manual

An online version of the ***Cuaderno de actividades*** contains the same content as the print version in an interactive environment that provides immediate feedback on many activities.

Audio Program

Coordinated with the **¡A escuchar!** section of the ***Cuaderno de actividades,*** the *Audio Program* emphasizes the development of listening comprehension skills and further understanding of the relationship between spoken and written Spanish. The audio CDs provide approximately sixty minutes of material for each unit.

Mundo 21 Multimedia CD-ROM

The dual platform multimedia CD-ROM provides additional grammar and vocabulary practice, additional practice with short video clips and games, and provides immediate feedback so that you can check your progress in Spanish. When you require extra review, you can have access to it outside of class, thus allowing for a more communicative classroom experience. Each chapter includes art- and listening-based activities and the opportunity to record selected responses to help you develop your reading, writing, listening, and speaking skills. Access to a grammar reference and Spanish-English glossary is available for instant help.

Mundo 21 Video Program

The ***Mundo 21*** video presents a rich and exciting opportunity to develop listening skills and cultural awareness. It gives students comprehensible input through footage on Mexico, Spain, Puerto Rico, Cuba, El Salvador, Nicaragua, Guatemala, Costa Rica, Colombia, Venezuela, Peru, Bolivia, Argentina, Paraguay and Chile, as well as footage of Chicanos, Cuban Americans, and Central Americans in the U.S.

Website

The website written to accompany *Mundo 21* contains search activities, ACE practice tests, and chapter cultural links.

The **Search Activities** are designed to give you practice with chapter vocabulary and grammar while exploring existing Spanish-language websites. These websites will put you in contact with authentic language as spoken throughout the Spanish-speaking world. Although you will not understand every word you hear or read, the tasks that you will be asked to carry out will be very much within your linguistic reach.

The **ACE Practice Tests** contain a series of chapter-specific exercises designed to help you assess your progress and practice chapter vocabulary and grammar. These exercises provide immediate feedback and are ideal for practicing chapter topics and reviewing for quizzes and exams.

The cultural links offer additional cultural information on places and topics related to each chapter. These sites may be in English or Spanish.

To access the site, go to http://spanish.college.hmco.com/students.

SmarThinking

SmarThinking provides you with online, text-specific tutoring when you need it.

- Work one-on-one with an online tutor using a state-of-the-art whiteboard.
- Submit a question anytime and receive a response, usually within 24 hours.
- Access additional study resources at any time.

Acknowledgments

The authors wish to express their sincere appreciation to the many users of the second edition who provided much of the feedback that helped shape this third edition.

We would especially like to acknowledge those instructors who reviewed the third edition manuscript. Their insightful comments and constructive criticism were indispensable in its preparation:

Cipriano A. Cárdenas, University of Texas at Brownsville

Roberto Fuertes-Manjón, Midwestern State University

Jeff Longwell, New Mexico State University

Mark Harpring, University of Kansas

Ignacio López-Calvo, California State University, Los Angeles

Theresa Ann Sears, University of North Carolina-Greensboro

Lizbeth Souza-Fuertes, Baylor University

Gayle Vierma, University of Southern California

A special word of gratitude in the preparation of the new third edition video selections (**Centroamericanos, Guatemala, Paraguay**) to Technology Manager Federico Muchnik, Director/Producer Bob Nesson, and Associate Producer Primavera Garrido.

We also acknowledge the contributions of the complete Houghton Mifflin ***Mundo 21*** team; without their input this project would not have been possible. For their guidance, patience, and encouragement, we especially acknowledge the efforts of our developmental editor, Sharla Zwirek, and our copyeditor, Danielle Havens. We also wish to thank our project editor, Amy Johnson, and her colleagues, who diligently and tirelessly saw our manuscript through to final production. For believing in us and giving us his whole-hearted support throughout this edition, a very special thanks to Roland Hernández, Modern Language Publisher.

Finally, we wish to express heartfelt thanks to Tom Wetterstrom, Sheila Rojas, Dorie Ohara, and Chris Mendoza, who through their patience and encouragement supported us throughout this project.

F.A.S.
N.R.
M.O.

El mundo

Groenlandia
Alaska (E.U.)
Canadá
NORTEAMÉRICA
Estados Unidos
OCÉANO ATLÁNTICO
Bahamas
Trópico de Cáncer
Cuba
República Dominicana
Hawai (E.U.)
México
Jamaica
Puerto Rico
Belice
San Cristóbal y Nevis
Haití
Dominica
OCÉANO PACÍFICO
Guatemala
Honduras
Santa Lucía
Barbados
Granada
San Vicente y Granadinas
El Salvador
Costa Rica
Trinidad y Tobago
Nicaragua
Venezuela
Guyana
Panamá
Suriname
Colombia
Guayana Francesa
Islas Galápagos (Ec.)
Ecuador
Ecuador
Kiribati
SUDAMÉRICA
Brasil
Perú
Samoa Occidental
Bolivia
Tonga
Paraguay
Trópico de Capricornio
Chile
Uruguay
Argentina
Islas Malvinas
Los países de habla española
Escala de kilómetros
0 1000 2000 3000
0 1000 2000 3000
Escala de millas

OCÉANO ÁRTICO
Islandia
Noruega
Suecia
Finlandia
Estonia
Letonia
Lituania
Dinamarca
Reino Unido
Irlanda
Holanda
Alemania
Polonia
Belarús
Bélgica
Ucrania
EUROPA
Francia
Suiza
Rumania
Moldova
Andorra
Italia
Bulgaria
España
Portugal
Cerdeña
Grecia
Turquía
Georgia
1 Checoslovaquia
2 Austria
3 Hungría
4 Eslovenia
5 Croacia
6 Bosnia & Herzgovina
7 Yugoslavia
8 Albania
9 (República de) Macedonia
Rusia
ASIA
Kazajstán
Mongolia
Uzbekistán
Azerbaiyán
Turkmenistán
Kirguistán
Tayikistán
Corea del Norte
Corea del Sur
Japón
China
Armenia
Siria
Líbano
Chipre
Israel
Malta
Túnez
Marruecos
Iraq
Irán
Afganistán
Jordania
Kuwait
Bahrein
Qatar
Pakistán
Nepal
Bhután
Argelia
Libia
Egipto
Arabia Saudita
Emiratos Árabes Unidos
Omán
India
Bangladesh
Myanmar
Lao
Taiwán
Mauritania
Malí
Níger
ÁFRICA
Sudán
Eritrea
Yemen
Djibouti
Gambia
Burkina Faso
Chad
Benin
Nigeria
Costa de Marfil
República Centroafricana
Etiopía
Tailandia
Viet Nam
Cambodia
Filipinas
OCÉANO PACÍFICO
Sri Lanka
Brunei
Liberia
Togo
Ghana
Camerún
Guinea Ecuatorial
Somalia
Maldivas
Malasia
Uganda
Congo
Rwanda
Kenya
Singapur
Indonesia
Nauru
Gabón
Zaire
Burundi
Seychelles
OCÉANO ÍNDICO
Tanzania
Papua-Nueva Guinea
Comoras
Islas Salomón
Angola
Zambia
Malawi
Vanuatu
Mozambique
Namibia
Zimbabwe
Madagascar
Mauricio
Botswana
AUSTRALIA
Swazilandia
Lesotho
Sudáfrica
Nueva Zelandia
ANTÁRTIDA

Estados Unidos

España

Mar Cantábrico
Golfo de Vizcaya
FRANCIA
Tolosa
Marsella
Golfo de León
ANDORRA
Costa Brava
N
La Coruña
Santiago de Compostela
GALICIA
Pontevedra
Vigo
Oviedo
ASTURIAS
Santander
CANTABRIA
Bilbao
San Sebastián
VASCONGADAS
Pamplona
NAVARRA
León
R. Ebro
Logroño
LA RIOJA
Burgos
CASTILLA-LEÓN
ARAGÓN
Lérida
CATALUÑA
Barcelona
Tarragona
Valladolid
Zamora
R. Duero
Zaragoza
Oporto
OCÉANO
ATLÁNTICO
PORTUGAL
Salamanca
Segovia
Escorial
Guadalajara
Ávila
MADRID
Madrid
ESPAÑA
Castellón
ISLAS BALEARES
Menorca
Mallorca
Palma de Mallorca
Ibiza
Formentera
Tajo
Toledo
Cáceres
EXTREMADURA
CASTILLA-LA MANCHA
Valencia
COMUNIDAD VALENCIANA
R. Júcar
Lisboa
Mérida
Badajoz
R. Guadiana
Almadén
Ciudad Real
Albacete
Alicante
MURCIA
Costa Blanca
Linares
Córdoba
R. Guadalquivir
Jaén
Murcia
Lorca
Cartagena
ALGARVE
Huelva
Sevilla
ANDALUCÍA
Granada
Almonte
Almería
Golfo de Cádiz
Jérez de la Frontera
Málaga
Cádiz
Costa del sol
Gibraltar (R.U.)
Estrecho de Gibraltar
Ceuta (Esp.)
Tánger
Tetuán
Mar Mediterráneo
Melilla (Esp.)
MARRUECOS
ÁFRICA
Escala de kilómetros
0 50 100
0 50 100
Escala de millas
Islas Canarias
La Palma
Santa Cruz de la Palma
Tenerife
Santa Cruz de Tenerife
Gomera
Hierro
Las Palmas
Gran Canaria
Lanzarote
Arrecife
Puerto del Rosario
Fuerteventura
OCÉANO ATLÁNTICO
MARRUECOS

México y Guatemala

Cuba, la República Dominicana y Puerto Rico

OCÉANO ATLÁNTICO
Golfo de México
Estrecho de la Florida
Islas Bahamas
San Salvador
CUBA
La Habana
Mariel
Pinar del Río
Golfo de Batabanó
Isla de Pinos
Matanzas
Cienfuegos
Bahía de Cochinos
Sagua La Grande
Santa Clara
Sancti Spíritus
Golfo de Ana María
Golfo de Guacanayabo
Camagüey
Las Tunas
Bayamo
Holguín
Mayarí
Guantánamo
Santiago de Cuba
Antillas Mayores
JAMAICA
Kingston
HAITÍ
Puerto Príncipe
REPÚBLICA DOMINICANA
Santiago de los Caballeros
Puerto Plata
San Francisco de Macorís
Moca
San Juan
Barahona
Bahía de Ocoa
Santo Domingo
La Romana
San Pedro de Macorís
Higüey
PUERTO RICO
San Juan
Arecibo
Mayagüez
Ponce
Salinas
Bayamón
Humacao
Carolina
Islas Vírgenes (E.U. & R.U.)
Antillas Menores
Tobago
Puerto España
TRINIDAD
Mar Caribe
SUDAMÉRICA
L. Nicaragua
Escala de kilómetros
0
100
200
Escala de millas
0
100
200
N

El Salvador, Honduras, Nicaragua y Costa Rica

MÉXICO
BELICE
GUATEMALA
ISLAS DE LA BAHÍA
Mar Caribe
N
Laguna de Ibans
La Ceiba
CORDILLERA NOMBRE DE DIOS
San Pedro Sula
Jocón
San Francisco de la Paz
Dulce Nombre de Culmí
Cabo Gracias a Dios
Copán
HONDURAS
Siguatepeque
Juticalpa
Tegucigalpa
Bocay
Yuscarán
Puerto Cabezas
Ahuachapán
Santa Ana
San Salvador
Sonsonate
EL SALVADOR
Zacatecoluca
San Miguel
Barra de Río Grande
COSTA DE MOSQUITOS
Golfo de Fonseca
Estelí
NICARAGUA
Matiguas
Chinandega
León
Lago de Managua (Xolotlán)
Managua
Masaya
Granada
Lago de Nicaragua
Bahía de Punta Gorda
San Juan del Norte
Golfo de Papagayo
COSTA RICA
Puerto Viejo
VOLCÁN POÁS
OCÉANO
PACÍFICO
San Ramón
Alajuela
San José
Limón
Cartago
Paraíso
Golfo de Nicoya
San Isidro
Bahía de Coronado
PANAMÁ
Escala de kilómetros
0 50 100
0 50 100
Escala de millas

Colombia, Panamá y Venezuela

Mar Caribe
OCÉANO ATLÁNTICO
Escala de kilómetros
0
250
500
0
250
500
Escala de millas
Golfo de Venezuela
PENÍNSULA GUAJIRA
Golfo de Paria
PENÍNSULA DE PARIA
N
Golfo de los Mosquitos
Santa Marta
Barranquilla
Aracataca
Cartagena
Maracaibo
Barquisimeto
Lago Maracaibo
Valencia
Maracay
La Guaira
Caracas
Laguna de Chiriquí
Lago Gatún
Colón
Portobelo
Nombre de Dios
San Miguelito
Canal de Panamá
Ciudad de Panamá
David
PANAMÁ
Golfo de San Miguel
PENÍNSULA DE AZUERO
Mérida
Barinas
R. Orinoco
Ciudad Guayana
La Margarita
Ciudad Bolívar
VENEZUELA
Bucaramanga
Santa María del Orinoco
El Casabe
San Pedro de las Bocas
El Dorado
Medellín
Manizales
Santa Fe de Bogotá
Golfo de Panamá
LA GRAN SABANA
GUYANA
Santa María de Erebató
Guanajuña
Ibagué
Quirey
Icabara
COLOMBIA
Buenaventura
Cali
Capibara
Platanal
San José del Guaviare
OCÉANO PACÍFICO
El Carmen
Barras
Pasto
Tres Esquinas
Pacoa
Puerto Pizarro
Ipiales
Puerto Toledo
La Pedrera
BRASIL
ECUADOR
Mediodía
Arica
PERÚ

Perú, Ecuador y Bolivia

COLOMBIA
ECUADOR
PERÚ
BRASIL
BOLIVIA
Esmeraldas
Sto. Domingo de los Colorados
Quito
Portoviejo
Manta
Ambato
Riobamba
Guayaquil
La Libertad
Ingapirca
Golfo de Guayaquil
Cuenca
Iquitos
R. Napo
R. de las Amazonas
LA SELVA AMAZÓNICA
Lambayeque
Chiclayo
Chan Chan
Cajamarca
Trujillo
CORDILLERA DE LOS ANDES
Huánuco
Junín
Callao
Comas
Lima
Huancayo
Machu Picchu
Ayacucho
Cuzco
Nazca
Arequipa
Tacna
DESIERTO DE ATACAMA
Lago Titicaca
La Paz
Riberalta
Trinidad
Cochabamba
Oruro
Llallagua
Santa Cruz
Sucre
Potosí
Tarija
OCÉANO PACÍFICO
N
Islas Galápagos (ECUADOR)
Escala de kilómetros
0
250
500
0
250
500
Escala de millas

Argentina, Uruguay, Paraguay y Chile

PARAGUAY
Concepción
Asunción
Ciudad del Este
Itaipú
San Lorenzo
Iguazú
R. Pilcomayo
R. Paraguay
GRAN CHACO
R. Paraná
R. Uruguay
Arica
Iquique
Antofagasta
CORDILLERA DE LOS ANDES
San Miguel de Tucumán
La Rioja
CHILE
La Serena
ARGENTINA
Córdoba
Mendoza
Viña del Mar
Valparaíso
Santiago de Chile
Mercedes
R. Salado
PAMPAS
URUGUAY
Tascuarembó
Salto
Paysandú
Paso de los Toros
Durazno
Treinta y tres
Rosario
Las Piedras
Punta del Este
Buenos Aires
Montevideo
La Plata
R. de la Plata
Parral
Talcahuano
Concepción
Mar del Plata
Bahía Blanca
R. Colorado
Valdivia
Lago Llanquihue
Osorno
Puerto Varas
Puerto Montt
San Carlos de Bariloche
Golfo San Matías
PATAGONIA
Golfo San Jorge
OCÉANO ATLÁNTICO
N
Islas Malvinas
Estrecho de Magallanes
Punta Arenas
TIERRA DEL FUEGO
CABO DE HORNOS
Escala de kilómetros
0 250 500
0 250 500
Escala de millas

MUNDO 21

UNIDAD 1

Crisol de sueños: los hispanos en Estados Unidos

Salvador Vega, *Im Perfection*, 1987

LOS ORÍGENES

Chicanos

A partir del siglo XVII, los españoles exploraron y poblaron grandes extensiones de tierras que hoy día forman el sur y el oeste de EE.UU. En 1821, cuando México se independizó de España, estas extensiones pasaron a formar parte del territorio mexicano. Luego, cuando en el siglo XIX llegaron los angloamericanos al área, miles de mexicanos ya vivían ahí. Por eso, desde hace más de tres siglos han existido comunidades de personas venidas de México en las tierras que actualmente forman el suroeste de EE.UU.

En 1846 EE.UU. declaró guerra contra México. El conflicto terminó con el Tratado de Guadalupe Hidalgo en 1848, en el cual México perdió casi la mitad de su territorio, o sea lo que hoy es California, Nevada, Utah, la mayor parte de Arizona, y partes de Nuevo México, Colorado y Wyoming. EE.UU. dio a los 175.000 mexicanos que vivían en esas tierras el derecho de mantener sus costumbres y conservar sus tierras. Sin embargo, en muchos casos estas garantías no fueron respetadas. Cinco años más tarde, con la Compra de Gadsden, EE.UU. adquirió por diez millones de dólares otra porción de tierra en el sur de Arizona y Nuevo México porque le ofrecía una buena ruta de salida al océano Pacífico al ferrocarril transcontinental.

Puertorriqueños

En 1898, como resultado de la guerra entre EE.UU. y España, la isla de Puerto Rico pasó a ser territorio estadounidense. En 1917 los puertorriqueños recibieron la ciudadanía estadounidense. Desde la Segunda Guerra Mundial, más de dos millones de puertorriqueños han emigrado de la isla a EE.UU. en busca de una vida mejor. En la ciudad de Nueva York residen más puertorriqueños que en San Juan, la capital de Puerto Rico. El

Este de Harlem, un distrito de la ciudad, se conoce como "El Barrio" o "Spanish Harlem" y es, en su mayor parte, una vibrante comunidad puertorriqueña. Año tras año, Nueva York se convierte en una ciudad cada vez más latina. Existen más de una docena de periódicos, dos canales de televisión y numerosas estaciones de radio en lengua española. Además, por todas partes se escucha gente que habla español.

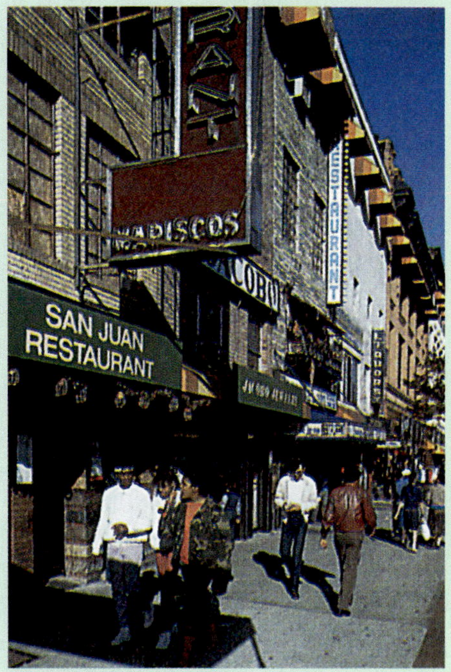

▲ **El barrio en Nueva York**

Cubanoamericanos

Los primeros refugiados cubanos llegaron a EE.UU. a fines del siglo XIX cuando Cuba luchaba por independizarse de España. En 1878, después de diez años de conflicto, España consolidó de nuevo su control sobre la isla y un gran número de revolucionarios cubanos salieron al exilio. Algunos llegaron a EE.UU. y se establecieron allí, mientras otros, como José Martí, el poeta y líder del movimiento independentista, regresaron a defender su querida patria cuando en 1895 estalló de nuevo la guerra por la independencia de Cuba. No hubo otra gran inmigración de cubanos hasta 1960, un año después de asumir control del país Fidel Castro.

Dominicanos

La primera gran inmigración dominicana a EE.UU. tuvo lugar en 1962, un año después del asesinato del dictador Rafael Leónidas Trujillo. Durante treinta años de dictadura, no se les permitía a los dominicanos salir del país. Inmediatamente después de su muerte, muchos emigraron a EE.UU. donde esperaban la posibilidad de encontrar una vida mejor. Desafortunadamente, en los años 70 no se vio ningún mejoramiento ni en el gobierno dominicano ni en la economía de la República Dominicana, lo cual causó otro gran éxodo de dominicanos a EE.UU., en particular después de 1980.

Centroamericanos

La inestabilidad política y económica en varios países centroamericanos entre 1950 y 1970, dio comienzo a una masiva inmigración. En El Salvador, el desempleo y la escasez de tierras agrícolas entre 1950 y 1960 dio comienzo a la inmigración salvadoreña a EE.UU. En Nicaragua, los conflictos entre sandinistas y contras en la década de los 60, iniciaron otra ola de inmigración. En Guatemala, el largo período de inestabilidad y violencia que empezó en 1957 inició la inmigración guatemalteca. En Honduras, la inestabilidad política y económica de los países vecinos motivó el comienzo de la inmigración hondureña. Pero las grandes inmigraciones de centroamericanos a EE.UU. no ocurren hasta la década de los años 80, cuando el delicado equilibrio económico de todo Centroamérica fue afectado por los movimientos revolucionarios en Guatemala y El Salvador, y los conflictos entre los sandinistas y los contras en Nicaragua.

¡A ver si comprendiste!

A. Hechos y acontecimientos. ¿Recuerdas los datos más importantes de la lectura? Para asegurarte, contesta las siguientes preguntas. Luego, compara tus respuestas con las de un(a) compañero(a).

1. ¿Cuánto tiempo hace que los méxicoamericanos viven en lo que es ahora EE.UU.? ¿Cómo se compara este período de tiempo con el número de años que EE.UU. existe como nación?
2. ¿Qué obtuvo EE.UU. como resultado del Tratado de Guadalupe Hidalgo? ¿Qué perdió México?
3. ¿Cuál fue el resultado de la Compra de Gadsden?
4. ¿Cuántos puertorriqueños han emigrado de la isla a EE.UU. desde la Segunda Guerra Mundial? ¿Por qué crees que han emigrado tantos?
5. ¿En qué ciudad de EE.UU. residen más puertorriqueños? ¿Cuál es, crees tú, la atracción de esta ciudad?
6. ¿Cuándo y por qué vinieron los primeros refugiados cubanos a EE.UU.? ¿los primeros refugiados dominicanos? ¿los primeros refugiados centroamericanos?

B. A pensar y a analizar. Haz una comparación entre el origen de los chicanos, los cubanoamericanos, los dominicanos y los centroamericanos en EE.UU. Refiérete a cuándo llegaron a EE.UU. y por qué vinieron. Comparte tu comparación con la de un(a) compañero(a).

LECCIÓN 1

Los chicanos

Nombres comunes: *chicanos, hispanos, latinos, mexicano-americanos, mexicanos, méxicoamericanos*

Población: *20.640.711 (Censo del año 2000)*

Concentración: *California, Texas, Nuevo México, Illinois, Arizona, Colorado y Nevada*

GENTE DEL MUNDO 21

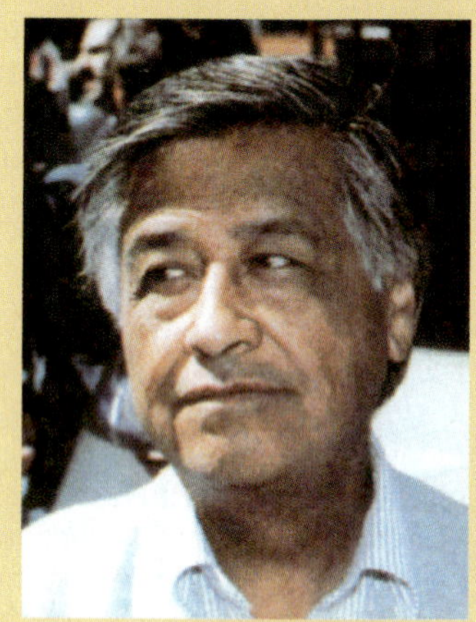

César Chávez (1927–1993), carismático líder chicano y organizador sindical, nació en un pequeño rancho cerca de Yuma, Arizona. Su familia emigró a California, donde César trabajó como campesino migratorio. En 1962 fundó el sindicato "United Farm Workers" con la meta de mejorar las condiciones de trabajo de los campesinos. En 1965 organizó con éxito una huelga para lograr contratos para los trabajadores del campo en California. Su dedicación a los derechos civiles y a la no violencia lo convirtió en uno de los líderes chicanos más respetados. Murió el 22 de abril de 1993 en una localidad de Arizona, cerca de donde había nacido. "Hemos perdido quizás al californiano más grande del siglo XX", dijo el presidente del Senado de California al saber de su muerte.

Sandra Cisneros, poeta, novelista y cuentista, nació en 1954 en Chicago. Asistió al Taller de Escritores de la Universidad de Iowa. Esta escritora chicana, que escribe en un inglés que incorpora muchas frases en español, ha sido invitada a leer su obra en México, Alemania y Suecia. Su libro *The House on Mango Street*, publicado en 1984, ha recibido muchos premios literarios, como el "American Book Award" de 1985. Fue traducido al español en 1994 por la reconocida autora mexicana Elena Poniatowska. Su colección de cuentos *Woman Hollering Creek and Other Stories* (1991) también ha sido traducida al español y a otras lenguas. En 1994 publicó *Loose Women*, una colección de poesía que da libre expresión a su alma méxicoamericana con poemas como "You Bring Out the Mexican in Me" y "The tequila lágrimas on Saturday". Tanto sus cuentos como su poesía son recreaciones llenas de humor de la realidad de ambos lados de la frontera. Actualmente reside en San Antonio, Texas.

Edward James Olmos es uno de los actores hispanos de más fama tanto en el teatro y el cine como en la televisión. Nació en 1947 en el Este de Los Ángeles, California, donde vivió toda su juventud. Fue nominado para un premio "Tony" por su interpretación de El Pachuco en la obra teatral de Luis Valdez, *Zoot Suit*. En 1985 ganó un premio "Emmy" por su papel estelar en la popular serie de televisión *Miami Vice* y en 1989 fue nominado para un premio "Óscar" por su actuación en *Stand and Deliver.* Algunas de las películas en que ha participado son *Blade Runner* (1982), *The Ballad of Gregorio Cortez* (1982), *Mi familia* (1985) y *Selena* (1997). En la serie de televisión *American Family* (2002) tiene el papel principal. Gracias a sus esfuerzos, el Festival de Cine Latino se lleva a cabo cada año en Los Ángeles. Su labor en favor de la comunidad latina, especialmente de los jóvenes, es muy valiosa. Ha sido premiado por varias organizaciones humanitarias, incluyendo la Asociación Nacional para el Avance de Personas de Color (*NAACP*) y la "Hispanic Children's Foundation of America".

Otros chicanos sobresalientes

Rodolfo Anaya: novelista y escritor de libros de niños

Vikki Carr: cantante

Ana Castillo: novelista y poeta

Óscar de la Hoya: boxeador de Los Ángeles

Dolores Huerta: activista, organizadora y líder de trabajadores del campo

Carmen Lomas Garza: artista y autora de libros para niños

Gloria Molina: Supervisora del Condado de Los Ángeles

Dra. Ellen Ochoa: astronauta

Carlos Santana: músico

Selena (1971–1995): cantante

Luis Valdez: actor, director, dramaturgo y cineasta

Personalidades del Mundo 21

Contesta las siguientes preguntas. Luego, comparte tus respuestas con dos o tres compañeros(as) de clase.

1. ¿Qué te impresiona más de cada una de estas tres personalidades?
2. ¿A cuál de las tres personas te gustaría conocer? ¿Por qué? ¿De qué te gustaría hablar con esta persona?
3. ¿Sabes algo más que no se mencionó en las biografías sobre estas personalidades? Si no, pregúntales a tus amigos o a tus parientes si ellos saben algo de estos personajes.

Cultura ¡en vivo!

Cine chicano

Manual de gramática

Antes de leer **Cultura ¡en vivo!,** conviene repasar la sección 1.1, sobre los sustantivos y artículos, en el **Manual de gramática** (pp. 64–72).

Selena recibe el premio "Grammy" por su album *Selena Live*

La lucha de los primeros actores hispanos para poder abrirse camino en el mundo del cine y de la televisión está muy bien documentada. Las enormes dificultades enfrentadas por actores tan famosos como Cantinflas, Ramón Novarro, Dolores del Río, Ricardo Montalbán y otros pueden llenar volúmenes. Un caso muy conocido es el del célebre Anthony Quinn, quien para recibir aceptación en el mundo del cine tuvo que hacer frecuentemente el papel del "malo", ya sea hispano o de algún otro grupo étnico. La bellísima actriz mexicana Dolores del Río también tuvo que hacer de "mala" indígena, brasileña, portuguesa, española... y más. Gracias a la perseverancia de estos talentosos actores, las puertas se abren para las nuevas generaciones de exitosos actores tales como Jennifer López, Edward James Olmos, Rosie Pérez, Martin Sheen — y sus hijos Charlie Sheen y Emilio Estevez — y muchos otros que ahora son conocidos no solamente en EE.UU. sino en todo el planeta.

Este éxito se extiende a varios directores de cine hispanos. Así, Luis Valdez, empieza su labor con El Teatro Campesino; luego triunfa con la película *Zoot Suit* y continúa con *La Bamba, Frida y Diego; Bandido* y *The Cisco Kid.* Otro triunfador es Gregory Nava, distinguido por varias películas en inglés, y definitivamente inmortalizado por tres filmes en español: *El norte, Mi familia* y *Selena.* Finalmente, surge Roberto Rodríguez con *El mariachi,* una película que hace historia por su interés dramático y al mismo tiempo porque usa un mínimo presupuesto y una simple cámara montada en un carrito de compras de supermercado. Para sus próximas películas, Hollywood le da millones y también le proporciona a artistas de la talla de Antonio Banderas, Selma Hayek y George Clooney. Recientes filmes suyos incluyen *From Dusk to Dawn, The Faculty* y el superéxito *Spy Kids.*

A. Cine chicano. Contesta las siguientes preguntas.

1. ¿Quiénes son algunos de los actores que abrieron las puertas a los cineastas hispanos de ahora? ¿Qué papeles debieron hacer para ser aceptados en el mundo cinematográfico?
2. ¿Qué evidencia hay de que "el camino está abierto" hoy en día?
3. ¿Cuáles son otros grupos minoritarios que han tenido problemas similares en Hollywood?

B. Palabras claves: pantalla. Para conversar es necesario tener un buen vocabulario. Dos maneras de ampliar tu vocabulario son reconocer distintos usos de la misma palabra y aprender a derivar palabras nuevas de una palabra clave.

Por ejemplo, ve cuántas de las frases de la primera columna que expresan distintos usos de **pantalla** puedes combinar con las definiciones de la segunda columna. Luego, escribe una oración original con cada frase. Compara tus oraciones con las de dos compañeros(as) de clase.

____	1. estrellas de la pantalla	a. ponerse delante de otra persona para ocultarla
____	2. servir de pantalla	b. elemento de un equipo estereofónico
____	3. pantalla acústica	c. filmar
____	4. llevar a la pantalla	d. superficie que se toca
____	5. pantalla táctil	e. actores de cine

Mejoremos la comunicación

Para hablar del cine

Al hablar del cine

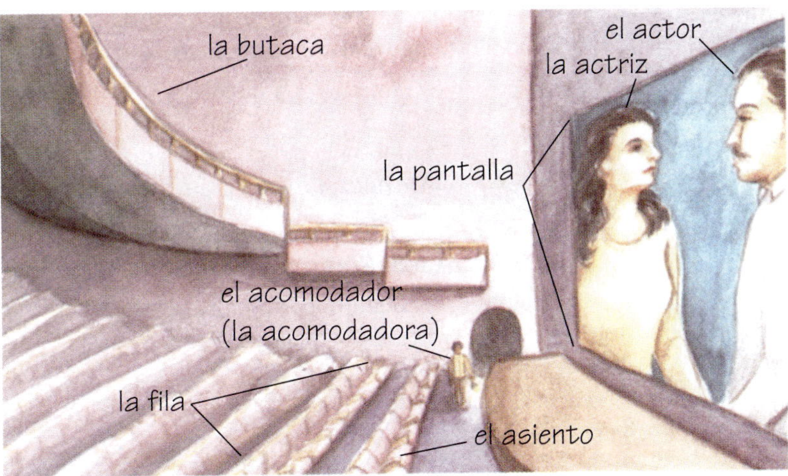

Al hablar de tus gustos en películas

— ¿Te gustan las películas de acción? *Do you like adventure movies?*

película...	*. . . movie, film*
...cómica *comedy*	**...de vaqueros** *western*
...de ciencia ficción *science fiction . . .*	**...documental** *documentary*
...de dibujos animados *animated . . .*	**...de terror (horror)** *horror . . .*
...de guerra *war . . .*	**...musical** *musical*
...de misterio *suspense thriller*	**...policíaca** *detective . . .*
...románticas *romance . . .*	

— Me encantan. *I love them.*
— Me fascinan. *They fascinate me.*
— No me gustan del todo. *I don't like them at all.*
— Las detesto. *I detest them.*
— Las odio. *I hate them.*

Al describir películas

— ¿Qué opinas de la película de anoche? *What do you think of last night's movie?*
— Fue formidable. *It was terrific.*

aburrido(a) *boring*
conmovedor(a) *moving, touching*
creativo(a) *creative*
emocionante *exciting*
entretenido(a) *entertaining*
espantoso(a) *frightening*
estupendo(a) *stupendous*
imaginativo(a) *imaginative*
impresionante *impressive*
pésimo(a) *very bad, terrible*
sorprendente *surprising*
trágico(a) *tragic*

Al invitar a una persona al cine

— ¿Quieres ir a ver una película esta noche? *Do you want to go see a movie tonight?*
— ¿Deseas ver la nueva película el viernes? *Do you want to see the new movie on Friday?*
— ¿Te gustaría ir al cine conmigo el sábado por la tarde? *Would you like to go to the movies with me on Saturday afternoon?*

Al aceptar una invitación

— ¡Cómo no! ¿A qué hora? *Of course! At what time?*
— ¡Claro que sí! ¿Sabes a qué hora empieza la película? *Of course! Do you know what time the movie starts?*
— Me encantaría. ¿A qué hora me pasas a buscar? *I'd love to. At what time will you come by for me?*

Al rechazar una invitación

— Lo siento, pero tengo otros planes. *I'm sorry, but I have other plans.*
— Muchas gracias, pero no puedo. *Thank you, but I can't.*
— Me encantaría, pero... *I'd love to, but . . .*
— Quizás la próxima vez. *Maybe next time.*

¡A conversar!

A. Voy al cine... Pregúntale a un(a) compañero(a) cuándo piensa ir al cine y qué película va a ver. Pregúntale también con quién va, dónde le gusta sentarse, cuánto cuestan las entradas, y pídele que describa el interior de un cine.

B. Dramatización. Dramatiza la siguiente situación con dos compañeros(as) de clase. Tú y un(a) amigo(a) están tomando un café en la cafetería de la universidad cuando otro(a) amigo(a) se acerca y los invita al cine esa noche. Acepten la invitación, mencionando qué película pasan, a qué sesión prefieren ir, quién va a comprar las entradas, dónde prefieren sentarse, etcétera.

C. Práctica: sustantivos y artículos. Indica el artículo singular de estos sustantivos, todos relacionados con el cine. Luego, da el artículo y sustantivo plural.

Modelo: musical
el musical, los musicales

1. ficción
2. cine
3. dibujo
4. guerra
6. invitación
5. documental
7. taquilla
8. acomodador
9. actriz
10. boleto

DEL PASADO AL PRESENTE

Los chicanos: tres siglos de presencia continua

Principios del siglo XX A finales del siglo XIX y a principios del XX, México pasa por una gran crisis política y económica. Se calcula que más de un millón de mexicanos llegan a EE.UU. en las dos décadas posteriores a la violenta Revolución Mexicana que comienza en 1910. Esta inmigración aumenta la presencia mexicana en la mayoría de las ciudades fronterizas. Durante esta época se hacen populares la música, la comida, la arquitectura y el estilo "del suroeste" que reflejan el modo de vida de los mexicanos y sus descendientes.

El programa de braceros Durante la gran depresión económica de EE.UU., entre 1929 y 1935, más de 400.000 mexicanos — muchos con familiares nacidos en EE.UU. — son repatriados a México. Este movimiento hacia el sur cambia de dirección en 1942, cuando EE.UU. negocia el primer acuerdo con México para atraer a trabajadores agrícolas temporales llamados "braceros" (porque trabajan con los brazos). Durante la Segunda Guerra Mundial, hay mucha necesidad de trabajadores agrícolas en EE.UU. porque muchos norteamericanos han cambiado de empleo para trabajar en la industria de armamentos o estar en las fuerzas armadas. Este programa se termina en 1964. Como todavía se necesitan trabajadores agrícolas, la inmigración a EE.UU. continúa, incluso de trabajadores indocumentados.

Braceros en el campo

El Movimiento Chicano En los años 60, motivados por el movimiento de los derechos civiles dirigido por Martin Luther King Jr., los méxicoamericanos empiezan a organizarse para mejorar sus condiciones. Para enfatizar su identidad étnica basada más en el pasado indígena que en la tradición "colonizadora" española, empiezan a llamarse "chicanos" o miembros de "la Raza". El Movimiento Chicano, conocido también como "La Causa", intenta transformar la realidad y la conciencia de la población de origen mexicano en EE.UU.

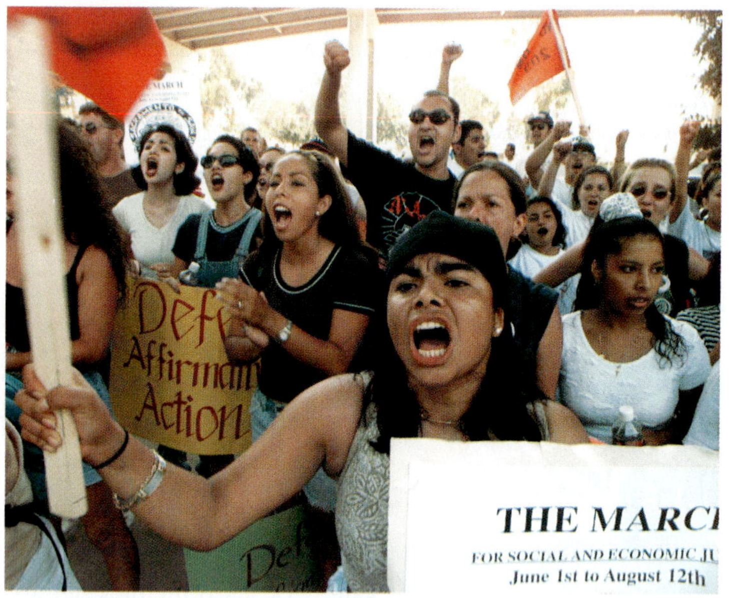

El Movimiento Estudiantil Chicano de Aztlán (M.E.Ch.A.) protesta.

Una de las teorías más aceptadas del origen del nombre "chicano" afirma que se deriva de la palabra "mexica" (pronunciada "meshica"), que era como se llamaban los aztecas a sí mismos. El énfasis en el pasado indígena se nota también en el nombre que usan varios grupos estudiantiles: M.E.Ch.A., que quiere decir "Movimiento Estudiantil Chicano de Aztlán". Aztlán es el territorio de donde se originaron los aztecas, que muchos sitúan en el suroeste de EE.UU.

El presente Desde la década de los 70 existe una verdadera efervescencia en la cultura chicana. Se establecen centros culturales en muchas comunidades chicanas y centros de estudios chicanos en las más importantes universidades del suroeste de EE.UU. En las paredes de viviendas, escuelas, parques y edificios públicos se pintan murales de gran colorido que proclaman un renovado orgullo étnico. Las obras de muchos artistas chicanos comienzan a formar parte de colecciones permanentes de museos y se exhiben con mucho éxito en galerías por todo el país.

Igualmente, durante este período existe un florecimiento de la literatura chicana. Se fundan nuevas revistas literarias y editoriales con el propósito de dar a conocer a autores chicanos. También surgen varias publicaciones nacionales dirigidas especialmente al mercado hispano; entre las más populares están *Hispanic, Latina, Hispanic Business* y *People en español.* Sin duda la población de origen mexicano ha mejorado mucho sus condiciones en los últimos treinta años, pero aún queda mucho por hacer, especialmente en la educación, los ingresos y la salud.

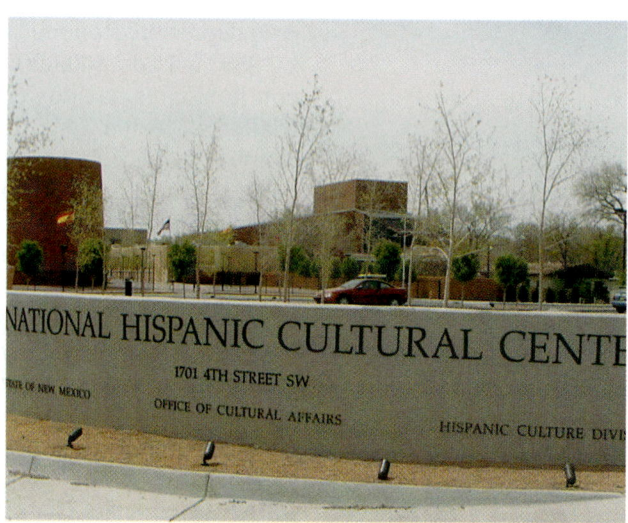

Centro nacional de cultura hispanica en Albuquerque, New Mexico

¡A ver si comprendiste!

A. Hechos y acontecimientos. ¿Recuerdas los datos más importantes de la lectura? Para asegurarte, contesta las siguientes preguntas. Luego, compara tus respuestas con las de un(a) compañero(a).

1. ¿A qué se debe que más de un millón de mexicanos llegan a EE.UU. entre 1910 y 1930?
2. ¿Qué es el programa de braceros y cuánto tiempo dura?
3. Según una teoría, ¿de qué palabra azteca se deriva el nombre "chicano"?
4. ¿Qué es Aztlán?
5. ¿Qué significa M.E.Ch.A.?
6. ¿Cuáles son algunos ejemplos de la efervescencia de la cultura chicana?

B. A pensar y a analizar. En grupos de cuatro, hagan un debate sobre el siguiente tema: ¿Debe EE.UU. cambiar la manera en que trata a los inmigrantes mexicanos en este país debido a la continua labor que éstos han hecho tanto en los campos agrícolas como en domicilios privados? Dos deben discutir a favor y dos en contra. Informen a la clase cuáles fueron los mejores argumentos.

Ventana al Mundo 21

Canto a los cuatro vientos, mural colaborativo en la Escuela Secundaria Benito Juárez.

Los mexicanos de Chicago

Para escapar los terrores de la Revolución Mexicana de 1910 muchísimos ciudadanos mexicanos inmigran a EE.UU. Al cruzar la frontera, muchos son enviados a Chicago con la promesa de encontrar empleo en la ganadería y los mataderos. Ahora los hispanos participan en toda clase de negocios en Chicago y sus alrededores. Según el censo del año 2000, en Chicago el veintiséis por ciento es de origen hispano. El mayor grupo hispano es de origen mexicano (530.462) seguido por los puertorriqueños (113.055). La población mexicana se concentra principalmente en las comunidades de Pilsen y La Villita, que han crecido de una manera acelerada desde los años 50.

La primera semana de agosto de cada año se celebra la "Fiesta del Sol" en el barrio mexicano de Pilsen. Esta fiesta conmemora la formación en 1973 de la primera escuela en un barrio hispano, la Escuela Secundaria Benito Juárez.

En 1982, se fundó el "Mexican Fine Arts Center Museum" para promover la apreciación y la producción de arte en la comunidad mexicana de Chicago. Para lograr esta meta, el museo patrocina exhibiciones de artistas chicanos y mexicanos locales.

A. Los mexicanos de Chicago. Corrige estas oraciones según la lectura.

1. Más del treinta por ciento de la población de Chicago es de origen hispano.
2. Más de una mitad de la población de Chicago es de origen hispano. Las personas de origen mexicano representan la mitad de los hispanos de Chicago.
3. La "Fiesta del Sol" tiene su origen en antiguas ceremonias aztecas.
4. La Escuela Secundaria Benito Juárez demuestra la importancia que tiene la Revolución Mexicana de 1910 para los hispanos de Chicago.
5. El "Mexican Fine Arts Center Museum" se fundó para llevar el arte de los grandes artistas y muralistas de México a Chicago.

B. Repaso: artículos y sustantivos. Lee los siguientes sustantivos sacados de la lectura precedidos por el artículo definido singular; luego, léelos en plural, precedidos del artículo definido correspondiente.

1. terror
2. revolución
3. alrededor
4. origen
5. habitante
6. población
7. ciudad
8. arte
9. meta
10. exhibición

Y ahora, ¡a leer!

A. Anticipando la lectura. Haz estas actividades con un(a) compañero(a).

1. Miren el dibujo de la página 13. ¿Quiénes creen Uds. que son las dos personas? ¿Qué relación existe entre ellos? ¿Qué creen que están diciendo?
2. ¿Qué les dice el título del cuento? ¿Aclara quiénes son las personas que ven en el dibujo?
3. Escriban tres posibles temas que creen que este poema va a tratar, basándose sólo en el título y el dibujo. Vuelvan a sus temas después de leer el cuento para ver si acertaron o no.

B. Vocabulario en contexto. Busca estas palabras en la lectura que sigue y, a base del contexto en el cual aparecen, decide cuál es su significado. Para facilitar encontrarlas, las palabras aparecen en negrilla en la lectura también.

1. **cruzas**
   a. te pasaste de   b. tienes   c. vas a cumplir
2. **alrededor**
   a. cercano   b. extraño   c. distante
3. **parados**
   a. establecidos   b. educados   c. de salud
4. **plantados**
   a. inseguros   b. débiles   c. firmes
5. **me duele**
   a. me molesta   b. sufro   c. me enfurece

Conozcamos al autor

Francisco X. Alarcón es un verdadero bilingüe. Nació en Wilmington, California, pero se crió y educó tanto en EE.UU. como en Guadalajara, México. Hizo sus estudios universitarios en East Los Angeles College, la Universidad Estatal de California en Long Beach y en la Universidad de Stanford. Reconocido como poeta, profesor, investigador y activista, Alarcón ha publicado nueve colecciones de poemas: *Ya vas, Carnal* (1985); *Quake Poems* (1989); *Body in Flames / Cuerpo en llamas* (1990); *Loma Prieta* (1990); *De amor oscuro / Of Dark Love* (1991); *Snake Poems: An Aztec Invocation* (1992); *Poemas zurdos* (1992); *No Golden Gate for Us* (1993); *Sonnets to Madness and Other Misfortunes / Sonetos a la locura y otras penas* (2001). Además, también ha publicado textos escolares para la enseñanza media, secundaria y universitaria. Recientemente, se ha dedicado a publicar libros para niños: *Laughing Tomatoes and Other Spring Poems / Jitomates risueños y otros poemas de primavera* (1997); *From the Bellybutton of the Moon and Other Summer Poems / Del ombligo de la luna y otros poemas de verano* (1998); *Angels Ride Bikes / Los ángeles andan en bicicleta* (2000).

Consejos de una madre

hijo
ya **cruzas**
los 33 años

y no veo
asientes
cabeza

mira
tu mundo
alrededor

tus primos
están todos
bien **parados**

con los pies
plantados
en la tierra

mientras tú
me duele
verte así

gastando
tus ojos
y tu tiempo

en eso
que llamas
poemas

"Consejos de una madre" de *Body in Flames—Cuerpo en llamas*

¿Comprendiste la lectura?

A. Hechos y acontecimientos. ¿Recuerdas los datos más importantes de la lectura? Para asegurarte, selecciona las palabras o frases que completen mejor cada oración según la lectura. Luego, compara tus respuestas con las de un(a) compañero(a). **¡OJO!** Algunas tienen dos respuestas correctas.

1. La persona que habla en el poema es...
   a. el hijo. b. la madre.
   c. el padre. d. el poeta.
2. La persona que está por cumplir los 33 años es...
   a. el hijo. b. la madre.
   c. el padre. d. el poeta.
3. Los primos que se mencionan en el poema...
   a. deben ser muy jóvenes. c. no terminaron su educación.
   b. todos están casados. d. todos deben tener buenos empleos.
4. El hijo probablemente es...
   a. poeta. c. un vagabundo.
   b. muy perezoso. d. un estudiante universitario.
5. La madre probablemente...
   a. no ama a su hijo. c. no entiende a su hijo.
   b. se preocupa por su hijo. d. quiere más a sus sobrinos que a su hijo.

B. A pensar y a analizar. Haz las siguientes actividades.

1. Escribe una breve descripción de la madre. ¿Qué cualidades tiene? En tu opinión, ¿es buena madre? Léele tu descripción a la clase.
2. ¿Qué opinas del hijo? ¿Crees que es buen hijo o crees que es un vagabundo perezoso? ¿Por qué?
3. ¿Es posible ganarse la vida sólo escribiendo poemas? Explica tu respuesta. ¿Crees que la madre del poema y la madre del poeta son la misma persona? ¿Por qué?
4. ¿Crees que el hijo del poema es el poeta mismo? ¿Por qué?

C. Dramatización. Dramatiza la siguiente situación con un(a) compañero(a) de clase. Tú y tu padre (madre) están hablando de tu futuro. Pueden estar de acuerdo o no.

Introducción al análisis literario

Versos, estrofas, entonación y recitación

Hay varias maneras de narrar una historia, de relatar sucesos o de contar hechos. Se pueden hacer en poesía, en forma de diálogo o en prosa. Cuando lo haces en poesía, la historia es agradable al oído porque hay palabras que tienen cierto ritmo, la entonación es diferente a la normal y las frases son cortas. Vamos a ver algunas de las características de la poesía.

- **Verso:** una línea de un poema.
- **Estrofa:** la agrupación de versos en un poema. El número de versos en cada estrofa puede variar.
- **Entonación:** son los altibajos de la voz cuando se lee en voz alta o cuando se habla en cualquier situación. La entonación que se da a un poema es de gran importancia porque ayuda a manifestar los sentimientos del poeta.
- **Recitación:** es una poesía dicha en voz alta y con mímica.

A. Versos, estrofas y entonación. Contesta las siguientes preguntas.

1. ¿Cuántos versos hay en el poema "Consejos de una madre"?
2. ¿Cuántas estrofas hay?
3. ¿Qué cuenta el poeta en este poema?
4. ¿Qué entonación crees que debe dársele al poema: alegre, triste, dulce, amarga,...?

B. Recitación. Ahora recítalo a un(a) compañero(a). Tu compañero(a) va a observar la mímica y la entonación que comunicas y va a comentar si comunicas el sentido del poema en tu recitación. Luego, tu compañero(a) recita el poema y tú comentas su recitación.

¡LUCES! ¡CÁMARA! ¡ACCIÓN!

La joven poesía

El programa de *Cristina*, con sus temas fuertes y hasta controvertidos, continúa llegando diariamente a miles de hogares hispanos en EE.UU. Es dirigido por Cristina Saralegui, la rubia cubanoamericana que algunos críticos han llamado la voz intelectual del pueblo. Esta selección del video viene de un programa sobre "La joven poesía", es decir, la poesía escrita en español en EE.UU. por jóvenes hispanos.

En el programa, Manuel Colón, un joven poeta de veintiún años, lee un poema titulado "Autobiografía". En su poema trata de explicar el conflicto de identidad que él sufrió, algo que les ocurre a muchos jóvenes hispanos en este país. En particular, Manuel Colón explica el conflicto que sintió cuando trató de decidir quién era realmente: ¿mexicano? ¿méxicoamericano? ¿chicano? La poesía lo ayudó a encontrar una respuesta.

Antes de empezar el video

Contesten las siguientes preguntas en parejas.

1. En EE.UU. hay muchos programas de entrevistas en la televisión, como el de Oprah Winfrey. ¿Cuáles son otros de los más populares? ¿Cuál es el contenido de estos programas? ¿Qué temas tratan?
2. Con frecuencia, estos programas enfocan en los conflictos de identidad de los jóvenes. ¿Cuáles son algunos ejemplos de conflictos de identidad? En la opinión de Uds., ¿cuál es la mejor manera de resolver los conflictos de identidad?

¡A ver si comprendiste!

A. La joven poesía. Contesta las siguientes preguntas con un(a) compañero(a) de clase.

1. ¿Cuál es el problema principal de Manuel Colón? ¿Cómo lo resuelve?
2. ¿Cuáles son algunos ejemplos del conflicto de identidad que menciona en su poema "Autobiografía"?
3. ¿Qué piensa el poeta de su identidad ahora? Expliquen.

B. A pensar e interpretar. Contesten las siguientes preguntas en parejas.

1. ¿Creen Uds. que es importante tener una identidad étnica? Elaboren.
2. Manuel Colón nombró tres posibles identidades y decidió seleccionar "chicano". ¿Creen Uds. que el identificarse con un grupo étnico le prohíbe a alguien pertenecer a otro? ¿Hay momentos en que es más apropiado destacar ser miembro de cierto grupo étnico en lugar de otro? Expliquen.
3. ¿Cuáles son las ventajas y desventajas de ser miembro de un grupo étnico?

EXPLOREMOS EL CIBERESPACIO

Explora distintos aspectos de los chicanos en EE.UU. en las **Actividades para la Red** *(Web)* que corresponden a esta lección. Ve primero a **http://college.hmco.com** en la red, y de ahí a la página de ***Mundo 21.***

LECCIÓN 2

Los puertorriqueños

Nombres comunes: *boricuas, neoyorquinos, puertorriqueños, hispanos, latinos*

Población: *3.406.178 (Censo del año 2000)*

Concentración: *Puerto Rico, Nueva York, Nueva Jersey, Illinois, Florida y Massachusetts*

GENTE DEL MUNDO 21

Antonia Novello, la primera Directora de Salud Pública hispana (1989–1993), nació en Fajardo, Puerto Rico. Cuando era pequeña perdió a su padre y fue criada por su madre, una maestra de escuela que le enseñó a perseverar y a tratar de ser la mejor en todos los aspectos de la vida. Hasta los 18 años sufrió del colon, una penosa experiencia que la ayudó a simpatizar con el dolor de otros. Cursó estudios de medicina en la Universidad de Michigan y en 1971 fue la primera mujer en recibir el premio de Internista del Año del Departamento de Pediatría. Desde entonces ella ya abría puertas para otras mujeres en el difícil campo de la medicina. Durante su período como Cirujana General de EE.UU., la Dra. Novello luchó contra la venta de tabaco y alcohol a menores de edad, trató de eliminar el estigma asociado con las enfermedades mentales y trabajó a favor de los niños infectados con el virus del SIDA. Por sus esfuerzos por solucionarle problemas de salud a la gente hispana, ha recibido varios premios importantes, como el de Simón Bolívar y otro concedido por las mujeres cubanoamericanas.

Tito Puente (1923–2000), el legendario salsero puertorriqueño, nació en Nueva York. Su gran talento musical fue reconocido por su madre, quien lo hizo estudiar piano y baile. Para fines de la década de los 40, ya había llegado a ser el artista favorito del Copacabana, el famoso club nocturno neoyorquino, y del Palladium de Hollywood. Su estilo único fue una mezcla pulsante y sabrosa de jazz latino y música caribeña. Su larga carrera musical, que incluye más de cien discos y 400 composiciones, le trajo galardones impresionantes: un premio "Eubie Blake" de la Academia Nacional de Artes, cuatro premios "Grammy", la Medalla Nacional de las Artes, la medalla de Honor Smithsonian, el título de "Embajador de la Música Latinoamericana", las llaves de la Ciudad de Nueva York y muchos más. Sus composiciones incluyen música para las películas *The Mambo Kings* (1992), *Dick Tracy (1990), Radio Days (1987)* y otras. Tito personificó la sabrosura y alegría rítmica de la música así como la generosidad hispana. Para el año 2000, su Fundación Tito Puente había distribuido más de cincuenta becas a jóvenes hispanos talentosos. Su muerte causó gran consternación en el mundo cultural y musical.

Jennifer López es una popular actriz y cantante descendiente de padres puertorriqueños. Nacida el 24 de julio de 1970 en el Bronx en la ciudad de Nueva York, Jennifer López empezó su carrera como bailarina en el show de televisión *In Living Color* (1990). Su primer papel fílmico de importancia fue el papel estelar en *Mi familia*, dirigido por Gregory Nava en 1995. Este mismo director la dirigió en *Selena* (1997), que constituyó su ticket de entrada al mundo de las grandes estrellas. Gracias a su talento y a su belleza de rasgos clásicamente latinos, es dirigida frecuentemente por grandes cineastas como Francis Coppola (*Jack*, 1996), Bob Rafelson (*Blood and Wine*, 1996), Oliver Stone (*U Turn*, 1997) y Steven Soderbergh (*Out of Sight*, 1998). En años recientes sus éxitos continúan con papeles tales como el de dedicada policía en *Angel Eyes* (2001) y el de una mujer abusada en *Enough* (2002). Su cautivante presencia la ha hecho la actriz latina mejor pagada en la historia de Hollywood. Por añadidura, su carrera de cantante continúa en ascenso.

Otros puertorriqueños sobresalientes

Sandy Alomar Sr., Roberto Alomar y Sandy Alomar Jr.: beisbolistas

María Teresa Babín: catedrática, cuentista y editora de antologías

Rosario Dawson: actriz

Michael DeLorenzo: actor

Raúl Julia (1940–1994): actor

John Leguizamo: actor

Esai Morales: actor

Rosie Pérez: actriz

Jimmy Smits: actor

Pedro Juan Soto: cuentista, novelista y dramaturgo

Piri Thomas: novelista y guionista

Bob Vila: presentador de TV

Personalidades del Mundo 21

Contesta las siguientes preguntas. Luego, comparte tus respuestas con dos o tres compañeros(as) de clase.

1. Explica cómo una enfermedad grave resultó en algo positivo para la doctora Antonia Novello. ¿Qué repercusiones para otras latinas tuvo el premio que ella recibió en 1971? ¿Cuáles fueron algunos de los trabajos importantes que distinguieron sus años como Cirujana General de EE.UU.?
2. ¿Por qué es tan famoso Tito Puente? ¿Qué galardones obtuvo? ¿Para qué películas escribió música? ¿Quiénes son otros artistas que, como Tito Puente, han mantenido su popularidad por décadas?
3. ¿Cuáles fueron los comienzos de la carrera de Jennifer López? ¿Qué cineastas han dirigido a esta prestigiosa actriz? ¿Cuáles son algunas de las películas más importantes de su carrera?

Cultura ¡en vivo!

Escritores puertorriqueños en EE.UU.

Manual de gramática

Antes de leer **Cultura ¡en vivo!,** conviene repasar los verbos con cambio en la raíz en la sección 1.3 y los verbos con cambios ortográficos y verbos irregulares en la sección 1.4 del **Manual de gramática** (pp. 75–79).

La obra que sigue de la escritora Esmeralda Santiago es parte de la tradición literaria puertorriqueña que incluye a muchos autores que escriben sobre sus experiencias personales en EE.UU. Piri Thomas es otro escritor que pertenece a este grupo. Nació en Nueva York y, aunque es de padre cubano, se identifica como puertorriqueño, igual que su madre. Su primer libro titulado *Down These Mean Streets* es una narración autobiográfica sobre las experiencias de un joven puertorriqueño que vive en el barrio y luego pasa siete años en la cárcel, pero vence al final.

Café para escritores puertorriqueños en Nueva York

Otro ejemplo es Víctor Hernández Cruz, un reconocido poeta que nació en Puerto Rico. De niño se vino con su familia a Nueva York, donde se crió y se educó. El tema de muchos de sus poemas es precisamente el bilingüismo y el biculturalismo de la experiencia puertorriqueña en EE.UU. Actualmente el poeta vive en Puerto Rico. Allí prepara una novela sobre un puertorriqueño que, después de vivir largos años en el continente, consigue regresar a la isla donde nació. Entre los muchos sobresalientes escritores puertorriqueños que viven EE.UU. se destacan Pedro Juan Soto, Jaime Carrero, María Teresa Babín, Emilio Díaz Valcárcel y Esmeralda Santiago.

A. Escritores puertorriqueños en EE.UU. Haz las siguientes actividades con un(a) compañero(a).

1. ¿Por qué creen Uds. que tantos escritores puertorriqueños, como Esmeralda Santiago, Piri Thomas y Víctor Hernández Cruz, acaban por escribir sobre sus experiencias en EE.UU.? ¿Qué hay de interés en este tema para los puertorriqueños?
2. En la opinión de Uds., ¿cuánto de lo que Víctor Hernández Cruz escriba en su nueva novela será autobiográfico? Expliquen su respuesta.

B. Palabras claves: escribir. Para ampliar tu vocabulario, combina las palabras de la primera columna con las definiciones de la segunda columna. Luego, escribe una oración original con cada palabra. Compara tus oraciones con las de dos compañeros(as) de clase.

____ 1. escribano	a. acción y efecto de escribir
____ 2. escritor(a)	b. mueble que sirve para escribir en él
____ 3. escritorio	c. notario o funcionario público que certifica escrituras
____ 4. escritura	d. carta o cualquier papel manuscrito
____ 5. escrito	e. autor(a)

Mejoremos la comunicación

Para hablar de la literatura

Manual de gramática

Antes de leer **Mejoremos la comunicación,** conviene repasar las secciónes 1.3 y 1.4 del **Manual de gramática** (pp. 75–79).

Al hablar de la literatura

— ¿Qué me dices de la última obra de...?	*What do you think of the last* (or *latest) work by . . . ?*
— ¿Has leído la nueva novela de...?	*Have you read the new novel by . . . ?*
— ¿Te gusta leer ensayos literarios?	*Do you like to read literary essays?*
— ¿Prefieres leer cuentos, novelas o poesía?	*Do you prefer to read short stories, novels, or poetry?*
— Cuando vas al teatro, ¿qué prefieres, drama o comedia?	*When you go to the theater, which do you prefer, drama or comedy?*
— ¿Cuál es tu obra de teatro favorita? ¿tu poema favorito?	*What is your favorite play? your favorite poem?*
— ¿Quién es tu escritor(a) favorito(a)?	*Who is your favorite writer?*

dramaturgo(a) *playwright*
novelista *m./f. novelist*
poeta *m./f. poet*

Al expresar opiniones

Es una obra de teatro encantadora.	*It's a delightful play.*
La recomiendo con entusiasmo.	*I recommend it enthusiastically.*
Es una película fascinante.	*It's a fascinating movie.*
Vale la pena verla.	*It's worth seeing it.*
Es un ballet fantástico.	*It's a fantastic ballet.*
Tiene una coreografía increíble.	*It has an incredible choreography. (The choreography is incredible.)*

aburridísimo(a) *extremely boring*
corto(a) *short*
destacado(a) *outstanding*
dificilísimo(a) *extremely difficult*
divertido(a) *entertaining*
excelente *excellent*
excepcional *exceptional*
fantástico(a) *fantastic*
fascinante *fascinating*
incomprensible *incomprehensible*
largo(a) *long*
maravilloso(a) *marvelous*
sencillo(a) *simple, easy*
terrible *terrible*

— No entiendo la trama de esta obra.	*I don't understand the plot of this work.*
argumento *plot*	**narrador(a)** *narrator*
escena *scene*	**personaje** *(m.)* ***principal*** *main character*
final *m. ending*	**protagonista** *m./f. protagonist*
guión *m. script*	
— Me agradó muchísimo.	*It pleased me very much.*
— Me pareció un poco largo.	*It seemed a little long to me.*
— Nos divirtió bastante.	*It entertained us quite a bit.*

¡A conversar!

A. Encuesta. Completa este formulario primero, y luego hazles las mismas preguntas a dos compañeros(as) de clase. Luego, informen a la clase quién en su grupo lee más y qué le gusta leer.

1. ¿Te gusta leer? ☐ Sí ☐ No
2. ¿Lees para divertirte o para cumplir con los requisitos de una clase?
   ☐ Para divertirme ☐ Para una clase ☐ Ambos
3. ¿Con qué frecuencia lees...?
   Novelas: ____________________
   Libros de poesía: ____________________
   Obras de teatro: ____________________
4. ¿Cuál es el título de la última obra que leíste?
   Novela: ____________________
   Libro de poesía: ____________________
   Drama: ____________________
5. ¿Quién es tu autor(a) / poeta / dramaturgo(a) favorito(a)?
   Autor(a): ____________________
   Poeta: ____________________
   Dramaturgo(a): ____________________
6. Para ti, ¿es importante leer? ¿Por qué?
   ____
   ____
   ____

B. Entrevista. Entrevista a dos compañeros(as) de clase para saber quiénes son sus escritores favoritos. Pregúntales qué tipo de cuentos o novelas escriben, cuál es su obra favorita y si te la recomiendan.

C. Práctica: verbos con cambios ortográficos Contesta las preguntas que tu compañero(a) te va a hacer. Luego, hazle las mismas preguntas a él (ella).

1. ¿A qué atribuyes tu interés — o falta de interés — en la literatura?
2. ¿Qué tipo de literatura te exigen leer en la clase de español? ¿Qué tipo de literatura prefieres leer tú?
3. ¿Te satisface leer tiras cómicas? ¿Cuáles son tus favoritas?
4. ¿Conoces a algunos autores del Siglo de Oro en España? ¿Qué obras escribieron?
5. ¿Dónde se obtienen obras literarias en español?

Del pasado al presente

Los puertorriqueños en EE.UU.: Borinquén continental

Ciudadanos estadounidenses A diferencia de otros grupos hispanos, todos los puertorriqueños son ciudadanos estadounidenses y pueden entrar y salir de EE.UU. sin pasaporte o visa. También gozan de todos los derechos de ciudadanos estadounidenses, excepto que los puertorriqueños que viven en la isla no pueden votar en las elecciones presidenciales, pero tampoco pagan impuestos federales.

Como ciudadanos, los puertorriqueños también tienen las mismas responsabilidades de cualquier estadounidense. Pueden ser reclutados para servir en el ejército norteamericano. Miles de puertorriqueños han servido en las fuerzas armadas de EE.UU. como reclutas o voluntarios. Por ejemplo, durante el conflicto de Corea (1950–1953), el Regimiento de Infantería 65, compuesto de puertorriqueños, participó en nueve campañas y fue uno de los regimientos más condecorados del conflicto. Más recientemente, un buen número de puertorriqueños fueron homenajeados por su participación en la guerra del Golfo Pérsico y la de Irak.

El Regimiento de Infantería 65

Una población joven Los puertorriqueños en EE.UU. forman una de las poblaciones más jóvenes de todos los otros grupos étnicos. Esto constituye un gran desafío a las instituciones educativas estadounidenses. Cada año más estudiantes puertorriqueños ingresan a las universidades de EE.UU., pero todavía existe una gran necesidad de profesionales bilingües en la comunidad puertorriqueña.

Los problemas que enfrentan los jóvenes puertorriqueños para adaptarse a la vida de los barrios de EE.UU. fue dramatizada muy efectivamente en la exitosa obra teatral de Broadway que fue posteriormente adaptada al cine con el título de *West Side Story*. Esta película recibió muchos premios, incluyendo el premio "Óscar" a la mejor película de 1961 y el "Óscar" a la mejor actriz secundaria.

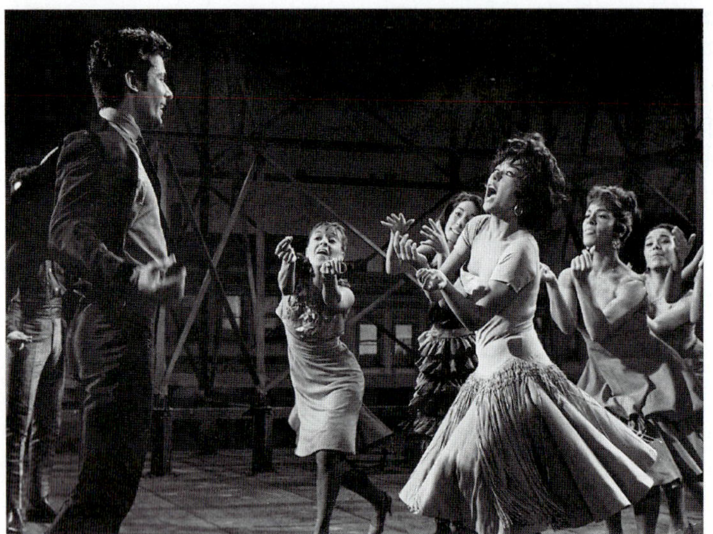

Rita Moreno en *West Side Story*

La ganadora fue la joven y hermosa actriz puertorriqueña Rita Moreno, que inauguró de esta prestigiosa manera su entrada al cine. Por supuesto, muchos de los estereotipos que allí se presentan ya han sido superados.

La situación actual En las últimas dos décadas se notan cambios en la emigración puertorriqueña a EE.UU. Desde 1980, un importante número de abogados, médicos, profesores universitarios, gente de negocios e investigadores científicos han venido a EE.UU., atraídos por las oportunidades que se ofrecen a los puertorriqueños profesionales bilingües.

La situación de los boricuas en EE.UU. ha mejorado en los últimos treinta años, gracias en parte a los programas bilingües que toman en cuenta la lengua y la cultura de los puertorriqueños y que ofrecen esperanzas de un futuro mejor. También se han creado centros artísticos y culturales, como el Museo del Barrio, inaugurado en 1969, o el actual Teatro Rodante Puertorriqueño. Este último mantiene viva la herencia cultural boricua, que proviene de los taínos, los africanos y los españoles.

Los avances de la comunidad puertorriqueña en EE.UU. son palpables y pueden verse a través de la elección en 1992 de la Congresista Nydia Velázquez de Nueva York y del nombramiento de la doctora Antonia Novello que hizo un gran papel como Cirujana General de EE.UU. de 1989 a 1993. El éxito alcanzado por puertorriqueños ilustres como el percusionista Tito Puente, la actriz Rita Moreno, el actor Raúl Julia, la bailarina Chita Rivera y el escritor Piri Thomas ha enriquecido la vida cultural de todo EE.UU.

Nydia Velázquez

¡A ver si comprendiste!

A. Hechos y acontecimientos.

¿Recuerdas los datos más importantes de la lectura? Para asegurarte, contesta las siguientes preguntas. Luego, compara tus respuestas con las de un(a) compañero(a).

1. ¿Por qué los puertorriqueños pueden entrar y salir de EE.UU. sin necesidad de pasaporte? Si decides tú viajar a Puerto Rico, ¿necesitas conseguir pasaporte?
2. ¿Cuándo recibieron los puertorriqueños la ciudadanía estadounidense? ¿Tienen todos los derechos que tienes tú como ciudadano(a)?

3. ¿Cómo se llama la película que trata de la realidad de los jóvenes puertorriqueños en Nueva York y que en 1961 ganó el premio "Óscar" como la mejor película? ¿Conoces la trama de esta película? Explícala.
4. ¿Quiénes son algunos puertorriqueños contemporáneos que se han destacado en las artes en EE.UU.?
5. ¿A cuántos de estos puertorriqueños has visto actuar en el cine o en la televisión? ¿En qué películas o programas los has visto?

Michael DeLorenzo	Rita Moreno
Héctor Elizondo	Rosie Pérez
Raúl Julia	Chita Rivera
Jennifer López	Jimmy Smits
Esai Morales	

B. A pensar y a analizar. ¿Es justo que los puertorriqueños tengan que servir en el ejército estadounidense cuando no tienen el derecho de votar por el presidente de EE.UU., el jefe supremo del ejército? En grupos de cuatro, tengan un debate sobre esta pregunta. Dos deben discutir a favor, dos en contra.

Ventana al Mundo 21

Puerto Rico: entre libre asociación, estadidad o independencia

Los 3,8 millones de puertorriqueños de la isla tienen tres alternativas políticas: continuar con modificaciones el Estado Libre Asociado (ELA) establecido en 1952, convertirse en el estado número cincuenta y uno de EE.UU. o alcanzar la independencia. Un argumento en favor de la estadidad es que los puertorriqueños tendrían los mismos derechos que el resto de los norteamericanos. Sus dos senadores y siete congresistas en el Congreso constituirían el grupo hispano más poderoso en Washington. Una gran desventaja es que los puertorriqueños tendrían que pagar impuestos federales y aumentaría el desempleo ya que muchas empresas abandonarían la isla al verse obligadas a pagar impuestos. Tal vez el punto de mayor controversia es que, de convertirse en estado, el congreso norteamericano no garantiza el derecho de Puerto Rico a preservar sus tradiciones o el idioma español. En 1998, el 46,5 por ciento favorecieron ser el estado número cincuenta y uno de EE.UU. y el 50,3 por ciento votaron por no decidir, lo cual implica un voto en contra. Por lo tanto, el futuro político de la isla sigue siendo un tema de discusión altamente delicado.

A. Debate. En grupos de seis, hagan un debate sobre las tres alternativas que se les ofrecen a los puertorriqueños: libre asociación, estadidad o independencia. Dos personas de cada grupo deben elegir una de las tres alternativas y prepararse para defenderla. Terminado el debate, informen a la clase quién ganó.

Manual de gramática

Antes de hacer esta actividad, conviene repasar el presente de indicativo en la sección 1.2 del **Manual de gramática** (pp. 72–74).

B. Repaso: presente de indicativo. Completa las siguientes oraciones con la forma apropiada del presente de indicativo de los verbos que están entre paréntesis.

1. Una pequeña mayoría de puertorriqueños (insistir en) que Puerto Rico continúe como Estado Libre Asociado.
2. Muchos puertorriqueños están seguros que algún día Puerto Rico (ir a) recibir los votos necesarios para convertirse en el estado cincuenta y uno de EE.UU.
3. Otros dicen que si Puerto Rico (conseguir) independizarse de EE.UU., la vida de todo puertorriqueño mejorará.
4. Si el desempleo (aumentar) y todos tienen que pagar impuestos, muchos puertorriqueños van a sufrir.
5. Pero si el congreso estadounidense no (garantizar) ciertos derechos, los puertorriqueños (estar) en peligro de perder sus tradiciones y su lengua.

Y ahora, ¡a leer!

A. Anticipando la lectura. Contesta las siguientes preguntas con un(a) compañero(a).

1. La mayoría de los inmigrantes a EE.UU. tienen que aprender inglés para sobrevivir en este país. ¿Creen Uds. que deben dejar de hablar su idioma materno para concentrarse totalmente en el inglés? ¿Por qué? ¿Creen Uds. que los inmigrantes a EE.UU. deben seguir estudiando su propia lengua materna? Expliquen.
2. Lean ahora el primer párrafo del fragmento de *Cuando era puertorriqueña* en la página 28. ¿Quién es el (la) narrador(a)? Miren ahora el dibujo y el título de la lectura y digan cuál, en la opinión de Uds., será el tema de la obra.

3. ¿Qué expresiones coloquiales o idiomáticas existen en inglés que son probablemente difíciles de traducir a otra lengua? Den algunos ejemplos.

B. Vocabulario en contexto. Busca estas palabras en la lectura que sigue y, a base del contexto en el cual aparecen, decide cuál es su significado. Para facilitar encontrarlas, las palabras aparecen en negrilla en la lectura también.

1. **tecleaban**
   a. contemplaban b. se imaginaban c. escribían a máquina
2. **marido**
   a. esposo b. editor c. público
3. mis **oyentes**
   a. mis clientes b. mi público c. mis hijos
4. esta **etapa**
   a. estas dificultades b. este período c. este comienzo
5. **rabia**
   a. alegría b. tristeza c. furor
6. **vacía**
   a. llena de palabras b. sin nada c. literaria

Conozcamos a la autora

Esmeralda Santiago nació en una zona rural de Puerto Rico, donde sus padres y hermanos vivían una vida agitada pero llena de amor y ternura. De niña, Esmeralda Santiago vivió en la isla, sumergida en la cultura puertorriqueña. Cuando tenía trece años, se mudó con su familia a Brooklyn, donde la cultura y el idioma eran muy diferentes. Allí, la madre y Esmeralda, quien era la hija mayor, tuvieron que criar ellas solas a los otros diez hermanos. A los quince años Esmeralda Santiago fue aceptada en la Performing Arts High School en Nueva York. Después de graduarse, ella trabajó a tiempo completo por ocho años mientras asistía a la universidad para poder ayudar a su madre. En 1976 se graduó *magna cum laude* de la Universidad de Harvard. También asistió a Sarah Lawrence College, donde recibió una maestría en el programa para escritores. Es la autora de la autobiografía *Cuando era puertorriqueña* (1994), y de una novela, *El sueño de América* (1996). Las dos obras, escritas primero en inglés y luego en español, tratan de los problemas de la mujer puertorriqueña que se encuentra entre la cultura hispana y la angloamericana. También ha publicado ensayos sobre la cultura puertorriqueña.

En este fragmento de la introducción a *Cuando era puertorriqueña,* la autora habla de los problemas que tuvo al escribir en inglés las memorias de su niñez, que en su mente todavía se dan en español.

Cuando era puertorriqueña

INTRODUCCIÓN

La vida relatada en este libro fue vivida en español, pero fue inicialmente escrita en inglés. Muchas veces, al escribir, me sorprendí al oírme hablar en español mientras mis dedos **tecleaban** la misma frase en inglés. Entonces se me trababa la lengua° y perdía el sentido de lo que estaba diciendo y escribiendo, como si el observar que estaba traduciendo de un idioma al otro me hiciera perder los dos.

se... tenía dificultad en expresarme

Me gustaría decir que esta situación sólo ocurre cuando estoy escribiendo, pero la verdad es que muchas veces, al conversar con amigos o familiares, me encuentro en el limbo entre el español e inglés, queriendo decir algo que no me sale, envuelta en una tiniebla° idiomática frustrante. Para salir de ella, tengo que decidir en cuál idioma voy a formular mis palabras y confiar en° que ellas, ya sean en español o en inglés, tendrán sentido y en que la persona con quien estoy hablando me comprenderá.

confusión

confiar... estar segura

El idioma que más hablo es el inglés. Yo vivo en los Estados Unidos, rodeada° de personas que sólo hablan en inglés, así que soy yo la que tengo que hacerme entender. En mi función como madre me comunico con maestros, médicos, chóferes de guaguas° escolares, las madres de los amiguitos de

surrounded

autobuses

mis niños. Como esposa, me esfuerzo en° hacerme entender por mi **marido**, quien no habla español, sus familiares, sus amigos, sus colegas de trabajo. Como profesional, mis ensayos, cuentos y ficciones son todos escritos en inglés para un público, ya sea latino o norteamericano, a quien es más cómodo leer en ese idioma.

me... intento

Pero de noche, cuando estoy a punto de quedarme dormida,° los pensamientos° que llenan mi mente son en español. Las canciones que me susurran° al sueño son en español. Mis sueños son una mezcla de español e inglés que todos entienden, que expresa lo que quiero decir, quién soy, lo que siento. En ese mundo oscuro, el idioma no importa.° Lo que importa es que tengo algo que decir y puedo hacerlo sin tener que redactarlo° para mis **oyentes**.

a... por dormirme / ideas y opiniones
hablan en voz muy baja
es importante
escribirlo

Pero claro, eso es en los sueños. La vida diaria es otra cosa.

Cuando la editora Merloyd Lawrence me ofreció la oportunidad de escribir mis memorias, nunca me imaginé que el proceso me haría confrontar no sólo a mi pasado monolingüístico, sino también a mi presente bilingüe. Al escribir las escenas de mi niñez, tuve que encontrar palabras norteamericanas para expresar una experiencia puertorriqueña. ¿Cómo, por ejemplo, se dice "cohitre"° en inglés? ¿o "alcapurrias"°? ¿o "pitirre"°? ¿Cómo puedo explicar lo que es un jíbaro°? ¿Cuál palabra norteamericana tiene el mismo sentido que nuestro puertorriqueñismo, "cocotazo"?°

planta con flores blancas o azules / *meat turnovers*
un tipo de pájaro pequeño / persona del campo
hitting your head with your knuckles

A veces encontraba una palabra en inglés que se aproximaba a la hispana. Pero otras veces me tuve que conformar con usar la palabra en español, y tuve que incluir un glosario en el libro para aquellas personas que necesitaran más información de la que encontraban en el texto.

fase

Cuando la editora Robin Desser me ofreció la oportunidad de traducir mis memorias al español para esta edición, nunca me imaginé que el proceso me haría confrontar cuánto español se me había olvidado. [...]

El título de este libro está en el tiempo pasado: cuando era puertorriqueña. No quiere decir que he dejado de serlo, sino que el libro describe esa **etapa** de mi vida definida por la cultura del campo puertorriqueño. Cuando "brincamos el charco"° para llegar a los Estados Unidos, cambié. Dejé de ser, superficialmente, una jíbara puertorriqueña para convertirme en una híbrida entre un mundo y otro: una puertorriqueña que vive en los Estados Unidos, habla inglés casi todo el día, se desenvuelve en la cultura norteamericana día y noche. [...]

brincamos... cruzamos el mar

Pero muchas veces siento el dolor de haber dejado a mi islita, mi gente, mi idioma. Y a veces ese dolor se convierte en **rabia**, resentimiento, porque yo no seleccioné venir a los Estados Unidos. A mí me trajeron. Pero esa rabia infantil es la que alimenta° a mis cuentos. La que me hace enfrentar° a una página **vacía** y llenarla de palabras que tratan de entender y explicarles a otros lo que es vivir en dos mundos, uno norteamericano y otro puertorriqueño. [...] Cuando niña yo quise ser una jíbara, y cuando adolescente quise ser norteamericana.

sostiene, nutre / ponerme frente

Ya mujer, soy las dos cosas, una jíbara norteamericana, y llevo mi mancha de plátano° con orgullo y dignidad.

mi... my Puerto Rican heritage

"Introducción" de *Cuando era puertorriqueña*

¿Comprendiste la lectura?

A. Hechos y acontecimientos. ¿Recuerdas los datos más importantes de la lectura? Para asegurarte, contesta las siguientes preguntas. Luego, compara tus respuestas con las de un(a) compañero(a).

1. ¿Por qué dice Esmeralda Santiago que "la vida relatada en este libro fue vivida en español, pero fue inicialmente escrita en inglés"?
2. ¿Qué idioma habla más en la actualidad?
3. ¿Por qué ciertas palabras son muy difíciles o imposibles de traducir del español al inglés, como lo son para la autora "alcapurrias" y "pitirre"?
4. Según la autora, ¿qué actividades hace en inglés y qué actividades hace en español?
5. ¿Quién le pidió a la autora que tradujera su libro al español?
6. ¿Qué quiere decir la autora cuando dice, "Cuando niña yo quise ser una jíbara, y cuando adolescente quise ser norteamericana"?

B. A pensar y a analizar. ¿Cómo interpretas el final cuando la autora afirma, "Ya mujer, soy las dos cosas, una jíbara norteamericana"? Explica tu respuesta. ¿Tienes tú más de una identidad? Si es así, ¿cómo se manifiestan tus identidades?

C. Dialectos variados. Si hay personas en la clase de varios países hispanohablantes, pídanles que identifiquen palabras que ellos usan que no se usan en otras comunidades de hispanohablantes. Si no hay hablantes de español en la clase, traten Uds. de identificar palabras o expresiones que sólo se usan en ciertas regiones y no en otras: comidas, animales, jerga, ...

Introducción al análisis literario

Biografía y autobiografía

- **Biografía:** una obra que narra la vida de una persona, normalmente de una persona famosa. Casi siempre se escribe utilizando la voz narrativa en tercera persona.
- **Autobiografía:** una obra que narra la vida del escritor y que, por lo tanto, se escribe utilizando la voz narrativa en primera persona.

A. ¿Biografía o autobiografía? ¿Es *Cuando era puertorriqueña* una biografía o una autobiografía? ¿Qué evidencia puedes encontrar en el texto para apoyar tu decisión? Nombra una biografía y una autobiografía que has leído o que quieres leer.

B. Autobiografía. Imagínate que eres una persona famosa — político(a), abogado(a), hombre o mujer de negocios, profesor(a), ingeniero(a), cantante, actor o actriz muy reconocido(a) — y que acabas de firmar un contrato para escribir tu autobiografía. Inventa un título original y escribe los primeros dos o tres párrafos de este libro.

Escribamos ahora

A generar ideas: la descripción.

A generar ideas: la descripción. La descripción hace visible a una persona, un objeto o una idea. Ya que cada persona percibe la realidad de distinto modo, cada descripción es diferente. Por ejemplo, probablemente la descripción que tú hagas de tu mamá resultará diferente a aquella hecha por tu tía o por su médico.

1. **Punto de vista.** Lee ahora la siguiente descripción que leíste en la selección de Esmeralda Santiago. Luego, contesta las siguientes preguntas con un(a) compañero(a) de clase.

   "Pero muchas veces siento el dolor de haber dejado a mi islita, mi gente, mi idioma. Y a veces ese dolor se convierte en rabia, resentimiento, porque yo no seleccioné venir a los Estados Unidos. A mí me trajeron. Pero esa rabia infantil es la que alimenta a mis cuentos. La que me hace enfrentar a una página vacía y llenarla de palabras que tratan de entender y explicarles a otros lo que es vivir en dos mundos, uno norteamericano y otro puertorriqueño. [...] Cuando niña yo quise ser una jíbara, y cuando adolescente quise ser norteamericana.

   Ya mujer, soy las dos cosas, una jíbara norteamericana, y llevo mi mancha de plátano con orgullo y dignidad".

   a. ¿Quién es el (la) narrador(a)? ¿Desde qué punto de vista se está describiendo a la persona?
   b. ¿Cuáles son las palabras descriptivas que usa la autora?
   c. ¿Cómo cambiaría la descripción de Esmeralda si su madre la hiciera? ¿si la editora Robin Desser la hiciera?

2. **Personajes pintorescos.** Dentro de cualquier familia hay todo tipo de personajes pintorescos. Trabajando en grupos de tres, vean cuántos tipos pintorescos más podrán añadir al primer diagrama araña. Luego, identifiquen más características apropiadas de los personajes pintorescos.

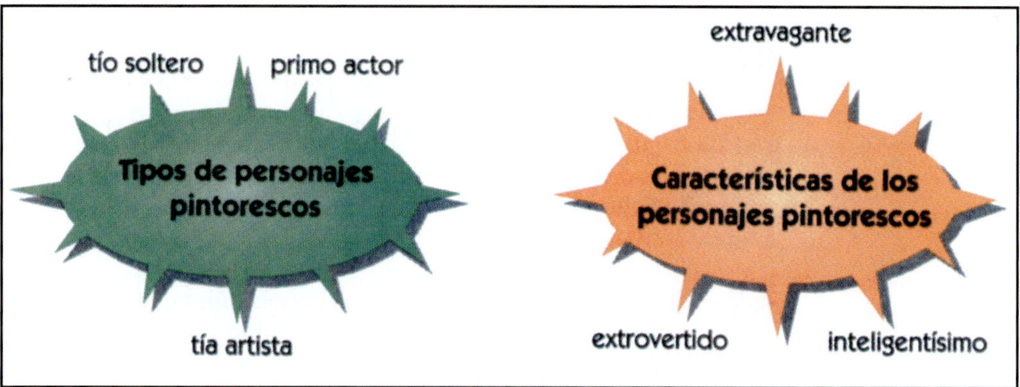

3. **Recoger y organizar información.** Piensa ahora en un personaje pintoresco dentro de tu familia o de tus amistades y pon su nombre en el centro de un círculo. Luego, en un diagrama araña, escribe varias características físicas y de

su personalidad y anota varios incidentes interesantes que relacionas con este personaje. Luego, haz un segundo diagrama araña de la misma persona, pero vista no como tú la ves sino como la ve otra persona, quizás su madre, su esposo(a) o su novio(a). Recuerda que sólo estás generando ideas. No hace falta describir los incidentes; basta con anotar unas tres o cuatro palabras que te hagan recordar lo que pasó.

B **Primer borrador.** Usa la información que recogiste en la sección anterior para escribir unos dos párrafos sobre tu pariente o amigo(a) pintoresco(a). Escribe sobre el tema por unos diez minutos sin preocuparte por los errores. Lo importante es incluir todas las ideas que tú consideras importantes.

Después de escribir por unos diez minutos, saca una segunda hoja de papel y escribe una segunda descripción del mismo personaje, pero esta vez desde el punto de vista de su madre o de su padre. Otra vez, permítete unos diez minutos para escribir sin preocuparte por los errores.

C **Primera revisión.** Intercambia tus dos descripciones de un(a) pariente o amigo(a) pintoresco(a) con las de dos compañeros(as). Revisa la descripción de cada compañero(a), prestando atención a las siguientes preguntas. ¿Escribe con claridad? ¿Evita transiciones inesperadas de una oración a otra o de un párrafo a otro? ¿Quedan claras las dos imágenes de la persona que describió? ¿Da bastantes detalles físicos y de personalidad? ¿Son adecuadas las dos descripciones que escribió?

1. Primero indícales a tus compañeros(as) lo que más te gusta de sus composiciones. Luego, dales tus comentarios y escucha los suyos.

2. Haz una lista de palabras o expresiones que Esmeralda Santiago usa para describir (a) cómo se siente cuando habla y escribe inglés, (b) sus funciones de esposa y madre, (c) su mente antes de dormir y (d) su paso a EE.UU. Agrega a tus descripciones algunas de estas expresiones si son apropiadas para los puntos de vista que tú has tomado.

D **Segundo borrador.** Prepara un segundo borrador de tu descripción, tomando en cuenta las sugerencias de tus compañeros(as) y las que se te ocurran a ti.

E **Segunda revisión.** Intercambia tu descripción con la de otro(a) compañero(a) y haz lo siguiente, prestando atención a la concordancia.

1. Subraya cada verbo y asegúrate de que concuerda con el sujeto correspondiente.

2. Subraya cada adjetivo y asegúrate de que su forma concuerda con el sustantivo que describe.

F **Versión final.** Considera las correcciones que tus compañeros(as) te han indicado y revisa tus descripciones por última vez. Como tarea, escribe las copias finales en la computadora. Antes de entregarlas, dales un último vistazo a la acentuación, a la puntuación y a la concordancia.

Reacciones. Léele a un(a) compañero(a) de clase una de las descripciones que escribiste mientras él (ella) dibuja a la persona que describes. Luego, tú dibujas mientras tu compañero(a) lee una de sus descripciones. Finalmente, en grupos de cuatro, lean sus descripciones una vez más y decidan qué dibujo representa mejor la descripción. Léanle esa descripción a la clase y muestren el dibujo.

EXPLOREMOS EL CIBERESPACIO

Explora distintos aspectos de los puertorriqueños en EE.UU. en las **Actividades para la Red** que corresponden a esta lección. Ve primero a **http://college.hmco.com** en la red, y de ahí a la página de ***Mundo 21.***

LECCIÓN 3

Los cubanoamericanos y los dominicanos

Nombres comunes: *cubanoamericanos, cubanos, hispanos, latinos*

Población: *1.241.685 (Censo del año 2000)*

Concentración: *Florida, Nueva Jersey y California*

GENTE DEL MUNDO 21

Gloria Estefan "Mis canciones son como una fotografía de mis emociones", dice esta cubanoamericana de Miami que ha llegado a ser una de las cantantes más populares de EE.UU. La talentosa y carismática cantante, que se inició en el grupo *Miami Sound Machine,* escribe canciones en inglés y en español, y muchas de sus composiciones, como "Anything for You", tienen versiones en los dos idiomas. Estefan dice que le encanta ser bilingüe porque abre horizontes más amplios a su experiencia. Con más de veintidós discos grabados en poco más de veinte años, Gloria, junto con su esposo, Emilio, no cesa en su labor artística y caritativa. Ya sea en conciertos que son siempre vendidos con anticipación, en obras de caridad o ayudando a otros jóvenes artistas, la cantante es incansable y única. Entre sus discos más importantes sobresalen *Gloria Estefan's Greatest Hits* (1993), en inglés; *Mi tierra (1993),* un homenaje musical a Cuba; *Abriendo puertas* (1995), con el que ganó un "Grammy"; *Destiny* (1996); *Gloria!* (1998); *Alma caribeña* (2000) y *Greatest Hits* 2, (2002). En los últimos años también ha incursionado en el mundo del cine. Tuvo un papel secundario en *La historia de Arturo Sandoval* (2000) con Andy García y uno más destacado en *Music of the Heart* (1999) con Meryl Streep.

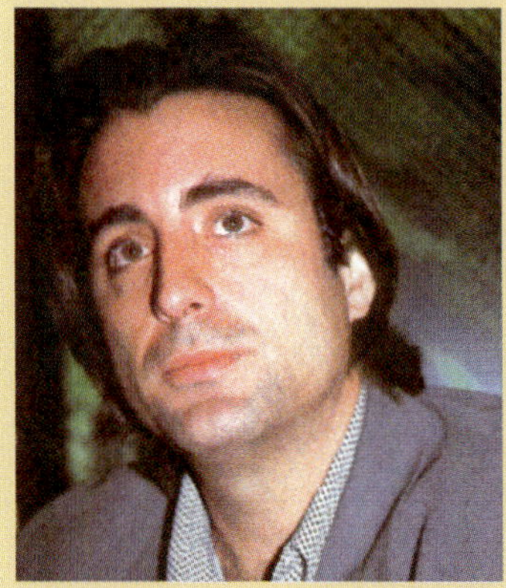

Andy García, actor, productor y director de cine, nació en Cuba y fue bautizado con el nombre de Andrés Arturo García Menéndez. Ha mostrado su talento y capacidad interpretativa en más de veinte películas, entre las que se incluyen *The Untouchables* (1987), *Stand and Deliver* (1988), *The Godfather, Part III* (1990), *When a Man Loves a Woman* (1994), *Night Falls on Manhattan* (1997), *Desperate Measures* (1998), *¿Quién mató a Federico García Lorca?* (1998), *Ocean's Eleven* (2201) y muchas más. En 1991 fue nominado al premio "Óscar" por su actuación en *The Godfather, Part III* y en 1999 ganó el premio ALMA como actor notable en un papel de enlace entre dos culturas por su actuación en la película *Desperate Measures*.

Ante la sugerencia de que el no querer ser llamado "actor hispano" significa que se está alejando de sus raíces, García responde: "Nadie es más cubano que yo, y si no, que se lo pregunten a cualquiera de mis amigos. Mi cultura es la base de mis fuerzas;

yo no sería nadie sin mi cultura". Sin duda está bien conectado a sus raíces cubanas — gracias a los esfuerzos de este amante apasionado de la música caribeña, el gran músico de jazz Israel "Cachao" López ha llegado a los oídos del público estadounidense.

Otros cubanoamericanos sobresalientes

Fernando Bujones: bailarín

Celia Cruz: cantante

Roberto G. Fernández: cuentista

Pedro José Greer: médico fundador de *Camillus Health Concern*

Horacio Gutiérrez: pianista

Óscar Hijuelos: novelista

Marilyn Milián: abogada y juez

Elías Miguel Muñoz: poeta, dramaturgo y crítico literario

Dolores Prida: dramaturga

Eduardo Sánchez: director y guionista

Paul Sierra: artista

Nombres comunes: *dominicanos, dominicanoamericanos, hispanos, latinos*

Población: *764.945 (est.)*

Concentración: *Nueva York, Massachusetts, Maryland*

Julia Álvarez, novelista, poeta, ensayista y catedrática, nació en la República Dominicana en 1950 y allí vivió hasta los diez años. Álvarez dice que el estar en EE.UU. la motivó a escribir, dado que estaba constantemente rodeada de libros y que, a pesar de ser mujer, siempre la animaban a desarrollar su talento. Aun dice que antes de salir de la secundaria, ya había decidido ser escritora. Actualmente es una talentosa autora que en pocos años ha producido cuatro novelas muy exitosas y dos hermosos poemarios. Su obra más conocida, *How the García Girls Lost Their Accent* (1990), recibió el premio PEN/Oakland Josephine Miles. Su segunda novela, *In the Time of Butterflies* (1994), relata los esfuerzos de las hermanas Mirabal para derrotar la dictadura del tirano Trujillo en la República Dominicana. *¡Yo!* (1997), su tercera novela, cuenta más de la vida de Yolanda García, un personaje de su primera novela. En 1998 publicó su cuarta novela, *Something to Declare,* y en 2001*"In the Name of Salome".*

Junot Díaz, escritor dominicano, fue traído por sus padres a Nueva Jersey a los siete años, donde vivió en extrema pobreza junto con otros inmigrantes dominicanos. Amante apasionado de la lectura, empezó a escribir cuentos en la escuela secundaria sobre el trabajo inhumano de su madre y de las penurias de amigos y conocidos. Estimulado por una profesora, se lanzó a describir sus sentimientos sobre su vida y la de los que los rodeaban. Su colección de cuentos publicada bajo el título *Drown* (1996) le trajo fama y fortuna. Su obra es madura y profunda, su lenguaje directo y sin ambigüedades. En ella explora el tema del padre violento y desamorado en contraste con la madre alentadora. En sus cuentos desfilan los inmigrantes, los niños que tratan de sobrevivir la subcultura de la droga, el abuso sexual y otros problemas de gran impacto social. Escribe usando un lenguaje único y muy personal que mezcla el español y el inglés neoyorquino. Recientemente, se graduó de Rutgers, consiguió la maestría en Cornell, vive en Nueva York y enseña en la Universidad de Syracuse. A pesar de comienzos tan negativos, no se puede negar que Junot Díaz ya ha conseguido cumplir el "sueño americano".

Otros dominicanos sobresalientes

Orlando Antigua: basquetbolista, miembro de los *Globe Trotters*

Salin Colinet: jugador de los *Minnesota Vikings*

César Cuevas: joyero

Stanley Cuevas: modelo

Olga Liriano: fotógrafa

Miguel A. Núñez: actor

Marlene Pratt: presentadora del programa *Fix-it Line*

Alex Rodríguez: pelotero de los *Texas Rangers*

Alexis Gómez Rosa: poeta y profesor

Miguelina Veras: diseñadora

Chiqui Vicioso: poeta y educadora

Personalidades del Mundo 21

Contesta estas preguntas con dos o tres compañeros(as) de clase.

1. ¿Cómo puede el ser bilingüe abrir horizontes más amplios? Den varios ejemplos.
2. ¿Qué quiere decir Andy García cuando dice: "Mi cultura es la base de mis fuerzas; yo no sería nadie sin mi cultura"? ¿Se puede decir lo mismo de Gloria Estefan, Julia Álvarez y Junot Díaz? Expliquen su respuesta.
3. Según Julia Álvarez, ¿qué efecto tuvo el mudarse a EE.UU. cuando todavía era jovencita? Muchos consideran que su novela *How the García Girls Lost Their Accent* es su autobiografía. ¿De qué creen Uds. que trata esta novela? Expliquen su respuesta.
4. ¿A qué edad vino Junot Díaz a EE.UU.? ¿Como eran sus padres? ¿A qué edad comenzó a escribir? ¿Cómo se llama su primer libro? ¿Cual es el tema de sus cuentos? ¿Por qué se puede decir que ha cumplido el "sueño americano"?

Cultura ¡en vivo!

Manual de gramática

Antes de leer **Cultura ¡en vivo!,** conviene repasar los adjetivos descriptivos en la sección 1.5 del **Manual de gramática** (pp. 80–83).

Cantantes caribeños en EE.UU.

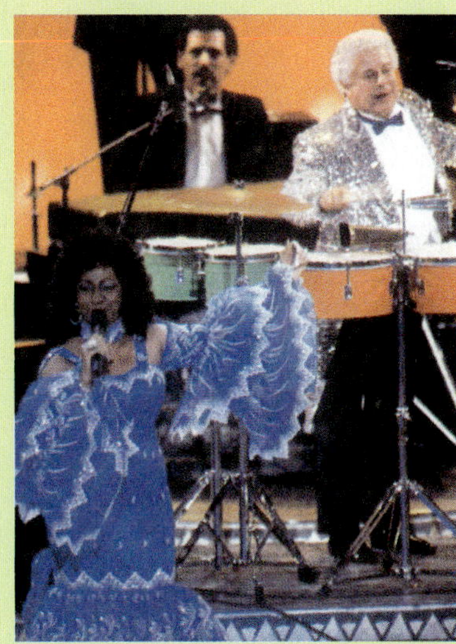

Celia Cruz y Tito Puente

En EE.UU., una de las áreas en que los cubanoamericanos se han distinguido más es en la música. Cuando la célebre pelirroja Lucille Ball se casó con un guapo músico cubano llamado Desi Arnaz, se estableció un punto de enlace para la vibrante música caribeña en EE.UU. A través de su inmensamente popular programa de televisión, el público norteamericano escuchaba con cierta regularidad los ritmos tropicales que Desi había traído de la isla cubana.

Siguiendo en esa tradición, Miami en la actualidad es un verdadero puente intercultural donde muchos cantantes y músicos caribeños se lanzan al gran mercado norteamericano, cantando en inglés y en español. Para nombrar a unos pocos que han convertido a generaciones enteras en amantes de la música cubana, mencionemos a La Lupe, Celia Cruz, Gloria Estefan, Ricky Martin, Jon Secada, Marc Anthony... y la lista apenas empieza. Los cubanoamericanos Gloria y Emilio Estefan, creadores de la célebre *Miami Sound Machine,* continúan estimulando a jóvenes talentosos, como Jon Secada, que llegan a la fama y venden millones de copias de sus álbumes tanto en su versión en inglés como en español.

La visita de grupos cubanos como los Los Van Van y el Club Buena Vista también aumenta el auge de la música caribeña. Todo está indicando que las grandes casas de música ahora no vacilan en invertir grandes cantidades de dinero para promover a los nuevos embajadores musicales que nos encantan con sus ritmos tropicales y, en muchos casos, bilingües.

A. Cantantes caribeños. Contesta las siguientes preguntas con un(a) compañero(a).

1. ¿Qué efecto tuvo el programa de televisión *I Love Lucy* en la popularidad de la música cubana en EE.UU.? Expliquen su respuesta.
2. ¿A cuántos de los cantantes mencionados conocen Uds.? ¿Cuáles de sus discos les gustan más? ¿Conocen Uds. la música de *Miami Sound Machine?* ¿Cómo es? Descríbanla.
3. ¿Por qué creen Uds. que son tan populares los cantantes de música tropical en EE.UU. y en el resto del mundo hispanohablante?

Manual de gramática

Antes de hacer esta actividad, conviene repasar los verbos irregulares en las secciones 1.3 y 1.4 del **Manual de gramática** (pp. 75–79).

B. Repaso: verbos irregulares. Completa estas oraciones con el presente de indicativo de los verbos que están entre paréntesis.

1. La música caribeña (comenzar) a escucharse con regularidad en EE.UU. en el programa de televisión *I Love Lucy.*

2. En la actualidad, muchos músicos latinos (empezar) sus carreras profesionales en Miami, donde (conseguir) grabar su música bilingüe.
3. Yo (conocer) bien y (agradecer) muchísimo lo que Gloria y Emilio Estefan han hecho por un sinnúmero de musicos latinos.
4. Continuamente ellos (introducir) a nuevos músicos, artistas que pronto (conseguir) fama mundial.
5. Ahora las grandes casas de música (elegir), sin vacilar, a músicos latinos que (incluir) el bilingüismo en su música.

C. Palabras claves: cantar. Para ampliar tu vocabulario combina las palabras de la primera columna con las definiciones de la segunda columna. Luego escribe una oración original con cada palabra. Compara tus oraciones con las de dos compañeros(as) de clase.

____	1. cantable	a. canción
____	2. cantata	b. persona que canta
____	3. canto	c. que se puede cantar
____	4. cantante	d. que está siempre cantando
____	5. cantarín	e. composición poética que se canta

Mejoremos la comunicación

Para hablar de música

Manual de gramática

Antes de hacer **Mejoremos la comunicación**, conviene repasar los adjetivos descriptivos en las sección 1.5 y el uso de los verbos **ser** y **estar** en la sección 1.6 del **Manual de gramática** (pp. 80–86).

Al hablar de cantantes y músicos

— ¿Quién es tu cantante favorito(a)? *"Who is your favorite singer?"*

alto *alto*
soprano *m./f. soprano*
cantor(a) *singer*
solista *m./f. soloist*
barítono *baritone*
cantante *singer*
tenor *m. tenor*

— ¿Cuántos músicos hay en el conjunto? *How many musicians are there in the band?*

— Hay dos guitarristas fenomenales, que además son muy atractivos. Están ahora en la lista de los diez mejores. *There are two phenomenal guitar players, who, by the way, are very attractive. They are currently on the top ten list.*

clarinetista *m./f. clarinet player*
flautista *m./f. flautist*
pianista *m./f. pianist*
saxofonista *m./f. saxophone player*
tamborista *m./f. drummer*
trompetista *m./f. trumpet player*

Al describir a los cantantes

— ¿Qué te gusta de ese(a) cantante? *What do you like about that singer?*
— Es muy talentoso(a) y sensual. *He (She) is very talented and sensual.*

— Tiene una voz muy poderosa. *He (She) has a very powerful voice.*

— Canta con mucha pasión. *He (She) sings with a lot of passion.*
— Tiene una voz muy fina y pura. *He (She) has a very delicate and pure voice.*

Al hablar de conjuntos e instrumentos musicales

— ¿Cuál es tu conjunto favorito? *What is your favorite band (musical group)?*

banda *band*
grupo *group*
orquesta *orchestra*

— Me encanta la trompeta. *I love the trumpet.*
— Yo prefiero la batería. *I prefer the drums.*

clarinete *m. clarinet*
flauta *flute*
guitarra *guitar*
piano *piano*
saxofón *m.*, **saxófono** *saxophone*
tambor *m. drum*

Al hablar de distintos tipos de música

— ¿Qué tipo de música toca esa banda? *What type of music does that band play?*
— Toca música romántica. *It plays (They play) romantic music.*

música *music*
...de jazz *m. jazz*
...de ópera *opera*
...de protesta *protest*
...folclórica *folk, folkloric*
...pop *pop*
...popular *popular*
...rock *m. rock*
...salsa *salsa*
...tejana / ranchera *country and western*

— ¿Te gusta la música tropical? *Do you like tropical music?*

apasionado(a) *passionate*
fuerte *loud (music)*
rítmico(a) *rhythmic*
suave *soft*

Al hablar de conciertos y grabaciones

— ¿Cuándo va a dar un concierto? *When is he(she) giving a concert?*
— Va a hacer una gira por el Japón en el verano. *He(She) is going to tour Japan in the summer.*
— ¿Cuándo sacaron ese disco? *When did they release that record?*
— Acaban de grabar un nuevo CD. *They just recorded a new CD.*

¡A conversar!

A. Gustos musicales. Tu compañero(a) te va a describir a su cantante y conjunto favoritos sin mencionar sus nombres para ver si tú puedes adivinar quiénes son. Luego tú vas a describir tus favoritos sin mencionar sus nombres para ver si tu compañero(a) puede adivinar quiénes son.

B. Dramatización. Dramatiza la siguiente situación con un(a) compañero(a) de clase. Acabas de conseguir dos entradas a un concierto de un cantante que tú conoces muy bien pero que tu mejor amigo(a) no conoce. Decides invitar a tu mejor amigo(a) a que te acompañe. Tu amigo(a) te hace muchas preguntas acerca de la apariencia física y el tipo de música del cantante.

C. Práctica: ser y estar Completa este párrafo con las formas apropiadas de **ser** o **estar,** según el contexto.

Me fascina la música caribeña. La música de cantantes como Gloria Estefan y Jon Secada siempre ___ tan apasionada. Cuando ___ (yo) en uno de sus conciertos me siento completo, totalmente perdido en los sonidos. Ella ___ presentando un concierto ahora mismo en Los Ángeles. Su conjunto ___ el de su esposo Emilio. ___ músicos fenomenales.

Del pasado al presente

Los cubanoamericanos: éxito en el exilio

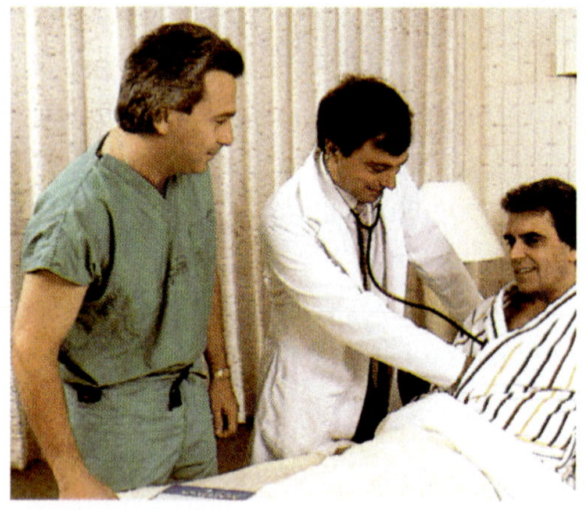

Médicos cubanoamericanos

Los refugiados cubanos a mediados del siglo XX

El primer grupo de refugiados cubanos del siglo XX empezó a llegar a Miami en 1960. Optaron por el exilio en vez de vivir bajo el régimen comunista de Fidel Castro, quien controlaba la isla desde 1959. En relativamente poco tiempo, muchos refugiados cubanos establecieron negocios en EE.UU. similares a los que tenían anteriormente en Cuba. Así se crearon muchas fuentes de trabajo para miles de refugiados cubanos. Unos 260.000 cubanos llegaron entre 1965 y 1973 gracias a un acuerdo entre el presidente Lyndon Johnson y Fidel Castro en 1965. La mayoría de los cubanos que encontraron refugio en los EE.UU. entre 1960 y 1973 eran de clase media y algunos pertenecían a familias acomodadas.

Manual de gramática

Antes de leer **Del pasado al presente,** conviene repasar los adjetivos descriptivos en la sección 1.5 y los usos de los verbos **ser** y **estar** en la sección 1.6 del **Manual de gramática** (pp. 83–86).

Los marielitos En 1980 llegaron unas 125.000 personas que, como salieron del puerto cubano de Mariel, son conocidos como los "marielitos". Existe una gran diferencia entre los inmigrantes cubanos de los años 60 y 70, que en su mayoría eran de clase media, y los marielitos, que en su mayoría eran de las clases menos acomodadas. A los que se embarcaron en Mariel les ha costado más la adaptación. Pero como resultado del apoyo prestado por los cubanos ya establecidos en EE.UU., se han ido adaptando lentamente a la vida en este país.

Los marielitos

Las nuevas generaciones El éxito de la comunidad cubana de Miami se explica también porque esta ciudad ha servido como el puerto principal para el comercio y las transacciones financieras entre EE.UU. y muchos países latinoamericanos. Muchos industriales de esos países prefieren hacer tratos con banqueros bilingües de Miami en vez de usar las instituciones financieras más lejanas de Nueva York.

Negociante cubanoamericano en Miami

Aunque los primeros inmigrantes se oponían fervientemente al régimen comunista de Fidel Castro, esa actitud vehemente no es compartida por los más jóvenes. Muchos de los que nacieron en EE.UU. y los que vinieron de pequeños se sienten ante todo ciudadanos de este país. Por lo tanto, el régimen político de Cuba no constituye una gran preocupación para la segunda generación. Sin embargo, el sentimiento anti-castrista fue evidente durante el incidente provocado por Elián González, el niño cubano rescatado del mar en noviembre de 1999. Este evento alcanzó proporciones tan increíbles como el requerir la intervención del ejército norteamericano. Más increíble aún fue la repentina decisión en el año 2000 de mudar la entrega de los premios "Grammy" Latinos de la Academia Hispana de Artes y Ciencias Discográficas, de su lugar original, Miami, a un nuevo sitio, Los Ángeles, para evitar posibles manifestaciones de la comunidad cubanoamericana de Miami.

¡A ver si comprendiste!

A. Hechos y acontecimientos. ¿Recuerdas los datos más importantes de la lectura? Para asegurarte, haz las siguientes actividades con uno(a) o dos compañeros(as).

1. Preparen un diagrama Venn como el siguiente y hagan una comparación de los cubanos refugiados que llegaron a EE.UU. en los años 60 y 70 con los que llegaron en los años 80. Indiquen las semejanzas en el centro del diagrama y las diferencias en los dos extremos.

Los cubanos refugiados en EE.UU.

Años 60 y 70		**Años 80**
1.	**1.**	**1.**
2.	**2.**	**2.**
3.	**3.**	**3.**
...	**...**	**...**

2. Expliquen por qué, de todos los hispanos que viven en EE.UU., los cubanoamericanos son los que han tenido mayor prosperidad económica.

3. ¿Cómo reaccionó la comunidad cubanoamericana frente a la situación del niño Elián González? ¿Saben cómo se resolvió esa situación?

B. A pensar y a analizar. Prepara un diagrama Venn como el de la actividad anterior y haz una comparación entre los chicanos y los cubanoamericanos. Refiérete a cuándo llegaron a EE.UU., dónde se establecieron, la actitud del gobierno federal hacia ellos y la ayuda que recibieron. Compara tu diagrama con el de un(a) compañero(a).

Los chicanos y los cubanoamericanos

chicanos		cubanoamericanos
1.	1.	1.
2.	2.	2.
3.	3.	3.
...	...	...

Los dominicanos: continuo esfuerzo para aclimatarse en EE.UU.

La década de los 80 Salvador Jorge Blanco fue nombrado presidente de la República Dominicana en las elecciones de 1982. Aunque el nuevo presidente tenía las mejores intenciones de continuar la reforma agraria, promover la justicia social y modernizar al país, los aumentos del costo de petróleo en el Mercado mundial causaron una recesión en EE.UU. y por extensión, afectaron gravemente la economía de la República Dominicana. La pobreza y el hambre que resultaron en el país forzaron a miles de dominicanos a abandonar la isla en busca de una vida mejor en EE.UU. En esa década, más de 250.000 entraron en EE.UU. legalmente. De este modo, los dominicanos se convirtieron en el segundo grupo más grande de inmigrantes a Norteamérica.

Refugiados dominicanos

La década de los 90 y el nuevo milenio En la década de los 90, la inmigración de dominicanos continuó en números jamás vistos. De los más de 506.000 dominicanos que actualmente residen en EE.UU., 300.000 se han localizado en Nueva York — en Manhattan, en el área de Washington Heights, llamada Quisqueya Heights por los dominicanos. Son el más grande de los 150 grupos étnicos que viven en Nueva York. El resto vive en Nueva Jersey, Massachusetts y Miami. Existen en EE.UU. además, otros 300.000 dominicanos no documentados, más un gran número que ha inmigrado a Puerto Rico.

La vida en EE.UU. Los dominicanos sufren toda clase de dificultades para adaptarse a la nueva vida en EE.UU. Los que son de ascendencia africana se han visto víctimas de la misma discriminación y prejuicios que sufren los afroamericanos. Hay estadounidenses que creen que todos los inmigrantes dominicanos acaban por ser una costosa carga para el sistema de Bienestar Social americano. En realidad, la mayoría de los dominicanos nunca han participado en el sistema de Bienestar Social. Para sobrevivir, muchos inmigrantes dominicanos tienen que trabajar en puestos que pagan un salario mínimo y que normalmente el norteamericano medio no desea. Como resultado, una mayoría vive en condiciones económicas deprimentes. A pesar de su difícil situación, poco a poco los dominicanos en EE.UU. mejoran su situación económica. Ya empiezan a establecer sus propios negocios, tales como bodegas, supermercados, restaurantes, agencias de viaje y compañías de taxi.

Restaurante dominicano en "Quisqueya Heights"

¡A ver si comprendiste!

A. Hechos y acontecimientos. ¿Recuerdas los datos más importantes de la lectura? Para asegurarte, contesta las siguientes preguntas. Luego, compara tus respuestas con las de un(a) compañero(a).

1. ¿Qué causó los grandes problemas económicos en la República Dominicana durante la presidencia de Salvador Jorge Blanco? ¿Cuál fue el resultado de estos problemas?
2. Aproximadamente, ¿cuántos dominicanos hay en EE.UU. ahora? ¿Dónde reside la mayoría?
3. ¿Han encontrado los dominicanos refugiados en EE.UU. la vida ideal que buscaban? Explica tu respuesta.
4. ¿Qué impresión tienen muchos estadounidenses de los inmigrantes dominicanos? ¿Tienen razón en creer eso? ¿Por qué llegan muchos estadounidenses a esa conclusión errónea?
5. ¿Qué tipo de trabajo encuentran los refugiados dominicanos? ¿Reciben buenos sueldos?
6. ¿Qué evidencia hay de que los dominicanos están mejorando su situación económica en este país?

B. A pensar y a analizar. En comparación con los cubanoamericanos, ¿por qué crees que los dominicanos han tenido más dificultades para establecerse económicamente en EE.UU.? ¿Qué semejanzas hay entre las dificultades que los dominicanos tienen ahora y las de los afromericanos? ¿Qué diferencias hay? ¿Qué consejos le darías tú a un(a) amigo(a) dominicano(a) para ayudarle a enfrentarse a los problemas?

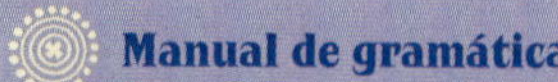

Antes de hacer esta actividad, conviene repasar el presente de indicativo en las secciones 1.2, 1.3 y 1.4 del **Manual de gramática** (pp. 72–79).

C. Repaso: presente de indicativo. Completa las siguientes oraciones con la forma apropiada del presente de indicativo de los verbos que están entre paréntesis.

1. El deporte que los jóvenes caribeños (elegir) jugar más es el béisbol.
2. Este deporte (influir) también a jóvenes centroamericanos, mexicanos, venezolanos, colombianos, japoneses, taiwaneses y coreanos.
3. A la República Dominicana (atribuirse) un gran número de excelentes beisbolistas talentosos.
4. La mayoría de los veintiséis equipos de las Grandes Ligas (conseguir) varios de sus jugadores en la República Dominicana.
5. Muchos dominicanos que (jugar) en las Grandes Ligas (contribuir) buena parte de sus salarios a causas de beneficencia dominicanas.

A. Anticipando la lectura. Haz las siguientes actividades.

1. A base del dibujo que está al comienzo de la lectura, ¿de qué crees que va a tratar este cuento?
2. Lee ahora el título y las primeras seis a ocho líneas del cuento e identifica (a) la voz narrativa del cuento y (b) los dos personajes principales.
3. ¿Qué es el arte *punk?* Describe una obra de arte *punk.* ¿Qué opinas de este estilo de arte?
4. ¿Cómo reaccionarías si tu madre te pidiera que pintaras un mural para el restaurante de un pariente? ¿Lo harías? ¿Por qué?
5. En grupos de dos o tres, preparen una lista de todo lo que un(a) artista necesita para pintar un cuadro. Si necesitan ayuda con el vocabulario, pueden referirse a la página 99.

B. Vocabulario en contexto. Busca estas palabras en la lectura que sigue y, a base del contexto en el cual aparecen, decide cuál es su significado. Para facilitar encontrarlas, las palabras aparecen en negrilla en la lectura también.

1. **realizarlo**
   a. comprarlo b. hacerlo c. venderlo
2. **chillonas**
   a. brillantes b. tristes c. religiosas
3. **soso**
   a. animado b. poco interesante c. oscuro
4. **burla**
   a. admiración b. respeto c. ridiculez
5. **serpentinas**
   a. cintas de papel b. animalitos c. luces pequeñas
6. **navaja**
   a. pistola b. cuchillo c. plato

Conozcamos a la autora

Cristina García nació en La Habana, Cuba, en 1958, pero se crió en Nueva York. Asistió a Barnard College y a la Universidad de Johns Hopkins. Empezó su carrera como corresponsal para la revista *Time* en San Francisco. Luego trabajó en Miami y más recientemente en Los Ángeles, donde vive actualmente.

Soñar en cubano fue su primera novela. Se publicó originalmente en inglés en 1992, pero fue traducida al español por Marisol Palés Castro en 1993. Su segunda novela, *The Agüero Sisters,* se publicó en 1997.

En *Soñar en cubano* Cristina García trata la temática de la familia cubana que se encuentra dividida por la geografía y la política. En este fragmento se destaca la distancia política y cultural entre la madre, nacida en Cuba y con una buena situación económica ahora en Miami, y la hija, nacida y criada en EE.UU.

Soñar en cubano

Mamá ha decidido que quiere que le pinte un mural para su segunda pastelería Yankee Doodle.

—Quiero una pintura grande, como las que hacen los mexicanos, pero pro-americana — especifica.

—¿Quieres encargarme a *mí* que te pinte algo para *ti*?

—Sí, Pilar. ¿No eres una pintora? ¡Pues pinta!

—Te estás quedando° conmigo.

Te... *You are fooling*

—Una pintura es una pintura, ¿no?

—Oye, Mamá, creo que no has entendido. No me *especializo* en pastelerías.

—¿Te resulta embarazoso? ¿Es que mi pastelería no te parece suficientemente buena para ti?

—No es eso.

—Esta pastelería paga tus clases de pintura.

—Tampoco tiene nada que ver con eso.

—Si Miguel Ángel[1] viviera todavía, se sentiría muy orgulloso de **realizarlo** él mismo.

—Créeme, Mamá, Miguel Ángel *no* estaría pintando pastelerías.

—No estés tan segura. La mayoría de los artistas son unos muertos de hambre. No tienen las ventajas° que tienes tú. Se meten° heroína para olvidar.

beneficios / **Se...** Se inyectan con

—¡Dios mío!

—Pilar, esto podría ser una buena oportunidad para ti. En mi tienda entra mucha gente importante. Jueces° y abogados del Tribunal, ejecutivos de Unión de Gas de Brooklyn. Ellos verían tus pinturas. Te harías famosa.

Personas que juzgan y sentencian a los criminales

[...]

—Mira, Pilar. Te lo pido como un favor. Puedes pintar algo simple, algo elegante. Algo así como la Estatua de la Libertad. ¿Es que te pido demasiado?

[1]Miguel Ángel Buonaroti (1475–1564) fue un pintor, escultor, arquitecto y poeta italiano. Pintó los frescos de la capilla Sixtina en el Vaticano.

—Vale, vale, pintaré algo —le digo a posta, dispuesta a jugarme la última carta—. Pero con una sola condición. No podrás verlo hasta el día en que se descubra.

Pienso que esto la hará recapacitar.° Nunca aceptará semejante condición, ni en un millón de años. Siempre tiene que tener la sartén bien agarrada por el mango.° Es la reina del control.

a... *on purpose, intentionally* / determinada, preparada
pensar de nuevo
tener... *to have a good grasp on the frying pan handle: to be in control*

—Me parece bien.

—¿Qué?

—He dicho que me parece bien, Pilar.

Debo haberme quedado inmóvil con la boca abierta, porque de pronto noto que me mete dentro un dulce almendrado° al tiempo que zarandea° la cabeza diciendo: ‹‹¿Ves como siempre me has subestimado°?›› Pero eso no es cierto. La había sobreestimado. La experiencia me lo ha enseñado. Mamá es arbitraria e inconsistente pero, a la vez, siempre cree que está en lo correcto. Es una combinación bastante irritante.

of almond paste / mueve
estimado muy poco

[...]

Esa misma noche me pongo a trabajar. Decido que en lugar de un mural haré un cuadro. Extiendo un lienzo° de cuatro metros por dos y medio y le pongo una capa de aguada° iridiscente de color azul, el mismo azul que lleva la túnica de la Virgen María en esas pinturas **chillonas** que ponen en las iglesias. Quiero que el fondo brille,° que quede radiante como el estallido° de una bomba nuclear. Me toma un rato conseguir ese mismo efecto.

tela que se usa para pintar
pintura
sea brillante / explosión

Cuando la pintura se seca, la emprendo° con Libertad propiamente dicha.° En el centro del lienzo, tirando° un poquillo a la izquierda, hago una réplica perfecta de ella cambiándole tan sólo dos detalles:° primero, pongo la antorcha° flotando en el aire, algo más allá del alcance de su mano;° y segundo, le pinto la mano derecha doblada hacia arriba, cubriéndose el pecho° izquierdo, como si estuviese recitando el himno nacional o alguna consigna° patriótica cualquiera.

comienzo / **propiamente...** misma / *leaning*
details
luz que sirve de guía / **más...** más lejos de donde llega su mano / *breast* / *slogan*

Al día siguiente me parece que el fondo todavía está algo **soso** para mi gusto, así que cojo un pincel mediano° y pinto unas figuras negras alargadas que vibran° en el aire alrededor de Libertad, una especie de cicatrices° espinosas° que parecen alambre de púas.° Quiero llevar esto hasta sus últimas consecuencias, quiero dejar de perder el tiempo en estupideces y hacer lo que quiero hacer. Así que decido escribir en la base de la estatua la expresión de **burla** que más me gusta de los *punks:* ‹‹SOY UNA PORQUERÍA°››. Y luego pinto cuidadosamente, muy cuidadosamente, un imperdible° atravesando° la nariz de Libertad.

cojo... *I take a medium-sized brush* / se mueven, tiemblan / marcas de heridas curadas / *thorny* / **alambre...** *barbed wire*
basura, cosa de muy poco valor / *safety pin* / cruzando

En mi opinión, es el broche de oro° perfecto. *SL-76.* Ése será mi título.

broche... *finishing flourish, crowning glory*

[...]

Cuando esa noche regreso a casa, Mamá me enseña el anuncio a toda plana° que había mandado insertar en el *Brooklyn Express:*

toda... página completa

LA PASTELERÍA YANKEE DOODLE
invita
A NUESTROS AMIGOS Y VECINOS
a la
GRAN INAUGURACIÓN
de
NUESTRA SEGUNDA TIENDA
y a la
DEVELACIÓN
de una

IMPORTANTE OBRA DE ARTE
en honor del
BICENTENARIO DE AMÉRICA
DOMINGO, 12 DE LA MAÑANA
(refrigerio gratuito°)

refrigerio... *free snacks*

¡Bebida y comida gratis! La cosa parece más seria de lo que yo había pensado. Mamá nunca regala nada si puede evitarlo.

[...]

A la mañana siguiente, la pastelería amanece° adornada con banderas y **serpentinas** y un grupo de Dixieland toca *When the Saints Go Marching In.* Mamá lleva puesto su nuevo conjunto rojo, blanco y azul, y un bolso a juego° de mango rígido que cuelga de su codo. Distribuye entre la gente tartaletas de manzana y bizcochitos° de chocolate y les sirve una taza de café tras otra.

empieza el día
a... bien coordinado
cookies

[...]

A mediodía, Mamá se sube sobre un escaloncillo° e intenta cautelosamente° mantener equilibrio sobre sus pies diminutos del número 34. El tambor suena incesantemente al tiempo que ella va levantando la sábana. El silencio es absoluto cuando Libertad, toda una belleza *punk,* deslumbra° a la audiencia. Por un breve instante, imagino el sonido de los aplausos, los gritos de la gente aclamando mi nombre. Pero mis pensamientos cesan cuando comienzo a escuchar odiosos° murmullos. [...] La sangre se ha escurrido de la cara° de mi madre y sus labios se mueven, como si quisieran decir algo pero sintiéndose incapaces de articular palabra alguna. Se queda allí, de pie, inmóvil, agarrando° la sábana contra su camisa de seda, cuando alguien grita en un brooklyniano estridente: ‹‹¡Basssura! ¡Qué pedazo de basura!›› Un necio° se carga a Libertad con una **navaja**, repitiendo sus palabras con un grito de guerra. Antes de que nadie pueda reaccionar, Mamá hace oscilar° su bolso nuevo y aporrea° al hombre hasta dejarlo inconsciente casi a los pies del cuadro. Luego, como a cámara lenta, se deja caer hacia delante, en una aplastante avalancha de patriotismo y maternidad, y sepulta a tres espectadores y una mesa repleta de tarta de manzana.

escalera pequeña
sutilmente
dazzles
repugnantes
La... Está pálida
grasping
idiota, bobo
fluctuar, moverse
she hits

Y yo, en ese momento, quise° a mi madre un montón.°

amé / **un...** muchísimo

Fragmento de *Soñar en cubano*

¿Comprendiste la lectura?

A. Hechos y acontecimientos. ¿Recuerdas los datos más importantes de la lectura? Para asegurarte, completa las siguientes oraciones según la lectura. Luego, compara tus respuestas con las de un(a) compañero(a).

1. La madre es dueña de dos...
2. El nuevo lugar de negocios de la madre se llama...
3. La madre le pide a su hija que pinte un...
4. La relación entre la madre y la hija es...
5. La hija acepta hacerlo bajo la condición de que...
6. La hija pinta una réplica de...
7. La reacción del público a la nueva obra de arte es...
8. La reacción de la madre es...
9. Al final, la relación entre la madre y la hija...

B. A pensar y a analizar. Haz las siguientes actividades.

1. Compara a la hija y a su madre. Prepara una lista de las características de cada una. ¿Cuál de las dos es más fuerte, más independiente? ¿Por qué crees eso?
2. Dibuja el cuadro que la hija pintó. Compara tu dibujo con el de cuatro compañeros(as). Decidan quién tiene el mejor dibujo y muéstrenselo a la clase.
3. En tu opinión, ¿le gustó el dibujo de la Libertad a la madre? ¿Por qué crees eso? ¿Por qué se puso tan violenta al final? ¿Por qué dijo la hija: "...en ese momento, quise a mi madre un montón"?

C. Dramatización. Dramatiza la siguiente situación con un(a) compañero(a) de clase. Estás en la pastelería Yankee Doodle para la inauguración. ¿Qué ocurre entre la madre e hija inmediatamente después de develar la "importante obra de arte"?

Introducción al análisis literario

El diálogo

Un **diálogo** es la conversación entre dos o más personajes. Al usar diálogo, los escritores le dan vida a la narración, haciéndola más dinámica e interesante. También hace que la acción sea más realista ya que le permite al lector escuchar directamente las palabras de los personajes. Por medio del diálogo los escritores pueden revelar ciertas características y motivos de los personajes en vez de tener que depender de la perspectiva de otro personaje o del narrador.

A diferencia del inglés, en que las comillas (" ") indican el diálogo, en español se utiliza el guión largo (—) para marcar el diálogo en cuentos y novelas.

> —Pilar, quiero que me pintes un cuadro —me dijo mi madre un día.
> —¿Un cuadro? —le pregunté yo, sorprendida.
> —Sí, un cuadro que incluya a la Estatua de la Libertad.
> —Lo haré con la condición de tener absoluta libertad.

Nota que el guión sólo se usa al inicio del diálogo y para indicar otros detalles o explicaciones que acompañan el diálogo. En español no se usa el guión al final del diálogo.

Las comillas en español (‹‹ ››) se usan para citar diálogo indirecto o para hacer una cita aislada.

> — Escribí la expresión de burla que más me gusta de los *punks:* ‹‹SOY UNA PORQUERÍA››. Se queda allí, de pie, inmóvil, agarrando la sábana contra su camisa de seda, cuando alguien grita en un brooklyniano estridente: ‹‹¡Basssura! ¡Qué pedazo de basura!››

A. Carácter de la narradora. Con un(a) compañero(a), preparen una lista de diez a quince frases u oraciones sacadas del diálogo de *Soñar en cubano* que revelan el carácter de la narradora.

B. Diálogo original. Escribe junto con un(a) compañero(a) de clase un diálogo breve entre la madre y una de sus clientes favoritas un día después del episodio final.

¡LUCES! ¡CÁMARA! ¡ACCIÓN!

¡Hoy es posible!: Jon Secada

¡Hoy es posible! es un programa de la televisión española parecido al de *Cristina* o al de *Oprah* en EE.UU. En este programa, el invitado es el cantante cubanoamericano, Jon Secada. Basta sólo ver la emoción y el entusiasmo que muestra la locutora del programa para comprender la gran admiración que los españoles sienten por este carismático artista.

En la segunda parte del programa, Jon Secada canta varias canciones para entretener a los televidentes españoles y, por supuesto, a Uds.

Antes de empezar el video

Contesten estas preguntas en parejas.

1. ¿Cuáles son algunos cantantes hispanos que cantan en inglés y en español? ¿Cuál es el (la) favorito(a) de Uds.? ¿Por qué les gusta?
2. ¿Creen Uds. que los cantantes latinoamericanos son bien recibidos en EE.UU.? ¿y los cantantes caribeños? ¿Creen que son bien recibidos en España? ¿Por qué? Expliquen.

¡A ver si comprendiste!

A. *¡Hoy es posible!:* Jon Secada. Contesta las siguientes preguntas con un(a) compañero(a) de clase.

1. Nieves Herrero, la locutora del programa *Hoy es posible,* dice que va a ponerle el broche de oro a su programa. ¿Qué quiere decir con esto?
2. ¿Dónde se produce el programa *Hoy es posible*? ¿Qué le pide la locutora a Jon Secada que haga en ese programa?

B. A pensar e interpretar. Contesten estas preguntas en parejas.

1. ¿Qué prueba tienen Uds. de que Jon Secada fue bien recibido en España?
2. ¿A qué se debe la popularidad de este cantante cubanoamericano?
3. ¿Qué opinan Uds. del "par de cositas" que cantó? ¿Les gustaron las canciones? Elaboren.

EXPLOREMOS EL CIBERESPACIO

Explora distintos aspectos de los cubanoamericanos y los dominicanos en EE.UU. en las **Actividades para la Red** que corresponden a esta lección. Ve primero a **http://college.hmco.com** en la red, y de ahí a la página de ***Mundo 21.***

LECCIÓN 4

Los centroamericanos

Nombres comunes: costarricenses, guatemaltecos, hondureños, nicaragüenses, panameños, salvadoreños, centroamericanos, hispanos, latinos

Población: *2.026.150 (Censo del año 2000)*

Concentración: *noreste 32,3%, oeste 28,2%, sur 34,6%*

Países de origen más comunes: *El Salvador, Honduras, Guatemala, Nicaragua*

GENTE DEL MUNDO 21

Mary Rodas nació en Nueva Jersey de padres salvadoreños, quienes emigraron a EE.UU. para escapar de la guerra civil en El Salvador. A la tierna edad de 4 años empezó su carrera en mercadeo para la compañía de juguetes CATCO, cuando impresionó al presidente de la compañía con una extraordinaria habilidad de críticar y determinar qué juguetes serían los preferidos por los niños. Cuando tenía 13 años, diseñó la pelota Balzac, cuyas ventas alcanzaron a 30 millones en su primer año. Así, a los 14 años fue nombrada vicepresidenta de mercadeo de una sucursal de la compañía de juguetes CATCO. A los 15 años ya ganaba $200,000, y a los 22 ya tenía el título de presidenta de la compañía de juguetes Catalyst.

Mary Rodas tiene una actitud muy optimista sobre la vida, que expresa de la siguiente manera, "Mis padres llegaron con muy poco y hoy día disfrutan de una buena vida. Creo que si te esfuerzas con todo el empeño, verás la diferencia".

José Solano, actor nicaragüense, fue el primer personaje latino que apareció en *Baywatch.* Hizo el papel de un salvavidas llamado Manny Gutiérrez por cuatro años, de 1996 hasta 1999. Esta serie televisada norteamericana alcanzó uno de los niveles más altos de popularidad en muchos países del mundo. El actor, nacido en 1970, ha sido atleta desde niño. Cuando estaba en la escuela secundaria, ganó un sinnúmero de competencias como corredor y recibió una medalla de oro por jugar al fútbol en las Olimpiadas Juveniles. También pasó nueve meses en la marina de EE.UU. durante la Guerra del Golfo Pérsico. Por eso, el hacer el papel de salvavidas le resultó fácil. "Es mi oportunidad de destacarme y hacer mía la escena", dice Solano, ganador del "Nosotros Golden Eagle Award" (1997) por ser el actor joven hispano de mayor promesa. En el año 2000 empezó a hacer el papel de Jaime en la serie *Resurrection Blvd*. Más recientemente, terminó de filmar dos películas independientes, *Rubbernecks* y *On Edge.* Solano proviene de una familia muy unida. Su papá administra su carrera y, cuando puede, su mamá le lleva al estudio de filmación uno de sus platos favoritos, el arroz con pollo.

Claudia Smith es una activista y abogada guatemalteca que ha trabajado durante más de un cuarto de siglo protegiendo los derechos de los inmigrantes a través de Asistencia Legal Rural de California en Oceanside, California. Nació en Guatemala en 1949 y emigró a EE.UU. a los 17 años para estudiar política internacional. Durante los años 70 se sintió conmovida por los movimientos de los trabajadores agrícolas dirigidos por César Chávez y para poder ayudarlos mejor, ingresó a un convento. Convencida de la necesidad de poseer el título de abogada para poder hacer su trabajo eficazmente, dejó los hábitos y estudió derecho en la Universidad de San Diego. Desde 1994, año en que el gobierno estadounidense instituyó el programa "Operation Gatekeeper" para reducir la inmigración ilegal, la abogada Smith patrulla la frontera México-California, exigiendo que se dé agua potable, alimentos y otras facilidades mínimas a las personas detenidas. Adondequiera que ella vaya en la comunidad de San Diego, la saludan con un "¡Sigue luchando!", que ella cumple al pie de la letra con su incansable labor. Sus esfuerzos le han ganado el reconocimiento del Fondo de Defensa Legal Mexicano-Americano, de la Federación Chicana de San Diego y de otras instituciones que se preocupan por la situación de los inmigrantes.

Otros centroamericanos sobresalientes

Bo Bolaños: diseñador salvadoreño

Carlos Campos: diseñador de modas hondureño

Mauricio Cienfuegos: futbolista salvadoreño

Devora Cooper: bailarina y mujer de negocios nicaragüense

Daisy Cubias: poeta y activista social salvadoreña

Emelina Edwards: nicaragüense, experta en educación física

Bianca Jagger: activista nicaragüense

Hugo Molina: chef guatemalteco y profesor de arte culinario

Jorge Moraga: músico guatemalteco

Christy Turlington: supermodelo salvadoreña

Donald Vega Gutiérrez: pianista nicaragüense

Personalidades del Mundo 21

Contesta las siguientes preguntas con dos o tres compañeros(as) de clase.

1. ¿A qué edad empezó su meteórica carrera Mary Rodas? ¿Qué productos le han traído la prosperidad a ella y a su familia? Según Mary, ¿cómo es posible conseguir disfrutar de una buena vida? Explica tu respuesta.
2. ¿Qué preparó a José Solano para hacer el trabajo de salvavidas en el programa *Baywatch*? ¿Crees que abandonó su cultura y herencia hispana al aceptar hacer este papel? Explica tu respuesta. ¿Cuáles son otros actores hispanos que tienen o han tenido papeles en series televisadas en EE.UU.?
3. ¿Qué motivó a Claudia Smith a estudiar derecho? ¿Qué hizo antes de ser abogada? ¿Por qué la respetan tanto en el área de la frontera México-California?

Cultura ¡en vivo!

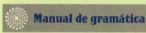

Una deliciosa invasión: la gastronomía centroamericana

Manual de gramática

Antes de leer **Cultura ¡en vivo!,** conviene repasar los comparativos y superlativos en la sección 1.7 y los adjetivos y pronombres demostrativos en la sección 1.8 del **Manual de gramática** (pp. 86–93).

La deliciosa invasión gastronómica centroamericana requiere que la persona no iniciada en las cocinas de países tales como El Salvador, Honduras, Guatemala y Nicaragua descifre lo que hay detrás de tales palabras como **pupusa, kack ic, chuchito, pipián, pulique, pescozón de pipián, nacatamal, rellenito, platanito, tostón, yuca frita, yuca con ajo...** y esto es sólo el comienzo. Pero, veamos, sería triste ir a uno de esos lugares y no saber qué pedir cuando detrás de cada uno de esos nombres se encuentran delicias insospechadas. Aquí te revelamos algunos de esos secretos y te dejamos en suspenso para que vayas e investigues estas cocinas tan interesantes.

Empecemos con la humilde y popular **pupusa**, que es como el pan de cada día para salvadoreños y hondureños. Las **pupusas** son tortillas hechas de masa de maíz o de arroz rellenas con queso, chicharrón, frijoles, camarón, pescado u otros ingredientes. Increíble, ¿verdad? Además, se comen con curtido de repollo (una especie del *cole-slaw* americano), aunque no falta quien las prefiera con salsa de tomate fresco.

En Guatemala, **kack ic** es un plato maya originario de la ciudad de Cobán y consiste en una sopa de pavo con base de tomate y acompañada por un tamal y una raja de aguacate; **chuchito** es un tamal pequeño de puerco; **pipián** es una especie de salsa que se hace con las pepitas, o sea, las semillas tostadas de la calabaza — se parece un poco al mole poblano y es perfecta con pollo; **pulique** se hace con filetes de carne que se cuecen en una salsa apetitosa que tiene tomates, ajo, cebollas, diferentes especias y un poco de chile. Las comidas centroamericanas no son tan picantes como las comidas mexicanas; más bien prefieren el uso de otros condimentos, como hierbas y especias.

Ninguna de las comidas centroamericanas estaría completa sin **rellenitos, platanitos, tostones, yuca frita o yuca con ajo.** Al igual que muchas regiones tropicales del mundo, el plátano y la yuca son populares tanto en la mesa más humilde como en la más acomodada. El plátano se presenta en diversas formas, una de las cuales son los deliciosos **tostones,** rodajitas fritas y doradas en aceite. La yuca (que no tiene nada que ver con la planta que en EE.UU. se conoce como *yucca*) es un maravilloso tubérculo que por fuera es color café oscuro y una vez pelado es blanco lechoso. Cortada en rodajas o pedazos de diversos tamaños, tiene que ser hervida, horneada o frita. Pulverizada, es una harina que se usa en una gran variedad de panecillos muy sabrosos. Una vez que descubras qué bien saben estas dos maravillas, verás que las posibilidades de preparación para ambas son numerosas, como te lo pueden decir los modernos chefs que están usándolas en recetas innovadoras de platos que venden a precios altísimos en famosos restaurantes de Miami, Houston, Nueva York y Los Ángeles.

A. La gastronomía centroamericana. Contesta las siguientes preguntas con un(a) compañero(a).

1. ¿Qué es la pupusa salvadoreña u hondureña? ¿Con qué se come?
2. ¿En qué tipo de restaurante de EE.UU. vas a encontrar kack ic en el menú? ¿En qué consiste?
3. ¿Qué tienen en común las comidas centroamericanas y las mexicanas? ¿En qué se diferencian?
4. ¿Cómo se usan el plátano y la yuca en Centroamérica?

B. Palabras claves: carne. Para ampliar tu vocabulario, trabaja con un(a) compañero(a) para definir en español estas palabras relacionadas con la palabra **carne.** Luego, escriban una oración original con cada palabra.

1. carnicería
2. carnicero
3. carnitas
4. carnear
5. carnoso

Mejoremos la comunicación

Para hablar de la gastronomía mesoamericana

Manual de gramática

Antes de leer **Mejoremos la comunicación,** conviene repasar los comparativos y superlativos en la sección 1.7 y los adjetivos y pronombres demostrativos en la sección 1.8 del **Manual de gramática** (pp. 86–93).

Al hablar de mariscos y pescados

— Te digo que éste es el mejor restaurante maya de todo el país. Jamás había probado entradas tan interesantes. Te recomiendo el **boxito.** Son los tacos de camarón y chilemole, y son sabrosísimos.

I tell you, this is the best Mayan restaurant in the whole country. I had never tasted such interesting entrees. I recommend the boxito. *They are the shrimp tacos with* chilemole, *and they are delicious.*

mariscos *seafood*
- **almeja** *clam*
- **cangrejo** *crab*
- **escalope** *scallop*
- **langosta** *lobster*
- **ostión** *oyster*

pescado *fish (caught),* **pez** *fish (alive in water)*
- **bacalao** *cod*
- **pescado de agua dulce** *freshwater fish*
- **pescado de agua salada** *saltwater fish*
- **róbalo** *bass*
- **trucha** *trout*

Al hablar de carne y aves

— *Pibxcatic* es el chile relleno de cochinito pibil con cebolla picada. ¿Te gusta el cochinito, ¿no?

Pibxcatic *is the pepper stuffed with* pibil *pork and chopped onion. You like suckling pig, don't you?*

aves *fowl*
pavo *turkey*
pollo *chicken*
pato *duck*
ganso *goose*
perdiz *partridge*
faisán *pheasant*
codorniz *quail*

carne *meat*
...asada *roasted, barbecued*
...de puerco *pork*
...de res *beef*
...en adobo *in marinade, marinated*
...molida *ground*
cordero *lamb*
venado *deer*

Al hablar de condimentos

— Ahora dime, ya se me olvidó el nombre maya de las tostadas de maíz, langosta y limón con tomate, aguacate y cilantro.

Now tell me, I've already forgotten the Mayan name of the lobster and lemon corn chips with tomato, avocado, and fresh coriander?

— Se llama *tsic.* ¿Recuerdas cómo se llama el tamal de chaya, pepita molida y huevo cocido envuelto en hoja de plátano?

It's called tsic. *Do you remember the name of the tamale with* chaya, *ground pumpkin seeds, and hard boiled egg wrapped in banana leaves?*

— Cómo no, es *tsotolbichay,* ¿no?

Of course, it's tsotolbichay, *isn't it?*

condimentos *condiments*
ajo *garlic*
albahaca *basil*
cilantro *coriander*
encurtido *pickle*
eneldo *dill*
mayonesa *mayonnaise*
menta, yerba buena *mint*
mostaza *mustard*
oregano *oregano*
perejil *parsley*
pimienta *pepper*
sal *salt*
salsa de encurtido *pickle relish*
salsa de rábano picante *horseradish*
salsa de tomate *ketchup*
semilla de mostaza *mustard seed*
tomillo *thyme*

condimentos mesoamericanos *Middle American condiments*
chaya *challa* (planta de hojas y flores pequeñas que dan un sabor fresco)
chile *hot pepper*
pepita *pumpkin seed*
hoja de maíz *corn husk*
hoja de plátano *banana leaf*

¡A conversar!

A. Comida mesoamericana. Los restaurantes de comida mesoamericana — ya sea salvadoreña, guatemalteca, nicaragüense, costarricense o mexicana — abundan en todas partes de EE.UU. En grupos de tres, hablen de su comida mesoamericana favorita. Describan en detalle lo que comieron la última vez que fueron a un restaurante mesoamericano.

B. ¡La mejor... y la peor...! Con un(a) compañero(a) de clase, túrnense para hablar del (de la) mejor y del (de la) peor en cada categoría indicada. En cada caso, expliquen por qué fue el/la mejor o el/la peor.

1. restaurante
2. comida mesoamericana
3. película
4. vacaciones
5. profesor(a)
6. examen

C. Práctica: adjetivos y pronombres demostrativos Selecciona el adjetivo o pronombre demostrativo apropiado. ¡Ojo! ¡No te confundas con los verbos!

1. (Este/Éste/Esté) es el mejor restaurante centroamericano de la ciudad.
2. Sin duda alguna, (estas/éstas/estás) son las mejores pupusas que he comido.
3. (Aquellas/Aquéllas) cremas se ven muy ricas también. ¿Vas a probarlas?
4. ¿Qué es (ése, ésa, eso)? ¿Es un postre o una ensalada?
5. (Estos/Éstos) son los tostones, es decir, plátanos fritos.

Del pasado al presente

Manual de gramática

Antes de leer **Del pasado al presente,** conviene repasar los comparativos y superlativos en la sección 1.7 del **Manual de gramática** (pp. 86–90).

Los centroamericanos: esperanza y desafío

La década de los 80

En la década de los 80, los movimientos revolucionarios en Guatemala y El Salvador y los conflictos entre los sandinistas y los contras en Nicaragua afectaron la estabilidad de todo Centroamérica. Como consecuencia, grandes números de centroamericanos abandonaron sus países e inmigraron a EE.UU. en busca de una vida mejor. Inicialmente, muchos esperaban regresar a su país algún día, pero con el pasar de los años, se adaptaron a la vida en EE.UU. y se establecieron en su nuevo país, a pesar de que la vida no era fácil. Al establecerse en EE.UU., muchos han decidido traer a sus familiares.

Triste resultado de conflictos en Centroamérica

Los salvadoreños Se ha determinado que, de los más de 817.000 salvadoreños que actualmente residen en EE.UU., uno de cada seis (aproximadamente el diecisiete por ciento) nació en este país. De los demás, una mitad ha entrado al país legalmente bajo el derecho de asilo político otorgado a ciudadanos de un país en guerra. Otros han tenido que hacer un largo y peligroso viaje a través de México y los desiertos de EE.UU.

Restaurante guatemalteco en Nueva York

La mayoría de los salvadoreños viven en Los Ángeles, California, pero también hay grandes concentraciones en Washington, D.C. y en Houston, Texas. Aproximadamente sesenta y cinco por ciento de los salvadoreños en Los Ángeles trabajan en empleos de bajo ingreso y mandan más o menos mil millones de dólares anualmente a sus familiares en El Salvador.

Los guatemaltecos Un ochenta por ciento de los 269.000 guatemaltecos que viven en EE.UU. nacieron en Guatemala. Como los salvadoreños, la mitad llegó legalmente, la otra, en una dolorosa jornada documentada en *El Norte*, una excelente película de Gregory Nava y Ana Thomas.

La comunidad más grande de guatemaltecos reside en Los Ángeles, pero también hay grandes números en Houston, Nueva York, Washington, D.C. y Chicago. Al igual que otros grupos centroamericanos, los guatemaltecos en EE.UU. se han visto forzados a aceptar puestos mal remunerados. Sin embargo, siendo personas luchadoras, sus esfuerzos para mejorarse los llevan a un futuro mejor.

Los nicaragüenses Se calcula que hay unos 203.000 nicaragüenses en EE.UU., un veinte por ciento de ellos nacidos en EE.UU. A pesar de que muchos de los demás entraron ilegalmente, el gobierno de EE.UU. les ha concedido asilo político. La mayoría está concentrada en Miami, en un barrio que ahora se conoce como la Pequeña Managua. En contraste con otros centroamericanos, un gran número de nicaragüenses que tenían una buena educación han podido conseguir puestos bien remunerados. Muchos todavía mandan un buen porcentaje de sus ganancias a parientes en Nicaragua.

Secretaria nicaragüense en la Pequeña Managua

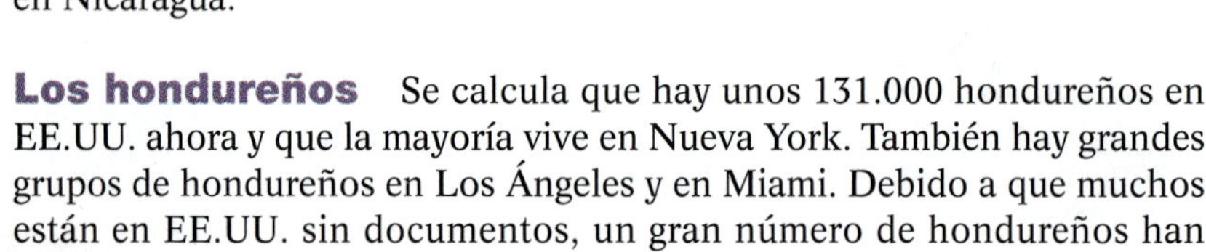

Los hondureños Se calcula que hay unos 131.000 hondureños en EE.UU. ahora y que la mayoría vive en Nueva York. También hay grandes grupos de hondureños en Los Ángeles y en Miami. Debido a que muchos están en EE.UU. sin documentos, un gran número de hondureños han tenido que trabajar en los grandes campos de California y la Florida. En contraste con otros pueblos centroamericanos, los hondureños se vinieron a EE.UU. no para escapar guerras civiles ni desacuerdos políticos en su país, sino para escapar de los contras nicaragüenses que cruzaban la frontera a Honduras para entrenar sus tropas, atacando a los habitantes locales.

¡A ver si comprendiste!

A. Hechos y acontecimientos. ¿Recuerdas los datos más importantes de la lectura? Para asegurarte, contesta las siguientes preguntas. Luego, compara tus respuestas con las de un(a) compañero(a).

1. ¿Qué causó la gran inmigración de centroamericanos a EE.UU. en la década de los 80?

2. ¿Qué esperanza de regresar a su país natal tenían inicialmente los inmigrantes centroamericanos? ¿Lo logró la mayoría? Explica tu respuesta.
3. De los cuatro grupos centroamericanos mencionados en la lectura, ¿cuál es el grupo inmigrante más grande en EE.UU.? ¿Y el más pequeño?
4. ¿Qué dificultades tienen los inmigrantes centroamericanos que deciden venir a EE.UU. sin conseguir los documentos necesarios?
5. ¿Qué diferencia hay entre los inmigrantes nicaragüenses y los otros inmigrantes centroamericanos mencionados en la lectura?
6. ¿Dónde vive la mayoría de los inmigrantes refugiados centroamericanos?

B. A pensar y a analizar. ¿Por qué crees que miles de refugiados centroamericanos han escogido venir a EE.UU. y no a México o a algún país sudamericano? ¿Qué hace que la vida en EE.UU. sea tan difícil para la mayoría de los refugiados centroamericanos? ¿Crees que la vida habría sido más fácil para ellos si hubieran escogido irse a un país hispanohablante? ¿Por qué?

 **Manual de gramática**

Antes de leer **Ventana al Mundo 21,** conviene repasar los comparativos y superlativos en la sección 1.7 del **Manual de gramática** (pp. 86–90).

Ventana al Mundo 21

¡Los números cantan!

El fantástico crecimiento de la población latina en Estados Unidos en el siglo XXI puede percibirse a través de cifras que ilustran dramáticamente este incremento. Consideremos por ejemplo, que entre los años 1990 al 2000, la población latina en Estados Unidos creció en un cuarenta por ciento, cuatro veces más de lo que aumentó el resto de la población del país.

Este cambio en la población ha tenido un profundo impacto en el sistema norteamericano de educación. Desde 1968, se ha verificado que las inscripciones de latinos en las escuelas públicas se triplicó alcanzando un número tope de siete millones. Si se comparan estas cifras con las inscripciones de estudiantes africano-americanos durante el mismo período, se puede ver que éstos aumentaron en un treinta por ciento mientras que las inscripciones de estudiantes de raza blanca, en lugar de aumentar, disminuyeron en un diecisiete por ciento.

Según el *National Center for Educational Statistics,* en 2002 ya había casi siete mil escuelas públicas en EE.UU. donde el estudiantado latino era la mayoría. Esto es el caso en más que setenta por ciento de las escuelas públicas en Los Ángeles y en un número igualmente impresionante de escuelas en Dade County, Florida, Nueva York y Chicago.

Al nivel de estudios post-secundarios, el impacto de los latinos también es muy fuerte. El Departamento de Educación en Washington, D.C. ha identificado más de trescientas instituciones post-secundarias donde el estudiantado latino representa un veinticinco por ciento o más de la matrícula. La presencia hispana en estas universidades es particularmente elevada en los siguientes campos de estudio: Lenguas Extranjeras; Estudios Interdisciplinarios; Educación y Psicología.

No cabe duda que la presencia hispana en el país es formidable... y como dice un dicho muy popular, "Los números cantan".

A. ¡Los números cantan! Contesta las siguientes preguntas con un(a) compañero(a).

1. ¿Qué cambió se vio en la población latina de EE.UU. durante la última década del siglo XX? ¿Qué efecto ha tenido este cambio en las escuelas públicas de EE.UU.?
2. ¿Más o menos en cúantas escuelas públicas de EE.UU. hay más de cincuenta por ciento latinos? ¿En cuántas instituciones post-secundarias hay más de veinticinco por ciento latinos?
3. ¿Qué campos de estudio tienden a seguir los estudiantes hispanos universitarios? ¿Por qué crees que esto es el caso?
4. ¿Qué significa el título de esta lectura "Los números cantan"? ¿Te parece apropiado? ¿Por qué sí o por qué no?

Antes de hacer este ejercicio, conviene repasar el número y género de sustantivos en la sección 1.1 del **Manual de gramática** (pp. 64–72).

B. Repaso: género y número de sustantivos. Lee los siguientes sustantivos precedidos por el artículo definido singular; luego léelos en plural, precedidos del artículo definido correspondiente.

1. lápiz
2. estrechez
3. artista
4. selección
5. ambiente
6. joven
7. estadounidense
8. día
9. instante
10. hospital

Y ahora, ¡a leer!

A. Anticipando la lectura. Contesta las siguientes preguntas con un(a) compañero(a).

1. ¿Cuál es la diferencia entre un refugiado legal y uno ilegal? ¿Cómo entran los refugiados legales a EE.UU.? Y los ilegales, ¿cómo entran?
2. ¿Qué peligros hay para los refugiados ilegales?
3. ¿Qué seguridad hay de que van a encontrar una buena vida en EE.UU.? Expliquen sus respuestas.

4. ¿Qué tipos de empleo encuentran los refugiados ilegales? ¿Cuánto ganan?
5. ¿Es posible que algunos refugiados encuentren en EE.UU. una vida peor de la que llevaban en su país de origen? Expliquen.

B. Vocabulario en contexto. Busca estas palabras en la lectura que sigue y, a base del contexto en el cual aparecen, decide cuál es su significado. Para facilitar encontrarlas, las palabras aparecen en negrilla en la lectura también.

1. **huyendo**
   a. pensando b. escapando c.victoriosa
2. **los cerros**
   a. el desierto b. las lomas c. las calles
3. **enviar**
   a. transportar b. recordar c. seguir
4. **cajón**
   a. caja grande b. coche elegante c. coche fúnebre
5. **patria**
   a. escape b. cielo c. país natal

Conozcamos al autor

Jorge Argueta es un poeta y maestro que llegó a San Francisco, California, en 1980, huyendo de la violenta guerra civil que obligó a cientos de miles de salvadoreños a abandonar su país. Durante los últimos veintitantos años, el profesor Argueta se ha dedicado a enseñar poesía en las escuelas públicas de San Francisco. Al mismo tiempo, también ha escrito varias colecciones de poemas que tienen un enorme impacto estético y social. Su poema "Muerte/*Death*", por ejemplo, ha suscitado importantes críticas no solamente literarias sino también sociales. Frecuentemente es invitado a participar en conferencias literarias por todo el país. Entre sus obras más importantes se destacan *Love Street (*publicado por los Editores Unidos Salvadoreños 1991), *Corazón del barrio* (1994), *Las frutas del centro* (1998), *A Movie in my Pillow/Una película en mi almohada* (2001). Este último libro es de ritmo ligero y juguetón y fue dedicado a los niños de El Salvador y de todo el mundo "con la esperanza de que tengamos un hermoso mañana". En él, Argueta recupera la memoria de un momento importante de su infancia, cuando fue traído a un nuevo mundo en el cual tuvo que desarrollar su nueva identidad bicultural. Su poema "Esperanza muere en Los Ángeles" lleva una dedicatoria a su prima y la fecha de su muerte. Sería difícil encontrar un poema que en tan pocos versos transmita la tragedia de una persona común y corriente, tal como lo consigue el autor. Su poema es un testimonio más fuerte que los hechos relatados sin pasión ni sentimiento en un manual de historia. Esperanza es víctima de un grave problema social en El Salvador, que se extiende mucho más lejos, hasta el país que supuestamente podía haber sido la solución para los problemas de la joven mujer.

Esperanza muere en Los Ángeles

A mi prima Esperanza,
muerta en Los Ángeles
el 26 de mayo de 1990

Tengo una prima
que salió **huyendo**
de la guerra
una prima que pasó
corriendo de la migra
por **los cerros** de Tijuana
una prima que llegó a Los Ángeles
escondida en el baúl de un carro
una prima que hoy se muere
se muere lejos de El Salvador
Pobre mi prima Esperanza
no la mató la guerra
la mató la explotación
$50 miserables dólares a la semana
40 horas a la semana
Pobre mi prima Esperanza
se está muriendo en Los Ángeles
muerta la van a **enviar** a El Salvador
Pobre mi prima Esperanza
dicen que sufrió un derrame
y que su hija piensa
que su madre sueña
sueña que está en El Salvador
Pobre mi prima Esperanza
ya se murió
ya la mataron
En un **cajón** negro
se va hoy para su **patria**
Pobre mi prima Esperanza
salió huyendo de la guerra
y muerta la envían a la guerra
pobre mi prima Esperanza
hoy se va a su tierra a descansar
con sus hermanos
todos los muertos
de la misma guerra

"Esperanza muere en Los Ángeles" de *Love Street* (1991) Editores Unidos Salvadoreños

¿Comprendiste la lectura?

A. Hechos y acontecimientos. ¿Recuerdas los datos más importantes de la lectura? Para asegurarte, completa estas preguntas según la lectura. Luego compara tus respuestas con las de dos o tres compañeros(as).

1. ¿Quién es Esperanza? ¿Qué edad crees que tiene?
2. ¿Dónde vivía Esperanza? ¿Por qué se fue de ese lugar? ¿Adónde se fue?
3. ¿Dónde cruzó la frontera? ¿Cómo la cruzó?
4. ¿Cómo murió Esperanza? ¿Qué la mató?
5. ¿Dónde van a enterrar a Esperanza? ¿Por qué?

B. A pensar y a analizar. Haz las siguientes actividades.

1. La ironía es un método literario para enfatizar una idea expresándola con palabras que indican lo contrario. En "Esperanza muere en Los Ángeles" hay un constante tono irónico. Por ejemplo, si observas las palabras "Esperanza", "El Salvador", "Los Ángeles" podrás ver que están cargadas de ironía ya que, ¿hay esperanza para Esperanza? ¿es El Salvador el salvador de Esperanza? ¿es Los Ángeles un ángel para Esperanza? ¿Puedes encontrar otros ejemplos de ironía?
2. ¿Hay ironía en el título del poema? Explica.
3. Examina los siguientes dos versos.

   "salió huyendo de la guerra
   y muerta la envían a la guerra"

   ¿Qué quiere decir el poeta con estas dos líneas? ¿Puedes encontrar otras que enfatizan la tragedia de Esperanza?

C. Debate. En grupos de cuatro, hagan un debate sobre la siguiente pregunta: ¿Quién fue responsable de la muerte de Esperanza, ella misma o EE.UU.? Dos deben argumentar que ella misma fue la responsable y dos que EE.UU. fue responsable. Informen a la clase cuáles fueron los mejores argumentos.

Introducción al análisis literario

Personajes y narradores

- **Personaje:** una persona que aparece en un cuento, novela, drama o poema.
- **Protagonista**: el personaje principal de una obra literaria. Toda la acción de la obra se desarrolla alrededor de este personaje.
- **Narrador(a):** la persona que cuenta la historia en la obra.
- **Voz narrativa:** la voz o perspectiva que el (la) narrador(a) usa para narrar la historia. La voz narrativa está en **primera persona** cuando un "yo" relata lo sucedido; en **segunda persona** cuando se narra lo sucedido a través de un "tú" o en **tercera persona** cuando un "él" o "ella" cuenta lo que les sucede a los personajes.

A. Personajes y narradores. Contesta las siguientes preguntas.

1. ¿Cuántos personajes hay en el poema de Jorge Argueta? ¿Quiénes son?
2. ¿Cuántos protagonistas hay? ¿Quiénes son?
3. ¿En qué voz narrativa se relata este poema? ¿Quién es el narrador? ¿Cómo lo sabes?

B. Con un(a) compañero(a) de la clase, escriban un poema similar al que acabamos de estudiar. Relaten los esfuerzos de un pariente, un(a) amigo(a), o una persona imaginaria refugiada en EE.UU.

¡LUCES! ¡CÁMARA! ¡ACCIÓN!

En comunicación con Centroamérica

En la década de los 80, grandes números de inmigrantes centroamericanos empezaron a cambiar el paisaje norteamericano, estableciéndose en Miami, Houston y muchas otras grandes ciudades de EE.UU. En Nueva York y Boston por ejemplo, estos inmigrantes han transformado vecindades enteras. El impacto económico se cuenta en billones de dólares.

Algo que todos los centroamericanos en EE.UU. tienen en común es el deseo de mantenerse en comunicación con gente en Centroamérica. Todos tienen familiares y amigos que dejaron en sus propios países y anhelan comunicarse con ellos.

En esta selección van a conocer a varios centroamericanos que viven y trabajan en los alrededores de Boston, Massachusetts. Van a oírlos decir cómo se mantienen en comunicación con familiares que todavía viven en Centroamérica.

Antes de empezar el video

Contesten estas preguntas en parejas.

1. ¿Hay inmigrantes centroamericanos en la ciudad en que viven Uds.? Si así es, ¿en qué parte de la ciudad tienden a vivir? ¿Qué tipo de trabajo consiguen? Si no es el caso, ¿han visto indicios de la presencia de centroamericanos en otras ciudades de EE.UU.? Expliquen.

2. ¿Por qué creen Uds. que es tan importante para los centroamericanos en EE.UU. mantenerse en comunicación con gente en Centroamérica?
3. ¿Qué medios de comunicación usan Uds. para mantenerse en comunicación con sus parientes, familiares y amigos que viven en otra ciudad?

¡A ver si comprendiste!

A. En comunicación con Centroamérica. Contesten las siguientes preguntas en parejas.

1. ¿De dónde emigraron Orly y Blanca Maldonado? ¿Dónde viven ahora? ¿Qué tipo de trabajo hace Orly? ¿Con qué frecuencia manda dinero a sus parientes?
2. ¿De dónde emigró Paulo Madrigal? ¿Hace cuánto tiempo? ¿Qué tipo de trabajo hace Paulo? ¿Cuál es la forma más eficiente para mantenerse en contacto con su madre en Centroamérica?
3. ¿Qué medio de comunicación usa Rony Flores para mantenerse en comunicación con sus familiares? ¿De dónde emigró Rony? ¿Dónde vive ahora y que tipo de trabajo tiene?
4. ¿Cómo se comunica Gloria Sánchez con su hermana? ¿Dónde vive su hermana? ¿Qué tipo de empleo tiene Gloria?

B. A pensar y a interpretar. Contesten las siguientes preguntas en parejas.

1. ¿Por qué crees que tantos centroamericanos se han establecido en Boston y sus alrededores? ¿Por qué crees que mandan tanto dinero a Centroamérica?
2. ¿Qué tipo de empleo encuentran los centroamericanos en EE.UU.? ¿Creen que es fácil o difícil para ellos encontrar empleo en su nuevo país? Expliquen su respuesta.
3. ¿Con qué frecuencia creen Uds. que se comunican los centroamericanos de EE.UU. con sus familiares en Centroamérica ? ¿Con qué frecuencia creen que se comunicarían Uds. con familiares en EE.UU. si algún día fueran a vivir a otro país? Expliquen su respuesta.

EXPLOREMOS EL CIBERESPACIO

Explora distintos aspectos de los centroamericanos en EE.UU. en las **Actividades para la Red** que corresponden a esta lección. Ve primero a **http://college.hmco.com** en la red, y de ahí a la página de ***Mundo 21.***

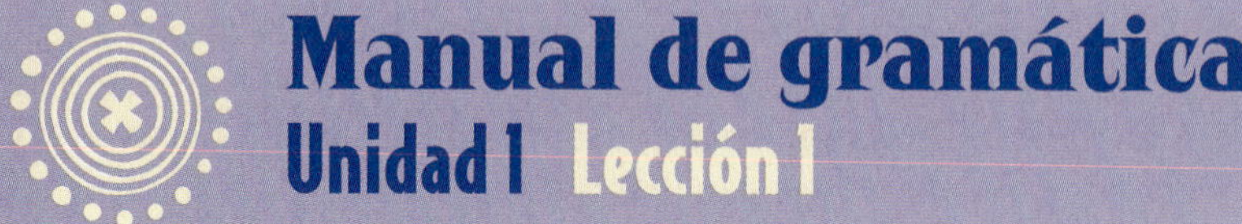

Manual de gramática
Unidad 1 Lección 1

1.1 NOUNS AND ARTICLES

Gender of Nouns

Nouns in Spanish are either masculine or feminine. The gender of most nouns is arbitrary, but there are some rules that can help guide you.

- The majority of the nouns ending in -**a** are feminine; those ending in -**o** are masculine.

la película	el territorio
la tierra	el tratado

The following are common exceptions:

la foto (la fotografía)	el cometa
la mano	el día
la moto (la motocicleta)	el mapa

- Nouns referring to males are masculine and those referring to females are feminine.

el enfermero	la enfermera
el escritor	la escritora
el hombre	la madre
el padre	la mujer

- Some nouns, such as those ending in -**ista** and -**ante,** have the same form for the masculine and the feminine. The article or the context identifies the gender.

el artista	la artista
el cantante	la cantante
el estudiante	la estudiante
el pianista	la pianista

- Most nouns ending in -**d,** -**ión,** and -**umbre** are feminine.

la comunidad	la confusión	la certidumbre
la identidad	la inmigración	la costumbre
la pared	la tradición	la muchedumbre

Some exceptions to this rule are:

el ataúd *the coffin*	el avión
el césped *the lawn*	el camión

- The nouns **persona** and **víctima** are always feminine, even if they refer to a male.

Matilde es una persona muy creativa.	*Matilde is a very creative person.*
Pedro es una persona muy imaginativa.	*Pedro is a very imaginative person.*

- Nouns of Greek origin ending in -**ma** are masculine.

el clima	el poema	el programa
el idioma	el problema	el tema

- Most nouns ending in **-r** or **-l** are masculine.

el favor	el papel
el lugar	el control

Some exceptions to this rule are:

la catedral	la labor
la flor	la sal

- Nouns referring to months and days of the week are masculine, as are those referring to oceans, rivers, and mountains.

el cálido agosto	el Pacífico
el jueves	el Everest

The word **sierra** (*mountain range*) is feminine: **la** sierra Nevada.

- Some nouns have two genders; the gender is determined by the meaning of the noun.

el capital *the capital (money)*	la capital *the capital (city)*
el corte *the cut*	la corte *the court*
el guía *the (male) guide*	la guía *the guidebook; the (female) guide*
el modelo *the model; the (male) model*	la modelo *the (female) model*
el policía *the (male) police officer*	la policía *the police (force); the (female) police officer*

Ahora, ¡a practicar!

A. Género. Identifica el sustantivo de género diferente, según el modelo.

MODELO opinión, avión, satisfacción, confusión

el avión (los otros son femeninos; es decir, usan el artículo **la**)

1. mapa, literatura, ciencia, lengua
2. ciudad, césped, variedad, unidad
3. problema, tema, fama, poema
4. calor, color, clamor, labor
5. metal, catedral, canal, sol
6. moto, distrito, exilio, gobierno

B. ¿Fascinante? Indica si en tu opinión lo siguiente es fascinante o no.

MODELO variedad cultural

La variedad cultural es fascinante. o
La variedad cultural no es fascinante.

1. cuentos de Sandra Cisneros
2. idioma español
3. diversidad cultural de EE. UU.
4. capital de nuestro estado
5. programas de videos latinos
6. arquitectura del suroeste
7. vida de César Chávez
8. cine chicano

C. Una encuesta. Entrevista a varios compañeros de la clase para saber qué opinan sobre estos temas. Si la persona contesta afirmativamente, escribe su nombre en el cuadro apropiado. No se permite tener el nombre de la misma persona en más de un cuadro.

MODELO —¿Qué opinas de la diversidad cultural en nuestra universidad?

—Es fascinante. o **No es muy interesante.**

la diversidad cultural en nuestra universidad ________	la película *Spy Kids 2* ________	el problema de las drogas ________
el clima hoy día ________	la foto de Francisco Alarcón en la página 13 ________	la Fiesta del Sol en Chicago ________
la cantante Selena ________	los programas universitarios ________	las películas de Edward James Olmos ________

Plural of Nouns

To form the plural of nouns follow these basic rules.

- Add -**s** to nouns that end in a vowel.

instante	instantes
fila	filas
tratado	tratados

- Add -**es** to nouns that end in a consonant.

escritor	escritores
origen	orígenes

- Nouns that end in an unstressed vowel + -**s** have identical singular and plural forms.

el lunes	los lunes
la crisis	las crisis

Spelling Changes

- Nouns ending in -**z** change the -**z** to -**c**- in the plural.

la voz	las vo**c**es
la actriz	las actri**c**es

- Nouns ending in an accented vowel + -**n** or -**s** lose their accent mark in the plural.

la condición	las condiciones
el interés	los intereses

Ahora, ¡a practicar!

A. Contrarios. Tú y tu mejor amigo(a) son completamente diferentes. ¿Qué dices tú cuando tu amigo(a) hace estos comentarios?

MODELO Yo no conozco a ese candidato.

Yo conozco a todos los candidatos. o
Yo conozco a muchos de los candidatos.

1. Yo no conozco a esa actriz.
2. Yo no sé hablar otra lengua.
3. Mi lección de guitarra es el lunes.
4. Yo no conozco ni una película de Olmos.
5. No tengo una crisis al día.
6. Yo no conozco a esa escritora.
7. Yo no reconozco la voz de nadie.
8. Yo visité una misión en el verano.

B. ¿Cuántos hay? Pregúntale a un(a) compañero(a) cuántos de los siguientes objetos hay en los lugares indicados.

MODELO mochila: libro, lápiz, bolígrafo, cuaderno, ...

— ¿Cuántos libros hay en tu mochila?
— Hay tres libros.

1. cuarto: escritorio, cama, silla, diccionario, computadora, ...
2. sala de clases: estudiante, escritorio, silla, pizarra, tiza, ...
3. casa de tus padres: cuarto, baño, auto, persona, bicicleta, ...
4. cine favorito: pantalla, boletería, acomodador, taquillero, película,
5. el poema "Consejos de una madre": personaje, protagonista, narrador, miembro de la familia, parte del cuerpo humano, ...

Definite Articles

Forms

	Masculine	Feminine
Singular	**el**	**la**
Plural	**los**	**las**

- The gender and number of a noun determines the form of the article.

nombre → masculine singular → el nombre
gente → feminine singular → la gente
pasaportes → masculine plural → los pasaportes
labores → feminine plural → las labores

- Note the following contractions.

a + el = al
de + el = del

¿Conoces **al** autor **del** poema "Una pequeña gran victoria"?	*Do you know the author of the poem "A Small but Fateful Victory"?*
La diversidad es una **de las** cuestiones centrales **del** siglo XXI.	*Diversity is one of the central topics of the twenty-first century.*

- The article **el** is used with singular feminine nouns beginning with stressed **a**- or **ha**- when it immediately precedes the noun; otherwise, the form **la** or **las** is used.

El arma más poderosa para combatir la pobreza es la educación.	*The most powerful weapon to fight poverty is education.*
El agua de este lago está contaminada.	*The water of this lake is contaminated.*
Las aguas de muchos ríos están contaminadas.	*The waters of many rivers are contaminated.*

- The following are some common feminine nouns that begin with stressed **a**- or **ha**-.

agua	área
águila *eagle*	aula *classroom*
ala *wing*	habla
alba *dawn*	hada *fairy*
alma *soul*	hambre

Uses

The definite article is used in the following cases:

- with nouns conveying a general or abstract sense. Note that English omits the article in these cases.

La violencia no soluciona **los** problemas.	*Violence does not solve problems.*
Debemos continuar mejorando **la** educación.	*We must continue improving education.*
Respetamos **la** diversidad cultural.	*We respect cultural diversity.*

- with parts of the body and articles of clothing when preceded by a reflexive verb or when it is clear who the possessor is. Note that English uses a possessive adjective in these cases.

¿Puedo sacarme **la** corbata?	*May I take off my tie?*
Me duele **el** hombro.	*My shoulder hurts.*

- with the names of languages, except when they follow **en, de,** or forms of the verb **hablar.** The article is often omitted after the verbs **aprender, enseñar, entender, escribir, estudiar, saber,** and **leer.**

El español y **el** quechua son las lenguas oficiales de Perú.	*Spanish and Quechua are Peru's official languages.*
Este libro está escrito en portugués. Yo no entiendo (**el**) portugués, pero un amigo mío es profesor de portugués.	*This book is written in Portuguese. I don't understand Portuguese, but a friend of mine is a Portuguese teacher.*

- with titles, except **San/Santa** and **don/doña,** when speaking *about* someone. It is omitted when speaking directly *to* someone.

Necesito hablar con **el** profesor Núñez.	*I need to talk to Professor Núñez.*
Doctora Cifuentes, ¿cuáles son sus horas de oficina?	*Doctor Cifuentes, what are your office hours?*
¿Conoces a **don** Eugenio?	*Do you know don Eugenio*
Hoy es el día de **Santa** Teresa.	*Today is Saint Teresa's day.*

- with the days of the week to mean *on.*

Te veo **el** martes.	*I'll see you on Tuesday.*

- with times of day and dates.

Son **las** nueve de la mañana.	*It's nine in the morning.*
Salimos **el** dos de septiembre.	*We are leaving September second.*

- in the names of certain cities, regions and countries such as **Los Ángeles**, **La Habana**, **Las Antillas**, **El Salvador**, and **La República Dominicana**. The definite article is optional with the following countries:

(la) Argentina	(la) China	(el) Japón	(el) Perú
(el) Brasil	(el) Ecuador	(el) Paraguay	(el) Uruguay
(el) Canadá	(los) Estados Unidos		

- with proper nouns modified by an adjective or a phrase.

Quiero leer sobre **el** México colonial.	*I want to read about colonial Mexico.*
¿Dónde está **la** pequeña Lucía?	*Where is little Lucia?*

- with units of weight or measurement.

Las uvas cuestan dos dólares **el kilo**.	*Grapes cost two dollars a kilo.*

Ahora, ¡a practicar!

A. Preparativos. ¿Quién es responsable de enviar las invitaciones? Para saberlo, completa la conversación con los artículos definidos apropiados sólo donde sea necesario.

— __1__ Señora Olga, ¿cuándo es la próxima exposición de __2__ doña Carmen?
— Es __3__ viernes próximo.
— Se ocupa de las invitaciones __4__ señor Cabrera, ¿verdad?
— ¿Enrique Cabrera? No, __5__ pobre Enrique está enfermo. Tú debes enviar __6__ invitaciones esta vez.

B. Entrevista. Tú eres reportero(a) del periódico estudiantil. Hazle las siguientes preguntas para entrevistar a un(a) compañero(a) de clase.

1. ¿Qué lenguas hablas?
2. ¿Qué lenguas lees?
3. ¿Qué lenguas escribes?
4. ¿Qué lenguas consideras difíciles? ¿Por qué?
5. ¿Qué lenguas consideras importantes? ¿Por qué?

C. Resumen. Ahora escribe un breve resumen de la información que conseguiste en la entrevista.

Indefinite Articles

Forms

	Masculine	Feminine
Singular	un	una
Plural	unos	unas

- The indefinite article, just like the definite article, agrees in gender and number with the noun it modifies.

Eso es **un** error. — *That is a mistake.*

A principios de siglo México pasó por **una** gran crisis económica y política. — *At the beginning of the century, Mexico suffered a big economic and political crisis.*

- When immediately preceding singular feminine nouns beginning with stressed **a**- or **ha**-, the form **un** is used.

Ese joven tiene **un** alma noble. — *That young man has a noble spirit.*

Uses

As in English, the indefinite article indicates that a noun is not known to the listener or reader. Once the noun has been introduced, the definite article is used. In general, the indefinite article is used much less frequently in Spanish than in English.

— Hoy en el periódico aparece **un** artículo sobre Luis Valdez. — *"Today in the newspaper there is an article on Luis Valdez."*

— ¿Y qué dice **el** artículo? — *"And what does the article say?"*

Omission of the Indefinite Article

The indefinite article is not used:

- after **ser** and **hacerse** when followed by a noun referring to profession, nationality, religion, or political affiliation.

Sandra Cisneros es escritora. — *Sandra Cisneros is a writer.*

Mi primo es profesor, pero quiere hacerse abogado. — *My cousin is a teacher, but he wants to become a lawyer.*

However, the indefinite article is used when the noun is modified by an adjective or a descriptive phrase.

Edward James Olmos es **un** actor famoso. — *Edward James Olmos is a famous actor.*

Es **un** actor **de renombre mundial**. — *He is a world-famous actor.*

- with **cien(to), cierto, medio, mil, otro,** and **tal** (*such*).

— ¿Puedes prestarme mil dólares? — *"Can you lend me a thousand dollars?"*

— ¿De dónde voy a sacar tal cantidad? — *"Where am I going to get such an amount?"*

- after the prepositions **sin** and **con**.

Luis Valdez nunca sale **sin sombrero**.	*Luis Valdez never leaves without a hat.*
Vikki Carr vive en una casa **con piscina**.	*Vikki Carr lives in a house with a swimming pool.*

- in negative sentences and after certain verbs such as **tener**, **haber**, and **buscar** when the numerical concept of **un**(**o**) or **una** is not important.

No tengo boleto. Necesito boleto para esta noche.	*We don't have a ticket. I need a ticket for tonight.*
Busco solución a mi problema ahora.	*I am looking for a solution to my problem now.*

Other Uses

- Before a number, the indefinite articles **unos** and **unas** indicate an approximate amount.

Según el último censo, **unos cuatrocientos mil** méxicoamericanos viven en Chicago.	*According to the last census, about (approximately) four hundred thousand Mexican Americans live in Chicago.*

- The indefinite articles **unos** and **unas** may be omitted before plural nouns, when they are not the subject of a sentence.

Necesitamos (unas) entradas para este fin de semana.	*We need (some) tickets for this weekend.*
¿Viste (unos) errores en la historia de los chicanos?	*Did you see (some) mistakes in the history of the Chicanos?*

When the idea of *some* needs to be emphasized, **algunos** or **algunas** is used.

¿Puedes nombrar **algunas** de las películas dirigidas por Luis Valdez?	*Can you name some of the films directed by Luis Valdez?*

Ahora, ¡a practicar!

A. ¿Qué ves? Di lo que ves en cada dibujo.

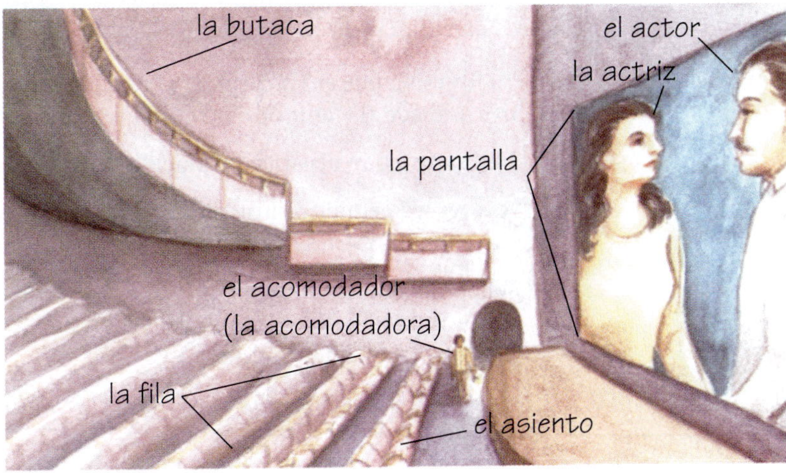

B. Personalidades. Di quiénes son las siguientes personas.

MODELO Edward James Olmos / chicano / actor / actor chicano

Edward James Olmos es chicano. Es actor. Es un actor chicano.

1. Sandra Cisneros / chicana / escritora / escritora chicana
2. Gloria Estefan / cubanoamericana / cantante / cantante cubanoamericana
3. Rosie Pérez / puertorriqueña / actriz / actriz puertorriqueña
4. Jorge Luis Borges / argentino / escritor / escritor argentino
5. Frida Kahlo / mexicana / pintora / pintora mexicana
6. Pablo Neruda / chileno / poeta / poeta chileno

C. Fiesta. Completa este párrafo con los artículos definidos o indefinidos apropiados, si son necesarios.

Me gusta asistir a __1__ fiestas y me encanta preparar __2__ postres. __3__ sábado próximo voy a asistir a __4__ fiesta y voy a preparar __5__ torta. Vienen __6__ (= aproximadamente) veinticinco personas a __7__ fiesta. Debo llevar __8__ cierta torta de frutas que es mi especialidad. Tengo __9__ mil cosas que hacer, pero __10__ postre va a estar listo.

1.2 THE PRESENT INDICATIVE: REGULAR VERBS

Forms

	-ar Verbs	-er Verbs	-ir Verbs
	comprar	**vender**	***decidir***
yo	compr**o**	vend**o**	decid**o**
tú	compr**as**	vend**es**	decid**es**
Ud., él, ella	compr**a**	vend**e**	decid**e**
nosotros(as)	compr**amos**	vend**emos**	decid**imos**
vosotros(as)	compr**áis**	vend**éis**	decid**ís**
Uds., ellos, ellas	compr**an**	vend**en**	decid**en**

- To form the present indicative of regular verbs, drop the -**ar**, -**er**, or -**ir** from the infinitive and add the appropriate endings to the verb stem, as shown in the chart.
- Verbs are made negative by placing **no** directly before the verb.

A veces **leo** periódicos hispanos, pero **no compro** revistas hispanas. — *Sometimes I read Hispanic newspapers, but I do not buy Hispanic magazines.*

- When the context or endings make clear who the subject is, subject pronouns are normally omitted in Spanish. Subject pronouns are, however, used to emphasize, to clarify, or to establish a contrast.

—¿Son chicanos Rosie Pérez y Luis Valdez? — *Are Rosie Perez and Luis Valdez "Chicanos?"*

—No, **él** es chicano, pero **ella** es puertorriqueña. — *"No, he is a Chicano, but she is a Puerto Rican."*

- The English subject pronouns *it* and *they*, when referring to objects or concepts, do **not** have an equivalent form in Spanish.

Es necesario consultar con expertos. — ***It*** *is necessary to consult with experts.*

Mira esas entradas. ¿Son para la película de mañana? — *Look at those tickets. Are* ***they*** *for tomorrow's movie?*

Uses

- To express actions that occur in the present, including actions in progress.

Soy estudiante. Me **interesa** la literatura. — *I am a student. I am interested in literature.*

—¿Qué **haces** en este momento? — *"What are you doing right now?"*

—**Escribo** una composición para mi clase de español. — *"I am writing a composition for my Spanish class."*

- To indicate when scheduled activities take place in the near future.

El miércoles próximo nuestra clase de español **visita** el Museo del Barrio. — *Next Wednesday our Spanish class is visiting the Barrio Museum.*

- To replace the past tenses in narrations, so they come alive.

La escritora Sandra Cisneros **nace** en 1954 en Chicago y **publica** su novela *The House on Mango Street* en 1984. — *The writer Sandra Cisneros is born in 1954 in Chicago and publishes her novel* The House on Mango Street *in 1984.*

Ahora, ¡a practicar!

A. Planes. Tú y dos amigos(as) van a pasar una semana en Puerto Vallarta. Di qué planes tienen para esa semana de vacaciones.

MODELO lunes / volar a Puerto Vallarta

El lunes volamos a Puerto Vallarta.

1. martes: nadar y descansar en la playa
2. miércoles: practicar deportes submarinos
3. jueves: visitar el Museo Regional de Antropología
4. viernes: comprar regalos para la familia
5. sábado: regresar a casa
6. domingo: descansar todo el día

B. Información personal. Estás en una fiesta y hay una persona muy interesante que quieres conocer. Hazle estas preguntas.

1. Soy..., y tú, ¿cómo te llamas?
2. ¿Dónde vives?
3. ¿Con quién vives?
4. ¿Trabajas en algún lugar? (¿Ah, sí?, ¿dónde?)
5. ¿Tomas el autobús para ir a clase?
5. ¿Tomas el autobús para ir a clase?
6. ¿Miras mucha o poca televisión?
7. ¿Qué tipos de libros lees?
8. ¿Qué tipos de música escuchas?
9. ... (inventen otras preguntas)

C. Invitación. Mira los dibujos y cuenta la historia usando el presente de indicativo de los verbos indicados.

1. llamar / invitar / aceptar

2. llegar / comprar / comentar

3. entrar / pasar los boletos / pensar

D. Mi vida actual. Describe tu situación personal en este momento.

MODELO **Vivo en Los Ángeles. Asisto a clases por la mañana y por la tarde. Una de las materias que más me fascina es la historia. ...**

Lección 2

1.3 THE PRESENT INDICATIVE: STEM-CHANGING VERBS

In the present indicative, the last vowel of the stem of certain verbs changes from **e** to **ie**, from **o** to **ue**, or from **e** to **i** when stressed. This change affects all singular forms and the third-person plural form. The first- and second-person plural forms (**nosotros** and **vosotros**) are regular because the stress falls on the ending, not on the stem.

	e → ie	**o → ue**	**e → i**
	pensar	***recordar***	***pedir***
yo	p**ie**nso	rec**ue**rdo	p**i**do
tú	p**ie**nsas	rec**ue**rdas	p**i**des
Ud, él, ella	p**ie**nsa	rec**ue**rda	p**i**de
nosotros(as)	pensamos	recordamos	pedimos
vosotros(as)	pensáis	recordáis	pedís
Uds., ellos, ellas	p**ie**nsan	rec**ue**rdan	p**i**den

Stem-changing verbs are indicated in this text with the specific change written in parentheses after the infinitive: **pensar** (**ie**), **recordar** (**ue**), **pedir** (**i**).

- The following are frequently used stem-changing verbs.

e → ie	**o → ue**	**e → i (-ir verbs only)**
cerrar	almorzar	conseguir
empezar	aprobar	corregir
nevar	contar	despedir(se)
recomendar	mostrar	elegir
	probar	medir
atender	sonar	reír
defender	volar	
entender		repetir
perder		seguir
querer	devolver	servir
	llover	sonreír
convertir	mover	vestir(se)
divertir(se)	poder	
mentir	resolver	
preferir	volver	
sentir(se)		
sugerir	dormir	
	morir	

- The verbs **adquirir** (*to acquire*), **jugar** (*to play*), and **oler** (*to smell*) are conjugated like stem-changing verbs.

adquirir (i→ ie)	**jugar (u→ ue)**	**oler (→ hue)**
adqu**ie**ro	j**ue**go	**hue**lo
adqu**ie**res	j**ue**gas	**hue**les
adqu**ie**re	j**ue**ga	**hue**le
adquirimos	jugamos	olemos
adquirís	jugáis	oléis
adqu**ie**ren	j**ue**gan	**hue**len

Ahora, ¡a practicar!

A. Llegada de un emigrante. Completa el texto en el presente de indicativo para contar las experiencias del puertorriqueño Willie al llegar a Nueva York.

En Nueva York, Willie se __1__ (sentir) un poco perdido. Le __2__ (pedir) consejos a un amigo, quien le __3__ (conseguir) trabajo en un almacén. __4__ (Comenzar) a trabajar, __5__ (atender) bien a los clientes, __6__ (mostrar) buena disposición. Su jefe __7__ (aprobar) su modo de trabajar. Después de unos meses, se __8__ (sentir) mejor y __9__ (reír) más a menudo. Ya no __10__ (querer) regresar a Puerto Rico de inmediato.

B. Obra teatral. Completa el texto en el presente de indicativo para saber lo que tu mejor amigo(a) dice de la obra de teatro *West Side Story,* que acaba de ver por primera vez.

1. La obra _____ (comenzar) a las 8:00 de la noche.
2. La gente _____ (divertirse) muchísimo con *West Side Story*.
3. Los angloamericanos _____ (entender) el conflicto completamente.
4. Algunos espectadores _____ (ofenderse) con la obra, pero no muchos.
5. Los espectadores _____ no (reírse) mucho porque es demasiado trágica.
6. Algunos espectadores _____ (volver) a ver *West Side Story* varias veces.
7. _____ (Recomendar [yo]) la obra a todo el mundo sin reserva alguna.
8. ¿Por qué? Porque *West Side Story* _____ (mostrar) la realidad de los puertorriqueños en Nueva York en la década de los años sesenta.

C. Hábitos diarios. Tu nuevo(a) compañero(a) te hace estas preguntas porque desea conocer algunos aspectos de tu rutina diaria. Una vez que él/ella termine, cambien papeles.

1. ¿A qué hora te despiertas?
2. ¿Te levantas en seguida o duermes otro rato?
3. ¿Te vistes de inmediato o desayunas primero?
4. ¿A qué hora empiezas tu primera clase?
5. ¿Dónde almuerzas, en la universidad, en un restaurante o en casa?
6. ¿Qué haces después de las clases, trabajas o juegas a algún deporte?
7. ¿A qué hora regresas a casa?
8. ¿A qué hora te acuestas? ¿Te duermes sin dificultad?

1.4 THE PRESENT INDICATIVE: VERBS WITH SPELLING CHANGES AND IRREGULAR VERBS

Verbs with Spelling Changes*

Some verbs require a spelling change to maintain the pronunciation of the stem.

- Verbs ending in -**ger,** -**gir** change -**g**- to -**j**- in the first-person singular.

dirigir dirijo, diriges, dirige, dirigimos, dirigís, dirigen
proteger protejo, proteges, protege, protegemos, protegéis, protegen

Other -**ger** or -**gir** verbs:

coger *(to catch)* **elegir (i)** **recoger** *(to gather)* **corregir (i)** **exigir**

- Verbs ending in -**guir** change -**gu**- to -**g**- in the first-person singular.

distinguir distingo, distingues, distingue, distinguimos, distinguís, distinguen

Other -**guir** verbs:

conseguir (i) *(to obtain)* **proseguir (i)** *(to pursue, to proceed)*
extinguir *(to extinguish)* **seguir (i)**

- Verbs ending in -**cer**, -**cir** preceded by a consonant, change -**c**- to -**z**- in the first-person singular.

convencer convenzo, convences, convence, convencemos, convencéis, convencen

Other verbs in this category:

ejercer *(to practice, to exert)* **vencer** *(to vanquish, to overcome)*
esparcir *(to spread)*

- Verbs ending in -**uir** change -**i**- to -**y**- before **o** and **e**.

construir construyo, construyes, construye, construimos, construís, construyen

Other -**uir** verbs:

atribuir **contribuir** **distribuir** **incluir** **obstruir**
concluir **destruir** **excluir** **influir** **substituir**

- Some verbs ending in -**iar** and -**uar** change the -**i**- to -**í**- and the -**u**- to -**ú**- in all forms except **nosotros** and **vosotros.**

enviar envío, envías, envía, enviamos, enviáis, envían
acentuar acentúo, acentúas, acentúa, acentuamos, acentuáis, acentúan

Other verbs in this category:

ampliar *(to enlarge)* **enfriar** *(to cool down)* **situar**
confiar **guiar** **graduar(se)**
efectuar *(to carry out, to perform)*

The following -**iar** and -**uar** verbs are regular:

anunciar **cambiar** **estudiar** **apreciar** **copiar**
limpiar **averiguar** *(to find out)*

*If you are unsure of the meaning of one of these verbs, they all appear in the **Vocabulario** section in the back of the book.

Verbs with Irregular Forms

■ The following common verbs have several irregularities in the present indicative.

decir	estar	ir	oír	ser	tener	venir
digo	estoy	voy	oigo	soy	tengo	vengo
dices	estás	vas	oyes	eres	tienes	vienes
dice	está	va	oye	es	tiene	viene
decimos	estamos	vamos	oímos	somos	tenemos	venimos
decís	estáis	vais	oís	sois	tenéis	venís
dicen	están	van	oyen	son	tienen	vienen

Verbs derived from any of these words have the same irregularities:

decir: **contradecir** *(to contradict)*
tener: **contener**, **detener**, **mantener**, **obtener**
venir: **convenir** *(to be convenient)*, **intervenir**, **prevenir**

■ The following verbs have an irregular first-person singular form only.

caber: **quepo**
dar: **doy**
hacer: **hago**
poner: **pongo**
salir: **salgo**
saber: **sé**
traer: **traigo**
valer: **valgo**
ver: **veo**

Derived verbs show the same irregularities:

hacer: **deshacer**, **rehacer**, **satisfacer**
poner: **componer**, **imponer**, **oponer**, **proponer**, **reponer**, **suponer**
traer: **atraer, contraer, distraer**(**se**)

■ Verbs ending in -**cer** or -**cir** preceded by a vowel, add **z** before **c** in the first-person singular.

ofrecer ofre**z**co, ofreces, ofrece, ofrecemos, ofrecéis, ofrecen

Other verbs in this category:

agradecer
aparecer
complacer *(to please)*
conocer
crecer *(to grow)*
desconocer
establecer
obedecer
parecer
permanecer *(to stay)*
pertenecer *(to belong)*
reconocer
conducir
deducir
introducir
producir
reducir
traducir

Ahora, ¡a practicar!

A. Retrato de un puertorriqueño. Walter nos habla de su vida. Completa lo que dice con la forma apropiada del verbo que aparece entre paréntesis.

Me llamo Walter Martínez. __1__ (ser) puertorriqueño. Como todo puertorriqueño, yo __2__ (tener) ciudadanía estadounidense. __3__ (vivir) ahora en Nueva York, pero __4__ (ir) con frecuencia a San Juan, donde __5__ (estar) mi familia. Me __6__ (mantener) en contacto con mis parientes y amigos de la isla. Aquí en Nueva York __7__ (conocer) a muchos amigos de San Juan con quienes __8__ (salir) a menudo. Los fines de semana me __9__ (distraer) escuchando música y bailando salsa en una discoteca.

B. Somos individualistas. Cada uno de los miembros de la clase menciona algo especial acerca de sí mismo(a). ¿Qué dicen?

MODELO pertenecer al Club de Español

Pertenezco al Club de Español.

1. traducir del español al francés
2. saber hablar portugués
3. construir barcos en miniatura
4. dar lecciones de guitarra
5. conseguir dinero para el Museo del Barrio
6. guiar a turistas a sitios de interés en el barrio
7. mantener correspondencia con puertorriqueños de la isla
8. ofrecer mis servicios como voluntario en un hospital local
9. proteger animales abandonados
10. componer poemas de amor

C. ¿Preguntas razonables o locas? Selecciona cuatro verbos de esta lista y escribe una pregunta razonable o loca con cada verbo. Escribe cada pregunta en un pedazo de papel. Luego, tu profesor(a) va a recoger todos los papeles y dejar que cada persona de la clase seleccione uno y conteste la pregunta.

MODELO graduarse

¿Cuándo te gradúas? o
¿Te gradúas de la escuela primaria este año o el año próximo?

averiguar	conseguir	incluir
caber	convencer	obedecer
concluir	dirigir	oír
conducir	graduarse	proponer

Lección 3

1.5 DESCRIPTIVE ADJECTIVES

Forms

- Adjectives that end in **-o** in the masculine singular have four forms: masculine and feminine, and singular and plural.

	Masculine	Feminine
Singular	hispan**o**	hispan**a**
Plural	hispan**os**	hispan**as**

- Adjectives that end in any other vowel in the singular have two forms: singular and plural.

pesimista	pesimistas
impresionante	impresionantes

- Adjectives of nationality that end in a consonant in the masculine singular have four forms.

español	española	españoles	españolas
francés	francesa	franceses	francesas

- Adjectives that end in **-án**, **-ín**, **-ón**, or **-dor** in the masculine singular also have four forms.

holgazán	holgazana	holgazanes	holgazanas	*(lazy)*
pequeñín	pequeñina	pequeñines	pequeñinas	*(tiny)*
juguetón	juguetona	juguetones	juguetonas	*(playful)*
conmovedor	conmovedora	conmovedores	conmovedoras	*(moving)*

- Other adjectives that end in a consonant in the masculine singular have only two forms.

cultural	culturales	feliz	felices
cortés	corteses	común	comunes

- A few adjectives have two masculine singular forms: a shortened form is used when the adjective precedes a masculine singular noun. Common adjectives in this group include:

bueno:	**buen** viaje	hombre **bueno**
malo:	**mal** amigo	individuo **malo**
primero:	**primer** hijo	artículo **primero**
tercero:	**tercer** capítulo	artículo **tercero**

The adjective **grande** (*big, large*) also has a shortened form, **gran,** which when used before a singular noun has a different meaning—*great:* **un gran amor**, **una gran idea, un gran hombre.**

Agreement of Adjectives

- Adjectives agree in gender and number with the noun they modify.

Mis primas son **activas** y **trabajadoras**.	*My cousins are active and hardworking.*
Mi tío Víctor es **orgulloso** y un poco **vanidoso**.	*My Uncle Victor is proud and a bit vain.*

- If a single adjective follows and modifies two or more nouns, and one of them is masculine, the masculine plural form of the adjective is used.

En esta calle hay tiendas y negocios hispan**os**.	*In this street there are Hispanic stores and businesses.*

- If a single adjective precedes and modifies two or more nouns, it agrees with the first noun.

Siempre hago pequeñ**as** tareas y trabajos para mi mamá.	*I always do small tasks and jobs for my mom.*

Position of adjectives

- Descriptive adjectives normally follow the noun they modify; they usually restrict, clarify, or specify the meaning of the noun.

Nuestra familia es de origen **dominicano**.	*Our family is of Dominican origin.*
Vivimos en una casa **amarilla**.	*We live in a yellow house.*
La industria **turística** es importante en nuestra región.	*The tourist industry is important in our region.*

- Descriptive adjectives are placed before the noun to stress a characteristic normally associated with that noun.

En ese cuadro se ve un **fiero** león que descansa entre **mansas** ovejas.	*In that picture one sees a ferocious lion resting among meek sheep.*
Vemos un ramo de **bellas** flores sobre la mesa.	*We see a bouquet of beautiful flowers on top of the table.*

- Some adjectives change their meaning depending on their position. When the adjective follows the noun, it often has a concrete or objective meaning; when the adjective precedes the noun, it often has a figurative or abstract meaning. The following is a list of these kinds of adjectives:

	Before the Noun	After the Noun
antiguo	*former, old*	*ancient, old*
cierto	*some, certain*	*sure, certain*
medio	*half*	*middle*
mismo	*same*	*the thing itself*
nuevo	*another, different*	*brand new*
pobre	*pitiful, poor*	*destitute, poor*
propio	*own*	*proper*
viejo	*former, of old standing*	*old, aged*

Mi padre no es un hombre **viejo**. Él y mi tío Miguel son **viejos** amigos. — *My father is not an old (=aged) man. He and my Uncle Miguel are old (=of old standing) friends.*

A veces veo a mi **antiguo** profesor de historia; le gustaba hablar de la Roma **antigua**. — *I sometimes see my former history professor; he liked to talk about ancient Rome.*

- When several adjectives modify a noun, the same rules used with a single adjective apply. Adjectives follow the noun to restrict, clarify, or specify the meaning of the noun. They precede the noun to stress inherent characteristics, a value judgment, or subjective attitude.

En 1869 terminan de construir la vía **ferroviaria transcontinental.** — *In 1869 they finish building the transcontinental railroad track.*

Los dominicanos tienen un **intenso** y **profundo** amor por su país. — *Dominicans have an intense and deep love for their country.*

Gloria Estefan es una **activa cantante cubanoamericana**. — *Gloria Estefan is an active Cuban American singer.*

Lo + Masculine Singular Adjectives

Lo, the neuter form of the definite article, is used with a masculine singular adjective to describe abstract ideas or general qualities. This construction is more common in Spanish than in English.

Lo difícil es explicar qué es un "jíbaro". — *What's hard (The hard thing) is to explain what a "jíbaro" is.*

Lo indiscutible es que los grupos hispanos enriquecen el mosaico cultural de EE.UU. — *The undeniable thing is that Hispanic groups enrich the cultural mosaic of the U.S.*

Ahora, ¡a practicar!

A. Continuación de la historia. Completa el siguiente texto sobre una posible continuación de la historia del poema "Consejos de una madre" de Francisco X. Alarcón que leíste en la *Lección 1.* Pon atención a la posición del adjetivo.

El _____ (poeta; mismo) del poema que leíste tiene ahora una _____ (vida; nueva). Es famoso; es dueño de su _____ (destino; propio). Ya no es un _____ (joven; pobre) sin trabajo. Vive ahora en su _____ (casa; propia) y tiene un _____ (cuarto; gran/grande) donde sigue escribiendo sus poemas. Está triste porque su _____ (madre; pobre) está muy enferma. Pasan los años y es un _____ (hombre; viejo), pero con muchos recuerdos hermosos.

B. Una cantante cubanoamericana. Usa la información dada entre paréntesis para hablar de Gloria Estefan.

MODELO Gloria Estefan tiene una _____. (carrera / artístico / distinguido)

Gloria Estefan tiene una distinguida carrera artística.

1. Gloria Estefan es una _____. (cantante/cubanoamericano)
2. Es una _____. (artista / cubanoamericano / excelente)
3. Es intérprete de _____. (ritmos / caribeño / movido)

4. Es una _____. (cantante / contemporánea / destacada)
5. Algunas de sus canciones están inspiradas en _____. (recuerdos/familiar)
6. Sus canciones reflejan una _____ (experiencia / bilingüe / rico).

C. Este semestre. Tu compañero(a) te hace unas preguntas porque desea saber cómo te va este semestre. Usa los adjetivos que aparecen a continuación u otros que conozcas para contestar sus preguntas. Luego, cambien papeles.

MODELO horario este semestre (complicado, sobrecargado, liviano)

—¿Cómo es tu horario este semestre?
—Es bastante complicado; tengo seis clases.

aburrido	entretenido	estupendo	interminable
cansador	espantoso	fácil	pésimo
complicado	estimulante	interesante	simpático

1. la clase de español
2. las otras clases
3. los compañeros de clase
4. las conferencias de los profesores
5. las pruebas y exámenes
6. los trabajos escritos
7. ...

D. Impresiones. Usa los adjetivos que aparecen a continuación u otros que conozcas para expresar tus impresiones sobre los cubanoamericanos.

MODELO Pocos saben que los cubanoamericanos han hecho contribuciones importantes en el campo artístico.

Lo malo es que pocos saben que los cubanoamericanos han hecho contribuciones importantes en el campo artístico.

bueno	fácil	interesante	positivo
cierto	importante	malo	sorprendente
difícil	inseguro	negativo	trágico

1. Los refugiados cubanos de los años 60 recibieron ayuda del gobierno de los EE. UU.
2. La población cubanoamericana es industriosa.
3. Miami es un centro financiero internacional.
4. La cultura hispana enriquece la vida norteamericana.
5. La participación política de las minorías continúa.

1.6 USES OF THE VERBS SER AND ESTAR

Uses of *ser*

- To identify, describe, or define a subject.

Jon Secada **es** un cantante cubanoamericano.	*Jon Secada is a Cuban American singer.*
¡*Yo*! **es** la tercera novela de Julia Álvarez.	¡Yo! *is Julia Alvarez's third novel.*

- To indicate origin, ownership, or the material of which something is made.

Cristina Saralegui **es** de La Habana.	*Cristina Saralegui is from Havana.*
Esos muebles antiguos **son** de mi abuelita. **Son** de madera.	*Those old pieces of furniture are my grandma's. They are made of wood.*

- To describe inherent qualities or characteristics of people, animals, and objects.

Cristina **es** rubia; **es** lista y amable. **Es** divertida y muy enérgica. — *Cristina is blond; she is smart and kind. She is lots of fun and very energetic.*

- With the past participle to form the passive voice. (See pp. 320–322 for the passive voice.)

La Florida **fue** colonizada por los españoles en el siglo XVI. — *Florida was colonized by the Spaniards in the 16th century.*

San Agustín, la ciudad más antigua de EE.UU., **fue** fundada en 1565. — *Saint Augustine, the oldest city in the United States was founded in 1565.*

- To indicate time, dates, and seasons.

Hoy **es** miércoles. **Son** las diez de la mañana. — *Today is Wednesday. It is ten o'clock in the morning.*

Es octubre; **es** otoño. — *It is October; it is fall.*

- To indicate the time or location of an event.

No se sabe cuándo **será** el próximo concierto de Gloria Estefan. — *No one knows when Gloria Estefan's next concert will be.*

La fiesta de los estudiantes hispanos **es** en el Centro Cubanoamericano. — *The Hispanic students' party is at the Cuban American Center.*

- To form certain impersonal expressions.

Es importante luchar por los derechos de los grupos minoritarios. — *It is important to fight for the rights of minority groups.*

Es fácil olvidar que muchas familias hispanas han vivido en este país por tres siglos. — *It is easy to forget that many Hispanic families have lived in this country for three centuries.*

Uses of estar

- To indicate location.

Mis padres son de California, pero ahora **están** en Texas. — *My parents are from California, but they are now in Texas.*

La Florida **está** al norte de Cuba. — *Florida is north of Cuba.*

- With the present participle (**-ndo** verb ending) to form the progressive tenses.

La población hispana de Miami **está** aumenta**ndo** cada día. — *The Hispanic population in Miami is increasing every day.*

- With an adjective to describe states and conditions or to describe a change in a characteristic.

La madre **está** furiosa porque a nadie le gusta el cuadro que pintó su hija. — *The mother is furious because no one likes the painting by her daughter.*

No puedes comerte esa banana porque no **está** madura todavía. — *You can't eat that banana because it is not ripe yet.*

¡Este café **está** frío! — *This coffee is cold!*

- With a past participle to indicate the condition that results from an action. In this case, the past participle functions as an adjective and agrees in gender and number with the noun to which it refers.

Action:	*Resultant condition:*
Pedrito rompió la taza.	La taza **está rota.**
Pedrito broke the cup.	*The cup is broken.*
Adolfo terminó sus quehaceres.	Sus quehaceres **están terminados.**
Adolfo finished his chores.	*His chores are done (=finished).*

Ser and *estar* with adjectives

Some adjectives convey different meanings depending on whether they are used with **ser** or **estar**. The most common ones are as follows:

ser *(characteristics)*	**estar** *(conditions)*
aburrido *boring*	aburrido *bored*
bueno *good*	bueno *healthy, good*
interesado *selfish*	interesado *interested*
limpio *tidy*	limpio *clean* (now)
listo *smart, clever*	listo *ready*
loco *insane*	loco *crazy, frantic*
malo *evil*	malo *sick*
verde *green* (color)	verde *green* (not ripe)
vivo *alert, lively*	vivo *alive*

Ese muchacho **es** aburrido. Como no tiene nada que hacer, **está** aburrido.	*That boy is boring. Since he does not have anything to do, he is bored.*
Ese estudiante **es** listo, pero nunca **está** listo para sus exámenes.	*That student is clever, but he is never ready for his exams.*
Esas manzanas **son** verdes, pero no **están** verdes.	*Those apples are green (color), but they are not green (unripe).*

Ahora, ¡a practicar!

A. Los cubanoamericanos. Completa la siguiente información acerca de los cubanoamericanos con la forma apropiada del presente de indicativo de **ser** o **estar.**

Los cubanoamericanos ______ los hispanos que han alcanzado mayor prosperidad económica. La mayoría de la población cubanoamericana ______ localizada en el estado de la Florida y, dentro de este estado, la ciudad de Miami ______ el centro más importante. Muchos consideran que Miami ______ la ciudad hispanoahablante más rica y moderna. Para los hombres de negocios latinoamericanos, el centro financiero de EE.UU. no ______ en Nueva York sino en Miami.

Los primeros refugiados cubanos, que comienzan a llegar en 1960, ______ profesionales de clase media. No ______ de acuerdo con el gobierno de Fidel Castro y emigran. En EE.UU. ______ ayudados por el gobierno de muchos modos. Por ejemplo, muchos profesionales que ______ médicos siguen cursos en la Universidad de Miami y revalidan su título. Así, ______ ahora médicos que ______ practicando su profesión en EE.UU.

B. Celia Cruz. Completa la información sobre la artista Celia Cruz con la forma apropiada del presente de indicativo de **ser** o **estar.**

Celia Cruz ______ la reina de la salsa. ______ una persona simpática y generosa. No ______ interesada, pero siempre ______ interesada en ayudar a sus amigos y ______ lista también para ayudar a los artistas jóvenes. No ______ aburrida porque siempre tiene una sonrisa o una risa en su rostro. A pesar de su larga carrera no ______ aburrida con su arte; al contrario, siempre ______ pensando en su próxima actuación. Más de una vez los periódicos han anunciado su muerte. Ella los corrige y dice que todavía ______ viva, que no ______ muerta. ______ una persona viva y alegre. ¡Azúcar!

C. Preguntas personales. Quieres conocer mejor a un(a) compañero(a) de clase. Primero completa estas preguntas, luego házselas.

1. ¿Cómo ______ tú hoy?
2. ¿______ contento(a)?
3. ¿De dónde ______ tu familia?
4. ¿______ pocos o muchos los miembros de tu familia?
5. ¿Cómo ______ tú generalmente?
6. ¿______ pesimista u optimista?
7. ¿Estás interesado(a) en la música de Gloria Estefan o de Jon Secada?
8. ¿______ verdad que ______ amigo(a) personal de Gloria Estefan?

D. Persona o cosa. Escribe el nombre de una persona o cosa que corresponda a cada descripción. Luego compara tu lista con la de un(a) compañero(a).

1. Es muy listo(a).
2. Nunca está listo(a) a tiempo.
3. Está interesado(a) en el dinero nada más.
4. Es un(a) loco(a).
5. Es la persona más aburrida del mundo.
6. Siempre está aburrido(a).
7. Es simplemente una persona mala
8. Siempre dice que está malo(a).

Lección 4

1.7 COMPARATIVES AND SUPERLATIVES

Comparisons of Inequality

- The following are the patterns used to express superiority or inferiority.

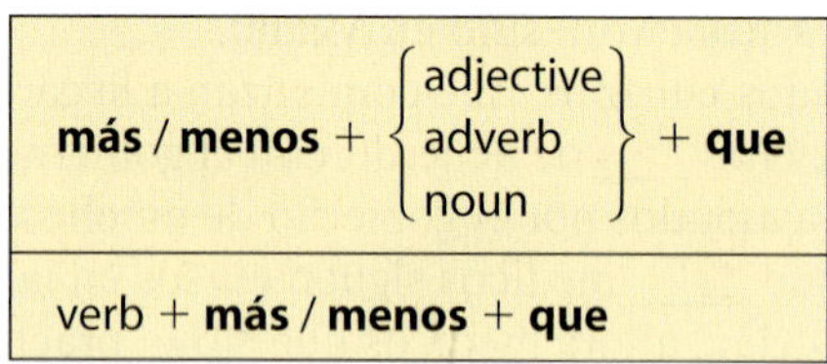

más / menos + { adjective / adverb / noun } + **que**
verb + **más / menos** + **que**

José Solano es **más popular que** Claudia Smith.	*Jose Solano is more popular than Claudia Smith.*
Claudia Smith es **menos** popular **que** José Solano.	*Claudia Smith is less popular than Jose Solano.*
Mary Rodas tiene **más** experiencia en negocios **que** Claudia Smith.	*Mary Rodas has more experience in business than Claudia Smith.*
La yuca se conoce **más** en Centroamérica **que** en EE.UU.	*Cassava is better known in Central America than in the U.S.*

- When making comparisons with **más** or **menos**, the word **de** is used instead of **que** before a number.

Nueva York tiene **más de** doce periódicos en español.	*New York has more than twelve Spanish newspapers.*

Comparisons of Equality

The following constructions are used to express equality.

tan + {adjective / adverb} + **como**
tanto(a/os/as) + noun + **como**
verb + **tanto como**

No soy **tan** atlético **como** José Solano.	*I am not as athletic as Jose Solano.*
Hablo **tan** lentamente **como** mi padre.	*I speak as slowly as my father.*
Tengo **tantos** amigos **como** mi hermano.	*I have as many friends as my brother.*
Trabajo **tanto como** mi prima Esperanza.	*I work as much as Cousin Esperanza.*

Superlatives

- The superlative expresses the highest or lowest degree of a quality when comparing people or things to many others in the same group or category. Note that **de** is used in this construction.

el/la/los/las + noun + **más/menos** + adjective + **de**

Tomás es **el estudiante más alto de** la clase.	*Thomas is the tallest student in the class.*
Miami es **la ciudad más próspera de** todo el mundo hispanohablante.	*Miami is the most prosperous city of the whole Spanish-speaking world.*

- To indicate the highest degree of a quality, adverbs such as **muy**, **sumamente**, or **extremadamente** can be placed before the adjective, or the suffix **-ísimo/a/os/as** can be attached to the adjective.

The chart that follows shows the most common spelling changes that occur when the suffix **-ísimo** is added to an adjective.

final vowel is dropped	alto	→	altísimo
written accent is dropped	fácil	→	facilísimo
-ble becomes **-bil-**	amable	→	amabilísimo
-c- becomes **-qu-**	loco	→	loquísimo
-g- becomes **-gu-**	largo	→	larguísimo
-z- becomes **-c-**	feroz	→	ferocísimo

San Antonio es una ciudad **sumamente** (**muy/extremadamente**) atractiva. — *San Antonio is a highly (very/extremely) attractive city.*
Mary Rodas siempre está **ocupadísima**. — *Mary Rodas is always extremely busy.*
La familia de José Solano es **amabilísima.** — *Jose Solano's family is most friendly.*

Irregular Comparative and Superlative Forms

A few adjectives have, in addition to their regular forms, irregular comparative and superlative forms. It is important to know these forms because they are used very frequently.

Comparative and Superlative Forms of *bueno* and *malo*

Comparative		Superlative	
Regular	**Irregular**	**Regular**	**Irregular**
más bueno(a)	mejor	el (la) más bueno(a)	el (la) mejor
más buenos(as)	mejores	los (las) más buenos(as)	los (las) mejores
más malo(a)	peor	el (la) más malo(a)	el (la) peor
más malos(as)	peores	los (las) más malos(as)	los (las) peores

To indicate a degree of excellence, the irregular comparative and superlative forms **mejor(es)** and **peor(es)** are normally used. The regular comparative and superlative forms **más bueno(a/os/as)** and **más malo(a/os/as),** when used, refer to moral qualities.

Según tu opinión, ¿cuál es **el mejor** plato de la comida centroamericana? — *In your opinion, what's the best dish in Central American cuisine?*
La situación en El Salvador está **mejor** ahora que en la década de los 80. — *The situation in El Salvador is better now than in the 80's.*
Este es el **peor** invierno que he pasado en esta ciudad. — *This is the worse winter I have spent in this city.*
Tu padre es el hombre **más bueno** que conozco. — *Your father is the kindest person I know.*

Comparative and Superlative Forms of *grande* and *pequeño*

Comparative		Superlative	
Regular	**Irregular**	**Regular**	**Irregular**
más grande	mayor	el (la) más grande	el (la) mayor
más grandes	mayores	los (las) más grandes	los (las) mayores
más pequeño(a)	menor	el (la) más pequeño(a)	el (la) menor
más pequeños(as)	menores	los (las) más pequeños(as)	los (las) menores

The irregular comparative and superlative forms **mayor(es)** and **menor(es)** refer to age in the case of people or to degree of importance in the case of things. The regular comparative and superlative forms **más grande(s)** and **más pequeño(a/os/as)** usually refer to size.

Mi hermana es **mayor** que yo. — *My sister is older than I am.*
Mi hermano **menor** es **más grande** que yo. — *My younger brother is taller than I.*
La representación política es una de las **mayores** preocupaciones de las minorías. — *Political representation is one of the biggest concerns of minorities.*
La papa es un tubérculo **más pequeño** que la yuca. — *The potato is a tuber smaller than the cassava.*

Ahora, ¡a practicar!

A. Hispanos de origen centroamericano en tres estados. Lee las estadísticas del censo del año 2000 que aparecen a continuación y contesta las preguntas que siguen sobre hispanos de origen centroamericano en tres estados.

	California	**Nueva York**	**Texas**
Guatemaltecos	143.500	29.074	18.539
Hondureños	30.372	35.135	24.179
Nicaragüenses	51.336	8.033	7.487
Salvadoreños	272.999	72.713	79.204

1. ¿Cuál es el grupo hispano con la menor población? ¿Y el grupo hispano con la mayor población?
2. De estos cuatro grupos de hispanos, ¿cuál es el grupo más numeroso en el estado de Texas?
3. ¿En qué estado hay menos guatemaltecos?
4. ¿Se puede decir que hay casi tantos nicaragüenses en Texas como en Nueva York? ¿Por qué?
5. ¿Qué grupo tiene la menor población en Texas?
6. En tu opinión, ¿por qué hay más salvadoreños que otros grupos de centroamericanos en EE.UU.?

B. ¡Los números cantan! Basándote en lo que leíste en la **Ventana al Mundo 21** de la página 57, contesta las preguntas que siguen.

1. Entre los años 1990 y 2000, ¿aumentó la población latina en EE.UU. tanto como el resto de la población del país o aumentó más el resto de la población?
2. ¿Crees que ese aumento impactó más en el gobierno o en el sistema norteamericano de educación?
3. Durante el mismo período, ¿cuál población aumentó más, la latina o la de africanoamericanos?
4. En tu opinión, ¿hay más escuelas donde la mayoría de los estudiantes son latinos en Los Ángeles o en Chicago?
5. ¿Crees que hay tantos estudiantes latinos en las escuelas secundarias como en las universidades o hay más en las universidades?
6. ¿Es la presencia hispana tan elevada en Lenguas Extranjeras como en Ciencias o es más elevada en Ciencias?

C. Opiniones. En grupos de tres, den sus opiniones acerca de las materias que estudian. Utilicen adjetivos como **aburrido, complicado, difícil, entretenido, fácil, fascinante, instructivo, interesante** u otros que conozcan.

MODELO matemáticas / física

Para mí las matemáticas son tan difíciles como la física o **Encuentro que la física es más (menos) interesante que las matemáticas.**

1. antropología / ciencias políticas
2. química / física
3. historia / geografía
4. literatura inglesa / filosofía
5. sicología / sociología
6. español / alemán
7. biología / informática

D. Hispanos de Centroamérica. Da tu opinión acerca de las tres personas que conociste en la sección **Gente del Mundo 21.**

MODELO entender de leyes

Pienso que Claudia Smith entiende más de leyes porque es abogada.

1. ser más atlético
2. tratar más con niños en su profesión
3. preocuparse más por los derechos de los inmigrantes
4. practicar más deportes
5. interesarse más por los negocios
6. recibir más apoyo de su familia en su profesión
7. estar más ocupado(a)
8. tener la profesión más gratificante (*rewarding*)

1.8 DEMONSTRATIVE ADJECTIVES AND PRONOUNS

Demonstrative Adjectives

	near	not too far	far
	Singular *(this)* / Plural *(these)*	**Singular *(that)* / Plural *(those)***	**Singular *(that)* / Plural *(those)***
Masculine	este/estos	ese/esos	aquel/aquellos
Feminine	esta/estas	esa/esas	aquella/aquellas

Demonstrative adjectives are used to point out people, places, and objects. **Este** indicates that something is near the speaker. **Ese** points out persons or objects not too far from the speaker and that often are near the person being addressed. **Aquel** refers to persons and objects far away from both speaker and the person addressed.

Este edificio no tiene tiendas; **ese** edificio que está enfrente sólo tiene apartamentos. Las tiendas que buscamos están en **aquel** edificio, al final de la avenida.

This building does not have any stores; that building across the street has apartments only. The stores we are looking for are in that building over there, at the end of the avenue.

Note that demonstrative adjectives precede the noun they modify. They also agree in gender and number with that noun.

Demonstrative Pronouns

	near		*not too far*		*far*	
	this (one)	***these (ones)***	***that (one)***	***those (ones)***	***that (one)***	***those (ones)***
	Singular	***Plural***	***Singular***	***Plural***	***Singular***	***Plural***
Masculine	éste	éstos	ése	ésos	aquél	aquéllos
Feminine	ésta	éstas	ésa	ésas	aquélla	aquéllas
Neuter	esto		eso		aquello	

- The masculine and feminine demonstrative pronouns have the same form as the demonstrative adjectives and, with the exception of the neuter forms, they have a written accent mark. They also agree in number and gender with the noun to which they refer.

—¿Vas a comprar este disco compacto?
—No, **ése** no; quiero **éste** que está aquí.

"Are you going to buy this CD?"
"No, not that one. I want this one right here."

- The neuter pronouns **esto**, **eso**, and **aquello** are invariable. They are used to refer to non-specific or unidentified objects, or to abstract ideas, or to actions and situations in a general sense.

—¿Qué es **eso** que llevas en la mano?	*"What is that (thing) you are carrying in your hand?"*
—¿**Esto**? Es un afiche de mi artista favorito.	*"This? It is a poster of my favorite artist."*
Ayer hablé de comida centroamericana con unos amigos. **Eso** fue muy educativo.	*Yesterday I spoke about Central American food with some friends. That was very educational.*
Hace un mes asistí a un concierto de rock. **Aquello** fue muy ruidoso.	*A month ago, I attended a rock concert. That was very noisy.*

Ahora, ¡a practicar!

A. Decisiones, decisiones. Estás en una tienda de comestibles junto a Tomás Ibarra, el dueño. Él siempre te pide que decidas qué producto vas a comprar.

MODELO ¿Deseas estos tacos o aquéllos?

Deseo aquéllos. o **Deseo éstos.**

1. ¿Quieres esas tortillas o aquéllas?
2. ¿Te vas a llevar aquellos frijoles o éstos?
3. ¿Vas a comprar estos tamales o ésos?
4. ¿Prefieres esos chiles verdes o aquéllos?
5. ¿Te doy estos jitomates o ésos?

B. Sin opinión. Tu compañero(a) contesta de modo muy evasivo tus preguntas.

MODELO ¿Qué opinas de la economía nacional? (complicado; no entender mucho)

Eso es complicado. No entiendo mucho de eso (acerca de eso).

1. ¿Crees que EE.UU. debe ayudar más a los países centroamericanos? (controvertido; no saber mucho)
2. ¿Crees que es fácil que los hispanos en los EE.UU. triunfen en los negocios? (discutible; no comprender mucho)
3. ¿Qué sabes de los centroamericanos en Nueva York? (complejo; no estar informado[a])
4. ¿Van a controlar la inmigración ilegal? (difícil; no entender)
5. En tu opinión, ¿deben existir leyes para proteger a los trabajadores ilegales? (problemático; no tener opinión)

UNIDAD 2

Raíces y esperanza: España, México, Puerto Rico, la República Dominicana y Cuba

El acueducto de Segovia

LOS ORÍGENES

España: los primeros pobladores

La Península Ibérica fue poblada en tiempos prehistóricos. Los primeros pobladores dejaron extraordinarias pinturas en las rocas de la cueva de Altamira, en Santander y en otras cuevas de la península. A los pueblos y tribus que vivían en la península se les llamó "iberos". Entre los primeros invasores se destacaron los fenicios, quienes trajeron a la Península Ibérica el alfabeto y su conocimiento de la navegación. Los griegos fundaron varias ciudades en la costa mediterránea. Los celtas introdujeron en la península el uso del bronce y otros metales. En último término, predominaron los romanos, quienes la nombraron "Hispania" y le impusieron su lengua, cultura y gobierno. Los romanos también construyeron grandes ciudades, una multitud de carreteras, puentes excelentes y acueductos impresionantes que todavía perduran. En el siglo IV d.C., triunfó el cristianismo, y el Imperio Romano — incluyendo a Hispania — lo aceptó oficialmente como su religión.

España: la invasión musulmana y la Reconquista

En el año 711, los musulmanes, procedentes del norte de África, invadieron Hispania y lograron conquistar la mayor parte de la península. Bajo su dominación, Hispania se convirtió en uno de los grandes centros intelectuales de la cultura islámica: se hicieron grandes avances en las ciencias, las letras, la artesanía, la agricultura, la arquitectura y el urbanismo. Los musulmanes mantuvieron una tolerancia étnica y religiosa hacia los cristianos y los judíos durante los ocho siglos que ocuparon la Península Ibérica. No obstante, sólo siete años después de la invasión musulmana, se inició en el norte de España la Reconquista, la cual terminó casi 800 años más tarde, en 1492. Este año acabó por ser un momento único en la historia del mundo ya que registró tres eventos trascendentales: (a) el último rey moro salió de España y se logró así la unidad política y territorial que aún perdura en toda la España actual; (b) los Reyes Católicos expulsaron a los judíos que rehusaban convertirse al cristianismo y (c) el viaje de Cristóbal Colón al Nuevo Mundo estableció el Imperio Español en las Américas.

La llegada de los españoles a las islas caribeñas

Cristóbal Colón primero llegó a Cuba el 27 de Octubre de 1492. Semanas después, el día 6 de diciembre, Colón llegó a la isla que los taínos llamaban "Quisqueya" y que él llamó "La Española". Allí estableció la primera colonia española en América (hoy Haití y la República Dominicana). El 19 de noviembre de 1493, Colón llegó a la isla que los taínos llamaban Borinquén (hoy Puerto Rico).

Dada la superioridad de armas de los españoles, los taínos, junto con los ciboneyes, los caribes y otras tribus indígenas que habitaban las islas del Caribe fueron fácilmente conquistados. Para 1517, sólo seis años después de la llegada de los españoles, la mayoría de la población nativa de las islas del Caribe había sido exterminada. Muchos indígenas murieron debido a las enfermedades europeas y al maltrato a manos de españoles interesados en enriquecerse rápidamente. Debido a la gran escasez de trabajadores, los españoles decidieron importar esclavos capturados en África. El mestizaje que resultó cambió para siempre la faz de la sociedad de la zona caribeña e introdujo una riqueza cultural enorme pero también conflictos sociales.

▲ **Diego Rivera, *La gran Tenochtitlán* (detalle del fresco en el Palacio Nacional de México), 1945**

La conquista de México

En México nació una de las civilizaciones más originales del mundo, la mesoamericana. Comenzó con la cultura olmeca, que prosperó hace más de tres mil años en la región costeña, e incluyó las culturas de los teotihuacanos, mayas, aztecas, mixtecas, toltecas, zapotecas y muchas más que prosperaron en la región que hoy es México y Centroamérica. Los mesoamericanos cultivaban plantas como el maíz, el frijol, el chile y los jitomates, que hoy forman parte de la dieta humana en general. Crearon también grandes núcleos urbanos con impresionantes templos y pirámides que todavía se pueden ver en Teotihuacán, Tula, Monte Albán, Chichén Itzá y Tenochtitlán. Esta última ciudad fue fundada por los aztecas en 1325 en el lugar que hoy ocupa el centro histórico de la Ciudad de México. A la llegada de la expedición española comandada por Hernán Cortés en 1519, la mayor parte del sur del territorio mexicano, con excepción de Yucatán, formaba parte del imperio azteca. En 1521, después de un terrible sitio de meses, Tenochtitlán cayó finalmente en poder de los españoles.

¡A ver si comprendiste!

A. Hechos y acontecimientos. Completa las siguientes oraciones.

1. Los primeros habitantes de la Península Ibérica fueron los...
2. Algunos invasores de la Península Ibérica fueron los... y sus contribuciones fueron...
3. Los romanos dieron a Hispania...
4. En España, los musulmanes hicieron grandes avances en...
5. Los musulmanes estuvieron en la Península Ibérica casi...
6. El año 1492 es único en la historia del mundo porque...
7. El primer europeo en llegar a las islas del Caribe fue... en el año...
8. La civilización mesoamericana incluye las culturas de...

B. A pensar y analizar.

Compara a los musulmanes, invasores de España, con los españoles, invasores del Nuevo Mundo. ¿Qué efecto tuvieron en los gobernantes y ciudadanos del país? ¿En la cultura del país? ¿En la lengua? ¿En la religión?

LECCIÓN 1

España

Nombre oficial: *Reino de España*

Población: *40.037.995 (estimación de 2001)*

Principales ciudades: *Madrid (capital), Barcelona, Valencia, Sevilla*

Moneda: *Euro €*

GENTE DEL MUNDO 21

Juan Carlos I de España, nieto de Alfonso XIII e hijo de don Juan de Borbón, nació en el exilio en Roma. En 1969 fue designado sucesor al trono de España por el general Francisco Franco. Subió al trono el 22 de noviembre de 1975, dos días después de la muerte de Franco. A partir de entonces, Juan Carlos I ha favorecido la democracia y es una figura que simboliza la tolerancia e integridad nacional. Con su apoyo, en 1978 se aprobó una nueva constitución que reconoce la autonomía de las distintas nacionalidades y regiones del país. Cuando en enero de 1981 unos guardias civiles secuestraron las Cortes o parlamento español, la actuación del rey a favor de la constitución frustró el golpe de estado. S.M. (Su Majestad) el rey Juan Carlos I ha recibido un sinnúmero de premios internacionales, como el premio Fomento de la Paz de la UNESCO (1995), la Medalla de las Cuatro Libertades de la Fundación Franklin D. Roosevelt (1996), el premio Jean Monnet de Suiza (1996) y el premio Estadista Mundial de la Fundación "Appeal of Conscience" (1997). Al cumplir los 18 años en enero de 1986, su hijo, el príncipe Felipe, fue oficialmente declarado sucesor a la Corona.

Penélope Cruz es una bella y talentosa actriz española y una de las más populares en el mundo entero. Es la primera, y hasta el momento, única española que ha conseguido integrarse al mundo del cine estadounidense. Nació en 1975 en Madrid en un hogar de sólidos valores morales y afectivos que han dado a esta estrella su amor por la familia y su dedicación a obras caritativas. De niña, estudio baile nueve años en el Conservatorio Nacional. Una de las personas más importantes en su vida es su abuelita Modesta, y entre sus modelos se destaca la Madre Teresa, cuya fundación en India cuenta con la ayuda personal y económica de la actriz. Comenzó su carrera cinematográfica a los 14 años y a los 17 alcanzó fama en *Jamón, jamón* (1992), que fue seguida por *Belle Epoque* (1992), y *Todo sobre mi madre* (1999), ambas ganadoras del premio "Óscar" a la mejor película extranjera. En este país, se ha destacado actuando con galanes de primera línea en tales películas como *Woman on Top* (1999), *All the Pretty Horses* (2000), *Vanilla Sky* (2001), *Blow* (2001), *Captain Corelli's Mandolin* (2001) y otras, para las cuales tuvo que aprender la lengua inglesa.

Pedro Almodóvar es el director de cine español más conocido del mundo. En 1979 salió su primera película, *Pepi, Luci, Beni y otras chicas del montón.* Alcanzó fama internacional cuando su película *Mujeres al borde de un ataque de nervios* (1988) fue nominada para un premio "Óscar" en Hollywood como la mejor película en lengua extranjera. Otras películas suyas son *Átame* (1990), *Tacones lejanos* (1991), *Kika* (1993), *La flor de mi secreto* (1995), *Carne trémula* (1997) y *Todo sobre mi madre* (1998). Pedro Almodóvar ha escrito siete libros y es el tema principal de más de diez biografías. Es, sin duda, un cineasta único, un pionero de la modernidad. Sus películas tienen la magia de ser tragedias y comedias a la vez, y se han convertido en un enorme espejo que refleja la sociedad española contemporánea en toda su complejidad.

Otros españoles sobresalientes

Ana Álvarez: actriz

Antonio Banderas: actor

Camilo José Cela: novelista y cuentista

Salvador Dalí (1904–1989): pintor

Federico García Lorca (1898–1936): poeta y dramaturgo

Julio Iglesias y Enrique Iglesias: cantantes

Carmen Martín Gaite (1925–2000): novelista, cuentista, ensayista e historiadora

Ana María Matute: novelista, cuentista

Joan Miró (1893–1983): pintor

José Ortega y Gasset (1883–1955): filósofo y ensayista

Pablo Ruiz Picasso (1881–1973): pintor

Arantxa Sánchez Vicario: tenista

Miguel de Unamuno (1864–1936): escritor y filósofo

Personalidades del Mundo 21

Contesta las siguientes preguntas. Luego, comparte tus respuestas con dos o tres compañeros(as) de clase.

1. ¿Dónde nació el rey Juan Carlos? ¿Qué edad tenía Juan Carlos I cuando subió al trono? ¿Cómo se puede caracterizar su gobierno?
2. ¿A qué edad comenzó su carrera de actriz Penélope Cruz? ¿Cuáles son algunas de sus películas más destacadas tanto en España como en EE.UU.? ¿Quiénes son algunas personas a las que ella ama? Explica.
3. ¿Cuál es el tema de la mayoría de las películas de Pedro Almodóvar? Si fueras a ver una película que reflejara la sociedad norteamericana contemporánea, ¿qué esperarías ver?

Cultura ¡en vivo!

Manual de gramática

Antes de leer **Cultura ¡en vivo!**, conviene repasar la sección *2.1*, sobre la formación del pretérito, en el **Manual de gramática** (pp. 157–159).

Obras maestras del arte español

En el siglo XVIII, Carlos III, uno de los reyes Borbones que más se interesó en establecer centros culturales, mandó construir el Museo del Prado en Madrid. Es un bello edificio de estilo neoclásico localizado en el Paseo del Prado y frente al monumento erigido en honor del pintor español Diego Velázquez. En él se depositaron muchas de las obras maestras que el arte español dio al mundo desde el siglo XI hasta el siglo XVIII.

En el Museo del Prado

Su extensa colección de pinturas incluye obras de grandes pintores europeos. Entre ellos, se destacan los pintores españoles del Siglo de Oro reconocidos como grandes maestros del arte universal: el Greco, José de Ribera, Francisco de Zurbarán, Diego de Velázquez y Bartolomé Esteban Murillo.

El museo también dedica varios salones a los distintos períodos del gran artista Francisco de Goya (1746–1828): el período costumbrista, cuyos cuadros sirvieron de base para los famosos tapices de Madrid; el período en el que pintó escenas de la corte; el período que refleja la realidad de una época turbulenta y violenta de España y el período de las pinturas negras, que pintó cuando el artista estaba enloqueciendo.

A. Maestros del arte español. Completa las siguientes oraciones.

1. Frente al Museo del Prado se dedicó un monumento a...
2. La colección de obras del Prado incluye a los grandes maestros del arte español de los siglos...
3. Entre las pinturas del Siglo de Oro sobresalen las obras de los maestros...
4. Las obras de Francisco de Goya se exhiben en varios...
5. Los distintos períodos del arte de Goya fueron...

B. Palabras claves: pintar. Para ampliar tu vocabulario, combina las palabras de la primera columna con las definiciones de la segunda columna. Luego, escribe una oración original con cada palabra. Compara tus oraciones con las de dos compañeros(as) de clase.

____ 1. pintoresco		a. pintar mal y sin arte
____ 2. pintura		b. tienda de pinturas
____ 3. pintor		c. color con que se pinta
____ 4. pinturería		d. persona que se dedica a pintar
____ 5. pintorrear		e. atrayente, agradable

MEJOREMOS LA COMUNICACIÓN

Para hablar de la bellas artes

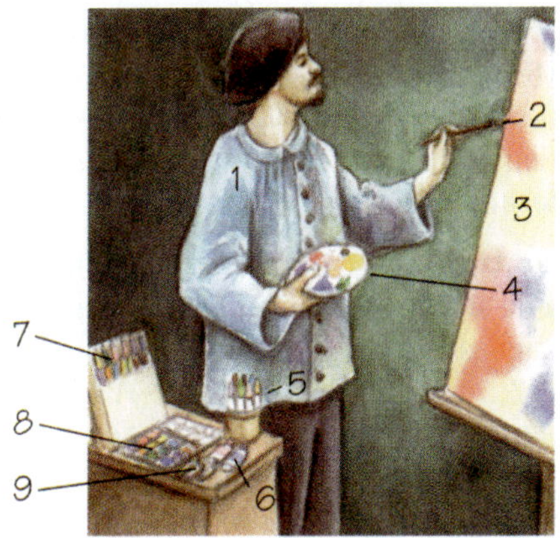

1. el artista
2. el pincel
3. el lienzo
4. la paleta
5. el rotulador
6. el tubo de óleo
7. los lápices de colores
8. la caja de acuarelas
9. la tiza

Al hablar de artistas

— ¿Quién es tu artista favorito del Siglo de Oro? — *Who is your favorite Golden Age artist?*

artista de retratos *portrait artist*
dibujante *m./f.* *drawer, sketcher*
escultor(a) *sculptor*
pintor(a) *painter*

— Mi favorito es Velázquez. — *My favorite is Velázquez.*
— ¿Por qué se destacaron sus obras? — *Why did his works stand out?*
— Sobresalieron por su técnica realista y detallista. — *They stood out for their realistic and detailed technique.*

Al hablar del arte

— ¿Qué tipo de arte prefieres? — *What type of art do you prefer?*
— Me encanta el arte impresionista. — *I love impressionist art.*
— A mí me fascinó el arte cubista de Picasso. — *Picasso's cubist art fascinated me.*

barroco(a) *baroque*
clásico(a) *classic*
gótico(a) *gothic*
neoclásico(a) *neoclassic*
religioso(a) *religious*
renacentista *renaissance*
romántico(a) *romantic*
surrealista *surrealistic*

— ¿Te gustaron los cuadros de Goya? *Did you like Goya's paintings?*
— Sí, pero prefiero aquel paisaje. *Yes, but I prefer that landscape.*

dibujo *drawing*
fresco *fresco*
grabado *engraving, illustration*
lienzo *canvas*
mural *m. mural*
panorama *m. panorama*
pintura *painting*
retrato *portrait*

— ¿Te gustaron los colores oscuros? *Did you like the dark colors?*
— ¡No del todo! Prefiero los colores vivos. *Not at all! I prefer bright colors.*

borroso(a) *blurred, fuzzy*
brillantes *brilliant, bright*
llamativo(a) *loud, flashy, showy*
sombrío(a) *somber, dark*

Al hablar de exhibiciones

— Ya viste la nueva exhibición en El Prado? *Did you already see the new exhibit at the Prado?*
— Fui el sábado. Fue maravillosa. *I went on Saturday. It was marvelous.*

— ¿Asististe a la fabulosa exposición de Joan Miró en el Reina Sofía?[1] *Did you go to the fabulous Joan Miró exposition at the Reina Sofía Art Center?*

— No tuve tiempo para ir y acabó la semana pasada. *I didn't have time to go and it ended last week.*

— El profesor Ávila hizo una presentación de su escultura en el Salón de Bellas Artes. *Professor Ávila had a presentation of his sculpture in the Fine Arts Hall.*
— ¿Pudiste ir? *Were you able to go?*
— ¡Claro que fui! Me encantaron sus estatuas. *Of course I went! I loved his statues.*

¡A conversar!

A. Talento artístico. En parejas, describan su propio talento artístico. Identifiquen sus artistas favoritos y describan sus obras de arte preferidas.

B. Dramatización. Dramatiza la siguiente situación con un(a) compañero(a) de clase. Ayer fuiste a una exposición del artista favorito de tu compañero(a). Como tu amigo(a) no pudo asistir, ahora quiere saber todo lo que viste y aprendiste de este artista famoso: el tipo de arte, el tema, los colores que usó, etcétera.

C. Práctica: pretérito regular Hazle las siguientes preguntas a un(a) compañero(a) de clase y luego que él (ella) te las haga a ti.

1. ¿Asististe a una exhibición de arte el año pasado? ¿Dónde?
2. ¿Alguien te acompañó?
3. ¿A qué hora empezó y a qué hora terminó la exhibición?
4. ¿ Te quedaste hasta el final?
5. ¿Qué es lo que más te fascinó de la exhibición?

[1]The *Centro de Arte Reina Sofía* is another museum on the Paseo del Prado. It houses Spanish art of the 19th and 20th centuries, including masterworks of Pablo Picasso, Juan Ons, Salvador Dalí, and Joan Miró.

DEL PASADO AL PRESENTE

España: reconciliación con el presente

España como potencia mundial Por medio de un eficaz sistema de matrimonios de conveniencia política, los Reyes Católicos Fernando e Isabel lograron acumular un extenso territorio que heredó finalmente su nieto Carlos de Habsburgo. En 1516, éste fue declarado rey de España con el nombre de Carlos I, y en 1519 pasó a ser emperador del Sacro Imperio Romano Germánico con el apelativo de Carlos V. Su imperio era tan extenso que en sus dominios "nunca se ponía el sol" y comprendía gran parte de Holanda y Bélgica, Italia, Alemania, Austria, partes de Francia y del norte de África, además de los territorios de las Américas. Este emperador abdicó en 1556, después de dividir sus territorios entre su hijo Felipe II y su hermano Fernando. Felipe II recibió España, los Países Bajos y las posesiones en las Américas e Italia. Durante su gobierno convirtió a España en el centro de oposición al protestantismo y mantuvo constantes guerras religiosas. Venció a los turcos en la batalla naval de Lepanto, pero su Armada Invencible no pudo vencer a los ingleses en 1588. Esta fecha marca el comienzo de la decadencia española.

Velázquez, *Las meninas*

El Siglo de Oro De 1550 a 1650, el arte y la literatura de España florecieron de tal manera que se llamó "Siglo de Oro" a este extraordinario período. Sobresalieron grandes pintores tales como El Greco, Diego Rodríguez de Silva y Velázquez y Bartolomé Esteban Murillo. En el área literaria se destacaron los poetas místicos Santa Teresa de Jesús, Fray Luis de León y San Juan de la Cruz y grandes escritores como Miguel de Cervantes y Francisco de Quevedo. En el teatro se distinguieron geniales dramaturgos como Lope de Vega, Tirso de Molina y Pedro Calderón de la Barca.

La caída del imperio español Es irónico que la decadencia española comenzara hacia fines del siglo XVI, cuando florecía el Siglo de Oro en arte y literatura. El fracaso de la Armada Invencible en 1588 marcó el comienzo de la decadencia española, la cual se completó bajo los reinados de Felipe III (1598–1621) y Felipe IV (1621–1665), dos reyes incapaces de gobernar. El colapso de la economía española y, a la vez, del imperio español, fue resultado de la falta de atención de la Corona a negocios del estado, la disminución del número de envíos de plata y otros minerales venidos del Nuevo Mundo, el tremendo costo de las guerras para defender los territorios colonizados, la pérdida de muchos territorios europeos, el aumento de impuestos y la inflación que crecía sin ningún control.

El fracaso de la Armada Invencible

Los siglos XVIII y XIX Después de una guerra de sucesión, los Borbones tomaron posesión de la monarquía en 1714. Los nuevos monarcas impusieron reformas y modas francesas, construyeron bellos edificios neoclásicos, avenidas y jardines, y fundaron academias, bibliotecas y museos. Este período de renacimiento artístico tuvo corta duración. En el siglo XIX, al continuo estado de caos se añadieron la invasión de tropas francesas en 1807 y toda una serie de guerras de independencia en las colonias españolas de América. España perdió su último eslabón de control americano en 1824, en la batalla de Ayacucho, en lo que ahora es Perú. Durante el largo reinado de la inepta Isabel II (1833–1868), se promulgaron seis constituciones diferentes y hubo quince levantamientos militares. Éstos condujeron a la proclamación de la Primera República en 1873, la cual sólo duró veintidós meses.

Francisco Franco

El Franquismo La crisis política continuó en el siglo XX. En 1936, una rebelión militar dividió España en dos facciones enemigas, la republicana (apoyada por la Unión Soviética), y la nacionalista (apoyada por Alemania e Italia). Esta división resultó en la Guerra Civil Española (1936–1939) que terminó con el triunfo de las fuerzas nacionalistas dirigidas por el generalísimo Francisco Franco, quien se convirtió en jefe de estado absoluto del país por cuarenta años. Durante ese período de dictadura, Franco monopolizó la vida política y social de España, prohibió todos los partidos políticos y los sindicatos no oficiales y, por medio de una temida Guardia Civil, mantuvo una estricta censura y vigilancia del país. En 1953, Franco firmó el pacto hispano-estadounidense que permitió el establecimiento de bases militares de EE.UU. en España. En la década de los 60, España empezó un intenso plan de desarrollo económico y con el correr de los años pasó a ser un país industrializado.

El retorno de la democracia Con la muerte de Franco en 1975 terminó la dictadura. Sucesor en el poder fue el joven príncipe Juan Carlos de Borbón, coronado rey de España como Juan Carlos I. El nuevo monarca luchó desde el primer momento por instituir una muy anhelada democracia. Sus esfuerzos tuvieron fruto en 1978 cuando se dictó una nueva constitución que refleja la diversidad de España al designarla como un Estado de Autonomías. Las autonomías, diecisiete en total, tienen sus propios parlamentos y gobiernos, y en algunos casos, como en Cataluña y el País Vasco, hasta han declarado su propio idioma (catalán y euskera, respectivamente), junto con el español, las lenguas oficiales de la comunidad.

El rey Juan Carlos I y la familia real

La España de hoy La España de hoy es, sin duda, un país abierto al futuro, económicamente desarrollado y con instituciones democráticas sólidas. En

Casa de cambio en Madrid

unas pocas décadas, el país ha conseguido ponerse al nivel de los países europeos más adelantados, reclamando de esta manera su antigua posición de importancia política y económica. La gente goza de todas las libertades públicas y sociales así como de un alto nivel de tolerancia política y religiosa.

No faltan problemas asociados con las autonomías, ya que algunas de ellas han tratado de independizarse totalmente, cortando todo lazo con el gobierno español. En este afán, la organización separatista vasca conocida como "Euskadi Ta Askatasuna" (ETA) — en español, "Patria Vasca y Libertad" — continúa con actos de violencia y terrorismo desde 1958. En marzo del año 2000 una mayoría parlamentaria eligió Primer Ministro a don José María Aznar. Este gobernante condena las medidas terroristas de la ETA, y en esta lucha cuenta con el amplio apoyo de la mayoría del pueblo español.

España tiene acceso al libre comercio de bienes y trabajadores dentro de la Comunidad Económica Europea, del que es miembro. En este sistema económico funciona una sola moneda, el euro, que ha sustituido a la moneda de cada país miembro. Todo parece indicar que el pasado español se ha reconciliado con el presente y ahora extiende la mano al futuro.

¡A ver si comprendiste!

A. Hechos y acontecimientos. ¿Recuerdas los datos más importantes de la lectura? Para asegurarte, completa las siguientes oraciones. Luego, compara tus respuestas con las de un(a) compañero(a).

1. Se decía que "el sol nunca se ponía" en el imperio de Carlos V porque...
2. Cuando Carlos V abdicó en 1556, dividió sus territorios entre...
3. El comienzo de la decadencia española fue señalado por...
4. Algunos pintores y escritores del Siglo de Oro de la cultura española que yo conozco son...
5. El colapso del imperio español se debe a...
6. Los Siglos XVIII y XIX son marcados por...
7. La Guerra Civil Española empezó en el año ... y terminó en ...
8. A la muerte de Franco en 1975, ... fue declarado Rey de España.
9. La constitución de 1978 refleja...
10. Cataluña y el País Vasco han declarado sus respectivos idiomas...
11. ETA es un grupo...
12. El "euro" es...

B. A pensar y analizar. Hagan estas actividades en grupos de tres o cuatro. Luego, compartan sus conclusiones con la clase.

1. ¿Por qué se llama "Siglo de Oro" en España al período que va de 1550 a 1650? ¿Ha tenido EE.UU. un Siglo de Oro? Si dicen que sí, ¿cuándo y cómo fue? Si dicen que no, ¿creen que lo tendrá pronto? ¿Por qué?
2. Comparen la España de Franco con la del rey Juan Carlos I. ¿Cómo explican Uds. las diferencias? ¿Por qué creen que el joven Juan Carlos I no continuó la política de Franco?

Ventana al Mundo 21

Tres maravillas del arte islámico

La Alhambra de Granada. En una colina que domina la ciudad de Granada, los musulmanes construyeron la joya más fascinante de la arquitectura árabe en España, la Alhambra. Este precioso palacio-fortaleza de los reyes moros de Granada, que se comenzó a construir en 1238, debe su nombre al color de sus muros (*Al-Hamra* en árabe significa "La Roja"). La Alhambra incluía palacios reales y viviendas, mezquitas, baños y edificios públicos. Allí se combinaba el placer por las elegantes y delicadas formas decorativas y el contacto íntimo con la naturaleza a través de jardines y fuentes de agua.

La Alhambra de Granada

La Giralda de Sevilla. Esta hermosa torre perteneció a la gran mezquita de Sevilla que se construyó en el siglo XII, en el estilo almohade. En el siglo XVI los cristianos la convirtieron en campanario de la catedral de Sevilla. En su visita a España en 1992, el papa Juan Pablo II usó un balcón de la Giralda para saludar al pueblo de Sevilla.

La mezquita de Córdoba. Sobre una iglesia visigoda se empezó a construir a mediados del siglo VIII lo que sería el templo musulmán más hermoso del Islam. En varias ocasiones fue ampliado y embellecido hasta que fue terminado en el siglo X. Las numerosas columnas de mármol y jaspe le dan la apariencia de un denso bosque arquitectónico. Una infinidad de arcos dirige a los fieles a una maravillosa cúpula que mueve a la oración. Sorprende a los visitantes encontrarse súbitamente con una iglesia cristiana, enclavada en el corazón de la mezquita. Esta iglesia comenzó a construirse más tarde, durante el reinado de Carlos V en 1523.

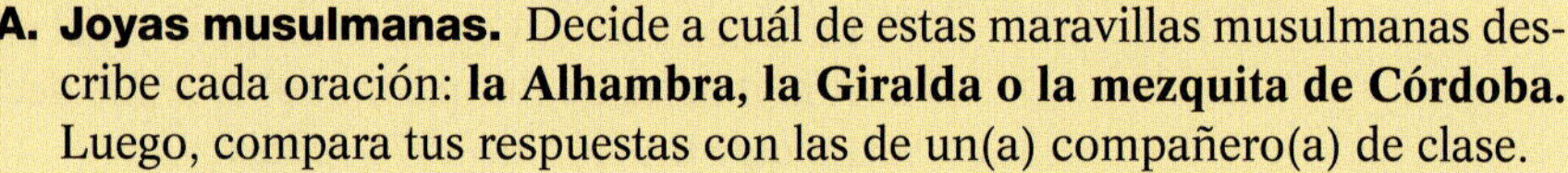

A. Joyas musulmanas. Decide a cuál de estas maravillas musulmanas describe cada oración: **la Alhambra, la Giralda o la mezquita de Córdoba.** Luego, compara tus respuestas con las de un(a) compañero(a) de clase.

1. Construyeron una iglesia cristiana en el centro de este lugar religioso musulmán.
2. Fue una torre, luego un campanario.
3. Es un bosque arquitectónico de columnas de mármol y arcos exóticos.
4. Dentro de este lugar, construyeron hermosos jardines y fuentes.
5. Este palacio recibió su nombre por el color de sus muros.
6. Es el más antiguo de los tres lugares.

Manual de gramática

Antes de hacer Actividad B, conviene repasar la sección 1.5 sobre los adjetivos descriptivos en el **Manual de gramática** (pp. 80–83).

B. Repaso: adjetivos descriptivos. Completa las siguientes oraciones con las palabras entre paréntesis. Pon atención a la posición de los adjetivos.

1. La Alhambra es una (joya; fascinante) de la arquitectura árabe en España.
2. Ese (palacio-fortaleza; hermoso) debe su nombre a sus (muros; rojo).

3. La Giralda es una (torre; árabe; hermoso).
4. Las (columnas; numeroso y hermoso; de mármol y jaspe) de la mezquita de Córdoba tienen un (efecto, embriagador).
5. Un (bosque; denso) de (arcos; sencillo; elegante) dirige a los fieles a una (cúpula, maravilloso; recargado) de ornamentación.

Y ahora, ¡a leer!

A. Anticipando la lectura. Haz estas actividades con un(a) compañero(a).

1. ¿Qué es un idealista y qué es un realista? ¿Cuáles son algunas características de cada uno?
2. ¿Son Uds. idealistas o realistas? Para saberlo, háganse las siguientes preguntas y analicen sus respuestas.
   a. ¿Qué regalo prefieres el día de tu cumpleaños?
      - veinte dólares
      - una tarjeta con un poema original
   b. ¿Qué te impresiona más?
      - una caja de chocolates finos
      - una sola rosa con un mensaje personal
   c. ¿Qué es más importante para ti?
      - conseguir un trabajo que pague muy bien
      - conseguir un trabajo donde puedas hacer el bien
   d. ¿Con quién te casarías?
      - con una persona millonaria
      - con una persona pobre que te ame y a quien ames mucho

B. Vocabulario en contexto. Busca estas palabras en la lectura que sigue y, a base del contexto en el cual aparecen, decide cuál es el significado. Para facilitar encontrarlas, las palabras aparecen en negrilla en la lectura también.

1. **la ventura**
   a. el viento b. la compañía c. la buena fortuna
2. **quitarles la vida**
   a. capturarlos b. matarlos c. discutir la vida
3. **aspas**
   a. espadas b. enemigos c. brazos del molino
4. **arremetió**
   a. avanzó b. gritó c. se cayó
5. **hizo...pedazos**
   a. penetrar b. rompió en fragmentos c. caer a la tierra
6. **¡Válgame Dios!**
   a. ¡Dios mío! b. ¡Ojalá! c. ¡Vaya con Dios!

Conozcamos al autor

Miguel de Cervantes Saavedra (1547–1616) es considerado uno de los escritores más importantes de la literatura española. Además de ser poeta y dramaturgo, es el autor de la más famosa novela española de todos los tiempos, *El ingenioso hidalgo don Quijote de la Mancha*. Cervantes nació en Alcalá de Henares, hijo de un cirujano pobre. Como soldado en Italia, perdió el uso de la mano izquierda en la batalla de Lepanto y durante su viaje de vuelta a España, fue capturado por piratas y pasó cinco años como prisionero en Argel, un país árabe en el norte de África. Aunque la primera parte de su novela, publicada en 1605, fue un éxito inmediato, este gran escritor nunca pudo salir de la pobreza, ni aún con la segunda parte de su novela, la cual apareció en 1615.

Adelantándose considerablemente a la novela moderna, Cervantes logró crear una obra que es un profundo espejo de la psicología humana y de la sociedad española del siglo XVI. Don Quijote es un caballero idealista y medio loco, que vive en un mundo ficticio donde trata de imitar la vida de los caballeros de los libros de aventuras de la Edad Media. Sancho Panza, su leal e iletrado sirviente, es mucho más realista que su amo y señor, don Quijote.

Don Quijote y Sancho Panza descubren los molinos de viento

Don Quijote de la Mancha

AVENTURA DE LOS MOLINOS DE VIENTO°

molinos... *windmills*

En esto, descubrieron treinta o cuarenta molinos de viento que hay en aquel campo, y cuando don Quijote los vio, dijo a su escudero:°

squire, shield bearer

—**La ventura** va guiando nuestras cosas mejor de lo que podríamos desear; porque ves allí, amigo Sancho Panza, donde se descubren treinta, o pocos más, monstruosos gigantes, con quienes pienso hacer batalla y **quitarles la vida**, que ésta es buena guerra, y es gran servicio de Dios quitar tan mala semilla° de sobre la faz° de la tierra.

seed / superficie

—¿Qué gigantes? —dijo Sancho Panza.

—Aquellos que allí ves —respondió su amo° — de los brazos largos, que los suelen° tener algunos de casi dos leguas.[1]

—Mire vuestra merced° —respondió Sancho— que aquellos que allí se parecen no son gigantes, sino molinos de viento, y lo que en ellos parecen brazos son **aspas**, que volteadas° del viento, hacen andar la piedra del molino.°

—Bien parece —respondió don Quijote— que no sabes nada de las aventuras: ellos son gigantes; y si tienes miedo, quítate de ahí, y ponte en oración° que yo voy a entrar con ellos en fiera° y desigual° batalla.

Y diciendo esto, dio de espuelas° a su caballo Rocinante,[2] sin prestar atención a la voz que su escudero Sancho le daba, advirtiéndole° que eran molinos de viento y no gigantes aquellos que iba a atacar. Pero él iba tan convencido en que eran gigantes, que ni oía la voz de su escudero Sancho, ni dejaba de ver, aunque estaba ya bien cerca, lo que eran; diciendo en voz alta:

—No corráis cobardes y viles criaturas;° que un solo caballero es el que os ataca.

Se levantó en esto un poco de viento, y las grandes aspas comenzaron a moverse, lo cual visto por don Quijote, dijo:

—Pues aunque mováis más brazos que los del gigante Briareo,[3] me lo habéis de pagar.°

Y diciendo esto, y encomendándose de todo corazón° a su señora Dulcinea,[4] pidiéndole que en tal momento le ayudara, bien cubierto de su escudo, con la lanza lista, **arremetió** a todo galope de Rocinante, y atacó al primer molino que estaba delante; y dándole una lanzada en el aspa, la volvió el viento con tanta furia, que **hizo** la lanza **pedazos**, llevándose al caballo y al caballero, que fue rodando° muy maltrecho° por el campo. Fue Sancho a ayudarle, a todo el correr de su asno, y cuando llegó encontró que no se podía mover: tal fue el golpe que dio con él Rocinante.

—¡Válgame Dios! —dijo Sancho— . ¿No le dije yo a vuestra merced que mirase bien lo que hacía, que eran molinos de viento, y no lo podía ignorar sino quien llevase otros tales en la cabeza?°

—Calla, amigo Sancho —respondió don Quijote— ; que las cosas de la guerra, más que otras, están sujetas a continuo cambio. Además yo pienso que aquel sabio Frestón[5] que me robó la casa y los libros, ha convertido estos gigantes en molinos, por quitarme la gloria de su vencimiento:° tal es la enemistad que me tiene; pero su magia no podrá contra mi espada.°

—Dios lo haga como puede —respondió Sancho Panza.

Y, ayudándole a levantar, tornó a subir sobre Rocinante, que medio despaldado estaba.° Y, hablando en la pasada aventura, siguieron el camino del Puerto Lápice, porque allí decía don Quijote que no era posible dejar de encontrar muchas y divertidas aventuras...

Fragmento de *El ingenioso hidalgo don Quijote de la Mancha,* Parte primera, Capítulo VIII

- dueño, jefe
- acostumbran
- **vuestra...** fórmula de cortesía que llegó a ser "usted"
- movidas / **piedra...** *millstone*
- *prayer*
- *ferocious / unequal*
- *spurs*
- *warning him*
- *creatures*
- **me...** *you'll pay for it*
- **encomendándose...** *entrusting himself completely*
- **fue...** *went tumbling* / herido
- **no...** *only someone with windmills in his head could doubt that these were windmills*
- *defeat*
- *sword*
- **que...** *whose back was half broken*

[1]Una **legua** equivale a tres millas aproximadamente.

[2]**Rocinante** es el nombre del envejecido caballo de trabajo de don Quijote.

[3]**Briareo** es un gigante mitológico de cien brazos y cincuenta cabezas.

[4]**Dulcinea** era una mujer común y corriente a quien don Quijote idealizaba e imaginaba como una doncella hermosa y pura.

[5]**Frestón** era un mago imaginario a quien don Quijote consideraba enemigo y causa de todos sus problemas.

¿Comprendiste la lectura?

A. Hechos y acontecimientos. ¿Recuerdas los datos más importantes de la lectura? Para asegurarte, completa las siguientes oraciones según la lectura. Luego, compara tus respuestas con las de un(a) compañero(a).

1. Don Quijote es un caballero...
2. Sancho Panza, el escudero de don Quijote, es...
3. En vez de los treinta molinos de viento, don Quijote vio...
4. Cuando Sancho Panza vio los molinos de viento, él dijo que eran...
5. Don Quijote monta... y Sancho Panza monta...
6. El nombre del caballo de don Quijote es...
7. Cuando don Quijote atacó al primer molino...
8. Don Quijote pensó que Frestón, un enemigo, convirtió a los gigantes en molinos para...
9. Don Quijote y Sancho Panza tomaron el camino del Puerto Lápice en busca de...

B. A pensar y a analizar. Discutan estos temas en parejas.

1. ¿Quién es el narrador de este episodio: uno de los personajes, el autor u otra persona? ¿Cómo revela el narrador la psicología o personalidad de don Quijote y Sancho?
2. Éste es probablemente el episodio más popular de la novela de Cervantes. ¿Por qué será? ¿Cómo explican Uds. esto?
3. ¿Son don Quijote y Sancho Panza totalmente opuestos o tienen ciertas características en común? Completen este diagrama Venn, indicando las diferencias en las dos columnas a los lados y las semejanzas en la columna del medio.

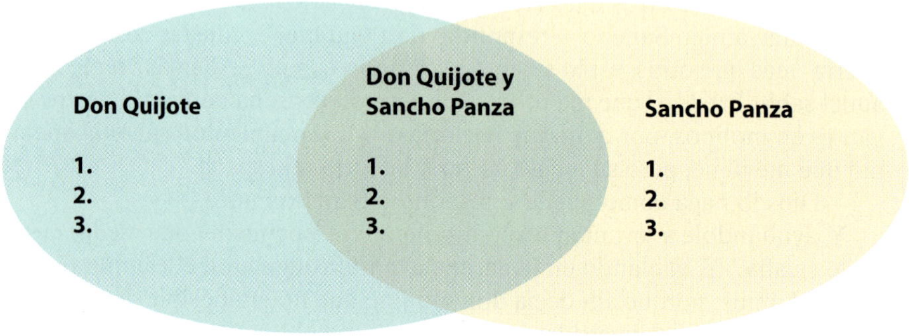

Don Quijote	Don Quijote y Sancho Panza	Sancho Panza
1.	1.	1.
2.	2.	2.
3.	3.	3.

C. Dramatización. En grupos de tres o cuatro, dramaticen un incidente (verdadero o imaginario) en su universidad o comunidad entre un idealista como don Quijote y un realista como Sancho Panza. Puede ser un incidente verdadero o imaginario.

Introducción al análisis literario

La perspectiva

Una característica muy celebrada en grandes obras literarias como *Don Quijote de la Mancha* es la posibilidad de ver el mundo desde **la perspectiva** de varios personajes que pueden presentar múltiples puntos de vista. En el fragmento "Aventura de los molinos de viento" se presentan dos puntos de vista que parecen ser irreconciliables: realidad y fantasía, discreción y locura, comedia y drama, realismo e idealismo.

A. Distintas perspectivas. Encuentra ejemplos de las varias perspectivas en el texto e indica si caracterizan a Sancho Panza o a don Quijote. Explica cada ejemplo.

comedia
discreción
drama
fantasía
idealismo
locura
realidad
realismo

B. La imaginación. Observa ahora el mundo moderno que te rodea. Piensa en ocho personas, animales y objetos comunes que tú, tus amigos y familiares ven cada día. Haz tres columnas en una hoja de papel. En la primera columna pon los ocho objetos de tu lista. En la segunda columna escribe lo que don Quijote se imaginaría al ver cada objeto y en la tercera escribe una o dos características de las cosas que harían imaginarse a don Quijote lo que indicaste.

Objetos verdaderos	Objetos que don Quijote se imaginaría	Características
1. avión	pájaro prehistórico	alas y el volar
2.		
3.		

¡LUCES! ¡CÁMARA! ¡ACCIÓN!

Juan Carlos I: un rey para el siglo XX

El rey Juan Carlos I llegó a gobernar España después de una dictadura que había durado casi cuarenta años. Al ser proclamado rey en 1975, Juan Carlos inmediatamente prometió convertir España en un país democrático, objetivo que logró cumplir. Después de más de veinticinco años en el trono, tiene la satisfacción de ver a España pasar, sin grandes problemas, de la dictadura a la democracia, y de saber que la monarquía está consolidada y la sucesión garantizada.

En esta selección del video aparece el rey en la inauguración de la Exposición Universal de 1992 en Sevilla. Luego se ve dos meses más tarde en Barcelona, sede de los Juegos Olímpicos. Más adelante Uds. lo vuelven a ver unos años después, en la boda de su hija mayor y más recientemente en la boda de su hija menor.

Antes de empezar el video

Contesten las siguientes preguntas en parejas.

1. En la opinión de Uds., ¿qué papel suele tener un rey? ¿Cuáles son sus responsabilidades? ¿Suele tener un rey poder absoluto?
2. ¿Cuántas familias reales puedes nombrar? ¿Qué tipo de gobierno tienen en sus países respectivos? ¿Cuánto poder verdadero ejerce cada familia real?

¡A ver si comprendiste!

A. Juan Carlos I: un rey para el siglo XXI. Contesta las siguientes preguntas con un(a) compañero(a) de clase.

1. ¿Qué eventos de importancia internacional tuvieron lugar en España en 1992?
2. ¿Por qué dice el narrador que las infantas Elena y Cristina se casaron por amor y no por razones políticas? ¿Estás de acuerdo? ¿Por qué?
3. ¿Cuál fue el objetivo principal del rey Juan Carlos? ¿Lo logró?

B. A pensar y a interpretar. Contesten las siguientes preguntas en parejas.

1. En la opinión de Uds., ¿ha tenido una vida feliz el rey Juan Carlos? ¿Qué pruebas tienen de eso?
2. Hagan una comparación entre el rey de España y la reina de Inglaterra. ¿Cuál ha llamado más la atención del público? ¿Por qué? En la opinión de Uds., ¿cuál de las dos familias representa su ideal de lo que debe ser una familia real? Expliquen.

EXPLOREMOS EL CIBERESPACIO

Explora distintos aspectos del mundo español en las **Actividades para la Red** que corresponden a esta lección. Ve primero a **http://college.hmco.com** en la red, y de ahí a la página de ***Mundo 21.***

LECCIÓN 2

México

Nombre oficial: *Estados Unidos Mexicanos*

Población: *101.879.171 (estimación de 2001)*

Principales ciudades: *México, D.F. (Distrito Federal), Guadalajara, Netzahualcóyotl, Monterrey*

Moneda: *Peso ($)*

GENTE DEL MUNDO 21

Elena Poniatowska, escritora y periodista mexicana, nació en Francia en 1933, de padre francés de origen polaco y madre mexicana. Llegó a la Ciudad de México durante la Segunda Guerra Mundial. Se inició en el periodismo en 1954 y desde entonces ha publicado numerosas novelas, cuentos, crónicas y ensayos. *La noche de Tlatelolco* (1971), su obra más conocida, ofrece testimonios sobre la masacre de estudiantes por las fuerzas militares en la Plaza de las Tres Culturas en Tlatelolco, ocurrida el 2 de octubre de 1968 —unos días antes de iniciarse los Juegos Olímpicos en México. Entre sus obras más recientes se destacan *Nada, nadie: las voces del temblor* (1988), *Tinísima* (1992), *Todo empezó el domingo* (1997), *Luz y luna, las lunitas* (1998), y *La piel del cielo* (2001). Su novela *De noche vienes* (1985) ha sido llevada a la pantalla por el famoso director mexicano Arturo Ripstein.

Octavio Paz (1914–1998), poeta mexicano galardonado con el premio Nobel de Literatura en 1990, nació en la Ciudad de México en 1914. Se educó en la Universidad Nacional Autónoma de México. Publicó su primer libro de poemas, *Luna silvestre,* antes de cumplir veinte años. Además de distinguirse como poeta, Octavio Paz ha escrito libros de ensayos sobre el arte, la literatura y la realidad mexicana en general. Quizás su libro de ensayos de mayor influencia sea *El laberinto de la soledad,* publicado en 1950, donde hace un análisis crítico de México y el mexicano. Entre sus obras poéticas más importantes se encuentran *Piedra de sol* (1957), *Libertad bajo palabra: obra poética 1935–1958* (1960) y *Árbol adentro* (1987). Antes de morir, ayudó a establecer la Fundación Cultural Octavio Paz, que da premios y becas a escritores.

Luis Miguel, cantante mexicano, nació en Veracruz en 1970. Es hijo del cantante español Luisito Rey y de la cantante italiana Marcela Bastery. Debutó como cantante siendo niño y desde 1983 ha dado conciertos fuera de México. Se ha convertido en un ídolo de la música latinoamericana. A nivel mundial, se han vendido más de cuarenta y cinco millones de sus discos, incluyendo los más de ocho millones de copias de su disco *Romance* (1991). Sus canciones de más éxito son en su mayoría boleros o canciones de estilo romántico. Ha recibido un sinnúmero de premios y honores y tiene su propia estrella en el Paseo de la Fama de Hollywood. Sus discos más recientes son *Segundo romance* (1994), *Nada es igual* (1996), *Romances* (1997), *Mis romances* (2001) y *Todo lo mejor* (2002).

Otros mexicanos sobresalientes

Miguel Alemán Velasco: abogado, escritor, productor, cronista, hombre de negocios

Yolanda Andrade: actriz

Cuauhtémoc Cárdenas: político

Laura Esquivel: novelista y guionista

Alejandro Fernández: cantante

Carlos Fuentes: novelista, cuentista, ensayista, dramaturgo y diplomático

Salma Hayek: actriz

Ángeles Mastretta: novelista, cuentista y periodista

Carlos Monsiváis: periodista y escritor

José Clemente Orozco (1883–1949): pintor muralista

Arturo Ripstein: director de cine

Juan Rulfo (1918–1986): cuentista y novelista

David Alfaro Siqueiros (1896–1974): pintor muralista y escultor

Personalidades del Mundo 21

Haz estas actividades con un(a) compañero(a).

1. Hagan una comparación entre Elena Poniatowska y Octavio Paz. Indiquen las similitudes y las diferencias. Luego, comparen su trabajo con el de dos compañeros(as) de clase. Tal vez quieran usar un diagrama Venn.
2. Luis Miguel empezó su carrera cuando tenía diez años. Dice de esos días: “Era muy, muy difícil de chiquito”. ¿Por qué creen Uds. que le fue tan difícil? ¿Creen que el éxito le ha traído la felicidad ahora? ¿Por qué?

Cultura ¡en vivo!

Manual de gramática

Antes de leer **Cultura ¡en vivo!,** conviene repasar la sección *2.3,* sobre **gustar** y construcciones similares, en el **Manual de gramática** (pp. 163–165).

Comida de valientes en Mesoamérica

¿Te has preguntado alguna vez de dónde sacaban su feroz energía los valientes y fuertes guerreros mayas o aztecas? ¿Deseas ser tan ágil y delgado como esos legendarios guerreros y al mismo tiempo evitar ataques al corazón? Pues, ¡sigue el régimen de los antiguos pueblos mesoamericanos! ¡Te va a fascinar! Esa dieta era riquísima en vitaminas y proteínas. También era casi libre de lo que ahora sabemos hace daño: carnes, azúcares y grasas dañinas.

Un soldado español y un guerrero azteca

Cuando el soldado y gran historiador español Bernal Díaz del Castillo (1482–1581) visitó el mercado de Tlatelolco, le sorprendió la increíble variedad de alimentos que nunca en su vida había visto. Entre los dorados granos del elote —o maíz— le fascinó la gran variedad de chiles de todas formas y colores: largos, pequeños, grandes, rojizos, anaranjados, verdes, negros, frescos y secos. Le encantaron las calabazas, chilacayotes, camotes, nopales, fruta de mezquite, corazones de maguey cocido, chayotes, jitomates y tomatillos. En los campos le sorprendió la abundancia de hongos y plantas como el epazote, semillas como la chía y muchas flores comestibles como la flor de la calabaza. Se interesó también en una gran cantidad de frutas desconocidas como chirimoyas, mameyes, guanábanas, tunas, zapotes, aguacates, guayabas y jícamas. Toda esta exótica sinfonía gastronómica le encantó al conquistador por sus formas extrañas, sus colores brillantes y olores únicos. Y no se puede olvidar el cacao que luego se usó para preparar una bebida de chocolate, tal vez aromatizada con vainilla. Tampoco se deben ignorar el frijol y el maíz, que siguen siendo la base alimenticia de los pueblos mesoamericanos.

¿Y las carnes? Sí, las había, pero no llenas de grasas como las que abundan en la dieta moderna, sino saludables, como el pavo, las aves silvestres, los peces, las ranas y los camarones.

Si visitas los mercados de México y Centroamérica hoy día, todavía podrás ver las maravillosas frutas y verduras que sustentaron a guerreros valientes.

A. Comida mesoamericana. Completa las siguientes oraciones. Luego, compara tus oraciones con las de dos o tres compañeros(as).

1. De las descripciones de chiles mencionadas, conozco los chiles...
2. Las verduras mencionadas son... De ésas, las que yo conozco son...
3 De las frutas mencionadas, yo he comido...
4. El cacao se usa para preparar...
5. La base de la comida mesoamericana todavía sigue siendo...
6. Los mesoamericanos comían varias carnes, por ejemplo...

B. Palabras claves: verde. Para ampliar tu vocabulario, lee cada pregunta que sigue e indentifica el significado de **verde** en cada una. Luego, contesta las preguntas. ¿Cuáles usos de **verde** equivalen a *green* en inglés?

1. ¿Está **verde** esta fruta?
2. ¿Cuál prefieres, chile **verde** o colorado?
3. ¿Está **verde** esta leña *(firewood)* o ya puede usarse?
4. ¿Es verdad que estuvieron contando chistes **verdes** toda la noche?
5. ¿Crees que Javier puede hacer la presentación? ¿No está demasiado **verde**?

MEJOREMOS LA COMUNICACIÓN

Para ir de compras en un mercado

Al hablar de comida vegetariana

— Buenos días, señorita. ¿A cuánto están las alcachofas? — *Good morning, Miss. How much are the artichokes?*

berenjena *eggplant*
calabacita *zucchini; squash*
cebolla *onion*
champiñón *m.*, **hongo** *mushroom*
espárragos *pl.* *asparagus*
jitomate *m.*, **tomate** *m.* *tomato*
pepino *cucumber*
pimiento (morrón) *(sweet) bell pepper*
rábano *radish*
zanahoria *carrot*

— A un peso cada uno. — *One peso each.*
— ¿No me da tres a dos cincuenta? — *Won't you give me three for two fifty?*
— Está bien, señora. — *Al right, Ma'am.*

— ¿A cuánto está el ajo? — *How much is the garlic?*

apio *celery*
bróculi *m.*, **brécol** *m.* *broccoli*
coliflor *m.* *cauliflower*
espinaca *spinach*
lechuga *lettuce*

— A tres por un peso, pero a Ud. le doy cinco. — *Three for a peso, but I'll give you five.*
— Gracias, señorita. — *Thank you, Miss.*

— Dígame, señorita, ¿qué es eso? Parece calabaza.	*Tell me, Miss, what is that? It looks like a pumpkin.*
— No. Es chilacayote.	*No. It's a bottle gourd.*

chayote *m. chayote (a pear shaped, edible fruit of the chayote vine)*
elote *m. corn on the cob*
epazote *m. epazote (green leafy plant, the leaves of which are used for flavoring)*
guanábana *soursop (slightly acidic fruit of a West Indian tree)*
guayaba *guava*
corazón de maguey *m. heart of maguey cactus*
jícama *jicama (a large, tuberous root)*
maguey *m. cactus*
mamey *m. mammee apple (aromatic, flavorful fruit of the American mamey tree)*
nopal *m. cactus*
zapote *m. sapodilla plum (a tropical fruit)*

— ¿Le gustan a Ud. las chirimoyas?	*Do you like cherimoyas (custard apples)?*
— Oh sí, me fascinan. Son deliciosas.	*Yes, I love them. They're delicious.*
— Y estas frutas tan extrañas, ¿qué son?	*What are these strange fruits?*
— Son tunas. ¿Le gustaría probarlas?	*They're prickly pears. Would you like to taste them?*
— Sí, me encantaría probarlas. Sé que a mis padres les encantan.	*Yes, I'd love to try them. I know that my parents love them.*

Al regatear

— ¿Es el precio más bajo?	*Is this the lowest price?*
— ¿Es el mejor precio?	*Is it the best price?*
— Ay, me parece un poco caro.	*Oh, it seems a little expensive to me.*
— Quisiera comprarlo, pero me parece caro.	*I would like to buy it, but it seems expensive.*
— Quisiera llevarlo, pero primero voy a comparar precios.	*I would like to get it, but first I'm going to compare prices.*

¡OJO! Al viajar en países hispanos es importante reconocer que el regateo, es decir el negociar un precio informalmente, es una parte de la cultura diaria y no un juego para que se diviertan los clientes. Se debe regatear sólo y cuándo se intenta comprar. El regateo siempre debe ser cortés y razonable; no es apropiado ofrecer precios absurdos. En los mercados es muy común conseguir una rebaja de diez a veinticinco por ciento. En algunos casos se puede conseguir hasta el cincuenta por ciento. Pero en todo caso, es el vendedor quien decide el precio, no el cliente. Lo mejor es simplemente mostrar interés en lo que uno quiere comprar y dejar al vendedor bajar el precio hasta que le sea aceptable al cliente.

Verduras en el mundo hispano

Verduras	México Centroamérica	Cono Sur y países andinos	España
avocado	aguacate	palta	aguacate
bean	frijol	poroto	judía
string /green bean	ejote	porotos verdes	judías verdes
beet	betabel	remolacha	remolacha
chili pepper	chile	ají	chile
corn	maíz	choclo	maíz
peanut	cacahuate	maní	cacahuete
pea	chícharo	arveja	guisante
potato	papa	papa	patata
sweet potato	camote	camote	batata

¡A conversar!

A. Dramatización. Dramatiza la siguiente situación con un(a) compañero(a) de clase. Tú estás de compras en un supermercado cuando te encuentras con un(a) amigo(a) que odia las verduras. Tú tratas de convencerlo(la) de que debe comer más verduras.

B. ¡Regateo! Supón que tienes que hacer las compras en el mercado para una cena vegetariana esta noche. Decide qué es lo que vas a comprar. Luego, en grupos de tres estudiantes, dramaticen la situación: uno hace el papel del cliente, otro del vendedor y el tercero de un observador que va a decirles a los otros dos si hacen sus papeles de una manera lógica y aceptable o si están actuando de una manera exagerada u ofensiva.

C. Práctica: *gustar* y objetos directos e indirectos. Completa este diálogo con los objetos directos e indirectos apropiados.

Él: Ay, ¡qué amable! __1__ compraste duraznos. Ya sabes cuánto __2__ gustan.

Ella: Lo siento, corazoncito, pero no son para ti. __3__ __4__ compré a tu madre. Tenemos que llevar__5__ algo cuando la visitemos mañana, ¿no?

Él: Pero puedes dar__6__ uno o dos. Ella no __7__ __8__ va a comer todos.

Ella: Bueno. Si __9__ das un besito y prometes sacar__10__ a cenar esta noche, __11__ pensaré.

DEL PASADO AL PRESENTE

México: tierra de contrastes

Benito Juárez

El período colonial De 1521 a 1821 México, capital del Virreinato de la Nueva España, como fue llamada la región por los conquistadores, fue una importante colonia del vasto imperio español. Esta región era riquísima, ya que en ella se encontraban grandes minas de oro y plata que fueron explotadas con el trabajo inhumano impuesto a la población indígena. Parte de esas riquezas se usaron en la construcción de impresionantes iglesias, palacios y monumentos. Al final de este período colonial, los criollos (españoles nacidos en América) se levantaron contra el poder de los gachupines (españoles nacidos en España) y por fin consiguieron la independencia de México en 1821.

México en el siglo XIX La independencia no dio a México ni estabilidad política ni mayor desarrollo económico. Al contrario, durante la primera mitad del siglo XIX, las insurrecciones, los golpes de estado y las luchas armadas entre los diferentes bandos políticos se generalizaron. En 1836, México se vio obligado a conceder la independencia a los colonos anglosajones de Texas. Además, después de la desastrosa guerra con EE.UU. de 1846 a 1848, tuvo que ceder la mitad de su territorio a EE.UU. por el Tratado de Guadalupe-Hidalgo. En 1858 fue elegido presidente Benito Juárez, político liberal de origen zapoteca. Durante su gobierno, los franceses invadieron a México y en 1862, el presidente Juárez tuvo que huir de la capital para salvar la presidencia. Diez años después, los franceses fueron derrotados y Benito Juárez regresó triunfante a la Ciudad de México.

El porfiriato En 1877, el general Porfirio Díaz se proclamó dictador y gobernó durante más de treinta años en una época conocida como el "porfiriato". Durante el porfiriato, México se incorporó al mercado mundial, pero la dictadura perpetró actos de abuso contra el pueblo mexicano por su política que, por un lado, beneficiaba a los negociantes extranjeros y por otro les quitaba las tierras a los campesinos. Empobrecidos, éstos acababan como peones de grandes haciendas. Por eso, el pueblo decía que México era "la madre de los extranjeros" y "la madrastra de los mexicanos". Esta época negra terminó con la Revolución Mexicana en 1910.

La Revolución Mexicana El período violento de la Revolución Mexicana, que duró dos décadas, dejó más de un millón de muertos. Casi un diez por ciento de la población cruzó la frontera y se estableció en EE.UU., revitalizando así la

Ejército revolucionario

presencia mexicana por todo el suroeste de ese país. En 1917 se aprobó una nueva constitución, que aún continúa hoy en día. Uno de los resultados sociales más importantes de la revolución fue la revaloración de las raíces indígenas. Artistas y escritores celebraron en sus obras la cultura mestiza del país. En 1929 se fundó el partido político que hoy lleva el nombre de Partido Revolucionario Institucional (PRI), el cual se mantuvo en el poder hasta fines del siglo.

México contemporáneo Durante la década de los 60 México desarrolló y diversificó su economía a paso acelerado. Pero en las décadas de los 70 y 80, el llamado "milagro" mexicano fue afectado por una prolongada crisis económica que ha reducido el nivel de vida de los mexicanos.

Centro Bursátil, México, D.F.

En la actualidad, México es uno de los países más urbanizados del llamado Tercer Mundo. La Ciudad de México, con veintitrés millones de habitantes en la región metropolitana, es una de las ciudades más pobladas del mundo y quizás también la más contaminada. Al comenzar 1994, una rebelión de indígenas en Chiapas cuestionó la política del gobierno hacia los más pobres. En 1997 el partido oficial PRI perdió por primera vez las elecciones a la alcaldía de la Ciudad de México; el ganador de esas elecciones fue Cuauhtémoc Cárdenas, del partido opositor Partido de la Revolución Democrática (PRD). Este triunfo fue enfatizado con la elección, en el año 2000, de Vicente Fox a la presidencia. El nuevo presidente se esfuerza por mantener un diálogo abierto con el pueblo mexicano y al mismo tiempo, refuerza sus lazos económicos y sociales con el gobierno estadounidense. Sin duda, el México del futuro será muy diferente al México actual, pero al mismo tiempo seguirá siendo una tierra que encuentra su fuerza y su identidad en sus raíces.

¡A ver si comprendiste!

A. Hechos y acontecimientos. ¿Recuerdas los datos más importantes de la lectura? Para asegurarte, contesta las siguientes preguntas. Luego, compara tus respuestas con las de un(a) compañero(a).

1. ¿En qué se basaba la riqueza de los españoles en el Virreinato de Nueva España durante el período colonial?
2. ¿Qué territorios perdió México durante el siglo XIX? ¿Cómo los perdió?
3. ¿Quién fue Benito Juárez? ¿Por qué tuvo que huir de la capital?
4. ¿Cuánto tiempo duró el porfiriato? ¿Cuáles fueron algunas características de esa época?
5. ¿Cuánto tiempo duró la Revolución Mexicana? ¿Qué efecto tuvo en la cultura mexicana?
6. ¿Qué es el PRI? ¿Qué importancia ha tenido durante el siglo XX?
7. ¿Cómo es la economía del México contemporáneo? Descríbela.

B. A pensar y analizar. ¿Por qué crees que el título de esta lectura es "México: tierra de contrastes"? ¿Cuáles son esos contrastes? Con un(a) compañero(a), preparen una lista de todos los contrastes a lo largo de la historia de México y preséntensela a la clase.

Ventana al Mundo 21

Diego Rivera y Frida Kahlo: la pareja más talentosa de México

Diego Rivera y Frida Kahlo se casaron en 1929 en Coyoacán, un suburbio de la Ciudad de México. Él tenía cuarenta y tres años y ella, veintidós. Ambos son ahora reconocidos como dos de los artistas mexicanos más importantes del siglo XX. Después de pasar muchos años en Europa, Diego Rivera regresó a México en 1921 y empezó a pintar enormes y maravillosos murales que reflejaban temas sociales y revolucionarios. Estas pinturas estimularon el renacimiento de la pintura al fresco en Latinoamérica y EE.UU. En la década de los 30, pintó murales en San Francisco, Detroit y Nueva York. A pesar de que a los norteamericanos les fascinaba el arte mural de Diego Rivera, algunas de sus obras fueron criticadas por ser demasiado radicales. Por ejemplo, el mural que pintó en el Centro Rockefeller de Nueva York fue destruido cuando Rivera rehusó eliminar la imagen de Lenin, el líder comunista, que ahí aparecía. Años después, Rivera reprodujo este mural para el Palacio de Bellas Artes de México.

Frida Kahlo, *Frida y Diego Rivera,* 1931

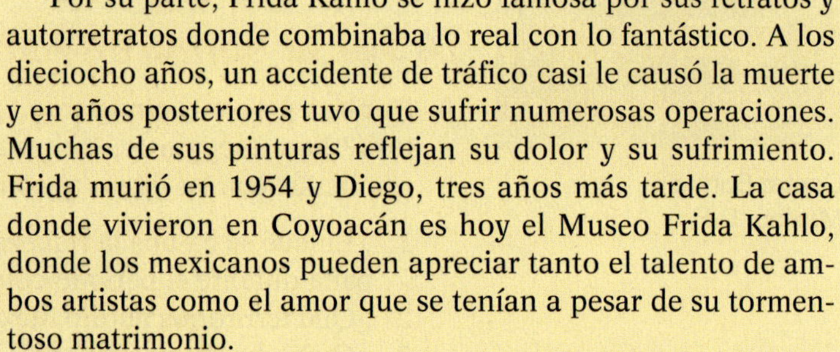

Por su parte, Frida Kahlo se hizo famosa por sus retratos y autorretratos donde combinaba lo real con lo fantástico. A los dieciocho años, un accidente de tráfico casi le causó la muerte y en años posteriores tuvo que sufrir numerosas operaciones. Muchas de sus pinturas reflejan su dolor y su sufrimiento. Frida murió en 1954 y Diego, tres años más tarde. La casa donde vivieron en Coyoacán es hoy el Museo Frida Kahlo, donde los mexicanos pueden apreciar tanto el talento de ambos artistas como el amor que se tenían a pesar de su tormentoso matrimonio.

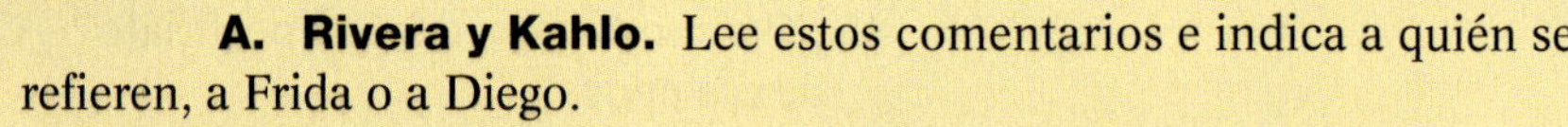

A. Rivera y Kahlo. Lee estos comentarios e indica a quién se refieren, a Frida o a Diego.

1. Su fama viene de sus retratos y autorretratos reales y fantásticos.
2. Con frecuencia sus pinturas reflejan su dolor y sufrimiento.
3. Pasó muchos años en Europa.
4. Sufrió muchas operaciones debido a un accidente de tráfico.

5. Su arte estimuló el renacimiento de la pintura al fresco en Latinoamérica.
6. Sus murales representan temas sociales y revolucionarios.

Manual de gramática

Antes de hacer esta actividad, conviene repasar la sección 2.1 Pretérito: verbos regulares en el **Manual de gramática** (pp. 157–159).

B. Repaso: pretérito regular. Completa estas oraciones con el pretérito de los verbos en paréntesis.

1. Cuando Diego Rivera (casarse) con Frida Kahlo, él tenía veintiún años más que ella.
2. Ambos (llegar) a ser los artistas mexicanos más importantes del siglo XX.
3. Diego Rivera (pintar) murales en San Francisco, Detroit y Nueva York.
4. Frida Kahlo (combinar) lo real con lo fantástico en sus autorretratos.
5. Frida también (dibujar) su dolor y sufrimiento en sus autorretratos.

Y ahora, ¡a leer!

A. Anticipando la lectura. Haz estas actividades para ver qué papel tiene el periódico en tu vida.

1. ¿Acostumbras leer un diario todos los días? ¿Cuál(es) lees? ¿A qué horas acostumbras leer el periódico, por la mañana o por la tarde? Si no lees un periódico, ¿cómo te informas de las noticias?
2. ¿Qué secciones del periódico te gustan más? ¿Por qué? ¿Hay algunas secciones que en tu opinión deberían eliminarse del periódico? ¿Cuáles? ¿Por qué?
3. Lee el título de esta lectura y estudia el dibujo. Luego, escribe en unas tres o cuatro oraciones lo que piensas que va a pasar en la lectura. Compara lo que escribiste con lo de dos compañeros(as) de clase.
4. Muchas cosas pueden pasar mientras una persona lee el periódico. Usa tu imaginación y saca una lista de todo lo raro, peligroso o fantástico que te podría pasar al leer el periódico. Compara tu lista con la de dos compañeros(as) de clase.

B. Vocabulario en contexto. Busca estas palabras en la lectura que sigue y, a base del contexto en el cual aparecen, decide cuál es su significado. Para facilitar encontrarlas, las palabras aparecen en negrilla en la lectura también.

1. **me mancho**
   a. me corto   b. me cubro   c. me ensucio
2. **estar al día**
   a. estar informado   b. estar listo   c. estar contento
3. **enterarme**
   a. convencerme   b. pensar   c. informarme

4. **tiznados**
   a. inflamados b. sucios c. cortados
5. **me tallé**
   a. me limpié b. me duché c. me encontré
6. **asustado**
   a. rápido b. lentamente c. con miedo

Conozcamos al autor

Guillermo Samperio nació en 1948 en la Ciudad de México, donde se educó y ha vivido toda su vida. La realidad urbana que se confronta todos los días en la gran metrópolis ha sido la temática de la mayoría de sus cuentos, muchos de ellos llenos de humor. Ha publicado varios libros, todos de cuentos. Tres de los que más se destacan son *Tomando vuelo y demás cuentos* (1975), con el que ganó el premio Casa de las Américas, *Textos extraños* (1981), de donde viene el cuento "Tiempo libre", y *Anteojos para la abstracción* (1994), el más reciente.

El cuento "Tiempo libre" es una fantasía en la cual el leer el periódico, una experiencia ordinaria y rutinaria, se transforma en algo peligroso y fatal.

Tiempo libre

Todas las mañanas compro el periódico y todas las mañanas, al leerlo, **me mancho** los dedos con tinta.° Nunca me ha importado ensuciármelos con tal de **estar al día** en las noticias. Pero esta mañana sentí un gran malestar° apenas toqué el periódico. Creí que solamente se trataba de uno de mis acostumbrados mareos.° Pagué el importe del diario y regresé a mi casa. Mi esposa había salido de compras. Me acomodé en mi sillón favorito, encendí un cigarro y me puse a leer la primera página. Luego de **enterarme** de que un jet se había desplomado,° volví a sentirme mal; vi mis dedos y los encontré más **tiznados** que de costumbre. Con un dolor de cabeza terrible, fui al baño, me lavé las manos con toda calma y, ya tranquilo, regresé al sillón. Cuando iba a tomar mi cigarro, descubrí que una mancha negra cubría mis dedos. De inmediato retorné al baño, **me tallé** con zacate,° piedra pómez° y, finalmente, me lavé con blanqueador; pero el intento fue inútil, porque la mancha creció y me invadió hasta los codos.° Ahora, más preocupado que molesto,° llamé al doctor y me recomendó que lo mejor era que tomara unas vacaciones, o que durmiera. En el momento en que hablaba por teléfono, me di cuenta de° que, en realidad, no se trataba de una mancha, sino de un número infinito de letras pequeñísimas, apeñuzcadas,° como una inquieta° multitud de hormigas° negras. Después, llamé a las oficinas del periódico para elevar mi más rotunda protesta; me contestó una voz de mujer, que solamente me insultó y me trató

- *ink*
- intranquilidad
- *dizzy spells*
- caído del cielo
- *scrubber* / **piedra...** roca volcánica
- *elbows* / de mal humor
- **me...** supe
- agrupadas / intranquila / *ants*

de loco. Cuando colgué,° las letritas habían avanzado ya hasta mi cintura.° **Asustado**, corrí hacia la puerta de entrada; pero, antes de poder abrirla, me flaquearon° las piernas y caí estrepitosamente.° Tirado° bocarriba descubrí que, además de la gran cantidad de letrashormiga que ahora ocupaban todo mi cuerpo, había una que otra fotografía. Así estuve durante varias horas hasta que escuché que abrían la puerta. Me costó trabajo hilar° la idea, pero al fin pensé que había llegado mi salvación. Entró mi esposa, me levantó del suelo, me cargó° bajo el brazo, se acomodó en mi sillón favorito, me hojeó despreocupadamente y se puso a leer.

I hung up / waist

me... se me doblaron / con mucho ruido / Extendido en el suelo

conectar

llevó

"Tiempo libre" de *Textos extraños* (1981).

¿Comprendiste la lectura?

A. Hechos y acontecimientos. ¿Recuerdas los datos más importantes de la lectura? Para asegurarte, contesta las siguientes preguntas.

1. ¿Dónde ha vivido toda su vida Guillermo Samperio? ¿Qué importancia tiene este hecho en su obra literaria?
2. ¿Por qué se titula el cuento "Tiempo libre"? ¿Escogerías otro título para el cuento? ¿Cuál?
3. ¿Qué papel tiene en el cuento el periódico que el protagonista lleva a su casa?
4. ¿Qué fue lo primero que pensó el protagonista al ver la mancha que le cubría los dedos?
5. ¿Por qué crees que primero llamó al doctor y después a las oficinas del periódico? ¿Cuál fue el resultado de las dos llamadas?
6. ¿Por qué corrió el protagonista hacia la puerta de entrada e intentó abrirla?
7. ¿Qué hizo su esposa al entrar a la casa?
8. ¿En qué se convirtió el protagonista cuando no pudo abrir la puerta de su casa?

B. A pensar y a analizar. En grupos de tres o cuatro, contesten las siguientes preguntas. Luego, compartan sus respuestas con la clase.

1. ¿Les parece que este cuento tiene algo que ver con una pesadilla (un mal sueño)? ¿Por qué?
2. ¿Por qué se puede decir que es un cuento lleno de fantasía? Nombren otros cuentos o películas en que la realidad podría convertirse en fantasía.
3. Describan al narrador de este cuento. ¿Se narra en primera, segunda o tercera persona?
4. ¿Qué opinan del final del cuento? ¿Les sorprendió? ¿Por qué? ¿Cómo pensaban Uds. que iba a terminar?

C. Teatro para ser leído. En grupos de cuatro, preparen una lectura dramática del cuento "Tiempo libre". Dos personas pueden narrar mientras el (la) tercero(a) hace el papel de protagonista y el (la) cuarto(a) el de la esposa del protagonista.

1. Escriban lo que ocurre en el cuento "Tiempo libre" usando diálogos solamente.
2. Añadan un poco de narración para mantener transiciones lógicas entre los diálogos.

3. Preparen cinco copias del guión: una para el actor (la actriz) que hace el papel del protagonista, una para el actor (la actriz) que hace el papel de la esposa, una para cada narrador(a) y una para el (la) profesor(a), que tendrá el papel de director(a).
4. ¡Preséntenlo!

Introducción al análisis literario

La transformación

En "Tiempo libre" el autor utiliza la técnica de la **transformación** que, como una varita mágica, le permite convertir una realidad ordinaria y normal en otra fantástica. En este cuento, el narrador comienza hablando de su inocente rutina diaria que describe con muchos detalles: todas las mañanas compra el periódico, lo lee, etcétera. Luego el señor, aparentemente normal, pasa por una serie de transformaciones graduales tales como "un gran malestar" y "un dolor de cabeza terrible" que lo llevan a convertirse al final en un periódico que su esposa abre, hojea y lee.

A. La transformación. ¿Cuáles son otros ejemplos en el cuento "Tiempo libre" de la rutina diaria del narrador y de las transformaciones graduales que ocurrieron? Con un(a) compañero(a), preparen dos listas: una de la rutina diaria y otra de las transformaciones. ¿Qué relación existe en este cuento entre la vida y la falta de actividad física?

B. De lo real a la fantasía. Escribe una pequeña historia de transformación de lo normal a lo fantástico. Primero, describe tu rutina diaria. Luego, sigue uno de estos escenarios.

1. Añade palabras, acciones o acontecimientos a tu cuento que indiquen cambios negativos. Al final, ya estarás convertido(a) en Drácula, Godzila, un insecto o tu monstruo favorito.
2. Añade palabras, acciones o acontecimientos a tu cuento que indiquen cambios positivos. Al final, ya estarás convertido(a) en Superhombre (Supermujer) u otra persona real o imaginaria, en un animal o en un vegetal que te guste muchísimo.

¡LUCES! ¡CÁMARA! ¡ACCIÓN!

Carlos Fuentes y la vitalidad cultural

A fines del siglo pasado el escritor mexicano Carlos Fuentes completó una serie de cinco programas para la televisión. La serie se llamó *El espejo enterrado: Reflexiones sobre España y el Nuevo Mundo.* Esta selección viene del quinto y último programa de la serie, "Las tres hispanidades".

El fragmento presenta a Carlos Fuentes dentro del Palacio de Bellas Artes de la Ciudad de México. Se levanta el famoso telón de cristal, creado por la Casa Tiffany en 1910, que ilustra a los imponentes volcanes Popocatépetl e Iztaccíhuatl. Allí, Fuentes muestra cómo se puede experimentar y apreciar la realidad multicultural del mundo hispánico — lo que ha sido y lo que es.

Antes de empezar el video

Contesten las siguientes preguntas en parejas.

1. ¿Qué es "cultura"? ¿Existe una cultura general? ¿Somos todos productos de una cultura particular? Piensen en su propia cultura y traten de definir "cultura" en unas dos o tres oraciones.
2. ¿De qué ascendencia son Uds.? ¿A cuántas razas o culturas diferentes pertenecen? ¿Cómo lo pueden determinar? ¿Afecta esto su modo de ver el mundo?

¡A ver si comprendiste!

A. Carlos Fuentes y la vitalidad cultural. Contesta las siguientes preguntas con un(a) compañero(a) de clase.

1. ¿Qué semejanza entre la Ciudad de México y Roma señala Carlos Fuentes?
2. ¿Qué continuidad encuentra Fuentes en el arte, la literatura, la música y la representación teatral?
3. Según Fuentes, ¿qué razas o gentes distintas han contribuido a la identidad de los hispanos?
4. ¿Cómo define Fuentes "cultura"? Nombren por lo menos seis distintos aspectos de "cultura" que él menciona.

B. A pensar y a interpretar. Contesten las siguientes preguntas en parejas.

1. ¿Qué comparación se puede hacer entre el Palacio de Bellas Artes y la realidad multicultural del mundo hispano?
2. ¿Cómo se compara la definición de "cultura" de Carlos Fuentes con la que sacaron tú y tu compañero(a)? ¿En qué consistió la definición de Fuentes, en sustantivos o verbos? ¿Y la de Uds.?
3. ¿Con qué ojos mira al mundo Rufino Tamayo? ¿Con qué ojos lo mira Frida Kahlo? ¿Con qué ojos lo miran Uds.? Expliquen.

EXPLOREMOS EL CIBERESPACIO

Explora distintos aspectos del mundo mexicano en las **Actividades para la Red** que corresponden a esta lección. Ve primero a **http://college.hmco.com** en la red, y de ahí a la página de ***Mundo 21.***

LECCIÓN 3

Puerto Rico y la República Dominicana

Nombre oficial: *Estado Libre Asociado de Puerto Rico*

Población: *3.808.610 (Censo del año 2000) (3.406.178 más en EE.UU. continental)*

Principales ciudades: *San Juan (capital), Bayamón, Carolina, Ponce*

Moneda: *Dólar estadounidense (US$)*

GENTE DEL MUNDO 21

Rosario Ferré, escritora puertorriqueña, nació en Ponce, Puerto Rico. Dirigió la revista *Zona de carga y descarga* de 1972 a 1974. Actualmente es profesora de la Universidad de Puerto Rico y editora del periódico *Estrella de San Juan.* En 1976 obtuvo un premio del Ateneo Puertorriqueño por sus cuentos, los cuales aparecieron en el volumen *Papeles de Pandora* (1976). Su obra literaria incluye los libros *El medio pollito* (1976), *La muñeca menor* (1979), *Los cuentos de Juan Bobo* (1981) y *Fábulas de la garza desangrada* (1982). Ha publicado varios libros en inglés, entre ellos *The House on the Lagoon* (1995) y *Eccentric Neighborhoods* (1998). Sus artículos sobre escritoras del pasado y presente y sobre la mujer en la sociedad contemporánea fueron reunidos en su libro *Sitio a Eros* (1980). Sus últimos libros *A la sombra de tu nombre* (2001) y *Flight of the Swan* (2001), también continúan con su interés en temas sobre la mujer.

Ricky Martin, cantante y actor puertorriqueño nacido en San Juán, es uno de los más cotizados mundialmente. En la infancia sufrió la pena de la separación poco amistosa de sus padres, la cual le causó repercusiones dolorosas durante su adolescencia. A la temprana edad de diez años se incorporó al grupo *Menudo*, con el cual estuvo hasta cumplir los diecisiete. Fue entonces cuando, acosado por dudas de tipo profesional y problemas familiares, decidió dejar su exitosa carrera para reflexionar sobre su vida personal. Durante esa época comprendió la importancia de ser fuerte espiritualmente. En 1993 regresó a la actuación, primero en México y luego se mudó a Hollywood, donde fue un importante personaje en la telenovela *General Hospital*. En 1996, se apuntó otro triunfo en Nueva York en *Les Misérables* y lanzó el álbum *Vuelve,* del que se vendieron más de seis millones de ejemplares. Con la canción *La vida loca* (1999), Martin alcanzó el auge de una carrera que continúa en ascenso. Incansable trotamundos, sus conciertos por todo el planeta siguen aumentando su popularidad. Su último éxito se titula *Almas del silencio* (2003).

Otros puertorriqueños sobresalientes

Tomás Blanco (1900–1975): ensayista, novelista, cuentista

Julia de Burgos (Julia Constancia Burgos García) (1914–1953): poeta, periodista y maestra de escuela

Miriam Colón: actriz

Idalis de Léon: modelo, cantante y actriz

Justino Díaz: cantante de ópera

José González: músico y compositor

José Luis González: cuentista

Víctor Hernández Cruz: poeta

René Marqués (1919–1973): novelista y dramaturgo

Ana Lydia Vega: novelista y cuentista

Nombre oficial: *la República Dominicana*

Población: *8.581.477 (estimación de 2001)*

Principales ciudades: *Santo Domingo (capital), Santiago de los Caballeros, La Romana*

Moneda: *Peso (RD$)*

Juan Luis Guerra nació el 6 de julio de 1956 en el seno de una familia amante de la música popular y clásica. Es un compositor con alma de poeta y con un gran sentido rítmico tropical que ha alcanzado éxito internacional. Con su primer disco, *Soplando,* también conocido como *El Original 4.40* (1984), mostró que era un verdadero creador musical. Con su conjunto, llamado simplemente 4.40, este compositor e intérprete de melodiosos merengues, ha causado sensación en el Caribe, Latinoamérica, EE.UU. y España. En sus grabaciones *Bachata Rosa* (1990), *Ojalá que llueva café* (1990), *Fogaraté* (1994) y *Ni es lo mismo ni es igual* (1998), enlaza los ritmos del merengue caribeño con letras intensamente poéticas que tienen un mensaje social. Dice Juan Luis Guerra de su música, "es un merengue para los pies y para la cabeza". Su propia gente le ha dado el título de embajador dominicano ante el mundo, porque todo dominicano se siente reflejado en sus canciones y su música. Guerra es muy generoso y ayuda a los pobres y a los enfermos a través de la Fundación 4.40 que dirige con su amigo de joven, Herbert Stern. Su última producción, *Colección romántica* (2000), ha sido acogida con el entusiasmo de siempre.

Samuel Peralta ("Sammy") Sosa nació en 1968 en el pueblo de San Pedro de Macorís en la República Dominicana. Allí vivió hasta 1985 cuando fue descubierto por un representante de los *Texas Rangers.* En 1989 empezó a jugar en las ligas mayores y en 1992 fue contratado por los *Chicago Cubs,* donde ha tenido una meteórica subida. En 1998 fue uno de los beisbolistas más comentados del año debido a una amistosa lucha por el primer puesto en jonrones con Mark McGwire. Ese mismo año también fue nombrado el jugador más valioso del año de la Liga Nacional. Cuando el huracán Georges devastó la República Dominicana en 1998, Sosa regresó a su querida isla para ayudar a su gente con una generosa donación de diez millones de dólares. También estableció una fundación que se dedica a obtener fondos para niños desamparados en los alrededores de Chicago y en la República Dominicana. Desde 1999 a 2001 ha vuelto a repetir su increíble récord de 62 jonrones.

Otros dominicanos sobresalientes

Ada Balcácer: escultora y pintora

Juan Bosch: político, novelista, historiador y cuentista

José Cestero: pintor

Charytín: cantante y animadora

Óscar de la Renta: diseñador de ropa y perfumista

Pedro Henríquez Ureña (1884–1946): catedrático, poeta, filólogo, crítico e historiador

Héctor Incháustegui Cabral (1912–1979): dramaturgo, poeta, diplomático y catedrático

Clara Ledesma: pintora

Orlando Menicucci: pintor

Isabella Wall: actriz

Personalidades del Mundo 21

Contesta las siguientes preguntas con un(a) compañero(a). Luego, compartan sus respuestas con el resto de la clase.

1. ¿Por qué creen Uds. que a Juan Luis Guerra se le ha dado el título de "embajador dominicano ante el mundo"? ¿Creen que a Ricky Martin se le podría dar el título de "embajador puertorriqueño ante el mundo"? ¿Por qué sí o por qué no?
2. ¿Qué tipo de artículos coleccionó Rosario Ferré en el libro *Sitio a Eros*? Teniendo presente su interés en temas sobre la mujer, en su opinión ¿cuál será el tema de la última novela de Rosario Ferré, *Flight of the Swan?*
3. ¿Por qué es reconocido Sammy Sosa? En la opinión de Uds., ¿qué motiva a Sosa a obtener fondos para niños desamparados y a hacer donaciones a su país?

Cultura ¡en vivo!

El béisbol y otros deportes del Caribe

Manual de gramática

Antes de leer **Cultura ¡en vivo!** conviene repasar las sección 2.4 *Pretérito: verbos con cambios en la raíz y verbos irregulares* del **Manual de gramática** (pp. 165-168).

El deporte nacional del Caribe

En el Caribe y Venezuela el béisbol fue y continúa siendo no solamente pasión y estilo de vida sino también, para algunos afortunados, la entrada hacia una vida próspera. Desde pequeñitos, los niños que habitan estas regiones juegan al béisbol con un entusiasmo que les viene desde que la marina de EE.UU. introdujo el deporte a principios del siglo XX. Apoyado por las grandes compañías azucareras en el Caribe y por las de petróleo en Venezuela, el béisbol se estableció como deporte nacional en varios países.

En el Caribe y en Venezuela, el béisbol se juega el año entero. Muchos son tan pobres que tienen que hacerse sus propias pelotas, de cuerda enrollada alrededor de una pelota de golf vieja y pegado todo con cinta adhesiva, tal como lo hizo el célebre puertorriqueño Roberto Clemente. Sin embargo, estos jóvenes caribeños se entrenan y sueñan con convertirse en el próximo bateador o lanzador que saldrá de la pobreza y llegará al país del norte para formar parte de los equipos de las grandes ligas, donde los salarios pueden llegar a millones de dólares por año.

Por muchos años Cuba dio los grandes jugadores a las ligas, pero después de 1960 los buscadores de talento se concentraron en la República Dominicana, que se convirtió en el epicentro del béisbol. De un veinte a cincuenta por ciento de los jugadores de las grandes ligas son latinoamericanos y, de ellos, la mayoría provienen de la República Dominicana y posiblemente de San Pedro de Macorís. Este pueblo dominicano produjo y sigue produciendo un sinnúmero de jugadores notables. Allí parece que cada chico descalzo tiene o una gorra de béisbol, o bate o guante y pelota. Y si les preguntan quién es el dominicano que lleva el número 21 de Roberto Clemente y quién fue nombrado el jugador más valioso de 1998, seguramente dirán que fue Sammy Sosa.

Pero en el Caribe no sólo se practica el béisbol. Con temperaturas de verano que duran casi todo el año y un gran número de fabulosos balnearios diseñados para atraer a turistas del mundo entero, también se practica todo tipo de deporte náutico: la tabla hawaiana, la tablavela, los botes de vela, la pesca, el buceo con tubo de respiración y muchos más. Para los que prefieren la tierra firme, también se encuentra todo tipo de deporte tradicional.

A. Deportes de verano. Contesta las siguientes preguntas.

1. ¿Cómo llegó el béisbol al Caribe?
2. ¿Por qué es tan popular el béisbol? ¿Cuál es su atractivo?
3. ¿Cuál es la importancia de San Pedro de Macorís?
4. De niño, ¿cómo hacía Roberto Clemente las pelotas para jugar béisbol?
5. ¿Qué atrae a turistas de todas partes del mundo a los balnearios del Caribe? Da varios ejemplos.

B. Palabras claves: jugar. Para ampliar tu vocabulario, combina las expresiones de la primera columna con las definiciones de la segunda columna. Luego, escribe una oración original con cada expresión. Compara tus oraciones con las de dos compañeros(as) de clase. ¿Qué expresiones tienen un equivalente con *play* en inglés?

____	1. hacer juego	a. arriesgar
____	2. jugar la espada	b. ser justo e imparcial
____	3. jugar limpio	c. mala jugada, trampa
____	4. jugarreta	d. manejar un arma
____	5. jugarse la vida	e. combinar bien

Mejoremos la comunicación

Para hablar de deportes de verano

Al hablar de un partido de béisbol

— ¿Fuiste al partido de béisbol ayer?	*Did you go to the baseball game yesterday?*
— No pude. Como te dije por teléfono, tuve que acompañar a mi abuelito al mercado.	*I couldn't. As I told you over the phone, I had to accompany my grandpa to the market.*
— Tengo que decirte que te perdiste un juego fantástico. Nuestro equipo mantuvo el suspenso. Va a ser fenomenal esta temporada. Derrotaron a los Cardenales seis a dos.	*I have to tell you that you missed a fantastic game. Our team kept up the suspense. It's going to be a phenomenal season. They beat the Cardinals six to two.*
— ¿Qué te pareció la jugada de Ramírez en el tercer inning? Fue fabulosa, ¿no?	*What did you think of Ramírez's play in the third inning? It was fabulous, wasn't it?*

— Sí. Sin duda es el mejor lanzador de la liga. *Yes. Without a doubt he is the best pitcher in the league.*

Al hablar de distintas jugadas

— Ese Sosa de veras que sabe batear la pelota. *That Sosa really knows how to hit the ball.*
— Sí. Cada vez que levanta el bate es otro jonrón. *Yes. Every time he raises the bat, it's another home run.*

deslizarse *to slide*
hacer golpes ilegales *to hit foul*
hacer un cuadrangular / jonrón *to hit a home run*
hacer un jit / batazo *to make a hit*
lanzar la pelota *to pitch the ball*
tirar la pelota *to throw the ball*
volarse (ue) la cerca *to go out of the park (over the fence)*

Al hablar de los deportes de verano

— ¿Te gustan los deportes? *Do you like sports?*
— No tanto. El verano pasado practiqué natación y jugué un poco de vólibol. *Not much. Last summer I did swimming and played a little volleyball.*

atletismo *track and field*
baloncesto, básquetbol *m.* *basketball*
béisbol de pelota blanda *m.* *softball*
ciclismo *cycling*
gimnasia *gymnastics*
golf *m.* *golf*
lucha libre *wrestling*
tenis *m.* *tennis*
tiro al arco *archery*
vólibol *m.* *volleyball*

bucear con tubo de respiración *to snorkel*
hacer surf *to surf*
practicar el deporte de la tabla hawaiana *to surf*

hacer windsurf *to windsurf*
practicar el deporte de tablavela *to windsurf*
montar a caballo *to ride a horse*
navegar *to sail*
pescar *to fish*

¡A conversar!

A. Aficionados al béisbol. Identifiquen a los aficionados al béisbol de la clase y pídanles que pasen al frente de la clase. Luego todos deben turnarse para hacerles preguntas acerca del béisbol. Pregúntenles, por ejemplo:

¿Cuál fue tu equipo (bateador/lanzador/receptor/guardabosque/jardinero corto) favorito este año? ¿Por qué? ¿Quién tuvo el mejor récord de jonrones? ¿Qué países produjeron los mejores beisbolistas? ¿Cómo mantuvo Sosa el suspenso durante el año cuando bateó sus famosos innings? ¿Cuántos beisbolistas hispanos y sus respectivos equipos puedes nombrar? ¿Cuántos beisbolistas hispanos de la República Dominicana puedes nombrar?

B. Dramatización. Dramatiza la siguiente situación con tres compañeros(as) de clase. Tú y tres amigos(as) están de vacaciones de primavera en el famoso Balneario Bravaro en la playa Punta Caña de la República Dominicana. Están tratando de decidir qué van a hacer hoy. Antes de seleccionar la actividad del día, mencionen las varias actividades que ofrece el balneario y las que Uds. ya han hecho.

C. Práctica: verbos irregulares. Pregúntale a un(a) compañero(a) de clase si hizo lo siguiente.

Modelo: ¿cuándo / ir / partido / béisbol?
¿Cuándo fuiste a un partido de béisbol?

1. ¿poder / ver tu equipo favorito?
2. ¿haber / mucha gente / partido?
3. ¿cuántos jonrones / hacer / equipo favorito?
4. ¿estar contento(a) / después / partido?
5. ¿saber / dónde poner / llaves / de tu coche ?

DEL PASADO AL PRESENTE

Puerto Rico: entre varios horizontes

La colonia española En Puerto Rico, como en las otras Antillas Mayores, la mayoría de los indígenas fueron exterminados en muy poco tiempo después de la llegada de los españoles. Para mediados del siglo XVI la salida de la población hispana hacia las minas de Perú casi despobló toda la isla. No obstante, continuaron suficientes colonos para que sobreviviera la colonia. A partir de entonces, la economía de la isla se basó en la agricultura y el trabajo de los esclavos africanos. Más aún, la isla fue convertida en un bastión militar: la capital fue fortificada con gigantescas murallas y fortalezas, como el castillo de San Felipe del

El Castillo de San Felipe del Morro

Morro, que servía para defender la ciudad de piratas y armadas enemigas. En 1595 el pirata inglés Sir Francis Drake intentó tomar por asalto la ciudad de San Juan, pero fracasó. Desde entonces hasta finales del siglo XIX, Puerto Rico sería una de las posesiones americanas más importantes de España por su situación militar estratégica.

La Guerra Hispano-Estadounidense de 1898 Como resultado de la guerra contra España de 1898, EE.UU. tomó posesión de toda la isla sin mucha resistencia. Ese año la isla de Puerto Rico cambió de dueño, pero la cultura que se había formado allí por cuatro siglos permaneció intacta. A diferencia de Cuba, donde hubo oposición política y militar a la presencia de EE.UU., en Puerto Rico no se generó fuerte oposición. Hubo algunos que lucharon a favor de la independencia política, pero éstos fueron una minoría.

Cultivo de la caña de azúcar

La caña de azúcar Tras la guerra de 1898, el café dejó de ser el producto principal y fue sustituido por la caña de azúcar. En la isla aparecieron grandes centrales azucareras donde se empleaba la fuerza laboral. En 1917, el Congreso de EE.UU. pasó la Ley Jones que declaró a todos los residentes de la isla ciudadanos estadounidenses.

Después de la depresión de la década de los 30 y de la Segunda Guerra Mundial, la economía de la isla se encontraba en crisis y problemas políticos hicieron que EE.UU. cambiara su política hacia el territorio y que le otorgara más autonomía a los puertorriqueños.

Estado Libre Asociado de EE.UU. En 1952 la inmensa mayoría de los puertorriqueños aprobaron una nueva constitución que garantizaba un gobierno autónomo, el cual se llamó Estado Libre Asociado (ELA) de Puerto Rico. El principal promotor de esta nueva relación fue también el primer gobernador elegido por los puertorriqueños, Luis Muñoz Marín.

Bajo el ELA, los residentes de la isla votan por su gobernador y sus legisladores estatales y, a su vez, mandan un comisionado a Washington, D.C., para que los represente. La situación política de la isla se ha ido acercando más y más a la de un estado de EE.UU. Pero a diferencia de un estado de EE.UU., los residentes de Puerto Rico no tienen congresistas en el congreso federal, ni pueden votar en las elecciones para presidente. Claro está, tampoco tienen que pagar impuestos federales. La gobernadora de Puerto Rico, Sila Calderón, comentó en 2002 que los puertorriqueños se sienten orgullosos de sus lazos con EE.UU. pero

Compañía farmacéutica

continúan valorando sus raíces culturales y, al mismo tiempo, buscan afiliarse a la comunidad caribeña en la cual esperan tener un papel político de importancia.

La industrialización de la isla de Puerto Rico Mientras ocurrían estos cambios políticos, la economía de la isla pasó por un acelerado proceso de industrialización. Puerto Rico pasó de una economía agrícola a una industrial en unas pocas décadas. La industrialización de Puerto Rico se inició con la industria textil y más recientemente incluye también la farmacéutica, la petroquímica y la electrónica. Esto ha hecho de Borinquén uno de los territorios más ricos de Latinoamérica — y de San Juan, un verdadero "puerto rico".

¡A ver si comprendiste!

A. Hechos y acontecimientos. ¿Recuerdas los datos más importantes de la lectura? Para asegurarte, completa las siguientes oraciones.

1. A mediados del siglo XVI, lo que casi despobló Puerto Rico fue...
2. A fines del siglo XVI, la economía de Puerto Rico se basaba en...
3. El Castillo de San Felipe del Morro servía para...
4. En 1898, a diferencia de Cuba, en Puerto Rico no...
5. El producto agrícola que sustituyó al café en Puerto Rico después de la Guerra Hispano-Estadounidense de 1898 fue...
6. La ley que declaró a todos los residentes de Puerto Rico ciudadanos de EE.UU. se llama... Se aprobó en...
7. En 1952, los puertorriqueños lograron aprobar...
8. Como residentes de un Estado Libre Asociado, los puertorriqueños...
9. En el siglo XX, la agricultura fue reemplazada como base de la economía de Puerto Rico por...

B. A pensar y a analizar. En grupos de tres, expliquen cómo dos islas caribeñas, Puerto Rico y Cuba, acabaron en campos políticos totalmente opuestos: los puertorriqueños llegaron a ser ciudadanos estadounidenses y los cubanos, los principales enemigos de EE.UU.

La República Dominicana: la cuna de América

Invasores ingleses y franceses Desde la llegada de Cristóbal Colón en 1492, la isla de La Española fue un lugar deseado por diferentes potencias europeas. Por esta razón sufrió frecuentes asaltos, como el del bucanero Francis Drake, quien en 1586 saqueó la ciudad de Santo Domingo. En 1655, una expedición inglesa fue derrotada en La Española, pero logró tomar control de Jamaica.

Explotación de esclavos africanos en La Española

Ocupada la isla por piratas franceses, en 1697 el Tratado de Ryswick entregó la tercera parte occidental de la isla a Francia, que le dio el nuevo nombre de Saint Domingue. Los nuevos dueños transformaron su territorio en uno de los dominios más ricos con la explotación brutal y los trabajos forzados de esclavos africanos. Entre 1795 y 1809 La Española entera fue cedida a Francia por España y toda la isla recibió el nombre de Haití.

La independencia Bajo la dirección del militar haitiano Toussaint Louverture, la isla entera de Haití consiguió su independencia de Francia en 1804 después de una sangrienta guerra. Toda la isla quedó bajo el control haitiano hasta 1844. Para resistir a la dominación haitiana, el patriota dominicano Juan Pedro Duarte, llamado el "padre de la patria", fundó "la Trinitaria", una sociedad secreta que organizó una revolución contra los haitianos. El 27 de febrero de 1844 se logró la independencia de la parte oriental de la isla y así se estableció la República Dominicana.

Durante los primeros años de la independencia, dos generales, Buenaventura Báez y Pedro Santana, dominaron el escenario político. Santana fue presidente de la república cuatro veces, alternando la presidencia con su colaborador Buenaventura Báez. En 1861, Santana consiguió la incorporación de la república como provincia de España y se hizo gobernador del país hasta su muerte en 1864. El año siguiente España abandonó la provincia dominicana, dejándola en un estado de caos económico y político.

La dictadura de Trujillo A finales del siglo XIX y a principios del XX, la República Dominicana se encontraba en una situación económica y política catastrófica. Entre 1916 y 1924 se produjo una ocupación militar por parte de EE.UU. que controló la importación y exportación de productos hasta 1941. Por un lado, la ocupación tuvo algunos buenos resultados; por otro lado, EE.UU. estableció el ejército que ayudaría a la consolidación de la dictadura de Rafael Leónidas Trujillo. Este dictador tomó el poder en 1930 tras un golpe de estado y dominó la república durante más de tres décadas, hasta su asesinato en 1961. Bajo Trujillo, la ciudad de Santo Domingo cambió de nombre a Ciudad Trujillo. No recuperó su antiguo nombre sino hasta después de desaparecer Trujillo.

Rafael Leónidas Trujillo

La realidad actual El estado caótico que siguió al asesinato de Trujillo resultó en otra ocupación militar por EE.UU. en 1965, para proteger a los ciudadanos estadounidenses y sus propiedades. Esta vez, sin embargo, fuerzas internacionales, bajo los auspicios de la Organización de Estados Americanos (OEA), sustituyeron en seguida a las fuerzas norteamericanas.

En 1966 se efectuaron elecciones libres que fueron ganadas por Joaquín Balaguer. Este político, antiguo vicepresidente de Trujillo, dominó la vida política dominicana hasta 1996. Con la excepción de las elecciones de 1978 y de 1982, Balaguer fue elegido presidente siete veces en elecciones supuestamente "democráticas". Salvador Jorge Blanco ganó las elecciones de 1982. Trató de continuar los programas de Balaguer: reforma agraria, desarrollo de justicia social y modernización. Desafortunadamente, una recesión mundial —causada por aumentos del costo del petróleo— afectó gravemente la economía de la República Dominicana y forzó a miles de dominicanos a abandonar la isla en busca de una vida mejor en EE.UU. En esa década, más de 250.000 entraron en EE.UU. legalmente.

En la década de 1990, no se vio ningún mejoramiento en la economía del país, que sigue basándose en la producción de azúcar, el turismo y la minería. El futuro dirá si los nuevos líderes, encabezados por Hipólito Mejía, quien fue nombrado presidente en el año 2000, podrán lograr el muy deseado bienestar económico del país.

¡A ver si comprendiste!

A. Hechos y acontecimientos. ¿Recuerdas los datos más importantes de la lectura? Para asegurarte, contesta las siguientes preguntas.

1. ¿Qué país europeo controló la tercera parte occidental de La Española en 1697 por el Tratado de Ryswick? ¿Cuál fue el resultado de esta ocupación?
2. ¿Qué país controló toda La Española de 1822 a 1844?
3. ¿Quién es "el padre de la patria" dominicana? ¿Por qué lo llaman así?
4. ¿Quiénes dominaron el escenario político de la República Dominicana durante las primeras tres décadas de independencia?
5. ¿Quién controló la República Dominicana de 1930 a 1961? ¿Qué cambios hubo durante su gobierno?
6. ¿Cómo se llama el político dominicano que fue elegido presidente en cada elección desde 1966 hasta 1996 con excepción de los años 1978 y 1982?
7. ¿Qué causó la inmigración de miles de dominicanos a EE.UU. en la década de 1980?
8. ¿Cuál es la base de la economía de la República Dominicana?

B. A pensar y a analizar. Contesta las siguientes preguntas con dos o tres compañeros(as) de clase. Luego comparen sus respuestas con las de otro grupo.

1. Desde su independencia, la República Dominicana ha sido gobernada principalmente por hombres fuertes que se mantienen en el poder por largos períodos de tiempo: Buenaventura Báez, Pedro Santana, Rafael Leónidas Trujillo y Joaquín Balaguer. ¿Por qué creen Uds. que estos hombres pudieron mantenerse en el poder por mucho tiempo?
2. Qué opinan de las varias ocupaciones de EE.UU. en la República Dominicana? ¿Qué derecho tiene un país de intervenir en los asuntos de otro país? ¿Pueden Uds. pensar en un caso donde otro país debería intervenir en los asuntos de EE.UU.? Expliquen.

Y ahora, ¡a leer!

A. Anticipando la lectura. Contesta las siguientes preguntas para saber algo de tus sueños.

1. ¿Con qué frecuencia sueñas? ¿todas las noches? ¿una vez a la semana? ¿una vez al mes?
2. ¿Con qué sueñas normalmente? ¿con tus amigos? ¿con la familia? ¿con monstruos o extraterrestres?
3. ¿Recuerdas tus sueños el día siguiente? ¿Los recuerdas en detalle o sólo recuerdas partes?
4. ¿Tratas de interpretar tus sueños? Explica.
5. ¿Cuál ha sido el sueño más interesante que has tenido? Cuéntaselo a un(a) compañero(a) de clase.

B. Vocabulario en contexto. Busca estas palabras en la lectura que sigue y, a base del contexto en el cual aparecen, decide cuál es su significado. Para facilitar encontrarlas, las palabras aparecen en negrilla en la lectura también.

1. **los pormenores**
   a. las inquietudes   b. los detalles   c. los temores
2. **aguardaba**
   a. esperaba   b. decía   c. entrenaba
3. el **amanecer**
   a. la noche   b. el anochecer   c. la mañana
4. **nítido**
   a. difícil   b. complicado   c. claro
5. **recio**
   a. fuerte   b. inesperado   c. doloroso
6. **iniciaba**
   a. terminaba   b. empezaba   c. completaba

Conozcamos al autor

Virgilio Díaz Grullón (1924–2001), popular escritor dominicano residente de Santo Domingo, se destacó como cuentista. Entre las varias colecciones de cuentos que publicó sobresalen *Crónicas de altocerro* (1966), *Más allá del espejo: cuentos* (1975), *De niños, hombres y fantasmas* (1981) y *Antinostalgia de una era* (1993). Fue también un activo ensayista que colaboró frecuentemente con artículos y cuentos para revistas y antologías literarias.

En el cuento "El diario inconcluso", el autor muestra cómo lo que parece ser una preocupación obsesiva por recordar los sueños se transforma en una realidad inesperada al final.

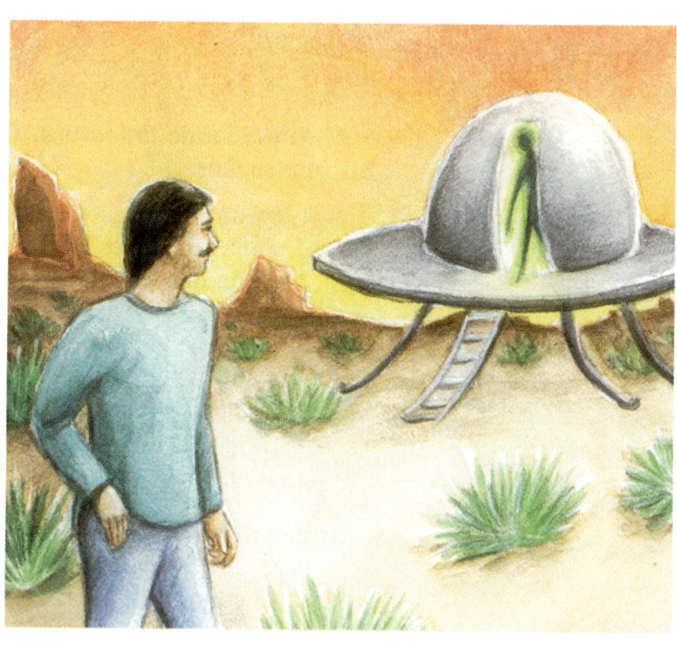

El diario inconcluso

Siempre había hecho alarde° de tener una mente científica, inmune a cualquier presión exterior que intentase alterar su rigurosa visión empírica del universo. Durante su adolescencia se había permitido algunos coqueteos° con las teorías freudianas[1] sobre la interpretación de los sueños, pero la imposibilidad de confirmar con la experiencia las conclusiones del maestro le hicieron perder muy pronto el interés en sus teorías. Por eso, cuando soñó por primera vez con el vehículo espacial no le dio importancia a esa aventura y a la mañana siguiente había olvidado **los pormenores** de su sueño. Pero cuando éste se repitió al segundo día comenzó a prestarle atención y trató —con relativo éxito— de reconstruir por escrito sus detalles. De acuerdo con sus notas, en ese primer sueño se veía a sí mismo en el medio de una llanura° desértica con la sensación de estar a la espera de que algo muy importante sucediera,° pero sin poder precisar° qué era lo que tan ansiosamente **aguardaba**. A partir del tercer día el sueño se hizo recurrente adoptando la singular característica de completarse cada noche con episodios adicionales, como los filmes en serie que solía ver en su niñez. Se hizo el hábito entonces de llevar una especie de diario en que anotaba cada **amanecer** las escenas soñadas la noche anterior. Releyendo sus notas —que cada día escribía con mayor facilidad porque el sueño era cada vez más **nítido** y sus pormenores más fáciles de reconstruir— le fue posible seguir paso a paso sus experiencias oníricas.° De acuerdo con sus anotaciones, la segunda noche alcanzó a ver el vehículo espacial descendiendo velozmente° del firmamento.° La tercera lo vio posarse° con suavidad a su lado. La cuarta contempló la escotilla° de la nave° abrirse silenciosamente. La quinta vio surgir de su interior una reluciente° escalera metálica. La sexta presenciaba el solemne descenso de un ser° extraño que le doblaba la estatura° y vestía con un traje verde luminoso. La séptima recibía un **recio** apretón de manos de parte del desconocido. La octava ascendía por la escalerilla del vehículo en compañía del cosmonauta y, durante la novena, curioseaba asombrado° el complicado instrumental del interior de la nave. En la décima noche soñó que **iniciaba** el ascenso silencioso

show
flirtations
terreno llano
pasara / especificar
relacionadas con los sueños
rápidamente / cielo
rest
puerta de acceso / el vehículo
brillante
persona/**que...** que era dos veces más alto que él
curioseaba... veía con gran admiración

[1]Aquí se refiere a las teorías de Sigmund Freud, creador de la teoría del psicoanálisis y de la doctrina del subconsciente.

hacia el misterio del cosmos, pero esta experiencia no pudo ser asentada° en su diario porque no despertó nunca más de su último sueño.

escrita, afirmada

De *Américas,* Vol. 45, 1993.

¿Comprendiste la lectura?

A. Hechos y acontecimientos. ¿Recuerdas los datos más importantes de la lectura? Para asegurarte, contesta las siguientes preguntas.

1. ¿Qué edad crees que tiene la persona que sueña con la nave espacial? ¿Por qué crees eso?
2. ¿Sabía interpretar sueños el protagonista? ¿Cuándo lo había intentado?
3. ¿Trató de interpretar su sueño con el vehículo espacial la primera vez que lo tuvo? ¿Por qué?
4. ¿Cuándo decidió tratar de recordar todos los detalles de ese sueño? ¿Por qué le interesaba recordarlos? ¿Qué hizo para poder recordarlos?
5. ¿Cuántas veces se repitió el mismo sueño? ¿Era exactamente igual cada vez? Si no, ¿cómo variaba?
6. ¿Qué soñó la última vez? ¿Anotó los detalles de este sueño en su diario? Explica.

B. A pensar y a analizar. En grupos de tres o cuatro, contesten las siguientes preguntas. Luego, compartan sus respuestas con la clase.

1. ¿Qué le pasó al final del cuento a la persona que soñaba con naves espaciales? ¿Cómo lo saben? Describan al narrador. ¿Qué tipo de personalidad tiene? Citen ejemplos del cuento.
2. ¿Conoce uno de los (las) compañeros(as) del grupo a alguien que tuviera un sueño que luego se convirtiera en realidad? Si es así, que le cuente el incidente al grupo.

C. Dramatización. La décima noche "no pudo ser asentada en su diario porque no despertó nunca más de su último sueño". Al contrario, dentro de la nave él... Con un(a) compañero(a) escriban un nuevo final para este cuento. Luego, dramatícenlo frente a la clase.

Introducción al análisis literario

El tiempo y la cronología

El tiempo o **la cronología** de la narración es un aspecto fundamental de un cuento o una novela. En el cuento "El diario inconcluso", la narración es casi toda lineal, porque avanza inexorablemente desde la primera palabra "Siempre" hasta las últimas que terminan el progreso de la acción con un definitivo y total "nunca más". Además, a lo largo de esta historia aparecen expresiones que marcan el tiempo, como "Durante su adolescencia", para enfatizar o clarificar la progresión de la acción.

A. Expresiones que marcan el tiempo. Con un(a) compañero(a) de clase, preparen una lista de todas las expresiones que marcan el tiempo que puedan encontrar en "El diario inconcluso". Deben encontrar una docena por lo menos.

B. Cuento colaborativo. En grupos de cuatro o cinco compañeros(as), escriban una historia similar a "El diario inconcluso" que comience con "Siempre" y acabe con "nunca más". Entre esos dos polos intercalen hechos que ocurran el primer día, el segundo día y a partir del tercer día. Cada persona del grupo es responsable de un momento narrativo. Preparen su historia en orden cronológico y léansela a la clase.

Escribamos ahora

A A generar ideas: descripción cronológica de una persona

1. **Identificación de una persona a través del tiempo.** Vuelve a leer la minibiografía de Ricky Martin en la página 126 y fíjate en cómo se describen cuatro etapas diferentes de su vida: su infancia, a los diez años, a los diecisiete años y actualmente. Para ver esto más claramente, trabaja con un(a) compañero(a) y preparen un esquema como el que sigue, analizando la vida de Ricky Martin a los 17 años y ahora en la actualidad. En la primera columna, anoten la edad que analizan. En la segunda, escriban la descripción específica mencionada en la biografía, en la tercera, el significado de la descripción.

Edad	Descripción	Significado
infancia	separación poco amistosa de padres, repercusiones dolorosas	niñez triste, confusión
10 años	incorporado a "Menudo"	muy contento, vida fascinante
17 años		
ahora		

2. **¡Mi persona!** Piensa ahora en tu propia persona. En un esquema semejante al anterior, anota en la primera columna todas las edades que consideras importantes en tu vida y que tal vez podrías incluir en una breve biografía sobre tu persona. En la segunda escribe hechos o acontecimientos que ocurrieron a esas edades y que consideras tuvieron un impacto en tu persona. Finalmente, en la tercera columna indica lo que esos hechos o acontecimientos dicen de tu personalidad. Por ejemplo, pueden decir algo sobre lo que eres, piensas, sabes, quieres, crees, prefieres, te gusta, ves, conoces, deseas o has visto.

B Primer borrador

1. **¡A organizar!** Vuelve ahora a la información que recogiste en la sección anterior, **¡Mi persona!**, y organízala en orden cronológico en cuatro agrupaciones

distintas. Luego, trata de expresar por escrito cada edad clave que anotaste y los hechos o acontecimientos relacionados con cada edad. Escribe sobre el tema por unos diez minutos sin preocuparte por los errores. Lo importante es incluir todas las ideas que tú consideras importantes. Sigue el modelo de la biografía de Ricky Martin si necesitas un modelo.

2. **¡Anuario estudiantil!** Tu universidad ha decidido publicar un anuario de información estudiantil con biografías en español. Cada alumno tiene que escribir su propia biografía. Escribe tu primer borrador ahora. ¡Buena suerte!

C **Primera revisión.** Intercambia el primer borrador con uno(a) o dos compañeros(as). Revisa la descripción de cada compañero(a), prestando atención a las siguientes preguntas. ¿Ha comunicado bien su personalidad? ¿Ha seleccionado cuatro edades suficientemente significantes? ¿Ha revelado toda la información necesaria? ¿Ayuda la descripción a entenderlo/la mejor? ¿Tiene algunas sugerencias sobre cómo podrías mejorar tu cuento?

D **Segundo borrador.** Prepara un segundo borrador de tu cuento, tomando en cuenta las sugerencias de tus compañeros(as) y las que se te ocurran a ti.

E **Segunda revisión.** Intercambia tu biografía con otro(a) compañero(a). Revisa su español, fijándote en particular en su uso de verbos en el pretérito: usó correctamente los verbos regulares e irregulares, los deletreó correctamente, puso acentos donde eran necesarios, etcétera.

F **Versión final.** Considera las correcciones del pretérito y otras que tu compañero(a) te ha indicado y revisa tu biografía por última vez. Como tarea, escribe la copia final en la computadora. Antes de entregarla, dale un último vistazo a la acentuación, a la puntuación, a la concordancia y a las formas de los verbos en el pretérito.

G **Publicación.** Cuando tu profesor(a) te devuelva la biografía corregida, revísala con cuidado y luego devuélvesela a tu profesor(a) para que las ponga todas en un libro que va a titular: **Las biografías de los estudiantes del señor (de la señora/señorita)...**

EXPLOREMOS EL CIBERESPACIO

Explora distintos aspectos del mundo puertorriqueño y del dominicano en las **Actividades para la Red** que corresponden a esta lección. Ve primero a **http://college.hmco.com** y de ahí a la página de ***Mundo 21.***

LECCIÓN 4

Cuba

Nombre oficial: *República de Cuba*

Población: *11.184.023 (estimación de 2001)*

Principales ciudades: *La Habana (capital), Santiago de Cuba, Camagüey, Holguín*

Moneda: *Peso ($C)*

GENTE DEL MUNDO 21

Nicolás Guillén (1902–1989) es uno de los poetas hispanoamericanos más reconocidos del siglo XX. Hijo de un senador de la república, Guillén nació en Camagüey, Cuba, en una familia de antepasados africanos y españoles. Sus dos primeros libros, *Motivos de son* (1930) y *Sóngoro cosongo* (1931) están inspirados en los ritmos y tradiciones afrocubanos. El compromiso del artista con la realidad política y social de su país es una característica de su poesía. Durante la dictadura de Fulgencio Batista (1952–1958), Guillén vivió en el exilio; regresó a Cuba después del triunfo de la Revolución de Castro. Fue fundador y presidente de la Unión de Escritores y Artistas de Cuba (UNEAC) y fue aclamado como el poeta nacional de Cuba.

Nancy Morejón, poeta cubana, nació en La Habana en 1944. Forma parte de la primera generación de escritores que surgió después del triunfo de la Revolución Cubana de 1959. Hizo estudios de lengua y literatura francesa en la Universidad de La Habana, donde se licenció en 1966. Ha sido profesora de francés y traductora del Instituto del Libro. Ha colaborado en las más importantes revistas literarias cubanas. Su libro *Nación y mestizaje en Nicolás Guillén* recibió el premio de ensayo de la UNEAC en 1982. Su obra poética incluye doce colecciones de poesía, entre las que se distinguen *Amor, ciudad atribuida* (1964), *Richard trajo su flauta y otros argumentos* (1966), *Piedra pulida* (1986) y *Fundación de la imagen* (1988), *La quinta de los Molinos* (2000), entre otras. Además, ha publicado tres monografías, una obra dramática y cuatro estudios críticos de literatura e historia cubana. Se destaca su antología bilingüe *Donde duerme la Isla como un ala* (1984). En 1999 leyó su poesía y presentó varias conferencias en diez universidades de EE.UU. En 2002 obtuvo el Premio Nacional de Literatura. Por su extraordinaria labor cultural, ha sido honrada como miembro de la Real Academia Cubana de la Lengua.

Wifredo Lam (1902–1982) es un pintor cubano mundialmente reconocido. Hijo de un padre chino y de una madre afrocubana, nació en Sagua La Grande en la provincia cubana de Las Villas. Con ayuda financiera de su ciudad natal, se fue a Madrid, donde vivió durante trece años. Allí se familiarizó con la tradición artística europea y más tarde se interesó en la tradición que le era familiar, la africana. Al empezar la Guerra Civil Española en 1936, se fue a vivir a París, donde conoció a Picasso y a los surrealistas. En la década de los 40, Lam regresó a Cuba y pintó obras de inspiración afrocubana como *La selva* (1943). En este cuadro presenta la realidad exuberante del trópico donde se mezclan de una manera fantástica formas humanas, animales y vegetales. Desde la década de los 50 hasta su muerte en 1982, Lam alternó estancias en Cuba y París, donde murió.

Otros cubanos sobresalientes

Carlos Acosta: bailarín
Alicia Alonso: bailarina
Humberto Arenal: novelista y cuentista
Agustín Cárdenas: escultor y dibujante
Ramón Ferreira: fotógrafo, cuentista y dramaturgo
Francisco Gattorno: actor
Lourdes López: bailarina
Amelia Paláez: pintora
Gloria Parrado: dramaturga
Esteban Salas: compositor
Neri Torres: bailarina y coreógrafa
Los Van Van: conjunto musical

Personalidades del Mundo 21

Con un(a) compañero(a), decidan a quién describen los siguientes comentarios.

1. Fue aclamado como el poeta nacional de Cuba.
2. Conoció a Picasso y a otros surrealistas en París, antes de regresar a Cuba a pintar.
3. Después de graduarse de la Universidad de La Habana, ha enseñado francés y es traductora.
4. Se inspiró en los ritmos y tradiciones afrocubanos y se comprometió con la realidad política y social de su país.
5. Su obra se inspira en la herencia cultural de su madre, no la de su padre.
6. Escribe para las revistas literarias cubanas más importantes.

Cultura ¡en vivo!

Manual de gramática

Antes de leer **Cultura ¡en vivo!,** conviene repasar la sección 2.5, *El imperfecto* y 2.6, *Expresiones indefinidas y negativas* en el **Manual de gramática** (pp. 168–173).

La música y el baile en Cuba

No hay nada como el ritmo palpitante, sincopado y acelerado de la música cubana. Es cautivante, sabrosa, rica, salada, apasionada, y... bailable a la perfección. La unión de dos culturas, la española y la africana, dio origen a la fascinante mezcla de sonidos que invita a uno a moverse y a bailar al son de una música que embruja y libera.

Celia Cruz recibe el premio "Grammy"

En los salones europeos del siglo XVI se veían danzas que eran de un ritmo ni vívido ni acelerado, sino más bien mesurado, que iban a la perfección con las pesadas vestimentas de esos tiempos. Sin embargo en Cuba, esos bailes de salón pronto empezaron a incorporar los cantos místicos, lamentos y rituales introducidos por algunos de los esclavos africanos llevados a Cuba. De esta manera se fue transformando gradualmente la música europea en lo que se llama hoy en día música afrocubana. Esta música se caracteriza por el uso de instrumentos tropicales como la conga, los bongós, las claves, las maracas, el cencerro y el güiro junto a la guitarra, la trompeta, el trombón y el saxofón. Los irresistibles nuevos ritmos vívidos y palpitantes resultaron en la guaracha, la rumba, el pregón, la habanera (impulsada por Ernesto Lecuona, "el Chopin cubano"), el danzón, el chachachá y el mambo. Con este último, la música cubana invadió las esferas sociales del mundo entero. Su célebre creador, Dámaso Pérez Prado (1916–1989), llevó el mambo primero a México, donde inmediatamente llegó a ser el baile preferido de toda la nación y de allí a toda Latinoamérica, EE.UU. y Europa. Hasta Fellini, el gran director de cine italiano, usó el mambo "Patricia" en su película *La dolce vita.*

Actualmente, un sinnúmero de excepcionales músicos cubanos mantienen viva la tradición musical de la isla con grandes salseros como Celia Cruz, Manolín y Paulito Fernández; creadores del jazz cubano como Chucho Valdés y Gonzalo Rubalcaba. Con estos antecedentes, no sorprende que todo el mundo se apasione por los últimos embajadores de la música afrocubana: los magníficamente preservados miembros del Buena Vista Social Club, los jóvenes del grupo Los Van Van, Gema 4 y la super-excitante docena de Bamboleo.

A. Música caribeña. Contesta estas preguntas.

1. ¿Qué elementos de la música y el baile caribeño tienen su origen en la cultura africana?
2. ¿Qué influencia ha tenido la música cubana en la música y en los bailes latinoamericanos durante el siglo XX?
3. ¿Por qué crees que tantos ritmos cautivantes han nacido en el Caribe?

B. Palabras claves: bailar. Para ampliar tu vocabulario, combina las expresiones de la primera columna con las definiciones de la segunda columna. Luego, escribe una oración original con cada expresión. Compara tus oraciones con las de dos compañeros(as) de clase. ¿Qué expresiones tienen un equivalente con *dance* en inglés?

____ 1. bailable	a. acción de bailar
____ 2. bailarín	b. música compuesta para bailar
____ 3. baile	c. función que requiere traje formal
____ 4. baile de etiqueta	d. acomodarse a las circunstancias
____ 5. bailar al son que tocan	e. persona que baila

Mejoremos la comunicación

Para hablar de la música caribeña

Al hablar de los instrumentos caribeños

— ¿Te gusta la música caribeña? — *Do you like Caribbean music?*

— ¡Claro! Me encantan los bongós. De niño, iba con mi papá a visitar a un señor que los hacía. Lo observaba con fascinación. — *Of course! I love the bongo drums. As a child I used to go with my father to visit a man who used to make them. I'd watch him, fascinated.*

cencerro *small bell*
chequere *m. gourd covered with beads that rattle*
claves *f. pl. two wooden sticks tapped together to set the beat*
conga *tall, barrel-like drum*
güiro *elongated gourd rasped with a stick*
maraca *gourd-shaped rattle*

Al describir la música caribeña

— ¿Qué te parece esta orquesta? — *What do you think of this orchestra?*

— ¡Es extraordinaria! Jamás había oído algo tan apasionado. — *It's extraordinary! I had never heard anything so passionate.*

— ¿No encuentras el ritmo demasiado animado? — *Don't you find the rhythm too lively?*

compás *m. rhythm*
movimiento *movement*
paso *step*

— Al contrario, el ritmo parece embrujarme. Es un ritmo cautivante. — *On the contrary, the rhythm seems to cast a spell on me. It's a captivating rhythm.*

acelerado(a) *fast, rapid*
apasionado(a) *intense, impassioned*
palpitante *palpitating, throbbing*
rico(a) *rich*
romántico(a) *romantic*
sabroso(a) *delightful, pleasant*
salado(a) *vivacious*
sincopado(a) *syncopated*

Al invitar a una persona a bailar

— ¿Quieres bailar?	*Do you want to dance?*
— ¿Te gustaría bailar conmigo?	*Would you like to dance with me?*
— ¿Me permites este baile?	*Would you allow me this dance?*
— ¿Vamos a bailar?	*Shall we go dance?*
— ¿Bailamos?	*Shall we dance?*

Al aceptar o rechazar una invitación a bailar

— Sí, gracias.	*Yes, thank you.*
— Me encantaría, gracias.	*I'd love to, thank you.*
— Con mucho gusto, gracias.	*Gladly, thank you.*
— Gracias, pero estoy muy cansado(a).	*Thank you, but I'm very tired.*
— Gracias, no. Necesito descansar.	*No, thank you. I need to rest.*
— Lo siento, pero no bailo chachachá.	*I'm sorry, but I don't dance the cha-cha-cha.*

conga
cueca
cumbia
danzón *m.*
guaracha
habanera
mambo
merengue *m.*
paso doble
pregón *m.*
rumba
salsa
samba
tango
vals *m.*

¡A conversar!

A. Entrevista. Pregúntale a un(a) compañero(a) de clase cómo han cambiado sus gustos en cuanto a bailes. ¿Adónde le gustaba ir a bailar hace unos años y adónde le gusta ir ahora? ¿Qué tipos de bailes bailaba cuando era estudiante de la secundaria y qué tipos baila ahora? ¿Le gustaban los bailes latinos? ¿Sabía bailarlos? ¿Cuáles en particular? ¿Cuáles eran sus instrumentos favoritos? ¿Todavía lo son?

B. Dramatización. Dramatiza la siguiente situación con un(a) compañero(a) de clase. Anoche tú fuiste a una fiesta latina donde decían que iban a tocar una música salsa cautivante. Tu compañero(a) no pudo ir y se muere por saber todos los detalles: quiénes estaban, si todo el mundo bailaba salsa, quiénes eran los mejores bailadores, si te gustó la música, etcétera.

C. Práctica: imperfecto Completa estas oraciones acerca de tus gustos musicales cuando asistías a la secundaria.

Modelo: (gustar) la música...
Me gustaba la música rock.

1. Mi instrumento favorito (ser)...
2. En la radio, siempre (escuchar)...
3. Mi novio(a) y yo bailar...
4. Los fines de semana (preferir)...
5. Mi madre (decir)...

DEL PASADO AL PRESENTE

Cuba: la palma ante la tormenta

Esclavos africanos plantando caña de azúcar en Cuba

El proceso de independencia Mientras que la mayoría de los territorios españoles de América lograron su independencia en la segunda década del siglo XIX, Cuba, junto con Puerto Rico, siguió como colonia española. Durante la segunda mitad del siglo XIX, la industria azucarera cubana se convirtió en la más importante del mundo y llegó a producir por sí sola más de una tercera parte de todo el azúcar del mundo.

El 10 de octubre de 1868, comenzó la primera guerra de la independencia cubana, que iba a durar diez años y en la que 250.000 cubanos iban a perder la vida. En 1878 España volvió a tomar control de la isla pero prometió hacer reformas. Sin embargo, miles de cubanos que lucharon por la independencia salieron al exilio. El 24 de febrero de 1895, la guerra por la independencia de Cuba estalló de nuevo.

La Guerra Hispano-estadounidense Con el pretexto de una inexplicable explosión del buque de guerra estadounidense *Maine* en el puerto de La Habana en 1898, EE.UU. le declaró la guerra a España. La armada estadounidense obtuvo una rápida victoria y España se vio obligada a cederle a EE.UU. —por el Tratado de París firmado el 10 de diciembre de 1898— los territorios de Puerto Rico, Guam y las Filipinas y a renunciar a su control sobre Cuba.

La explosión del *Maine,* 1898

La ocupación estadounidense de Cuba terminó el 20 de mayo de 1902 cuando se estableció la República de Cuba. La primera mitad del siglo XX fue un período de gran inestabilidad política y social para Cuba. Muchos militares tomaron el poder a través de golpes de estado, incluyendo Fulgencio Batista, que tomó el poder en 1952. Éste fue el dictador contra el cual se levantaron Fidel Castro y sus revolucionarios.

La Revolución Cubana En 1956, el joven abogado Fidel Castro logró establecer un movimiento guerrillero en la Sierra Maestra, y finalmente provocó la caída de Batista el 31 de diciembre de 1958. Al principio, el movimiento revolucionario había definido muy pocos proyectos y, aunque contaba con gran apoyo en el país, la experiencia política de sus líderes era escasa.

Tras un corto período de confusión, el gobierno revolucionario se organizó según el modelo soviético bajo la dirección del Partido Comunista de Cuba. Los cubanos vieron restringidas sus libertades individuales. Además, el gobierno nacionalizó propiedades e inversiones privadas, lo cual causó el rompimiento de relaciones diplomáticas y el bloqueo comercial por parte de EE.UU.

Fidel Castro

Cubanos al exilio Miles de cubanos salieron al exilio, principalmente profesionales y miembros de las clases más acomodadas, quienes se establecieron en su mayoría en Miami y en el sur de Florida. El 17 de abril de 1961, una fuerza invasora de cubanos en exilio fue derrotada en la Bahía de Cochinos por el ejército cubano leal a Castro.

En 1962, las tensiones entre Cuba y el gobierno estadounidense llegaron a un nivel crítico. EE.UU. ordenó el bloqueo naval de Cuba debido al descubrimiento de misiles soviéticos instalados en la isla. El presidente John F. Kennedy y el primer ministro soviético Nikita Khrushchev llegaron a un acuerdo: la Unión Soviética decidió quitar los misiles a cambio de una promesa del presidente estadounidense de no invadir la isla.

Sociedad en crisis En 1980, Castro permitió un éxodo masivo de más de 125.000 cubanos a EE.UU. usando Mariel como puerto de salida. Estos emigrantes cubanos son conocidos como "marielitos" y se distinguen de los primeros refugiados cubanos por ser en su mayoría de clase trabajadora.

La cultura y la sociedad contemporáneas en Cuba, transformadas por la Revolución Cubana y dependientes de su líder Fidel Castro, fueron sostenidas desde el inicio de la Revolución por la Unión Soviética y por los gobiernos comunistas de Europa Oriental. Con la caída de esos gobiernos, el sistema cubano, en particular la economía, se encuentra en un verdadero dilema. No cabe duda que la crisis económica de Cuba se aliviaría si se renovaran sus relaciones con EE.UU. Algunos expertos dicen que esto está por verse, y señalan el hecho de que ya se está permitiendo una visita a la isla al año a los familiares y también cierto intercambio cultural. Por otro lado, para sobreponerse a esta crisis, el gobierno se esfuerza por promover el turismo internacional. A la isla llegan aproximadamente dos millones de turistas al año y para 2005 se prevé que la cifra alcanzará los cinco millones. Para acoger estas masas de visitantes, se están construyendo gran número de hoteles a lo largo de las playas cubanas y se está reconstruyendo la vieja Habana, que está volviendo a alcanzar su antiguo esplendor.

La Habana en el siglo XXI

¡A ver si comprendiste!

A. Hechos y acontecimientos. ¿Recuerdas los datos más importantes de la lectura? Para asegurarte, trabaja con un(a) compañero(a) de clase para escribir una breve definición que explique en sus propias palabras el significado de las siguientes personas y acontecimientos en la historia de Cuba. Luego, comparen sus definiciones con las de la clase.

1. el buque de guerra *Maine*
2. Fulgencio Batista
3. Fidel Castro
4. el bloqueo comercial de Cuba
5. la Bahía de Cochinos
6. John F. Kennedy y Nikita Krushchev
7. los marielitos

B. A pensar y a analizar. Al principio de la Revolución Cubana, Fidel Castro contaba con gran apoyo en el país. ¿Por qué? ¿Qué hizo Castro para perder ese apoyo, causando que miles y miles de cubanos salieran al exilio? Explica en detalle.

Ventana al Mundo 21

La Revolución Cubana en la encrucijada

Nada ha conmocionado tanto a todo el continente como la Revolución Cubana de 1959. Al principio, reflejaba las aspiraciones y el entusiasmo de la mayoría de los cubanos, que deseaban cambios beneficiosos. Frente a los cambios radicales causados por la socialización de la economía y a la falta de libertades individuales bajo un régimen represivo, surgió pronto la desilusión entre las clases medias, las cuales decidieron abandonar la isla. Jamás se había visto a tantos ciudadanos latinos abandonar su país natal. De 1959 a 1962, más de 150.000 cubanos se exiliaron en EE.UU. y desde entonces más de un millón de cubanos, casi el diez por ciento de la población, han salido al exterior.

Escuela primaria en Pinar del Río, Cuba

No cabe duda que ha habido mucho progreso en las áreas de la educación, la vivienda y la asistencia médica para todos, lo cual ha reducido el índice de la mortalidad, pero las limitaciones económicas actuales son cada vez mayores. El embargo estadounidense, decretado en 1960, sigue en vigencia y es uno de los principales problemas de Cuba. Debido a la falta de petróleo importado, los cubanos en la isla no han podido usar ni sus coches ni las "guaguas" (autobuses). La pregunta que se hacen todos, dentro y fuera de Cuba es: ¿Y mañana?

Manual de gramática

Antes de hacer Actividad B, conviene repasar la sección 1.7 del **Manual de gramática** (pp. 86-90).

A. Pasado y presente. Con dos compañeros(as), imaginen la vida de los cubanos de la clase media antes y después de la Revolución Cubana. ¿Cómo era la vida en Cuba en 1955? ¿en 1960? ¿Cómo cambió con la Revolución la vida de los que quedaron en la isla? ¿ y la de los que la abandonaron? ¿Cómo será ahora la vida de los dos grupos de cubanos?

B. Repaso: comparativos. Con un(a) compañero(a) de clase, comparen la vida en la isla de la clase acomodada (profesionales, médicos, abogados, gente de negocios, etcétera) antes de la Revolución y ahora. También comparen la vida de la gente pobre de la isla antes de la Revolución y ahora. Tal vez quieran usar dos diagramas Venn.

Y ahora, ¡a leer!

A. Anticipando la lectura. Contesta las siguientes preguntas con dos o tres compañeros(as) de clase.

1. Lean la primera estrofa *(stanza)* del poema de José Martí que comienza "Yo soy un hombre sincero". ¿Quién es el narrador? ¿Quién habla? ¿Cómo se describe la persona que habla? ¿A quién se dirige? ¿Qué dice que quiere hacer antes de morir? ¿Qué emociones les comunica a Uds. el poeta en este verso?
2. ¿Qué ideas o imágenes les sugieren a Uds. las siguientes palabras? Anoten por escrito sus impresiones para compararlas con las del poeta después de leer la obra siguiente.
   a. un canario amarillo
   b. un ciervo herido
   c. una flor tropical
   d. un monte
3. Ahora, lean las primeras dos estrofas del poema que comienza "Yo soy un hombre sincero" y traten de decidir si la obra es amorosa, filosófica, histórica o social. Confirmen su respuesta después de leer toda la selección.

B. Vocabulario en contexto. Busca estas palabras en la lectura que sigue y, a base del contexto en el cual aparecen, decide cuál es su significado. Para facilitar encontrarlas, las palabras aparecen en negrilla en la lectura también.

1. **sencillos**
   a. afectuosos b. no complicados c. dificultosos
2. **echar** mis versos
   a. recitar b. olvidar c. limpiar
3. **lumbre**
   a. fuego b. electricidad c. terror
4. **calla**
   a. sufre b. trabaja c. mantiene el silencio
5. **amparo**
   a. refugio b. un pájaro c. el silencio

Conozcamos al autor

José Martí (1853–1895), el apóstol de la independencia de Cuba, nació en La Habana. A la temprana edad de dieciséis años fue encarcelado por sus escritos contra las autoridades españolas. Toda su vida Martí luchó por la liberación de Cuba y los esclavos; por esos ideales sufrió la pobreza y el exilio. Con grandes sacrificios, estudió derecho, aprendió inglés y francés y viajó por algunos países europeos y latinoamericanos. Por fin se estableció en Nueva York, donde se ganaba la vida haciendo traducciones y obra periodística. En 1892 fundó el Partido Revolucionario Cubano con intención de preparar una expedición militar que liberaría a Cuba del dominio español. En 1895 Martí regresó a la isla, donde murió en el campo de batalla. Su muerte impulsó a los patriotas a continuar la lucha de liberación que por fin consiguieron en 1898.

Además de patriota y revolucionario, José Martí también fue un gran ensayista, periodista, crítico y poeta. Se puede decir que es el perfecto ejemplo de un hombre que supo luchar con dos armas poderosas: la pluma y la espada. Su poesía es un testimonio de paz universal que nunca morirá. Entre sus obras se destacan cuatro: *Ismaelillo* (1882), *Versos sencillos* (1891) y los poemarios publicados póstumamente, *Versos libres* (1913) y *Flores del destierro* (1932). En los fragmentos de los poemas de *Versos sencillos* que aparecen a continuación, sobresale la rima precisa y melodiosa usada por Martí. Otra característica de estos versos es el uso del lenguaje. Cada verso es económico y breve; cada palabra desempeña una función cuidadosamente determinada. A la vez, el poeta trata de informar al lector quién es él, de dónde viene y cuáles son sus metas o ideales.

Versos sencillos

I: YO SOY UN HOMBRE SINCERO

Yo soy un hombre sincero
de donde crece la palma;
y antes de morirme, quiero
echar mis versos del alma.°

soul

Yo vengo de todas partes,
y hacia todas partes voy:
arte soy entre las artes;
en los montes,° monte soy.

montañas

Yo sé los nombres extraños
de las yerbas y las flores,
y de mortales engaños,°
y de sublimes° dolores.

mentiras, falsedades
muy grandes

Yo he visto en la noche oscura
llover sobre mi cabeza
los rayos de **lumbre** pura
de la divina belleza.
[...]

Oculto° en mi pecho bravo
la pena que me lo hiere:°
el hijo de un pueblo esclavo
vive por él, **calla** y muere.

Escondido
lastima, daña

V: SI VES UN MONTE DE ESPUMAS

Si ves un monte de espumas,°
es mi verso lo que ves:
mi verso es un monte, y es
un abanico° de plumas.
[...]

foam
fan

Mi verso es de un verde claro
y de un carmín° encendido:
mi verso es un ciervo° herido
que busca en el monte **amparo**.

rojo
deer

Mi verso al valiente agrada:
mi verso, breve y sincero,
es del vigor del acero°
con que se funde° la espada.

steel
casts

XXV: YO PIENSO, CUANDO ME ALEGRO

Yo pienso, cuando me alegro
como un escolar sencillo,
en el canario amarillo,
¡que tiene el ojo tan negro!
[...]

XXXIV: ¡PENAS! ¿QUIÉN OSA DECIR...?

[...]
Yo sé de un pesar° profundo
entre las penas° sin nombres:
¡la esclavitud de los hombres
es la gran pena del mundo!
[...]

pesar: sufrimiento
penas: tristezas

Fragmentos de *Versos sencillos* (1891)

¿Comprendiste la lectura?

A. Hechos y acontecimientos. ¿Recuerdas los datos más importantes de la lectura? Para asegurarte, contesta las siguientes preguntas. Luego, compara tus respuestas con las de un(a) compañero(a).

1. En la primera estrofa del poema I, que comienza "Yo soy un hombre sincero", el poeta dice que es "de donde crece la palma". ¿A qué lugar se refiere?
2. ¿De dónde viene el poeta y adónde dice que va? ¿Cómo se caracteriza el poeta? ¿Qué quiere decir con esto? ¿Qué características se asocian normalmente con las artes y con los montes?
3. ¿Qué dice el poeta que sabe en la tercera estrofa del poema I? Expliquen.
4. ¿Cómo es posible que el poeta haya visto llover "rayos de lumbre pura" sobre su cabeza? ¿A qué se refiere el poeta cuando habla de rayos? ¿Quién es "la divina belleza"?¿Quién es "el hijo" y el "pueblo esclavo" que menciona en la quinta estrofa del poema que comienza "Yo soy un hombre sincero"?
5. ¿Cómo puede ser la poesía "un monte de espumas" y "un abanico de plumas"? ¿Qué significan estas metáforas?
6. ¿Están Uds. de acuerdo con el poeta — agrada su verso al valiente? ¿Por qué sí o por qué no? ¿Por qué dice que su verso es "del vigor del acero"?
7. ¿Cómo caracteriza el poeta su verso en las últimas estrofas del poema I? ¿Qué simbolismo hay en estas palabras?
8. ¿En qué piensa el poeta cuando está alegre? ¿Con qué se compara?
9. Según el poeta, en el poema XXXIV, ¿cuál es "la gran pena del mundo"?

B. A pensar y a analizar. Haz estas actividades con un(a) compañero(a). Luego comparen sus respuestas con las de otros grupos.

1. ¿Cuáles son algunas interpretaciones simbólicas del monte, del canario amarillo y de la espada de acero?
2. Preparen una lista de todos los colores que el poeta menciona en los versos. En la opinión de Uds., ¿qué sentimientos, valores o ideas sugieren estos colores?

3. ¿Cuál es el tono del lenguaje del poeta: poético, científico, sofisticado, natural o común y corriente? Den ejemplos.
4. ¿Qué revelan estos versos de la personalidad del poeta? Den ejemplos.

Introducción al análisis literario

Patrones de rima

Para poder expresar los sentimientos intensamente líricos de la poesía, es preciso usar un lenguaje cuidadosamente escogido y ordenado en el cual el uso de la rima es esencial.

La rima: la repetición de los mismos sonidos al final de dos o más versos. La rima puede ser asonante o consonante.

- **Rima asonante:** Cuando los versos terminan en **vocales** iguales a partir de la última vocal acentuada en cada verso, la rima es asonante. Por ejemplo, en los primeros versos del poema que sigue, los versos pares tienen rima asonante; en **cuestión** y **dos** es igual la vocal final acentada **o**.

  La canción del bongó (Fragmento), por Nicolás Guillén

  [...] vale más callarse, amigos,
  y no menear la cuesti**ó**n,
  porque venimos de lejos,
  y andamos de dos en d**o**s. [...]

- **Rima consonante:** Se tiene rima consonante cuando hay igualdad de **vocales y consonantes** a partir de la última vocal acentuada en cada verso. En los siguientes versos, por ejemplo, hay rima consonante entre el primer y el cuarto verso así como entre el segundo y tercer verso: las palabras sab**er** y muj**er**, d**igo** y am**igo**.

  VII: Para Aragón, en España (Fragmento de *Versos sencillos*), por José Martí

  Si quiere un tonto sab**er**,
  por qué lo tengo, le d**igo**
  que allí tuve un buen am**igo**,
  que allí quise una muj**er**.

A. Rima. Contesta las siguientes preguntas. Luego compara tus respuestas con las de un(a) compañero(a) de clase.

1. ¿Qué clase de rima hay en las primeras cuatro estrofas del poema I de *Versos sencillos*?
2. ¿Hay rima asonante o consonante en este poema?
3. ¿Por qué crees que el poeta escogió la clase de rima que usa en este poema?

B. Para escribir versos sencillos... Prepárate para escribir tus propios versos sencillos. Mira cómo José Martí empezó las primeras cuatro estrofas que leíste. Cada una empieza con **Yo** más un verbo. Ahora piensa en tu característica más fuerte y completa el primer verso de la primera estrofa, por ejemplo: **Yo soy un joven inteligente** o **Yo soy una chica atlética**. Luego piensa de dónde quieres decir que vienes para completar el primer verso de la segunda estrofa. Sigue así hasta tener el primer verso de las primeras cinco estrofas. Presta atención a que tus versos rimen, ya sea con la rima asonante o consonante.

¡LUCES! ¡CÁMARA! ¡ACCIÓN!

La Cuba de hoy

Cuatro puntos de vista

En este fragmento de un informe semanal, la anfitriona del programa *Cuba: cuatro puntos de vista,* reitera la gran diversidad de opiniones que se han dado sobre el régimen castrista. Luego entrevista a cuatro personas que ocupan puestos prominentes tanto en Cuba como en EE.UU. Los cuatro tienen opiniones muy firmes, unos a favor del régimen, otros en contra. Son Ileana Ros-Lehtinen, congresista de Florida; Ricardo Alarcón, ex embajador de Cuba ante la Organización de las Naciones Unidas; Andrés Gómez, director de la revista *Areito;* y Nicolás Ríos, ingeniero-periodista.

Azúcar amarga: La realidad de la Revolución Cubana

El famoso director de cine cubano León Ichaso vive exiliado en EE.UU. Su película de provocativo título, *Azúcar amarga* (1996), ha atraído atención internacional. En una gira de promoción de este film, Ichaso conversó en Madrid con el presentador José Toledo de *Cartelera TVE*. Las opiniones políticas del director se ilustran vivamente en algunas escenas en las que los dos jóvenes protagonistas hablan de su relación amorosa. A través de la relación de estos enamorados, se aprecia la imposibilidad de mantener una relación bajo un clima social restrictivo.

Antes de empezar el video

Contesten las siguientes preguntas en parejas.

1. En su opinión, ¿qué representa el régimen de Fidel Castro para los siguientes grupos: los cubanos que viven todavía en la isla, los cubanos exiliados, los latinoamericanos, los angloamericanos? Expliquen en detalle.
2. ¿Por qué, después de más de cuarenta años de que Fidel Castro tomó el poder, hay tanta controversia en todo lo que se refiere a él?
3. ¿Qué creen Uds. que va a pasar en Cuba cuando Fidel Castro muera? ¿Continuará el comunismo o volverá la democracia? Expliquen.

¡A ver si comprendiste!

A. La Cuba de hoy. Contesta las siguientes preguntas con un(a) compañero(a) de clase.

1. De las personas entrevistadas, ¿quiénes están a favor del régimen de Castro y quiénes están en contra?
2. ¿Qué argumentos usan los que están a favor y los que están en contra?
3. ¿De qué trata la película *Azúcar amarga*? ¿Quiénes son los protagonistas? ¿Qué representan?
4. ¿Qué opina el cineasta León Ichaso del régimen castrista?

B. A pensar y a interpretar. Contesta las siguientes preguntas.

1. ¿A qué se refiere el entrevistado que dice que ahora Cuba ha entrado en la etapa "más difícil, pero la mejor"?
2. ¿Con cuál o cuáles de las cuatro opiniones expresadas por las personas entrevistadas estás más de acuerdo? ¿Con cuáles no? ¿Por qué?
3. ¿Estás de acuerdo con el cineasta León Ichaso cuando dice que Cuba es "una tierra carente de oportunidades"? ¿Por qué?
4. Cuando Yolanda, la joven protagonista de *Azúcar amarga,* le dice a su novio: "Tú y yo deberíamos habernos conocido en otro tiempo, en otro lugar", ¿a qué otro tiempo y a qué otro lugar se refiere? ¿Por qué crees eso?

EXPLOREMOS EL CIBERESPACIO

Explora distintos aspectos del mundo cubano en las **Actividades para la Red** que corresponden a esta lección. Ve primero a **http://college.hmco.com** en la red, y de ahí a la página de ***Mundo 21.***

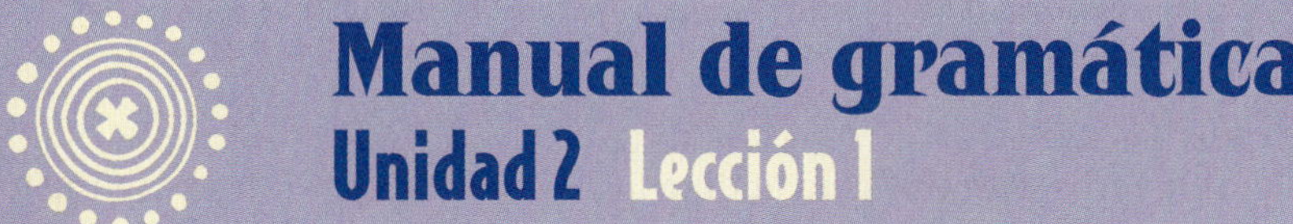

Manual de gramática
Unidad 2 Lección 1

2.1 THE PRETERITE: REGULAR VERBS

Forms

-*ar* verbs	-*er* verbs	-*ir* verbs
preparar	***comprender***	***recibir***
prepar**é**	comprend**í**	recib**í**
prepar**aste**	comprend**iste**	recib**iste**
prepar**ó**	comprend**ió**	recib**ió**
prepar**amos**	comprend**imos**	recib**imos**
prepar**asteis**	comprend**isteis**	recib**isteis**
prepar**aron**	comprend**ieron**	recib**ieron**

- The preterite endings of regular -**er** and -**ir** verbs are identical.
- The **nosotros** forms of regular -**ar** and -**ir** verbs are identical in the preterite and present indicative. Context usually clarifies the meaning.

Gozamos ahora con las aventuras de don Quijote. Y también **gozamos** cuando las leímos por primera vez.

We are now enjoying (We now enjoy) Don Quijote's adventures. And we also enjoyed them when we read them for the first time.

Spelling Changes in the Preterite

Some regular verbs require a spelling change to maintain the pronunciation of the stem.

- Verbs ending in -**car,** -**gar,** -**guar,** and -**zar** have a spelling change in the first person singular.

c → qu buscar: busqué
g → gu llegar: llegué
u → ü averiguar *(to find out):* averigüé
z → c alcanzar *(to reach; to achieve):* alcancé

Other verbs in these categories:

almorzar (ue)	entregar	pagar
atestiguar *(to testify)*	indicar	sacar
comenzar (ie)	jugar (ue)	tocar

Comencé mi trabajo de investigación sobre el Siglo de Oro hace una semana y lo **entregué** ayer. *I began my paper on the Golden Age a week ago and I handed it in yesterday.*

- Certain -**er** and -**ir** verbs with the stem ending in a vowel change -**i**- to -**y**- in the third person singular and plural endings.

leer leí, leíste, le**yó**, leímos, leísteis, le**yeron**
oír oí, oíste, o**yó**, oímos, oísteis, o**yeron**

Other verbs in this category:

caer creer influir
construir huir

Los estudiantes **leyeron** acerca de la cultura árabe, la cual **influyó** en toda Europa. *The students read about Arabic culture, which influenced all of Europe.*

Use

- The preterite is used to describe an action, event, or condition seen as completed in the past. It may indicate the beginning or the end of an action.

Los árabes **llegaron** a España en el año 711. **Salieron** del territorio español en 1492. Su estadía en el país **duró** casi ocho siglos. *The Arabs arrived in Spain in 711. They left the Spanish territory in 1492. Their stay in the country lasted almost eight centuries.*

Ahora, ¡a practicar!

A. Lectura. Usa el pretérito para completar la siguiente narración acerca de la historia que leyó un estudiante.

Ayer __1__ (llegar/yo) a casa un poco antes de las seis. Después de cenar, __2__ (buscar) mi libro de español y __3__ (comenzar) a leer. __4__ (Leer) acerca de Rodrigo Díaz de Vivar, más conocido como El Cid. Este personaje __5__ (vivir) durante la Edad Media. Se cree que __6__ (nacer) cerca de Burgos hacia el año 1043. __7__ (Luchar) por más de un rey. __8__ (Casarse) con doña Jimena, parienta del rey Alfonso VI, rey de Castilla y León. Este rey lo __9__ (enviar) al destierro el año 1081. A partir de ese momento __10__ (luchar) contra moros y cristianos. En el año 1094 __11__ (capturar) Valencia, ciudad en poder de los moros. __12__ (morir) en esa ciudad en 1099. En el siglo XII las hazañas de este personaje __13__ (empezar) a aparecer por escrito. Se piensa que el poema "Cantar de Mío Cid" __14__ (escribirse) hacia el año 1140. Yo __15__ (encontrar) muy interesante la historia de este héroe.

B. Hacer la tarea de nuevo. Tu profesor(a) te pide que escribas de nuevo la tarea acerca de los primitivos habitantes de la península ibérica. Esta vez quiere que emplees el pretérito en vez del presente histórico.

Muchos pueblos pasan (1) por el territorio español. Antes del siglo XI a.C., los fenicios se instalan (2) en el sur del país. Hacia el siglo VII llegan (3) los griegos, quienes fundan (4) varias colonias. A partir del año 206 a.C. comienza (5) la dominación romana. Los romanos gobiernan (6) el país por más de seis siglos. Le dan (7) al país su lengua; construyen (8) anfiteatros, puentes y acueductos; establecen (9) un sistema legal y contribuyen (10) al florecimiento cultural del país.

C. Semestre en Sevilla. Contesta las preguntas que te hace un(a) amigo(a) acerca del semestre que pasaste en Sevilla.

MODELO ¿Cuánto tiempo viviste en Sevilla? (cinco meses)

Viví allí cinco meses.

1. ¿Cuándo llegaste a Sevilla? (en septiembre)
2. ¿Con quién viviste? (con una familia)
3. ¿Qué día comenzaste las clases? (el lunes 15 de septiembre)
4. ¿Qué materias estudiaste? (literatura medieval, historia de España)
5. ¿Conociste a jóvenes españoles de tu edad? (sí, a varios)
6. ¿Te gustó tu estadía en Sevilla? (sí, muchísimo)
7. ¿Visitaste otras ciudades? (sí; Granada, Córdoba y Madrid)
8. ¿Influyó en tu vida esta experiencia? (sí, bastante)

Lección 2

2.2 DIRECT AND INDIRECT OBJECT PRONOUNS AND THE PERSONAL *A*

Forms

Direct	Indirect
me	me
te	te
lo* / la	le
nos	nos
os	os
los* / las	les

*In some regions of Spain, **le** and **les** are used as direct object pronouns when they refer to people.

Mis hermanas escuchan constantemente a Luis Miguel y **le** adoran. — My sisters constantly listen to Luis Miguel and they adore him.

- The direct object of a verb answers the question *what* or *whom*; the indirect object, answers the question *to whom* or *for whom*.

	Direct Object Noun	**Direct Object Pronoun**
I saw ... (what?)	*I saw* **the book.** Vi ***el libro.*** *I saw* **the movie.** Vi ***la película.***	*I saw* ***it.*** ***Lo*** vi. *I saw* ***it.*** ***La*** vi.
I saw ... (whom?)	*I saw* **the actor.** Vi ***al actor.*** *I saw* **the actress.** Vi ***a la actriz.***	*I saw* **him.** ***Lo*** vi. *I saw* **her.** ***La*** vi.
	Indirect object noun	**Indirect object pronoun**
I spoke ... (to whom?)	I spoke ***to the actor.*** *Hable* ***al actor.*** *I spoke* **to the actress.** Hablé ***a la actriz.***	*I spoke* **to him.** ***Le*** hablé. *I spoke* **to her.** ***Le*** hablé.

- Direct and indirect object pronoun forms are identical, except for the third-person singular and plural forms.

El profesor **nos** *(direct)* saludó. Luego **nos** *(indirect)* habló del cuento de Guillermo Samperio.	*The teacher greeted us. Then he spoke to us about the short story by Guillermo Samperio.*
El protagonista pensó en su doctor. **Lo** *(direct)* llamó y **le** *(indirect)* describió sus síntomas.	*The protagonist thought of his doctor. He called him and described his symptoms to him.*

- Object pronouns immediately precede conjugated verbs and negative commands.

La historia de México **me** fascina.	*The history of Mexico fascinates me.*
El cuento "Tiempo libre" no **nos** aburrió en absoluto.	*The short story "Tiempo libre" did not bore us at all.*
No **me** leas historias fantásticas; me dan miedo.	*Don't read fantasy stories to me; they scare me.*

- Object pronouns are attached to the end of affirmative commands. A written accent is needed if the stress falls before the next-to-last syllable.

Cuénta**me** tu visita a la Ciudad de México. Di**me** qué lugar te impresionó más.	*Tell me about your visit to Mexico City. Tell me which place impressed you most.*

- When an infinitive or a present participle follows a conjugated verb, object pronouns may be attached to the end of the infinitive or present participle, or they may precede the conjugated verb. When pronouns are attached to the end of an infinitive or present participle, a written accent is needed if the stress falls before the next-to-last syllable.

El profesor va a explicar**nos** un poema de Octavio Paz. (El profesor **nos** va a explicar un poema de Octavio Paz.)	*The teacher is going to explain a poem by Octavio Paz to us.*

— ¿Terminaste el informe sobre la civilización azteca? — *"Did you finish the report about the Aztec civilization?"*
— No, todavía estoy escribiéndo**lo**. (No, todavía **lo** estoy escribiendo.) — *"No, I'm still writing it."*

- Indirect object pronouns precede direct object pronouns when the two are used together.

— ¿Nos mostró la profesora el video reciente de Luis Miguel? — *"Did the teacher show us Luis Miguel's recent video?"*
— Sí, **nos lo** mostró ayer. — *"Yes, she showed it to us yesterday."*

- The indirect object pronouns **le** and **les** change to **se** when used with the direct object pronouns **lo**, **la**, **los**, and **las**. The meaning of **se** can be clarified by using **a él/ella/usted/ellos/ellas/ustedes**.

— Mi hermano quiere saber dónde está su libro sobre las pinturas de Frida Kahlo. — *"My brother wants to know where his book on Frida Kahlo's paintings is."*
— **Se lo** devolví hace una semana. — *"I returned it to him a week ago."*

Mónica y Eduardo quieren ver la Pirámide del Sol, pero no pueden ir juntos. **Se la** mostraré **a ella** primero. — *Monica and Eduardo want to see the Pyramid of the Sun, but they can't go together. I'll show it to her first.*

- Indirect object pronouns may be emphasized or, if needed, clarified with phrases such as **a mí/ti/él/nosotros**, and so on.

¿**Te** gustó **a ti** la última novela de Laura Esquivel? **A mí me** pareció sensacional. — *Did you like Laura Esquivel's last novel? It seemed sensational to me.*
Irene dice que no le devolví las fotos de Guadalajara, pero yo estoy segura de que **se las** di **a ella** hace una semana. — *Irene says that I did not return the photos of Guadalajara to her, but I am sure that I gave them to her a week ago.*

- In Spanish, sentences with an indirect object noun also usually include an indirect object pronoun which refers to that noun.

La Fundación Octavio Paz **les** da becas **a los escritores.** — *The Octavio Paz Foundation gives scholarships to writers.*
El protagonista del cuento **le** pidió ayuda **a su médico**. — *The protagonist of the short story asked his doctor for help.*

The personal *a*

- The personal **a** is used before a direct object referring to a specific person or persons. It is not translated in English.

Los mexicanos admiran **a Benito Juárez**. — *Mexicans admire Benito Juarez.*
En 1821 los criollos derrotaron **a los españoles.** — *In 1821 the Creoles defeated the Spaniards.*

- The personal **a** is not used before nouns referring to nonspecific, anonymous persons.

Necesito **un voluntario.** — *I need a volunteer.*
Necesitan **trabajadores** en esta compañía. — *They need workers in this company.*

- The personal **a** is always used before **alguien, alguno, ninguno, nadie,** and **todos** when they refer to people.

El presidente actual no ha perdido **a todos** sus simpatizantes, pero no convence **a nadie** con su nuevo programa económico. *The current president has not lost all his sympathizers, but he does not convince anyone with his new economic program.*

- The personal **a** is normally not used after the verb **tener**.

Tengo **varios amigos** que han visitado el Museo Antropológico. *I have several friends who have visited the Anthropological Museum.*

Ahora, ¡a practicar!

A. Ausente. Como no asististe a la última clase de Historia de México, tus compañeros te cuentan lo que pasó.

MODELO profesor / hablarnos de la civilización tolteca

El profesor nos habló de la civilización tolteca.

1. profesor / entregarnos el último examen
2. dos estudiantes / mostrarnos fotos de la Plaza de las Tres Culturas
3. profesor / explicarnos la importancia de la cultura indígena en México
4. Rubén / contarle a la clase su visita a San Miguel de Allende
5. unos estudiantes / hablarle a la clase de las pirámides del Sol y de la Luna

B. Estudios. Usa estas preguntas para entrevistar a un(a) compañero(a) de clase. Luego, él (ella) hace las preguntas y tú contestas.

MODELO ¿Te aburren las clases de historia?

Sí, (a mí) me aburren esas clases. o **No, (a mí) no me aburren esas clases. Me fascinan esas clases.**

1. ¿Te interesan las clases de ciencias naturales?
2. ¿Te parecen importantes las clases de idiomas extranjeros?
3. ¿Te entusiasman las clases de arte?
4. ¿Te es difícil memorizar información?
5. ¿Te falta tiempo siempre para completar tus tareas?
6. ¿Te cuesta mucho trabajo obtener buenas notas?

C. Trabajo de jornada parcial. Han entrevistado a tu amiga para un trabajo en la oficina de unos abogados. Un amigo quiere saber si ella obtuvo ese trabajo.

MODELO ¿Cuándo entrevistaron a tu amiga? (el lunes pasado)

La entrevistaron el lunes pasado.

1. ¿Le pidieron recomendaciones? (sí)
2. ¿Le sirvieron sus conocimientos de español? (sí, mucho)
3. ¿Le dieron el trabajo? (sí)
4. ¿Cuándo se lo dieron? (el jueves)
5. ¿Cuánto le van a pagar por hora? (quince dólares)
6. ¿Conoce a su jefe? (no)
7. ¿Por qué quiere trabajar con abogados? (fascinarle las leyes)

D. Hablando de arte. Trabajando con un(a) compañero(a), tomen turnos para hacerse las siguientes preguntas.

1. ¿Conoces a algún muralista mexicano? ¿A cuál? ¿Qué obras de él conoces?
2. ¿Estudiaste a Frida Kahlo en algún curso de arte? ¿Y a Diego Rivera? ¿Reconoces los cuadros de estos pintores?
3. ¿Estudiaste el arte impresionista en algún curso de arte? ¿Y el movimiento surrealista?
4. ¿A qué pintor admiras en especial? ¿Por qué lo (la) admiras?
5. ¿Visitas exhibiciones de arte a veces? ¿Visitas museos? ¿Visitas a algunos amigos pintores?

E. Regalos para todos. En grupos de tres, digan qué regalos recibieron para Navidad u otra celebración familiar el año pasado y quién se los dio. Luego mencionen dos regalos que compraron y digan a quiénes se los dieron. Cada persona debe mencionar por los menos dos regalos que recibió y dos que regaló.

2.3 *GUSTAR* AND SIMILAR CONSTRUCTIONS

The verb gustar

- The verb **gustar** means *to be pleasing (to someone);* it is also equivalent to the English verb *to like.* The word order in sentences with **gustar** is different from English sentences with *to like.* In Spanish, the indirect object is the person or persons who like something. The subject is the person(s) or thing(s) that is(are) liked.*

Indirect Object	Verb	Subject	Subject	Verb	Direct Object
Me	gustan	los cuentos de Semperio.	I	like	Semperio's short stories.

- When the indirect object is a noun, the sentence also includes the indirect object pronoun.

A mi hermano no **le** gustaron las enchiladas. *My brother didn't like enchiladas.*

- To clarify or emphasize the indirect object pronoun, the phrase **a** + *prepositional pronoun* is used.

Hablaba con los Morales. **A ella le** gusta mucho caminar por las calles, pero **a él** no **le** gustan esas caminatas. *I was talking with Mr. and Mrs. Morales. She likes to walk along the streets a lot, but he doesn't like those walks.*

A mí me gustan mucho los poemas de Octavio Paz, pero **a ti** no **te** gustan tanto. *I like Octavio Paz's poems a lot, but you don't like them so much.*

- The following verbs function like **gustar.**

agradar	encantar	fascinar	indignar	molestar	preocupar
disgustar	enojar	importar	interesar	ofender	sorprender
doler (ue)					

*To identify the subject and the indirect object of the verb **gustar,** think of the English expression *to be pleasing to:*

Me gustan los cuentos de Semperio. *Semperio's short stories are pleasing to me.*

— ¿Te **agradan** las frutas tropicales?	*"Do you like tropical fruits?"*
— Me **gustan** muchísimo. Me **sorprende** que mucha gente no las conozca.	*"I like them a lot. It surprises me that many people don't know (aren't familiar with) them."*
A los mexicanos les **encanta** el fútbol.	*Mexicans love soccer.*

- The verbs **faltar, quedar,** and **parecer** are similar to **gustar** in that they may be used with an indirect object. However, unlike **gustar,** they often appear without an indirect object in impersonalized statements. Note the translation of the sentences that follow.

Nos faltan recursos para promover las bellas artes.	*We are lacking resources to promote the fine arts.*
Faltan recursos para promover las bellas artes.	*Resources are lacking to promote the fine arts.*
A mí me parecen ininteligibles las discusiones económicas.	*Economic discussions seem incomprehensible to me.*
Las discusiones económicas **parecen** ininteligibles.	*Economic discussions seem incomprehensible.*

Ahora, ¡a practicar!

A. Pátzcuaro. Tú y tus amigos hacen comentarios acerca de su viaje reciente a la pintoresca ciudad de Pátzcuaro, en el estado de Michoacán. ¡Ojo! Usa el pretérito de los verbos.

MODELO a todo el mundo / fascinar el lago de Pátzcuaro

A todo el mundo le fascinó el lago de Pátzcuaro.

1. a algunos / encantar el paseo a la isla de Janitzio
2. a otros / doler no estar allí durante el Día de los Muertos
3. a mí / sorprender la hermosa artesanía
4. a todos nosotros / encantar el famoso pescado blanco del lago
5. a muchos de mis amigos / no gustar algunos platos típicos
6. a casi todos nosotros / parecer fascinantes las calles empedradas de la ciudad
7. a la mayoría / interesar el Museo de Artes Populares
8. a todos nosotros / faltar tiempo para conocer mejor la ciudad y sus alrededores

B. Diego Rivera y sus murales. Una amiga tuya acaba de escribir un informe sobre los murales de Diego Rivera. Tú le haces algunas preguntas. ¿Cómo te contesta?

MODELO ¿Por qué te interesa Diego Rivera? (por su gran originalidad)

Me interesa por su gran originalidad.

1. ¿Le gustaron a todo el mundo los murales de Rivera? (en general, sí, y todavía... gustan)
2. ¿Le interesó a Diego Rivera la historia de su país? (sí, mucho; varios murales tienen temas históricos)
3. ¿Le dolió a Diego Rivera la destrucción de su mural del Centro Rockefeller? (sí, mucho)
4. Le indignó también, ¿verdad? (sí, por supuesto, enormemente)
5. ¿Te impresiona algún mural de Diego Rivera en particular? (sí, el mural del Palacio Nacional, *De la Conquista a 1930*)

C. Reacciones. Expresa tus reacciones a los siguientes hechos y explica por qué piensas así. Usa los verbos que aparecen a continuación.

MODELO el video sobre las tres hispanidades

Me impresionó (Me sorprendió) el video sobre las tres hispanidades.

aburrir	encantar	gustar	indignar	ofender
agradar	fascinar	impresionar	interesar	sorprender

1. las pinturas de Frida Kahlo
2. el mercado de Tlatelolco descrito por Bernal Díaz del Castillo
3. el cuento "Tiempo libre"
4. los muralistas mexicanos
5. la derrota del Partido Revolucionario Institucional (PRI)
6. la variedad de frutas tropicales
7. la Revolución Mexicana
8. México bajo el porfiriato
9. la presidencia de Vicente Fox
10. el México moderno

D. Gustos personales. En grupos de tres, completen estas oraciones para expresar sus opiniones sobre la dieta diaria.

MODELO dos verduras / disgustar / muchos / ser

Dos verduras que les disgustan a muchos son las berenjenas y el brócoli.

1. un vegetal / encantar / mis hermanos / ser
2. algunas bebidas / agradar / mí / ser
3. dos frutas / gustar / todos / ser
4. una legumbre / fascinar / los mexicanos / ser
5. un plato vegetariano / impresionar / mi novia / ser

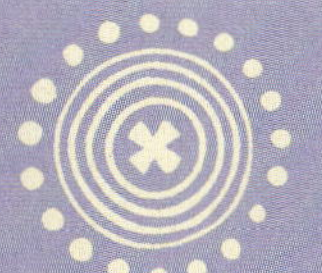

Lección 3

2.4 THE PRETERITE: STEM-CHANGING AND IRREGULAR VERBS

Stem-changing Verbs

- Stem-changing -**ar** and -**er** verbs in the present tense are completely regular in the preterite. (See pp. 75–76 for stem-changing verbs in the present indicative.)

El protagonista del cuento de esta lección **piensa** al comienzo que el sueño no es importante, pero luego **pensó** que sus sueños recurrentes eran muy interesantes.	*The protagonist of this lesson's short story thinks at first that the dream is not important, but he later thought that his recurring dreams were very interesting.*

- Stem-changing -**ir** verbs are also regular in the preterite, except for the third-person singular and plural forms. In these two forms, they change **e** to **i** or **ie** and **o** to **ue.**

e → i	e → i	o → u
sentir	***pedir***	***dormir***
sentí sentiste s**i**ntió sentimos sentisteis s**i**ntieron	pedí pediste p**i**dió pedimos pedisteis p**i**dieron	dormí dormiste d**u**rmió dormimos dormisteis d**u**rmieron

Los puertorriqueños s**i**ntieron gran admiración por Luis Muñoz Marín, su primer gobernador. — *Puerto Ricans felt great admiration for Luis Muñoz Marin, their first governor.*

Felisa Rincón de Gautier m**u**rió a los noventa y seis años. — *Felisa Rincon de Gautier died when she was 96 years old.*

Irregular Verbs

- Some common verbs have an irregular stem in the preterite. Note that the -**e** and -**o** ending of these verbs are irregular as they are not accented.

Verb	*-u-* and *-i-* Stems	Endings	
andar	anduv -		
caber	cup -		
estar	estuv -		
haber	hub -		
poder	pud -	**e**	imos
poner	pus -	iste	isteis
querer	quis -	**o**	ieron
saber	sup -		
tener	tuv -		
venir	vin -		
Verb	***-j-* Stem**	**Endings**	
decir	dij -	**e**	imos
producir	produj -	iste	isteis
traer	traj -	**o**	**eron**

Verbs derived of the ones above have the same irregularities, for example:

decir:	contradecir, predecir	tener:	detener, mantener, sostener
poner:	componer, proponer	venir:	convenir, intervenir

Felisa Rincón de Gautier **tuvo** importancia en la política puertorriqueña. **Supo** ganarse el respeto de los puertorriqueños.	*Felisa Rincon de Gautier was important in Puerto Rican politics. She managed to earn Puerto Ricans' respect.*
En 1916 se **produjo** la ocupación de la República Dominicana por parte de EE. UU.	*In 1916 the occupation of the Dominican Republic by the U.S. took place.*

- Other irregular verbs:

dar		hacer		ir / ser	
di	dimos	hice	hicimos	fui	fuimos
diste	disteis	hiciste	hicisteis	fuiste	fuisteis
dio	dieron	hizo	hicieron	fue	fueron

Note that **ir** and **ser** have the same preterite forms. Context usually clarifies the meaning intended.

Me **dieron** tanta tarea ayer que no la **hice** toda.	*They gave me so much homework yesterday that I didn't do it all.*
Una amiga mía **fue** a San Juan por unos días. **Fue** una visita muy interesante, me dijo.	*A friend of mine went to San Juan for a few days. It was a very interesting visit, she told me.*

Ahora, ¡a practicar!

A. Vida de un dictador. Completa la siguiente información acerca de la vida de Rafael Leónidas Trujillo usando el pretérito.

Rafael Leónidas Trujillo __1__ (nacer) en Villa de San Cristóbal en 1891. __2__ (Recibir) educación militar y en 1916 __3__ (ingresar) en la Guardia Nacional. Ocho años más tarde __4__ (ser) elegido comandante en jefe de ese cuerpo militar. En 1930 __5__ (provocar) la caída del presidente y __6__ (tomar) el poder. __7__ (permanecer) como jefe máximo hasta 1938 y luego también __8__ (gobernar) de modo autocrático entre 1942 y 1952. Su gobierno se __9__ (caracterizar) por innumerables matanzas y crueldades. __10__ (dominar) la vida política de la República Dominica hasta 1961, año en que __11__ (ser) asesinado.

B. Casa colonial. Una amiga escribe en su diario las impresiones de su visita a Santo Domingo. Completa este fragmento usando el pretérito.

Unos amigos me __1__ (decir): "Debes visitar Santo Domingo". Yo me __2__ (proponer) hacer la visita el mes pasado, pero no __3__ (poder), porque __4__ (tener) muchas otras cosas que hacer durante ese tiempo. Finalmente, la semana pasada __5__ (hacer) el viaje. Lo primero que __6__ (querer) hacer __7__ (ser) visitar la casa de Diego Colón. __8__ (estar) recorriendo las habitaciones por mucho tiempo. __9__ (poder) imaginarme en la época colonial y __10__ (tener) una buena idea de la vida de ese tiempo. Como recuerdo me __11__ (traer) un libro con fotos de esa casa.

C. La guerra de 1898. Completa la siguiente información acerca de la guerra entre España y EE.UU. Cambia el presente histórico al pretérito.

El 15 de febrero de 1898 el barco norteamericano *Maine* es (1) destruido a causa de una explosión en la cual mueren (2) 260 estadounidenses. EE.UU. culpa (3) a los españoles por la explosión y declara (4) la guerra a España. Fuerzas norteamericanas desembarcan (5) en La Habana, un escuadrón bloquea (6) este y otros puertos y finalmente derrota (7) a la flota española en Santiago de Cuba. El 1° de mayo la armada norteamericana destruye (8) a la flota española en las Filipinas. El 20 de junio captura (9) el territorio de Guam. Entre el 25 de julio y el 12 de agosto, EE.UU. toma (10) posesión de Puerto Rico. El 10 de diciembre del mismo año se firma (11) la paz. España cede (12) las Filipinas, Puerto Rico y Guam a EE.UU. y aprueba (13) la independencia de Cuba. Tropas norteamericanas ocupan (14) la isla hasta que el 20 de mayo de 1902 el gobierno de Cuba es (15) entregado a su primer presidente, Tomás Estrada Palma.

D. Encuesta. Entrevista a tus compañeros(as) de clase hasta encontrar personas que hacen cada actividad.

MODELO Durmió mal anoche.

— ¿Dormiste mal anoche?

— Sí, dormí mal. o No, no dormí mal.

1. Durmió ocho horas anoche.
2. Tuvo que estudiar para un examen ayer.
3. Anduvo a clase hoy.
4. Vino a clase en autobús.
5. Trajo una computadora a clase.
6. Estuvo enfermo(a) ayer.
7. Fue al cine durante el fin de semana.
8. No hizo la tarea para la clase anoche.

Lección 4

2.5 THE IMPERFECT

Forms

- Note that the imperfect endings of -**er** and -**ir** verbs are identical.

-ar Verbs	-er Verbs	-ir Verbs
ayudar	***aprender***	***escribir***
ayud**aba**	aprend**ía**	escrib**ía**
ayud**abas**	aprend**ías**	escrib**ías**
ayud**aba**	aprend**ía**	escrib**ía**
ayud**ábamos**	aprend**íamos**	escrib**íamos**
ayud**abais**	aprend**íais**	escrib**íais**
ayud**aban**	aprend**ían**	escrib**ían**

- Only three verbs are irregular in the imperfect tense: **ir**, **ser**, and **ver.**

ir:	iba, ibas, iba, íbamos, ibais, iban
ser:	era, eras, era, éramos, erais, eran
ver:	veía, veías, veía, veíamos, veíais, veían

Uses

The imperfect is used to:

- express actions that were in progress in the past.

Ayer, cuando tú viniste a verme, yo **leía** un libro sobre la música cubana. | *Yesterday, when you came to see me, I was reading a book on Cuban music.*

- relate descriptions in the past. This includes the background or setting of actions as well as mental, emotional, and physical conditions.

Después de pasar horas caminando por el centro de La Habana me **sentía** cansado, pero **estaba** contento porque **me encontraba** en una ciudad atractiva. | *After spending hours walking through downtown Havana, I was feeling tired, but I was happy because I was in an interesting city.*

Era un sábado. El cielo **estaba** despejado y **hacía** bastante calor. De pronto,... | *It was a Saturday. The sky was clear and it was fairly hot. Suddenly, . . .*

- relate habitual, customary actions in the past.

Cuando yo vivía en Camagüey, **iba** a clases por la mañana. Por la tarde me **juntaba** con mis amigos y **salíamos** a pasear, **íbamos** al cine o **charlábamos** en un café. | *When I was living in Camagüey, I used to go to classes in the morning. In the afternoon I would join my friends and we would go for walks or to the movies or we would chat at a coffee house.*

- tell the time of day in the past.

Eran las nueve de la mañana cuando la encontré. | *It was nine o'clock in the morning when I met her.*

Ahora, ¡a practicar!

A. Mambo. Completa la descripción de un pariente tuyo que te habla del tiempo en que él tuvo su primer encuentro con el mambo.

En los años 50 yo __1__ (estar) en México. __2__ (Vivir) en el Distrito Federal. Me __3__ (gustar) la música, como a todo joven. Un sábado me invitaron a escuchar la orquesta de un músico que se __4__ (llamar) Pérez Prado. Yo no __5__ (saber) quién __6__ (ser) ese señor. Una vez en el teatro, yo no __7__ (poder) creer lo que __8__ (escuchar): un ritmo cautivante y enloquecedor. Yo no __9__ (poder) estar quieto; __10__ (mover) los pies, las manos, todo el cuerpo. ¡Qué noche tan inolvidable!

B. El agua de la creación. Completa la siguiente descripción de la creación del universo que encontramos en el poema "Creación" de la poeta cubana Dulce María Loynaz.

Y primera __1__ (ser) el agua. (...)
Todavía
la tierra no __2__ (asomar°) entre las olas, — *aparecer*
todavía la tierra
__2__ (ser) del un fango blando y tembloroso...
No __2__ (haber) flor de luna ni racimos° de — *clusters, bunches*
islas... En el vientre
del agua joven se __2__(gestar°) continentes. — *se preparaban para nacer*

C. Al teléfono. Di lo que hacían tú y los miembros de tu familia cuando recibieron una llamada telefónica.

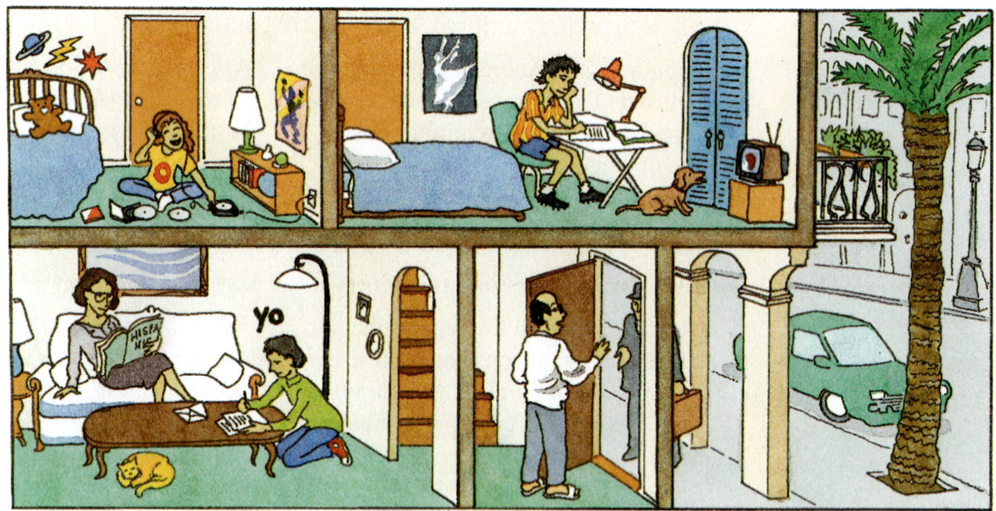

1. hermanita
2. hermano
3. papá
4. mamá
5. yo
6. gato

D. Un semestre como los otros. Di lo que hacías el semestre pasado.

MODELO estudiar todas las noches

Estudiaba todas las noches.

1. poner mucha atención en la clase de español
2. asistir a muchos partidos de básquetbol
3. ir a dos clases los martes y jueves
4. leer en la biblioteca
5. no tener tiempo para almorzar a veces
6. trabajar los fines de semana
7. estar ocupado(a) todo el tiempo

2.6 INDEFINITE AND NEGATIVE EXPRESSIONS

Indefinite	Negative
algo *something, anything*	***nada*** *nothing, anything*
alguien *someone, somebody, anybody*	***nadie*** *no one, nobody, anybody*
alguno *some, any*	***ninguno*** *no, any, none*
alguna vez *some time, ever*	***nunca, jamás*** *never, ever*
siempre *always*	***nunca, jamás*** *never, ever*
o *or*	***ni*** *nor*
o ... o *either . . . or*	***ni ... ni*** *neither . . . nor*
también *also, too*	***tampoco*** *neither, either*
cualquiera *any, whatever*	

— ¿Sabes **algo** de los poemas de Nicolás Guillén? — *"Do you know anything about Nicolás Guillen's poems?"*

— Antes no sabía **nada** de ellos, pero ahora sé un poco más. — *"Before I didn't know anything about them, but I now know a little more."*

— ¿Tiene **alguien** la antología bilingüe de Nancy Morejón? — *"Does anybody have Nancy Morejon's bilingual anthology?"*

— No, **nadie** tiene la antología, pero o Adán o Ana María tiene una colección de poemas suyos. — *"No, nobody has the anthology, but either Adam or Ana Maria has one of her collections of poems."*

— ¿Has visitado La Habana o Santiago de Cuba? — *"Have you visited Havana or Santiago de Cuba?"*

— No, no he visitado **ni** La Habana **ni** Santiago de Cuba. **Tampoco** he visitado Camagüey. — *"No, I haven't visited Havana or Santiago de Cuba. I haven't visited Camagüey either."*

Alguno and ninguno

- **Alguno** varies in gender and number: **alguno, alguna, algunos, algunas; ninguno** is used in the singular only: **ninguno, ninguna.** As adjectives, they agree with the noun they modify.

  — ¿Has visto **algunos** cuadros de Wifredo Lam? — *"Have you seen some paintings by Wifredo Lam?"*

  — He visto **algunos** cuadros suyos, pero no tengo **ninguna** idea de qué época son. — *"I have seen some of his paintings, but I have no idea what period they are from."*

- **Alguno** and **ninguno** lose the final -**o** before a masculine singular noun.

  Ningún presidente ha resuelto el problema de la inflación. — *No president has solved the inflation problem.*

  ¿Conoces **algún** pueblo cubano? — *Do you know (Are you familiar with) any Cuban village?*

UNIDAD 2

- When **alguien, nadie, alguno/a/os/as** or **ninguno/a/os/as** introduce a direct object referring to people, they are preceded by the preposition **a**.

— ¿Conoces **a alguien** de La Habana?	*"Do you know anyone from Havana?"*
— No, no conozco **a nadie** de allá.	*"No, I don't know anyone from there."*

Nunca and jamás

- **Nunca** and **jamás** both mean *never*. **Nunca** is more frequently used in everyday speech. **Jamás** or **nunca jamás** are used for emphasis.

Nunca he estado en Camagüey.	*I have never been to Camagüey.*
¡**Jamás** pensé que la música cubana fuera tan rica e importante!	*I never thought Cuban music was so rich and important!*
— ¿Visitarías otra vez La Habana por sólo cinco días?	*"Would you ever visit Havana again for just five days?"*
— ¡No, **nunca jamás!** La próxima vez me quedaré mucho más tiempo.	*"No, never ever! Next time I'll stay much longer."*

- In questions, **jamás** or **alguna vez** may be used to mean *ever*; **jamás** is preferred when a negative answer is expected.

¿Te has interesado **alguna vez** (**jamás**) por escribir poemas?	*Have you ever been interested in writing poems?*
— ¿Has comido **jamás** arroz moro?	*"Have you ever eaten 'Moorish' rice (rice mixed with black beans)?"*
— **Nunca jamás**.	*"Never ever."*

No

- **No** is placed before the verb in a sentence. Object pronouns are placed between **no** and the verb.

No recibí la tarjeta postal que mandaste desde la playa Varaderos. **No la** enviaste a mi dirección antigua, ¿verdad?	*I didn't receive the post card you sent from the Varaderos beach. You didn't sent it to my old address, did you?*

- Negative sentences in Spanish can contain one or more negative words. The word **no** is omitted when another negative expression precedes the verb.

— Yo **no** he leído **nada** sobre la Revolución Cubana.	*"I have not read anything on the Cuban Revolution."*
— Yo **tampoco** he leído nada.	*"I haven't read anything either."*
— Mi novia **no** se ha interesado **nunca** por el arte abstracto.	*"My fiancée has never been interested in abstract art."*
— Mi novia **nunca** se ha interesado por el arte abstracto tampoco.	*"My fiancée has never been interested in abstract art either."*

Cualquiera

Cualquiera *(any, whatever)* may be used as an adjective or a pronoun. When used as an adjective before a singular noun, **cualquiera** is shortened to **cualquier.**

Cualquier persona que visita Cuba queda encantado con el país y su gente.	*Any person who visits Cuba is captivated by the country and its people.*
— ¿Crees tú que es difícil entender el poema que leímos de *Versos sencillos*?	*"Do you think the poem we read from* Versos sencillos *is hard to understand?"*
— No, yo creo que **cualquiera** lo entiende.	*"No, I believe anyone can understand it."*

Ahora, ¡a practicar!

A. ¿Cuánto sabes? Contesta estas preguntas para ver cuánto sabes sobre Cuba y su cultura.

MODELO ¿Has visitado Cuba?

Nunca he visitado Cuba. o Sí, visité Cuba en 2003.

1. ¿Has visitado alguna vez la ciudad de La Habana?
2. ¿Entiendes algo de la situación política de Cuba?
3. ¿Has leído algunos ensayos de José Martí?
4. ¿Has visto alguna película cubana?
5. ¿Sabes mucho de la música cubana?
6. ¿Has visto a algunas personas bailar el mambo?
7. ¿Conoces algunos instrumentos musicales de origen africano?
8. ¿Te agradan las canciones de la nueva trova?
9. ¿Has estudiado mucho acerca de la influencia africana en la cultura cubana?

B. Opiniones opuestas. Tu compañero(a) contradice cada afirmación que tú haces.

MODELO Todos quieren resolver los problemas ecológicos.

Nadie quiere resolver los problemas ecológicos.

1. Siempre se va a encontrar solución a un conflicto.
2. Un gobernante debe consultar con todos.
3. La economía ha mejorado algo.
4. El gobierno debe conversar con todos los grupos políticos.
5. Ha habido algunos avances en la lucha contra el narcotráfico.

C. Quejas. Con un(a) compañero(a), preparen una lista de quejas que los padres tienen de sus hijos y otra lista de quejas que los hijos tienen de los padres.

MODELOS Padres: **¡Jamás limpias tu cuarto!**

Hijos: **Mis padres nunca me mandan suficiente dinero.**

UNIDAD 3

Entre el conflicto y la paz: Nicaragua, Honduras, El Salvador y Guatemala

Tikal, Guatemala ▶

LOS ORÍGENES

Las grandes civilizaciones antiguas

Evidencias arqueológicas basadas en las famosas huellas de Acahualinca, situadas a orillas del lago Xolotlán o Managua, parecen indicar que hace más de seis mil años ya existían pobladores en la región que ahora llamamos Centroamérica. A su llegada, los conquistadores españoles encontraron numerosos grupos nativos entre los que se destacaban los nícaros —de cuyo nombre se derivó el nombre de Nicaragua—, los misquitos, los sumos y los pipiles. Sin embargo, el grupo preponderante fue el de los mayas, quienes controlaban todo lo que ahora es el sur de México, Guatemala, Belice, Honduras, El Salvador y grandes partes de Nicaragua.

Estos extraordinarios guerreros eran además admirables en muchas áreas del conocimiento. Desarrollaron el sistema de escritura más completo del continente. Construyeron majestuosas pirámides y palacios hace más de dos mil años que todavía están en pie. Fueron notables matemáticos que emplearon el concepto del cero en su sistema de numeración. Fueron también excelentes astrónomos que crearon un calendario más exacto que el que se usaba en Europa en aquel tiempo.

La Capitanía General de Guatemala

Durante la época colonial, para poder controlar sus territorios, España instituyó un sistema de capitanías, que en ciertos territorios nombraba gobernador al capitan general de la región. La Capitanía General de Guatemala incluía las posesiones centroamericanas y el sureste de México. Al igual que en México, los conquistadores se apoderaron

Nicaragua: Granada colonial

Mercado maya en el siglo XXI; Chichicastenango, Guatemala

de las tierras de muchos pueblos indígenas y los obligaron a asimilarse a la cultura dominante. Los orgullosos mayas mantuvieron sus tradiciones y hasta hoy en día muchos continúan hablando la lengua original maya, que tiene más de veinte dialectos.

La independencia

La Capitanía General de Guatemala declaró su independencia de España el 15 de septiembre de 1821. A continuación, de 1822 a 1823 las capitanías se unieron a México y poco después, formaron parte de las Provincias Unidas de Centroamérica. Esta federación se dividió en 1838 y de ella surgieron los países de Guatemala, El Salvador, Honduras, Nicaragua y Costa Rica, cada uno independiente del otro.

¡A ver si comprendiste!

A. Hechos y acontecimientos. ¿Recuerdas los datos más importantes de la lectura? Para asegurarte, contesta las siguientes preguntas.

1. ¿Cuál es la importancia de las huellas de Acahualinca?
2. ¿Cuáles son cinco de los distintos grupos étnicos que ocupaban la región que ahora llamamos Centroamérica cuando llegaron los primeros españoles?
3. ¿Qué territorio ocuparon los mayas? ¿Qué evidencia hay de que los mayas tuvieron una gran civilización?
4. ¿Qué era la Capitanía General de Guatemala? ¿Qué territorios incluía?
5. ¿Qué evidencia hay de que los mayas resistieron la asimilación a la cultura española?
6. ¿Cuándo declaró la Capitanía de Guatemala su independencia de España?
7. ¿Por cuánto tiempo fue parte de México el territorio que se había conocido como la Capitanía de Guatemala? ¿Qué evento causó la creación de los países de Guatemala, El Salvador, Honduras, Nicaragua y Costa Rica?

B. A pensar y a analizar

1. En grupos de dos o tres compañeros(as), busquen evidencia visual (arquitectura, cerámica, joyas, etcétera) de la grandeza de los mayas. Para recolectar la información, pueden ir a la biblioteca o usar Internet. Presenten los resultados de su investigación a la clase.
2. ¿Por cuánto tiempo funcionó el territorio de Centroamérica como una sola nación? ¿Cuándo y cómo llegaron a ser países independientes Guatemala, El Salvador, Honduras, Nicaragua y Costa Rica? ¿Crees que hubiera sido mejor si todo Centroamérica todavía fuera una sola nación? ¿Por qué?

LECCIÓN 1

Nicaragua

Nombre oficial: *República de Nicaragua*

Población: *4.918.393 (estimación de 2001)*

Principales ciudades: *Managua (capital), León, Granada, Masaya*

Moneda: *Córdoba (C$)*

GENTE DEL MUNDO 21

Sergio Ramírez, es un notable escritor y político nicaragüense nacido en Masatepe. A los dieciocho años, fundó la revista *Ventana* y a los veintiún años publicó su primer libro, *Cuentos.* En 1977 encabezó el Grupo de los Doce, formado por intelectuales y otros en lucha contra el régimen de Somoza. En 1979, al triunfar en la revolución el Frente Sandinista de Liberación Nacional (FSLN), Ramírez integró la Junta de Gobierno de Reconstrucción Nacional con la meta de reconstruir en Nicaragua los sectores políticos y socio-económicos. Fue electo vicepresidente de la república en 1984, tiempo en que se destacó por su papel político y cultural.

Además de su continua preocupación por fomentar la literatura y el arte a través de varios órganos de difusión, da conferencias y dicta cursos en importantes universidades del exterior y sirve de consejero a varias organizaciones internacionales. También ha recibido numerosos y muy prestigiosos premios otorgados por España, Francia, Austria, Brasil y Ecuador.

Ha escrito más de treinta obras, muchas de las cuales han sido traducidas a varios idiomas. Entre ellas se cuentan *Castigo divino* (1988), que recibió el premio Dashiel Hammett y fue llevada a la televisión colombiana; *Un baile de máscaras* (1995), que recibió el premio Laure Bataillon en Francia al mejor libro extranjero; y *Margarita, está linda la mar* (1998), premiada internacionalmente. Algunos críticos dicen que su obra maestra es su novela más reciente, *Sombras nada más* (2002), la cual muestra los eventos políticos y sociales de Latinoamérica en las últimas décadas del siglo XX.

Daisy Zamora, poeta y escritora nacida en Managua el 20 de junio de 1950, es una mujer de pensamiento que desea que otras mujeres también disfruten de todos los beneficios que son un derecho de todo ser humano. Cuando era niña perdió a su padre debido a maniobras políticas. Fue educada en un colegio de monjas y luego estudió psicología en la Universidad Centroamericana. Hizo estudios de postgrado en el Instituto Centroamericano de Administración de Empresas (INCAE) y también ha estudiado arte en las Academias Dante Alighieri y en la Escuela Nacional de Bellas Artes.

Por su activa participación durante la revolución, fue nombrada viceministra de Cultura y Directora Ejecutiva del Instituto de Economía e Investigaciones Sociales. Entre sus publicaciones se destacan la antología poética *La mujer nicaragüense en la poesía* y tres libros de poesía:

La violenta espuma, A cada quien la vida y, en edición bilingüe, *En limpio se escribe la vida / Clean Slate*. Su poesía es vibrante y conmovedora y se identifica completamente con los problemas de la mujer tanto en sus actividades diarias como también en su papel político. Como si fuera poco, esta excelente escritora es también una distinguida artista y psicóloga. Reside en EE.UU. y tuvo parte activa en la serie *Language of Life* de Bill Moyers presentado por PBS in 1995.

Ernesto Cardenal, poeta y sacerdote nicaragüense representa al humanista latinoamericano comprometido con la lucha por la justicia social. Nació en la ciudad de Granada en 1925 y se educó con los jesuitas del Colegio Centroamericano. Estudió en México y en EE.UU., donde estuvo en el monasterio "Our Lady of Gethsemane" de Kentucky de 1957 a 1959. Ahí conoció al abad Thomas Merton, uno de los poetas norteamericanos que más lo influyen. Su deseo de poner su fe religiosa al servicio del pueblo lo llevó a fundar la comunidad de Nuestra Señora de Solentiname, proyecto que fue prohibido por el gobierno de Somoza. Más tarde, sirvió de Ministro de Cultura en el gobierno sandinista. En su poesía existen dos temas principales: la denuncia social y el misticismo. Los poemas de *Salmos* (1964) denuncian la injusticia con una fuerza moral bíblica. Algunas de sus obras más recientes son *Canto cósmico* (1991), un gran poema místico que narra la creación del universo; *Telescopio en la noche oscura* (1993); y *Vida perdida* (1999). Cardenal es bien conocido no sólo a hispanohablantes sino también a los estadounidenses gracias sobre todo a la difusión de su obra traducida al inglés.

Otros nicaragüenses sobresalientes

Gioconda Belli: poeta

Mario Cajina-Vega: cuentista

Violeta Barrios de Chamorro: política y ex presidenta

Lizandro Chávez Alfaro: cuentista, novelista, ensayista, poeta y diplomático

Pablo Antonio Cuadra: poeta, editor y periodista

Bernard Dreyfus: pintor

Armando Morales: pintor, dibujante y grabador

Daniel Ortega: político, líder sandinista y ex presidente

Hugo Palma-Ibarra: médico y pintor

Personalidades del Mundo 21

Contesta las siguientes preguntas. Luego, compara tus respuestas con las de tus compañeros(as) de clase.

1. ¿En que forma ha contribuido a la cultura de su país Sergio Ramírez? ¿Qué premios y honores ha recibido y por qué?¿Cuáles son algunas de sus obras?
2. ¿Cómo crees que fue la adolescencia de Daisy Zamora? ¿Qué clase de estudios ha realizado? ¿Cuáles son algunos de los puestos que ha tenido? ¿Qué libros ha escrito y qué crees que dice en ellos?
3. ¿Cuáles son los temas de la poesía de Ernesto Cardenal? ¿Por qué piensas que escribe sobre estos temas? Durante su primera visita pastoral a Nicaragua en 1983, el papa Juan Pablo II criticó públicamente a Cardenal, ex ministro del régimen sandinista, por participar en la política de su país. ¿Crees que es compatible el ser sacerdote y al mismo tiempo participar en el gobierno del país?

Cultura ¡en vivo!

Medios de transporte en Nicaragua

Manual de gramática

Antes de leer **Cultura ¡en vivo!**, conviene repasar la sección *3.1 Pretérito e imperfecto: acciones acabadas y acciones que sirven de trasfondo* del **Manual de gramática** (pp. 238–239).

¿Cómo eran los medios de transporte de Nicaragua en el año 1900? El viajero podía usar el caballo —si lo tenía—, la mula —si tal era su preferencia—, o los pies —si le placía caminar y no contaba con ningún otro medio de transporte. Las carretas tradicionales que utilizaban caballos o mulas para tirarlas se movían penosamente en los caminos de tierra, que muchas veces quedaban impasables a causa de las torrenciales lluvias. En la extensa zona atlántica llamada Zelaya, existían regiones enteras donde no había caminos ni carreteras y donde la única red de comunicación eran los ríos navegables, como el Coco y el Escondido. Muchos indígenas de la región navegaban por ellos usando canoas.

A caballo, en bicicleta, en camioneta...

¿Cómo son los medios de transporte de Nicaragua hoy en día? Sorprendentemente similares a los descritos arriba, con algunos cambios modernos, tales como la Carretera Panamericana. Ésta recorre 410 kilómetros —de la frontera con Honduras a la frontera con Costa Rica— y atraviesa la zona más poblada del país. Gran número de los autos, camionetas y camiones que circulan por el país tienen tracción a cuatro ruedas, debido a que muchos caminos aún están sin pavimentar y con la lluvia son casi imposibles de transitar.

Todavía se ven las arcaicas carretas que se mueven lentamente mientras las pasan a mayor velocidad las motocicletas y carros. No muy lejos, están los aeropuertos donde aterrizan o de donde despegan aviones comerciales de líneas aéreas internacionales. En la zona atlántica de Zelaya, se siguen usando canoas y también lanchas de motor que ofrecen más rapidez y mayor comodidad. En los ríos navegables y en los lagos de Managua y de Nicaragua hay transbordadores para los pasajeros con vehículos de motor.

La capital, Managua, es una ciudad extensa que carece de metro o de un sistema de transporte colectivo de trenes. Ante la falta de autobuses públicos, cada vez más habitantes de esta ciudad han optado por usar un medio de transporte económico y eficiente: la bicicleta. Es indudable que Nicaragua, como muchos otros países en vías de desarrollo, tiene una tremenda necesidad de ampliar y mejorar su red nacional de transportes.

A. Medios de transporte. Haz estas actividades con un(a) compañero(a) de clase.

1. Compara los medios de transporte de Nicaragua en el año 1900 con los de hoy en día.
2. ¿Cómo se llama la carretera que atraviesa Nicaragua desde la frontera con Honduras hasta la frontera con Costa Rica? ¿Por qué es difícil viajar en auto en Nicaragua?
3. ¿Cómo es el transporte público en Managua? ¿Cuáles son algunas de las ventajas y desventajas de depender demasiado de la bicicleta?

B. Palabras claves: camino. Para ampliar tu vocabulario, trabaja con un(a) compañero(a) de clase para decidir en el significado de **camino** en cada pregunta. Luego, contesten las preguntas. ¿Qué expresiones tienen un equivalente con *way* en inglés?

1. ¿Cuál es el **camino** más corto para ir del océano Pacífico al océano Atlántico?
2. ¿Cuándo se **ponen en camino** otra vez?
3. ¿Qué hizo el estudiante cuando el profesor de química le dijo que estaba **en mal camino** con el experimento?
4. ¿Por qué dicen algunos que Uds., los estudiantes universitarios, están en el **camino de la gloria**?
5. ¿Han viajado Uds. por el **camino de hierro**?

MEJOREMOS LA COMUNICACIÓN

Para hablar de transportes

Al hablar de transporte por tierra firme

— Antes, el sistema de transporte en Nicaragua era muy diverso. Se usaba de todo: mulas y carretas, autos nuevos y unos muy antiguos, camiones y camionetas, autobuses viejísimos y bicicletas. Pero lo extraño es que no había trenes ni los hay ahora.

Previously, the transportation system in Nicaragua was very diverse. They used everything: mules and carts, new cars and some very old ones, big trucks and small trucks, extremely old buses, and bicycles. But the strange thing is that there were no trains nor are there any today.

camioneta cubierta *minivan*
casa rodante *camper*
estación de tren *f.* **/ ferrocarril** *m* *train station*
ferrocarril *m.* / *train*
motocicleta *motorcycle*
tren de carga *m.* *freight train*
tren de pasajeros *m.* *passenger train*
vehículo con tracción a cuatro ruedas *vehicle with four-wheel drive*
vehículo todo terreno *all-terrain vehicle*

— ¿Y cómo eran los caminos y las carreteras? Y ahora, ¿cómo son?

And what were the roads and highways like? And how are they now?

— En las ciudades había buenas calles y otras que no eran tan buenas, como en cualquier país. Pero en el campo, la mayoría de los caminos no estaban pavimentados ni lo están ahora.

In the cities there were good streets and others that weren't so good, as in any country. But in the countryside, most of the roads were not paved nor are they now.

Al describir el transporte marítimo

— En el lago de Managua hay muchas actividades acuáticas. Puedes alquilar canoas o lanchas de motor.

In Lake Managua there are a lot of aquatic activities. You can rent canoes or motor boats.

barco *boat, ship*
barco de recreo *pleasure boat*
barco de vela *sailboat*
bote *m* *small boat*
bote de remo *m. rowboat*
buque de carga *m. cargo boat*
nave *f. ship*

— También puedes cruzar el lago con tu coche en un transbordador. Son muy cómodos con tal de que no lleven demasiados pasajeros.

You can also cross the lake with your car in a ferryboat. They are very comfortable provided that they are not carrying too many passengers.

Al hablar de vuelos

— ¡Ah! Ya regresaste. Cuéntame, ¿cómo fue tu viaje a Centroamérica?

Oh! You returned already. Tell me, how was your trip to Central America?

— ¡Fascinante! Pero estoy muerto(a). El vuelo de vuelta fue muy agotador.

Fascinating! But I'm dead tired. The return flight was very exhausting.

con (sin) escalas *with (without) stopovers*
desvelar *keep/stay awake*
directo(a) *direct*
(de) ida *outward journey, first leg (of a trip)*
(de) ida y vuelta *round-trip*
sencillo *one-way*

— Primero, tuvimos que madrugar para llegar al aeropuerto dos horas antes de despegar. Luego nuestro avión era bastante pequeño. ¡Hay más espacio en una avioneta! Cuando aterrizamos, andaba tan adolorido(a) que yo casi ni podía caminar.

First, we had to get up early in order to arrive at the airport two hours before taking off. Then our plane was rather small. There's more space in a light aircraft! When we landed, I was so sore I could hardly walk.

¡A conversar!

A. Dramatización. Dramatiza la siguiente situación con un(a) compañero(a) de clase. Desafortunadamente, tuviste un accidente con tu bicicleta esta mañana. Ahora estás hablando con el (la) reparador(a), quien quiere saber lo que pasó y lo que necesita reparar.

B. Encuesta. Entrevista a tres o cuatro de tus compañeros(as) de clase sobre incidentes interesantes que han tenido usando distintos medios de transporte en el extranjero. Luego, informa a la clase del resultado de tu encuesta.

C. Práctica: pretérito e imperfecto. Completa este párrafo con la forma correcta del pretérito o imperfecto de los verbos que están entre paréntesis.

Mi llegada a Nicaragua __1__ (ser) muy interesante. __2__ (Ser) bien temprano cuando __3__ (yo/llegar). Yo __4__ (estar) muy cansado y no __5__ (sentirme) muy bien. A pesar de ser tan temprano, __6__ (haber) mucho tráfico en la carretera y mi taxista __7__ (tardar) casi una hora para llegar a mi hotel.

Del pasado al presente

Nicaragua: reconstrucción de la armonía

Las intervenciones extranjeras y los Somoza Nicaragua declaró su independencia el 12 de noviembre de 1838, después de separarse de la federación de Provincias Unidas de Centroamérica. Desde entonces, Nicaragua se vio invadida frecuentemente por gobiernos extranjeros. Militares salvadoreños y hondureños la invadieron en 1843, los británicos en 1847 y entre 1909 y 1933 por la marina norteamericana, que se presentó varias veces bajo excusa de proteger a ciudadanos estadounidenses y sus propiedades. Estas intervenciones afectaron negativamente el desarrollo político del país al punto que el patriota César Augusto Sandino se puso al frente de un grupo de guerrilleros y en 1933 logró expulsar a la marina estadounidense. Al año siguiente, el primero de enero de 1937, Anastasio Somoza García, el jefe de la Guardia Nacional, ordenó la muerte de Sandino, depuso al presidente Juan Bautista Sacasa y se proclamó presidente. De esta manera comenzó el período de gobierno oligárquico de la familia Somoza (1937–1979) que incluye los gobiernos de Anastasio Somoza García y de sus hijos, Luis Somoza Debayle y Anastasio (Tachito) Somoza Debayle.

César Augusto Sandino

Revolución sandinista La oposición al gobierno unía a casi todos los sectores del país después del asesinato de Pedro Joaquín Chamorro, editor del diario

Los sandinistas entran a Managua, 1979

La Prensa, ocurrido el 10 de enero de 1978. Tan pronto como se vio que el Frente Sandinista de Liberación Nacional (FSLN) incrementaba sus ataques militares, el gobierno estadounidense retiró su apoyo al gobierno y Anastasio Somoza Debayle salió del país el 17 de julio de 1979. Dos días después los líderes de la oposición sandinista entraron victoriosos a Managua.

La guerra civil costó más de treinta mil vidas humanas y destrozó la economía del país. La Junta de Gobierno de Reconstrucción Nacional de cinco miembros tomó el poder y se vio reducida a tres en 1981 por renuncias de los miembros moderados. Aunque hubo una exitosa campaña de educación por todo el país, pronto los esfuerzos del régimen sandinista se vieron obstaculizados por continuos ataques de guerrilleros antisandinistas (llamados "contras") apoyados por el gobierno de EE.UU. El régimen sandinista, a su vez, recibió ayuda militar y económica de Cuba y de la Unión Soviética.

Difícil proceso de reconciliación Así, en la década de los 80, las relaciones entre Nicaragua y EE.UU. se deterioraron gravemente. EE.UU. acusó a los sandinistas de ayudar a la guerrilla salvadoreña, mientras que Nicaragua, a su vez, acusaba al gobierno estadounidense de intervenir en los asuntos internos de Nicaragua. En política interna, la relocalización forzada de diez mil indígenas causó un serio conflicto entre el régimen sandinista y grupos nativos armados (los misquitos y sumos).

En noviembre de 1984 fue elegido presidente el líder del Frente Sandinista, Daniel Ortega. En las elecciones libres de 1990, Ortega fue derrotado por la candidata de la Unión Nacional Opositora (UNO), Violeta Barrios de Chamorro, cuyo gobierno logró la pacificación de los "contras", reincorporó la economía nicaragüense al mercado internacional y reanudó lazos de amistad con EE.UU. Entre 1995 y 1997, la economía del país mejoró debido al aumento de las exportaciones y a la liberalización del comercio internacional. En enero de 1997, hubo otra transmisión pacífica de poder cuando Chamorro entregó la presidencia a Arnoldo Alemán Lacayo, quien había vencido en elecciones democráticas a Daniel Ortega, el candidato sandinista. Cuando por fin parecía que mejoraba la situación económica en Nicaragua, el huracán Mitch devastó el país en 1998. Más recientemente, durante las elecciones presidenciales de enero de 2002 salió elegido el ingeniero industrial Enrique Bolanos, jefe del Partido Constitucionalista Liberal. Al pasar al siglo XXI, los esfuerzos del gobierno están concentrados en la reconstrucción del país.

¡A ver si comprendiste!

A. Hechos y acontecimientos. ¿Recuerdas los datos más importantes de la lectura? Para asegurarte, trabaja con un(a) compañero(a) de clase para escribir una breve definición que explique en sus propias palabras el significado de las siguientes personas y elementos en la historia de Nicaragua. Luego, comparen sus definiciones con las de la clase.

1. César Augusto Sandino
2. el FSLN
3. Pedro Joaquín Chamorro
4. los sandinistas
5. los "contras"
6. Daniel Ortega
7. Violeta de Chamorro
8. Arnoldo Alemán Lacayo
9. Enrique Bolanos

B. A pensar y a analizar. ¿Qué papel ha tenido EE.UU. a lo largo de la historia de Nicaragua? ¿A quiénes ha apoyado? ¿Ha tenido un efecto negativo o positivo esta participación? Explica.

Ventana al Mundo 21

Nicaragua: tierra de poetas

¿Cuál era el ambiente poético en el mundo latinoamericano antes del nacimiento del nicaragüense Rubén Darío (1867–1916)? En una sola palabra: pobre. Los poetas del siglo XIX se limitaban a imitar a los españoles. No parecían atreverse a renovar los gastados moldes del pasado y seguían escribiendo de forma casi idéntica a sus predecesores.

Gioconda Belli

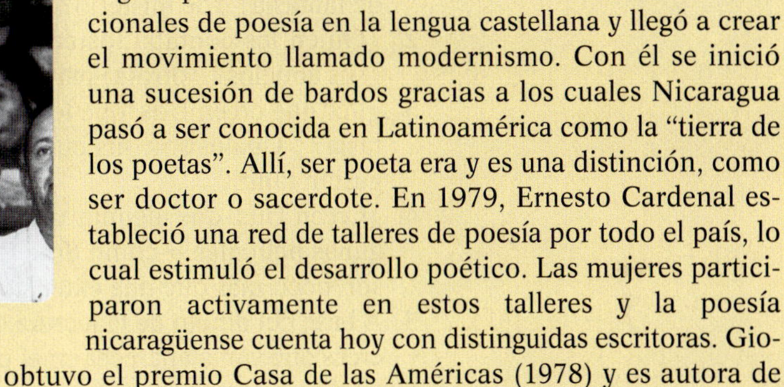

Este mundo limitado cambió drásticamente cuando el gran poeta Rubén Darío transformó las formas tradicionales de poesía en la lengua castellana y llegó a crear el movimiento llamado modernismo. Con él se inició una sucesión de bardos gracias a los cuales Nicaragua pasó a ser conocida en Latinoamérica como la "tierra de los poetas". Allí, ser poeta era y es una distinción, como ser doctor o sacerdote. En 1979, Ernesto Cardenal estableció una red de talleres de poesía por todo el país, lo cual estimuló el desarrollo poético. Las mujeres participaron activamente en estos talleres y la poesía nicaragüense cuenta hoy con distinguidas escritoras. Gioconda Belli obtuvo el premio Casa de las Américas (1978) y es autora de varias colecciones tales como *De la costilla de Eva* (1987), libro que fue traducido al inglés, y *El ojo de la mujer* (1995). Daisy Zamora es la destacada autora de *En limpio se escribe la vida* (1988) y *A cada quien la vida* (1994). Otras autoras como Yolanda Blanco, Mariana Sansón, Rosario Murillo (esposa de Daniel Ortega), Gloria Gabuardi y Marianela Corriols reflejan en su obra la nueva conciencia de estas mujeres comprometidas con el cambio social.

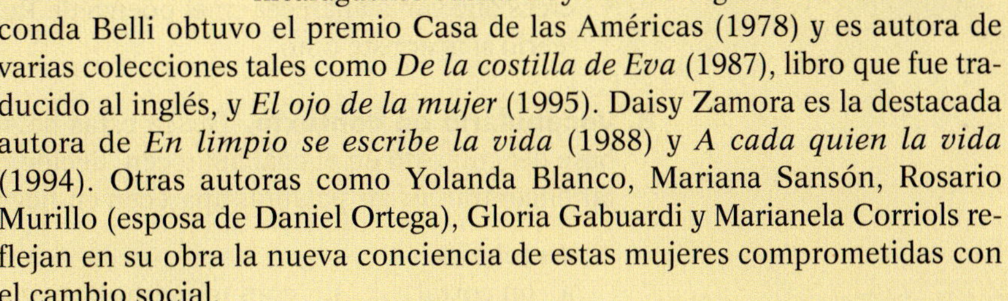

A. Tierra de poetas. Contesta las siguientes preguntas con un(a) compañero(a) de clase.

1. ¿Qué nombre se le dio a Nicaragua después del movimiento literario del modernismo? ¿Por qué?
2. ¿Cómo crees que se compara el prestigio de ser poeta en EE.UU. con el de serlo en Nicaragua?
3. ¿Qué motiva la poesía de poetas en las últimas décadas del siglo XX?
4. ¿Cómo explicas que un país como Nicaragua acabe por producir tantos poetas en el siglo XX? ¿Habrá una relación entre su historia y la productividad literaria? ¿Por qué sí o por qué no?

Manual de gramática

Antes de hacer esta actividad, conviene repasar el presente indicativo, el pretérito y el imperfecto en el **Manual de gramática**.

B. Repaso: presente y pasado. En una hoja de papel haz cuatro listas, una encabezada **infinitivos**, otra **presente indicativo**, otra **pretérito** y la última **imperfecto**. Luego, bajo cada lista y donde sea apropiado, escribe todos los verbos de esta **Ventana al Mundo 21**. Finalmente, completa las listas escribiendo las formas que faltan de cada verbo; por ejemplo, donde "se limitaban" aparece en el imperfecto, añade "se limitan, se limitaron, y limitarse". Compara tus listas completas con las de dos compañeros(as) de clase.

Y ahora, ¡a leer!

A. Anticipando la lectura. Contesta estas preguntas con dos o tres compañeros(as) de clase.

1. ¿Qué tipo de cuentos escuchaban Uds. cuando eran niños(as)? ¿cuentos de fantasía? ¿de misterio? ¿de horror?
2. ¿Quién les contaba los cuentos? ¿sus padres? ¿sus hermanos mayores? ¿sus abuelos? ¿otro(a) pariente?
3. ¿Por qué creen Uds. que los cuentos infantiles con frecuencia incluyen fantasía? ¿Cuáles son sus cuentos de fantasía favoritos ahora? ¿Por qué les gustan tanto?
4. ¿Creen Uds. que algunas tiras cómicas —como *X-Men* y *Superman*— y algunas películas —como *Star Wars* y *Jurassic Park*— son obras maestras o son poco más que una extensión de los cuentos de fantasía? ¿Por qué?
5. A base del dibujo de la lectura, prepara una lista de tres tópicos o temas que crees que van a aparecer en el poema de Rubén Darío. Confirma después de leerlo si acertaste o no.

B. Vocabulario en contexto. Busca estas palabras en la lectura que sigue y, a base del contexto en el cual aparecen, decide cuál es su significado. Para facilitar encontrarlas, las palabras aparecen en negrilla en la lectura también.

1. **un rebaño**
   a. un corral b. un gran número c. una tina de baño
2. **primorosas**
   a. inocentes b. jóvenes, hermosas c. delicadas, elegantes
3. **astros**
   a. estrellas b. vegetales c. flores
4. **capricho**
   a. alegría b. tristeza c. tontería
5. **desfilar**
   a. marchar b. desayunar c. cenar
6. **lucen**
   a. faltan b. brillan c. se halla

Conozcamos al autor

Rubén Darío (1867–1916), poeta, periodista y diplomático nicaragüense originario de Metapa, que hoy día se llama Ciudad Darío. Darío es considerado el máximo exponente de la corriente literaria conocida como el modernismo —un movimiento literario caracterizado por la fantasía, lo exótico, un lenguaje refinado y musical y el uso de símbolos para evocar emociones. Este movimiento transformó los moldes tradicionales de la poesía y abrió nuevos horizontes literarios a generaciones.

Desde los once años de edad Darío comenzó a componer versos, y a los trece años ya se le conocía como el "niño poeta". Como diplomático y periodista, Darío recorrió gran parte de Centroamérica y Sudamérica y un buen número de países europeos. Con la publicación en 1888 en Chile de *Azul*, un libro de poemas y cuentos, Darío incorpora en la literatura hispanoamericana las innovaciones de los autores franceses. Ocho años más tarde, en 1896, publicó en Buenos Aires *Prosas profanas*, un libro de poemas y, en la opinión de muchos, obra cumbre del modernismo. En 1905 se publicó en España *Cantos de vida y esperanza,* que ha sido considerada su obra maestra. En 1914, al iniciarse la Primera Guerra Mundial, Darío salió de París y se fue a vivir a Nueva York. Después de pasar varios meses enfermo, decidió regresar a la patria donde había nacido, y en donde murió en 1916.

El poema que sigue se publicó en *Poema de otoño y otros poemas* (1910). Darío lo escribió originalmente en el álbum de poesía de Margarita Debayle, hija del medico francés, Luis H. Debayle, quien vivía en Nicaragua.

A Margarita Debayle

Margarita, está linda la mar,
y el viento
lleva esencia sutil de azahar;° — flor del naranjo
yo siento
en el alma una alondra° cantar: — tipo de pájaro
tu acento.
Margarita, te voy a contar
un cuento.
Éste era un rey que tenía
un palacio de diamantes,
una tienda hecha del día
y un **rebaño** de elefantes.
Un quiosco de malaquita,° — piedra de hermoso color verde
un gran manto de tisú,° — tela con hilos de oro y plata
y una gentil princesita,
tan bonita,
Margarita,
tan bonita como tú.

Una tarde la princesa
vio una estrella aparecer;
la princesa era traviesa°
y la quiso ir a coger.
La quería para hacerla
decorar un prendedor,°
con un verso y una perla,
una pluma y una flor.
Las princesas **primorosas**
se parecen mucho a ti.
Cortan lirios,° cortan rosas,
cortan **astros**. Son así.
Pues se fue la niña bella,
bajo el cielo y sobre el mar,
a cortar la blanca estrella
que la hacía suspirar.°
Y siguió camino arriba,
por la luna y más allá;
mas lo malo es que ella iba
sin permiso del papá.
Cuando estuvo ya de vuelta
de los parques del Señor,°
se miraba toda envuelta°
en un dulce resplandor.
Y el rey dijo: «¿Qué te has hecho?
Te he buscado y no te hallé;°
y ¿qué tienes en el pecho
que encendido° se te ve?»
La princesa no mentía.
Y así, dijo la verdad:
«Fui a cortar la estrella mía
a la azul inmensidad.»
Y el rey clama:° «¿No te he dicho
que el azul no hay que tocar?
¡Qué locura! ¡Qué **capricho**!
El Señor se va a enojar».
Y dice ella: «No hubo intento;
yo me fui, no sé por qué,
por las olas y en el viento
fui a la estrella y la corté.»
Y el papá dice enojado:
«Un castigo° has de tener:
vuelve al cielo, y lo robado
vas ahora a devolver.»
La princesa se entristece
por su dulce flor de luz,
cuando entonces aparece
sonriendo el Buen Jesús.
Y así dice: «En mis campiñas°
esa rosa le ofrecí:

- *mischievious*
- *brooch, pin*
- *irises*
- *sigh*
- Dios
- cubierta
- encontré
- *fiery*
- exclama
- corrección
- tierras, campo

son mis flores de las niñas
que al soñar piensan en Mí».
Viste el rey ropas brillantes,
y luego hace **desfilar**
cuatrocientos elefantes
a la orilla de la mar.
La princesita está bella,
pues ya tiene el prendedor
en que **lucen**, con la estrella,
verso, perla, pluma y flor.
Margarita, está linda la mar,
y el viento
lleva esencia sutil de azahar:
tu aliento.° respiración
Ya que lejos de mí vas a estar,
guarda, niña, un gentil pensamiento
al que un día te quiso contar
un cuento.

"A Margarita Debayle" de *Poema de otoño y otros poemas*

¿Comprendiste la lectura?

A. Hechos y acontecimientos. ¿Recuerdas los datos más importantes de la lectura? Para asegurarte, contesta las siguientes preguntas. Luego, compara tus respuestas con las de un(a) compañero(a).

1. ¿A quién se dirige el poeta en la primera estrofa? ¿Qué le dice que va a hacer?
2. ¿Quiénes son los personajes principales del cuento? ¿Cómo es el lugar donde vivían estos personajes?
3. ¿Qué quería obtener la princesa? ¿Por qué?
4. ¿Qué hizo la princesa? ¿Cómo reaccionó su padre?
5. ¿Cuál fue el castigo que el rey le dio a la princesa?
6. ¿Quién intervino en defensa de la princesa?
7. ¿Cómo terminó el cuento?
8. En tu opinión, ¿cuál fue la intención del poeta al escribir este poema?

B. A pensar y a analizar. Haz estas actividades con un(a) compañero(a) de clase.

1. ¿Cómo interpretan Uds. la frase "yo siento en el alma una alondra cantar: tu acento"?
2. Preparen una lista de las imágenes de la naturaleza que el poeta usa en este poema.
3. ¿Con qué quiere decorar el prendedor la princesita? ¿Qué pueden simbolizar estos objetos?
4. ¿Cómo se puede caracterizar el ambiente de este poema? Den ejemplos.

Introducción al análisis literario

El cuento de hadas

En "A Margarita Debayle", Rubén Darío usa la poesía narrativa para contar un cuento de hadas dentro de un poema. Un **cuento de hadas** es una narración de aventuras con seres u objetos fantásticos que tienen poderes mágicos. Con frecuencia tiene el propósito de entretener a los niños mientras se les enseña alguna lección. La mayoría de los cuentos de hadas comienzan con la fórmula literaria "Había una vez...", que corresponde a la expresión en inglés *"Once upon a time . . ."*. En el poema "A Margarita Debayle" aparece otra expresión formulaica: "Éste era un rey...". Es común que los cuentos para niños incluyan seres, imágenes o eventos fantásticos que a veces pueden interpretarse como símbolos. Por ejemplo, el cuento del poema "A Margarita Debayle" empieza mencionando a un rey que tenía un palacio de diamantes, lo cual podría indicar un sinnúmero de cosas: el rey era muy rico, amaba la belleza, le encantaba estar en la luz, era frívolo, tenía acceso a todo lo que deseaba...

A. Símbolos fantásticos. Con un(a) compañero(a) de clase, encuentren cinco seres, objetos o eventos en el poema "A Margarita Debayle" y anótenlos con su interpretación. Comparen su lista con las de otros grupos.

B. Cuento de hadas colectivo. En grupos de cuatro o cinco, usen su imaginación para crear un cuento de hadas colectivo. En una hoja de papel, la primera persona debe comenzar a escribir el cuento con la fórmula literaria "Había una vez..." o "Éste era un(a)..." y continuar hasta completar las primeras tres oraciones. Después, esta persona pasa el papel a una segunda persona para que ésta escriba tres oraciones más. Se continúa este proceso hasta completar el cuento.

¡LUCES! ¡CÁMARA! ¡ACCIÓN!

Nicaragua: bajo las cenizas del volcán

Nicaragua es una valiente nación que, debido a una terrible guerra civil, ha sido privada de un gran número de su población joven. Ahora que está en un período de paz y recuperación, se pueden visitar dos ciudades que nos dan la esencia del espíritu nicaragüense: Managua y León.

Managua, la capital, es única en un sentido geográfico ya que está rodeada de lagos y lagunas. Irónicamente, ha sido devastada por incendios, terremotos y erupciones volcánicas.

León tiene la gloria de haber sido la ciudad donde se crió Rubén Darío, uno de los poetas más grandes de Latinoamérica. En su honor, se puede visitar la casa donde vivió y murió, y donde pueden verse las primeras ediciones de sus libros y muchos recuerdos de este hombre fascinante. Darío llegó a personificar el movimiento poético que se conoce como el modernismo.

Antes de empezar el video

Contesten las siguientes preguntas en parejas.

1. ¿Cuáles son algunos resultados inevitables de una guerra civil que perdura años y años? Expliquen en detalle.
2. ¿Qué pasa cuando un grupo de gente insiste en construir sus casas o ciudades en lugares geográficamente hermosos pero, a la vez, peligrosos debido a las fuerzas naturales de la región? Den ejemplos.
3. ¿Qué representa el color azul para Uds.? Cuántos significados distintos tiene? Expliquen.

¡A ver si comprendiste!

A. Nicaragua: bajo las cenizas del volcán. Contesta las siguientes preguntas con un(a) compañero(a) de clase.

1. ¿Por qué se dice que Managua ha sido una de las ciudades más castigadas por el fuego? ¿Qué ha hecho la ciudad en honor de las víctimas de estos desastres?
2. ¿Qué evidencia hay de que ha habido erupciones de volcanes en la región de Managua desde tiempos prehistóricos?
3. ¿Cuál es "la obra más influyente de la poesía castellana del siglo XX"? ¿Cuándo se publicó?
4. ¿Qué significaba el color azul para Rubén Darío?

B. A pensar y a interpretar. Contesta las siguientes preguntas.

1. ¿Qué ha hecho que Managua, la capital de Nicaragua, empiece a florecer de nuevo en otra zona? ¿Qué edificios antiguos han sobrevivido?
2. Si hay evidencia de erupciones volcánicas en la región desde tiempos prehistóricos, ¿por qué crees que continúan construyendo la ciudad en el mismo sitio?
3. ¿Por qué es tan importante la casa de Rubén Darío? ¿Qué se puede aprender de una persona en una visita a la casa donde vivió y murió? ¿Qué se puede aprender de ti en una visita a la casa de tus padres?

EXPLOREMOS EL CIBERESPACIO

Explora distintos aspectos del mundo nicaragüense en las **Actividades para la Red** que corresponden a esta lección. Ve primero a **http://college.hmco.com** en la red, y de ahí a la página de ***Mundo 21.***

LECCIÓN 2

Honduras

Nombre oficial: *República de Honduras*

Población: *6.406.052 (estimación de 2001)*

Principales ciudades: *Tegucigalpa (capital), San Pedro Sula, El Progreso, Choluteca*

Moneda: *Lempira (L)*

GENTE DEL MUNDO 21

Roberto Sosa, poeta y prosista hondureño, nació en 1930. Es considerado el principal representante de la llamada "Generación del 50". Ha recibido varios premios centroamericanos y nacionales, incluyendo el premio Casa de las Américas (1971). En sus poemas se puede comprobar una preocupación por la problemática social y la condición humana en general. Estos temas se convirtieron en la base central de la poesía centroamericana durante la segunda mitad del siglo XX. Su primer libro de poemas se titula *Caligramas* (1959). Desde entonces también ha publicado *Muros* (1966), *Mar interior* (1967), *Los pobres* (1969), *Un mundo para todos dividido* (1971), *Secreto militar* (1985), *La máscara suelta* (1991) y *Sociedad y poesía: los enmantados* (1997). Su poesía ha sido traducida al francés, alemán, ruso e inglés. Actualmente es editor de la revista literaria *Presente,* presidente del Sindicato de Periodistas Hondureños y profesor en la Universidad Nacional Autónoma de Honduras.

Clementina Suárez (¿1906?–1991) es reconocida como una de las poetas centroamericanas más importantes del siglo XX. Pasó su infancia en Juticalpa, ciudad muy tradicional y aislada del resto de Honduras. Allí dedicó gran parte de su tiempo a la lectura. Muchos de sus poemas son considerados como precursores de la poesía feminista que en las dos últimas décadas se ha convertido en una de las corrientes literarias más importantes de Centroamérica. Hay que hacer notar que Clementina Suárez es una escritora hondureña que ha tratado temas universales. Sus libros de poemas incluyen *Corazón sangrante* (1930), *Los templos de fuego* (1931) y *Canto a la encontrada patria y su héroe* (1958). En 1984 publicó una antología de poemas que abarca más de cincuenta años de labor poética; se titula *El poeta y sus señales.* En 1988 publicó *Con mis versos saludo a las generaciones futuras.*

Max Hernández, fotógrafo de fama internacional, nació en Tegucigalpa. Entre 1980 y 1991, trabajó en España como asistente de fotógrafos de reputación internacional tales como Tim Hunt, Peter Robinson, Robert Royal, Michael Wray y Julio Castellano. Ha colaborado en periódicos y revistas nacionales e internacionales; sus contribuciones han aparecido en publicaciones de Bolivia, España y EE.UU. Asimismo ha cubierto para

Christian Aid y Episcopal Church Center USA el desastre del Huracán "Mitch" en Honduras y Nicaragua. Desde 1981 a 1995 tuvo seis exposiciones individuales en Honduras y de 1983 al presente ha participado en numerosas exposiciones colectivas tanto en su país como en Japón, España, Costa Rica y Alemania. Ha trabajado en publicidad para agencias españolas y hondureñas. Además de sus carreras en fotografía y publicidad, se ha dedicado seriamente a la cinematografía, donde ha tenido parte activa en varios mediometrajes y cortos para cadenas de televisión españolas y hondureñas.

Otros hondureños sobresalientes

Óscar Acosta: cuentista, poeta, ensayista y periodista

Víctor Cáceres Lara: poeta, cuentista, periodista y catedrático

Julia de Carias: pintora

Nelia Chavarría: pianista

Julio Escoto: cuentista, novelista y ensayista

Lempira (¿1497?-1537): héroe nacional, cacique

Ezequiel Padilla: pintor

Roberto Quesada: cuentista, novelista y editor

Miguel Ángel Ruiz Matute: pintor

Pompeyo del Valle: poeta, cuentista y periodista

Mario Zamora: escultor

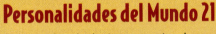

Personalidades del Mundo 21

Contesta las siguientes preguntas. Luego, compara tus respuestas con las de dos o tres compañeros(as) de clase.

1. ¿A qué grupo de escritores pertenece Roberto Sosa? ¿Por qué piensas que se llamaba así este grupo? ¿Cuáles son algunos de los temas de la poesía de Sosa? ¿Qué relación hay entre la temática y los títulos de sus libros? Explica.
2. ¿De qué corriente literaria es precursora la poeta Clementina Suárez? Se dice que Clementina Suárez es una escritora hondureña que ha tratado temas universales, ¿cuáles son algunos ejemplos de temas universales?
3. ¿Cuáles son las profesiones de Max Hernández? ¿Para qué periódicos y personas ha trabajado? ¿Qué temas crees que ha cubierto? ¿Dónde ha tenido exposiciones? ¿Por qué crees que tiene más de una profesión?

Cultura ¡en vivo!

Las compañías multinacionales y la economía global

Manual de gramática

Antes de leer **Cultura ¡en vivo!**, conviene repasar la sección *3.2 Pretérito e imperfecto: acciones simultáneas y recurrentes* del **Manual de gramática** (pp. 239–242).

Desde el siglo XIX, numerosas compañías multinacionales se han establecido a lo largo y ancho de Latinoamérica aprovechando sus vastos recursos naturales y humanos. La mayoría de las inversiones de estas compañías han resultado en excelentes ganancias y a la vez han contribuido al mejoramiento económico general de las naciones donde se han establecido.

Bancos internacionales en San Pedro Sula, Honduras

Un gran número de economistas están a favor de las inversiones extranjeras porque ofrecen algunos de los siguientes beneficios: contribuyen capitales difíciles de conseguir en instituciones financieras; crean nuevos y mejores empleos y así ayudan a reducir el desempleo; dan entrenamiento a trabajadores en nuevas áreas tecnológicas; impulsan los servicios públicos con el pago de impuestos; mejoran el nivel de vida con el aumento de salarios y beneficios; y ayudan a la balanza comercial de pagos internacionales ya que muchas de estas empresas se concentran en la exportación de sus productos.

No han faltado economistas e historiadores que señalaban el peligro que podían representar las inversiones extranjeras. Por ejemplo, mientras dos grandes empresas fruteras, la *United Fruit Company* y la *Standard Fruit Company*, introducían en el siglo pasado el cultivo masivo del plátano en Honduras y en otros países latinoamericanos, al mismo tiempo controlaban las líneas ferrocarrileras y marítimas, bancos, compañías hidroeléctricas y grandes extensiones de tierra. Algunos gobernantes actuaban como si estuvieran al servicio de estas empresas extranjeras; de ahí viene el triste nombre de "repúblicas bananeras".

En el mundo actual existen grandes compañías multinacionales que sólo buscan aumentar sus ganancias y a las cuales no les importa el mejoramiento de los países anfitriones. Cierran fábricas y despiden a miles de obreros con buenos salarios para luego abrir las mismas fábricas en países donde el ambiente económico les es más favorable. ¡Cada nación, cada empresa, cada inversionista, cada trabajador quiere lograr el beneficio máximo en esta nueva economía global!

A. Compañías multinacionales. Contesta las siguientes preguntas con un(a) compañero(a) de clase.

1. ¿Qué efecto han tenido las inversiones de compañías multinacionales en Latinoamérica? Menciona lo positivo y lo negativo.
2. ¿Qué puede pasar cuando una compañía multinacional decide que el ambiente económico del país anfitrión ya no le favorece?
3. ¿Crees que las compañías internacionales tienen el derecho de sacar el beneficio máximo sin tener que preocuparse por los miles de empleados que, para lograr ese fin, con frecuencia abandonan? ¿Crees que la única responsabilidad de las compañías internacionales es sacar el máximo beneficio y que, por lo tanto, pueden despedir cuando quieran a miles de empleados? ¿Por qué?

B. Dramatización. Dramatiza la siguiente discusión con un(a) compañero(a) de clase. Dos estudiantes de economía internacional están discutiendo los derechos y responsabilidades de las compañías multinacionales con respecto a los países anfitriones.

C. Palabras claves: economía. Para ampliar tu vocabulario, trabaja con un(a) compañero(a) para definir en español estas expresiones relacionadas con la palabra **economía.** Luego, escriban una oración original con cada expresión.

1. economía doméstica
2. económicamente
3. año económico
4. economista
5. economizar palabras
6. ecónomo

Mejoremos la comunicación

Para hablar de la economía global

Al hablar de compañías multinacionales

— Ya estoy cansado(a) de leer en los periódicos extranjeros acerca de las "repúblicas bananeras". Creo que lo mejor sería rehusarnos a hacer el papel de nación anfitriona y dedicarnos a controlar nuestra propia economía.

I'm already tired of reading in foreign newspapers about the "banana republics." I believe the best thing would be to refuse to play host nation and get down to control our own economy.

contratar a nuestras empresas *to contract our companies*
exportar/importar nuestros bienes *to export/import our goods*
incrementar *to increase*
invertir en la bolsa nacional *to invest in the national stockmarket*

— Estoy de acuerdo que la preocupación más grande de las compañías multinacionales no es crear empleos en nuestro país.

I agree that the biggest concern of multinational companies is not to create jobs in our country.

detener la tasa de desempleo *to hold back the unemployment rate*
mejorar la tasa de crecimiento *to improve the growth rate*
proporcionar entrenamiento técnico *to provide technical training*
reducir el desempleo *to reduce unemployment*

Al hablar de las ganancias

— ¡Claro! Son compañías extranjeras que sólo hacen inversiones en el extranjero para aumentar las ganancias de sus accionistas.

Of course! They are foreign companies that only make foreign investments solely to increase their shareholders' profit.

inversión *f. investment*
ingreso *income*
crédito *credit*
acción *f. stock*

— Sí, es interesante ver cómo se aprovechaban de nuestros recursos naturales y humanos para el bien de sus accionistas mientras se olvidaban del bienestar de los humildes.

Yes, it's interesting to see how they used to take advantage of our natural and human resources for the benefit of their shareholders while forgetting the well-being of the poorer people.

beneficio *benefit*
institución financiera *f. financial institution*
inversionista *m./f. investor*
presupuesto *budget*

Al hablar del beneficio de las compañías multinacionales

— Pero tenemos que reconocer que nuestros economistas tienen razón al insistir que el aporte de capitales extranjeros tiene ciertas ventajas. Por ejemplo, traen nueva tecnología a nuestro país.

But we have to recognize that our economists are right in insisting that supporting foreign capital has certain advantages. For example, they bring new technology to our country.

bienes de consumo *m. pl. consumer goods*
buenos salarios *good salaries*
eficiencia productiva *productive efficiency*
ganancia *earning, profit*
mejores servicios públicos *better public services*

— Sí, pero ya vimos en el pasado que cuando decidían cerrar una fábrica, acababan por despedir a miles de obreros. Y ahora es lo mismo.

Yes, but we already saw in the past that when they decided to close a factory, they ended up laying off thousands of workers. And now, it's the same.

— Pero hombre, ¡eso es la economía global!

But buddy, that's global economy!

¡A conversar!

A. ¿Control internacional? ¿Crees que debería haber un tribunal internacional que reglamentara las compañías multinacionales? ¿ Qué aspectos de estas empresas crees que deben controlarse?

B. Debate. En grupos de cuatro, organicen un debate sobre las ventajas y desventajas de tener compañías multinacionales en países en desarrollo como Honduras. Dos personas de cada grupo deben discutir a favor y dos en contra. Informen a la clase quiénes presentaron el mejor argumento.

C. Práctica: pretérito e imperfecto. Completa el siguiente párrafo con la forma correcta del pretérito o imperfecto de los verbos que están entre paréntesis.

A principios del siglo XX varias compañías extranjeras __1__ (venir) a Honduras y __2__ (establecerse) allí. Los dueños de las compañías __3__ (decir) que __4__ (tener) mucho interés en ayudar a la economía hondureña, pero sólo se __5__ (interesar) en el bien de sus accionistas. Desafortunadamente, con el apoyo de gobiernos corruptos, eso __6__ (volver) a repetirse a lo largo de la primera mitad del siglo y la economía hondureña __7__ (seguir) empeorando.

Del pasado al presente

Honduras: con esperanza en el desarrollo

Segunda mitad del siglo XIX El 5 de noviembre de 1838 Honduras se separó de la federación de Provincias Unidas de Centroamérica y proclamó su independencia. Inmediatamente estalló la lucha política entre los conservadores y los liberales. Ésta se manifestó en doce guerras civiles y en numerosos cambios de gobierno.

La Mama Uni del siglo XXI

Primera mitad del siglo XX A principios del siglo XX grandes compañías norteamericanas como la *United Fruit Company* y la *Standard Fruit Company* ya controlaban enormes extensiones territoriales para la producción y la exportación masiva de plátanos o bananas a EE.UU. Fue en esa época que este producto, en manos de extranjeros, se convirtió en la base de la riqueza comercial de Honduras. Desgraciadamente, esta nueva riqueza no beneficiaba

Lavando y pesando bananas

Vista de Tegucigalpa, Honduras

a la mayoría de los hondureños, quienes tuvieron que continuar con su labores tradicionales de campesinos o ganaderos. Tampoco trajo mayor estabilidad política o implementación de gobiernos democráticos.

La realidad actual A pesar de tener una economía de recursos limitados que se basa principalmente en la agricultura, Honduras se ha visto libre de las guerras civiles que afectaron a sus vecinos, El Salvador, Nicaragua y Guatemala, en la segunda mitad del siglo XX. Durante las últimas dos décadas del siglo XX, ha habido tanto políticos corruptos apoyados por los militares como políticos determinados a mejorar el bienestar del pueblo hondureño. Sobresale entre ellos el candidato del Partido Liberal, Carlos Roberto Reina Idiáquez, quien con la promesa de eliminar la corrupción en el gobierno y de controlar la influencia militar, ganó las elecciones de 1993. Determinado en cumplir con su promesa y reconociendo que no podría lograrlo sin algún apoyo de los militares, propuso en 1995, amnistía a los oficiales militares responsables de la tortura y muerte de grandes números de indígenas durante la década de los 80. En 1997 el President Reina firmó un acuerdo en el cual prometía devolver terreno a los indígenas, especificaba el proceso que iba a seguir para proteger los derechos humanos del pueblo e incluía planes detallados para atender a las necesidades más urgentes de las personas más marginadas. Desafortunadamente, se venció su presidencia en 1997, antes de lograr ninguna de estas metas. Para peor, en octubre de 1998, el huracán "Mitch" causó en total pérdidas de casi cuatro mil millones de dólares en la agricultura del café y banano. Estas terribles pérdidas no han sido compensadas por las ventas de café, principal producto de exportación del país, que aportó solamente 89.1 millones de dólares en 1999. El siglo XX terminó con los militares otra vez en control. En 1999 se descubrió que la pista de aterrizaje en la base militar El Aguacate, se estaba usando para el narcotráfico. A la vez, se descubrió que los oficiales militares estaban cobrándoles tres millones de dólares a los rancheros sólo para que éstos pudieran trabajar sus propios terrenos. Todo parece indicar que en los últimos cuatro años se ha registrado una nueva dinámica en lo referente a la generación de divisas que entran en el país: es el dinero enviado por los hondureños que residen en el exterior y que alcanzó a 600 millones de dólares en el año 2000.

¡A ver si comprendiste!

A. Hechos y acontecimientos. ¿Recuerdas los datos más importantes de la lectura? Para asegurarte, completa las siguientes oraciones.

1. Poco después de conseguir su independencia, Honduras sufrió numerosos...
2. Dos compañías norteamericanas que llegaron a controlar grandes extensiones territoriales en Honduras eran...
3. El producto que estas dos compañías producían fue...

4. La mayoría de los hondureños no se beneficiaron con...
5. Honduras se distingue de El Salvador, Nicaragua y Guatemala en la segunda mitad del siglo XX debido a que...
6. Carlos Roberto Reina sobresale como presidente porque...
7. En 1998, el huracán "Mitch" causó pérdidas de...
8. Dos incidentes que muestran que los militares estaban otra vez en control a fines del siglo XX son...

B. A pensar y a analizar. Contesta las siguientes preguntas con dos o tres compañeros(as) de clase.

1. ¿Qué limitaciones tiene la economía de Honduras? En la opinión de Uds., ¿qué debería hacer este país para diversificar su economía?
2. En su opinión, ¿por qué han tenido tanto poder los militares en Honduras?
3. ¿Por qué creen Uds. que el título de esta lectura es "Honduras: con esperanza en el desarrollo"?

Ventana al Mundo 21

El plátano en Honduras: una base económica nebulosa

Plantación bananera después del huracán "Mitch"

El plátano es una planta nativa de Asia muy estimada por sus frutos, denominados plátanos, bananos, bananas, dominicanos, machos... Algunos se consumen frescos, otros cocidos, ya sean fritos, hervidos u horneados. En la década de los 30, Honduras se convirtió en el principal productor de plátanos del mundo, superando a países del Asia meridional, del África y a Australia.

El cultivo del plátano en Centroamérica no empezó hasta el siglo XIX, cuando unas compañías norteamericanas introdujeron el fruto en la región. Con el tiempo, las dos grandes compañías fruteras, la *United Fruit Company* y la *Standard Fruit Company,* pasaron a controlar líneas ferrocarrileras y marítimas, bancos, compañías hidroeléctricas y grandes extensiones de tierra, influyendo en las decisiones políticas de los países del área. Los administradores de estas grandes compañías bananeras extranjeras casi rivalizaban en influencia y poder con el presidente de la república.

El desastroso huracán "Mitch" en el otoño de 1998 dañó tanto las plantaciones bananeras que las compañías norteamericanas que las controlan anunciaron que a lo mejor no podrían restaurarlas y tendrían que abandonarlas. En efecto, Chiquita Banana, el nuevo nombre de *United Fruit Company,* invirtió setenta y cinco millones de dólares para restaurar plantaciones en Honduras y Guatemala. En Honduras se decidió que bastaba con restaurar sólo una mitad de las plantaciones, lo cual ha resultado en el desempleo de un tercio de sus trabajadores. Además del deterioro del banano hondureño causado por las furias de la naturaleza, se ha impuesto una tarifa del treinta y cinco por ciento a las exportaciones, decretada por Honduras a finales de 1999.

A. El plátano. Contesta las siguientes preguntas con un(a) compañero(a) de clase.

1. ¿Quién introdujo el cultivo del plátano en Centroamérica? ¿Cuándo?
2. ¿Qué poder o control ejercían la *United Fruit Company* y la *Standard Fruit Company* en Honduras?
3. ¿Sería posible hoy en día que una empresa llegara a ser tan poderosa que acabara por controlar al congreso de un país y hasta al presidente del país? Expliquen.
4. ¿Qué ocurriría si Chiquita Banana abandonara las plantaciones bananeras en Honduras? Expliquen.

Manual de gramática

Antes de hacer esta actividad, conviene repasar el uso de pretérito e imperfecto en las secciones 3.1 y 3.2 del **Manual de gramática** (pp. 238–242).

B. Repaso: pretérito e imperfecto. Completa el siguiente resumen de la lectura con la forma correcta del pretérito o el imperfecto.

1. A pesar de que (tener) que importarlo desde Asia, los europeos (estimar) mucho los frutos del plátano.
2. Aunque el plátano (originarse) en Asia, Honduras (llegar) a ser el principal productor de esta planta del mundo en la década de los años 30.
3. El cultivo del plátano no (empezar) en Centroamérica hasta que unas compañías norteamericanas lo (introducir).
4. A pesar de que el plátano (cultivarse) en Honduras, la mayoría de los hondureños no (beneficiarse) de esa nueva riqueza.
5. Después del huracán "Mitch", las compañías norteamericanas, que (controlar) las plantaciones bananeras en Honduras, (anunciar) que tal vez tendrían que abandonarlas.

Y ahora, ¡a leer!

A. Anticipando la lectura. Haz las siguientes actividades con un(a) compañero(a) de clase.

1. En su opinión, ¿cuáles son los temas más populares de la poesía? Preparen una lista de ellos y compárenla con las de otros grupos.
2. ¿Hay algunos temas que Uds. consideran no apropiados para la poesía? ¿Son los siguientes temas apropiados o no para la poesía? Expliquen.

la alegría	un carro	un tomate	una culebra
el amor	la muerte	los calcetines	una araña
un avión	las cuentas	una cebolla	un fusilamiento
una bicicleta	la guerra	la United Fruit Co.	una corrida de toros

3. En la opinión de Uds., ¿qué determina si un tema es apropiado o no para la poesía?
4. Antes de leerlo, estudien la organización tipográfica del poema de José Adán Castelar, "Paz del solvente". ¿En qué les hace pensar? ¿Por qué?
5. ¿Cuál creen Uds. que va a ser el tema de "Paz del solvente"? Expliquen. Confirmen su respuesta después de leer el poema.

B. Vocabulario en contexto. Busca estas palabras en la lectura que sigue y, a base del contexto en el cual aparecen, decide cuál es su significado. Para facilitar encontrarlas, las palabras aparecen en negrilla en la lectura también.

1. **esa cantidad**
   a. esa publicidad
   b. ese premio
   c. esa porción

2. **avergüenzan**
   a. humillan
   b. frustran
   c. molestan

3. **de lujo**
   a. nueva
   b. barata
   c. especial

4. **seres**
   a. dientes
   b. personas
   c. enemigos

5. **me sobraría**
   a. me faltaría
   b. tendría mucha
   c. me alcanzaría

Conozcamos al autor

José Adán Castelar nació en 1941 y forma parte de la generación más reciente de poetas que han transformado la poesía contemporánea hondureña. Sus poemas reflejan un tono conversacional y una manera experimental de escribir poemas que rompe con los moldes convencionales. En general, la obra poética de Castelar continúa la tradición iniciada por la "Generación del 50" al enfatizar la temática social. Sus publicaciones más recientes incluyen *También del mar* (1991), *Rutina* (1992) y *Rincón de espejos* (1994).

El poema "Paz del solvente" es un buen ejemplo de la poesía moderna porque su organización tipográfica no sigue las normas tradicionales.

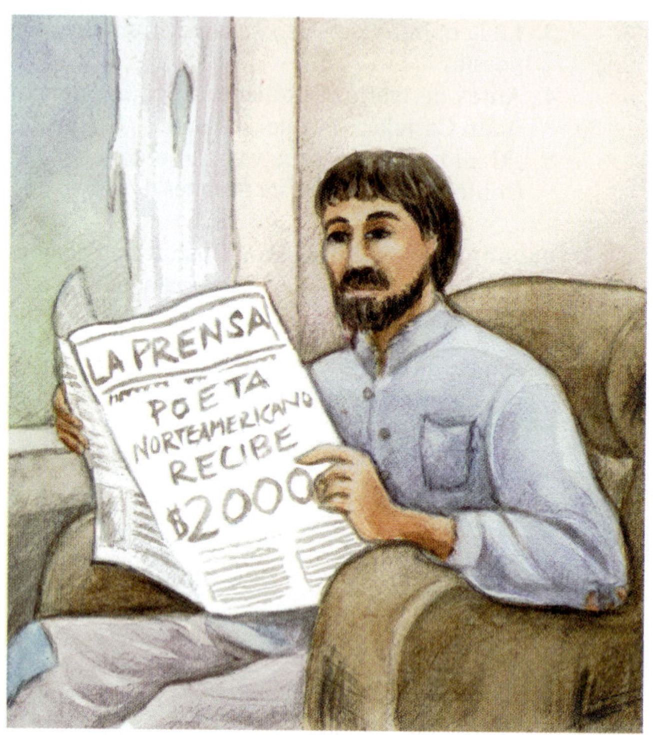

Paz del solvente°

2.000 el máximo que he ganado jamás
por una declamación° de poesía
— *Allen Ginsberg*[1]

Oh si yo pudiera ganar en mi país
esa cantidad por leer mis poemas:
Pagaría viejas deudas que me **avergüenzan** 1870.00
(sería otra vez vecino de mis acreedores°)
compraría *El amor en los tiempos del cólera*[2]
en edición **de lujo** 30.00
iría a La Ceiba[3] por un mes
al mar
(por unos días adiós tos
afonía° capitalina)
cercaría el solarcito° que me dio
el sindicato 300.00

del... libre de deudas
recitación
a quienes se debe dinero
pérdida de la voz
propiedad pequeña
deformes, mal hechos

[1]Allen Ginsberg (1926–1997) es un poeta y prosista estadounidense. Su poesía tiene con frecuencia una temática social o política y favorece una estructura poco tradicional. Muchos lo consideran el "padrino espiritual del movimiento anticultural" de la década de los 60 y principios de los 70.

[2]*El amor en los tiempos del cólera* (1985) es una novela de amor escrita por Gabriel García Márquez.

[3]La Ceiba es un puerto y lugar turístico en la costa caribeña de Honduras.

(pienso que es mío todavía)
compraría los lentes que mamá necesita 175.00
mandaría al dentista a mis **seres** queridos 900.00
dejaría esta ropa que ya pide descanso 100.00
estos zapatos patizambos°
estos anteojos de piedra 200.00
me emborracharía con los amigos 100.00
después de un gran almuerzo
alegraría a mi amor con mis días
solventes 175.00
y **me sobraría** —estoy seguro— paz 4.000.00
para no ser más deudor (sin mercado
sino de la poesía negro)

°patizambos: deformes, mal hechos

"Paz del solvente" de *Tiempo ganando al mundo* (1989)

¿Comprendiste la lectura?

A. Hechos y acontecimientos. ¿Recuerdas los datos más importantes de la lectura? Para asegurarte, contesta las siguientes preguntas.

1. ¿Por qué piensas que el poeta incluye una cita del poeta norteamericano Allen Ginsberg al principio del poema? ¿Crees que el poeta puede ganar lo que ganó Allen Ginsberg alguna vez? ¿Por qué?
2. ¿Cuál es el gasto mayor que el poeta se propone? ¿Cuál es el menor? ¿Estás de acuerdo con las prioridades del poeta? Explica.
3. ¿Qué otros gastos piensa tener el poeta?
4. ¿Cómo interpretas los últimos tres versos del poema?

B. A pensar y a analizar. Haz las siguientes actividades con un(a) compañero(a) de clase.

1. ¿Cómo se caracteriza la personalidad y la vida del poeta en el poema?
2. ¿Cuál es el estilo del lenguaje? Descríbanlo.
3. Preparen una lista cada uno de los posibles gastos que Uds. harían en caso de tener cuatro mil dólares a su disposición. Comparen sus listas y noten las semejanzas y las diferencias entre sus listas y la que aparece en el poema "Paz del solvente".

Introducción al análisis literario

La poesía moderna: versos en forma visual

La poesía moderna se ha convertido en un campo de experimentación, tal como ocurrió en el arte moderno del siglo XX. El arte moderno permite la posibilidad de incluir perspectivas simultáneas desde varios ángulos, como en los cuadros cubistas del pintor español Pablo Picasso. Otros artistas modernos en vez de representar la realidad, se concentran más en evocar o interpretar esta realidad, como se ve en los paisajes expresionistas. En la poesía moderna también se han dado muchos cambios, como la falta de rima, la irregularidad en el número de versos en una estrofa y el darles una forma visual a los versos de un poema. Estas innovaciones se alejan tanto de la poesía tradicional que algunos llaman a la poesía moderna "la antipoesía."

Los versos en forma visual son versos que se han escrito de tal manera que crean una imagen visual relacionada de alguna manera con el tema del poema. La imagen puede ser de cualquier cosa —una persona, un animal, un ave, o aun un objeto. En el caso de "Paz del solvente", por ejemplo, los versos están escritos en forma de un presupuesto, que es precisamente el tema del poema.

A. Poesía moderna. Describe la estructura formal del poema "Paz del solvente". ¿Cuántos versos tiene? ¿Cuántas estrofas? ¿Tiene rima asonante o consonante? ¿Crees que se justifica llamarle a la poesía moderna "la antipoesía"? ¿Por qué? Explica tu respuesta.

B. Mi presupuesto en poesía. Escribe tu propio poema moderno siguiendo el modelo de "Paz del solvente". Piensa en algún profesional en tu campo de estudio que ya ha logrado gran éxito e inventa una cita sobre sus ganancias, como la de Allen Ginsberg. Luego, en forma de un presupuesto, describe lo que tú puedes hacer con esa cantidad de dinero.

Escribamos ahora

A generar ideas: escribir un poema moderno

1. **La poesía moderna.** La poesía moderna con frecuencia no tiene rima ni mantiene una estructura tradicional de estrofas con el mismo número de versos. Al contrario, tiene una forma libre que hasta puede imitar la forma de lo que se describe. Por ejemplo, el poema "Paz del solvente" tiene la forma de un presupuesto. Para ver lo visual más claramente, lee el poema "Al principio" de José Adán Castelar y estudia la forma.

Al principio

Al principio un hola
un adelante
un beso
la comida
el baño
la cama
el cuerpo
y su fatiga

Bach a las 4
de la mañana

después de las 5

otra vez el baño
el café
el desayuno
otro beso
un suave adiós
y la pregunta de rigor
¿me amas?

a. Explica el tema, el desarrollo de la descripción y la organización tipográfica de este poema.
b. ¿Es necesario usar verbos y sujetos para comunicar una idea? ¿Por qué?
c. ¿Te ayuda a leer el poema con más facilidad la organización tipográfica o lo hace más difícil de leer? Explica.

2. **Un incidente personal.** Piensa ahora en un incidente en tu propia vida que puedes describir en un poema. Por ejemplo, puede ser una cita, una visita a un(a) profesor(a) u otra persona, un examen importante, un viaje, una mala noticia, un accidente o una boda. Lo importante es que sea un incidente personal de interés para ti. Luego, prepara una lista de todas las actividades o hechos que asocias con este incidente. Por ejemplo, si seleccionaste una visita, la lista podría incluir lo siguiente.

Sábado, 5 de julio
Suena el teléfono a las 3:15 de la tarde.
Lo contesto.
Una voz muy dulce pregunta por mí.
Es Julieta Paredes, una amiga de primaria.
Está en el aeropuerto. Acaba de llegar.

B Primer borrador

1. **¡A organizar!** Vuelve ahora a la lista que preparaste en la sección anterior, **Un incidente personal,** y organízala en orden cronológico, si no lo está todavía. Luego, trata de expresar cada hecho en tu lista en una o dos palabras. Por ejemplo, la lista anterior podría expresarse de la siguiente manera.

5 de julio	voz dulce
sábado	Julieta Paredes
3:15	amiga
teléfono	de primaria
Contesto	en el aeropuerto

2. **Un poema moderno.** Imagínate que el Departamento de Español de tu universidad organiza cada año un concurso de poesía para los jóvenes universitarios. Este año, el concurso se dedica a la poesía moderna. El anuncio del concurso pide que las personas interesadas escriban un poema original de no más de veinticinco versos que describa un incidente personal y que siga la estructura de los poemas de José Adán Castelar. Escribe tu primer borrador ahora. ¡Buena suerte!

C **Primera revisión.** Intercambia el primer borrador de tu poema con el de uno(a) o dos compañeros(as). Revisa el poema de cada compañero(a), prestando atención a las siguientes preguntas.

¿Entiendes bien el tema y el significado del poema? ¿Entiendes bien los verbos y sujetos que no están incluidos? ¿Es lógica la secuencia de los hechos? ¿Ayuda a la comprensión o no la organización tipográfica del poema? ¿Tienes algunas sugerencias sobre cómo podría mejorar su poema?

D **Segundo borrador.** Prepara un segundo borrador de tu poema tomando en cuenta las sugerencias de tus compañeros(as) y las que se te ocurran a ti.

E **Segunda revisión.** Trabajando en parejas, ayuden al estudiante que escribió el poema que sigue. Hay varios versos donde simplemente no comunica claramente sus ideas por no usar un número suficiente de palabras. Encuentren esos casos y añadan las palabras apropiadas.

Voces del pasado

sábado
        5 de julio
                3:15
rin-rin
        Contesto.
                voz de ángel
                        amiga
                        primaria
                        aeropuerto
                ¿Tú?
                Nunca olvidado.
                Te amo.
        ¿Quién será?

Ahora dale una rápida ojeada a tu poema para asegurarte de que no haya falta de comunicación. Tal vez quieras pedirle a un(a) compañero(a) que te lo revise también. Haz todas las correcciones necesarias, prestando atención especial a la organización tipográfica y a que se entiendan bien los verbos y sujetos que no se expresan.

F **Versión final.** Corrige las ideas que, según tú o según tus compañeros(as), no están claras. Presta especial atención al uso del pretérito y del imperfecto. Como tarea, escribe la copia final en la computadora. Antes de entregarla, dale un último vistazo a la acentuación, a la puntuación, a la concordancia y a las formas de los verbos en el pretérito y en el imperfecto.

G **Concurso de poesía.** Cuando tu profesor(a) te devuelva el poema, revísalo con cuidado. Después de incorporar todas las sugerencias que tu profesor(a) te haga, prepárate para leer el poema en un concurso de poesía. La clase se va a dividir en grupos de cuatro o cinco compañeros(as). Luego, cada persona de cada grupo leerá al grupo su poema en voz alta. Cada grupo seleccionará el poema que más le gustó y al final, los poetas leerán los poemas seleccionados a toda la clase. Después del concurso, devuelve tu poema al (a la) profesor(a) para que los ponga todos en un libro que va a titular *La poesía moderna del siglo XXI.*

EXPLOREMOS EL CIBERESPACIO

Explora distintos aspectos del mundo hondureño en las **Actividades para la Red** que corresponden a esta lección. Ve primero a **http://college.hmco.com** en la red, y de ahí a la página de ***Mundo 21.***

LECCIÓN 3

El Salvador

Nombre oficial: *República de El Salvador*

Población: *6.237.662 (estimación de 2001)*

Principales ciudades: *San Salvador (capital), Soyapango, Santa Ana, San Miguel*

Moneda: *Colón (C/)*

GENTE DEL MUNDO 21

José Roberto Cea es uno de los autores más prolíficos de la literatura salvadoreña. Nació en la ciudad de Izalco el 10 de abril de 1939 y desde muy joven se dedicó a la escritura en sus diferentes formas: poesía, novela, cuento, teatro y ensayo. Un escritor que ama las raíces culturales de su país, Cea se esfuerza por reflejar este sentimiento en su poesía, que tiene toques intensamente indígenas y netamente salvadoreños. La crítica señala que la poesía de Cea está marcada por el sello de la originalidad. Su lenguaje es rico en expresiones revestidas de elementos sólidos y mágicos. Su conciencia de lo nacional también se traslada al campo de la novela y del ensayo. En este último género resaltan dos trabajos muy importantes, uno sobre la pintura y otro sobre el teatro en El Salvador. Ha ganado numerosos premios en EE.UU., Italia, Guatemala, Perú y varios otros países. Algunas de sus novelas son: *Ninel se fue a la guerra* (1984); *En este paisito me tocó y no me corro* (1989), *Teatro en y de una comarca centroamericana* (1993) y *Sihuapil Tatquetsali* (1997).

Claribel Alegría escritora que, aunque nació en Estelí, Nicaragua, en 1924, se considera salvadoreña, ya que desde muy niña vivió en Santa Ana, El Salvador. En 1932 sufrió el intenso trauma de presenciar la masacre de treinta mil campesinos conocida como "la Matanza", un hecho que nunca pudo olvidar y que se convirtió en uno de los temas de su vida y obra. En 1943 se trasladó a EE.UU. para hacer sus estudios de filosofía y letras en la Universidad George Washington, en la capital de EE.UU. Casada con el escritor estadounidense Darwin J. Flakoll, Claribel Alegría ha vivido en varios países de Latinoamérica y de Europa. Junto con Gabriela Mistral, ha sido considerada como una de las poetas más tiernas y maternales por la delicadeza y sentimiento de su lírica. Ha publicado libros de poemas, novelas y un libro de cuentos infantiles. Entre los más populares se cuentan *Luisa en el país de la realidad* (1986); *Fuga de Canto Grande / Fugues (1992)*, *Somoza: La historia de un ajusticiamiento* (1993) y *Umbrales / Thresholds* (1996). Además, ha escrito una novela, varios ensayos, una antología literaria, una historia de Nicaragua y una biografía con su esposo. Desde la muerte de su marido en 1995, Claribel Alegría vive en Managua, Nicaragua, donde escribió los poemas de la colección *Sorrow* (1999).

Juan Carlos Colorado es un notable arquitecto y artista en vidrio nacido en San Salvador el 12 de julio de 1969. Comenzó sus estudios en las artes plásticas en 1980 con el maestro Pedro Acosta en San Salvador. Salió de su país para estudiar arquitectura en México en el Instituto Tecnológico y de Estudios Superiores de Monterrey (ITESM), donde obtuvo su título en 1991. Definitivamente radicado en esa ciudad, empezó a es-

pecializarse en el uso del vidrio, medio que usa para expresar sus ideas de manera tan exitosa que sus obras se han expuesto en Japón, Francia, Portugal y México.

Este artista dice que "es apasionante poner todo tu empeño para superar cualquier obstáculo técnico". Colorado empleó estas técnicas artísticas en aplicaciones e instalaciones de arquitectura, tales como *Génesis,* que es una fuente al aire libre de 3,80 metros de altura con un puente de cristal templado de 9 metros de largo. En sus obras de radiantes y vívidos colores combina elementos de su país, a veces de manera deliberada y otras inconsciente. En 1996 realizó la colección en vidrio *Raíces,* que está inspirada en los templos precolombinos. Otras piezas como *Cosmos* y *Microcosmos* constituyen su visión o ventana a otros mundos y universos. Esculturas como *La puerta del templo* reflejan las puertas mayas; *Diciembre Rojo* toca el tema de los indígenas de Chiapas y le valió en 1998 el premio "Harvey K. Littleton" en Japón.

Otros salvadoreños sobresalientes

Ernesto Álvarez: industrial cafetalero

Roxana Auirreurreta: artista

Camilo Cienfuegos: futbolista

Roque Dalton (1933–1975): poeta, novelista y periodista

Reyna Hernández: poeta

Claudia Lars (Carmen Brannon Vega) (1899–1974): poeta

Óscar Arnulfo Romero (1917–1980): arzobispo católico de San Salvador

Salvador Efraín Salazar Arrué (Salarrué) (1899–1975): cuentista y novelista

Lilian Serpes: poeta

Juan Felipe Toruño (1898–1980): periodista, ensayista, poeta, cuentista, novelista

Personalidades del Mundo 21

Contesta las siguientes preguntas. Luego, compara tus respuestas con las de dos o tres compañeros(as) de clase.

1. ¿Qué distingue al escritor José Roberto Cea? ¿Qué caracteriza su poesía? Si José Roberto Cea fuera pintor, ¿qué tipo de cuadros crees que pintaría?
2. Claribel Alegría nació en Nicaragua pero se considera salvadoreña. ¿Por qué? Según lo que sabes de su vida, ¿de qué crees que se trata la novela *Luisa en el país de la realidad*? ¿Qué papel ha hecho Darwin J. Flakoll en la vida de la escritora?
3. ¿Dónde y qué estudió Juan Carlos Colorado? ¿Qué caracteriza a su obra y dónde la ha exhibido? Imagínate cómo será una de sus esculturas de vidrio y dibújala.

Cultura ¡en vivo!

Manual de gramática

Antes de leer **Cultura ¡en vivo!**, conviene repasar la sección *3.3 Las preposiciones **para** y **por***, en el **Manual de gramática** (pp. 242–245).

La política en Latinoamérica

Cuando a principios del siglo XIX, la mayoría de los países latinoamericanos se independizaron de España, aspiraban al alto ideal de lograr más armonía, democracia, igualdad, justicia y mejores condiciones para su gente. Desafortunadamente, esos hermosos ideales fueron destrozados por problemas económicos y sociales que ocasionaron décadas de violencia e inestabilidad política para las nuevas naciones. En efecto, dictaduras y juntas militares predominaron durante el siglo XIX por todo el continente y, en algunos países, durante gran parte del siglo XX.

Padre de un desaparecido

Por consiguiente, se puede decir que, en gran parte, la historia de Latinoamérica es la crónica de una lucha constante entre el pueblo que busca reformas políticas y sociales, y los gobiernos dictatoriales y represivos que se niegan a permitir la democracia. El Salvador es, sin duda alguna, espejo de estos conflictos que causaron una guerra civil sangrienta que se prolongó por más de doce años.

Es notable que en la década de los ochenta, todo el mundo reconoció la gravedad de los problemas sociopolíticos de Latinoamérica cuando se le otorgó el premio Nobel de la Paz al argentino Adolfo Pérez Esquivel en 1980 por su labor en establecer el Servicio Paz y Justicia, una organización dedicada a promover la no violencia en Ecuador, Bolivia, Paraguay, Brasil, Uruguay y Argentina, y en 1987 al presidente de Costa Rica, Óscar Arias Sánchez, por sus esfuerzos para terminar la guerra civil en Nicaragua y para traer la paz a Centroamérica. Aún más, en 1992 el premio Nobel de la Paz fue concedido a Rigoberta Menchú, otra gran figura en la lucha por los derechos políticos y sociales en las Américas.

Tampoco se puede ignorar una considerable mejoría en el proceso de democratización en varios países ni el hecho de que ahora, en casi toda Latinoamérica, se elige a los gobernantes por el voto mayoritario de los ciudadanos. ¿Será posible que el sueño de un continente democrático por fin se vaya a lograr?

A. La política en Latinoamérica. Contesta las siguientes preguntas con un(a) compañero(a).

1. ¿Cuál fue el sueño de Latinoamérica en su infancia?
2. ¿Por qué no se logró ese sueño?
3. ¿Creen Uds. que ese sueño se puede lograr durante el primer cuarto del siglo XXI? ¿Por qué? Expliquen.

B. Debate. Algunas personas creen que el sueño de Latinoamérica se puede lograr durante el primer cuarto del siglo. En grupos de cinco, dos a favor, dos en contra y un árbitro, organicen un debate sobre el tema. El árbitró tendrá la responsabilidad de informar a la clase quiénes ganaron y por qué.

C. Palabras claves: gobernar. Para ampliar tu vocabulario, combina las palabras de la primera columna con las definiciones de la segunda columna. Luego, escribe una oración original con cada palabra. ¿Cuáles de estas palabras tienen un equivalente con *govern* en inglés?

____ 1. gobernante	a. que puede ser gobernado
____ 2. gobiernista	b. líder
____ 3. gobernable	c. acción de gobernar
____ 4. gobernación	d. persona muy ordenada
____ 5. gobernoso	e. persona que apoya al gobierno

MEJOREMOS LA COMUNICACIÓN

Para hablar de la política

Al hablar de la afiliación política

— ¿Cuál es tu afiliación política?	*What is your political affiliation?*
— ¿A qué partido perteneces?	*To what party do you belong?*
— ¿De qué partido eres miembro? Soy demócrata (*m./f.*).	*What party are you a member of? I'm a democrat.*
comunista *m./f. communist*	**republicano(a)** *republican*
independiente *m./f. independent*	**socialista** *m./f. socialist*
marxista *m./f. marxist*	
— ¿Te consideras liberal (*m./f.*) o conservador(a)?	*Do you consider yourself a liberal or a conservative?*
derechista *m./f. rightist, right-wing*	**izquierdista** *m./f. leftist, left-wing*

Al hablar de los candidatos

— ¿Ya decidiste por quién vas a votar?	*Did you already decide who you are going to vote for?*
— Para presidente y vicepresidente no tengo ningún problema. Pero para los otros puestos, ¡ay de mí!	*For president and vice president I don't have a problem. But for the other positions, woe is me!*
alcalde, alcaldesa *mayor*	**legislador(a)** *legislator*
diputado(a) *representative*	**representante** *m./f. representative*
gobernador(a) *governor*	**senador(a)** *senator*

— ¿Qué opinas del candidato para gobernador? *What do you think of the candidate for governor?*

— No estoy muy satisfecho(a) con el que nominó mi partido político. Pero ¿qué se puede hacer? *I'm not very satisfied with the one my political party nominated. But what can one do?*

— Pues, si no te gusta el candidato demócrata, puedes votar por la republicana. *Well, if you don't like the democratic candidate, you can vote for the republican.*

— El problema es que yo soy republicano(a) y no me gusta el plan que la candidata republicana propone. *The problem is that I am a republican, and I don't like the platform the republican candidate is proposing.*

apoyar *to support*
defender (ie) *to defend*
postular *to be a candidate for*
propugnar *to defend, advocate*

— ¿La viste en el último debate televisado? *Did you see her in the last televised debate?*

— Sí, la vi y no me impresionó del todo. Por ejemplo, hace campaña a favor de los derechos de la mujer pero se opone al control de la natalidad. *Yes, I saw her and she didn't impress me at all. For example, she campaigns in favor of women's rights but she is against birth control.*

control de las armas de fuego *m. gun control*
control del alcohol *m. control of alcoholic beverages*
control del narcotráfico *m. control of drug traffic*
pena de muerte *death penalty*
prohibición del tabaco *f. prohibition of cigarettes*
suicidio voluntario *assisted suicide*

¡A conversar!

A. Encuesta. Prepara una encuesta para saber la afiliación política de tus compañeros de clase y sus opiniones sobre dos o tres asuntos políticos o sociales que tú consideras importantes. Informa a la clase de los resultados de tu encuesta.

B. Dramatización. Dramatiza la siguiente situación con dos compañeros(as) de clase. Un(a) estudiante universitario(a) tiene padre/madre con puntos de vista muy inflexibles sobre la política. Cada vez que invita a un(a) amigo(a) a su casa lo (la) interroga sobre su punto de vista político como si fuera la inquisición.

C. Práctica: por y para. Completa este párrafo con **por** o **para.**

Todavía no estoy decidido __1__ quién voy a votar y tengo que decidir __2__ el martes, a más tardar. Estoy furioso con la alcaldesa, __3__ su oposición a los derechos de la mujer pero el otro candidato no ha hecho nada __4__ convencerme que debo votar __5__ él. ¿ __6__ quién piensas votar tú?

Del pasado al presente

El Salvador: la búsqueda de la paz

Segunda mitad del siglo XIX El salvadoreño Manuel José Arce fue el primer presidente de las Provincias Unidas de Centroamérica. El 30 de enero de 1841, dos años después de que la federación fue disuelta, se proclamó la República de El Salvador. Durante las primeras cuatro décadas existió mucha inestabilidad política en la nueva república. A pesar de esto, al final del siglo XIX ocurrió un considerable desarrollo económico impulsado por el floreciente cultivo del café.

Plantación cafetalera con el volcán Izalco al fondo

Primera mitad del siglo XX A principios del siglo XX se estableció en El Salvador una relativa paz, durante la cual hubo ocho períodos presidenciales. Desafortunadamente, este período de paz terminó en 1932, cuando el impulso reformador del presidente Arturo Araujo fue detenido por un golpe militar. En el año siguiente, 1932, ocurrió una insurrección popular que fue reprimida sangrientamente por el ejército. Más de treinta mil personas resultaron muertas en la masacre; el propio líder de la insurrección, Agustín Farabundo Martí, fue ejecutado. Desde entonces la sociedad salvadoreña se fue polarizando en bandos contrarios de derechistas e izquierdistas, lo cual llevó al país a una verdadera guerra civil. En 1969 se produjo lo que se conoce como "La guerra del fútbol", un conflicto entre El Salvador y Honduras que empezó durante un partido de fútbol. Esta guerra surgió debido a una reforma agraria hondureña que no reconocía a miles de salvadoreños que ocupaban tierras en el país.

Celebración el día que se anunció la suspensión del fuego

La guerra civil En 1972 ganó las elecciones presidenciales el candidato de la izquierda, el ingeniero José Napoleón Duarte. Duarte no pudo llegar al poder debido a que intervino el ejército y

El moderno San Salvador

tuvo que exiliarse. Siguió una serie de gobiernos militares y se incrementó la violencia política. El 24 de marzo de 1980 fue asesinado el arzobispo de San Salvador, Óscar Arnulfo Romero. El 10 de octubre del mismo año se formó el Frente Farabundo Martí para la Liberación Nacional (FMLN), que reunió a todos los grupos guerrilleros de la izquierda. El futuro del país se veía tan oscuro que más de doscientos mil salvadoreños consiguieron asilo en EE.UU. y otros miles trataron de entrar en EE.UU. ilegalmente.

Cuando en 1984 fue elegido presidente otra vez, Napoleón Duarte inició negociaciones por la paz con el FMLN. En 1986, San Salvador sufrió un fuerte terremoto, que destruyó gran parte del centro de la ciudad, ocasionando más de mil víctimas. Sin embargo, la continuación de la guerra civil causó más muertes aun. Alfredo Cristiani, elegido presidente en 1989, firmó en 1992 un acuerdo de paz con el FMLN después de negociaciones supervisadas por las Naciones Unidas. Así, terminó una guerra que había causado más de ochenta mil muertos, había paralizado el desarrollo económico del país y le había costado a EE.UU. más de cuatro mil millones de dólares en ayuda directa o indirecta al ejército salvadoreño. En 1994, Armando Calderón Sol, el nuevo presidente, prometió continuar el progreso hacia la paz en el país. Ese esfuerzo parece haber motivado el inicio de un movimiento migratorio de regreso a El Salvador de muchos de los que habían salido del país. En 1999 asumió la presidencia Francisco Flores, de solamente 39 años de edad. Flores dedica sus esfuerzos a traer la paz a El Salvador al mismo tiempo que hace lo posible por mejorar la economía y así atraer a los salvadoreños que salieron durante los años de violencia.

¡A ver si comprendiste!

A. Hechos y acontecimientos. ¿Recuerdas los datos más importantes de la lectura? Para asegurarte, trabaja con un(a) compañero(a) de clase para escribir una breve definición que explique en sus propias palabras el significado de las siguientes personas y elementos en la historia de El Salvador. Luego, comparen sus definiciones con las de la clase.

1. las Provincias Unidas de Centroamérica
2. Agustín Farabundo Martí
3. La guerra del fútbol
4. José Napoleón Duarte
5. el FMLN
6. Alfredo Cristiani
7. Francisco Flores

B. A pensar y a analizar. La guerra civil salvadoreña fue una de las más sangrientas de Centroamérica. ¿Cuáles fueron los momentos más importantes de esa guerra que causó más de ochenta mil muertos? Prepara un diagrama como el siguiente, indicando cada momento clave y explicando brevemente la importancia de tal momento.

Elecciones presidenciales de 1972

Ganó José Napoleón Duarte pero

24 de marzo de 1980

10 de octubre de 1980

Ventana al Mundo 21

Isaías Mata: artista por la paz

Isaías Mata, *Cipotes en la marcha por la paz* (1989–1993)

La vida y obra del pintor Isaías Mata reflejan la realidad vivida por su país natal, El Salvador. De origen humilde, Isaías Mata nació el 8 de febrero de 1956 y se educó en la Universidad Centroamericana de San Salvador, donde llegó a ser el director de la Facultad de Arte. Como muchos otros artistas, escritores e intelectuales salvadoreños, en 1989 fue detenido por el ejército (por un tiempo se temía por su vida) y se vio obligado a salir de su patria. Pasó a vivir en la Misión, el barrio latino de San Francisco, California, donde residen miles de salvadoreños. De 1989 a 1993 llevó a cabo allí una intensa producción artística, varios murales y pinturas al óleo, como la que aquí aparece, titulada *Cipotes en la marcha por la paz.* Esta obra resume visualmente la esperanza de un futuro mejor para las nuevas generaciones, para los "cipotes", o sea los niños.

Como muchos de los miles de salvadoreños que tuvieron que abandonar su país durante la guerra civil, Isaías Mata regresó a El Salvador en 1993. Entre 1993 y 1996 sirvió de coordinador y profesor en la Facultad de Diseño de la Universidad Tecnológica y de profesor en la Facultad de Arte de la Universidad de El Salvador. En 1997 regresó a EE.UU. a enseñar. Más recientemente ha llevado su arte muralista a Corrientes, Argentina, donde reside desde 1998.

A. Isaías Mata. Haz estas actividades con un(a) compañero(a) de clase. Luego comparen sus resultados con los de otros grupos de la clase.

1. Tomen turnos para preguntar...
   a. la edad y nacionalidad del artista.
   b. algo sobre la educación de Isaías Mata.
   c. la actividad del artista entre 1993 y 1997.
   d. la residencia actual del artista y por qué vive allí.
   e. la interpretación del cuadro *Cipotes en la marcha por la paz.*
2. ¿Están Uds. de acuerdo en que "la vida y obra del pintor Isaías Mata reflejan la realidad vivida por su país natal, El Salvador"? ¿Por qué? Expliquen.

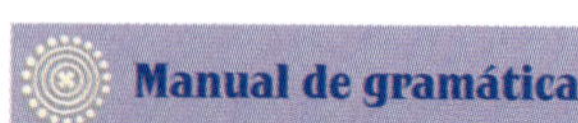

Antes de hacer esta actividad, conviene repasar las sección *3.2 Imperfecto,* del **Manual de gramática** (pp.239–242).

C. Repaso: imperfecto. Cambia todos los verbos de las siguientes oraciones al imperfecto.

1. La vida y obra del pintor Isaías Mata reflejan la realidad vivida por su país natal, El Salvador.
2. Era buscado por el ejército y se vio obligado a salir de su patria.
3. En California, vivió en la Misión, el barrio latino de San Francisco donde residen miles de salvadoreños.
4. Para sobrevivir, llevó a cabo allí una intensa producción artística —pintó murales y cuadros al óleo.
5. En EE.UU. también dictó clases sobre el arte muralista en la Universidad del Estado de California en San Francisco y sirvió de director del Centro Chicano de la Misión.

Y ahora, ¡a leer!

A. Anticipando la lectura. Haz estas actividades.

1. **Encuesta.** Entrevista a un(a) compañero(a) de clase para saber cuánto y qué leía de joven. Luego, lleven la cuenta de las respuestas de toda la clase para saber cuáles eran el libro y el cuento más populares.
   a. ¿Qué tipo de cuentos le gustaba leer de joven?
   b. ¿Con qué frecuencia leía?
   c. ¿Dónde conseguía los libros? ¿Los compraba? ¿Los sacaba de la biblioteca?
   d. ¿Cuál era su libro o su cuento favorito?

2. **Personajes legendarios.** Completa las siguientes oraciones usando tus conocimientos o simplemente usando tu imaginación. Luego compara tus respuestas con las de un(a) compañero(a).
   a. Cupido cargaba un arco y unas flechas que usaba cuando...
   b. Aladino era un chico pobre que encontró una lámpara mágica. Al frotar la lámpara, salió el Genio y éste le dijo a Aladino que...
   c. El hada madrina de la Cenicienta convirtió una calabaza en carruaje y unos ratones en caballos para que la Cenicienta pudiera...
   d. La Cenicienta perdió una zapatilla de cristal en el palacio real. El príncipe con quien ella había bailado la encontró y entonces él...

B. Vocabulario en contexto. Busca estas palabras en la lectura que sigue y, a base del contexto en el cual aparecen, decide cuál es su significado. Para facilitar encontrarlas, las palabras aparecen en negrilla en la lectura también.

1. **el donaire**
   a. la sensibilidad   b. la paciencia   c. la elegancia
2. **culebra**
   a. serpiente   b. flor   c. piedra
3. **arde**
   a. quema   b. baja   c. sube
4. **riesgo**
   a. animal   b. peligro   c. insecto
5. **pisotear**
   a. plantar   b. caminar en   c. cortar
6. **aguantaba**
   a. toleraba   b. sentía   c. pensaba en

Conozcamos al autor

Manlio Argueta es uno de los escritores salvadoreños más importantes del momento. Argueta es miembro de la "Generación Comprometida." Entre 1950 y 1956, formó parte de un grupo de escritores influenciados por Jean Paul Sartre y dedicados al activismo social, cultural y político. Fue detenido varias veces en El Salvador por sus actividades políticas y hasta pasó gran parte de la década de los 70 en exilio. En 1972 se exilió de nuevo en Costa Rica hasta que concluyó la guerra civil salvadoreña en 1992.

Ha publicado varias novelas y libros de cuentos sobre la vida en su país. Entre las más populares están *En el costado de la luz* (1968), poesías; *El Valle de las Hamacas* (1970), narrativa; *Caperucita en la Zona Roja* (1976), novela; *Un día en la vida* (1980), narrativa, traducida a once idiomas; *Milagro de la paz* (1994), novela; y *Los poetas del mal* (2001); novela. Actualmente, es Director de Arte y Cultura de la Universidad de El Salvador en San Salvador.

Los perros mágicos de los volcanes es un cuento infantil que fue publicado en 1990. A través de Centroamérica existen muchas leyendas populares sobre los perros mágicos llamados "cadejos". Estos animales, parte del rico folklore centroamericano, aparecen misteriosamente en la noche para proteger a la gente de peligros.

Los perros mágicos de los volcanes

En los volcanes de El Salvador habitan perros mágicos que se llaman cadejos. Se parecen a los lobos aunque no son lobos. Y tienen **el donaire** de venados° aunque no son venados. Se alimentan de las semillas° que caen de las campánulas,° esas lindas flores que cubren los volcanes y parecen campanitas.

deer / seeds
morning glories

La gente que vive en las faldas de los volcanes quiere mucho a los cadejos. Dice que los cadejos son los tataranietos° de los volcanes y que siempre han protegido a la gente del peligro y la desgracia. Cuando la gente de los volcanes viaja de un pueblo a otro, siempre hay un cadejo que las acompaña. Si un cipote° está por pisar una **culebra** o caerse en un agujero,° el cadejo se convierte en un soplo° de viento que lo desvía° del mal paso.

great-great-grandchildren
niño / *hole*
gust / diverts

Si un anciano se cansa de tanto trabajar bajo el sol ardiente, un cadejo lo transporta a la sombra de un árbol cercano. Por todo esto, la gente de los volcanes dice que, si no fuera por la ayuda de los cadejos, no hubiera podido sobrevivir hasta hoy en día. Pero lamentablemente, no todos han querido siempre a los cadejos. ¡Qué va! A don Tonio y a sus trece hermanos, que eran los dueños de la tierra de los volcanes, no les gustaban los cadejos para nada.

—¡Los cadejos hechizan° a la gente y la hacen perezosa! —dijo un día don Tonio a sus hermanos.

bewitch

Y los trece hermanos de don Tonio contestaron: —Sí, es cierto. La gente ya no quiere trabajar duro para nosotros. Quieren comer cuando tienen hambre. Quieren beber cuando tienen sed. Quieren descansar bajo la sombra de un árbol cuando **arde** el sol. ¡Y todo eso por los cadejos!

Los cadejos

Entonces, don Tonio y sus hermanos llamaron a los soldados de plomo° y los mandaron para los volcanes a cazar° cadejos. Los soldados se pusieron en camino con sus tiendas de campaña,° sus cantimploras° y sus armas centellantes° y se dijeron: —Vamos a ser los soldados de plomo más bellos y más respetados del mundo. Vestiremos uniformes con charreteras° de plata, iremos a fiestas de cumpleaños y todo el mundo obedecerá nuestras órdenes.

Los soldados de plomo marcharon hacia el volcán Tecapa, que es mujer y viste un ropaje espléndido de agua y un sombrero de nubes. Y marcharon hacia Chaparrastique, un volcán hermoso que lleva siempre su sombrero blanco de humo° caliente.

—Cazaremos a los cadejos mientras duermen —dijeron los soldados de plomo—. Así podremos tomarlos desprevenidos° sin correr ningún **riesgo**.

Pero no sabían que los cadejos visten un traje de luz de día y de aire, con lo cual° se hacen transparentes. Los soldados de plomo buscaban y buscaban a los cadejos, pero no encontraban a ninguno. Los soldados se pusieron furibundos.° Comenzaron a **pisotear** las campánulas y a aplastar° a sus semillitas. —Ahora, los cadejos no tendrán qué comer— dijeron.

Los cadejos nunca habían corrido tanto peligro. Así es que buscaron la ayuda de Tecapa y Chaparrastique. Toda la noche los cadejos hablaron con los volcanes hasta que comentó Tecapa: — Dicen ustedes que son soldados de plomo. ¿El corazón y el cerebro° son de plomo también?

—¡Sí! —respondieron los cadejos—. ¡Hasta sus pies están hechos de plomo!

—Entonces, ¡ya está!° —dijo Tecapa.

Y Tecapa le dijo a Chaparrastique: —Mira, como yo tengo vestido de agua y vos tenés° sombrero de fumarolas,° simplemente comenzás a abanicarte° con el sombrero por todo tu cuerpo hasta que se caliente la tierra y entonces yo comienzo a sacudirme° mi vestido de agua.

Y Tecapa se lo sacudió.

—Y eso, ¿qué daño les puede hacer? —preguntaron los cadejos.

—Bueno —dijo Tecapa—, probemos y ya veremos.°

lead
to hunt
tiendas... *tents* / *canteens*
brillantes
adornos (en el hombro)
smoke
off guard
con... *with which*
furiosos / *to crush*
brain
¡ya... *it's settled!*
vos... tú tienes / humo / **comenzás...** *begin to fan yourself* / agitarme
probemos... *let's just wait and see*

Tecapa

Chaparrastique

Al día siguiente, cuando los soldados de plomo venían subiendo los volcanes, comenzó el Chaparrastique a quitarse el sombrero de fumarolas y a soplar sobre todo su cuerpo, hasta que ni él mismo **aguantaba** el calor. Al principio, los soldados sentían sólo una picazón,° pero al ratito los pies se les comenzaron a derretir.° Entonces, Tecapa se sacudió el vestido y empezó a remojarles.° Y los cuerpos de los soldados chirriaban,° como cuando se le echa agua a una plancha° caliente.

itching
liquidar, disolver
to soak them / *sizzled*
iron

Los soldados de plomo se sentían muy mal y se sentaron a llorar sobre las piedras. Pero éstas estaban tan calientes que les derretían el trasero.° Fue así que los soldados de plomo se dieron cuenta que no era posible derrotar° a los cadejos, ni pisotear a las campánulas, y, en fin, ni subir a los volcanes a hacer el mal. Y sabiendo que tenían la debilidad° de estar hechos de plomo, lo mejor era cambiar de oficio° y dedicarse a cosas más dignas.°

les... *they melted their bottoms* / *to defeat*
fragilidad
profesión / honradas

Desde entonces hay paz en los volcanes de El Salvador. Don Tonio y sus hermanos huyeron° a otras tierras, mientras que los cadejos y la gente de los volcanes celebraron una gran fiesta que se convirtió en una inmensa fiesta nacional.

se fueron

¿Comprendiste la lectura?

A. Hechos y acontecimientos. ¿Recuerdas los datos más importantes de la lectura? Para asegurarte, completa las siguientes oraciones.

1. Los cadejos son...
2. Los cadejos comen...
3. La gente que vive en las faldas de los volcanes dice que los cadejos protegen...
4. Un cipote es un...
5. A don Tonio y a sus trece hermanos no les gustan...
6. Don Tonio les dijo a sus hermanos que los cadejos...
7. Don Tonio y sus hermanos mandaron a los soldados de plomo para los volcanes para...
8. El volcán Chaparrastique siempre lleva un sombrero de...

9. Los dos volcanes hicieron a los soldados de plomo...
10. Al final, Don Tonio y sus trece hermanos...

B. A pensar y a analizar. Contesta las siguientes preguntas.

1. ¿Tiene el cuento un final alegre o triste? Explica.
2. ¿Encuentras alguna relación entre lo que sucede en este cuento y la reciente historia de El Salvador? Explica.

C. Cuento colectivo. Las leyendas siempre combinan la realidad con lo imaginario. En grupos de cinco, usen su imaginación para crear un cuento colectivo. Deben ser originales e inventar situaciones muy creativas. Cada persona debe añadir dos o tres oraciones oralmente al desarrollar el cuento que sigue.

Los perros mágicos de mi niñez
Había una vez unos perros mágicos. Vivían con una familia que...

Introducción al análisis literario

La leyenda y el simbolismo

- **Leyenda:** Una narración del pasado, como un cuento, una canción o un poema que ha sido transmitido de generación en generación. Con frecuencia, las leyendas **comunican** las tradiciones locales o el folklore de una cultura. En el caso de *Los perros mágicos de los volcanes,* la leyenda trata de explicar un fenómeno de la naturaleza —los volcanes Tecapa y Chaparrastique— al transformarlos en los protectores de la gente que vive cerca de ellos. Del mismo modo, las leyendas a menudo se sirven de símbolos y de simbolismo para comunicar un mensaje especial.
- **Símbolo:** una figura, idea u objeto que tiene un significado convencional. Por ejemplo, la cruz es un símbolo del cristianismo.
- **Simbolismo:** la representación de figuras, ideas u objetos mediante símbolos.

A. Simbolismo. El simbolismo abunda en *Los perros mágicos de los volcanes.* Por ejemplo, la gente de los volcanes podría representar a toda la población de El Salvador porque con frecuencia se habla de este país como la tierra de los volcanes. Siguiendo esa lógica, contesta las siguientes preguntas con un(a) compañero(a) de clase. ¿Qué podrían representar los soldados de plomo? ¿don Tonio y sus trece hermanos? ¿los dos volcanes Tecapa y Chaparrastique? ¿los cadejos? Ahora comparen sus respuestas con las de otros grupos.

B. Leyendas nuevas. Con un poco de imaginación, tú y un(a) compañero(a) también pueden crear sus propias leyendas. Sigan estos pasos y luego describan brevemente el simbolismo de los elementos que seleccionaron.

1. Primero, definan en términos científicos algún fenómeno de la naturaleza como un río, el mar, un lago, una montaña o una planta.

2. Luego, personifiquen el fenómeno natural, dándole algunas características humanas. Por ejemplo, hace mucho tiempo el río era un hombre muy bueno, una huérfana triste, un gran guerrero o un terrible dictador.
3. Ahora inventen un problema o una situación peligrosa que puede ser real o imaginaria. Por ejemplo, la tierra estaba seca; un hombre malo que tenía solamente un ojo en medio de la nariz robó la lluvia; o las nubes se fueron a otro planeta.
4. Creen una solución mágica al problema. Esa solución debe explicar la presencia del fenómeno natural que seleccionaron y definieron al principio.
5. Finalmente, escriban su leyenda. Si hay buenos artistas en su grupo, tal vez quieran dibujar la leyenda y presentarle los dibujos a la clase.

¡LUCES! ¡CÁMARA! ¡ACCIÓN!

En el Valle de las Hamacas: San Salvador

En el Valle de las Hamacas y a 700 metros sobre el nivel del mar se encuentra San Salvador, la capital de El Salvador. La ciudad es como una especie de ave fénix que en distintas ocasiones se ha levantado triunfante de las cenizas, ya sea de los volcanes que la rodean o de guerras civiles.

En esta ciudad fascinante se aprecian las playas y montañas. Es una de las pocas ciudades capitales donde apenas existe la contaminación.

Antes de empezar el video

Contesten las siguientes preguntas en parejas.

1. ¿Qué es un ave fénix? ¿En qué sentido se podría decir que una ciudad es como un ave fénix?
2. ¿Cuáles son algunas ciudades que podrían categorizarse de esta manera? Expliquen por qué.
3. ¿Qué es una hamaca? ¿Qué significado tiene una hamaca para Uds.?

¡A ver si comprendiste!

A. En el Valle de las Hamacas: San Salvador. Contesta las siguientes preguntas con un(a) compañero(a) de clase.

1. ¿De dónde viene el nombre "Valle de las Hamacas"?
2. ¿Qué diversiones ofrece San Salvador? ¿Hay que viajar largas distancias para disfrutar de estas actividades?
3. ¿Qué porcentaje de la población del país vive en la capital?
4. ¿Cuánta contaminación hay en San Salvador?

B. A pensar y a interpretar. Contesta las siguientes preguntas.

1. Piensa en el paisaje natural que rodea a San Salvador y di por qué crees que los indígenas llamaban a este lugar el Valle de las Hamacas.
2. ¿Por qué se puede decir que San Salvador es una especie de ave fénix?
3. ¿Cómo se explica que San Salvador, capital del país más pequeño de Centroamérica, sea una de las más modernas?
4. ¿Quién o qué será Quetzaltepeque? ¿Por qué se le habrá llamado "insomne" a su mirada?

EXPLOREMOS EL CIBERESPACIO

Explora distintos aspectos del mundo salvadoreño en las **Actividades para la Red** que corresponden a esta lección. Ve primero a **http://college.hmco.com** en la red, y de ahí a la página de ***Mundo 21.***

LECCIÓN 4

Guatemala

Nombre oficial: *República de Guatemala*

Población: *12.974.361 (estimación de 2001)*

Principales ciudades: *Ciudad de Guatemala (capital), Quezaltenango, Escuintla, Antigua*

Moneda: *Quetzal (Q)*

GENTE DEL MUNDO 21

Miguel Ángel Asturias (1899–1974), famoso escritor guatemalteco, recibió el premio Nobel de Literatura en 1967 "por el fuerte colorido de su obra, enraizada en lo genuinamente popular y en las tradiciones autóctonas". Nació en la Ciudad de Guatemala pero pasó cuatro años de su niñez en Salamá, una ciudad de provincia. Desde allí visitaba con frecuencia la hacienda cercana de su abuelo materno, donde tuvo el primer contacto con los ritos y creencias indígenas que tanto amó y que luego trató de evocar en su obra literaria. Estudió leyes en la Universidad de San Carlos y entre 1966 y 1970 fue embajador de Guatemala en Francia. Su mayor preocupación fue la literatura a través de la cual expresó los problemas del indio, eternamente explotado, silencioso y noble en su pobreza. Escribe con un lenguaje directo y sin concesiones a lo sentimental; es espontáneo al tratar los problemas políticos y elocuente en su presentación de la trama y hechos. Se destacan *Leyendas de Guatemala* (1930), *El señor presidente* (1946), *Hombres de maíz* (1949), *Viento fuerte* (1954), *El papa verde* (1954), *Los ojos de los enterrados* (1960), *El espejo de Lida Sal* (1967) y muchas obras de poesía.

Delia Quiñónez, poeta, dramaturga, ensayista e incansable trabajadora social y cultural, nació en 1946 en la Ciudad de Guatemala. Ha escrito varios ensayos sobre el feminismo y es considerada una de las líderes del movimiento feminista de Guatemala. Además de haber sido miembro fundador del grupo de poetas "Nuevos signos", se esfuerza por fomentar la publicación de obras de autores guatemaltecos; promociona festivales culturales que ayudan a preservar el rico folklore nativo. En los años 80, fue la encargada del Departamento de Actividades Literarias de la Dirección General de Cultura y Bellas Artes. A su iniciativa se deben las antologías *Los nombres que nos nombran: panorama de la poesía guatemalteca de 1782–1982* (1983) y *Nosotros los de entonces: antología* (1993). Aún así, encuentra tiempo para escribir obras teatrales y poesía. Sobresalen sus dos poemarios titulados *Lodo hondo* (1968) y *Otros poemas* (1981).

Luis González Palma, nacido en Guatemala en 1957 y casado con la bailarina peruana Delia Vigil, es un fotógrafo de fama internacional, considerado por muchos el fotógrafo más importante de Latinoamérica. Es uno de los fotógrafos incluidos en el libro : *A Song to Reality: Latin-American Photography 1860–1993*, una retrospectiva histórica de fotografía latinoamericana auspiciada por la Casa de las Américas en Madrid. Estudió arquitectura y cinematografía en la Universidad de San Carlos. Nunca pensó que su vida cambiaría radicalmente cuando, en 1984, se compró su primera cámara. Los resultados de sus primeras obras lo llenaron de entusiasmo y se dedicó a hacer retratos que en realidad son poemas visuales. Su fotografía capta el alma y sufrimiento de sus compatriotas y describe las penosas experiencias de la vida de los indígenas guatemaltecos. Para producir la mirada hipnótica de sus personajes, pinta con una emulsión de betún una fotografía normal en blanco y negro, luego, con alcohol, quita cuidadosamente el color de las partes blancas. El resultado es mágico y el espectador no sabe si lo que se ve es pintura o foto. Empezó a exhibir en 1987 y desde entonces ha realizado exposiciones individuales en Francia, Escocia, EE.UU. y otros lugares. Obras destacadas son *La mirada ausente, Corona de laureles, El mago y Mi caja de música*. Algunas de sus exposiciones principales son *Nupcias de soledad, Silencio de la mirada, Lugar sin reposo y La fidelidad del dolor*. Su obra es parte de colecciones en museos internacionales en ciudades como Chicago, Berlín y México.

Otros guatemaltecos sobresalientes

Rafael Arévalo Martínez (1884–1975): poeta, cuentista y novelista

Ricardo Arjona: cantante

César Brañas: poeta y crítico literario

Roberto Cabrera: escultor

Caly Domitila Cane'k: poeta

Carlos Mérida (1891–1984): pintor

Víctor Montejo: poeta, novelista, cuentista y catedrático

Augusto Monterroso (1921–2003): novelista y diplomático

Ana María Rodas: poeta y cuentista

Aída Toledo: poeta, narradora y catedrática

Personalidades del Mundo 21

Contesta las siguientes preguntas. Luego, comparte tus respuestas con dos o tres compañeros(as).

1. ¿Qué efecto tuvo en su obra el tiempo que Miguel Ángel Asturias pasó en el campo durante su niñez? Si tú decidieras dedicarte a escribir, ¿qué experiencias de tu niñez influirían en tu obra? ¿Cómo influirían?
2. ¿De qué movimiento es líder Delia Quiñónez? ¿Por qué crees que existe este movimiento en un país como Guatemala? ¿Qué evidencia hay de que Delia Quiñónez fomenta las obras de escritores guatemaltecos?
3. ¿Qué causó el cambio de carrera de Luis González Palma? ¿Qué reflejan sus retratos? ¿Cómo son y cómo consigue el efecto visual y emotivo que uno ve en ellos? ¿Dónde se pueden ver algunas de sus obras?

Cultura ¡en vivo!

Manual de gramática

Antes de leer **Cultura ¡en vivo!**, conviene repasar las secciones *3.4 Adjetivos y pronombres posesivos* y *3.5 El infinitivo*, del **Manual de gramática** (pp. 245–249).

Derechos humanos en Guatemala

A lo largo de su historia, varios países latinos han tenido que enfrentar la cuestión de los derechos humanos y la defensa de justicia social para todos, especialmente para los indígenas. Tal vez no haya país que mejor ilustre esta lucha que Guatemala. Parece increíble que en un país tan pequeño y bello como Guatemala hayan desaparecido más de cuarenta mil personas (el equivalente de casi toda la población de la capital del estado de Nevada en EE.UU.), bajo circunstancias violentamente crueles durante las últimas tres décadas. La violación de los derechos humanos por parte del ejército o de fuerzas paramilitares ha sido uno de los problemas más graves que enfrenta la sociedad guatemalteca.

La vida de Rigoberta Menchú refleja la violencia excesiva de la represión gubernamental contra los indígenas que se atreven a protestar por las injusticias que sufren. De niña, Rigoberta fue testigo del asesinato de un hermano suyo de dieciséis años de edad a manos de terratenientes que querían despojar a unos indígenas de sus terrenos. Poco después, su padre, Vicente Menchú, murió de una manera terriblemente cruel al ser carbonizado cuando la policía lanzó un asalto sangriento contra los indígenas que protestaban contra los abusos a los derechos humanos frente a la Embajada de España en Guatemala. Continuaron las tragedias cuando sólo unas semanas después la madre de Rigoberta, Juana Tum, fue secuestrada y asesinada tras torturas bárbaras por grupos paramilitares.

Aunque los últimos gobiernos guatemaltecos han sido elegidos democráticamente, todavía existen muchas denuncias debido a violaciones a los derechos humanos. Parece que los malos hábitos del pasado son difíciles de abandonar. Por otro lado, Rigoberta Menchú y sus grandes logros representan la esperanza de todo un pueblo que sólo reclama aquello a lo que todo ser humano tiene derecho: la paz, la tranquilidad, la oportunidad de una vida mejor, la protección justa ante la ley y la libertad de expresión.

A. ¿Democracia? Contesta las siguientes preguntas con un(a) compañero(a).

1. ¿Cuál fue uno de los problemas más grandes de Guatemala durante el siglo pasado? ¿Qué evidencia hay de ese conflicto en las tres últimas décadas del siglo XX?
2. ¿Por qué los gobiernos que han sido elegidos democráticamente acaban por tratar tan mal a los ciudadanos que los eligieron? En su opinión, ¿qué puede hacerse para evitar que esto siga ocurriendo?

3. ¿Por qué se puede decir que la vida de Rigoberta Menchú refleja el maltrato que han sufrido los indígenas guatemaltecos? Den ejemplos.

B. Palabras claves: justicia. Para ampliar tu vocabulario, combina las palabras de la primera columna con las definiciones de la segunda columna. Luego, escribe una oración original con cada palabra. Compara tus oraciones con las de dos compañeros(as) de clase.

____	1. derecho	a. miembro de un partido político de derecha
____	2. derechazo	b. recto que no está doblado
____	3. derechista	c. justicia y libertad
____	4. derechismo	d. golpe dado con la mano derecha
____	5. derecha	e. doctrina política de derecha

Mejoremos la comunicación

Para hablar de derechos humanos y condiciones sociales

Al discutir los derechos humanos

— Ya estoy cansado de oír hablar tanto de mis derechos humanos. Ni entiendo a qué se refieren. ¿Cuáles son mis derechos humanos?
I'm tired of hearing so much talk about my human rights. I don't even understand what they're referring to. What are my human rights?

— Tus derechos civiles o humanos son los derechos básicos de cualquier ciudadano. Por ejemplo, hay leyes que nos protegen de la discriminación basada en el color de la piel.
Your civil or human rights are the basic rights of any citizen. For example, there are laws that protect us from discrimination based on skin color.

origen nacional *m. national origin*
raza *race (ancestry)*
religión *f. religion*
sexo *sex*

— En muchos países hasta los derechos más básicos han sido violados, como los derechos a la libertad de reunión y asociación. Igualmente se han negado otros derechos como la igualdad de hombres y mujeres.
In many countries even the most basic rights have been violated, like the rights to freedom of assembly and association. Likewise, other rights have been denied like the equality of men and women.

— ¿Mi derecho a asistir a una reunión de la oposición, por ejemplo?
My right to attend a meeting of the opposing party, for instance?

— Así es, te niegan tu derecho a la libertad de pensamiento político.
That's correct, your right to free political thinking is denied.

— ¿Esto ocurre en nuestro país?
Does this happen in our country?

— Supongo que no, porque nuestros representantes deben vigilar nuestras libertades y derechos.

I suppose not, because our representatives are supposed to keep an eye on our freedom and rights.

igualdad de oportunidades *f. equal opportunity*
libertad *f. liberty*
paz *f. peace*
propiedad *f. property*
salud *f. health*

Al discutir las condiciones sociales

— ¿Cómo pueden mejorarse las condiciones sociales en Latinoamérica?

How can social conditions in Latin America be improved?

— Bueno, hay muchas maneras. Por ejemplo, debe haber un mejor sistema de educación, ayuda médica para los pobres y los ancianos y más oportunidades de trabajo.

Well, there are many ways. For example, there should be a better system of education, health care for the poor and aged, and more job opportunities.

— Sí, claro. También deben poner fin a la discriminación.

Yes, of course. They should also put an end to discrimination.

asesinato político *political assassination*
corrupción política *f. political corruption*
dictadura militar *military dictatorship*
injusticia militar *military injustice*
personas desaparecidas *missing persons*
represión *f. repression*
segregación *f. segregation*

¡A conversar!

A. Derechos civiles. Pregúntale a un(a) compañero(a) de clase sobre su participación en asuntos relacionados con los derechos humanos. ¿Ha participado en alguna manifestación? ¿Dónde? ¿Cuándo? ¿Contra qué protestó? ¿Cree que existen problemas relacionados con los derechos humanos de los grupos minoritarios en este país? Explica. ¿Cómo podemos proteger nuestros derechos? ¿Cómo se puede mejorar la situación actual?

B. Debate. "En EE.UU. los derechos humanos de cada ciudadano están totalmente protegidos". En grupos de cuatro, tengan un debate, dos defendiendo este punto de vista y dos oponiéndose.

Manual de gramática

Antes de hacer esta actividad, conviene repasar *3.4 Adjetivos y pronombres posesivos*, del **Manual de gramática** (pp. 245–247).

C. Práctica: adjetivos y pronombres posesivos. Contesta las siguientes preguntas. Trata de usar adjetivos y pronombres posesivos en tus respuestas.

1. ¿Has tenido que defender tus derechos humanos alguna vez? Si así es, explica lo que pasó. Si no, ¿crees que tendrás que hacerlo alguna vez? ¿Por qué sí o por qué no?
2. ¿Por qué será que los derechos humanos de algunos grupos étnicos son violados más que los de otros? ¿Cuáles son algunos ejemplos de violación de derechos humanos de tu grupo étnico?
3. Nuestro país se considera uno de los grandes defensores de los derechos humanos. ¿Cuáles son algunos ejemplos de esto? ¿Hay casos que contradigan esto?

Del pasado al presente

Guatemala: raíces vivas

Guatemala independiente Guatemala declaró su independencia de España en 1821. Junto con Honduras, El Salvador y Costa Rica, Guatemala formó parte de las Provincias Unidas de Centroamérica. En 1838 se inició el proceso de secesión de las distintas repúblicas. Guatemala dejó la federación el 21 de marzo de 1847. Durante el resto del siglo XIX y la primera mitad del siglo XX, Guatemala fue gobernada por una serie de dictadores que en general favorecían los intereses de los grandes dueños de plantaciones y de negocios de extranjeros. Aunque las compañías extranjeras contribuyeron al desarrollo económico del país, facilitando la construcción de ferrocarriles, carreteras y líneas telegráficas, los beneficios económicos no llegaron a los campesinos indígenas, quienes siguieron viviendo en la pobreza.

Antigua

Intentos de reformas Con la caída del dictador Jorge Ubicos, quien gobernó Guatemala de 1931 a 1944, se inició una década de profundas transformaciones democráticas. En 1945 fue elegido presidente Juan José Arévalo, un profesor universitario idealista que promulgó una constitución progresista que impulsó reformas sociales en favor de los obreros y de los campesinos.

En 1950 el coronel Jacobo Arbenz fue elegido presidente e inició ambiciosas reformas económicas y sociales para modernizar el país. A través de la reforma agraria de 1952, distribuyó más de un millón y medio de hectáreas a más de cien mil familias campesinas. La compañía estadounidense *United Fruit* se opuso porque era propietaria de grandes extensiones de tierra que Arbenz proponía dar a los campesinos. A la vez, existía cierto miedo de que los comunistas tomaran control del país. El temor de una expansión del comunismo en Centroamérica impulsó al gobierno norteamericano a actuar contra el gobierno de Arbenz.

Una plantación de la compañía *United Fruit*

Rebeliones militares de 1954 a 1985 El gobierno de Arbenz fue derrocado en 1954 por un grupo de militares dirigido por el coronel Carlos Castillo Armas, quien había invadido el país desde Honduras con la ayuda de la CIA (Agencia Central de Inteligencia) de EE.UU. Castillo Armas se proclamó presidente pero fue asesinado en julio de 1957. A partir de entonces, Guatemala pasó por un largo período de inestabilidad y de violencia política que la llevó a una sangrienta guerra civil que empieza en 1966 y no termina hasta treinta años más tarde en 1996. Entre 1966 y 1982 grupos paramilitares de la derecha asesinaron a más de treinta mil disidentes políticos y a un grupo más grande de indígenas.

En 1985 el gobierno militar le dio paso a un gobierno civil y fue elegido presidente Vinicio Cerezo. Al terminar su mandato en 1991, sin tener elecciones, transfirió la presidencia a José Serrano Elías. Dos años después, Serrano Elías se vio

Mujeres indígenas protestan en San Jorge

forzado a renunciar a la presidencia ante la reprobación general. Fue sustituido por Ramiro León Carpio, jefe de la comisión de defensa de los derechos humanos.

Situación presente El nombramiento de Ramiro León Carpio en 1993 como presidente de Guatemala fue bien recibido por aquellos sectores democráticos que deseaban implementar reformas en beneficio de la población indígena. En enero de 1994 se llegó a un acuerdo para empezar las negociaciones entre los guerrilleros izquierdistas y el gobierno. En enero de 1996 fue elegido presidente el candidato derechista Álvaro Arzú Irigoyen. En diciembre del mismo año se firmó un acuerdo de paz para dar fin a la guerra civil que ya había durado treinta y seis años y había causado la muerte de miles de habitantes.

La indígena maya-quiché Rigoberta Menchú Tum, quien recibió el Premio Nobel de la Paz en 1992, dice que más de doscientas mil personas murieron o desaparecieron durante este período. Ahora ella se dedica a forjar un futuro mejor para los cinco millones y medio de indígenas guatemaltecos que han logrado conservar su cultura ancestral a pesar de tantos años de opresión. En 1997 el presidente Arzú y el líder de los guerrilleros Ricardo Morán recibieron el premio de la Paz Houphouet-Boigny de la UNESCO. En el año 2000 fue elegido presidente Alfonso Portillo, quien en marzo de 2002 propuso un foro nacional para conseguir una mejor comunicación entre gobierno y gobernados. Este reconocimiento público parece indicar que Guatemala se encamina hacia un futuro donde la posibilidad de paz y armonía pueda realizarse como merecida consecuencia después de siglos de pobreza y lucha.

¡A ver si comprendiste!

A. Hechos y acontecimientos. ¿Recuerdas los datos más importantes de la lectura? Para asegurarte, completa las siguientes oraciones.

1. Aunque las compañías extranjeras contribuyeron al desarrollo económico del país, los campesinos indígenas...
2. La contribución principal del presidente Juan José Arévalo, elegido en 1945, fue...
3. La oposición principal a la reforma agraria del 1952 vino de...
4. El resultado de esa oposición fue...
5. El resultado de la rebelión de 1954 fue que Guatemala entró en un largo período de...
6. La actitud de los gobiernos militares en Guatemala respecto a los derechos humanos entre 1966 y 1982 era...
7. La guerra civil en Guatemala duró...
8. Después de firmar el acuerdo de paz, el presidente guatemalteco y el líder de los guerrilleros recibieron...

B. A pensar y a analizar. Haz las siguientes actividades.

1. Anota tres hechos que has aprendido sobre Guatemala con respecto a cada uno de los siguientes temas. Luego compara lo que tú anotaste con lo que escribieron dos compañeros(as) de clase.
   a. los mayas
   b. el período colonial
   c. el papel de los extranjeros en el país
   d. la situación actual
2. En grupos de tres o cuatro compañeros(as), decidan quiénes son o qué es responsable por los muchos problemas económicos que tiene Guatemala. Expliquen su respuesta.

Ventana al Mundo 21

El *Popol Vuh:* libro sagrado maya-quiché

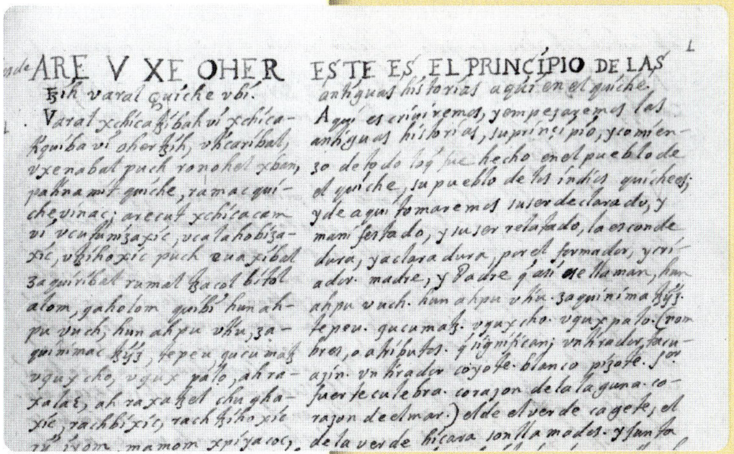

El *Popol Vuh* es la obra más importante de la tradición maya. Es un libro mágico y poético que recoge las leyendas y los mitos del pueblo quiché. Los quiché se habían establecido en el altiplano de Guatemala. Utatlán, su capital, fue destruida por el español Pedro de Alvarado en 1524. Se cree que poco después, entre 1550 y 1555, unos miembros del clan quiché Cavek, que habían aprendido español de los misioneros españoles, se pusieron a transcribir en alfabeto latino éste texto basado en uno o varios códices jeroglíficos y en la antigua tradición oral. Unos 250 años más tarde, el sacerdote español Fray Francisco Ximénez, basándose en un texto quiché hoy perdido, se puso a copiar el *Popol Vuh* en quiché en una columna y su traducción en español en la otra. Este manuscrito se conserva actualmente en la Biblioteca Newberry de Chicago y es la base de las traducciones modernas.

El *Popol Vuh* se divide en tres partes. La primera, que es como el Génesis maya-quiché, se propone describir la creación del hombre, quien después de varios intentos fue hecho finalmente de maíz, alimento básico de la civilización mesoamericana. La segunda parte trata de las aventuras fantásticas de Hunahpú e Ixbalanqué, dos jóvenes quiché que destruyen a los dioses malos de Xibalbá. La tercera parte hace un recuento de la historia de los pueblos indígenas de Guatemala. Así, en este libro, el mito, la poesía y la historia se combinan para formar una de las obras literarias más originales de la humanidad.

A. El *Popol Vuh*. Contesta las siguientes preguntas con un(a) compañero(a) de clase.

1. ¿Qué relación hay entre las palabras "quiché" y "Guatemala"?
2. ¿En qué alfabeto fue transcrito el libro original del *Popol Vuh*?
3. ¿Por qué se considera el *Popol Vuh* un libro sagrado? ¿Cuáles son las tres partes del libro?
4. ¿Por qué creen Uds. que en la mitología quiché los hombres fueron hechos de maíz? ¿Qué importancia tiene esta planta en la vida de los maya-quichés?
5. El manuscrito del padre Ximénez está ahora en la Biblioteca Newberry de Chicago. ¿Creen que debería devolverse a Guatemala? Expliquen su respuesta.

Manual de gramática

Antes de hacer esta actividad, conviene repasar la sección *3.3 Las preposiciones **para y por***, del **Manual de gramática** (pp. 242–245).

B. Repaso: para y por. Completa estas oraciones con **para** o **por**.

1. _____ los indígenas quiché, el *Popol Vuh* es la obra más importante de la literatura maya.
2. No se sabe si fue escrito _____ una persona o _____ varias.
3. La capital de los quichés fue destruida _____ Pedro de Alvarado en 1524.
4. Se cree que a mediados del siglo XVI un miembro del clan Kavek se puso a transcribir en alfabeto latino este libro _____ las autoridades españolas.
5. El manuscrito del *Popul Vuh* que se conserva actualmente en la Biblioteca Newberry de Chicago fue preparado _____ el sacerdote español Fray Francisco Ximénez _____ futuras generaciones.

Y ahora, ¡a leer!

A. Anticipando la lectura. Haz las siguientes actividades. Luego comparte tus respuestas con dos compañeros(as).

1. ¿Cuál es la diferencia entre una biografía y una autobiografía? Algunos críticos insisten en que el libro de Rigoberta Menchú no es una autobiografía sino un testimonio. ¿Cuál es la diferencia entre una autobiografía y un testimonio?
2. Si tú decides escribir tu propia autobiografía, ¿qué eventos quieres incluir? Prepara una lista de esos eventos. ¿Qué papel tienen tus padres en tu autobiografía? ¿Qué importancia tiene la niñez de tus padres en tu autobiografía? ¿Por qué?

3. Lee la sección **Conozcamos a la autora** y luego lee la cita del *Popol Vuh* que Rigoberta Menchú seleccionó como introducción a su libro. ¿Por qué crees que seleccionó este trozo? ¿Cómo interpretas tú la cita?

B. Vocabulario en contexto. Busca estas palabras en la lectura que sigue y, a base del contexto en el cual aparecen, decide cuál es su significado. Para facilitar encontrarlas, las palabras aparecen en negrilla en la lectura también.

1. **me cuesta mucho**
   a. es muy caro b. es muy difícil c. es fácil
2. **aldea**
   a. pueblo b. ciudad c. rancho
3. **aislado**
   a. prisionero b. acelerado c. separado
4. **las fincas**
   a. los barcos b. las propiedades agrícolas c. las playas
5. **ubicadas en**
   a. situadas en b. cerca de c. alejadas de
6. **remedio**
   a. medicina b. paciencia c. tiempo

Conozcamos a la autora

Rigoberta Menchú Tum, activista indígena quiché, nació en 1959 en un pueblo del norte de Guatemala. Ganó el premio Nobel de la Paz en 1992 por la defensa de los derechos de los indígenas de su país. A los veinte años, como sólo hablaba quiché, Rigoberta Menchú decidió aprender español para poder informar a otros de la opresión que sufre su pueblo. En 1981, tuvo que dejar Guatemala para huir de la violencia que dio muerte a sus padres y a un hermano. Tres años más tarde, le relató, en español, la historia de su vida a la escritora venezolana Elizabeth Burgos, quien la escribió. El libro *Me llamo Rigoberta Menchú y así me nació la conciencia,* publicado en 1983, hizo famosa a Rigoberta Menchú por todo el mundo. Con los recursos financieros que recibió del premio Nobel, estableció la Fundación Rigoberta Menchú Tum. La misión de la fundación es recuperar y enriquecer los valores humanos para poder establecer una paz global basada en la diversidad étnica, política y cultural.

El conmovedor y muy humano relato de Rigoberta Menchú representa un tipo de literatura llamado "testimonial". Es una narración muy íntima o, más precisamente, una conversación a través de la cual la persona relata hechos importantes de su vida a otra persona que transcribe la información. La escritora venezolana se esfuerza por duplicar el estilo de la narradora, que con frecuencia resulta ser un pensamiento tras otro, sin prestar demasiada atención ni a la gramática ni a la estilística tradicional. En el siguiente fragmento del primer capítulo del libro, se relata la juventud del padre de Rigoberta Menchú.

Me llamo Rigoberta Menchú y así me nació la conciencia

"Siempre hemos vivido aquí: es justo que continuemos viviendo donde nos place° y donde queremos morir. Sólo aquí podemos resucitar; en otras partes jamás volveríamos a encontrarnos completos y nuestro dolor sería eterno".

place° gusta

Popol Vuh

Me llamo Rigoberta Menchú. Tengo veintitrés años. Quisiera dar este testimonio vivo que no he aprendido en un libro y que tampoco he aprendido sola ya que todo esto lo he aprendido con mi pueblo° y es algo que yo quisiera enfocar. **Me cuesta mucho** recordarme toda una vida que he vivido, pues muchas veces hay tiempos muy negros y hay tiempos que, sí, se goza° también pero lo importante es, yo creo, que quiero hacer un enfoque que no soy la única, pues ha vivido mucha gente y es la vida de todos. La vida de todos los guatemaltecos pobres y trataré de dar un poco mi historia. Mi situación personal engloba° toda la realidad de un pueblo.

pueblo° gente
goza° divierte
engloba° reúne, contiene

En primer lugar, a mí me cuesta mucho todavía hablar castellano° ya que no tuve colegio, no tuve escuela. No tuve oportunidad de salir de mi mundo, dedicarme a mí misma y hace tres años que empecé a aprender el español y a hablarlo; es difícil cuando se aprende únicamente de memoria y no aprendiendo en un libro. Entonces, sí, me cuesta un poco. Quisiera narrar desde cuando yo era niña o incluso desde cuando estaba en el seno° de mi madre, pues, mi madre me contaba cómo nací porque nuestras costumbres nos dicen que el niño, desde el primer día del embarazo° de la mamá ya es un niño.[...]

castellano° español
seno° pecho
primer... concepción

Mi padre nació en Santa Rosa Chucuyub, es una **aldea** del Quiché. Pero cuando se murió su padre tenían un poco de milpa° y ese poco de milpa se acabó y mi abuela se quedó con tres hijos y esos tres hijos los llevó a Uspantán que es donde yo crecí ahora. Estuvieron con un señor que era el único rico del pueblo, de los Uspantanos y mi abuelita se quedó de sirvienta del señor y sus dos hijos se quedaron pastoreando° animales del señor, haciendo pequeños trabajos, como ir a acarrear° leña,° acarrear agua y todo eso. Después, a medida que fueron creciendo, el señor decía que no podía dar comida a los hijos de mi abuelita ya que mi abuelita no trabajaba lo suficiente como para ganarles la comida de sus tres hijos. Mi abuelita buscó otro señor donde regalar a uno de sus hijos. Y el primer hijo era mi padre que tuvo que regalarle a otro señor. Ahí fue donde mi papá creció. Ya hacía grandes trabajos, pues hacía su leña, trabajaba ya en el campo. Pero no ganaba nada pues por ser regalado no le pagaban nada. Vivió con gentes... así... blancos, gentes ladinas.° Pero nunca aprendió el castellano ya que lo tenían **aislado** en un lugar donde nadie le hablaba y que sólo estaba para hacer mandados° y para trabajar. Entonces, él aprendió muy muy poco el castellano, a pesar de los

milpa° *corn harvest*
pastoreando° cuidando
acarrear° transportar / leña° *firewood*
ladinas° indígenas españolizados
hacer... *to run errands*

nueve años que estuvo regalado con un rico. Casi no lo aprendió por ser muy aislado de la familia del rico. Estaba muy rechazado° de parte de ellos e incluso no tenía ropa y estaba muy sucio, entonces les daba asco° de verle. Hasta cuando mi padre tenía ya los catorce años, así es cuando él empezó a buscar qué hacer. Y sus hermanos también ya eran grandes pero no ganaban nada. Mi abuela apenas° ganaba la comida para los dos hermanos, entonces, era una condición bastante difícil. Así fue también como mi papá empezó a trabajar en las costas, en **las fincas**. Y ya era un hombre, y empezó a ganar dinero para mi abuelita. Y así es cuando pudo sacar a mi abuelita de la casa del rico, ya que casi era una amante del mismo señor donde estaba, pues, las puras necesidades hacían que mi abuelita tenía que vivir allí y que no había cómo salir a otro lado. Él tenía su esposa, claro, pero, además de eso, por las condiciones, ella aguantaba° o si no, se iba porque no había tanta necesidad de parte del rico ya que había más gentes que querían entrar ahí. Entonces por las puras necesidades mi abuela tenía que cumplir todas las órdenes. Ya salieron mi abuela con sus hijos y ya se juntó con el hijo mayor en las fincas y así es cuando empezaron a trabajar.

En las fincas en donde crecieron mis padres, crecimos nosotros. Son todas las fincas **ubicadas en** la costa sur del país, o sea, parte de Escuintla, Suchitepequez, Retalhuleu, Santa Rosa, Jutiapa, todas las fincas ubicadas en la parte sur del país, donde se cultiva, más que todo, el café, algodón, cardamomo° o caña de azúcar. Entonces, el trabajo de los hombres era más en el corte de caña, donde ganaban un poco mejor. Pero, ante las necesidades, había épocas del tiempo que todos, hombres y mujeres, entraban cortando caña de azúcar. Y claro de un principio tuvieron duras experiencias. Mi padre contaba que únicamente se alimentaban de yerbas° del campo, pues, que ni maíz tenían para comer. Pero, a medida que fueron haciendo grandes esfuerzos, lograron tener en el altiplano,° una casita. En un lugar que tuvieron que cultivarlo por primera vez. Y, mi padre a los dieciocho años era el brazo derecho de mi abuelita porque había tanta necesidad. Y era mucho el trabajo de mi padre para poder sostener a mi abuelita y a sus hermanos... Desgraciadamente desde ese tiempo habían ya agarradas° para el cuartel;° se llevan a mi padre al cuartel y se queda nuevamente mi abuela con sus dos hijos. Y, se fue mi padre al servicio. Allá es donde él aprendió muchas cosas malas y también aprendió a ser un hombre ya completo, porque dice que al llegar al servicio le trataban como cualquier objeto y le enseñaban a puros golpes,° aprendió más que todo el entrenamiento° militar. Era una vida muy difícil, muy dura para él. Estuvo haciendo un año el servicio. Después, cuando regresa, encuentra a mi abuelita en plena agonía que había regresado de la finca. Le dio fiebre. Es la enfermedad más común después de la ida a las costas, donde hay mucho calor y después el altiplano, donde hay mucho frío, pues ese cambio es bastante brusco° para la gente. Mi abuela ya no tuvo **remedio** y tampoco había dinero para curarla y se tuvo que morir mi abuelita. Entonces quedan los tres huérfanos que es mi padre y sus dos hermanos. Aún ya eran grandes. Se tuvieron que dividir ellos ya que no tenían un tío ni tenían nada con quien apoyarse y todo. Se fueron a las costas, por diferentes lados. Así es cuando mi padre encontró un trabajito en un convento parroquial y donde también casi no ga-naba pues, en ese tiempo se ganaba al día treinta centavos, cuarenta centavos, para los trabajadores tanto en la finca como en otros lados.

Dice mi padre que tenían una casita hecha de paja,° humilde. Pero, ¿qué iban a comer en la casa ya que no tenían mamá y que no tenían nada?

excluido
repugnancia
casi no
toleraba
cardamom
se... comían plantas
tierra alta
forced military roundups /
servicio militar
blows
instrucción
violento
straw

Entonces, se dispersaron.

Así es cuando mi padre encontró a mi mamá y se casaron. Y enfrentaron muy duras situaciones. Se encontraron en el altiplano, ya que mi mamá también era de una familia muy pobre. Sus papás también son muy pobres y también viajaban por diferentes lugares. Casi nunca estaban estables en la casa, en el altiplano.

Así fue como se fueron a la montaña.

No había pueblo. No había nadie.

Fueron a fundar una aldea en ese lugar. Es larga la historia de mi aldea y es muy dolorosa° muchas veces. triste

Fragmento de *Me llamo Rigoberta Menchú y así me nació la conciencia*

¿Comprendiste la lectura?

A. Hechos y acontecimientos. ¿Recuerdas los datos más importantes de la lectura? Para asegurarte, completa las siguientes oraciones.

1. Rigoberta Menchú escribió su autobiografía cuando tenía _____ años.
2. Rigoberta decidió colaborar con _____ en su autobiografía en vez de escribirla ella misma. Decidió hacer esto porque no _____ muy bien el español.
3. La abuela de Rigoberta tuvo que criar a sus tres hijos sola cuando _____ el abuelo. Para poder mantener a sus tres hijos la abuela trabajaba de _____. Para ayudar, los dos hijos _____.
4. La abuela tuvo que regalar su hijo mayor a un señor rico porque _____. El resultado de eso para el padre de Rigoberta fue que _____.
5. Cuando tenía catorce años, el padre de Rigoberta se fue a trabajar a _____. Mientras su hijo mayor trabajaba allá, la abuela _____.
6. El dueño insistía que su sirvienta, la abuela de Rigoberta, tuviera _____ con él. Ella lo permitía porque _____.
7. La abuela y sus tres hijos tenían una casita en el altiplano debido a los esfuerzos de _____. En ese entonces, el padre de Rigoberta tenía _____ años.
8. El padre de Rigoberta no pudo seguir manteniendo a su madre y a sus dos hermanos porque se lo llevaron al _____.
9. Pasó _____ antes que regresara el hijo mayor. Cuando regresó, encontró a su madre _____.
10. No se quedaron los tres hermanos en la casita de paja porque _____ la abuela. Cada uno se fue solo a buscar trabajo en _____.
11. El padre y la madre de Rigoberta se conocieron en _____. Se fueron a vivir en _____.

B. A pensar y a analizar. Haz estas actividades con un(a) compañero(a).

1. ¿Cómo interpretan el siguiente comentario de Rigoberta Menchú: “Mi situación personal engloba toda la realidad de un pueblo”? ¿Qué revela este fragmento de la vida diaria del indígena quiché en Guatemala?
2. ¿Qué revela esta historia de la personalidad de Rigoberta Menchú?
3. ¿Consideran este testimonio una visión realista o idealista de la vida de Rigoberta Menchú? ¿Por qué? Den ejemplos del texto que apoyen sus opiniones.

4. Comparen el estilo de este relato con el de "Cuando era puertorriqueña" de Esmeralda Santiago en la *Unidad 1,* páginas 28–29. ¿En qué se diferencian estos dos estilos? ¿Qué tienen en común?

C. Debate. En grupos de cuatro, organicen un debate sobre el tema: "La vida del padre de Rigoberta Menchú fue muy parecida a la vida de los esclavos africanos en EE.UU." Dos deben presentar argumentos a favor y dos en contra. Informen a la clase quiénes presentaron el mejor argumento.

Introducción al análisis literario

El lenguaje y el estilo

El lenguaje nos permite utilizar palabras para expresar ideas. **Estilo** es el modo particular con que se expresa un autor o sus personajes. Este estilo puede ser poético, científico, complicado, natural o común y corriente. En todo caso, el habla caracteriza a los personajes. Es como un verdadero espejo personal que revela mucho sobre el carácter, la educación y el estado socioeconómico de los personajes. En la autobiografía de Rigoberta Menchú, la fuerza de sus palabras es poderosa y hace que el lector vea la tremenda pobreza y soledad de sus antepasados. La voz con que cuenta su testimonio es sincera y humana, y muchas de las expresiones que favorece —por ejemplo, la repetición de las palabras "me cuesta mucho" y "duro"— enfatizan lo difícil de su vida.

A. El estilo de expresarse. Una palabra que Rigoberta Menchú emplea repetidamente es la palabra "aprender". Busca en la lectura todos los usos de "aprender" y haz una lista de ellos y los contextos en que aparecen. Luego compara tu lista con la de dos compañeros(as) para asegurarte de que los encontraron todos. ¿Por qué creen que ella usa este verbo repetidamente?

B. Mi propio estilo. Cada individuo tiene su propio estilo de expresión. ¿Cuál es el tuyo? ¿Qué expresiones repites? Para descubrir tu modo de dialogar, dramatiza la siguiente situación con un(a) compañero(a) de clase. Uno(a) de Uds. acaba de ser galardonado(a) con el premio *(decidan Uds. cuál).* El (La) compañero(a) lo (la) va a entrevistar diciendo algo como: "Buenos días, Sr. (Sra., Srta.)... Por favor, ¿podría contarle a nuestro público dónde nació, cómo fue su infancia, quiénes fueron sus padres y qué hizo para merecer este importante premio?"

Mientras Uds. hablen, graben la entrevista, luego escúchenla juntos(as) y hagan una lista de todas las palabras o expresiones que el (la) entrevistado(a) repite varias veces. ¿Qué revelan estas expresiones acerca del (de la) entrevistado(a)?

¡LUCES! ¡CÁMARA! ¡ACCIÓN!

Guatemala: influencia maya en el siglo XXI

Sacerdote maya hace ofrenda frente a iglesia cristiana

Por casi dos mil años, la civilización maya prosperó en Guatemala con una avanzada agricultura y una vida intelectual muy evolucionada. En la actualidad, todo esto ha cambiado dramáticamente. El colonialismo, varias guerras, dictaduras y gobiernos militares han tenido un efecto muy negativo en los mayas. No obstante, la cultura ancestral de esta gente sigue viva.

La religión maya, por ejemplo, sigue practicándose, mezclada a veces con las creencias del cristianismo, pero siempre manteniendo sus propias características, como lo explica la guía espiritual maya, María Can. Además del altar maya cristiano que van a ver en este video, María Can tiene un altar puramente maya. Desafortunadamente, la religión maya no permite filmar sus altares.

Las tradiciones mayas también se preservan en los hermosos textiles que producen, ya que cada tejedor reproduce cuidadosamente los colores y diseños que por años y años han identificado a las personas de su pueblo. Como se ve en los hermosos huipiles de la tejedora Petrona Cúmez el arte de los textiles mayas sigue vigente aún en el siglo XXI.

Antes de empezar el video

Contesten las siguientes preguntas en parejas.

1. ¿Creen Uds. que la civilización maya todavía tiene alguna influencia en la vida diaria de los guatemaltecos hoy en día? Expliquen sus respuestas.
2. ¿Creen Uds. que es apropiado que una religión incorpore elementos de otra? ¿Qué gana o qué pierde esa religión cuando esto ocurre?
3. ¿Qué dice de Uds. la ropa que llevan puesta? ¿Es posible que se pueda identificar de qué país, estado, ciudad o pueblo son por la ropa que llevan Uds.? ¿Por qué sí o por qué no?

¡A ver si comprendiste!

A. Guatemala: influencia maya. Contesta las siguientes preguntas con un(a) compañero(a) de clase.

1. ¿Qué porcentaje de los guatemaltecos son de descendencia maya?
2. ¿Por qué echan incienso los sacerdotes mayas frente a la iglesia cristiana en Chichicastenango?
3. Según la guía espiritual María Can, ¿cuántos dioses adoran los mayas hoy en día? ¿Quiénes son esos dioses? ¿Qué hicieron esos dioses?

4. ¿Qué importancia tienen las imágenes de ángeles en el altar de María Can? ¿Las veladoras?
5. ¿Qué es un huipil? Según Petrona Cúmez, ¿cuánto tiempo toma hacer un huipil? ¿Quiénes compran sus huipiles?

B. A pensar y a interpretar. Contesten las siguientes preguntas en parejas.

1. ¿Cómo se compara la presencia e influencia de las civilizaciones indígenas en EE.UU. con la presencia e influencia de los indígenas mayas en Guatemala?
2. ¿Por qué creen Uds. que los mayas han logrado mezclar su religión con el cristianismo?
3. ¿Cuánto creen que Petrona Cúmez recibe por un huipil? ¿Cuánto gana por hora, si trabaja ocho horas al día cinco días por semana?

EXPLOREMOS EL CIBERESPACIO

Explora distintos aspectos del mundo guatemalteco en las **Actividades para la Red** que corresponden a esta lección. Ve primero a **http://college.hmco.com** en la red, y de ahí a la página de ***Mundo 21.***

Manual de gramática
Unidad 3 Lección 1

3.1 THE PRETERITE AND THE IMPERFECT: COMPLETED AND BACKGROUND ACTIONS

- When narrating, the imperfect gives background information and the preterite reports completed actions or states.

Eran las ocho de la mañana. **Hacía** un sol hermoso. **Fui** al garaje, **encendí** el motor de mi vehículo todo terreno y **fui** a dar una vuelta.

It was eight o'clock. It was a sunny day. I went to the garage, started the motor of my all-terrain vehicle and went for a ride.

- The imperfect is used to describe a physical, mental, or emotional state or condition; the preterite is used to indicate a change in physical, mental, or emotional condition.

Ayer, cuando tú me viste, **tenía** un dolor de cabeza terrible y **estaba** muy nervioso.

Yesterday, when you saw me, I had a terrible headache and I was very nervous.

Ayer, cuando leí una noticia desagradable en el periódico, me **sentí** mal y me **puse** muy nervioso.

Yesterday, when I read an unpleasant bit of news in the newspaper, I felt ill and I became very nervous.

- Following is a list of time expressions that tend to signal either the preterite or the imperfect.

Usually Preterite	Usually Imperfect
anoche	a menudo *(often)*
ayer	cada día
durante	frecuentemente
el (verano) pasado	generalmente, por lo general
la (semana) pasada	mientras *(while)*
hace (un mes)	muchas veces
	siempre
	todos los (días)

Hace dos días me **sentí** mal. **Durante** varias horas **estuve** con mareos. **Ayer noté** una cierta mejoría.

Two days ago I felt ill. I was dizzy for several hours. Yesterday I noticed a certain improvement.

Todos los días compraba el diario local. **Generalmente** lo **leía** por la mañana **mientras tomaba** el desayuno.

Every day I would buy the local newspaper. Generally I would read it in the morning while I was having breakfast.

Ahora, ¡a practicar!

A. De viaje. Tu amigo(a) te pide que le digas cómo te sentías la mañana de tu viaje a Nicaragua.

MODELO sentirse entusiasmado(a)

Me sentía muy entusiasmado(a).

1. estar inquieto(a)
2. sentirse un poco nervioso(a)
3. caminar de un lado para otro en el aeropuerto
4. querer estar ya en Managua
5. no poder creer que salía hacia Nicaragua
6. esperar poder usar mi español
7. tener miedo de olvidar mi cámara

B. Sumario. Cuenta tu primer día en Managua.

MODELO llegar a Managua a las cuatro de la tarde

Llegué a Managua a las cuatro de la tarde.

1. pasar por la aduana
2. llamar un taxi para ir al hotel
3. decidir no deshacer las maletas todavía
4. salir a dar un paseo por el Parque Central
5. sentirse muy cansado(a) después de una hora
6. regresar al hotel
7. dormir hasta el día siguiente

C. La historia de la princesita. Completa los siguientes verbos con la forma apropiada del verbo en el pasado para contar la historia que leíste en el poema de Rubén Darío.

Esta es una historia de un rey y de su hija. El rey __1__ (ser) muy poderoso, __2__ (vivir) en un palacio de diamantes y __3__ (tener), entre muchas otras cosas, un rebaño de elefantes. Su hija, la princesita, __4__ (ser) muy traviesa. Un día la princesita, __5__ (ver) una estrella en el cielo y __6__ (querer) ir a cogerla. Así, __7__ (abandonar) el palacio, __8__ (ir) más allá de la luna y finalmente __9__ (obtener) su estrella. Desgraciadamente, no __10__ (tener) permiso de su papá. Por eso, cuando ella __11__ (volver), el rey se __12__ (enfadar) muchísimo y le __13__ (pedir) a la princesita que regresara al cielo y devolviera la estrella. En ese momento, __14__ (aparecer) Jesús, quien __15__ (decir) que la princesita __16__ (poder) quedarse con la estrella, porque ese __17__ (ser) un regalo suyo. El rey, muy contento, __18__ (hacer) desfilar cuatrocientos elefantes para celebrar la ocasión. La princesita __19__ (llevar) la estrella en su prendedor, la cual __20__ (resplandecer) mucho.

Lección 2

3.2 THE PRETERITE AND THE IMPERFECT: SIMULTANEOUS AND RECURRENT ACTIONS

- When two or more past events or conditions are viewed together, it is common to use the imperfect in one clause to describe the setting, the conditions, or actions that were in progress; the preterite is used in the other clause to tell what happened. The clauses may occur in any order.

Cuando nuestro avión **aterrizó** en el aeropuerto de Tegucigalpa, **eran** las cuatro de la tarde y **estaba** un poco nublado.

When our plane landed in the Tegucigalpa airport, it was four in the afternoon and it was a bit cloudy.

Unos amigos nos **esperaban** cuando **salimos** del avión.

Some friends were waiting for us when we got off the plane.

- When describing recurring actions or conditions, the preterite indicates that the actions or conditions have taken place and are viewed as completed in the past; the imperfect emphasizes habitual or repeated past actions or conditions.

El verano pasado **seguimos** un curso intensivo de español en Tegucigalpa. Por las tardes, **asistimos** a muchas conferencias y conciertos.

Last summer we took an intensive Spanish course in Tegucigalpa. In the afternoons, we attended many lectures and concerts.

El verano pasado, **íbamos** a un curso intensivo de español en Tegucigalpa y por las tardes **asistíamos** a conferencias o conciertos.

Last summer we used to go to an intensive Spanish course in Tegucigalpa and in the afternoons we would attend lectures or concerts.

- **Conocer, poder, querer,** and **saber** change their meaning when used in the preterite.

Verb	Imperfect	Preterite
conocer	*to know*	*to meet* (first time)
poder	*to be able to*	*to manage*
querer	*to want*	*to try* (affirmative); *to refuse* (negative)
saber	*to know*	*to find out*

Yo no **conocía** a ningún hondureño, pero anoche **conocí** a una joven de San Pedro Sula.

I did not know any Hondurans, but last night I met a young woman from San Pedro Sula.

Esta mañana yo **quería** comprar recuerdos, pero mi compañero de cuarto **no quiso** llevarme al mercado porque llovía. **Quise** ir a pie, pero abandoné la idea porque llovía demasiado.

This morning I wanted to buy souvenirs, but my roommate refused to take me to the market because it was raining. I tried to walk there, but I abandoned the idea because it was raining too much.

Ahora, ¡a practicar!

A. Último día. Explica lo que hiciste el último día de tu estadía en Honduras.

MODELO salir del hotel después del desayuno

Salí del hotel después del desayuno.

1. ir al mercado de artesanías
2. comprar regalos para mi familia y mis amigos
3. tomar mucho tiempo en encontrar algo apropiado
4. pasar tres horas en total haciendo compras

5. regresar al hotel
6. hacer las maletas rápidamente
7. llamar un taxi
8. ir al aeropuerto

B. Verano hondureño. Pregúntale a un(a) compañero(a) lo que él (ella) y sus amigos hacían el verano pasado cuando estudiaban en Tegucigalpa.

MODELO ir a clases por la mañana

Tú: **¿Iban Uds. a clases por la mañana?**

Amigo(a): **Sí, íbamos a clases a las ocho todos los días.**

1. vivir con una familia hondureña
2. regresar a casa a almorzar
3. pasear por la ciudad por las tardes
4. a veces ir de compras
5. cenar en restaurantes típicos de vez en cuando
6. algunas noches ir a bailar a alguna discoteca
7. salir de excursión los fines de semana

C. Visita a un museo. Completa la historia con el verbo más apropiado para saber lo que puedes ver en un museo de Tegucigalpa.

Hasta hace poco yo no _____ (sabía/supe) nada de la cultura hondureña. Pero el mes pasado _____ (aprendía/aprendí) mucho durante una corta visita que _____ (hacía/hice) al Museo Nacional Villa Roy. Cuando alguien me _____ (decía/dijo) que _____ (era/fue) el mejor museo de Tegucigalpa, de inmediato _____ (quería/quise) visitarlo. Afortunadamente, durante una tarde libre, _____ (podía/pude) ir al museo. _____ (Admiraba/Admiré) la arquitectura de esta casa de un antiguo presidente de Honduras. (Veía/Vi) artefactos que _____ (contaban/contaron) la historia de la cultura indígena del país. _____ (Sabía/Supe) entonces que la cultura indígena sigue viva en este país.

D. Sábado. Los miembros de la clase dicen lo que hacían el sábado por la tarde.

MODELO estar en el centro comercial / ver a mi profesor de historia

Cuando (Mientras) estaba en el centro comercial, vi a mi profesor de historia.

1. mirar un partido de básquetbol en la televisión / llamar por teléfono mi abuela
2. preparar un informe sobre el premio Nobel / llegar unos amigos a visitarme
3. escuchar mi grupo de rock favorito / pedir a los vecinos que bajara el volumen
4. andar de compras en el supermercado / encontrarme con unos viejos amigos
5. caminar por la calle / ver un choque entre una motocicleta y un automóvil
6. estar en casa de unos tíos / ver unas fotografías de cuando yo era niño(a)
7. tomar refrescos en un café / presenciar una discusión entre dos novios

E. Segunda revisión. Cambia todos los verbos en este párrafo al pasado.

En 1899 los hermanos Vaccaro de Nueva Orleans fundan (1) una compañía de exportación. Más tarde esa compañía llega (2) a ser la Standard Fruit Company, que exporta (3) principalmente bananas. En ese mismo año, se funda (4) también la United

Fruit Company, que tiene (5) su sede en Boston. En 1923 esta última compañía se une (6) con la compañía frutera Cuyamel, que controla (7) los mayores intereses fruteros en Honduras. A partir de entonces la United Fruit Company, a la cual llaman (8) El Pulpo (*Octopus*), se transforma (9) en la mayor influencia política en el país. Por esta fecha Honduras comienza (10) a ser conocido como la "República Bananera".

Lección 3

3.3 THE PREPOSITIONS PARA AND POR

Para is used

- to express movement or direction toward a destination or goal.

Salgo **para** San Salvador el viernes próximo.	*I am leaving for San Salvador next Friday.*

- to indicate a specific time limit or a fixed point in time.

Ese mural ya estará terminado **para** Navidad.	*That mural will already be finished by Christmas.*

- to express a purpose, goal, use, or destination.

Queremos ir a El Salvador **para** participar en una conferencia sobre derechos humanos.	*We want to go El Salvador to participate in a conference on human rights.*
En esta pared hay espacio **para** un mural.	*On this wall there is room for a mural.*
Esta tarjeta postal es **para** ti.	*This postcard is for you.*

- to express an implied comparison of inequality.

El Salvador tiene muchos habitantes **para** un país tan pequeño.	*El Salvador has many people for such a small country.*
Para ser tan joven, tú entiendes bastante de política internacional.	*For someone so young, you understand quite a lot about international politics.*

- to indicate the person(s) holding an opinion or making a judgment.

Para los salvadoreños, Óscar Arnulfo Romero es un héroe nacional. **Para** mí, es un héroe de la humanidad.	*For Salvadorans, Oscar Arnulfo Romero is a national hero. For me, he is a hero of the human race.*

Por is used

- to express movement along or through a place.

A muchos salvadoreños les encanta caminar **por** la avenida Cuscatlán. — *Many Salvadorans love to walk along Cuscatlan Avenue.*

- to indicate duration of time. **Durante** may also be used, or no preposition at all.

El Salvador sufrió un período de violencia **por más de diez años** (**durante** más de diez años / más de diez años). — *El Salvador suffered a period of violence for over ten years (during more than ten years / more than ten years).*

- to indicate the cause, reason, or motive of an action.

Rigoberta Menchú recibió el premio Nobel **por** su infatigable labor en favor de su gente. — *Rigoberta Menchu received the Nobel Prize for her untiring work on behalf of her people.*

Muchos turistas visitan el volcán Izalco **por** curiosidad. — *Many tourists visit the Izalco volcano out of curiosity.*

- to express *on behalf of, for the sake of,* or *in favor of.*

Los indígenas lucharon mucho **por** la paz en El Salvador. — *The indigenous people fought a lot for peace in El Salvador.*

Debemos hacer muchos sacrificios **por** el bienestar del país. — *We must make many sacrifices for the well being of the country.*

Según las encuestas, la mayoría va a votar **por** el candidato liberal. — *According to the polls, the majority is going to vote for the liberal candidate.*

- to express the exchange or substitution of one thing for another.

¿Cuántos colones dan **por** un dólar? — *How many* colones *do they give for a dollar?*

- to express the agent of an action in a passive sentence. (See p. 318 for a discussion of passive constructions.)

En el pasado El Salvador fue gobernado **por** muchos militares. — *In the past, El Salvador was ruled by many military men.*

Estos poemas fueron escritos **por** Claribel Alegría. — *These poems were written by Claribel Alegria.*

- to indicate a means of transportation or communication.

Llamaré a Carlos **por** teléfono para decirle que viajaremos **por** tren, no **por** autobús. — *I'll call Carlos on the phone to tell him that we'll travel by train, not by bus.*

- to indicate rate, frequency, or unit of measure.

En El Salvador hay un médico **por** cada dos mil habitantes. — *In El Salvador there is one doctor per two thousand people.*

¿Sabes cuánto gana un obrero salvadoreño **por** día? — *Do you know how much a Salvadoran factory worker earns a day?*

- in the following common expressions.

por ahora *for the time being*
por cierto *of course*
por consiguiente *consequently*
por eso *that's why*
por fin *finally*
por la mañana (tarde, noche) *in the morning (afternoon, night)*
por lo menos *at least*
por lo tanto *therefore*
por más (mucho) que *however much*
por otra parte *on the other hand*
por poco *almost*
por supuesto *of course*
por último *finally*

Ahora, ¡a practicar!

A. Admiración. ¿Por qué los salvadoreños admiran al arzobispo Óscar Arnulfo Romero?

MODELO infatigable labor

Lo admiran por su infatigable labor.

1. obra en favor de los indígenas
2. defensa de los derechos humanos
3. valentía
4. activismo político
5. espíritu de justicia social
6. lucha contra la discriminación

B. Planes. Menciona algunos planes generales del gobierno salvadoreño para resolver algunos de los problemas del país.

MODELO planes: controlar la inflación

El gobierno ha propuesto nuevos planes para controlar la inflación.

1. programas: mejorar la economía
2. leyes: prevenir los abusos de los derechos humanos
3. resoluciones: combatir el tráfico de drogas
4. regulaciones: proteger el medio ambiente
5. negociaciones: reconciliar a la oposición

C. Cerro Verde. Completa la siguiente información acerca del centro turístico salvadoreño Cerro Verde, usando la preposición **para** o **por**, según convenga.

1. Cerro Verde es un centro turístico famoso ____ su belleza natural.
2. ____ llegar hasta Cerro Verde, uno puede ir ____ auto siguiendo una de dos carreteras.
3. Cerro Verde es visitado tanto ____ salvadoreños como ____ extranjeros.
4. ____ los amantes del ecoturismo, Cerro Verde es el principal atractivo de El Salvador.
5. A los amantes de las flores, Cerro Verde los atrae ____ sus muchas y variadas orquideas.
6. Muchos animales andan libres ____ este parque nacional.

D. ¿Cuánto sabes de El Salvador? Hazle las siguientes preguntas a tu compañero(a) para ver cuánto recuerda de la historia de El Salvador. Selecciona entre **para** y **por** antes de hacer cada pregunta.

1. ¿Fue habitado _____ los mayas el país? ¿_____ qué otros grupos indígenas ha sido habitado?
2. ¿En qué año fue conquistado El Salvador? ¿_____ quién?
3. ¿_____ qué fenómeno natural fue destruida gran parte de San Salvador en 1986?
4. ¿Llaman al volcán Izalco el "faro (*lighthouse*) del Pacífico" _____ estar junto al mar o _____ estar siempre en erupción?
5. _____ un país tan pequeño, ¿vive poca o mucha gente en El Salvador?
6. ¿Sabes cuántos colones te dan _____ un dólar actualmente?
7. ¿_____ cuándo crees que va a poder regresar la mayoría de los salvadoreños que salieron del país durante la guerra civil de 1966 a 1996?
8. _____ ti, ¿cuál es el mayor atractivo de El Salvador?

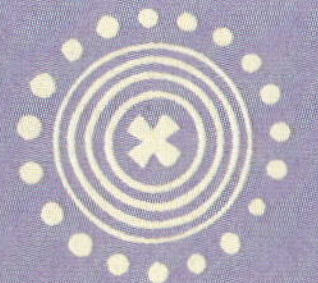

Lección 4

3.4 POSSESSIVE ADJECTIVES AND PRONOUNS

Short Form: Adjectives		Long Form: Adjectives/Pronouns	
Singular	***Plural***	***Singular***	***Plural***
mi	mis	mío(a)	míos(as)
tu	tus	tuyo(a)	tuyos(as)
su	sus	suyo(a)	suyos(as)
nuestro(a)	nuestros(as)	nuestro(a)	nuestros(as)
vuestro(a)	vuestros(as)	vuestro(a)	vuestros(as)
su	sus	suyo(a)	suyos(as)

- All possessive forms agree in gender and number with the noun they modify—that is, they agree with the object or person that is possessed, not with the possessor.

Tus abuelos son de Ciudad de Guatemala. **Los míos** son de Quetzaltenango. — *My grandparents are from Guatemala City. Mine are from Quetzaltenango.*

Víctor Montejo recita **los poemas suyos**. — *Victor Montejo recites his poems.*

Ana María Rodas recita **los poemas suyos**. — *Ana Maria Rodas recites her poems.*

Possessive Adjectives

- The short forms of the possessive adjectives are used more frequently than the long forms. They precede the noun they modify.

Mi novela favorita es *El señor Presidente*.	*My favorite novel is* El señor Presidente.

- The long forms are often used for emphasis or contrast, or in constructions with the indefinite article: **un (amigo) mío**. They follow the noun they modify and are preceded by an article.

La región **nuestra** produce arroz y maíz.	*Our region produces rice and corn.*
Un sueño **mío** es visitar Tikal.	*A dream of mine is to visit Tikal.*

- The forms **su, sus, suyo(a), suyos(as)** may be ambiguous since they have multiple meanings.

¿Dónde vive **su** hermano? (de él, de ella, de Ud., de Uds., de ellos, de ellas)	*Where does his (her, your, their) brother live?*

In most cases, the context determines which meaning is intended. To clarify the intended meaning, phrases such as **de él**, **de ella**, **de usted**, etc. may be used after the noun. The corresponding definite article precedes the noun.

¿Dónde trabaja **el** hermano **de él**?	*Where does his brother work?*
La familia **de ella** vive cerca de la capital.	*Her family lives near the capital.*

- In Spanish, the definite article is generally used instead of a possessive form when referring to parts of the body and articles of clothing.

Me duele **el** brazo.	*My arm aches.*
La gente se quita **el** sombrero cuando entra en la iglesia.	*People take off their hats when they enter a church.*

Possessive Pronouns

- The possessive pronouns, which use the long possessive forms, replace a possessive adjective + a noun: **mi casa → la mía.** They are generally used with a definite article.

— Mi familia vive en una aldea cerca de Quetzaltenango. ¿Y **la tuya**?	*"My family lives in a small village near Quetzaltenango. And yours?"*
— **La mía** vive en la capital, en Ciudad de Guatemala.	*"Mine lives in the capital, in Guatemala City."*

- The article is usually omitted when the possessive pronoun immediately follows the verb **ser.**

Esas fincas **son nuestras**.	*Those farms are ours.*

Ahora, ¡a practicar!

A. ¿El peor? Compartes tu cuarto con un(a) amigo(a). Los dos son bastante desordenados. ¿Quién es el (la) peor?

MODELO libros (de él/ella) / estar por el suelo

Sus libros están por el suelo.

1. sillón (de él/ella) / estar cubierto de manchas
2. calcetines (míos) / estar por todas partes
3. pantalones (de él/ella) / aparecer en la cocina
4. álbum de fotografías (mío) / estar sobre su cama
5. zapatos (de él/ella) / aparecen al lado de los míos

B. Gustos diferentes. Tú y tu compañero(a) no tienen las mismas preferencias. ¿Cómo varían?

MODELO Su artista favorito es Carlos Mérida. (Roberto Cabrera)

El mío es Roberto Cabrera.

1. Su ciudad favorita es Escuintla. (Antigua)
2. Mi período histórico favorito es el período precolombino. (la Colonia)
3. Su novelista favorito es Augusto Monterroso. (Miguel Ángel Asturias)
4. Mi autora favorita es Delia Quiñónez. (Cali Domitila Cane'k)
5. Su atracción turística favorita es Tikal. (el lago Atitlán)

C. Comparaciones. Tú hablas con Emilio Bustamante, un estudiante extranjero. ¿Qué diferencias le dices que notas entre su cultura y la tuya?

MODELO costumbres

Nuestras costumbres son diferentes a las tuyas.

1. lengua
2. gestos
3. modo de caminar
4. manera de escribir el número "7"
5. uso del cuchillo y del tenedor
6. ¿otras diferencias?

UNIDAD 3

3.5 THE INFINITIVE

The infinitive may be used:

- as the subject of a sentence. The definite article **el** may precede the infinitive. Note that English may use a present participle where Spanish uses the infinitive, as in the first example below.

El leer sobre la civilización maya fascina a todo el mundo. (A todo el mundo le fascina **leer** sobre la civilización maya.)	*Reading about the Mayan civilization fascinates everyone.*
Es difícil **reformar** los sistemas políticos. (**Reformar** los sistemas políticos es difícil.)	*It is hard to reform political systems.*

- as the object of a verb. In this case, some verbs require a preposition before the infinitive.

Verb + *a* + Infinitive	Verb + *de* + Infinitive	Verb + *con* + Infinitive	Verb + *en* + Infinitive
aprender a	acabar de *to have just*	contar con *to count on*	insistir en
ayudar a *to help*	acordarse de *to remember*	soñar con *to dream of*	pensar en *to think about*
comenzar a	dejar de *to fail to, stop*		
decidirse a	quejarse de *to complain*		
empezar a	tratar de *to try to, attempt to*		
enseñar a	tratarse de *to be about*		
volver a *to do (an action) again*			

El testimonio de Rigoberta Menchú me **ayudó a entender** mejor la situación de los indígenas en su país. — *Rigoberta Menchu's testimony helped me understand better the condition of indigenous people in her country.*

Víctor **insiste en volver a organizar** una manifestación contra la segregación racial. — *Victor insists on organizing again another demonstration against racial segregation.*

Sueño con visitar las ruinas de Tikal. — *I dream of visiting the Tikal ruins.*

- as the object of a preposition. Note that Spanish uses an infinitive after prepositions, whereas English uses an *-ing* form of the verb.

España usó el oro y la plata de América **para financiar** guerras **en vez de desarrollar** la economía. — *Spain used the gold and silver from America (in order) to finance wars instead of developing the economy.*

Ayer, **después de cenar,** mis amigos y yo salimos a dar un paseo. — *Yesterday, after having dinner, my friends and I went out to take a walk.*

The construction **al** + infinitive indicates that two actions occur at the same time. It means *at the (moment of), upon, on,* or *when.*

Al llegar al ayuntamiento descubrí que estaba cerrado. — *When I reached (Upon reaching) the town hall, I discovered that it was closed.*

- as an impersonal command. This construction appears frequently on signs.

No **fumar**. — *No smoking.*

No **estacionar.** — *No parking.*

Ahora, ¡a practicar!

A. Valores, Tú y tus amigos mencionan valores que son importantes.

MODELO importante / tener objetivos claros

Es importante tener objetivos claros.

1. esencial / respetar a los amigos
2. necesario / seguir sus ideas
3. indispensable / tener una profesión
4. fundamental / luchar por sus ideales
5. bueno / saber divertirse
6. ... (añade otros valores)

B. Letreros. Trabajas en un museo y tu jefe te pide que prepares nuevos letreros *(signs)*, esta vez usando mandatos impersonales.

MODELO No abra esta puerta.

No abrir esta puerta.

1. No haga ruido.
2. Guarde silencio.
3. No toque los artefactos.
4. No fume.
5. No saque fotografías en la sala.

C. Opiniones. Tú y tus amigos expresan opiniones acerca de la guerra.

MODELO todos nosotros / tratar / evitar las guerras

Todos nosotros tratamos de evitar las guerras.

1. los pueblos / necesitar / entenderse mejor
2. el fanatismo / ayudar / prolongar las guerras
3. todo el mundo / desear / evitar las guerras
4. la gente / soñar / vivir en un mundo sin guerras
5. los diplomáticos / tratar / resolver los conflictos
6. los fanáticos / insistir / imponer un nuevo sistema político
7. la gente / aprender / convivir en situaciones difíciles durante una guerra

D. Robo. Hubo un robo en el Banco de Guatemala ayer y tú fuiste uno de los testigos. Usa el dibujo para describir lo que pasó.

UNIDAD 4

La modernidad en desafío: Costa Rica, Panamá, Colombia y Venezuela

Paisaje montañoso costarricense

LOS ORÍGENES

Las grandes civilizaciones antiguas

Distintos pueblos indígenas ocuparon, antes de la conquista española, el territorio que hoy comprende Costa Rica, Panamá, Venezuela y Colombia. Cuando Cristóbal Colón desembarcó en Costa Rica por primera vez en 1502, se calcula que sólo había unos treinta mil indígenas en el país, a los cuales se les añadían tres colonias militares aztecas que recogían tributos para Tenochtitlán. Al sur, se encontraban los cunas, los guaymíes y los chocoes. Los descendientes de estas tribus forman los tres grupos de indígenas más numerosos que continúan viviendo en la región de Panamá. En las tierras que hoy pertenecen a Venezuela no existieron grandes civilizaciones. Sin embargo, las costas del Caribe venezolanas fueron pobladas por los indígenas arawak que habían sido conquistados progresivamente por los caribes. En la región colombiana, la cultura conocida como la de San Agustín, desaparecida muchos siglos antes de la llegada de los europeos, todavía causa admiración por sus enormes ídolos de piedra. También en la región colombiana vivieron los pueblos chibchas, que ocupaban las tierras altas de esta área.

Exploración y conquista españolas

En su tercer viaje, Cristóbal Colón pisó tierra firme en Venezuela el primero de agosto de 1498. Un año después, Américo Vespucio denominó al país "Venezuela", o sea, "pequeña Venecia" al ver que las casas sobre pilotes que habitaban los indígenas de las orillas del lago de Maracaibo. Durante su cuarto viaje, Cristóbal Colón fue el primer europeo que caminó por las playas de Costa Rica. Vasco Núnez de Balboa consiguió cruzar el istmo y en septiembre de 1513 llegó al océano Pacífico. En 1519 Pedrarias Dávila, gobernador del territorio que hoy es Panamá, fundó la Ciudad de Panamá. La colonización de la costa colombiana se inició en 1525. En sus cercanías fundaron la ciudad de Santa Fe de Bogotá en 1538, dándole a la región el nombre de "Nueva Granada". Pronto corrió la voz de la leyenda de El Dorado, que era un reino fabulosamente rico donde el jefe se bañaba en oro antes de sumergirse en un lago. Esto motivó la exploración y conquista de los territorios del interior de Colombia y Venezuela.

▲ La leyenda de El Dorado

La colonia

Con la conquista española, la población indígena que habitaba el territorio que hoy día es Costa Rica, Panamá, Colombia y Venezuela disminuyó considerablemente debido a enfermedades introducidas por los españoles y al hecho de que muchos fueron enviados a Perú a trabajar las minas de oro. La disminución de la población indígena dio inicio a un mestizaje racial y permitió que el castellano y el catolicismo reemplazaran muchas de las lenguas y religiones nativas. Viéndose sin grandes números de indígenas para trabajar las grandes plantaciones de caña de azúcar y las minas de oro y plata, los españoles importaron esclavos africanos que instalaron en la costa del Caribe.

En 1574 Costa Rica se integró a la Capitanía General de Guatemala que en 1823 se convirtió en las Provincias Unidas de Centroamérica. En 1848 Costa Rica proclama su independencia absoluta. Cuando los colonos españoles se dieron cuenta de que no había riquezas minables en Costa Rica, la mayoría decidió abandonar la región en busca de riquezas en otras partes. En cambio, la Ciudad de Panamá, situada en la costa del océano Pacífico, experimentó un gran desarrollo gracias a la construcción del Camino Real que unía Nombre de Dios, ciudad caribeña, con Puerto Bello, ciudad en la costa atlántica. Este camino facilitaba mover el oro de Perú al Atlántico camino a España. El tráfico de mercancías por el istmo atrajo a piratas. En 1717, para enfrenterarse con el problema de los piratas y para facilitar la búsqueda de oro, España instituyó el Virreinato de Nueva Granada, el cual incluía aproximadamente el territorio de las que hoy son las repúblicas de Venezuela, Colombia, Ecuador y Panamá. Este fue suprimido en 1723 y reestablecido en 1739 cuando Panamá pasó a formar parte del virreinato.

▲ Indígenas cunas

¡A ver si comprendiste!

A. Hechos y acontecimientos. Contesta las siguientes preguntas. Luego, compara tus respuestas con las de un(a) compañero(a).

1. ¿Cuáles fueron algunos de los pueblos indígenas que ocuparon el territorio que ahora conocemos como Costa Rica, Panamá, Colombia y Venezuela?
2. ¿Cuál es el origen del nombre "Venezuela"?
3. ¿Quién fue el primer europeo que cruzó el istmo de Panamá y vio el océano Pacífico?
4. ¿En qué consiste la leyenda de El Dorado? ¿Qué importancia tiene esta leyenda en la historia de Colombia?
5. ¿Para qué se importaron esclavos africanos durante la época colonial?
6. ¿Por qué todo el comercio entre Perú y España pasaba por Panamá durante el período colonial?
7. ¿A qué virreinato pertenecía el territorio que hoy incluye las repúblicas de Venezuela, Colombia, Ecuador y Panamá?

B. A pensar y a analizar. Contesta las siguientes preguntas con dos o tres compañeros(as) de clase.

1. ¿Creen Uds. que la leyenda de El Dorado está basada en la realidad? ¿Por qué? ¿Por qué creen que los españoles la creían?
2. ¿Cómo empezó el fenómeno del mestizaje en América Latina? ¿Piensan Uds. que los indígenas y los esclavos negros aceptaron fácilmente la cultura impuesta por los conquistadores? Expliquen sus respuestas.

LECCIÓN 1

Costa Rica

Nombre oficial: *República de Costa Rica*

Población: *3.773.057 (estimación de 2001)*

Principales ciudades: *San José (capital), Alajuela, Cartago, Puntarenas*

Moneda: *Colón (₡)*

GENTE DEL MUNDO 21

Ana Istarú, poeta, actriz y dramaturga costarricense nacida en 1960, es autora de seis poemarios y cuatro obras de teatro. Su libro de poesía más conocido *La estación de fiebre* (1983) ha sido traducido al francés, inglés, alemán, italiano y holandés. En 1990 recibió una beca de creación artística de la Fundación John Simon Guggenheim. Sus obras de teatro incluyen *Madre nuestra que estás en la tierra* (1988), *Baby boom en el paraíso* (1996), y *Hombres en escabeche* (2000). Esta última dibuja un ácido retrato de la moral sexual latina. En 2002 escribió el guión para la película *Caribe*, que fue dirigida por su co-autor Esteban Ramírez. En tres ocasiones ha sido galardonada con premios por su actuación en el teatro costarricense, el último siendo el Premio Ancora de Teatro 1999–2000.

Franklin Chang-Díaz, el primer astronauta hispanoamericano que viajó en el transbordador espacial, nació en San José, Costa Rica. Su abuelo paterno, José Chang, emigró de la China en busca de una vida mejor en Costa Rica. Franklin Chang-Díaz es hijo de Ramón Chang-Morales, un jefe de construcción, y María Eugenia Díaz, un ama de casa. A los dieciocho años, viajó a EE.UU. con sólo cincuenta dólares en el bolsillo para vivir con un pariente suyo en Hartford, Connecticut. Ahí se matriculó en la escuela pública para aprender inglés. Se ganó una beca para estudiar en la Universidad de Connecticut y se doctoró en el Instituto de Tecnología de Massachusetts. En 1981, logró el sueño de su vida: ser astronauta. En 1993, llegó a ser el primer director latino del Laboratorio de Propulsión en el Centro Espacial Johnson en Houston. Actualmente, según la NASA, continúa con sus investigaciones sobre nuevos conceptos de propulsión de cohetes; además, enseña en la Universidad de Rice y en la Universidad de Houston. Su país de origen le concedió el título de "Ciudadano Honorario" en 1995. Franklin Chang-Díaz ha estado en órbita por más de mil horas. Más recientemente por ejemplo, fue parte de la tripulación espacial de la nave Endeavour en 2002. En este vuelo de catorce días, Chang-Díaz hizo tres caminatas espaciales para ayudar a instalar el brazo robótico de la estación espacial.

Carmen Naranjo, nació en 1930 y es una distinguida escritora costarricense que también ha participado activamente en la vida cultural, social y política de su país. Fue embajadora de Costa Rica ante Israel (1972–1974) y Ministra de Cultura (1974–1976). Actualmente es directora de la Editorial Universitaria Centroamericana, desde donde dirige la publicación de importantes obras del profesorado. Autora de una amplia obra narrativa, ha incursionado también en el campo de la poesía destacándose dos colecciones tituladas *Mi guerrilla* (1977) y *Homenaje a don Nadie* (1981). Naranjo posee una prosa fresca e irreverente, y no oculta su ironía escéptica ante el espectáculo social que presenta a través de interesantes novelas tales como *Otro rumbo para la rumba* (1989) y *En partes* (1994). En *Más allá del Parismina* (2001) denuncia las estructuras de poder que obedecen a un orden social establecido creado por el hombre, pero que de ninguna manera representa protección y bienestar para todos. En esta obra madura se destaca su manejo espléndido del lenguaje a través de abundantes metáforas.

Otros costarricenses sobresalientes

Laureano Albán: poeta

Fernando Carballo Jiménez: pintor

Alfonso Chase: poeta

Carlos Cortés: poeta, cuentista, novelista y compilador de antologías

Magda Gordienko: pintora

Xenia Gordienko: pintora

Julieta Pinto: cuentista, novelista y catedrática

Juan Carlos Robelo: pintor

Samuel Rovinski: poeta, cuentista, novelista, dramaturgo y ensayista

Victoria Urbano (1926–1984): poeta, cuentista, novelista, dramaturga y catedrática

Francisco Zúñiga (1912–1998): pintor y escultor

Personalidades del Mundo 21

Contesta las siguientes preguntas. Luego, comparte tus respuestas con dos o tres compañeros(as) de clase.

1. ¿En qué campos ha tenido éxito Ana Istarú? ¿Qué tipo de persona crees que es? ¿Qué cualidades tiene?
2. ¿Cuál fue el sueño de Franklin Chang-Díaz? ¿Cómo lo logró? ¿Crees que tú podrías llegar a ser astronauta? Explica.
3. ¿En qué áreas ha tenido éxito Carmen Naranjo? ¿Cómo se comparan las carreras de Carmen Naranjo y Ana Istarú? ¿Qué crees que ha impulsado a estas dos mujeres a sobresalir en tantos campos distintos?

Cultura ¡en vivo!

La ecología y nuestro planeta

Manual de gramática

Antes de leer **Cultura ¡en vivo!**, conviene repasar las secciones *4.1 El participio pasado y el presente perfecto del indicativo* y *4.2 Construcciones pasivas*, del **Manual de gramática** (pp. 316–322).

Sin duda unos de los desafíos más importantes que se le presenta a la humanidad en la actualidad es la protección del medio ambiente. Algunos de los factores que han puesto en peligro el equilibrio de la naturaleza en grandes regiones del planeta son el crecimiento demográfico y la industrialización acelerada. Estos factores han resultado en la explotación desequilibrada de los recursos naturales y en la contaminación cada vez mayor del aire, la tierra y el agua. Ante este problema, varios científicos se han dedicado al estudio de la ecología o a las relaciones que se establecen entre los seres vivos y el medio en el que habitan.

Reserva biológica de Monteverde en un bosque nuboso de Costa Rica

Algunos científicos han concluido que la propia atmósfera se está deteriorando al disminuir peligrosamente la capa de ozono que protege contra los rayos ultravioleta del sol que son muy dañinos. También los expertos debaten si el extenso uso de combustibles como la gasolina está incrementando la temperatura, lo cual puede traer el efecto invernadero. Éste es un problema que afecta a todo el mundo. Uno de los lemas más efectivos del movimiento ecológico contemporáneo es "piensa globalmente y actúa localmente".

Costa Rica, con más de doce zonas climáticas, sirve de puente biológico entre Norteamérica y Sudamérica y se ha puesto a la vanguardia de los países con mayor conciencia ecológica en el mundo. Ha tomado medidas concretas para preservar los bosques tropicales cada vez más escasos. En 1969 se aprobó la Ley Forestal que estableció el Servicio de Parques Nacionales. En 1970, se inició el programa para la instauración sistemática en Costa Rica de parques nacionales y reservas biológicas. Para 1998, casi un millón de hectáreas se encontraban protegidas y se concentraban principalmente en los treinta parques nacionales, entre los que se encuentran, por orden de extensión: la Amistad, Braulio Carrillo y Corcovado.

A. La ecología. Haz las siguientes actividades.

1. ¿Cuales son algunos de los desafíos más importantes de la humanidad en el siglo XXI?
2. ¿Qué ha hecho Costa Rica frente a este desafío?
3. Explica el lema "piensa globalmente y actúa localmente".
4. ¿Qué es lo que tú haces diariamente en favor del medio ambiente?

B. Palabras claves: ambiente. Para ampliar tu vocabulario, trabaja con un(a) compañero(a) de clase para decidir en el significado de estas palabras relacionadas con la palabra **ambiente.** Luego, contesten las preguntas.

1. En la opinión de Uds., ¿cómo ha sido el **ambiente** intelectual de la universidad este año?
2. ¿Dónde en la universidad se ha usado un **ambientador**?
3. ¿Han sido adecuadas las leyes **ambientales** de la ciudad en donde viven Uds.?
4. ¿Van a **hacer buen ambiente** a favor de la candidatura de alguien?
5. ¿Cuánto se tarda uno en **ambientarse** después de un vuelo a Europa o Asia?

Mejoremos la comunicación

Para hablar de la ecología

Al hablar de los problemas ambientales

— ¿Has escuchado la charla del ecólogo sobre el medio ambiente de nuestra ciudad? *Have you heard the ecologist's talk on the environment of our city?*

atmósfera *atmosphere*
contaminación del aire, tierra y agua *f. air, land, and water pollution*
derrame de petróleo *m. oil spill*
desecho de los desperdicios *waste disposal*
efecto invernadero *greenhouse effect*
equilibrio ecológico *ecological balance*
erosión *f. erosion*
lago envenenado *poisoned lake*
quema de la selva *burning of the jungle*
reciclaje *m. recycling*
tala *cutting down of trees*

— No. ¿Qué dijo? *No. What did he say?*

— Dijo que la lluvia ácida ya ha dañado varios monumentos históricos en la ciudad. ¡Hasta mostró fotos del daño! Y dijo que la capa de ozono sigue disminuyendo. Se teme que esto nos ha puesto a todos en peligro de los rayos ultravioleta del sol. *He said that the acid rain has already damaged several historical monuments in the city. He even showed photos of the damage! And he said the ozone layer continues to diminish. It is feared that this has put all of us in danger of the sun's ultraviolet rays.*

— ¿Te imaginas? Pronto no vamos a poder respirar el aire. ¡Todos necesitaremos máscaras de oxígeno! *Can you imagine? Soon we're not going to be able to breathe the air. We'll all need oxygen masks!*

Al hablar de los parques nacionales

— Sin duda, lo que más me impresionó en mi viaje a Costa Rica fue todo lo que el gobierno ha hecho para preservar los parques nacionales.

Without a doubt, what impressed me most about my trip to Costa Rica was everything that the government has done to protect its national parks.

biodiversidad *f. biodiversity*
bosque lluvioso *m. rain forest*
bosque nuboso *m. cloudy forest*
bosque tropical *m. tropical forest*
ecosistema *m. ecosystem*
especies en vías de extinción *f. pl. endangered species*
reserva biológica *biological reserve*
zona protegida *protected area*

— ¡Me parece genial! Así el gobierno protege sus recursos naturales, controlando a la vez la contaminación.

It seems brilliant to me! That way the government protects its natural resources, controlling pollution at the same time.

— Bueno, lo más importante es que, con el gobierno en control, se elimina también el peligro de deforestación. Las únicas amenazas que quedan son peligros naturales como incendios y sequías.

Well, the most important thing is that, with the government in control, the danger of deforestation is also eliminated. The only remaining threats are the natural dangers like fires and droughts.

erupción *f. eruption (of a volcano)*
inundación *f. flood*
huracán *m. hurricane*
temblor *m. earthquake*
tempestad *f. storm*
terremoto *earthquake*
tornado *tornado*

¡A conversar!

A. Entrevista. Entrevista a un(a) compañero(a) de clase acerca de los esfuerzos para proteger el medio ambiente que ha hecho el gobierno en la ciudad donde vive. Pregúntale qué problemas han tenido con la lluvia ácida y qué han hecho para controlar la contaminación.

B. Una comparación. Con un(a) compañero(a) de clase, hagan una comparación entre los esfuerzos que se han hecho en Costa Rica para proteger los recursos naturales y los que se han hecho en EE.UU. Informen a la clase de sus conclusiones.

C. Práctica: presente perfecto. ¿Qué dicen estos estudiantes que han hecho durante el día para proteger el medio ambiente?

1. Yo (pasear) en bicicleta y no (conducir) el auto todo el día.
2. Vicente y Alfredo (caminar) más de diez millas hoy.
3. Teresa (reciclar) dos botellas, una lata y más de una docena de hojas de papel.
4. Néstor y yo (plantar) tres árboles para evitar la erosión.
5. Desafortunadamente tú y Gloria no (hacer) nada hoy día pero varias veces esta semana ustedes (ayudar) a limpiar derrames de petróleo.

DEL PASADO AL PRESENTE

Costa Rica: ¿utopía americana?

Plantación cafetalera

La independencia Costa Rica elaboró su propia constitución en 1823. Ese mismo año, la ciudad de San José venció a la ciudad rival de Cartago, y le quitó el control del gobierno convirtiéndose en la capital. Costa Rica formó parte de las Provincias Unidas de Centroamérica de 1823 a 1838, y proclamó su independencia absoluta el 31 de agosto de 1848. El primer presidente de la nueva república fue José María Castro Madroz.

Durante la segunda mitad del siglo XIX aumentaron considerablemente las exportaciones de café y se establecieron las primeras plantaciones bananeras. En 1878, el empresario estadounidense Minor C. Keith obtuvo del gobierno costarricense unas grandes concesiones territoriales para el cultivo del plátano con el compromiso de construir un ferrocarril entre San José y Puerto Limón. Debido a la unificación de *Tropical Trading,* la compañía de Minor C. Keith y *Boston Fruit Co.,* la compañía de Lorenzo Baker, nació la *United Fruit Company,* que los campesinos pronto nombraron "Mamita Yunai".

Dos insurrecciones Sólo en dos ocasiones se interrumpió la legalidad constitucional en Costa Rica en el siglo XX. La primera correspondió al régimen del general Federico Tinoco Granados, cuyo gobierno autoritario (1917–1919) causó una insurrección popular. Con esto comenzó la marginación de los militares de la vida política del país.

La segunda ocasión fue la breve guerra civil que estalló cuando el gobierno anuló las elecciones presidenciales de 1948 y en la que José Figueres Ferrer derrotó a las fuerzas gubernamentales. El país retornó a la vida constitucional con el gobierno de Otilio Ulate (1949–1953), quien había ganado las elecciones. En 1949 se aprobó una nueva constitución que disolvió el ejército y dedicó el presupuesto militar a la educación. Costa Rica es el único país latinoamericano que no tiene ejército y con ello ha podido evitar los golpes de estado promovidos por militares ambiciosos.

Niños costarricenses celebran el Día de la Independencia

Segunda mitad del siglo XX En 1953, José Figueres fue elegido presidente; su política moderadamente nacionalista consiguió renegociar los contratos con la *United Fruit Company* de forma beneficiosa para Costa Rica. La compañía debió invertir en el país el cuarenta y cinco por ciento de sus ganancias y perdió el monopolio sobre los ferrocarriles, las compañías eléctricas y las plantaciones de cacao y caña.

San José, Costa Rica

Figueres fue elegido presidente otra vez en 1970.

En la década de los 80, las guerras civiles centroamericanas, en especial la de El Salvador y la de los contras de Nicaragua, presentaron un grave peligro al gobierno costarricense.

Óscar Arias Sánchez, elegido presidente en 1986, jugó un papel activo en la resolución de los conflictos centroamericanos a través de la negociación. Fue galardonado con el premio Nobel de la Paz en 1987. Las elecciones de 1990 fueron ganadas por Rafael Ángel Calderón Fournier y las de 1994 fueron ganadas por José María Figueres Olsen, quien acabó por meter al país en serios problemas económicos. En febrero de 1998, Miguel Ángel Rodríguez fue elegido presidente y bajo su control, la economía del país volvió a estabilizarse. Abel Pacheco, del Partido Unidad Social Cristiana, fue nombrado presidente en abril de 2002.

La realidad actual Una relativa prosperidad económica y una cierta estabilidad política caracterizan a la pequeña república de Costa Rica. El ingreso nacional per cápita es el mayor de Centroamérica y los ingresos están distribuidos de manera relativamente justa. Esto les ha proporcionado a los costarricenses un alto nivel de vida con los índices más bajos de analfabetismo (personas que no pueden leer ni escribir)(5,2 por ciento) y de mortalidad infantil (11,18 por mil) en Latinoamérica.

Debido a la acelerada deforestación de las selvas que cubrían la mayor parte del territorio de Costa Rica, se ha establecido un sistema de zonas protegidas y parques nacionales. En proporción a su área, es ahora uno de los países que tiene más zonas protegidas—el veintiséis por ciento del territorio tiene algún tipo de protección, el ocho por ciento está dedicado a parques nacionales. En contraste, en EE.UU., por ejemplo, cerca del 3,2 por ciento de su superficie está dedicado a parques nacionales.

¡A ver si comprendiste!

A. Hechos y acontecimientos. ¿Recuerdas los datos más importantes de la lectura? Para asegurarte, trabaja con un(a) compañero(a) de clase para escribir una breve explicación en sus propias palabras del significado de las siguientes personas, lugares y acontecimientos en la historia de Costa Rica. Luego, comparen sus explicaciones con las de la clase.

1. José María Castro Madroz
2. la *United Fruit Company*
3. la constitución de 1949
4. Óscar Arias Sánchez
5. los parques nacionales y zonas protegidas
6. el índice de analfabetismo
7. la mortalidad infantil

B. A pensar y a analizar. En grupos de tres, expliquen cómo Costa Rica ha gozado de una relativa estabilidad política a lo largo del siglo XX y hasta el presente, mientras que sus vecinos han sufrido insurrecciones sangrientas y guerras civiles.

Ventana al Mundo 21

Educación en vez de ejército

La siguiente letra fue premiada el 15 de octubre de 1989 en un concurso convocado por la Municipalidad de San José, Costa Rica.

HIMNO A LA ABOLICIÓN DEL EJÉRCITO

por Viriato Camacho Vargas

Al trocar° por la azada° y el libro	cambiar / *hoe*
los rencores° y el arma mortal	hostilidad
Costa Rica proclama ante el mundo	
que el destino° del hombre es la paz.	futuro
Mire el mundo la hazaña° gloriosa	obra
de este pueblo valiente y viril	
que ha plantado una rama de olivo	
donde antes había fusil.°	*rifle*
Oiga el mundo el batir cadencioso	
de alas blancas que en blanco tropel°	desorden
son enseña° del sueño bendito	*emblem*
donde el aula reemplaza al cuartel.°	residencia militar

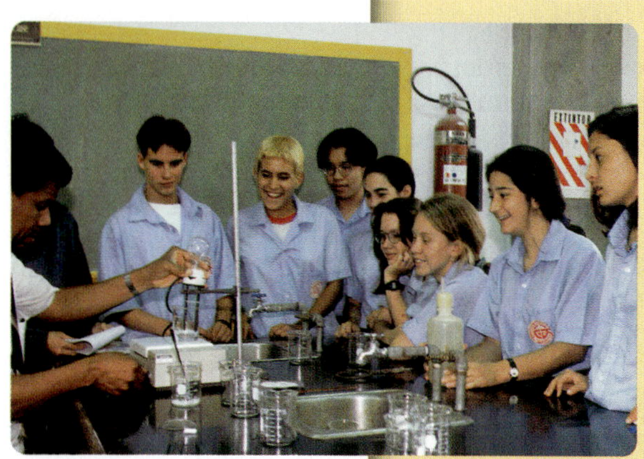
Jóvenes costarricenses en una clase de química

Este himno celebra la constitución de 1949 de Costa Rica que disolvió al ejército y le dio prioridad a la educación. Desde el año 1950 se ha producido una gran expansión de la educación que refleja el aumento de la población en el país. En 1973, Costa Rica tenía alrededor de 1.800.000 habitantes y en el año 2001, más de 3.700.000. El crecimiento más espectacular fue el de la enseñanza secundaria, que aumentó de 244 liceos en el año 1987 a 425 liceos en 1998. El acceso a la educación ha resultado en un descenso de la tasa de analfabetismo, de un veintiún por ciento en el año 1950, al 4,4 por ciento en el año 2000. El porcentaje del presupuesto que el Estado le dedica a la educación descendió en la década de los 80 debido a la crisis económica. Bajó de un treinta por ciento a finales de la década de los 70 a más del veinte por ciento en la década de los 90. Con el mejoramiento de la economía del país volvió a subir a un veintisiete por ciento en el año 2000.

A. La educación en Costa Rica. Contesta las siguientes preguntas con un(a) compañero(a) de clase.

1. ¿Cuál es la importancia de la constitución costarricense de 1949?
2. ¿Cómo ha cambiado la tasa de analfabetismo en Costa Rica?
3. ¿Qué porcentaje del presupuesto de Costa Rica se dedica a la educación?
4. ¿Es posible que este país decida dedicar la mayor parte del presupuesto militar a mejorar la enseñanza en el futuro? ¿Creen Uds. que esto es algo que el gobierno de este país debe hacer? Expliquen.

Manual de gramática

Antes de hacer esta actividad, conviene repasar la sección *3.3 Las preposiciones* ***para y por***, del **Manual de gramática** (pp. 242–245).

B. Repaso: por y para. Completa las siguientes oraciones con la preposición apropiada: **por** o **para**.

1. _____ Viriato Camacho Vargas, fue una gran sorpresa cuando la letra de su poema "Himno a la abolición del ejército" fue premiado _____ la Municipalidad de San José.
2. El himno fue escrito _____ Viriato Camacho Vargas _____ celebrar la constitución de 1949 de Costa Rica.
3. Esa constitución disolvió el ejército costarricense _____ darle prioridad a la educación.
4. _____ mí, lo más sorprendente es que Costa Rica ha evitado las guerras civiles que han sido inevitables _____ los países centroamericanos que sí tienen ejército.
5. A veces me pregunto _____ qué no decide EE.UU. eliminar su ejército _____ que la educación pueda recibir prioridad.

Y ahora, ¡a leer!

A. Anticipando la lectura. Imagínate que has sido galardonado con el premio Nobel de la Paz y tienes que preparar el discurso que vas a pronunciar al aceptar el premio. Como preparación para escribir ese discurso, contesta las siguientes preguntas.

1. ¿Cómo piensas empezar tu discurso? ¿Les vas a dar las gracias a las personas responsables? ¿A quiénes? ¿Qué vas a decir?
2. ¿Qué vas a decir sobre la importancia de este premio y el honor de haberlo recibido?
3. ¿Que piensas decir acerca de la paz mundial? ¿de la paz en general?
4. En tu opinión, ¿es apropiado criticar en esta ocasión a algunos gobernantes o países que parecen no respetar la paz? ¿Hay algunos que tu criticarías? ¿Cuáles? ¿Qué dirías de ellos?
5. ¿Qué otros asuntos crees que debes mencionar?
6. ¿Cómo puedes terminar tu discurso?

B. Vocabulario en contexto. Busca estas palabras en la lectura que sigue y, a base del contexto en el cual aparecen, decide cuál es su significado. Para facilitar encontrarlas, las palabras aparecen en negrilla en la lectura también.

1. **asegurar**
   a. estar seguro
   b. garantizar
   c. confirmar
2. **coraje**
   a. bravura
   b. dinero
   c. paciencia
3. **plazos**
   a. ejércitos
   b. límites de tiempo
   c. centros en la ciudad
4. **escogido**
   a. controlado
   b. creado
   c. selecto
5. **alcanzarse**
   a. obtenerse
   b. perderse
   c. buscarse
6. **anhelo**
   a. resultado
   b. temor
   c. deseo

Conozcamos al autor

Óscar Arias Sánchez, político costarricense, fue galardonado con el premio Nobel de la Paz en 1987 mientras era presidente de su país. Nació en Heredia, Costa Rica, en 1941, en el seno de una acomodada familia dedicada a la exportación cafetalera. Estudió derecho y economía en la Universidad de Costa Rica. En 1974, completó su doctorado en la Universidad de Essex en Inglaterra y regresó a enseñar ciencias políticas en la Universidad de Costa Rica. En 1986, fue elegido presidente por un amplio margen. Tiene varias publicaciones sobre las ciencias políticas, que incluyen *Democracia, independencia y sociedad latinoamericana* (1977), *Horizontes de paz* (1994) y *Nuevas dimensiones de la educación* (1994). Arias Sánchez mereció el premio Nobel por su participación activa en las negociaciones por la paz en Centroamérica. Las negociaciones culminaron en la Ciudad de Guatemala el 7 de agosto de 1987, cuando se firmó un acuerdo de paz entre los diferentes países de la región. Usó el dinero de este premio para establecer la Fundación Arias para la Paz y el Progreso Humano.

A continuación se presenta el discurso pronunciado por el Dr. Óscar Arias Sánchez, Presidente de la República de Costa Rica, en el Gran Salón de la Universidad de Oslo, Noruega, el 10 de diciembre de 1987, al aceptar el premio Nobel de la Paz de 1987.

La paz no tiene fronteras

Cuando ustedes decidieron honrarme con este premio, decidieron honrar a un país de paz, decidieron honrar a Costa Rica. Cuando, este año, 1987, concretaron° el deseo de Alfred E. Nobel de fortalecer los esfuerzos de paz en el mundo, decidieron fortalecer los esfuerzos para **asegurar** la paz en América Central. Estoy agradecido por el reconocimiento de nuestra búsqueda de la paz. Todos estamos agradecidos en Centroamérica.

concretaron° hicieron realidad

Nadie sabe mejor que los honorables miembros de este Comité que este premio es una señal° para hacerle saber al mundo que ustedes quieren promover° la iniciativa de paz centroamericana. Con su decisión, apoyan sus posibilidades de éxito; declaran cuán bien conocen que la búsqueda de la paz no puede terminar nunca, y que es una causa permanente, siempre necesitada del apoyo verdadero de amigos verdaderos, de gente con **coraje** para promover el cambio en favor de la paz, a pesar de todos los obstáculos.

señal° signo
promover° acelerar

La paz no es un asunto° de premios ni de trofeos. No es producto de una victoria ni de un mandato. No tiene fronteras, no tiene **plazos**, no es inmutable° en la definición de sus logros.

asunto° cuestión
inmutable° invariable

La paz es un proceso que nunca termina; es el resultado de innumerables decisiones tomadas por muchas personas en muchos países. Es una actitud, una forma de vida, una manera de solucionar problemas y de resolver conflictos. No se puede forzar en la nación más pequeña ni puede imponerla la nación más grande. No puede ignorar nuestras diferencias ni dejar pasar inadvertidos nuestros intereses comunes. Requiere que trabajemos y vivamos juntos.

Presentación del Premio Nobel en Suecia

La paz no es sólo un asunto de palabras nobles y de conferencias Nobel. Ya tenemos abundantes palabras, gloriosas palabras, inscritas en las cartas de las Naciones Unidas, de la Corte Mundial, de la Organización de Los Estados Americanos y de una red° de tratados internacionales y leyes. Necesitamos hechos que respeten esas palabras, que honren los compromisos avalados° por esas leyes. Necesitamos fortalecer nuestras instituciones de paz como las Naciones Unidas, cerciorándonos° de que se utilizan en favor del débil tanto como del fuerte.

red° conjunto
avalados° garantizados
cerciorándonos° asegurándonos

No presto atención a los que dudan ni a los detractores que no desean creer que la paz duradera puede ser sinceramente aceptada por quienes marchan bajo diferentes banderas ideológicas o por quienes están más acostumbrados a los cañones de guerra que a los acuerdos de paz.

En América Central no buscamos la paz a solas, ni sólo la paz que será seguida algún día por el progreso político, sino la paz y la democracia juntas, indivisibles, el final del derramamiento° de sangre humana, que es inseparable del final de la represión de los derechos humanos. Nosotros no juzgamos, ni mucho menos condenamos, ningún sistema político ni ideológico de cualquiera otra nación, libremente **escogido** y no exportado. No podemos pretender que Estados soberanos° se conformen con patrones de gobierno no escogidos por ellos mismos. Pero podemos insistir en que todo gobierno respete los derechos universales del hombre, cuyo valor trasciende las fronteras nacionales y las etiquetas° ideológicas. Creemos que la justicia y la paz sólo pueden prosperar juntas, nunca separadas. Una nación que maltrata a sus propios ciudadanos es más propensa° a maltratar a sus vecinos.

derramamiento° correr
soberanos° de autoridad suprema
etiquetas° clasificaciones
es... propensa° está más inclinada

Recibir este premio Nobel el 10 de diciembre es para mí una maravillosa coincidencia. Mi hijo Óscar Felipe, aquí presente, cumple hoy ocho años. Le digo a él, y por su intermedio a todos los niños de mi país, que nunca deberemos recurrir a la violencia, que nunca deberemos apoyar las soluciones militares para los problemas de Centroamérica. Por la nueva generación debemos comprender, hoy más que nunca, que la paz sólo puede **alcanzarse** por medio de sus propios instrumentos: el diálogo y el entendimiento, la tolerancia y el perdón, la libertad y la democracia.

Sé bien que ustedes comparten lo que les decimos a todos los miembros de la comunidad internacional, y particularmente a las naciones del Este y del Oeste, que tienen mucho más poder y muchos más recursos que los que mi pequeña nación esperaría poseer° jamás. A ellos les digo con la mayor urgencia: dejen que los centroamericanos decidamos el futuro de Centroamérica. Déjennos la interpretación y el cumplimiento° de nuestro Plan de Paz a nosotros; apoyen los esfuerzos de paz y no las fuerzas de guerra en nuestra región; envíen a nuestros pueblos arados° en lugar de espadas, azadones° en lugar de lanzas. Si, para sus propios fines, no pueden abstenerse de acumular armas de guerra, entonces, en el nombre de Dios, por lo menos deberían dejarnos en paz.

tener

ejecución, realización

plows / hoes

Le digo aquí a su Alteza° Real y a los honorables miembros del Comité Nobel de la Paz, al maravilloso pueblo de Noruega, que acepto este premio porque sé cuán apasionadamente comparten ustedes nuestra búsqueda de la paz, nuestro **anhelo** de éxito. Si en los años venideros la paz prevalece° y se eliminan, entonces, la violencia y la guerra, gran parte de esa paz se deberá a la fe del pueblo noruego y será suya para siempre.

Highness

predomina

¿Comprendiste la lectura?

A. Hechos y acontecimientos. ¿Recuerdas los datos más importantes de la lectura? Para asegurarte, contesta las siguientes preguntas.

1. Según Óscar Arias, ¿a quiénes honró el Comité Nobel de la Paz al decidir darle el premio a él?
2. ¿Por qué dice que “este premio es una señal”? ¿Una señal para qué?
3. ¿Cómo define él la paz? Explica.
4. Además de dar discursos y organizar conferencias sobre la paz, ¿qué más necesitan hacer el Comité Nobel y los que reciben el premio Nobel de la Paz, según el orador?
5. Según Óscar Arias, ¿cómo se debe trabajar con los individuos que creen que la paz no es posible?
6. Además de la paz, ¿qué busca Centroamérica?
7. ¿Qué sistema político quiere imponer Óscar Arias en Centroamérica? Explica.
8. ¿Qué significado especial tiene el recibir el premio Nobel el 10 de diciembre para él? ¿Qué mensaje tiene para los niños de su país?
9. ¿Cómo deben ayudar las naciones más poderosas del mundo el movimiento de la paz en Centroamérica? ¿Qué deben hacer? ¿Qué no deben hacer?
10. ¿Por qué le da las gracias al pueblo noruego al final?

B. A pensar y a analizar. En grupos de tres, contesten las siguientes preguntas.

1. ¿Cuál es el tema de este discurso?
2. ¿Están Uds. de acuerdo con el título del discurso? ¿Es posible la paz mundial? Expliquen.
3. ¿Qué opinan Uds. del discurso de Óscar Arias? ¿Creen que Arias fue suficientemente diplomático, demasiado diplomático o no suficientemente diplomático? Den ejemplos para apoyar sus respuestas.
4. Algunos países se ofendieron por la crítica bastante directa que hizo Arias de EE.UU. y Rusia. ¿Qué opinan Uds.? ¿Tenía razón en lo que dijo? Expliquen.

C. Quiero agradecerles... Imagínate que tú y tu compañero(a) acaban de casarse y están ahora en la recepción. Los dos deciden expresar su gratitud a todas las personas que hicieron este momento posible: sus padres, familias, amigos. Preparen sus discursos de agradecimiento y preséntenlos en grupos de cuatro o seis personas.

Introducción al análisis literario

El discurso de agradecimiento

Hay muchas ocasiones en las cuales es necesario dar un discurso de agradecimiento, por ejemplo, al ser galardonado con un premio o al ser honrado en una fiesta de graduación o de jubilación. Los **discursos de agradecimiento** pueden variar bastante, pero todos tienden a incluir tres elementos básicos: el dar las gracias a las personas, al comité o a la organización responsable; el explicar el significado o la importancia del premio o de la ocasión a todos los interesados; y el compartir el honor de la ocasión con todos los merecidos. El discurso de Óscar Arias Sánchez exhibe todos estos aspectos a pesar de que dedica la mayor parte de su discurso a uno —el explicar el concepto de la paz y cómo lograrla.

A. Tres elementos de agradecimiento. Identifica con citas específicas sacadas de "La paz no tiene fronteras" los tres elementos de un discurso de agradecimiento. Compara tus citas con las de dos compañeros(as) de clase.

B. Quisiera dar las gracias primero a... Imagínate que acabas de graduarte y estás ahora en una recepción en tu honor que tu familia ha organizado. Frente a varios parientes y amigos que asistieron a tu graduación, decides expresar tu agradecimiento. Escribe ese discurso.

¡LUCES! ¡CÁMARA! ¡ACCIÓN!

Costa Rica: para amantes de la naturaleza

La exuberancia ecológica de Costa Rica

En 1502, durante su cuarto viaje a América, Cristóbal Colón llegó hasta Costa Rica. Hoy día es un diminuto país en el cual se encuentran maravillosos tesoros naturales, tales como el hermoso parque nacional Braulio Carillo, de 450 hectáreas, localizado cerca de la capital. En esta selección del video, podrán observar este bosque lluvioso desde un teleférico que recorre una buena parte del parque.

A correr los rápidos de Costa Rica

En esta selección del video Uds. podrán hacer *rafting* en el río Pacuare, uno de los cinco ríos de flujo natural más bellos del mundo. Antes de empezar, Rafael Gallo, el guía de la expedición, los va a preparar para navegar los rápidos en balsas de hule inflable. Para asegurarse de que los participantes sobrevivan la aventura, el guía les enseñará a manipular la balsa, a usar los remos y, sobre todo, a llevar chaleco salvavidas en caso de que uno se caiga al agua.

Antes de empezar el video

Contesten las siguientes preguntas en parejas.

1. ¿Se han paseado en un teleférico alguna vez? ¿Dónde? ¿Con qué propósito?
2. ¿Qué habrán visto los primeros colonizadores en la costa de la región de Costa Rica que los motivó a nombrarla así?
3. ¿Han hecho Uds. *rafting* alguna vez? ¿Dónde? ¿Les gustó o no? ¿Por qué?

¡A ver si comprendiste!

A. La exuberancia ecológica de Costa Rica. Contesta las siguientes preguntas con un(a) compañero(a) de clase.

1. ¿Quién fue Braulio Carillo? ¿A qué lugar le dieron su nombre?
2. ¿Por qué le habrá dado Cristóbal Colón el nombre de Costa Rica a esta región?
3. ¿Qué es un río de flujo natural?
4. Según Rafael Gallo, ¿qué es el *rafting*? ¿Qué es lo más importante del deporte del *rafting*?

B. A pensar y a interpretar. Contesta las siguientes preguntas.

1. ¿Por qué será de interés ver el bosque lluvioso desde un teleférico?
2. ¿Qué es lo irónico del nombre que Colón le dio a la región de Costa Rica? ¿Cuál es la verdadera riqueza del país?
3. ¿Qué atractivo tiene el río Pacuare para el *rafting*?
4. ¿Por qué es tan importante el chaleco salvavidas en el *rafting*?

EXPLOREMOS EL CIBERESPACIO

Explora distintos aspectos del mundo costarricense en las **Actividades para la Red** que corresponden a esta lección. Ve primero a **http://college.hmco.com** en la red, y de ahí a la página de ***Mundo 21***.

LECCIÓN 2

Panamá

Nombre oficial: *República de Panamá*

Población: *2.845.647 (estimación de 2001)*

Principales ciudades: *Ciudad de Panamá (capital), San Miguelito, Colón, David*

Moneda: *Balboa (B) y dólar estadounidense (US$)*

GENTE DEL MUNDO 21

José Quintero (1924–1999), actor y director, nació en la Ciudad de Panamá en el seno de una familia de la clase alta panameña. En 1943 se fue a Los Ángeles donde pasó dos años siguiendo cursos de cine y actuación. En 1948 estudió arte dramático en Chicago; allí conoció a la actriz Geraldine Page, a quién dirigió años después en varias obras teatrales. En 1950 Quintero y algunos otros estudiantes consiguieron fundar un teatrito llamado "Circle in the Square", que con el correr del tiempo se convirtió en uno de los escenarios más importantes de Nueva York. Quintero dirigió numerosas producciones que incluyeron *Los intereses creados* (1907) de Jacinto Benavente y *Yerma* (1934) de Federico García Lorca. De 1956 en adelante se especializó en la dirección de obras de Eugene O'Neill, las cuales le trajeron premios muy importantes como el "Variety" y el "Tony" en 1956, 1973 y 1974. En 1988 Quintero sufrió cáncer de la garganta, pero después de una operación exitosa continuó su incansable carrera como uno de los mejores directores teatrales del mundo. En 1998, un año antes de su muerte, se dedicó el Teatro José Quintero en Nueva York en honor a este muy respetado director y actor de teatro.

Mireya Moscoso tenía cincuenta y dos años cuando fue elegida presidenta de Panamá en 1999. Sus orígenes fueron humildes y difíciles, razón por la cual ha sido comparada con Evita Perón. A la muerte de su padre, Mireya tenía solamente diez años. Su madre, para mantener a la numerosa familia, vendía quesos y comidas. A los diecisiete años, recién graduada como secretaria comercial de un colegio de monjas, conoció al entonces tres veces presidente Arnulfo Arias, quien le llevaba cuarenta y seis años. Solamente después de una insistencia romántica y persistente, la joven Mireya aceptó salir a cenar con él y en 1968 se casó con él. Esposa leal y dedicada, lo acompañó al exilio en EE.UU. ese mismo año y no regresó a su patria hasta después de la muerte de su esposo en 1988. Fue convencida por el partido de Arias a aceptar la candidatura a la presidencia en las elecciones de 1994, las cuales perdió por un margen de menos de cinco por ciento del voto. En 1999 volvió a presentarse como candidata a la presidencia y esta vez ganó con cincuenta y ocho por ciento del voto. Su opositor fue Martín Torrijos, hijo de otro ex presidente, Omar Torrijos. La valentía y sinceridad de Moscoso y su don para la oratoria le atrajeron el apoyo y aprobación de sus compatriotas. Se aprecia su deseo de servir a los demás por los muchos programas que ha iniciado, como uno que otorga préstamos de bajo interés a agricultores, ganaderos y pequeños empresarios. Ha mostrado, también, un hábil manejo de las ganancias anuales del canal de Panamá. Es madre adoptiva de un niño joven.

Rubén Blades nacido en 1948, es un brillante personaje multifacético panameño que ha triunfado como músico, compositor, actor y político. Blades se dio a conocer como salsero de primera plana en conciertos internacionales y sus discos han recibido premios tales como el "Grammy" en 1997 por *La rosa de los vientos* y otro "Grammy" en el año 2000 por *Tiempos*. Su éxito en el cine es igualmente notable, teniendo ya más de 30 películas y habiendo sido nominado en 1992 para el premio "Emmy" por su actuación en *Crazy from the Heart*. Entre sus filmes más recientes figuran *The Devil's Own* (1997), *Seven Years in Tibet* (1997), *Chinese Box* (1997), *The Cradle Will Rock* (1999) *All the Pretty Horses* (2000) y *Empire* (2002). Por añadidura, Blades es un intelectual serio y dedicado, además de ser abogado —obtuvo una maestría en derecho internacional de la Universidad de Harvard. En 1991, fundó el partido político Madre Tierra en Panamá y en 1994 postuló a la presidencia. Aunque no salió elegido, Blades probó, una vez más, su tremendo talento en un campo nuevo. Casado con la actriz Lisa Lebenzon, residen cerca de Hollywood. La Organización de Naciones Unidas lo designó "Embajador Internacional Contra el Racismo" en el año 2000.

Otros panameños sobresalientes

Tatyana Alí: actriz y cantante

Rosario Arias de Galindo: editora y periodista

Ricardo J. Bermúdez: arquitecto, poeta y cuentista

Rosa María Britton: médica, novelista, cuentista y dramaturga

Enrique Jaramillo Levi: catedrático, editor de antologías, poeta y cuentista

Raúl Leis: sociólogo, periodista, catedrático y cuentista

Sheila Lichacz: pintora

Dimas Lidio Pitty: poeta, novelista y cuentista

Danilo Pérez: pianista y compositor

Pedro Rivera: poeta, cuentista y cineasta

Personalidades del Mundo 21

Contesta las siguientes preguntas. Luego, comparte tus respuestas con dos o tres compañeros(as) de clase.

1. ¿Qué es *Circle in the Square*? ¿Cuál es su importancia? ¿Crees que es difícil llegar a ser director de teatro en un país extranjero?¿Qué dificultades crees que tuvo Quintero?
2. ¿Cuáles fueron los orígenes de Mireya Moscoso? ¿Por qué se la compara con Evita Perón? ¿Cómo crees que obtuvo la experiencia política que la ayudó a ganar las elecciones? Explica.
3. ¿En qué campos ha alcanzado éxito Rubén Blades? ¿Por qué crees que abandonó esos campos para meterse en la política? ¿Qué otros artistas han abandonado su arte para seguir una carrera política?¿Lograron tener éxito?

Cultura ¡en vivo!

Los cunas

Situadas al oeste de la ciudad de Colón, en la costa del mar Caribe, están las 356 islas de San Blas. Allí viven los cunas, una de las tribus más interesantes de Hispanoamérica. A través de los siglos, los cunas han conservado su identidad indígena y su forma tradicional de vivir. En la sociedad cuna, las hijas son las dueñas y herederas de la tierra. Al casarse, el marido tiene que vivir en la casa de los padres de la novia y trabajar para su suegro. Por lo tanto, cada familia desea tener más hijas que hijos. Tanto las mujeres como los hombres trabajan de sol a sombra. Los hombres cultivan la tierra, recogen cocos y leña, reparan la casa cuando lo necesita y hacen su propia ropa y la de los hijos varones. Las mujeres, en cambio, preparan la comida, recogen agua dulce de los ríos, limpian la casa, lavan la ropa, y hacen su ropa y la de sus hijas.

Las mujeres cunas se caracterizan por el anillo de oro que casi siempre llevan en la nariz y por una notable creatividad que se manifiesta en su vestimenta diaria, la cual consiste en una falda oscura estampada y una blusa de colores brillantes bordada con diseños variados. También llevan anillos de oro en las orejas y una multitud de collares hechos de cuentas rojas y amarillas o de monedas de oro. En la cara se pintan la nariz con una gruesa raya negra.

Lo más llamativo de la vestimenta cuna es la blusa, una verdadera obra de arte, acabada con varios paneles de mola. Toma meses hacer cada mola y cada una es única en diseño y ejecución. Una mola es un conjunto de dos a siete telas de colores diferentes cuidadosamente cosidas con puntadas invisibles, siguiendo un diseño a veces tradicional, otras veces contemporáneo. El resultado es una explosión de color y belleza que se vende prácticamente por nada, en comparación con el tiempo y talento que tomó crearlo. Es lamentable que no haya mejor reconocimiento para sus obras de increíble paciencia y arte.

Los cunas, al igual que otras pocas tribus de Guatemala, México, Perú, Ecuador y Bolivia, han conseguido sobrevivir y conservar su etnicidad, pero tienen que trabajar duramente y vivir bajo condiciones difíciles para mantener sus preciadas tradiciones y costumbres.

A. Los cunas. Contesta las siguientes preguntas con un(a) compañero(a) de clase.

1. ¿Qué han hecho los cunas para mantener su independencia y su cultura a lo largo de los años?
2. ¿Qué es una mola? Explícalo en tus propias palabras.
3. Recientemente, los diseños de las molas de los cunas incluyen figuras de personajes de Disney y símbolos de Navidad como Santa Clos y el conde-

corado árbol de Navidad. En la opinión de Uds., ¿a qué se debe este cambio en la artesanía de los cunas?

4. ¿Creen Uds. que es bueno modernizar la artesanía tradicional? ¿Por qué sí o por qué no?

B. Palabras claves: costura. Para ampliar tu vocabulario, combina las palabras y expresiones de la primera columna con las definiciones de la segunda columna. Luego, escribe una oración original con cada palabra o expresión. Compara tus oraciones con las de dos compañeros(as) de clase.

_____ 1. costurera	a. actividad de diseñar y hacer vestidos exclusivos
_____ 2. costurar	b. mujer que cose por oficio
_____ 3. costurón	c. caja o mueble para guardar utensilios para coser
_____ 4. costurero	d. coser
_____ 5. alta costura	e. cicatriz *(scar)*

Mejoremos la comunicación

Para hablar de la artesanía

Manual de gramática

Antes de leer **Mejoremos la comunicación**, conviene repasar el presente de subjuntivo y los mandatos en las secciones 4.3 *y* 4.4 del **Manual de gramática** (pp. 322–330).

Al apreciar la artesanía

— Es difícil hallar obras tan vistosas y llamativas como las molas de los artesanos cunas; son muy hermosas y forman parte de su vestimenta diaria. — *It's hard to find works as colorful and flashy as the* molas *of Cuna artisans; they are very beautiful and are part of their daily dress.*

— No cabe duda que la costura de las molas es exquisita. — *There is no doubt that the sewing on the* molas *is exquisite.*

bordado *embroidery*
cosido *sewing*
diseño *design*
ejecución *f. execution*
puntadas *stitches (in sewing)*
tela *material*

— También es fascinante ver los anillos de oro que llevan en la nariz y en las orejas y los collares de cuentas que adornan los brazos y piernas. Pregúntale si puedo comprar collares como los que lleva. — *It's also fascinating to see the gold rings they wear in their noses and ears and the beaded necklaces that adorn their arms and legs. Ask her if I can buy necklaces like the ones she is wearing.*

— Me sorprende que su artesanía no haya incluido la alfarería. — *I'm surprised that their craftsmanship hasn't included pottery.*

cerámica *ceramics*
cestería *basketmaking*
impresión *f. printing*
litografía *lithography*
soplado de vidrio *glassblowing*
tallado en madera *wood carving (craft)*
tejeduría *weaving*
vidriería *glassmaking*

Al distinguir entre los textiles

— Mi mamá ya no usa la máquina de coser, pero le gusta bordar. Es un pasatiempo ideal para ella y le resulta bastante barato. Sólo necesita agujas, tijeras, hilo y tela.

My mom no longer uses her sewing machine, but she likes to embroider. It's an ideal hobby for her, and it's quite inexpensive. She only needs needles, scissors, thread, and fabric.

acolchar *to quilt*
coser *to sew*
tejer *to weave*
tejer a ganchillo *to crochet*
tejer a punto *to knit*

— Es sorprendente que tú no hayas aprendido a bordar. ¡A mí me encantaría aprender! Mira, si no te molesta, pídele que me enseñe.

It's surprising that you haven't learned to embroider. I would love to learn! Look, if it's not any trouble, ask her to teach me.

Al interesarse en la alfarería

— Parece que mi hijo se ha interesado en la alfarería vidriada. Se pasa todo su tiempo libre haciendo objetos de barro. Ya tiene su propio torno de alfarero y horno en el garaje.

It seems my son has become interested in glazed pottery. He spends all his free time making earthenware. He has his own potter's wheel and kiln in the garage.

— Me parece fantástico que él haya aprendido tan rápido.

I think it's great that he's learned so quickly.

Al interesarse en el trabajo en piel

— ¿Te conté que mi nuevo pasatiempo es labrar la piel fina?

Did I tell you that my new hobby is working fine leather?

— ¡Qué bien! Puedes hacerme un bolso de cuero para mi cumpleaños.

That's great! You can make me a leather shoulder bag for my birthday.

billetera *billfold, wallet*
cinturón *m. belt*
guante *m. glove*
llavero *key case*
maleta *suitcase*
maletín *m. briefcase*
tarjetero *credit-card holder*

¡A conversar!

A. Encuesta. Entrevista a cuatro compañeros(as) para ver qué tipo de artesanía les gusta. Pregúntales también si hacen alguna artesanía ellos mismos. Luego, compila tus datos con los del resto de la clase para saber cuál es la artesanía favorita de la clase.

B. Dramatización. Dramatiza la siguiente escena con dos compañeros(as) de clase. Tres amigos(as) están pasando las vacaciones de primavera en Panamá. Como hoy es el último día de su visita, deciden ir de compras para llevarles alguna artesanía típica a sus parientes. En una tienda de regalos Uds. discuten qué van a comprar y por qué.

C. Práctica: subjuntivo en cláusulas principales. Completa el siguiente diálogo con el presente de subjuntivo de los verbos que aparecen entre paréntesis para saber cómo reacciona esta mujer al saber los planes de su marido.

Él: Tal vez __1__ (dejar) mi clase de tallado de madera. Sí, probablemente __2__ (decidir) seguir una clase de cerámica.

Ella: ¡Cerámica! Ojalá sí __3__ (hacer) eso. Así podrás hacerme el florero que siempre he querido.

Él: ¡Florero! Olvídalo. Acaso __4__ (seguir) cerámica, será para aprender a hacer esculturas de cerámica. Pero nada de floreros.

Ella: Está bien. Con mi creatividad, quizá __5__ (encontrar) alguna manera de convertir tu cerámica en floreros.

DEL PASADO AL PRESENTE

Panamá: el puente entre las Américas

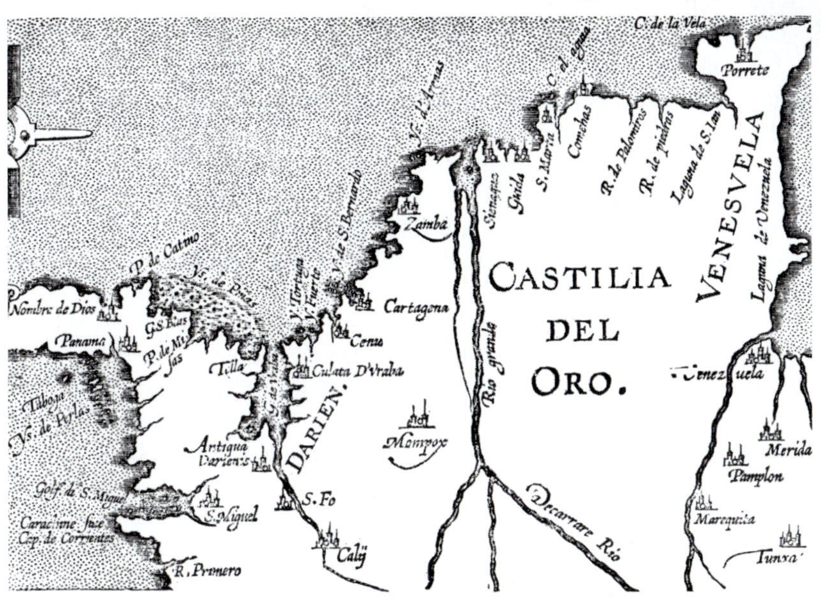

La independencia y la vinculación con Colombia

Panamá pasó a depender del Virreinato de Nueva Granada en 1739. Al principio, Panamá permaneció aislada de los movimientos independentistas. No fue hasta mediados de la segunda década del siglo XIX que se hizo parte del movimiento. Como resultado, el 28 de noviembre de 1821 una junta de notables declaró la independencia en la Ciudad de Panamá, fecha en que se conmemora oficialmente la independencia de Panamá. Pocos meses más tarde, Panamá se integró a la República de la Gran Colombia junto con Venezuela, Colombia y Ecuador.

En la Ciudad de Panamá se realizó el primer Congreso Interamericano, convocado por Simón Bolívar en 1826. Después de la desintegración de la Gran Colombia, Panamá siguió siendo parte de Colombia, aunque entre 1830 y 1840 hubo tres intentos fallidos de separar el istmo de ese país.

El istmo en el siglo XIX El descubrimiento de oro en California en 1848 revitalizó el istmo, el cual se convirtió en la vía marítima obligada entre las costas oriental y occidental de EE.UU. En 1855, la Compañía Ferroviaria de Panamá completó, con capital norteamericano, la construcción del ferrocarril interoceánico por el istmo de Panamá. Entre 1848 y 1869, más de 375.000 personas cruzaron el istmo del Caribe al Pacífico y 225.000 cruzaron en dirección contraria. Este nuevo tráfico le trajo prosperidad a Panamá.

La construcción del canal abandonada

En 1880, se iniciaron las obras para la construcción de un canal bajo la dirección del constructor del canal de Suez, Ferdinand de Lesseps. La compañía encargada de las obras, de capital principalmente francés, no pudo resolver muchas de las dificultades que se presentaron y abandonó la obra en 1889. Poco después de este fracaso, el gobierno de EE.UU. y el de Colombia concluyeron un tratado para la construcción del canal, aunque el Senado colombiano se negó a ratificarlo.

La República de Panamá Un movimiento separatista apoyado por EE.UU. proclamó la independencia de Panamá respecto a Colombia el 3 de noviembre de 1903. EE.UU. reconoció de inmediato al nuevo estado y envió fuerzas navales para impedir la llegada de tropas colombianas al istmo. Pocos días más tarde, el Secretario de Estado estadounidense, John Hay, firmó el Tratado Hay-Bunau Varilla. El representante diplomático de Panamá, el ciudadano francés Philippe Bunau-Varilla, también representaba los intereses de la compañía de Lesseps. Este tratado concedía a EE.UU. el uso, control y ocupación a perpetuidad de la Zona del Canal, una franja de dieciséis kilómetros de ancho a través del istmo panameño. No es sorprendente que este tratado fuera la causa de mucho resentimiento entre Panamá y EE.UU.

En 1904 se reanudó la construcción del canal, que fue abierto al tráfico el 15 de agosto de 1914. Panamá se convirtió de hecho en un protectorado de EE.UU., pues la constitución de 1904 autorizaba la intervención de las fuerzas armadas de EE.UU. en la república en caso de desórdenes públicos.

La época contemporánea En 1968 un golpe de estado estableció una junta militar dirigida por Omar Torrijos. El 7 de septiembre de 1977 Torrijos y el presidente Carter firmaron dos tratados por los cuales EE.UU. cedía permanentemente el canal a Panamá el 31 de diciembre de 1999. Torrijos, como jefe de la Guardia Nacional, controló el gobierno hasta 1981, cuando murió en un accidente de aviación.

En 1983, Manuel Antonio Noriega tomó la jefatura de la Guardia Nacional que, bajo el nombre de Fuerzas de Defensa de Panamá (FDP), siguió siendo el verdadero poder político del país. En 1987 fue acusado de haber causado el asesinato del líder de la oposición y de la muerte del general Omar Torrijos en el accidente aéreo de 1981. Los panameños, indignados por la corrupción oficial y la crisis económica, se opusieron abiertamente a Noriega. El descontento aumentó cuando en 1988 Noriega fue acusado de ayudar a traficantes de drogas y de otros crímenes y culminó en las elecciones de 1989 en

El presidente Carter y el Secretario General

las cuales triunfó la oposición. Noriega inmediatamente anuló las elecciones y continuó gobernando hasta diciembre de 1989 cuando fue derrocado por una intervención militar estadounidense. En 1992, un tribunal de Miami sentenció a Noriega a cuarenta años de prisión.

Guillermo Endara fue presidente desde diciembre de 1989 hasta 1994. En septiembre de 1991 los panameños decidieron que no se permitiría que los presidentes fueran reelegidos para un segundo término. De esa manera esperaban evitar que la dictadura regresara a su país. En mayo de 1994 fue elegido Ernesto Pérez Balladares y en 1999, Mireya Moscoso Rodríguez fue proclamada presidenta de Panamá después de un récord de participación en las elecciones. Moscoso es la primera mujer que llega a la presidencia en Panamá. La presidenta desempeña sus funciones con aplomo y cuenta con el apoyo de su pueblo que ahora disfruta del control sobre el canal de Panamá, así como también de las fuentes de ingreso que les aporta y que están mejorando las vidas de los ciudadanos panameños.

¡A ver si comprendiste!

A. Hechos y acontecimientos. ¿Recuerdas los datos más importantes de la lectura? Para asegurarte, contesta las siguientes preguntas.

1. ¿Qué congreso tuvo lugar en la Ciudad de Panamá en 1826? ¿Quién lo organizó?
2. ¿Qué trajo prosperidad al istmo de Panamá en la segunda mitad del siglo XIX?
3. ¿Por qué ha causado resentimiento entre Panamá y EE.UU. el Tratado Hay-Bunau Varilla?
4. ¿Quiénes firmaron los dos tratados por los cuales EE.UU. le cedió el canal a Panamá el 31 de diciembre de 1999? ¿Cuándo fueron firmados esos tratados?
5. ¿Qué causó el descontento del pueblo panameño con el presidente Noriega en 1988? ¿Cuál fue el resultado de ese descontento?
6. ¿Qué fue lo impresionante de las elecciones de 1999? Nombra dos cosas.

B. A pensar y a analizar. Contesta las siguientes preguntas con dos o tres compañeros(as) de clase.

1. ¿Qué importancia ha tenido la posición geográfica de Panamá en su historia?
2. ¿Creen Uds. que los militares de EE.UU. actuaron legalmente en 1989 cuando entraron en la capital de Panamá y tomaron preso a Manuel Antonio Noriega, dirigente máximo del país? ¿Cómo creen que reaccionaron los panameños? Bajo circunstancias parecidas, ¿aprobarían Uds. que el ejército de otro país entrara en Washington, D.C. y tomara preso al presidente de EE.UU.? ¿Por qué sí o por qué no?

Ventana al Mundo 21

El canal de Panamá

Con el Tratado Hay-Bunau Varilla de 1903 el gobierno de EE.UU. obtuvo el derecho de construir el canal de Panamá. Los constructores estadounidenses rechazaron los planes de construir un canal a nivel del mar como el que habían intentado los franceses; decidieron usar un sistema de compuertas y esclusas. El canal de Panamá, construido entre 1904 y 1914, es uno de los mayores logros de la ingeniería del siglo XX. Tiene una longitud de ochenta kilómetros y una anchura mínima de 33,5 metros.

El canal de Panamá

La construcción del canal incluyó la creación del enorme lago artificial de Gatún en medio del istmo y la excavación de canales desde cada costa. Se instalaron tres grupos de esclusas para elevar y bajar los barcos. El primer grupo de tres esclusas eleva los barcos al nivel del lago Gatún, veintiséis metros sobre el nivel del mar Caribe. Luego la esclusa de Pedro Miguel y las dos de Miraflores hacen descender los barcos al nivel del Pacífico.

Su construcción costó casi 400 millones de dólares y, sólo en 1913, más de sesenta y cinco mil personas trabajaron en el proyecto. Las cámaras de las esclusas son de 304 metros de largo por treinta y tres metros de ancho; estas dimensiones no permiten que pasen por el canal los supertanques y los grandes barcos de carga. En 1996, 13.536 barcos cruzaron el canal, generando 486 millones de dólares en cuotas. Pueden cruzar el canal cuarenta y dos barcos al día como máximo. El promedio de tiempo para cruzar el canal es veinticuatro horas, un máximo de ocho a doce horas en el canal mismo y otras doce horas esperando su turno para entrar en el canal.

En 1977, los dos tratados Torrijos-Carter establecieron la transferencia a Panamá, a partir del primero de octubre de 1979, de ciertas responsabilidades para el funcionamiento de la Zona del Canal. La cesión completa del canal tuvo lugar el 31 de diciembre de 1999.

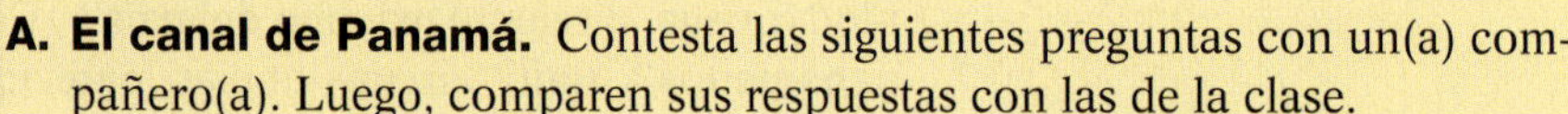

A. El canal de Panamá. Contesta las siguientes preguntas con un(a) compañero(a). Luego, comparen sus respuestas con las de la clase.

1. ¿Cuántos metros sobre el nivel del mar Caribe se tiene que elevar un barco antes de empezar a bajar al océano Pacífico? ¿Cuánto es en pies? ¿Cuántas esclusas son necesarias para llegar a esa altura?
2. ¿Por qué creen Uds. que el presidente Carter decidió entregar el control completo del canal de Panamá al gobierno panameño en el año 1999? ¿Están Uds. de acuerdo con esa decisión o creen que pone en peligro el comercio y la defensa de EE.UU.? Expliquen.

Antes de hacer esta actividad, conviene repasar la sección *1.1 Sustantivos y artículos*, del **Manual de gramática** (pp. 64–72).

B. Repaso: genero y número de sustantivos. Léele las siguientes palabras a un(a) compañero(a), asegurándote de usar el artículo definido apropiado. Luego, tu compañero(a) te las va a leer a ti en plural, con los artículos definidos apropiados.

1. canal
2. nivel
3. sistema
4. longitud
5. supertanque
6. cuota
7. plan
8. mar
9. ingeniería
10. construcción
11. responsabilidad
12. cesión

Y ahora, ¡a leer!

A. Anticipando la lectura. Haz las siguientes actividades con un(a) compañero(a) de clase.

1. Lean los primeros tres o cuatro versos de "Pena tan grande" y decidan si se narra este poema en primera, segunda o tercera persona.
2. Ahora lean los primeros tres o cuatro versos de "La única mujer" e identifiquen la voz narrativa de ese poema.
3. Piensen en el título de cada poema y en los versos que leyeron. Luego, escriban dos o tres temas que Uds. creen que van a mencionarse en cada poema. Después de leer los poemas, vuelvan a sus predicciones para ver si acertaron o no.

B. Vocabulario en contexto. Busca estas palabras en la lectura que sigue y, a base del contexto en el cual aparecen, decide cuál es su significado. Para facilitar encontrarlas, las palabras aparecen en negrilla en la lectura también.

1. **pena**
   a. orgullo   b. sufrimiento   c. felicidad
2. **ajena**
   a. amistosa   b. entre familiares   c. de otra persona
3. **agita**
   a. mueve   b. descansa   c. lava
4. **erguida**
   a. recta   b. despacio   c. rápido
5. **alaridos**
   a. perros   b. criminales   c. gritos
6. **dolorida**
   a. alegre   b. triste   c. bien vestida

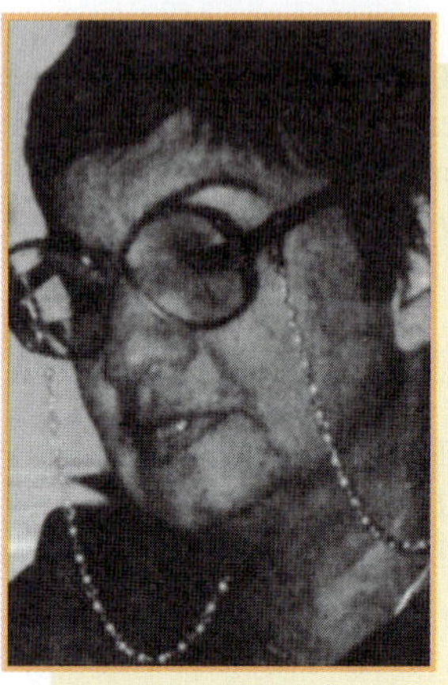

Conozcamos a la autora

Bertalicia Peralta nació en la Ciudad de Panamá en 1939. Estudió música en el Instituto Nacional de Música y periodismo en la Universidad Nacional. Es una intelectual muy dedicada a la enseñanza de la juventud y a la propagación de todo tipo de evento cultural. Sus obras literarias son numerosas e incluyen una revista llamada *El pez original* dedicada a la publicación de trabajos de panameños jóvenes. También escribe una columna en el periódico *Crítica* y cada año organiza un concurso de literatura infantil. Entre sus escritos se cuentan siete volúmenes de poesía que le han traído importantes galardones internacionales y algunos de sus cuentos han sido adaptados a la televisión. Se destacan *En tu cuerpo cubierto de flores* (1985), *Zona de silencio* (1987); *Piel de gallina* (1990); *Invasión U.S.A.* (1989); *Leit Motif* (1999). Además, escribió el guión para el ballet *El escondite del prófugo,* que forma parte del repertorio del Ballet Nacional de Panamá. En reconocimiento por sus valiosas actividades culturales, la Ciudad de Panamá la ha declarado "Hija Meritoria", y le ha otorgado las llaves de la ciudad.

En los poemas de Peralta que siguen sobresale su profunda simpatía por la mujer. En "Pena tan grande" se da cuenta de la pequeñez de sus preocupaciones, comparadas con las de una pobre madre que tiene que sustentar a sus cuatro niños. En "La única mujer" detalla las cualidades que elevan a la mujer al nivel de lo extraordinario. También expresa la opinión de que una mujer debe liberarse de la sumisión y tiene que aprender el verdadero valor de las cosas y de la vida.

Pena tan grande

Con mi **pena** tan grande
salí a buscar la compasión **ajena**

a mi paso tropecé° con la vecina
del tercer piso que vive sola y
da de comer y de vestir a cuatro hijos
y fue despedida de su trabajo
porque no cumple° el horario completo

su hijo mayor de nueve años
debe ser tratado por un especialista
para "niños excepcionales"
y a ella le cansan las caminatas por
las várices° de sus piernas

casi me indigesto° de vergüenza°
por mi pena tan grande

tropecé: me encontré
cumple: termina, hace
várices: *varicose veins*
me... tengo indigestión / *embarrassment*

La única mujer

La única mujer que puede ser
es la que sabe que el sol para su vida empieza ahora
la que no derrama° lágrimas sino dardos° para
sembrar° la alambrada° de su territorio

la que no comete ruegos°
la que opina y levanta su cabeza y **agita** su cuerpo
y es tierna,° sin vergüenza y dura sin odios

la que desaprende° el alfabeto de la sumisión
y camina **erguida**
la que no le teme a la soledad° porque siempre ha estado sola
la que deja pasar los **alaridos** grotescos de la violencia
y la ejecuta° con gracia
la que se libera en el amor pleno°
la que ama

la única mujer que puede ser la única
es la que **dolorida** y limpia decide por sí misma
salir de su prehistoria

shed / darts
to plant / barbed wire barrier
peticiones, pedidos
loving
olvida
a... estar sola
hace
lleno

¿Comprendiste la lectura?

A. Hechos y acontecimientos. ¿Recuerdas los datos más importantes de las lecturas? Para asegurarte, contesta las siguientes preguntas.

"Pena tan grande"

1. ¿Qué salió a buscar la narradora? ¿Por qué?
2. ¿A quién encontró la narradora? ¿Por qué no trabajaba? ¿Qué necesitaba?

3. ¿Cuántos hijos tenía? ¿Qué necesitaba el hijo mayor?
4. ¿Cómo se siente la narradora al final del poema? Explica.

"La única mujer"

5. Según la narradora, ¿cuáles de estos adjetivos describen a la única mujer? Cita el verso o versos que verifican tus selecciones.

amorosa	fuerte	independiente	orgullosa
atenta	humilde	optimista	sumisa

6. ¿Qué significa cuando la narradora dice que la única mujer tiene que "salir de su prehistoria"?

B. A pensar y a analizar. Haz las siguientes actividades con un(a) compañero(a).

1. ¿Cuál es el mensaje principal del poema "Pena tan grande"? ¿Cuáles son varios dichos (*sayings*) en inglés y en español que expresan el mismo mensaje? Hagan una lista y luego léansela a la clase para que todos puedan decidir cuál representa mejor el tema del poema.
2. *Para los hombres:* ¿Tendrías de novia a la mujer que se describe en "La única mujer"? ¿Por qué sí o por qué no?
   Para las mujeres: ¿Hasta qué punto te identificas con la única mujer? ¿Te gustaría ser más como ella? ¿Por qué sí o por qué no?
3. Miren el dibujo de la página 279. ¿Qué representa? Expliquen.

C. A personalizar. Piensa en un caso en tu pasado cuando tuviste una experiencia similar a la de la mujer en "Pena tan grande", cuando sentías que sufrías tanto hasta que viste a otra persona que sufría mucho más que tú. En grupos de tres o cuatro, túrnense en describir su situación. Informen a la clase de la más interesante.

Introducción al análisis literario

Versos libres

Los dos poemas de Bertalicia Peralta son un buen ejemplo de la poesía moderna que se destaca por el uso de **versos libres.** Esto quiere decir que los versos no tienen ni rima ni medida (el mismo número de sílabas). Este tipo de poesía libera al poeta y le permite expresarse con más facilidad, sin restricciones. Con frecuencia, la poesía moderna tampoco usa puntuación y no se agrupa en estrofas. Otras veces, cuando hay estrofas, no siempre tienen el mismo número de versos.

A. Estructura. Contesta las siguientes preguntas.

1. ¿Usa Bertalicia Peralta puntuación en sus poemas? ¿Usa letras mayúsculas al principio de cada oración?
2. ¿Cuántas oraciones hay en el primer poema? ¿en el segundo?

3. ¿Cuántas estrofas hay en cada poema? ¿Cómo varían las estrofas? ¿Tienen todas el mismo número de versos?

B. A escribir poesía moderna... Con un(a) compañero(a), escriban las primeras dos o tres estrofas de un poema similar a "La única mujer" pero sobre uno de estos temas: la única profesión, el único trabajo, el único hombre o el único hijo.

Escribamos ahora

A generar ideas: escribir un poema moderno

1. **La poesía moderna.** En la *Lección 2* de la *Unidad 3* leíste que la poesía moderna con frecuencia no tiene rima ni mantiene una estructura tradicional de estrofas con el mismo número de versos. Leíste también que la poesía moderna tiene una forma libre. Observa, por ejemplo, el poema de Bertalicia Peralta "Pena tan grande" y notarás que no tiene ninguna puntuación. Observa también que la agrupación de los catorce versos sigue un patrón muy irregular —dos versos en la primera estrofa, cinco en la segunda, cinco en la tercera y dos en la cuarta. Ahora mira el poema "La única mujer" y contesta las siguientes preguntas.

   a. ¿Cuántas estrofas tiene el poema?
   b. ¿Cuántos versos hay en cada estrofa?

2. **Un incidente personal.** Prepárate para escribir un poema moderno, sin rima y con una forma suelta similar a "Pena tan grande". Piensa primero en tu propia vida y medita sobre tus penas tan grandes que merecen la simpatía y atención de muchas personas. Luego, imagina que sales a la calle y empiezas a ver a personas que parecen sufrir de otras penas mucho mayores que las tuyas, por ejemplo, un ciego o una familia sin hogar. Lo importante es que las penas mencionadas —las tuyas y las de otros(as)— sean personales y de interés para ti.

   a. Anota tus penas y las de otras personas en un esquema como el siguiente.

Mi pena	Otras personas con penas	Sus penas
No soy rico(a).	un ciego	No ve nada. No puede trabajar. Depende de la generosidad de otros ...
Mi novio(a) me dejó.	una familia sin hogar	No tienen donde dormir, comer, bañarse Pasan frío. ...

b. Describe esa pena en las dos primeras líneas. Por ejemplo,

> Con mi pena tan grande por no ser rico(a)
> salí a buscar algo para comer

Pueden ser los mismos versos que usó Bertalicia Peralta o aún mejor, los tuyos propios.

B Primer borrador

1. **¡A organizar!** Vuelve ahora al esquema que preparaste en la sección anterior, **Un incidente personal,** y selecciona una de tus penas y una de las penas de otra persona que consideras más desafortunada que tú. Luego, siguiendo el formato de "Pena tan grande", describe esa pena en una estrofa de dos versos. Por ejemplo,

   > Con mi pena tan grande por no ser rico(a)
   > busqué la compasión de mis tías

2. **Un poema moderno.** Describe ahora lo que pasó cuando saliste a buscar compasión en dos estrofas de cinco versos cada una. Menciona a quién(es) viste con penas más grandes que la tuya y describe sus penas. Luego, termina tu poema moderno con una estrofa de dos versos, comparando las penas de otros con las tuyas. Escribe tu primer borrador ahora. ¡Buena suerte!

C Primera revisión. Intercambia el primer borrador de tu poema con el de un(a) compañero(a). Revisa el poema de tu compañero(a), prestando atención a las siguientes preguntas.

¿Entiendes bien la pena de tu compañero(a)? ¿Entiende bien tu compañero(a) las penas de otros? ¿Es lógico el contraste entre la pena de tu compañero(a) y las de la(s) otra(s) persona(s)? ¿Tienes algunas sugerencias sobre cómo podría mejorar su poema?

D Segundo borrador. Prepara un segundo borrador de tu poema tomando en cuenta las sugerencias de tu compañero(a) y las que se te ocurran a ti.

E Segunda revisión. Ahora dale una rápida ojeada a tu poema para asegurarte de que no hay falta de comunicación. Tal vez quieras pedirle a un(a) compañero(a) que te lo revise también. Haz todas las correcciones necesarias, prestando atención especial a la estructura y a que se entiendan bien los verbos y sujetos que no se expresan.

F Versión final. Considera las correcciones de la falta de comunicación y otras que tus compañeros(as) de clase te hayan indicado y revisa tu poema una vez más. Como tarea, escribe la copia final en la computadora. Antes de entregarla, dale un último vistazo a la acentuación, a la puntuación, a la concordancia y a las formas de los verbos.

G **Concurso de poesía.** Cuando tu profesor(a) te devuelva el poema, revísalo con cuidado. Después de incorporar todas las sugerencias que tu profesor(a) te haga, prepárate para leer el poema en un concurso de poesía. La clase se va a dividir en grupos de cuatro o cinco compañeros(as). Luego, cada persona de cada grupo leerá su poema en voz alta. Cada grupo seleccionará el poema que más le gustó y al final, los poetas leerán los poemas seleccionados a toda la clase. Después del concurso, devuelve tu poema al (a la) profesor(a) para que los incorpore todos en el libro de poesía de la clase.

EXPLOREMOS EL CIBERESPACIO

Explora distintos aspectos del mundo panameño en las **Actividades para la Red** que corresponden a esta lección. Ve primero a **http://college.hmco.com** en la red, y de ahí a la página de ***Mundo 21.***

LECCIÓN 3

Colombia

Nombre oficial: *República de Colombia*

Población: *40.349.388 (estimación de 2001)*

Principales ciudades: *Santa Fe de Bogotá (capital), Cali, Medellín, Cartagena*

Moneda: *Peso (Col$)*

GENTE DEL MUNDO 21

Fanny Buitrago González, considerada una de las mejores escritoras colombianas del siglo XX, nació en Barranquilla en 1940. Comenzó a leer y a escribir desde muy temprano, bajo la influencia de su padre Luis Buitrago, y su abuelo materno Tomás González, de quienes heredó el deseo de escribir y la afición al teatro y al buen cine. Ha vivido en Suecia, Alemania, EE.UU. y por largo tiempo, en las islas de San Andrés en Colombia. Desde 1980 vive en Bogotá, que es el medio donde se desarrollan la mayoría de sus narraciones. Esta fascinante escritora autodidacta no deja de ser un personaje controvertido, ya que algunos críticos la alaban mientras otros no aprecian su interesante obra. Desde su primera novela, *El hostigante verano de los dioses (*1963), Buitrago experimenta con la técnica narrativa con el fin de hacer consciente al lector del papel del autor dentro de la novela. Su segunda novela, *Cola de zorro* (1968), fue finalista en el concurso Seix-Barral de 1968. Su tercera novela, *Los pañamanes* (1979) recoge en parte su experiencia en las Islas de San Andrés y Providencia. En 1993 publicó la novela *Señora de la miel,* que ha sido traducida a varios idiomas, y en 2002 publicó *Bello animal.*

Su obra de teatro, *El hombre de paja* (1964), por la cual recibió el Premio Nacional de Teatro, trata de la violencia política y social que vivía el país. Su última obra de teatro es *Final del Ave María* (1991). Los niños no han sido olvidados y para ellos ha escrito varios libros, entre ellos *La casa del abuelo* (1981) y *Cartas del palomar* (1988). Como ella misma dice, «Tengo muchas historias para la literatura, la vida no me va a alcanzar y ese es mi único miedo.»

Fernando Botero, pintor y escultor colombiano, nació en Medellín en 1932. Partidario de una corriente pictórica figurativa y realista, a partir de 1950 Fernando Botero exageró los volúmenes de la figura humana en sus composiciones. Posteriormente estas figuras adoptaron la forma de sátiras de tipo político y social. Realizó su primera exposición en la capital, Bogotá, en 1951, y al año siguiente inició un viaje a Europa. Estudió primero en España y entre 1953 y 1955 residió en París y Florencia.

En 1960, Botero estableció su residencia en Nueva York. Durante los años 70 empezó a hacer esculturas en mármol y bronce, conservando la monumentalidad en su expresión. Para entonces ya había sido reconocido como uno de los genios de la pintura contemporánea y para 1992, sus enormes esculturas de bronce fueron exhibidas a lo largo de los Campos Elíseos de París y en la Avenida Park de Nueva York. Ese mismo año su cuadro *La casa de las mellizas Arias* se vendió por un millón y medio de dólares ; sus esculturas se venden por medio millón de dólares y más. Este gran hombre no olvida a su patria y para ayudar al proceso de la paz en su país hizo una donación de más de 200 millones de dólares en pinturas —algunas propias y otras de famosos pintores como Monet, Pisarro, Renoir, Degas, Dalí y Picasso— con las cuales se fundó el Museo de Antioquia, en Medellín. Actualmente reside y enseña en México.

Rodrigo García Barcha, hijo del gran escritor Gabriel García Márquez, le sigue las huellas creativas a su padre a través del medio del cine y la fotografía. Este talentoso colombiano nació en La Habana, Cuba en 1960 y creció en Colombia, México y Europa. Confiesa juguetonamente que en su adolescencia se sentía indeciso en cuanto a elegir una profesión definitiva y cambiaba una por semana hasta que se decidió por la de director de fotografía cinematográfica. Escogió esta carrera, porque habiendo crecido en un ambiente donde contar historias era una expresión artística, podía contar las que él creaba por medio de imágenes. Ha participado en la producción de más de veinte películas. Entre las más recientes cuentan *Body Shots* (1999), *Twilight* (1998), *Great Expectations* (1998) y *The Birdcage* (1996). A los 40 años debutó con gran éxito como realizador de la afamada película *Things You Can Tell Just by Looking at Her / Con sólo mirarla* (1999), en la cual trabajó con Glenn Close, Cameron Díaz y otras famosas actrices. El filme fue premiado en el Festival de Cine Sundance y posteriormente recibió otro galardón en el Festival de Cannes del año 2000.

Otros colombianos sobresalientes

Arturo Alape: cuentista, novelista y pintor

Roberto Burgos Cantor: cuentista y novelista

Santiago Cárdenas: pintor, dibujante y catedrático

Andrea Echeverri: cantante

Beatriz González: pintora y grabadora

Ana Mercedes Hoyos: pintora

Shakira Mebarak: cantante

Marvel Moreno: cuentista y novelista

Rafael Humberto Moreno Durán: cuentista, novelista y ensayista

Edgar Negret: escultor

Darío Ruiz Gómez: cuentista, novelista, poeta y ensayista

Carlos Vives: cantante y actor

Personalidades del Mundo 21

Contesta las siguientes preguntas. Luego, comparte tus respuestas con dos o tres compañeros(as) de clase.

1. ¿Qué tipo de literatura ha cultivado Fanny Buitrago? ¿Por qué será que algunos críticos la alaban y otros no? Explica. ¿Quiénes no han sido olvidados en la obra de esta autora?
2. ¿Qué se destaca en el arte de Fernando Botero? En tu opinión, ¿es ofensivo burlarse de la gente de esta manera o no? Explica.
3. ¿Quién es el famoso pariente de Rodrigo García Barcha?¿Le fue difícil a García Barcha escoger una carrera? Explica. ¿Por qué escogió ser director de fotografía cinematográfica?

Cultura ¡en vivo!

Manual de gramática

Antes de leer **Cultura ¡en vivo!**, conviene repasar la sección *4.5 El subjuntivo en claúsulas nominales* del **Manual de gramática** (pp. 330–333).

Música colombiana en el centro internacional

El grupo Aterciopelados acepta su premio "Grammy"

La música colombiana ocupa un papel de gran prestigio internacional. Para comenzar, en sus hermosas costas doradas nació la alegre y cadenciosa cumbia y otros ritmos tropicales que han sido desarrollados al máximo por modernos cultivadores que mezclan lo tradicional con lo completamente nuevo con resultados increíblemente exitosos. Baste nombrar a la bella roquera Shakira, cuyo rostro y música se han vuelto tan famosos que su fotografía adorna portadas de revistas por todo el globo. Su álbum *¿Dónde están los ladrones?* llegó a platino en EE.UU. y a multiplatino en Latinoamérica.

No se queda atrás el grupo Aterciopelados, ganadores del Grammy en 1998 y cultivadores del rock alternativo. Andrea y Héctor, sus integrantes, no dejan de conferir un sello muy personal al pop electrónico, el punk, el vallenato, el popo y la salsa. La reciente colección, *Caribe Atómico* (1998), fomenta el movimiento ecologista.

Carlos Vives, ídolo nacional, ha sido otro de los principales renovadores de los ritmos colombianos con éxitos tales como "Caballo viejo" y "Cumbia americana" (del disco *Tengo fe*, 1997), que colocaron a Colombia en el centro internacional.

Charlie Zaa cultiva el nuevo bolero. Su álbum *Un segundo sentimiento* ha vendido más de un millón de copias y ha obtenido el premio Lo Nuestro y el premio "Billboard". Seguidores de un tipo de música similar son Los Trí-o que, en el álbum *Nuestro amor* (1999) rinden homenaje a Los Panchos, el famosísimo trío romántico mexicano de hace unos años.

Y no se puede hablar de Colombia sin mencionar a Juanes, que en 2001 ganó siete nominaciones para premios "Grammy" Latinos por *Fíjate bien*, un álbum en el cual sus canciones hablan de la gente que se ve obligada a dejar su vida y su trabajo en el campo, e ir a la ciudad para poder tener algo que dar a los suyos de comer. En el mismo album hace mención del maltrato de personas en las minas, algo desgraciadamente muy actual, y que es el pan de cada día para Colombia.

A. Músicos colombianos. Contesta las siguientes preguntas con un(a) compañero(a).

1. ¿Qué clase de música se cultiva en Colombia? ¿Quiénes son algunos de sus cultivadores principales? Expliquen.

2. ¿Cuántas personas hay en el grupo Aterciopelados? ¿Qué tipo de música producen?
3. ¿Es moderna la música de Carlos Vives? Expliquen sus respuestas.
4. ¿Cuál es el tema de las canciones en *Fíjate bien*, el album de Juanes?
5. ¿Cuál de todos estos cantantes colombianos crees que te gustaría más? ¿Por qué?

B. Palabras claves: música. Para ampliar tu vocabulario, combina las palabras de la primera columna con las definiciones de la segunda columna. Luego, escribe una oración original con cada palabra.

____ 1. musicalidad	a. músico malo
____ 2. musiquero	b. persona que escribe sobre música
____ 3. musicastro	c. carácter musical
____ 4. musicógrafo	d. estudio de la historia de la música
____ 5. musicología	e. mueble para guardar música

MEJOREMOS LA COMUNICACIÓN

Para hablar de la música popular y tradicional

Al hablar de la música popular

— ¿Oíste las noticias? Es posible que la roquera Shakira dé un concierto en Medellín en marzo. ¡Te imaginas, un concierto de rock en Medellín!	*Did you hear the news? It's possible that the rock star Shakira will give a concert in Medellin in March. Can you picture it, a rock concert in Medellín!*

blues *m. pl.*	**heavy metal** *m.*	**reggae** *m.*
funk *m.*	**jazz** *m.*	**rock** *m.*
hard rock *m.*	**música pop**	**rock clásico** *m.*

Al hablar de artistas musicales

— ¡No lo puedo creer! ¿Medellín? ¿Por qué no Bogotá? Los artistas de categoría siempre vienen aquí, a Bogotá.	*I don't believe it. Medellin? Why not Bogotá? Quality performers always come here, to Bogotá.*
— Pues, parece que ella tiene parientes o amigos o no sé qué en Medellín y por eso escogió dar su concierto allá.	*Well, it seems that she has relatives or friends or I don't know what in Medellin and that's why she chose to give her concert there.*

artista *m./f. artist*
bailarín *m.,* ***bailarina*** *f. dancer*
baterista *m./f. drummer*
cantante *m./f. singer m./f. lead singer*

clarinetista *m./f. clarinet player*
conjunto *band*
guitarrista *m./f. guitar player*
músico *m./f. musician*
orquesta *orchestra*
pianista *m./f. pianist*
saxofonista *m./f. saxophone player*
trompetista *m./f. trumpet player*
violinista *m./f. violin player*

Al hablar de la música tradicional

— Pues, dudo que tenga mucho éxito. Ya sabes lo conservadores que son en Medellín. Ahora, no olvides el concierto de los Aterciopelados este fin de semana.

Well I doubt that she'll be very successful. You know how conservative they are in Medellin. Now, don't forget the Aterciopelados concert this weekend.

— No te preocupes. A propósito, ¿sabes que Charlie Zaa y Los Trí-o vienen al Teatro Bolívar el próximo mes?

Don't worry. By the way, did you know Charlie Zaa and Los Tri-o are coming to the Bolivar Theater next week?

— Olvídalo, a mí no me interesan los ritmos tradicionales, y esos chavos no salen de sus boleros y música romántica.

Forget it!, I'm not interested in traditional rhythms, and those guys never stop playing their boleros and romantic music.

— Bueno, tienes razón. Pero también tocan ritmos típicos colombianos, como bambucos, pasillos, porros,... y claro, cumbias.

Well, you're right. But they also play typical Colombian rhythms, like bambucos, pasillos, porros, . . . and of course, cumbias.

la música...
clásica *classic*
de mariachis *mariachi*
folclórica *folkloric*
tejana / ranchera *western*
romántica *romantic*

¡A conversar!

A. Discusión. Con dos compañeros(as), discutan sus preferencias en música popular: tipo de música, artistas favoritos, etcétera. Hablen también de su preferencia en la música tradicional. Informen a la clase de los gustos del grupo.

B. Dramatización. Dramatiza la siguiente situación con un(a) compañero(a) de clase. Tú acabas de oír que un(a) roquero(a) favorito(a) tuyo(a) va a dar un concierto en la universidad. Informas a tu mejor amigo(a) del concierto pero a él (ella) no le gusta ese tipo de música. Tratas de convencerlo de que te acompañe.

C. Práctica: el subjuntivo en cláusulas sustantivas ¿Qué opinan estos jóvenes de la posibilidad de que Shakira dé un concierto en su ciudad?

Modelo: ser probable / Shakira cantar / mi canción favorita
Es probable que Shakira cante mi canción favorita.

1. yo dudar / Shakira traer / todo su conjunto
2. yo sugerir / (nosotros) comprar / entradas cuanto antes
3. Roberto estar seguro / venderse todas las entradas / primer día
4. ser estupendo / el concierto ser / la tarde y no / la mañana
5. yo temer / algo pasar / (ellos) tener / cancelar el concierto

Del pasado al presente

Colombia: la esmeralda del continente

El proceso de independencia El 20 de julio de 1810, el último virrey español, Antonio Amar y Borbón, fue destituido de su cargo en el Virreinato de Nueva Granada y obligado a tomar un barco para España. Ésta es la fecha en que se conmemora la independencia de Colombia de España.

Los españoles no se dieron por vencidos e invadieron Nueva Granada en 1816. Simón Bolívar, líder de las fuerzas independentistas, derrotó a los españoles el 7 de agosto de 1819. Así, el 17 de diciembre de ese año se proclamó la República de la Gran Colombia, que llegó a incluir los territorios hoy llamados Venezuela, Colombia, Ecuador y Panamá, con Bolívar de presidente. En 1829, la República de la Gran Colombia, que poco antes había sido el Virreinato de la Nueva Granada, quedó dividida en tres estados independientes: Venezuela, Ecuador y la República de Nueva Granada, hoy Colombia y Panamá.

La violencia Entre 1899 y 1903, tuvo lugar la más sangrienta de las guerras civiles colombianas, la Guerra de los Mil Días, que dejó al país exhausto. En noviembre de ese último año, Panamá declaró su independencia. El gobierno estadounidense apoyó esta acción pues facilitaba considerablemente su plan de abrir un canal a través del istmo centroamericano. En 1914, Colombia reconoció la independencia de Panamá y recibió una compensación de veinticinco millones de dólares por parte de EE.UU.

Cafetal en Caldas, Colombia

El café fue el producto que trajo una relativa prosperidad económica después de la Primera Guerra Mundial. Aunque la gran depresión de la década de los 30 ocasionó un colapso de la economía colombiana, paradójicamente impulsó la industrialización del país. Muchos productos manufacturados que se importaban tuvieron que ser sustituidos por productos elaborados en el país.

El 9 de abril de 1948, Jorge Eliécer Gaitán, popular líder del Partido Liberal, fue asesinado. Este hecho resultó en una ola de violencia generalizada que se llama "el bogotazo" y que continuó por varios años culminando en un golpe de estado en junio de 1953 y un golpe militar en 1957. Desde 1958 se han efectuado regularmente elecciones para presidente en Colombia. Los candidatos del Partido Liberal han resultado triunfadores en estas elecciones desde 1974.

Arresto de narcotraficantes

Fines del siglo XX y comienzos del XXI La década de los años 80 se caracterizó por la tremenda violencia causada por los ataques de grupos guerrilleros y también de grupos de narcotraficantes, principalmente en la ciudad de Medellín. En 1991 se proclamó una nueva constitución. En 1993, la muerte de Pablo Escobar, líder del cartel de drogas de esa ciudad, trajo la promesa de paz, por la cual los colombianos, con la cooperación del gobierno estadounidense, continúan luchando esforzadamente. En agosto de 2002 Álvaro Uribe Vélez fue elegido presidente por un pueblo convencido de que se necesita un líder con autoridad moral y capacidad de decisión. Álvaro Uribe Vélez servirá hasta el año 2006.

Campaña contra el narcotráfico

¡A ver si comprendiste!

A. Hechos y acontecimientos. ¿Recuerdas los datos más importantes de la lectura? Para asegurarte, contesta las siguientes preguntas.

1. ¿Cuál es la importancia del 20 de julio de 1810 en la historia de Colombia? ¿Qué sucedió ese día?
2. ¿Quién fue elegido presidente de la República de la Gran Colombia? ¿Qué países formaron parte de la Gran Colombia?
3. ¿Qué producto agrícola trajo prosperidad a Colombia después de la Primera Guerra Mundial?
4. ¿Qué fue "el bogotazo" y qué resultado tuvo?
5. ¿Qué partido ha ganado las elecciones colombianas desde 1974?
6. ¿Quién fue Pablo Escobar y qué significa su muerte?

B. A pensar y analizar. ¿Cómo se caracteriza el siglo XX en Colombia? Contesten la pregunta trabajando en parejas. Citen hechos específicos para apoyar su respuesta. ¿Qué creen que tendrá que hacer el gobierno colombiano en el siglo XXI para mejorar la situación?

Ventana al Mundo 21

La Gran Colombia: sueño de Simón Bolívar

Simón Bolívar

Nacido en Caracas en 1783, Simón Bolívar se convirtió en el Libertador de América. Su sueño era liberar a las colonias españolas y unirlas en una gran patria. Bolívar se acercó a su sueño cuando, después de alcanzar muchos éxitos militares, en 1819, se formó la República de la Gran Colombia, la cual llegó a incluir los territorios que hoy son Colombia, Venezuela, Panamá y Ecuador. En 1821, el congreso de Cúcuta redactó la constitución de la nueva república y eligió a Simón Bolívar su primer presidente. En 1826, Bolívar convocó en Panamá un congreso para promover la unión de las repúblicas hispanoamericanas, su ideal último. Bolívar había llegado al punto culminante de su poder: era presidente de la Gran Colombia, jefe supremo de Perú y presidente de Bolivia. Sin embargo, este congreso fracasó debido a divisiones entre las nuevas naciones. En 1827, Bolívar se vio obligado a renunciar su puesto como jefe supremo de Perú. En 1828, en un último intento de evitar la separación de la Gran Colombia, se proclamó dictador. Pero en 1829, Bolivia se independizó, y poco después Venezuela se separó de Colombia. El 17 de diciembre de 1830, Bolívar murió en una hacienda cerca de Santa Marta sin realizar su sueño.

La primera Cumbre Iberoamericana que tuvo lugar en Guadalajara, México, en 1991, fue la primera ocasión en la cual se reunieron todos los gobernantes de las diecinueve repúblicas hispanoamericanas, junto con Brasil, España y Portugal. Esta cumbre dio un primer paso hacia hacer realidad el antiguo sueño de Bolívar.

A. La Gran Colombia. Contesta las siguientes preguntas con un(a) compañero(a). Luego, comparen sus respuestas con las de la clase.

1. ¿Cuál fue el sueño de Simón Bolívar? ¿Estuvo por lograrlo alguna vez?
2. ¿Cómo habría cambiado la historia si Bolívar hubiera unido todas las colonias españolas desde Panamá hasta Chile en una gran nación?
3. ¿Cómo habrían cambiado las relaciones entre EE.UU. y Latinoamérica si hubiera existido esta gran nación?
4. ¿Qué hechos de la historia de las Américas probablemente no habrían ocurrido si Bolívar hubiera logrado su sueño?

Manual de gramática

Antes de hacer esta actividad, conviene repasar los mandatos formales en la sección 4.4 del **Manual de gramática** (pp. 327–330).

B. Repaso: mandatos formales. Completa estos mandatos que Simón Bolívar puede haber dado a su asistente.

1. (Decirles) que acepto el nombramiento a la presidencia de la Gran Colombia.

2. (Invitar [Uds.]) a los representantes de todos los países de Latinoamérica al congreso en Panamá.
3. No (pensar [Uds.]) en mí como dictador sino como el líder de la Gran Colombia.
4. Bolivianos, por favor, no (separarse) de la Gran Colombia.
5. Latinoamericanos, (no olvidar) que yo hice todo lo posible por darle unidad al continente.

A. Anticipando la lectura. Haz estas actividades.

1. ¿Con qué frecuencia vas a visitar a un dentista? ¿Te gusta o no te gusta ir al dentista? ¿Por qué? ¿Cómo reaccionas cuando tienen que sacarte un diente o rellenarte una muela? ¿Temes la fresa (*drill*)? ¿Insistes en el uso de anestesia?
2. Basándote en el dibujo qué aparece al principio de la lectura, escribe dos o tres oraciones sobre lo que crees que va a ser el tema de este cuento. Compara tu predicción con las de dos compañeros(as) de clase. Después de leer el cuento, confirma si acertaste o no.
3. Lee el primer párrafo del cuento e identifica la voz narrativa y al protagonista. Luego, decide si va a ser un cuento realista, de horror, de fantasía o de misterio.

B. Vocabulario en contexto. Busca estas palabras en la lectura que sigue y, a base del contexto en el cual aparecen, decide cuál es su significado. Para facilitar encontrarlas, las palabras aparecen en negrilla en la lectura también.

1. **dentadura postiza**
   a. herramienta b. vaso de cristal c. dientes artificiales
2. **apresurarse**
   a. darse prisa b. considerarlo c. poner presión
3. **el cráneo**
   a. la cabeza b. el sombrero c. la almohada
4. **cautelosa**
   a. rápida b. moderada c. fuerte
5. **rodó**
   a. hizo caer b. levantó c. movió
6. **la guerrera**
   a. la pistola b. el revólver c. la chaqueta militar

Conozcamos al autor

Gabriel García Márquez, escritor colombiano galardonado con el premio Nobel de Literatura en 1982, nació en Aracataca el 6 de marzo de 1928. Cursó estudios de derecho y periodismo en las universidades de Bogotá y Cartagena de Indias. En su primera novela, *La hojarasca* (1955), aparece por primera vez Macondo, un pueblo imaginario en que se sitúan la mayoría de sus narraciones. Su consagración como novelista se produjo con la publicación de *Cien años de soledad* (1967), con la que culmina la historia del pueblo de Macondo y de sus fundadores, la familia Buendía. En muchas de las narraciones de García Márquez convergen el humor y la crítica social con una visión fabulada de la realidad que se ha llamado "realismo mágico".

García Márquez continúa produciendo obras de primerísima calidad, tales como *Doce cuentos peregrinos* (1992), *Del amor y otros demonios* (1994) y *Noticia de un secuestro* (1996). Algunas de sus obras han sido llevadas exitosamente al cine y ahora hay toda una colección de sus obras en cinta video y DVD. Actualmente, Gabriel García Márques es, sin duda alguna, uno de los escritores más famosos del mundo de letras. Sigue escribiendo, enseñando en la universidad y practicando su activismo político. Más recientemente se ha dedicado a reestablecer la revista colombiana *Cambio,* la cual compró y usa para expresar sus pensamientos políticos progresistas. En 2002, publicó *Vivir para contarla,* el primero de tres volúmenes de sus memorias.

El cuento "Un día de estos" es parte de la colección titulada *Los funerales de la Mamá Grande* (1962). El contexto histórico del cuento se sitúa en el período conocido como "La Violencia", una década de terror que comienza en 1948 y que dividió a Colombia en dos bandos y causó miles de muertos.

Un día de estos

El lunes amaneció tibio° y sin lluvia. Don Aurelio Escovar, dentista sin título y buen madrugador,° abrió su gabinete° a las seis. Sacó de la vidriera° una **dentadura postiza** montada aún en el molde de yeso° y puso sobre la mesa un puñado° de instrumentos que ordenó de mayor a menor, como en una exposición. Llevaba una camisa a rayas, sin cuello, cerrada arriba con un botón dorado, y los pantalones sostenidos con cargadores° elásticos. Era rígido, enjuto,° con una mirada que raras veces correspondía a la situación, como la mirada de los sordos.°

Cuando tuvo las cosas dispuestas sobre la mesa **rodó** la fresa° hacia el sillón de resortes y se sentó a pulir° la dentadura postiza. Parecía no pensar en lo que hacía, pero trabajaba con obstinación, pedaleando° en la fresa incluso cuando no se servía de ella.°

Después de las ocho hizo una pausa para mirar el cielo por la ventana y vio dos gallinazos° pensativos que se secaban al sol en el caballete° de la casa

amaneció... empezó ni frío ni caluroso / persona que se levanta temprano / oficina / *display case* / *plaster of Paris* / *handful*

suspenders

delgado

personas que no pueden oír

dentist's drill

to polish

pedaling

se... la usaba

buzzards / techo

vecina. Siguió trabajando con la idea de que antes del almuerzo volvía a llover. La voz destemplada° de su hijo de once años lo sacó de su abstracción.

high-pitched (out of tune)

—Papá.

—Qué.

—Dice el alcalde° que si le sacas una muela.°

mayor / molar

—Dile que no estoy aquí.

Estaba puliendo un diente de oro. Lo retiró° a la distancia del brazo y lo examinó con los ojos a medio cerrar. En la salita de espera volvió a gritar su hijo.

movió

—Dice que sí estás porque te está oyendo.

El dentista siguió examinando el diente. Sólo cuando lo puso en la mesa con los trabajos terminados, dijo:

—Mejor.

Volvió a operar la fresa. De una cajita de cartón° donde guardaba las cosas por hacer, sacó un puente de varias piezas y empezó a pulir el oro.

cajita... *small cardboard box*

—Papá.

—Qué.

Aún no había cambiado de expresión.

—Dice que si no le sacas la muela te pega un tiro.°

te... *he'll shoot you*

Sin **apresurarse**, con un movimiento extremadamente tranquilo, dejó de pedalear en la fresa, la retiró del sillón y abrió por completo la gaveta° inferior de la mesa. Allí estaba el revólver.

drawer

—Bueno —dijo—. Dile que venga a pegármelo.

Hizo girar° el sillón hasta quedar de frente a la puerta, la mano apoyada en el borde de la gaveta. El alcalde apareció en el umbral.° Se había afeitado la mejilla° izquierda, pero en la otra, hinchada° y dolorida, tenía una barba de

rotar
entrada / *cheek*
inflamada

cinco días. El dentista vio en sus ojos marchitos° muchas noches de desesperación. Cerró la gaveta con la punta de los dedos y dijo suavemente:

debilitados

—Siéntese.

—Buenos días —dijo el alcalde.

Mientras hervían° los instrumentos, el alcalde apoyó **el cráneo** en el cabezal° de la silla y se sintió mejor. Respiraba un olor glacial.° Era un gabinete pobre: una vieja silla de madera, la fresa de pedal, y una vidriera con pomos de loza.° Frente a la silla, una ventana con un cancel° de tela hasta la altura de un hombre. Cuando sintió que el dentista se acercaba, el alcalde afirmó los talones° y abrió la boca.

boiled / *headrest*
olor... aroma frígido
pomos... *earthenware bottles* / división
heels

Don Aurelio Escovar le movió la cara hacia la luz. Después de observar la muela dañada, ajustó la mandíbula° con una **cautelosa** presión de los dedos.

jaw

—Tiene que ser sin anestesia —dijo.

—¿Por qué?

—Porque tiene un absceso.

El alcalde lo miró en los ojos.

—Está bien —dijo, y trató de sonreír. El dentista no le correspondió.° Llevó a la mesa de trabajo la cacerola con los instrumentos hervidos y los sacó del agua con unas pinzas° frías, todavía sin apresurarse. Después rodó la escupidera° con la punta del zapato y fue a lavarse las manos en el aguamanil.° Hizo todo sin mirar al alcalde. Pero el alcalde no lo perdió de vista.

devolvió (la sonrisa)
tongs
spittoon
washbasin

Era una cordal° inferior. El dentista abrió las piernas y apretó° la muela con el gatillo° caliente. El alcalde se aferró° a las barras de la silla, descargó° toda su fuerza en los pies y sintió un vacío helado° en los riñones,° pero no soltó° un suspiro. El dentista sólo movió la muñeca.° Sin rencor, más bien con una amarga ternura,° dijo:

wisdom tooth / *he grasped*
forceps / *he grasped* / bajó
vacío... *cold emptiness* / *kidneys* / hizo / *wrist*
amarga... *bitter tenderness*

—Aquí nos paga veinte muertos, teniente.

El alcalde sintió un crujido de huesos° en la mandíbula y sus ojos se llenaron de lágrimas. Pero no suspiró hasta que no sintió salir la muela. Entonces la vio a través de las lágrimas. Le pareció tan extraña a su dolor, que no pudo entender la tortura de sus cinco noches anteriores. Inclinado sobre la escupidera, sudoroso,° jadeante,° se desabotonó **la guerrera** y buscó a tientas° el pañuelo en el bolsillo del pantalón. El dentista le dio un trapo° limpio.

crujido... *cracking of bones*
sweaty / *panting* / **se...** se abrió / **a...** *gropingly* / *rag*

—Séquese las lágrimas —dijo.

El alcalde lo hizo. Estaba temblando.° Mientras el dentista se lavaba las manos, vio el cielorraso desfondado° y una telaraña° polvorienta con huevos de araña e insectos muertos. El dentista regresó secándose las manos.

trembling
cielorraso... *crumbling ceiling* / *cobweb*

—Acuéstese —dijo— y haga buches° de agua de sal.

haga... *rinse your mouth*

El alcalde se puso de pie, se despidió con un displicente° saludo militar y se dirigió a la puerta estirando° las piernas, sin abotonarse° la guerrera.

indiferente
extendiendo / *buttoning up*

—Me pasa la cuenta —dijo.

—¿A usted o al municipio?°

city hall

El alcalde no lo miró. Cerró la puerta, y dijo, a través de la red metálica:°

red... *screen door*

—Es la misma vaina.°

thing

¿Comprendiste la lectura?

A. Hechos y acontecimientos. ¿Recuerdas los datos más importantes de la lectura? Para asegurarte, decide si estás de acuerdo o no con los siguientes comentarios. Si no lo estás, explica por qué no.

1. Don Aurelio Escovar fue a trabajar a su oficina al anochecer.
2. Don Aurelio no pensaba en nada en particular cuando lo interrumpió la voz de su hijo.
3. Cuando su hijo le informó que el alcalde quería que le sacara una muela, don Aurelio inmediatamente salió a recibir al alcalde.
4. El alcalde dijo que iba a morir del dolor si el dentista no le sacaba la muela.
5. Para emergencias como ésta, el dentista guardaba un revólver en una gaveta de la mesa.
6. Era obvio que el alcalde llevaba varios días de intenso sufrimiento con el absceso.
7. El dentista le dijo al alcalde que ya no tenía anestesia.
8. El dentista dijo, "Aquí nos paga veinte muertos, teniente", porque el alcalde nunca pagaba por sus parientes, ni cuando se enfermaban ni cuando morían.
9. El dolor fue tan intenso que le salieron lágrimas al alcalde cuando el dentista le sacó la muela.
10. "Es la misma vaina" quiere decir que el municipio nunca paga los gastos personales del alcalde.

B. A pensar y a analizar. Contesta las siguientes preguntas con un(a) compañero(a). Luego, comparen sus respuestas con las de otros grupos.

1. ¿Cuál es el tema principal de este cuento? Expliquen.
2. ¿Creen Uds. que el alcalde representa o simboliza a todos los militares de Colombia de esta época? ¿Por qué sí o por qué no? ¿A quiénes representa o simboliza el dentista? Expliquen.
3. Comenten el diálogo en este cuento. ¿Creen Uds. que debería haber más? ¿menos? ¿Por qué? ¿Qué efecto tiene el diálogo tal como está?

C. Teatro para ser leído. En grupos de cinco, adapten el cuento de Gabriel García Márquez, "Un día de estos" a un guión de teatro para ser leído. Luego, ¡preséntenlo!

1. Escriban lo que ocurre en el cuento "Un día de estos" usando diálogos solamente.
2. Añadan un poco de narración para mantener transiciones lógicas entre los diálogos.
3. Preparen siete copias del guión: una para cada uno de los tres actores, una para los dos narradores, una para el (la) director(a) y una para el (la) profesor(a).
4. ¡Preséntenlo!

Introducción al análisis literario

El ambiente

La descripción del ambiente puede dividirse en las siguientes categorías.

- **El ambiente físico:** el lugar y la época en que sucede una historia.
- **El ambiente psicológico:** los estados emocionales o mentales de los personajes tales como amor, odio, alegría, miedo o terror.
- **El ambiente sociológico:** las condiciones socioeconómicas de los personajes.
- **El ambiente simbólico:** el lugar o evento que representa un contexto histórico o universal más amplio que el de la narración.

El cuento de García Márquez desarrolla estos cuatro ambientes con gran maestría. Sus palabras son como pinceladas que dibujan todo el escenario para el lector: el paisaje, el consultorio del dentista y todos sus instrumentos. De la misma manera, el autor crea el ambiente psicológico y el sociológico. Por ejemplo, el lector puede sentir el terror que causa la presencia militar en el pueblo y casi puede tocar el disgusto que siente el dentista por el militar. El ambiente social se puede apreciar en la manera como el dentista trata al alcalde, cómo lo recibe, la falta de compasión por su sufrimiento y la manera como se despide de él. El ambiente simbólico se manifiesta en el conflicto entre el teniente y el dentista, que a la vez representa el conflicto entre los militares y el pueblo colombiano durante esa época.

A. Identificación de ambientes. Divide una hoja de papel en cuatro secciones como las indicadas. Bajo cada sección escribe citas del cuento "Un día de estos" que ejemplifiquen cada ambiente.

1. el ambiente físico	
2. el ambiente psicológico	
3. el ambiente sociológico	
4. el ambiente simbólico	

B. Visita al dentista. Haz estas actividades.

1. ¿Qué ambiente te afecta más cuando visitas al dentista, el físico, el psicológico o el sociológico? Escribe un relato sobre una visita imaginaria al dentista que ilustre el ambiente que seleccionaste. Pon énfasis en la descripción si escogiste un ambiente físico o en el diálogo si escogiste un ambiente psicológico o sociológico. Usa el cuento "Un día de estos" como modelo.
2. Piensa en un caso en que tu visita al dentista podría tener un significado simbólico y descríbelo brevemente por escrito. Luego, léele tu descripción a la clase.

¡LUCES! ¡CÁMARA! ¡ACCIÓN!

Medellín: el paraíso colombiano recuperado

Medellín, con más de tres millones de habitantes, es la segunda ciudad más grande de Colombia. Bendecida con un clima templado y agradable que favorece el crecimiento de bellísimas flores, Medellín produce unas de las orquídeas más hermosas del mundo. También tiene varias universidades, un comercio floreciente y mucha actividad deportiva y cultural. Por desgracia, en años recientes fue escenario del contrabando de drogas, lo cual tornó la ciudad en un lugar peligroso. Afortunadamente, esa etapa fue superada y una vez más parece reinar la paz y el progreso.

Una de las glorias de Medellín es el pintor Fernando Botero, quién nació y se crió allí. Sus pinturas y esculturas se destacan por su sentido del humor reflejado en las formas exageradamente voluminosas de sus personajes. Botero, conocido mundialmente, dice que Medellín es una fuente permanente de su inspiración. Hoy día podemos ver muchas de sus obras en el Museo de Antioquia, localizado en Medellín.

Antes de empezar el video

Contesten las siguientes preguntas en parejas.

1. ¿En qué piensan Uds. cuando oyen mencionar Colombia o la ciudad de Medellín? ¿Por qué hacen esas asociaciones? ¿Qué validez tienen?
2. ¿Qué asocian Uds. con las orquídeas? ¿De dónde vienen?
3. En la opinión de Uds., ¿cuál es el papel del arte? (¿representar la realidad? ¿sólo dar una impresión de la realidad? ¿divertir? ¿...?) ¿Qué es "el arte culto"? ¿Consideran Uds. que el arte humorístico sea arte culto? ¿Por qué?

¡A ver si comprendiste!

A. Medellín: el paraíso colombiano recuperado. Contesta las siguientes preguntas con un(a) compañero(a) de clase.

1. ¿Cuál es el origen del nombre de Medellín?
2. ¿Cuál es la población de la unidad urbana de Medellín? Describan la belleza natural de la ciudad.
3. ¿Con quién o con qué se identifica Medellín? ¿Por qué se hace esta asociación desafortunada?
4. Describan una obra de Fernando Botero.

B. A pensar y a interpretar. Contesta las siguientes preguntas.

1. ¿Por qué no es ni justa ni válida la imagen que el mundo tiene de Medellín? ¿Por qué es tan difícil cambiar una imagen negativa de ese tipo?

2. ¿Cómo describe el narrador a los medellinenses, mejor conocidos como "paisas"? ¿Por qué crees que son así?
3. ¿Te gusta el arte de Fernando Botero? ¿Por qué?
4. ¿Es aceptable en nuestra sociedad burlarse de la apariencia física de un individuo? ¿Por qué habrá llegado a ser tan popular el arte de Fernando Botero? ¿Se burla de la gente gorda?

EXPLOREMOS EL CIBERESPACIO

Explora distintos aspectos del mundo colombiano en las **Actividades para la Red** que corresponden a esta lección. Ve primero a **http://college.hmco.com** en la red, y de ahí a la página de ***Mundo 21.***

LECCIÓN 4

Venezuela

Nombre oficial: *República de Venezuela*

Población: *23.916.810 (estimación de 2001)*

Principales ciudades: *Caracas (capital), Maracaibo, Valencia, Maracay, Barquisimeto*

Moneda: *Bolívar (Bs.)*

GENTE DEL MUNDO 21

Jesús Rafael Soto es uno de los escultores latinoamericanos más importantes de la escuela constructivista y cinética. Nació en Ciudad Bolívar en 1923 y desde muy pequeño "copiaba cualquier cosa que se le pusiera por delante". Estudió en la Escuela de Bellas Artes en Maracaibo y luego obtuvo una beca para estudiar en la Escuela de Artes Plásticas y Aplicadas de Caracas, donde se familiarizó con algunos movimientos modernos como el cubismo. En 1950 viajó becado a París, donde estudió la obra de artistas abstractos como Piet Mondrian y Kasimir Malevich dirigiéndose así hacia el arte cinético. En 1955 participó en una exposición donde se dieron a conocer las bases del naciente "cinetismo". Para construir sus esculturas, Soto utiliza materiales novedosos como filamentos de plexiglás y acero para concretizar o lograr efectos visuales sorprendentes. Por ejemplo, su obra *Cube Penetrable* (1996) consiste en una serie de tubos de aluminio suspendidos que cambian de color cuando la gente camina por ellos. En 1974 el Museo Guggenheim de Nueva York tuvo una exhibición de sus obras. Recientemente expuso en Madrid (2001) y Buenos Aires (1998). Soto continúa siendo uno de los mejores representantes de su género y no deja de trabajar con el mismo entusiasmo de sus primeros años.

Carolina Herrera es una modista venezolana que ha sabido interpretar los gustos y las necesidades de las mujeres amantes de la elegancia. Es una triple triunfadora, ya que como modista ha ganado muchos galardones, como empresaria ha construido una firma sólida que empieza a exportar a todo el mundo y como ama de casa y madre de familia es sencilla y dedicada. Nació en Caracas en una familia de la clase alta. En 1969 se casó con Reinaldo Herrera y su vida social le dio la oportunidad de lucir su exquisito buen gusto en el vestir, lo cual le ganó un puesto a perpetuidad en la "Lista de las Mejor Vestidas". Una vez que sus cuatro hijos crecieron, se dedicó al diseño de ropas que pronto le atrajeron una clientela fabulosa entre las que figuran reinas, princesas, duquesas, artistas de cine y millonarias. En 1980 presentó su primera colección de moda; en 1986, sus primeras creaciones para novia y en 1988, presentó su primer perfume —ya va por el sexto— tanto para mujer como para hombre. Atribuye su éxito en parte al hecho de que es latina, pues dice que su cultura enfatiza la importancia de estar bien presentado: "Nos enseñan a vestirnos bien porque es una manera de mostrar respeto por otros y por uno mismo". Entre sus triunfos principales se cuenta su entrada al "Fashion Hall of Fame" (1981).

Salvador Garmendia (1928–2001) nació en Barquisimeto donde vivió hasta los dieciocho años. Cuando tenía doce años sufrió una seria enfermedad que lo mantuvo en cama hasta los quince. Durante esa larga temporada de aislamiento se dedicó a la lectura de numerosos libros que le dieron una sólida base literaria. En 1948 se mudó a Caracas donde sufrió pobreza y privaciones. Formó parte del grupo literario renovador Sardio a través del cual publicó en 1959 *Los pequeños seres*, su primera novela. Trabajó para la Radio Tropical como locutor y también haciendo guiones para radio, televisión y cine. Entre sus guiones cinematográficos se destacan *La gata borracha* (1973), *Fiebre* (1975), *Juan Topocho* (1977). En 1971 ganó una beca para ir a España a escribir y decidió trabajar en Barcelona. En 1972, ganó el premio Nacional de Literatura de Venezuela. En 1989 Radio Francia Internacional y el Centro Mexicano en París le otorgaron el premio Literario Juan Rulfo por su cuento "Tan desnuda como una piedra". Su extensa obra novelística incluye siete novelas, varias colecciones de cuentos y obras de crítica literaria. Sus cuentos son de gran variedad, superficialmente simples pero dotados internamente de elementos de gran complejidad y profundidad.

Otros venezolanos sobresalientes

María Conchita Alonso: actriz y cantante

María Eugenia Barrios: bailarina, coreógrafa

Adriano González León: cuentista y novelista

Betty Kaplan: directora de cine

Gerd Leufert: diseñador gráfico y dibujante

Antonio López Ortega: novelista y cuentista

Marisol: escultora

José Luis Rodríguez ("El Puma"): cantante

Franklin Tovar: dramaturgo, actor, humorista, mimo y director

Slavko Zupcic: médico y escritor

Personalidades del Mundo 21

Contesta las siguientes preguntas con un(a) compañero(a). Luego, compartan sus respuestas con el resto de la clase.

1. ¿A qué tipo de arte se ha dedicado Jesús Rafael Soto? ¿Creen Uds. que les gustaría el arte de Soto? ¿Por qué? Expliquen.
2. ¿Qué dice Herrera sobre el énfasis que la cultura latina pone en vestir bien? ¿Es verdad esto sólo para la cultura latina o para otras culturas también?
3. ¿Cómo se compara la vida de Salvador Garmendia con la de Carolina Herrera? ¿Cómo son los cuentos de Garmendia?

Cultura ¡en vivo!

Los recursos naturales

Manual de gramática

Antes de leer **Cultura ¡en vivo!**, conviene repasar la sección *4.6 Pronombres relativos* del **Manual de gramática** (pp. 333–339).

Cuando Cristóbal Colón pisó tierra americana, se abrió un nuevo y mejor futuro para el resto del planeta. El descubrimiento de este riquísimo territorio significó que una infinidad de productos, muchos de ellos desconocidos hasta entonces, cambiarían el modo de vida y la economía mundial. Para mencionar sólo unos pocos, se puede empezar con uno de los principales de Venezuela, el cacao, del que se produce el chocolate y sin el cual la economía suiza sufriría un golpe muy serio. La vainilla, que es codiciada en el mundo entero, también se consigue abundantemente en Venezuela. ¿Y qué sería de la festividad del "Día de la Acción de Gracias" sin el pavo, el pan de maíz, la cacerola de camotes y el pastel de calabaza? Todos son productos que Hispanoamérica dio al resto del mundo.

Ornamentos precolombinos hechos de oro e incrustados con concha y turquesa

En las selvas tropicales se encuentra una gran variedad de flora y fauna: el puma, el alce, la ardilla, el conejo, el oso, el venado y el zorro, además de una abundancia de árboles y plantas que apenas se empieza a conocer. Es notable que en los grandes bosques a lo largo del río Amazonas están los más importantes recursos biológicos del mundo entero. En esas mismas selvas hay otras fuentes naturales como el petróleo, el gas natural, el hierro, el carbón y la madera. En las montañas se encuentran metales valiosísimos tales como la plata, el oro, el cobre, el estaño, el hierro, el plomo y el cinc. También abundan las piedras preciosas como el diamante, la esmeralda, el ópalo, el jade, el rubí, la turquesa y el zafiro.

El descubrimiento el siglo pasado de un solo recurso natural, el petróleo, transformó a Venezuela, en un corto período, de un país rural a un país industrializado y modernizado. Sólo el futuro dirá qué nuevas transformaciones esperan a los otros países hispanos, dada su riqueza natural.

A. Los recursos naturales. Haz las siguientes actividades con un(a) compañero(a).

1. Nombren seis productos comestibles que Hispanoamérica dio al resto del mundo.
2. ¿Qué importancia mundial tienen las selvas a lo largo del río Amazonas?

3. Preparen una lista de todos los recursos naturales mencionados. Pongan una estrella al lado de los que tienen importancia en tu vida diaria. ¿Cuántos recursos hay en su lista? ¿Cuántas estrellas hay?
4. ¿Qué transformaciones futuras se pueden imaginar que ocurrirán en Hispanoamérica dados sus recursos naturales?

B. Palabras claves: agua. Para ampliar tu vocabulario, lee cada pregunta que sigue y decide en el significado de las expresiones que contienen la palabra **agua.** Luego, contesta las preguntas. ¿Qué usos de **agua** equivalen a *water* en inglés?

1. ¿Cuándo te pones **agua de olor**?
2. ¿Prefieres **agua dulce** o **agua mineral**?
3. ¿Tienes **agua dura** en tu casa? ¿Cómo lo sabes?
4. ¿Por qué no se debe tomar el **agua muerta**?
5. ¿Te has bañado en **aguas termales** alguna vez? ¿Por qué toman algunas personas un baño termal?

Mejoremos la comunicación

Para hablar de los recursos naturales

Al nombrar los recursos naturales principales

— ¿Estás listo para el examen en la clase de ecología? — *Are you ready for the ecology test?*
— ¡Claro que sí! ¿Y tú? ¿Puedes nombrar los seis recursos naturales principales? — *Of course! And you? Can you name the six principal natural resources?*
— Eso es fácil: aire, agua, tierra, minerales, flora y fauna. — *That's easy: air, water, land, minerals, flora, and fauna.*

Al identificar la flora y fauna

— ¿Cuántos árboles del bosque y cuántas flores puedes nombrar? — *How many forest trees and flowers can you name?*
— A ver... Hay pinos, claro, y los árboles de madera dura son el abedul, el arce y el roble con los que se hacen muebles. Entre las flores, están las orquídeas, las cuales son muy caras. — *Let's see . . . There are pines, of course, and the hardwood trees are the birch, the maple, and the oak, which are used to make furniture. Among the flowers are the orchids, which are very expensive.*

clavel *m. carnation*
crisantemo *chrysanthemum*
girasol *m. sunflower*
lirio *iris*
cerezo *cherry tree*
caoba *mahogany*
margarita *daisy*
narciso *daffodil*
rosa *rose*
violeta *violet*
olmo *elm*
picea *spruce*

— ¿Cuántos animales que habitan los bosques puedes nombrar?
— A ver, son el...

How many animals that inhabit the forest can you name?
Let's see, there's the . . .

alce *m. elk*
ardilla *squirrel*
conejo(a) *rabbit*
oso(a) *bear*
pavo(a) *turkey*
puma *m. puma, mountain lion*
venado(a) *deer*
zorro(a) *fox*

Al reconocer minerales y piedras preciosas

— Pasemos ahora a preguntas sobre nuestros recursos naturales domésticos. Además del petróleo, ¿cuáles son los principales?
— Pues, primero es importante señalar que la economía venezolana está totalmente basada en su riqueza de minerales. Contamos con hierro, carbón, oro y diamantes.

Now let's go on to questions about our domestic natural resources. Besides oil, what are the principal ones?
Well, first it's important to point out that the Venezuelan economy is based totally on its mineral wealth. We rely on iron ore, coal, gold, and diamonds.

aluminio *aluminum*
cinc *m. zinc*
cobre *m. copper*
estaño *tin*
hierro *iron, iron ore*
plata *silver*
plomo *lead*
uranio *uranium*

— Finalmente, a ver cuántas piedras preciosas puedes nombrar.

Finally, let's see how many precious stones you can name.

diamante *m. diamond*
esmeralda *emerald*
jade *m. jade*
ópalo *opal*
rubí *m. ruby*
turquesa *turquoise*
zafiro *sapphire*

¡A conversar!

A. Encuesta. Entrevista a cuatro compañeros(as) de clase para saber cuál es su piedra preciosa favorita y su metal favorito. Luego, compila tus datos con los del resto de la clase para saber cuáles son las piedras preciosas y los metales favoritos de la clase.

B. Países en desarrollo. En grupos de tres o cuatro, discutan qué recursos naturales son los más importantes para un país en desarrollo y por qué. Tengan en cuenta el costo de extraer o desarrollar cualquier recurso natural. Luego, informen a la clase de sus conclusiones.

C. Práctica: pronombres relativos ¿Qué opinan estas personas de los recursos naturales a su alcance?

Modelo: claveles / darme para mi cumpleaños / estar guardados en mi álbum de fotos
Los claveles, los cuales me diste para mi cumpleaños, están guardados en mi álbum de fotos.

1. lirios y margaritas / comprarte en el mercado esta mañana / estar marchitos
2. cobre / ser un metal rojizo (*reddish*) / no poderse mantener limpio

3. alce y venado / verse con frecuencia en esta región / ser dos animales majestuosos
4. zafiro y diamantes / ser unas piedras preciosas / combinar perfectamente
5. arce y roble / usarse para hacer muebles / no encontrarse fácilmente por aquí

DEL PASADO AL PRESENTE

Venezuela: los límites de la prosperidad

La independencia

Venezuela fue el primer país en Latinoamérica en que una rebelión inició la larga lucha por la independencia. En 1806 Francisco de Miranda fracasó en su primer intento de rebelión. Pero el 5 de julio de 1811, un congreso en Caracas declaró la independencia de Venezuela y en diciembre promulgó la constitución de la primera república. Este gobierno duró sólo once meses. Simón Bolívar, un criollo, es decir un español nacido en el nuevo mundo, continuó la lucha y consiguió tomar Caracas en agosto de 1813, lo que dio comienzo a la segunda república. En septiembre de 1814, tropas de llaneros mestizos leales a España obligaron a Bolívar a abandonar Caracas, lo que dio fin a la segunda república.

Miranda y Bolívar declaran la independencia

En 1816 Bolívar tomó control de la parte oriental de la colonia. Tres años más tarde se estableció la tercera república y Bolívar fue elegido presidente. En 1821 el congreso de Cúcuta promulgó la constitución de la República de la Gran Colombia (Colombia, Venezuela, Ecuador y Panamá) y reafirmó a Bolívar como presidente. El nacionalismo venezolano resentía este gobierno centrado en la lejana Bogotá y en 1829 el general José Antonio Páez consiguió la independencia de Venezuela. El año siguiente Bolívar murió desilusionado en Colombia.

Un siglo de caudillismo Después de su independencia, Venezuela fue gobernada durante más de un siglo por una sucesión de dictadores y por una aristocracia de terratenientes. Los caudillos, o jefes que tomaban el poder a la fuerza, gobernaban de modo autoritario y represivo. De 1908 a 1935, Venezuela fue gobernada por el dictador más sanguinario de todos ellos, Juan Vicente Gómez. Durante su dictadura, con grandes inversiones europeas y estadounidenses en la región del lago Maracaibo, Venezuela llegó a ser el segundo productor de petróleo del mundo y el primer exportador. Una nueva clase media urbana comenzó a crecer alrededor de los servicios prestados a la industria petrolera.

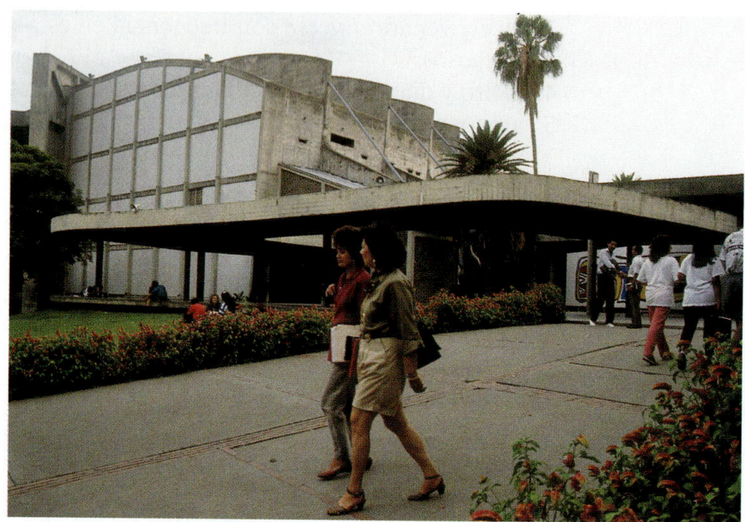

Universidad Central de Venezuela, Caracas

En 1928 unos estudiantes de la Universidad Central de Venezuela en Caracas organizaron protestas contra el gobierno y fueron duramente reprimidos por el gobierno de Gómez. De esta llamada "Generación de 1928" salieron muchos de los líderes de los diferentes movimientos políticos posteriores, incluyendo Rómulo Betancourt, Rafael Caldera Rodríguez y Raúl Leoni. El dictador Gómez murió en 1935.

La consolidación de la democracia moderna En 1947 se aprobó una nueva constitución de carácter marcadamente progresista. Ese mismo año el candidato del partido Acción Democrática (AD), el famoso novelista Rómulo Gallegos, fue elegido presidente y tomó el poder en febrero de 1948. Sin embargo, sus reformas radicales causaron mucha oposición y nueve meses después fue derrocado por el ejército. En el país se impuso una dictadura militar que duró diez años, hasta 1958, cuando, a su vez, fue derrocada.

Rómulo Betancourt fue elegido presidente en 1958. Su gobierno consolidó las instituciones democráticas a través de una alianza de su partido AD con el Comité de Organización Política Electoral Independiente (COPEI), el segundo partido político del país. En 1961 fue aprobada una nueva constitución para el país. Ésta dio comienzo a un período tranquilo, de orden constitucional y transmisiones pacíficas del poder presidencial en Venezuela, que duró casi hasta el final del siglo.

El desarrollo industrial En la década de los años 60 Venezuela alcanzó un gran desarrollo económico que atrajo a muchos inmigrantes de Europa y de otros países sudamericanos.

La industria petrolera en el lago de Maracaibo

En 1973 los precios del petróleo se cuadruplicaron como resultado de la guerra árabe-israelí y de la política de la Organización de Países Exportadores de Petróleo (OPEP), de la cual Venezuela era socio desde su fundación en 1960. En 1976 Carlos Andrés Pérez nacionalizó la industria petrolera, lo que dio al país mayores ingresos e impulsó el desarrollo industrial. Hacia 1993 el país estaba enfrentando una fuerte crisis económica debido a la baja de los precios del petróleo y a la recesión económica mundial. Esto, junto con el impacto negativo que dejó un fracasado golpe de estado dirigido por el Coronel Hugo Chávez en 1992, forzó a Andrés Pérez a renunciar a la presidencia en 1993. En diciembre de 1998, sólo seis años después de haber dirigido un golpe de estado contra el gobierno, Hugo Chávez fue elegido presidente. Ganó por una mayoría de votos que no se había visto en los últimos cuarenta años. A pesar de eso, ha enfrentado graves problemas y marcada oposición política. Chávez es una figura controvertida que, por ejemplo, mantiene una amistad con Saddam Hussein y Fidel Castro mientras ignora a la oposición, ya sea dentro o fuera del país. A fines de 2002, la oposición empezó una huelga general que paralizó la producción de petróleo. No obstante, tres meses más tarde en marzo 2003, la huelga empieza a disminuir y Chávez continúa en el poder con el apoyo del ejército. Sin duda alguna, el resultado final de este conflicto, dado la importancia del petróleo venezolano, tendrá un fuerte impacto en el futuro cercano no sólo de los venezolanos sino del mundo entero.

¡A ver si comprendiste!

A. Hechos y acontecimientos. ¿Recuerdas los datos más importantes de la lectura? Para asegurarte, contesta las siguientes preguntas. Luego, compara tus respuestas con las de un(a) compañero(a).

1. ¿Quién fue Simón Bolívar? ¿Cómo reaccionó Bolivar cuando Venezuela decidió independizarse de la República de la Gran Colombia?
2. ¿A quiénes se conoce como "caudillos" en la historia de Venezuela? ¿Eran democráticos o autoritarios?
3. ¿Qué industria creó una nueva clase media urbana en Venezuela?
4. ¿Por qué es importante la llamada "Generación de 1928"?
5. ¿En qué año fue derrocado el último dictador venezolano?
6. ¿Qué presidente venezolano nacionalizó la industria petrolera? ¿En qué año? ¿Por qué es importante este hecho?
7. ¿Cuál es el dilema principal que enfrenta la sociedad venezolana contemporánea? ¿Cómo se podría mejorar esta situación?

B. A pensar y a analizar. Contesta las siguientes preguntas con dos o tres compañeros(as) de clase.

1. ¿Qué evento que ocurrió en la segunda mitad del siglo XX tuvo un impacto muy grande en el desarrollo industrial de Venezuela? ¿Cómo creen Uds. que esto afectó la vida diaria de un gran número de venezolanos?
2. ¿Qué otros países o qué estados de EE.UU. han tenido una experiencia muy similar? Expliquen.

Ventana al Mundo 21

Las bellezas venezolanas

Las venezolanas son famosas por su hermosura y en ese país el culto a la belleza es casi como una religión. Aunque en algunos países mucha gente considera sexistas y hasta absurdos los concursos de belleza, en Venezuela son una obsesión nacional. Un noventa por ciento de los veintidós millones de televidentes venezolanos ven los finales del concurso Señorita Venezuela cada año.

Para llegar a participar, una joven tiene primero que ser seleccionada por la Organización Señorita Venezuela para asistir a la Academia Señorita Venezuela. Allí recibe seis meses de entrenamiento en sesiones de dieciséis horas diarias y a un costo de hasta sesenta mil dólares. El ganar este concurso es para una joven como ser seleccionado el jugador más valioso de la Copa Mundial de Fútbol. La corona puede traerles muchas ventajas y empleos bien renumerados como modelos, actrices de cine o de televisión o hasta políticas. Tal fue el caso con Irene Sáez, la ganadora del título Señorita Universo en 1981. Se ha dedicado a la política y ha servido de alcaldesa en un municipio de las afueras de Caracas. Fue también candidata a la presidencia en las elecciones de 1998 y, aunque no ganó, sigue siendo una de las personalidades políticas más respetadas y populares del país.

Alicia Machado, Señorita Universo, 1996

Para los venezolanos, es común que su representante esté casi perpetuamente entre las diez finalistas del concurso para la Señorita Universo. La venezolana que ha atraído la mayor atención hasta el momento es Alicia Machado, quien conquistó el galardón de Señorita Universo en 1996. Cuando fue coronada, era una esbelta belleza de 117 libras, pero en sólo seis meses subió de peso hasta alcanzar 170 libras. Para no perder su título tuvo que ponerse a régimen y a hacer gimnasia a todo dar. Cuando Machado se presentó a coronar a su sucesora, pesaba solamente 130 libras. No obstante, su caso recibió atención internacional y un sinnúmero de mujeres que se oponían a las reglas estrictas del concurso la apoyaron. Al fin y al cabo, todo el mundo sabe que la belleza física es pasajera, pero la espiritual es algo que acompaña a una persona por toda la vida.

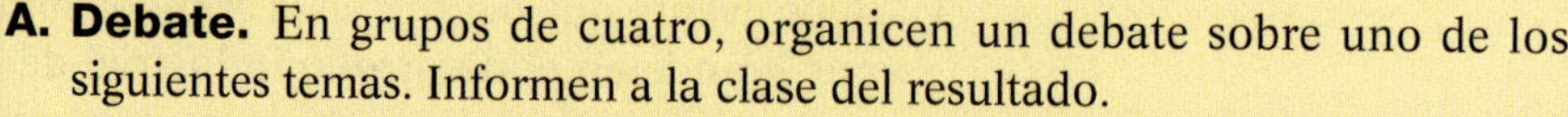

A. Debate. En grupos de cuatro, organicen un debate sobre uno de los siguientes temas. Informen a la clase del resultado.

1. Los concursos de belleza son sexistas y no deben permitirse en ninguna parte.
2. Las reglas del concurso Señorita Universo son demasiado estrictas, como lo mostró el caso de Alicia Machado, y tienen que cambiarse.

Manual de gramática

Antes de hacer esta actividad, conviene repasar el presente de subjuntivo en las secciones *4.3 y 4.5* del **Manual de gramática** (pp. 322–327 y pp. 330–333).

B. Repaso: presente de subjuntivo. Completa estas opiniones sobre los concursos de belleza en Venezuela.

1. Es interesante que el culto a la belleza (ser) casi como una religión en Venezuela.
2. En mi opinión, los concursos de belleza ([no] ser) absurdos y sexistas.
3. Es increíble que un noventa por ciento de los veintidós millones de televidentes venezolanos (ver) el concurso Señorita Venezuela cada año.
4. Dudo que mi esposo(a) y yo (permitir) a nuestra hija asistir a la Academia Señorita Venezuela.
5. (No) Creo que la corona (poder) traerles muchas ventajas y empleos bien renumerados.

Y ahora, ¡a leer!

A. Anticipando la lectura. Lee el segundo párrafo de la lectura y haz las siguientes actividades con un(a) compañero(a).

1. ¿Es Ru-ruima un personaje real o sobrenatural? ¿Cómo lo saben?
2. El narrador dice que Ru-ruima es pura, con voz cantarina y tranquilizante. ¿A qué elementos de la naturaleza se les puede atribuir estas características?
3. ¿Cómo se describe el pelo de Ru-ruima? ¿Son características que Uds. atribuyen a los árboles, las flores, las rocas o el agua? ¿Por qué? Expliquen.
4. Muchas leyendas tratan de explicar la existencia de fenómenos naturales, como una montaña, un río, un bosque o un lago. ¿Cuál sería una explicación imaginativa que Uds. podrían dar para cada uno de estos elementos de la naturaleza?

B. Vocabulario en contexto. Busca estas palabras en la lectura que sigue y, a base del contexto en el cual aparecen, decide cuál es su significado. Para facilitar encontrarlas, las palabras aparecen en negrilla en la lectura también.

1. **bondadosa**
   a. terrible b. muy buena c. viejísima
2. **castaños**
   a. rojos b. marrones c. de Castilla
3. **pasmaba**
   a. sorprendía b. daba miedo c. brillaba
4. **rabioso**
   a. contento b. satisfecho c. furioso
5. **disminuyendo**
   a. creciendo b. enrojeciendo c. reduciendo
6. **estremeciéndose**
   a. gritando b. temblando c. felicitándose

Conozcamos la tradición oral venezolana

En la *Unidad 3* leíste que las leyendas se caracterizan por ser producto de la tradición oral. Surgen anónimamente y, con el transcurso del tiempo, cumplen la función de convertir en mito una realidad, explicándola con elementos maravillosos. "La Cascada de Salto de Angel" es un ejemplo de este proceso.

El Salto de Angel, una cascada venezolana más alta que las cataratas del Niágara, emerge de la majestuosa montaña llamada *Auyán Tepui* o Montaña del Diablo, y tiene una caída de 980 metros (3.212 pies). El explorador venezolano Ernesto Sánchez la Cruz fue el primero, en 1910, en informar al mundo sobre su existencia y más tarde, en 1937, un piloto estadounidense llamado Jimmy Angel, quien dio su nombre a las cataratas. En 1949 el ingeniero inglés Perry Lowrey midió la catarata y determinó que su altura era mayor a la de cualquier otra cascada del planeta. La siguiente leyenda explica de una manera poética su origen.

La cascada° de Salto de Angel

Waterfall

Al principio del tiempo, la hechizadora° región que hoy en día se conoce como Parque Nacional de Canaima, era una tierra maravillosa que mezclaba la jungla, la sabana° y treinta majestuosas montañas de cimas truncadas° o *tepuis*.

enchanted
llanura de gran extensión
montañas... *flat mesas*

Una de las diosas principales era la **bondadosa** Ru-ruima o Madre de las Aguas. La diosa era bella y pura. Sus labios tenían el vibrante color rojo del rubí y de ellos fluía una voz cantarina que tenía la virtud de tranquilizar a quienes la oían. Dos hermosos ojos **castaños** mansos° y dulces, fiel° reflejo de una suave naturaleza. En perfecta armonía con todos estos atributos físicos, mágicos y espirituales, la cabellera era un espectáculo que **pasmaba** por su increíble belleza. Caía sobre los hombros de Ru-ruima como una nívea° y larguísima cascada o como un manto hecho de un sinfín de hilos° plateados que brillaban alegremente bajo los rayos del sol.

suaves / exacto
blanca
threads

Cada día Ru-ruima paseaba por los campos y a su paso surgían° exóticas orquídeas en profusión de colores y formas: algunas blanquísimas, otras tímidamente rosas o amarillas; algunas tornasoladas,° otras atrevidamente° rojas y hasta algunas más de color chocolate oscuro estriadas° de anaranjado. Los pies de la diosa despertaban la vida y sus pequeñas huellas° dejaban atrás una verde alfombra de exuberante vegetación y de exquisitas bromelias que crecían directamente en el suelo. Gracias a ella, el árbol de chocolate se elevaba alto y orgulloso y producía las mazorcas° llenas de delicioso néctar y de preciosas semillas con que se hace la bebida y la selva estaba llena de árboles beneficiosos y bellos, los animales no sufrían la mordedura° de la sed que mata. Toda la naturaleza amaba a Ru-ruima.

nacían
iridiscentes / valientemente
con rayas
footprints
cacao pods
bite

Pero aún en el paraíso de los dioses hay seres malévolos° que envidian° las fuerzas positivas del bien que dan vida y salud. El espíritu del mal era el diablo Auyán que no cesaba de buscar maneras para hacer daño a los habitantes

malos / *envy*

de la región. Mientras Ru-ruima traía vida, belleza y frescura, Auyán destruía y creaba seres deformes, horribles y venenosos° que causaban la muerte. Ru-ruima daba flores tan alegres como el girasol;° Auyán producía horribles plantas insectívoras de altura descomunal.°

tóxicos
sunflower
monstruosa

Mientras más amor recibía Ru-ruima, más **rabioso** se sentía Auyán, al punto que un día decidió que la destruiría definitivamente. Durante siete noches, refugiado en su formidable *tepui*, se dedicó a revolver° en un enorme caldero° un menjunje asqueroso° y oscuro. Noche tras noche, mientras profería° horribles conjuros,° lo hirvió y revolvió hasta que el menjunje fue **disminuyendo** y absorbiendo las maldiciones del diablo. A la séptima noche quedó reducido a una cantidad pequeña y fangosa° que el diablo modeló en la forma de un sapo° repulsivo y venenoso.

to mix
cauldron / **menjunje...** mezcla repugnante / exclamaba / fórmulas mágicas
muddy
toad

Temprano por la mañana, Auyán se escondió° en el lugar por donde transitaba Ru-ruima y cuando la vio acercarse, le tiró la asquerosa criatura que se pegó° a una de sus piernas y la mordió salvajemente. Ru-ruima sufrió un espasmo de dolor y cayó desmayada.° Auyán la cargó rudamente y **estremeciéndose** de gusto por su mala acción la llevó a su *tepui*. Cuando Ru-ruima despertó, le dijo: —Finalmente te tengo a mis pies, mosquita muerta,° que pasas tus días estúpidamente, paseándote con ese aire de falsa dulzura, todo para disfrazar° tu falta de poderes, porque la verdad es que no puedes hacer nada que valga la pena.°

se... *hid*
adhirió
unconscious
one who feigns innocence
to disguise
valga... *is worthwhile*

—Si eso es lo que tú crees, allá tú° —respondió Ru-Ruima— Ya que me lo has dicho, déjame ir.

allá... es asunto tuyo

—Ni pensar. De aquí no saldrás jamás. Te quedarás conmigo y con mis poderes mágicos te convertiré en mi aliada. Juntos destruiremos a la gente y todas esas cosas feas que tú y los tuyos están creando constantemente.

Ru-ruima contestó con vehemencia.

—En tu ignorancia, tú confundes mi suavidad con debilidad, pero te equivocas.° Nunca jamás las fuerzas del mal podrán vencer las del bien y tú no tienes el poder para retenerme.

te... no tienes razón

Y así diciendo, la diosa se lanzó° con velocidad y fuerza completamente insospechada contra las rocas del *tepui* del diablo, abrió una brecha° en la montaña y saltó al abismo cayendo hacia abajo con el ruido ensordecedor° de mil campanas. Su larga cabellera se transformó en la bellísima e imponente° cascada que hoy se conoce como Salto de Angel y el espíritu de la diosa se fue volando en forma de un *corocoro*, un llamativo pájaro color rojo rubí que todavía vuela por el cielo azul de Venezuela.

se... *threw herself*
opening
deafening
grandioso

Los nativos saben que Auyán todavía vive en su *tepui*, humillado por su fracaso, amargado° porque la maravillosa cascada se lo recuerda constantemente. Su furia estalla° de vez en cuando en temblores de tierra° y por eso, cuando un indio tiene que acercarse a *Auyán Tepui* se cubre la cara con pintura tan roja como los labios de la bondadosa Ru-ruima que continúa protegiéndolos contra el espíritu del mal.

embittered
explota / **temblores...** *earthquakes*

Maricarmen Ohara, "La cascada de Salto de Angel" de *Cuentos latinoamericanos* (1999).

¿Comprendiste la lectura?

A. Hechos y acontecimientos. ¿Recuerdas los datos más importantes de la lectura? Para asegurarte, contesta las siguientes preguntas.

1. ¿Qué es un *tepui*? ¿Cuántos hay en la región del Salto de Angel? ¿Cómo se llama el *tepui* donde está el Salto de Angel?
2. ¿Quién era Ru-ruima? ¿Cómo era?
3. ¿Quién era Auyán?
4. ¿Qué opinaba Auyán de Ru-ruima y qué decidió hacerle?
5. ¿Qué usó Auyán para debilitar a Ru-ruima?
6. ¿Adónde llevó a Ru-ruima para tenerla prisionera?
7. ¿Qué hizo Ru-ruima para escapar? ¿Cuál fue el resultado de su acción?
8. ¿Por qué se pintan la cara roja los indígenas de la región cuando se acercan a la montaña Auyán Tepui?

B. A pensar y a analizar. Haz estas actividades con un(a) compañero(a).

1. ¿Qué simbolizan Ru-ruima y Auyán?
2. ¿Qué elementos de la naturaleza figuran en este cuento? Nómbrenlos.
3. ¿Quién triunfó al final —Ru-ruima o Auyán? ¿Cuál es el mensaje de esta leyenda?

C. Muchas posibilidades. Los mitos, como éste, con frecuencia tratan de explicar un fenómeno de la naturaleza. ¿Cuáles serían otras posibilidades para explicar el Salto de Angel? En grupos de cuatro, traten de pensar en otras ideas para mitos o leyendas que pudieran explicar el fenómeno de Salto de Angel.

Introducción al análisis literario

El mito

Un **mito** es un cuento anónimo basado en las creencias populares de un pueblo o una nación. Los mitos tienden a interpretar eventos naturales a base de episodios sobrenaturales para explicar o concretizar la percepción que el hombre tiene del mundo o del cosmos. Los mitos se distinguen de las leyendas por estar basados más en lo sobrenatural que en la historia. Un tema popular en la mitología, como es el caso en "La cascada de Salto de Angel", es el tratar de explicar fenómenos naturales.

A. Elementos físicos y mágicos. Con un(a) compañero(a), hagan una lista que determine qué elementos reales y qué elementos sobrenaturales se encuentran en "La cascada de Salto de Angel".

B. Transformación. En grupos de tres o cuatro, anoten varios atributos reales para los cuatro elementos naturales que siguen. Luego, transformen cada uno en algo con características sobrenaturales.

Elementos físicos	Atributos reales	Características sobrenaturales
la tierra		
el cielo		
el mar		
el viento		

¡LUCES! ¡CÁMARA! ¡ACCIÓN!

La abundante naturaleza venezolana

Venezuela es otro país latinoamericano bendecido por la naturaleza. Tiene una topografía muy especial y grandes riquezas naturales, minerales y petroleras. El Parque Nacional de Canaima con sus tres millones de hectáreas merece ser visitado. Se encuentra en la zona de Guayana. En este parque, rodeado por selvas abundantes en las cuales vive una fauna variadísima, se incluyen los hermosos *tepuis,* impresionantes formaciones naturales.

La zona de Guayana también es un emporio de riquezas naturales, tales como el petróleo, el hierro, el aluminio, la energía eléctrica, las maderas y los metales preciosos. Las crónicas de los exploradores españoles cuentan que había tanto oro en esta región que sólo había que recogerlo de las riberas del río. Ahora la riqueza minera más grande de la zona no es el oro, sino el hierro.

Antes de empezar el video

Indica en que países de la primera columna crees que se encuentran los fenómenos de la segunda columna.

____	1. Arabia Saudita	a. la formación rocosa más antigua del planeta
____	2. Brasil	b. tucanes, guacamayos y cardenales
____	3. Colombia	c. gigantescas anacondas
____	4. Costa Rica	d. las serpientes más venenosas del continente
____	5. Egipto	e. loros de siete colores
____	6. EE.UU.	f. el origen de la leyenda de El Dorado
____	7. Filipinas	g. las más grandes reservas mundiales de petróleo bruto no explotadas
____	8. Perú	h. el más grande yacimiento de hierro de todo el mundo
____	9. Venezuela	

¡A ver si comprendiste!

A. La abundante naturaleza venezolana. Contesta las siguientes preguntas con un(a) compañero(a) de clase.

1. ¿Qué es Auyantepuy y cuál es su importancia?
2. Describe la fauna del Parque Nacional de Canaima.
3. Nombra los minerales más importantes que se encuentran en Venezuela.
4. ¿Cuál es la principal riqueza minera de Venezuela?

B. A pensar y a interpretar. Contesta las siguientes preguntas.

1. ¿Cómo se explica que Auyantepuy sea la formación rocosa más antigua del planeta cuando los restos de los hombres más antiguos no se han encontrado en este continente sino en África y Australia?

2. ¿Cuál es la leyenda de El Dorado? Explica cómo empezó esta leyenda. ¿Existirá tal lugar? Si no, ¿por qué hay personas que todavía lo buscan?
3. Todos los fenómenos que aparecen en la segunda columna en **Antes de empezar el video** se encuentran en Venezuela. Con toda esa riqueza natural, ¿por qué no habrá llegado a ser uno de los países más ricos del mundo?

EXPLOREMOS EL CIBERESPACIO

Explora distintos aspectos del mundo venezolano en las **Actividades para la Red** que corresponden a esta lección. Ve primero a **http://college.hmco.com** en la red, y de ahí a la página de ***Mundo 21***.

Manual de gramática
Unidad 4 Lección 1

4.1 THE PAST PARTICIPLE AND THE PRESENT PERFECT INDICATIVE

In English, the past participle is the form of the verb that follows the verb *to have* in phrases such as *I have studied* and *you have learned*. The past participle of most verbs ends in *–ed*: *to study* → *studied, to fear* → *feared, to protect* → *protected*. In Spanish, most past participles end in **-ado** or **-ido: contaminado, temido, protegido.**

Forms of the Past Participle

-ar Verbs	*-er* Verbs	*-ir* Verbs
terminar	***aprender***	***recibir***
termin**ado**	aprend**ido**	recib**ido**

- To form the past participle of regular verbs, add -**ado** to the stem of -**ar** verbs, and -**ido** to the stem of -**er** and -**ir** verbs.
- The past participles of verbs ending in -**aer,** -**eer,** and -**ír** have accent marks.

caer: **caído** creer: **creído** oír: **oído**
traer: **traído** leer: **leído** reír: **reído**

- Some verbs have irregular past participles.

abrir: **abierto**
cubrir: **cubierto**
decir: **dicho**
escribir: **escrito**
hacer: **hecho**
morir: **muerto**
poner: **puesto**
resolver: **resuelto**
romper: **roto**
ver: **visto**
volver: **vuelto**

- Verbs derived from the words above also have irregular past participles.

cubrir: descubrir → **descubierto**
escribir: describir → **descrito**; inscribir → **inscrito**
hacer: deshacer → **deshecho**; satisfacer → **satisfecho**
poner: componer → **compuesto**; imponer → **impuesto**; suponer → **supuesto**
volver: devolver → **devuelto**; revolver → **revuelto**

Uses of the Past Participle

The past participle is used:

- with the auxiliary verb **haber** to form the perfect tenses. In this case, the past participle is invariable. (See p. 318 in this unit for the present perfect tense.)

Yo no **he visitado** la reserva biológica de Monteverde todavía.	*I have not visited the biological reserve of Monteverde yet.*
Mis hermanas no **han visitado** Costa Rica nunca.	*My sisters have never visited Costa Rica.*

- with the verb **ser** to form the passive voice. Here the past participle agrees in gender and number with the subject of the sentence. (See p. 320 in this unit for passive sentences.)

La ciudad de Cartago **fue fundada** en 1564 por Juan Vásquez de Coronado.	*The city of Cartago was founded in 1564 by Juan Vasquez de Coronado.*
El nombre "Bogotá" fue derivado de una palabra chibcha.	*The name "Bogotá" was derived from a Chibcha word.*

- with the verb **estar** to express a condition or state that results from a previous action. The past participle agrees in gender and number with the subject. (See pp. 83–85 for **ser** and **estar** + a past participle.)

Abrieron esa tienda a las nueve. La tienda **está abierta** ahora.	*They opened that store at nine o'clock. The store is now open.*

- as an adjective to modify nouns. In this case, the past participle agrees in gender and number with the noun it modifies.

Tocan una canción **interpretada** por niños costarricenses.	*They are playing a song performed by Costa Rican children.*

Ahora, ¡a practicar!

A. Breve historia de Costa Rica. Completa la siguiente información acerca de Costa Rica con el participio pasado del verbo indicado entre paréntesis.

Costa Rica es un país __1__ (conocer) hoy en día por su preocupación por la ecología. Está __2__ (situar) en Centroamérica al sur de Nicaragua y al norte de Panamá. Fue __3__ (descubrir) por Colón durante su cuarto viaje a principios del siglo XVI. El país fue __4__ (llamar) Costa Rica porque se pensaba que tenía mucho oro. Fue __5__ (colonizar) por Juan Vásquez de Coronado. Fue __6__ (declarar) república independiente en la primera mitad del siglo XIX. José María Castro Madroz fue __7__ (nombrar) su primer presidente. En 1949 el ejército fue __8__ (abolir). Una parte importante de su presupuesto es __9__ (dedicar) a la educación. Costa Rica es __10__ (calificar) como el país más democrático de la América hispana.

B. Trabajo de investigación. Un(a) compañero(a) te pregunta acerca de un trabajo de investigación sobre Costa Rica que tienes que presentar en tu clase de español. En tus respuestas puedes utilizar las sugerencias que aparecen entre paréntesis u cualquier otra que sea apropiada.

MODELO ¿Empezaste el trabajo sobre la historia de Costa Rica? (Sí)

Sí, está empezado.

¿Terminaste la investigación? (Todavía no)

No, todavía no está terminada.

1. ¿Hiciste las lecturas preliminares? (Sí)
2. ¿Consultaste la bibliografía? (Sí)
3. ¿Empezaste el bosquejo de tu trabajo? (No)
4. ¿Transcribiste tus notas? (Todavía no)
5. ¿Decidiste cuál va a ser el título? (Sí)
6. ¿Escribiste la introducción? (No)
7. ¿Devolviste los libros a la biblioteca? (No)
8. ¿Resolviste las dudas que tenías? (Todavía no)

Forms of the Present Perfect Indicative

-ar Verbs	*-er* Verbs	*-ir* Verbs
progresar	***aprender***	***vivir***
he progres**ado**	**he** aprend**ido**	**he** viv**ido**
has progres**ado**	**has** aprend**ido**	**has** viv**ido**
ha progres**ado**	**ha** aprend**ido**	**ha** viv**ido**
hemos progres**ado**	**hemos** aprend**ido**	**hemos** viv**ido**
habéis progres**ado**	**habéis** aprend**ido**	**habéis** viv**ido**
han progres**ado**	**han** aprend**ido**	**han** viv**ido**

- To form the present perfect indicative combine the auxiliary verb **haber** in the present indicative and the past participle of a verb. The past participle is invariable; it always ends in **-o.**
- Reflexive and object pronouns must precede the conjugated form of the verb **haber.**

La reputación de Costa Rica como un país pacífico **se ha extendido** por todo el mundo. *The reputation of Costa Rica as a peaceful country has spread all over the world.*

Use of the Present Perfect Indicative

- The present perfect indicative is used to refer to actions or events that began in the past and continue or are expected to continue into the present, or that have results bearing upon the present.

En los últimos años, Costa Rica **ha gozado** de una cierta prosperidad económica. Esto **ha proporcionado** a los costarricenses un alto nivel de vida.
In the last few years, Costa Rica has enjoyed a certain economic prosperity. This has provided Costa Ricans with a high standard of living.

Te **he enviado** un mapa de San José. ¿Te **ha llegado** ya?
I've sent you a map of San Jose. Has it reached you yet?

Ahora, ¡a practicar!

A. Cambios recientes. Menciona algunos cambios que han ocurrido en Costa Rica en los últimos tiempos.

MODELO estabilizarse / la economía
Se ha estabilizado la economía últimamente.

1. declinar / la población rural
2. protegerse / el medio ambiente
3. diversificarse / las exportaciones
4. aumentar / la deuda extranjera
5. bajar / la exportación de café
6. desarrollarse / el sector industrial
7. crecer / la importancia del ecoturismo

B. ¿Nuestro planeta en peligro? Un(a) compañero(a) y tú toman turnos para hacerse preguntas acerca de la preocupación por el medio ambiente.

MODELO visitar una reserva forestal
¿Has visitado una reserva forestal?
No, nunca he visitado una reserva forestal. (o **Sí, he visitado algunas reservas forestales de Costa Rica.)**

1. leer acerca de la lluvia ácida
2. ayudar a proteger especies en vías de extinción
3. estudiar la importancia de la biodiversidad
4. pensar acerca de lo que debemos hacer con los desechos nucleares
5. ver pruebas del efecto invernadero
6. saber de lagos contaminados
7. practicar el reciclaje por largo tiempo
8. hacer caminatas por bosques nubosos
9. comparar Costa Rica y EE.UU. en relación a la protección ambiental
10. escribir algún trabajo de investigación acerca de los parques nacionales costarricenses

C. Experiencias similares. Describe cosas que tú y tus padres han hecho juntos últimamente.

MODELO **Hemos visitado a mis abuelos.**
Hemos salido a comer en nuestro restaurante favorito.

D. Experiencias diferentes. Describe cinco cosas que tú has hecho, pero que tus padres nunca han hecho.

4.2 PASSIVE CONSTRUCTIONS

Passive Voice with *ser*

- In both English and Spanish, actions can be expressed in the active or in the passive voice. In active sentences, the subject performs the action. In passive sentences the subject receives the action. Note how the direct object of active sentences becomes the subject of passive sentences.

Active voice

Ana Istarú publicó *Palabra Nueva.* — *Ana Istaru published* Palabra Nueva.

↓ ↓ ↓

Subject + Verb + Direct Object

Passive voice

Palabra Nueva fue publicada por Ana Istarú. — Palabra Nueva *was published by Ana Istaru.*

↓ ↓ ↓

Subject + **ser** + Past Participle + **por** + Agent

- In the passive voice, **ser** may be used in any tense, and the past participle agrees in gender and number with the subject of the sentence. The agent may be omitted in a passive sentence.

Costa Rica **fue colonizada** por Juan Vásquez de Coronado.	*Costa Rica was colonized by Juan Vasquez de Coronado.*
Costa Rica **es conocida** como una nación amante de la paz.	*Costa Rica is known as a peace-loving nation.*

Substitutes for the Passive

Unlike English, the passive voice is not frequently used in spoken or written Spanish. Instead, the passive **se** construction or a verb in the third-person plural with no specific subject is preferred.

- When the human performer of an action is unknown or irrelevant, the passive **se** construction can be used. In this case the verb is always in the third-person singular or plural.

En Costa Rica **se abolió** el ejército en 1949.	*In Costa Rica the army was abolished in 1949.*
Se han creado muchas reservas biológicas.	*Many biological reserves have been created (They have created many biological reserves.)*
Se ven aves exóticas en los parques nacionales.	*Exotic birds can be seen in the national parks. (One sees exotic birds in the national parks.)*

- The **se** construction has several equivalents in English. It may mean the passive or it may indicate that the subject of the sentence is unspecified or impersonal (*one, they, you,* or *people in general*).

Se esperan grandes cambios.

- *Great changes are expected.*
- *One expects great changes.*
- *They expect great changes.*
- *You expect great changes.*
- *People expect great changes.*

- A verb conjugated in the third-person plural without a subject pronoun can also be used as a substitute for the passive voice when no agent is expressed.

Aprobaron la nueva constitución.	*They approved the new constitution. (The new constitution was approved.)*
Aquí no **respetan** los derechos individuales.	*The rights of the individual are not respected here. (Here they don't respect the rights of the individual.)*

Ahora, ¡a practicar!

A. ¿Qué sabes de Costa Rica? Usa la información siguiente para mencionar algunos datos importantes de Costa Rica.

MODELO reconocer / por Colón en 1502

Fue reconocida por Colón en 1502.

1. poblar / por cunas / guaymíes / chocoes
2. colonizar / por Juan Vásquez de Coronado
3. anexar / a la Capitanía General de Guatemala durante la colonia
4. declarar / república independiente en el siglo XIX
5. transformar / enormemente después de la constitución de 1949

B. Político y pacifista. Completa la siguiente información acerca de Óscar Arias Sánchez, usando **ser** + participio pasado del verbo indicado.

Óscar Arias Sánchez nació en 1941 en Heredia, ciudad de ambiente colonial; la iglesia principal de la ciudad __1__ (construir) en 1797. Hijo de una acomodada familia de exportadores cafetaleros, __2__ (educar) en la Universidad de Costa Rica. Sus estudios __3__ (completar) en Inglaterra donde obtuvo un doctorado en 1974. Luego volvió a su país y __4__ (contratar) por la Universidad de Costa Rica para enseñar ciencias políticas. En 1986 __5__ (elegir) presidente del país y el año siguiente __6__ (galardonar) con el premio Nobel de la Paz. El premio le __7__ (otorgar) por su activa participación en lograr paz en Centroamérica. Debido en gran parte a su contribución, el conflicto entre varios países centroamericanos __8__ (resolver) y un acuerdo de paz __9__ (firmar) en 1987. Gracias al dinero del premio Nobel, __10__ (establecer) la Fundación Arias para la Paz y el Progreso Humano.

C. La economía costarricense. Haz algunas generalizaciones sobre los productos principales y la economía costarricense.

MODELO cultivar café

En Costa Rica se cultiva café

1. extraer varios minerales
2. dedicar más del cuarenta por ciento de la tierra al pastoreo
3. refinar petróleo
4. gastar mucho dinero en programas de bienestar público
5. procesar alimentos en muchas plantas
6. basar la economía en la exportación

D. Noticias. En grupos de tres o cuatro, hablen de las noticias que han leído en el periódico recientemente.

MODELO **Anuncian una gran tormenta de nieve en Nueva York.**

Vocabulario útil

aconsejar	creer	denunciar	pronosticar
anunciar	decir	informar	tener

Lección 2

4.3 PRESENT SUBJUNCTIVE FORMS AND THE USE OF THE SUBJUNCTIVE IN MAIN CLAUSES

- The two main verbal moods in Spanish are the *indicative* and the *subjunctive*. The indicative mood relates or describes something considered to be definite or factual. The subjunctive mood expresses emotions, doubts, judgment, or uncertainty about an action.

La Ciudad de Panamá **es** una ciudad moderna. (Indicative)	*Panama City is a modern city.*
Quizás la parte más interesante de la Ciudad de Panamá **sea** la parte antigua de la ciudad. (Subjunctive)	*Maybe Panama City's most interesting area is the old part of town.*

- The subjunctive is used much more frequently in Spanish than in English. It generally occurs in dependent clauses introduced by **que.**

Dudo **que** tus amigos **sepan** quién es Mireya Moscoso.	*I doubt that your friends know who Mireya Moscoso is.*

Forms

-ar verbs	*-er* verbs	*-ir* verbs
progresar	***aprender***	***vivir***
progres**e**	aprend**a**	viv**a**
progres**es**	aprend**as**	viv**as**
progres**e**	aprend**a**	viv**a**
progres**emos**	aprend**amos**	viv**amos**
progres**éis**	aprend**áis**	viv**áis**
progres**en**	aprend**an**	viv**an**

- To form the present subjunctive of all regular and most irregular verbs, drop the **-o** ending of the first-person singular form (the **yo** form) of the present indicative and add the appropriate endings. Note that the endings of **-ar** verbs all share the vowel **-e**, whereas the endings of **-er** and **-ir** verbs all share the vowel **-a.**
- Most verbs that have an irregular stem in the first-person singular form (the **yo** form) in the present indicative maintain the same irregularity in all forms of the present subjunctive. Following are some examples.

conocer (**conozcø**): conozca, conozcas, conozca, conozcamos, conozcáis, conozcan
decir (**digø**): diga, digas, diga, digamos, digáis, digan
hacer (**hagø**): haga, hagas, haga, hagamos, hagáis, hagan
influir (**influyø**): influya, influyas, influya, influyamos, influyáis, influyan
proteger (**protejø**): proteja, protejas, proteja, protejamos, protejáis, protejan
tener (**tengø**): tenga, tengas, tenga, tengamos, tengáis, tengan

Verbs with Spelling Changes

Some verbs require a spelling change to maintain the pronunciation of the stem. Verbs ending in **-car, -gar, -guar,** and **-zar** have a spelling change in all persons.

c → qu sacar: saque, saques, saque, saquemos, saquéis, saquen
g → gu pagar: pague, pagues, pague, paguemos, paguéis, paguen
u → ü averiguar: averigüe, averigües averigüe, averigüemos, averigüéis, averigüen
z → c alcanzar: alcance, alcances, alcance, alcancemos, alcancéis, alcancen

Other verbs in these categories:

c → qu	**g → gu**	**u → ü**	**z → c**
atacar	entregar	atestiguar *(to testify)*	comenzar (ie)
indicar	jugar (ue)		empezar (ie)
tocar	llegar		almorzar (ue)

Stem-Changing Verbs

- Stem-changing -**ar** and -**er** verbs have the same stem changes in the present subjunctive as in the present indicative. Remember that all forms change except **nosotros** and **vosotros.** (See p. 75 for a list of stem-changing verbs.)

Present Subjunctive: Stem-changing *-ar, -er* Verbs	
e → ie	***o → ue***
pensar	***volver***
pi**e**nse	vu**e**lva
pi**e**nses	vu**e**lvas
pi**e**nse	vu**e**lva
pensemos	volvamos
penséis	volváis
pi**e**nsen	vu**e**lvan

- Stem-changing **-ir** verbs have the same stem changes as in the present indicative, except the **nosotros** and **vosotros** forms have an additional change.

Present Subjunctive: Stem-changing *-ir* Verbs		
e → ie, i	***o → ue, u***	***e → i, i***
mentir	***dormir***	***pedir***
mi**e**nta	du**e**rma	p**i**da
mi**e**ntas	du**e**rmas	p**i**das
mi**e**nta	du**e**rma	p**i**da
m**i**ntamos	d**u**rmamos	p**i**damos
m**i**ntáis	d**u**rmáis	p**i**dáis
mi**e**ntan	du**e**rman	p**i**dan

Irregular Verbs

The following six verbs, which do not end in **-o** in the first-person singular of the present indicative, are irregular in the present subjunctive. Note the accent marks on some forms of **dar** and **estar.**

haber	***ir***	***saber***	***ser***	***dar***	***estar***
haya	vaya	sepa	sea	dé	esté
hayas	vayas	sepas	seas	des	estés
haya*	vaya	sepa	sea	dé	esté
hayamos	vayamos	sepamos	seamos	demos	estemos
hayáis	vayáis	sepáis	seáis	deis	estéis
hayan	vayan	sepan	sean	den	estén

*Note that the present subjunctive of **hay** is **haya**.

Ahora, ¡a practicar!

A. Visita las islas San Blas. Menciona las sugerencias que les haces a unos compañeros que desean visitar las islas San Blas.

MODELO no viajar el domingo

Les sugiero que no viajen el domingo.

1. tomar un avión, no un barco
2. conversar con algunos indios cunas
3. sacar muchas fotografías
4. observar la vestimenta de las mujeres
5. ver a una cuna hacer una mola
6. adquirir una mola por lo menos
7. obtener una mola con diseños tradicionales
8. levantarse temprano para el viaje de regreso

B. Opiniones contrarias. Tu compañero(a) y tú expresan opiniones opuestas sobre lo que es bueno para los países de Centroamérica.

MODELO probar otros modelos de gobierno
Tú: **Es bueno que prueben otros modelos de gobierno.**
Compañero(a): **Es malo que prueben otros modelos de gobierno.**

1. exportar más productos
2. mejorar los sistemas educativos
3. defender su independencia política y económica
4. cerrar sus fronteras
5. tener elecciones libres
6. convertirse en democracias representativas
7. resolver sus problemas internos pronto

C. Recomendaciones. Di lo que recomiendas a los jóvenes que quieren ser astronautas.

MODELO estudiar todos los días

Les recomiendo que estudien todos los días.

1. tomar muchos cursos de ciencias
2. escuchar los consejos de sus profesores
3. ver películas de viajes espaciales
4. volar por avión cuando sea posible
5. poner atención a los vuelos espaciales de NASA
6. no descuidar su estado físico
7. tener paciencia
8. ... *(añade otras recomendaciones)*

The Subjunctive in Main Clauses

- The subjunctive is always used after **ojalá (que)** because it means *I hope*. The use of **que** after **ojalá** is optional.

Ojalá (que) yo **pueda** visitar la Ciudad de Panamá algún día. — *I hope I can visit Panama City one day.*

Ojalá (que) te **recuerdes** de comprarme una mola. — *I hope you remember to buy me a* mola.

- The subjunctive is used after the expressions **probablemente** (*probably*) and **a lo mejor**, **acaso**, **quizá(s)**, and **tal vez** (all meaning *maybe, perhaps*) to imply that something is doubtful or uncertain. The use of the indicative after these expressions indicates that the idea expressed is definite, certain, or very probable.

Probablemente hable de la sociedad cuna en la próxima clase. (*less certain*) — *I will probably talk about the Cuna society in our next class.*

Probablemente hablaré de la sociedad cuna en la próxima clase. (*more certain*) — *I will probably talk about the Cuna society in our next class.*

Tal vez mi hermano **viaje** a Panamá pronto. (*less certain*) — *Perhaps my brother will soon travel to Panama.*

Tal vez mi hermano **viaja** a Panamá pronto. (*more certain*) — *Perhaps my brother will soon travel to Panama.*

Ahora, ¡a practicar!

A. Preparativos apresurados. Eres periodista y tu jefe(a) te ha pedido que hagas un reportaje sobre Panamá. Tienes que salir para allá lo más pronto posible.

MODELO el pasaporte estar al día

Ojalá que el pasaporte esté al día.

1. (yo) encontrar un vuelo para el sábado próximo
2. (yo) conseguir visa pronto
3. haber cuartos en un hotel de Panamá Viejo
4. (yo) tener tiempo para visitar el canal de Panamá
5. la computadora portátil funcionar sin problemas
6. (yo) poder entrevistar a muchas figuras políticas importantes
7. el reportaje resultar todo un éxito

B. Planes. Di lo que tú y tus amigos esperan hacer para las vacaciones de primavera.

MODELO Mónica y yo / poder ir a Fort Lauderdale

Ojalá (que) Mónica y yo podamos ir a Fort Lauderdale.

1. Jaime, Carlos y Paco / encontrar un apartamento en la playa
2. Andrea / ir a visitar a sus padres en Maine
3. Marcos y su amigo / poder pasar una semana en las montañas
4. Natalia y tú / no tener que estudiar
5. mi novio(a) / ir a Fort Lauderdale también
6. las muchachas / elegir un lugar con artesanías interesantes

C. Indecisión. Un(a) compañero(a) de clase te pregunta lo que vas a hacer el próximo fin de semana. Como no estás seguro(a), no puedes darle una respuesta definitiva. Por eso, le mencionas cuatro o cinco posibilidades.

MODELO **Quizás (Tal vez, Probablemente) vaya al cine.**

4.4 FORMAL AND FAMILIAR (*TÚ*) COMMANDS

UNIDAD 4

Formal Commands

	***-ar* Verbs**		***-er* Verbs**		***-ir* Verbs**	
	usar		***correr***		***sufrir***	
Ud.	use	no use	corra	no corra	sufra	no sufra
Uds.	usen	no usen	corran	no corran	sufran	no sufran

- **Usted** and **ustedes** affirmative and negative commands have the same forms as the present subjunctive.
- In Spanish, the subject pronoun is normally not used with commands. It may be included for emphasis or contrast, or as a matter of courtesy.

Espere unos minutos, por favor. — *Wait a few minutes, please.*
Quédense Uds. aquí; **pase Ud.** a la sala de ventas. (*contrast*) — *Stay here (all of you); (you [singular]) go in the sales room.*
Mire Ud. este catálogo, por favor. (*courtesy*) — *Take a look at this catalog, please.*

- In affirmative commands, reflexive and object pronouns are attached to the end of the verb to form a single word. A written accent is needed if normally the command alone is stressed in the next-to-last syllable.

Este parque nacional es suyo. **Úselo, cuídelo, manténgalo** limpio. — *This national park is yours. Use it, take care of it, keep it clean.*

- In negative commands, reflexive and object pronouns precede the verb.

Guarde ese maletín de cuero; no **me lo pase** todavía. — *Keep that leather briefcase; don't give it to me yet.*

Ahora, ¡a practicar!

A. Atracciones turísticas. Eres agente de viaje y un cliente tuyo te consulta sobre lugares que debería ver durante su próximo viaje a Panamá. ¿Qué recomendaciones le haces?

MODELO caminar por la avenida Balboa

Camine por la avenida Balboa.

1. no dejar de pasar por el Instituto Panameño de Turismo
2. ver el canal de Panamá
3. visitar las islas San Blas; admirar la artesanía cuna
4. ir al Parque Nacional Soberanía; hacer una caminata
5. pasearse por Panamá Viejo
6. entrar en el Museo de Arte Afro Antillano
7. asistir a un concierto en el Teatro Nacional; hacer reservaciones con tiempo

B. ¡Escúchenme! Tú eres el (la) profesor(a) de la clase de español por un día. Tienes que decirles a los estudiantes lo que deben hacer o no hacer. ¿Qué les vas a decir?

MODELO **Abran sus libros en la página G86, por favor.** o

No hablen en inglés, solamente en español.

C. En la tienda de artesanías. Tus amigos van a entrar en una tienda de artesanías.¿Qué consejos les vas a dar?

MODELO **Tengan cuidado con romper los objetos de vidrio.** o

No compren sin mirar bien los objetos.

Familiar (*tú*) Commands

***-ar* Verbs**		***-er* Verbs**		***-ir* Verbs**	
usar		***correr***		***sufrir***	
usa	no uses	corre	no corras	sufre	no sufras

- Affirmative **tú** commands have the same form as the third-person singular [the **él**, **ella**, and **Ud**. form] present indicative. Negative **tú** commands have the same form as the present subjunctive.

Conserva tus tradiciones. **No olvides** tus orígenes.	*Keep your traditions. Don't forget your origins.*
¡**Insiste** en tus derechos! ¡No **temas** defenderlos!	*Insist on your rights! Don't be afraid to defend them!*

- Only the following verbs have irregular affirmative **tú** commands. Their negative commands are regular.

decir	**di**	ir	**ve**	salir	**sal**	tener	**ten**
hacer	**haz**	poner	**pon**	ser	**sé**	venir	**ven**

Sé bueno. **Haz**me un favor. **Ven** a pasear por la zona colonial conmigo. Pero **pon**te un suéter porque hace frío.	*Be good. Do me a favor. Come to stroll through the colonial district with me. But put a sweater on because it is cold.*

Ahora, ¡a practicar!

A. Receta de cocina. Un(a) amigo(a) te llama por teléfono para pedirte una receta de un plato caribeño que tú tienes. La receta aparece del modo siguiente en tu libro de cocina.

Instrucciones:

1. Cortar las vainitas verdes a lo largo; cocinarlas en un poco de agua.
2. Pelar los plátanos; cortarlos a lo largo; freírlos en aceite hasta que estén tiernos; secarlos en toallas de papel.
3. Mezclar la sopa con las vainitas; tener cuidado: no romper las vainitas
4. En una cacerola, colocar los plátanos.
5. Sobre los plátanos, poner la mezcla de sopa y vainitas; echar queso rallado encima.
6. Repetir hasta que la cacerola esté llena.
7. Hornear a 350° hasta que todo esté bien cocido.
8. Cortar en cuadritos para servir; poner cuidado; no quemarse

Ahora dale instrucciones a tu amigo(a) para preparar el plato.

MODELO **Corta las vainitas verdes a lo largo; cocínalas en un poco de agua.**

B. Consejos contradictorios. Gloria y Mario acaban de regresar de Panamá. Como tú piensas visitar ese país algún día, hablas con ellos, pero ellos te dan consejos muy contradictorios. ¿Qué te dicen?

MODELO dejar propina en los restaurantes.

Gloria: **Deja propina en los restaurantes.**
Mario: **No dejes propina en los restaurantes.**

1. leer acerca de la historia y las costumbres
2. esforzarse por hablar español.
3. pedir información en la oficina de turismo.
4. tener el pasaporte siempre contigo.

5. cambiar dinero en los hoteles.
6. comer en los puestos que veas en la calle.
7. salir solo(a) de noche.
8. visitar los museos históricos.
9. regatear los precios en las tiendas.

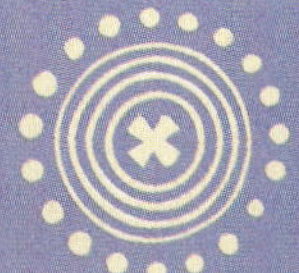

Lección 3

4.5 THE SUBJUNCTIVE IN NOUN CLAUSES

Wishes, Recommendations, Suggestions, and Commands

The subjunctive is used in a dependent clause when the verb or impersonal expression in the main clause indicates a wish, a recommendation, a suggestion, or a command and there is a change of subject in the dependent clause. If there is no change of subject, the infinitive is used.

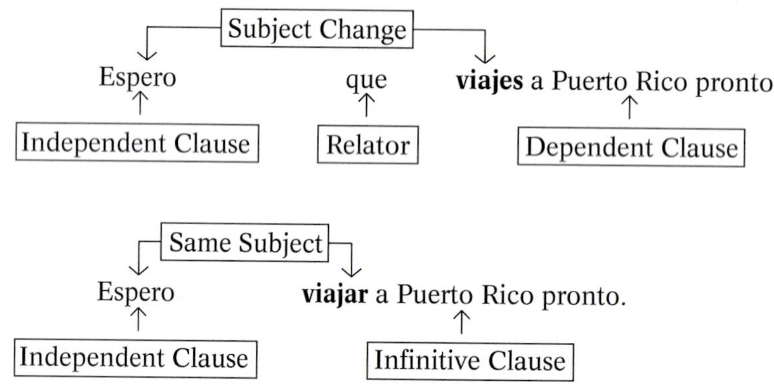

Common verbs and expressions in this category:

aconsejar
decir (i)
dejar
desear
esperar

exigir *to require*
mandar *to order*
pedir (i)
permitir
preferir (ie)

prohibir
querer (ie)
recomendar (ie)
rogar (ue) *to beg*
sugerir (ie)

ser esencial
ser importante

ser mejor
ser necesario

ser preciso *to be necessary*
ser urgente

Prefiero que **pases** dos semanas en Colombia. *I prefer that you spend two weeks in Colombia.*

Te recomiendo que **vayas** a la Casa Museo Quinta de Bolívar. — *I recommend you to go to the Casa Museo Quinta de Bolívar museum.*

Es importante **visitar** el Museo del Oro. — *It is important to visit the Gold Museum.*

Doubt, Uncertainty, Disbelief, and Denial

- The subjunctive is used in a dependent clause after verbs or expressions indicating doubt, uncertainty, disbelief, or denial. When the opposite of these verbs and expressions are used, they are followed by the indicative because they imply certainty.

  Common verbs and expressions in this category:

Subjunctive: Disbelief/Doubt	Indicative: Belief/Certainty
no creer	creer
dudar	no dudar
no estar seguro(a) (de)	estar seguro(a) (de)
negar (ie)	no negar (ie)
no pensar (ie)	pensar (ie)
no ser cierto	ser cierto
ser dudoso	no ser dudoso
no ser evidente	ser evidente
no ser seguro	ser seguro
no ser verdad	ser verdad
no suponer	suponer

Es dudoso que la situación política de Colombia **cambie** en el futuro. — *It is doubtful that the Colombian political situation will change in the future.*

Estoy seguro de que el turismo **trae** mucho dinero, pero **no estoy seguro** de que no **traiga** problemas también. — *I am certain that tourism brings lots of money, but I am not certain that it does not bring problems also.*

No dudo de que me **graduaré, pero dudo** de que me **gradúe** el semestre próximo. — *I don't doubt that I will graduate, but I doubt that I will graduate next semester.*

- In interrogative sentences, either the subjunctive or the indicative may be used. Use of the subjunctive betrays doubt or disbelief on the part of the speaker or writer. Use of the indicative indicates that the person speaking or writing is merely asking for information and does not know the answer.

¿Piensas que el turismo **es** beneficioso para el país? *(person is asking for information and does not know the answer)* — *Do you think tourism is beneficial for the country?*

¿Piensas que el turismo **sea** beneficioso para el país? *(person doubts that tourism is beneficial)* — *Do you think tourism is beneficial for the country?*

UNIDAD 4

Emotions, Opinions, and Judgments

The subjunctive is used in a dependent clause after verbs and expressions that convey emotions, opinions, and judgments when there is a change of subject. If there is no change of subject, the infinitive is used.

Common verbs and expressions in this category:

alegrarse	lamentar	sorprenderse
enojarse	sentir (ie)	temer
estar contento(a) de	ser extraño	ser raro
ser agradable	ser increíble	ser sorprendente
ser bueno	ser malo	ser (una) lástima
ser curioso	ser natural	ser vergonzoso
ser estupendo	ser normal	

Me alegro de que **vayas** al concierto de Shakira.	*I am glad you will be going to Shakira's concert.*
Es increíble que todavía la gente **admire** tanto a Bolívar.	*It is incredible that people still admire Bolivar so much.*
Es bueno **tener** preocupaciones sociales.	*It is good to have social concerns.*

Ahora, ¡a practicar!

A. Los deberes del dentista. Di lo que es necesario que el dentista de la historia de García Márquez haga.

MODELO abrir el gabinete a las seis de la mañana

Es necesario que abra el gabinete a las seis de la mañana.

1. sacar una dentadura postiza de la vidriera
2. poner los instrumentos sobre la mesa
3. ordenarlos de mayor a menor
4. rodar la fresa hacia el sillón
5. sentarse
6. pulir la dentadura
7. trabajar con determinación
8. pedalear en la fresa
9. trabajar por unas horas
10. hacer una pausa

B. Datos sorprendentes. Tú les cuentas a tus amigos las cosas que te sorprenden de Colombia, lugar que visitas por primera vez.

MODELO Colombia / tener tantos monumentos coloniales

Me sorprende (Es sorprendente) que Colombia tenga tantos monumentos coloniales

1. el país / ofrecer tantos sitios de interés turístico
2. Bogotá / estar a casi tres mil metros de altura
3. los colombianos / preocuparse por la pureza del español
4. en Bogotá / haber tantos museos interesantes
5. el territorio colombiano / extenderse desde el Caribe hasta el Pacífico
6. en Zipaquirá / existir una catedral de sal
7. las esmeraldas / ser carísimas
8. los colombianos / recordar la memoria de Jorge Eliécer Gaitán con un museo

C. Opiniones. Tú y tus compañeros dan opiniones acerca de Colombia.

MODELO ser verdad / Colombia es un país variado

Es verdad que Colombia es un país variado.

no estar seguro(a) / los colombianos apoyan a su presidente

No estoy seguro(a) (de) que los colombianos apoyen a su presidente.

1. ser evidente / Colombia tiene escritores sobresalientes
2. pensar / el café domina las exportaciones de Colombia
3. no creer / Colombia va a modificar su constitución
4. no dudar / la cumbia va a pasar de moda
5. ser cierto / los colombianos están orgullosos de su modo de hablar
6. negar / todos los colombianos viven en el pasado

D. Situación mundial. Con un(a) compañero(a), habla de la situación mundial y de cómo se puede mejorar.

MODELO prevenir / las guerras

Es bueno (preferible, importante) que prevengamos las guerras.

1. vivir en armonía
2. crear un mundo de paz
3. saber leer y escribir
4. pensar en los demás
5. intentar mejorar la vida de todo el mundo
6. resolver el problema del hambre
7. proteger el medio ambiente
8. decirles a los líderes políticos lo que pensamos
9. ofrecer más oportunidades de empleo
10. ... *(añade otros comentarios)*

E. Consejos para los teleadictos. ¿Qué consejos puedes darle a un(a) amigo(a) que está en peligro de convertirse en un(a) teleadicto(a) (*couch potato*)? Menciona cinco por lo menos.

MODELO **Te aconsejo que seas más activo(a).**

Te recomiendo que vayas a un gimnasio.

Lección 4

4.6 RELATIVE PRONOUNS

- Relative pronouns link a dependent clause to a main clause. As pronouns, they refer back to a noun in the main clause called the *antecedent*. They provide a smooth transition from one idea to another and eliminate the repetition of a noun. In contrast to English, the relative pronoun is never omitted in Spanish.

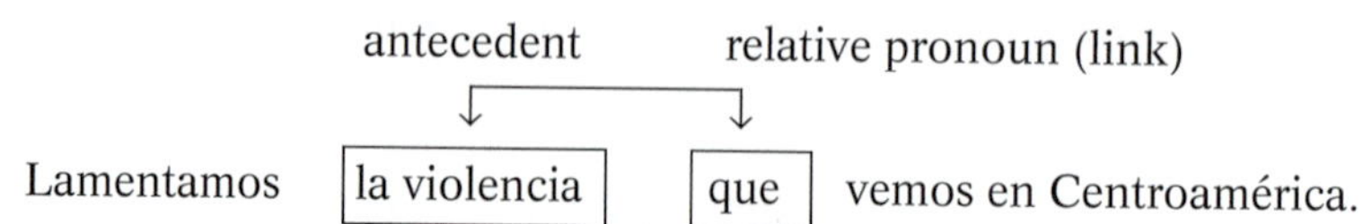

- The main relative pronouns are : **que, quien(es), el (la, los, las) cual(es), el (la, los, las) que,** and **cuyo.**

Uses of *que*

- **Que** *(that, which, who, whom)* is the most frequently used relative pronoun. It can refer to people, places, things, or abstract ideas.

Carolina Herrera es una modista venezolana **que** tiene renombre mundial.	*Carolina Herrera is a Venezuelan fashion designer who has international renown.*
El producto **que** cambió la economía venezolana fue el petróleo.	*The product that changed the Venezuelan economy was oil.*
Nos fascinaron los parques nacionales **que** visitamos.	*We were fascinated by the national parks we visited.*

- **Que** is used after the simple prepositions **a, con, de,** and **en** when it refers to places, things, or abstract ideas, not to people.

Caracas fue la ciudad **en que** nació Simón Bolívar.	*Caracas was the city in which Simon Bolivar was born.*
Muchos piensan que la educación es el arma **con que** se debe combatir el subdesarrollo económico.	*Many think that education is the weapon with which one should fight economic underdevelopment.*

Uses of *quien(es)*

- **Quien**(**es**) *(who, whom)* is used after simple prepositions like **a, con, de, en,** and **por** to refer to people. Note that it agrees in number with the antecedent.

Las personas **a quienes** entrevistaron son miembros de la Asamblea Nacional.	*The persons (whom) they interviewed are members of the National Assembly.*

- **Quien(es)** may also be used in a clause set off by commas when it refers to people.

No conozco al cantante venezolano **con quien (de quien)** hablas.	*I don't know the Venezuelan singer with whom (about whom) you are talking.*
Rómulo Gallegos, **quien (que)** es un gran novelista venezolano, fue también presidente de la república.	*Romulo Gallegos, who was a great Venezuelan novelist, was also the president of the republic.*
Muchas jóvenes venezolanas, **quienes** aspiran a ser coronadas Señorita Venezuela, asisten a una academia especial.	*Many Venezuelan young women, who hope to be crowned Miss Venezuela, attend a special academy.*

UNIDAD 4

Ahora, ¡a practicar!

A. Estilo más complejo. Estás revisando la composición de un(a) compañero(a), en la cual aparecen demasiadas oraciones simples. Le sugieres que combine dos oraciones en una.

MODELO Rómulo Gallegos es una importante figura de la literatura hispanoamericana. Fue elegido presidente de Venezuela en 1947.

Rómulo Gallegos, quien (que) fue elegido presidente de Venezuela en 1947, es una importante figura de la literatura hispanoamericana.

1. Jesús Rafael Soto es uno de los escultores latinoamericanos más importantes de la escuela constructivista. Nació en Ciudad Bolívar en 1923.
2. Jesús Rafael Soto utiliza materiales como filamentos de plexiglás y acero para construir sus esculturas. Ha sido muy influenciado por el pintor abstracto Piet Mondrian.
3. Carolina Herrera fue nombrada al "Fashion Hall of Fame" en 1981. Es una modista venezolana de fama internacional.
4. Salvador Garmendia es una figura importante de las letras en Venezuela. Nació en 1928 en Barquisimeto.
5. Salvador Garmendia ha escrito guiones para el cine y la televisión. Ha sido locutor de radio.

B. Conozcamos Venezuela. Para aprender más sobre Venezuela identifica los siguientes lugares y cosas usando la información dada entre paréntesis.

MODELO el béisbol (deporte / practicarse tanto como el fútbol en Venezuela)

El béisbol es el deporte que se practica tanto como el fútbol en Venezuela.

1. Caracas (ciudad / ser la capital de Venezuela)
2. El Panteón Nacional (monumento / guardar los restos de Bolívar)
3. El bolívar (unidad monetaria / usarse en Venezuela)
4. El lago Maracaibo (lago / tener innumerables pozos petroleros)
5. El Salto de Angel (cascada / más alta que las cataratas del Niágara)
6. El Parque Nacional Canaima (parque / ser el sexto en el mundo en extensión)

C. Identificaciones. Identifica a las personas que aparecen a continuación.

MODELO Francisco de Miranda

Fue un héroe venezolano que quería la independencia de su país. o

Fue un patriota que fue amigo de Bolívar. o

Fue un caraqueño que luchó contra los españoles.

1. Simón Bolívar
2. Rómulo Betancourt
3. Rómulo Gallegos
4. Carlos Andrés Pérez
5. Hugo Chávez

Uses of *el cual* and *el que*

el cual Forms		el que Forms	
el cual	los cuales	el que	los que
la cual	las cuales	la que	las que

- These forms are more frequent in formal writing and speech. Both mean *that, which, who, and whom.* They are used to refer to people, things, and ideas and agree in number and gender with their antecedent. They are frequently used after prepositions.

El petróleo, **con el cual (con el que)** se comenzó el desarrollo económico de Venezuela, es explotado en la zona de Maracaibo. — *Oil, with which Venezuela's economic development began, is exploited in the Maracaibo area.*

Según ese anciano, los presidentes **bajo los cuales** ha vivido no han mejorado demasiado las condiciones de vida. — *According to that old man, the presidents under whom he has lived have not improved the living conditions too much.*

Visité un pueblo **cerca del cual** hay un parque nacional. — *I visited a village near which there is a national park.*

- In adjective clauses which are set off by commas, **el cual** may be used instead of **que** or **quien,** even though the latter two are preferred. **El cual** is favored when there is more than one antecedent and it is important to avoid ambiguity.

Rómulo Betancourt, **quien (el cual)** fundó el partido Acción Democrática (AD), fue presidente de Venezuela de 1945 a 1948. — *Romulo Betancourt, who founded the Acción Democrática (AD) political party, was president of Venezuela from 1945 to 1948.*

El producto principal de esta granja, **el cual** (=producto) genera bastante dinero, es el café. — *The main product of this farm, which (=product) generates enough money, is coffee.*

El producto principal de esta granja, **la cual** (=granja) genera bastante dinero, es el café. — *The main product of this farm, which (=farm) generates enough money, is coffee.*

- The forms of **el que** are often used to refer to an unexpressed antecedent when that antecedent has been mentioned previously or when context makes it clear.

— ¿Te gustan las leyendas de los países latinoamericanos? — *"Do you like the legends of Latin American countries?"*

— ¿Cuáles? ¿**Las que** explican fenómenos naturales de modo hermoso? — *"Which one? The ones that explain natural phenomena in a beautiful way?"*

- The forms of **el que** and **quien(es)** are used to express *he who, the one(s) who, those who,* and so forth.

Quien (El que) adelante no mira, atrás se queda. — *He who does not look ahead, remains behind.*

Quienes (Los que) se esfuerzan triunfarán. — *Those (The ones) who make an effort will succeed.*

Ahora, ¡a practicar!

A. Necesito explicaciones. Tu profesor te ha dicho que el último ensayo que entregaste no es apropiado. Le haces preguntas para saber exactamente por qué no es apropiado.

MODELO el tema / escribir sobre

¿El tema sobre el que escribí no es apropiado?

1. la bibliografía / basarse en
2. el esquema / guiarse por
3. la tesis central / presentar argumentación para
4. ideas / escribir acerca de
5. las opiniones / protestar contra
6. temas / interesarse por

B. El mito de la cascada. Para contar la historia narrada en el mito "La cascada de Salto de Ángel" usando oraciones complejas, combina las dos oraciones en una usando la forma apropiada de **el cual.**

MODELO Los *tepuis* son majestuosas montañas de cimas truncadas. Se encuentran en la jungla de Canaima.

Los *tepuis*, los cuales se encuentran en la jungla de Canaima, son majestuosas montañas de cimas truncadas.

1. La diosa Ru-ruima vivía en esa zona. Era la Madre de las Aguas.
2. La cabellera de Ru-ruima era de increíble belleza. Era blanca y larga como una cascada.
3. La naturaleza crecía verde y frondosa. Recibía el don (*gift*) del agua de la diosa.
4. El diablo Auyán vivía también en ese paraíso. Era el espíritu del mal.
5. Auyán capturó a la Madre de las Aguas. Deseaba dañar a los habitantes de la región.
6. Ru-ruima se escapó abriendo una brecha en la montaña. Estaba encerrada en el *tepui* del diablo Auyán.
7. Una cascada se formó de la cabellera de la diosa. Se conoce hoy como Salto de Ángel.

C. Definiciones. Explica el significado de los siguientes términos que aparecen en la lección.

MODELO la fauna

La fauna es el conjunto de animales que viven en una región. o

La fauna es la palabra con que (con la cual) designamos a los animales de una zona.

1. un mito
2. el petróleo
3. la flora
4. una piedra preciosa
5. un oso
6. una orquídea
7. un concurso de belleza

Uses of *lo cual* and *lo que*

- The neuter forms **lo cual** and **lo que** are used in adjective clauses, set off by commas, that refer to a situation or a previously stated idea. In this usage they correspond to the English *which.*

En 1973 los precios del petróleo se cuadruplicaron, **lo cual (lo que)** impulsó el desarrollo industrial del país.	*In 1973, oil prices quadrupled, which propelled the industrial development of the country.*
El noventa por ciento de los televidentes venezolanos mira la final del concurso Señorita Venezuela, **lo cual (lo que)** sorprende a los extranjeros.	*Ninety percent of the television viewers watch the final of the Miss Venezuela competition, which surprises foreigners.*

- **Lo que** is also used to mean *what* when something indefinite has not yet been mentioned.

Me gustaría saber **lo que** piensas de la situación política de Venezuela.	*I would like to know what you think about the political situation in Venezuela.*
Diversificar la economía es **lo que** intentan hacer muchos gobiernos.	*Diversifying the economy is what many governments intend to do.*

Use of *cuyo*

Cuyo(a, os, as), meaning *whose, of whom, of which,* indicates possession. It precedes the noun it modifies and agrees with that noun in gender and number.

No conozco a ese escultor venezolano **cuyas** obras me gustan tanto.	*I don't know that Venezuelan sculptor whose works I like so much.*
Los pueblos indígenas cultivaban el cacao, **cuya** semilla sirve para elaborar el chocolate.	*The indigenous populations used to grow the cacao tree, whose seed is used to make chocolate.*

Ahora, ¡a practicar!

A. ¡Impresionante! Unos viajeros de regreso de Caracas dicen qué es lo que más les impresionó.

MODELO ver en las calles

Me impresionó lo que vi en las calles.

1. descubrir en mis paseos
2. leer en los periódicos
3. escuchar en la radio
4. aprender en el Museo de Arte Contemporáneo
5. ver en la televisión
6. contarme algunos amigos venezolanos

B. Reacciones. Usa la información dada para indicar tu reacción al leer diversos datos acerca de Venezuela. Puedes utilizar el verbo que aparece al final de cada oración u otro que conozcas.

MODELO Venezuela tiene treinta y cinco parques nacionales / sorprender

Venezuela tiene treinta y cinco parques nacionales, lo cual (lo que) me sorprendió mucho.

1. Venezuela fue el primer país en que tuvo lugar una rebelión para lograr la independencia de España / extrañar
2. el noventa y un por ciento de la población de Venezuela vive en ciudades / asombrar
3. en Mérida está el teleférico más largo del mundo / impresionar
4. es difícil visitar los pozos petroleros del lago Maracaibo / chocar
5. más del diez por ciento de la población no sabe leer ni escribir / deprimir
6. el lugar preferido de los venezolanos para sus vacaciones es la isla de Margarita, en el Caribe / desconcertar
7. la población indígena del país es de un por ciento / sorprender

C. ¿Cuánto recuerdas? Hazle preguntas a un(a) compañero(a) a ver si recuerda la información presentada en esta lección acerca de Venezuela.

MODELO el escultor / las obras se exhibieron en el Museo Guggenheim de Nueva York

¿Cuál es el escultor cuyas obras se exhibieron en el Museo Guggenheim de Nueva York?

1. el presidente / el período comenzó en 1998
2. la planta / la semilla se usa para elaborar chocolate
3. el héroe / el apellido es el nombre de la moneda nacional
4. el escritor / la primera obra se llama *Los pequeños seres*
5. la modista / las clientes son reinas y princesas
6. la cascada / el nombre se atribuye a un piloto estadounidense

UNIDAD 5

Camino al sol: Perú, Ecuador y Bolivia

Vendedora en el mercado de Otavalo, Ecuador ▶

LOS ORÍGENES

Las grandes civilizaciones antiguas

Miles de años antes de la conquista española, las tierras que hoy forman las repúblicas independientes de Perú, Ecuador y Bolivia estaban habitadas por sociedades complejas y refinadas. En el área peruana se destacaron grandes civilizaciones como la de Chavín de Huantar con su inmensos templos; la mochica con las impresionantes pirámides Huaca del Sol y Huaca de la Luna y las finas cerámicas que muestran una extraordinaria habilidad artística; la chimú con su enorme capital en Chanchán y sus magníficas obras en oro; la nazca, la huari, sicán y tantas, tantas más. En la zona ecuatoriana sobresalieron los chibchas, los colorados, los capayas, los jíbaros y los shiris y en el actual territorio boliviano se destacó la cultura andina de Tiahuanaco, cuyos habitantes eran conocidos como aymaras.

Los incas

Menos de un siglo antes de la llegada de los españoles, la gran civilización de los incas alcanzó un formidable apogeo que se manifestó en todos los aspectos de su vida cultural y política. Un gran deseo incontrolable de conquista dominó a los incas, quienes, en un período relativamente corto, subyugaron la mayor parte de los reinos precolombinos e instituyeron un fantástico imperio que se extendía por las actuales repúblicas de Perú, Ecuador, Bolivia y el norte de Argentina y de Chile. A la llegada de los españoles, este fabuloso imperio se llamaba "Tahuantinsuyu" que quiere decir "imperio que se extiende por las cuatro direcciones."

La capital del imperio inca estaba localizada en Cuzco, y desde allí los soberanos gobernaban sus dominios a través de un sofisticado y efectivo medio de comunicación basado en una extensa red de puentes, caminos y corredores veloces, lo que les garantizaba un rápido intercambio de noticias. Tan sólida y estable fue la arquitectura de los incas que muchos de los grandes hoteles y edificios públicos de Cuzco actualmente están construidos sobre los antiguos cimientos de la ciudad. Basta con ver la inmensa fortaleza de Sacsahuamán y la misteriosa y hermosa ciudad de Machu Picchu para apreciar de veras la habilidad arquitectónica de los incas. Para 1525, el imperio incaico se encontraba en una situación vulnerable debido a que el inca Huayna Cápac decidió dividir el reino entre su hijo Atahualpa, heredero shiri por parte de su madre, y Huáscar, nacido de una princesa inca. A su muerte, estalló una guerra entre los dos hermanos.

▲ **Vaso Mochica con imagen de un noble.**

La conquista

Es en este escenario de guerra y división que en 1531 se presenta Francisco Pizarro acompañado por 180 hombres y unos treinta caballos. Los conquistadores llamaron Perú al nuevo país y sin pérdida de tiempo se dieron cuenta de la situación política favorable y capturaron a Atahualpa en una batalla que dio muerte a unos cinco mil incas y sólo cinco españoles. Este gobernante trágico, desde su cautiverio, mandó asesinar a su medio hermano Huáscar y luego ofreció una enorme cantidad de oro por su propia libertad, oferta que Pizarro aceptó inmediatamente. Sin embargo, una vez en posesión de toneladas de oro y plata, el capitán español condenó a muerte a Atahualpa en 1533. De esta manera, se inició el poderío de los españoles, quienes se dedicaron inmediatamente a conquistar todos los rincones del imperio derrotado.

La fortaleza de Sacsahuaman en Cuzco, Perú. ▶

¡A ver si comprendiste!

A. Hechos y acontecimientos. ¿Recuerdas los datos más importantes de la lectura? Para asegurarte, contesta las siguientes preguntas. Luego, compara tus respuestas con las de un(a) compañero(a).

1. ¿Dónde se desarrollaron las civilizaciones de Chavín de Huantar, la Mochica y la Chimú y cómo se destacaron?
2. ¿De dónde eran los chibchas? ¿y los aymaras?
3. ¿Estaba la civilización inca en su apogeo cuando llegaron los españoles? Expliquen.
4. ¿Cuál es el significado de "Tahuantinsuyu"? ¿Por qué se le dio este nombre al imperio inca?
5. ¿Cómo se llamaba la capital del imperio inca? ¿Qué evidencia existe hoy de lo sólido de su construcción?
6. ¿En qué consistía el sofisticado y efectivo medio de comunicación inca?
7. ¿Quiénes son Atahualpa y Huáscar? ¿Qué les pasó cuando se enfrentaron con los españoles?
8. ¿Cuánto tiempo tardaron los españoles en conquistar a los incas?

B. A pensar y a analizar. Contesta las siguientes preguntas con dos o tres compañeros(as) de clase.

1. ¿Por qué creen Uds. que tantas grandes civilizaciones se desarrollaron en Perú? ¿Cuál fue la más grande? ¿Por qué creen eso?
2. ¿Cómo es posible que menos de cien españoles pudieron conquistar el imperio inca en tan poco tiempo? ¿Por qué creen Uds. que los españoles no se esforzaron en preservar el imperio inca? ¿Cómo creen Uds. que serían Perú, Bolivia y Ecuador hoy en día si los incas hubieran derrotado a los españoles? Expliquen sus respuestas.

LECCIÓN 1

Perú

Nombre oficial: *República del Perú*

Población: *26.111.110 (estimación de 2001)*

Principales ciudades: *Lima (capital), Arequipa, El Callao, Trujillo*

Moneda: *Nuevo sol (S/.)*

GENTE DEL MUNDO 21

Mario Vargas Llosa, novelista y cuentista peruano, nació en Arequipa en 1936. En 1950 se estableció en Lima, donde pasó dos años en una academia militar e hizo estudios en la Universidad de San Marcos. Se doctoró en la Universidad de Madrid. Su primera novela, *La ciudad y los perros* (1963), basada en experiencias personales en una escuela militar, lo consagró como novelista. Desde entonces ha sido considerado uno de los escritores más representativos del llamado *boom* de la novela latinoamericana. Entre sus obras más recientes se encuentran *La guerra del fin del mundo* (1981), *El pez en el agua: memorias* (1993) y *La fiesta del Chivo* (2000). Su obra literaria presenta distintos aspectos de la vida peruana con un realismo intenso y una técnica narrativa compleja. Fue candidato del partido conservador Frente Democrático (FREDEMO) en las elecciones presidenciales de 1990 en las que triunfó el ingeniero Alberto Fujimori. Actualmente se dedica a escribir artículos que publica en periódicos y revistas internacionales como *El País* (Madrid), *La Nación* (Buenos Aires), *Le Monde* (París) y *The New York Times.*

Tania Libertad, cantante peruana, es representante del canto nuevo latinoamericano en el que el lirismo musical se une al compromiso social. Nació en Chiclayo, donde inició su carrera artística. Ya de niña tenía sus propios programas de televisión y radio y grabó más de una docena de discos. A principios de los años 80, se fue a México donde grabó *Alfonsina y el mar,* su primer disco fuera de su país natal. Hasta ahora, ha grabado más de veinte discos. Entre sus últimas grabaciones están *Amar amando* (1997), *Tómate esta botella conmigo* (1998) y *Lo mejor de Tania Libertad* (2000). Sus canciones surgen de su vida y sus experiencias. El ritmo de muchas de sus composiciones no es bailable, pero es muy popular. La cantante explica: "A la música que yo canto le han puesto muchas etiquetas, pero yo propongo que se le llame simplemente música popular latinoamericana". Ahora vive en la Ciudad de México con su esposo e hijo.

Gian Marco Zignago, cantante peruano de fama internacional, nació en Lima en 1970. De sus padres, artistas de teatro, cine y música, heredó un gran talento que se manifestó tempranamente. A los dos años cantó por primera vez en televisión en Buenos

Aires y a los tres en Caracas. A los seis ya dominaba la guitarra y grabó un disco con su padre titulado *Navidad Es*. A los once años, actuó al lado de su madre en la obra musical *Papito Piernas Largas*. En 1990 salió al mercado discográfico nacional su primera producción titulada *Gian Marco*, que incluye nueve temas con letra y música de su autoría, entre ellos "Mírame".

El primer país que le abrió las puertas a la internacionalización fue Venezuela, donde "Mírame" se consideró una de las mejores canciones del año. Incursionó en el teatro y de allí fue invitado a interpretar un rol protagónico en la telenovela "Velo Negro, Velo Blanco". En 1992, salió su segundo disco, *Personal,* en EE.UU. y Puerto Rico. En 1993, consolidó su madurez profesional cuando representó a Perú en la XXII edición del Festival OTI Internacional en España con el tema de su inspiración "Volvamos a empezar". En 1994, grabó su tercer álbum, *Entre la arena y la luna.* Su cuarto disco, *Señora cuéntame,* fue un homenaje a la canción criolla. En 1997 *Al quinto día,* su quinto disco, tuvo gran éxito. Su consagración definitiva resulta de su colaboración con Gloria Estefan y Jon Secada en la canción "El último adiós" en un programa conmemorativo el 12 de octubre de 2001 en la Casa Blanca de EE.UU.

Otros peruanos sobresalientes

Ciro Alegría (1909–1967): novelista, cuentista, poeta y periodista

Alberto Benavides de la Quintana: empresario minero

Alfredo Bryce Echenique: catedrático, cuentista y novelista

Moisés Escriba: pintor

María Eugenia González: poeta

Ana María Gordillo: pintora

Miguel Harth-Bedoya: conductor

Ciro Hurtado: compositor y guitarrista

Wilfredo Palacios-Díaz: pintor

Javier Pérez de Cuéllar: catedrático, diplomático y ex secretario general de la Organización de las Naciones Unidas

Fernando de Szyszlo: pintor y grabador

Personalidades del Mundo 21

Contesta las siguientes preguntas con un(a) compañero(a) de clase.

1. ¿Cuál fue la primera novela de Mario Vargas Llosa? ¿En qué se basó esta novela? ¿Qué experiencias en tu vida y la de tu compañero(a) podrían servir como base de una novela? Expliquen.
2. ¿De qué tipo de música es representante Tania Libertad? ¿Creen Uds. que ella tiene razón en llamar su música simplemente "música popular latinoamericana"? Expliquen. ¿Cuáles son otros artistas que producen música no bailable?
3. ¿Cómo cree Uds. que fue la infancia de Gian Marco? En su opinión, ¿es muy importante que los padres sean muy talentosos para garantizar el triunfo de un(a) hijo(a)? ¿Qué opinan Uds. de los títulos de los álbumes de Gian Marco? ¿Qué les dicen de su música?

Cultura ¡en vivo!

Medios de comunicación en el imperio incaico

Manuscrito que muestra el quipu (1609)

Los incas fueron ingenieros y arquitectos consumados. Testimonio innegable de esos talentos está en los monumentos, fortalezas, caminos, puentes y ciudades que construyeron con elementos que desafían el tiempo y los efectos de terremotos e inundaciones. Su admirable sistema de caminos sorprendió a los españoles por su amplitud y utilidad. Gracias a esos caminos —algunos forjados en la piedra viva— los incas controlaban sus numerosas posesiones a través de planicies, montañas, precipicios y llanos.

En su apogeo, el imperio incaico llegó a cubrir más de 9.500 millas. Sin embargo, el Inca, nombre que los incas daban a su emperador, desde su trono en el Cuzco, podía enviar mensajes hasta lugares tan lejanos como Quito, Ecuador, a una distancia de 2.500 millas, en solamente cinco días. Podía hacerlo debido a un ingenioso sistema de *chasquis,* corredores que eran entrenados desde la niñez. El chasqui salía del Cuzco llevando consigo una bolsa con harina de maíz tostado por alimento, y en las manos el *quipu*. Éste era un conjunto de cuerdas y nudos de tamaños y colores diferentes, cada uno de los cuales indicaba un número determinado de animales, soldados o personas. El chasqui corría 150 millas y anunciaba su llegada con el sonido de un cuerno. Inmediatamente salía el siguiente corredor, quien recibía la información oral y el quipu, y así el mensaje nunca paraba hasta llegar a su destino. Los responsables de mantener los quipus se llamaban *quipu-kamyocs* y se ocupaban de llevar cuenta de las cosechas, los animales y cualquier otra cosa que el monarca ordenara. En conjunto, era un sistema de estadística muy efectivo que ayudó a mantener el orden y el progreso en el inmenso imperio incaico.

A. El imperio incaico y la comunicación. Contesta las siguientes preguntas con un(a) compañero(a).

1. ¿Cómo se sabe que los incas fueron grandes ingenieros y arquitectos?
2. ¿Qué es un *quipu*? ¿un *chasqui*? ¿Qué relación hay entre los dos?
3. ¿Cuánto se tardaba un mensaje en llegar de Cuzco a Quito? ¿Qué distancia hay de Cuzco a Quito?
4. De Berlín a París o de Roma a Berlín hay menos de mil millas. ¿Cuánto tiempo creen Uds. que se tardaba un mensaje en llegar a París de Berlín o a Berlín de Roma en el siglo XVI? ¿Cómo era posible que los incas mandaran mensajes más rápidamente que los europeos cuando los europeos tenían caballos y los incas no?

B. Palabras claves: ejercicio. Para ampliar tu vocabulario, trabaja con un(a) compañero(a) para decidir en el significado de la palabra **ejercicio** en estas cinco oraciones. Luego, contesten las preguntas. ¿Cuáles usos tienen un equivalente con *exercise* en inglés?

1. ¿Haces **ejercicios** todas las mañanas?
2. ¿Ya hiciste los **ejercicios** de gramática de esta unidad?
3. ¿Dónde ha establecido tu abogado el **ejercicio** de su profesión?
4. En esta sala de clase, ¿quién tiene el **ejercicio** del poder, la profesora o los estudiantes?
5. ¿Sabes dónde van a hacer el **ejercicio** las tropas para el cuatro de julio?

MEJOREMOS LA COMUNICACIÓN

Para hablar de mantenerse en forma

Manual de gramática

Antes de leer **Mejoremos la comunicación**, conviene repasar la sección *5.1 Presente de subjuntivo en las clásulas adjetivales*, del **Manual de gramática** (pp. 391–392).

Al hablar de hacer ejercicio

— Dime. ¿Todavía corres tanto como cuando competías en carreras y saltos en la secundaria?	*Tell me. Do you still run as much as when you used to compete in track in high school?*
— ¡Ojalá! El tiempo simplemente no me lo permite. Ya no soy el corredor que era. Trato de correr dos o tres veces a la semana. Nada más.	*I wish! Time just doesn't allow me to do it. I no longer am the runner that I used to be. I try to run two or three times a week. That's all.*
— ¡Qué pena! Mi equipo necesita un corredor que pueda ayudarnos en el próximo campeonato.	*What a pity! My team needs a runner who could help us in the next championship.*

carrera *race*
carrera ciclista *bicycle race*
combate de boxeo *m. boxing match*
competencia *f. competition*
  de levantamiento de pesas *weightlifting competition*
partido *match, game*
torneo *tournament*
caminar, andar *to walk*
hacer deportes *m. to play sports*
hacer ejercicio *to exercise*
hacer ejercicio aeróbico *to do aerobics*
hacer footing, hacer jogging, correr *m. to go jogging or running*
levantar pesas *to lift weights*
nadar *to swim*

— ¿Dónde corres? Nunca te veo en el estadio.	*Where do you run? I never see you at the stadium.*
— Es porque prefiero correr en la pista de la secundaria. Allí puedo revivir los buenos tiempos que pasábamos compitiendo en carreras todos los sábados.	*It's because I prefer to run on the high school track. There I can relive the good times that we used to have competing in races every Saturday.*

El cuerpo humano

camino *road*
campo *field*
gimnasio *gymnasium, gym*
piscina *swimming pool*
piscina cubierta *natatorium*

Al hablar de estiramiento

— Bueno, muchachos, recuerden que siempre hay que empezar con un poco de estiramiento. Hasta los mejores corredores estiran los músculos. Hoy vamos a hacer flexiones de brazos y de piernas para tonificar los músculos.

Okay boys, remember that it is always necessary to start with a little stretching. Even the best runners stretch their muscles. Today we are going to do arm and leg stretching exercises to tone the muscles.

— Buena idea. Siempre me gusta hacer ejercicio que me ayude a estirarme.

Good idea. I always enjoy exercises that help me stretch.

Al asistir a una clase de ejercicio aeróbico

— Primero quiero que respiren profundamente. Uno, dos, tres, cuatro. Bien. Ahora, levanten los brazos y den vuelta a la muñeca, así... uno, dos, tres, cuatro. Estírenlos lo más alto posible. Bueno, ahora levanten las piernas y doblen las rodillas. Sigan el ritmo de la música.

First, I want you to breath deeply. One, two, three, four. Good. Now raise your arms and turn your wrist like this . . . one, two, three, four. Raise them as high as possible. Good, now lift your legs and bend your knees. Follow the rythym of the music.

Al hablar de caminatas

— Me fascinan nuestras caminatas. Me encanta esta oportunidad de charlar contigo a solas.

I like our walks. I love the opportunity to talk with you alone.

— A mí también. Y pensar que hace menos de un mes que empezamos a caminar regularmente. Yo ni sabía respirar ni exhalar correctamente.

Me too. And to think that we started walking regularly less than a month ago. I didn't even know how to breathe in or to exhale correctly.

— Tienes razón. Y mírate ahora, con la cabeza erguida, el abdomen contraído y moviendo los brazos con soltura, como los expertos.

You're right. And look at you now, with your head erect, your abdomen contracted, and moving your arms with ease, like the experts.

— Pues, ¿qué quieres que diga? ¡No hay nadie que pueda decir que no hago suficiente ejercicio!

Well, what do you want me to say? There's nobody that can say that I don't do enough exercise!

¡A conversar!

A. Estar en forma. En grupos de cuatro, hablen de lo que hacen para mantenerse en forma. Si a una persona no le gusta hacer ejercicio, sugieran otras actividades que puede hacer para estar en forma. Informen a la clase de las actividades más populares en su grupo.

B. Dramatización. Dramatiza la siguiente situación con tres compañeros(as) de clase. El (La) director(a) de una nueva escuela secundaria está en una reunión con el Comité de Personal de la escuela. Tienen que decidir qué tipo de personal necesitan contratar para establecer un buen departamento de gimnasia. Desafortunadamente, el (la) director(a) y el comité no están de acuerdo sobre varios aspectos de la decisión.

C. Práctica: presente de subjuntivo en cláusulas adjetivales. En parejas, completen este diálogo para saber qué tipo de empleo busca esta joven.

Amigo(a) 1: ¿Supiste que el Club Inca busca una entrenadora de ejercicios aeróbicos? Quieren a alguien que (tener) por lo menos dos años de experiencia.

Amigo(a) 2: Sí, vi el anuncio.

Amigo(a) 1: Bueno... ¿y vas a solicitar ese puesto? Tú eres una persona que (tener) más de cinco años de experiencia y andas buscando trabajo, ¿no?

Amigo(a) 2: Sí, pero quiero un puesto que (pagar) bien. Ése no paga nada.

Amigo(a) 1: ¡No lo puedo creer! Mi impresión es que tú quieres un puesto donde no (tener) que hacer nada.

Amigo(a) 2: ¡No es verdad! Lo que quiero es un jefe que (respetarme), que no (aprovecharse) de mí y que (pagarme) bien. Nada más.

Del pasado al presente

Perú: piedra angular de los Andes

Catedral, Plaza de Armas, Lima

La colonia Cerca de la costa central, Pizarro fundó la ciudad de Lima el 6 de enero de 1535, el día de los Reyes Magos; por eso Lima se conoce como "la Ciudad de los Reyes". Es posible que su nombre se derive del río Rímac, en cuya desembocadura se encuentra el puerto marítimo de El Callao. Más tarde Lima se convertiría en la capital del Virreinato del Perú que se estableció en 1543 y llegó a ser una de las ciudades principales del imperio español. En Lima se estableció en 1553 la Universidad de San Marcos, una de las primeras universidades del continente.

En 1776, el establecimiento del Virreinato del Río de la Plata, con capital en Buenos Aires, disminuyó el territorio gobernado desde Lima. En 1780 estalló una gran revuelta indígena en la cual murió el líder Túpac Amaru II. Sólo tres años más tarde fue suprimida violentamente por las autoridades españolas.

La independencia Después de lograr la liberación de Argentina y Chile, el general argentino José de San Martín decidió atacar el poder español en Perú. San Martín tomó Lima en 1821 y regresó a Chile después de entrevistarse con Simón Bolívar en el puerto de Guayaquil el próximo año. Bolívar acababa de liberar el Virreinato de Nueva Granada y tomó la iniciativa contra los españoles. En diciembre de 1822 se proclamó la República del Perú, y tras las batallas de Junín y Ayacucho en 1824, las fuerzas españolas fueron derrotadas definitivamente.

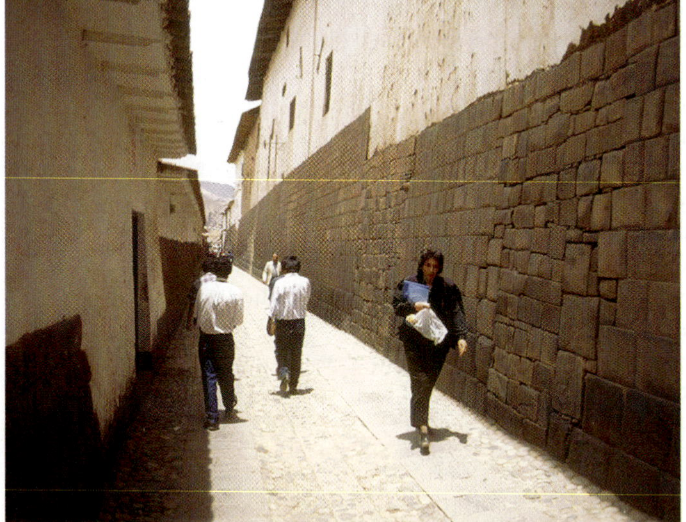
En Cuzco, edificios construidos sobre cimientos incas

La joven república Los primeros años de vida independiente fueron difíciles para Perú. Las principales figuras del movimiento independentista no fueron peruanos y por lo tanto no había una figura central que uniera al país. En 1826, el Alto Perú se declaró independiente con el nombre de República Bolívar, hoy la República de Bolivia, y con José Antonio de Sucre como presidente. Conflictos fronterizos causaron varias guerras con Colombia, Bolivia y Chile.

A mediados del siglo XIX, Perú logró cierta estabilidad política durante la presidencia del general Ramón Castilla que tuvo dos períodos: de 1845 a 1851 y de 1855 a 1862. El país gozó de una expansión económica debido a la explotación del guano, excremento dejado por los pájaros en las islas de la costa del Pacífico que se usa como fertilizante.

Vaso precolombino hecho de oro incrustado con turquesa

La Guerra del Pacífico La importancia de los depósitos minerales de nitrato localizados en el desierto de Atacama provocó conflictos entre Chile y Bolivia, pues ambos tenían interés en ellos. Perú había firmado un tratado secreto de defensa mutua con Bolivia que Chile interpretó como un acto hostil. Al fracasar las negociaciones, Chile les declaró la guerra a Perú y a Bolivia el 5 de abril de 1879. En esta guerra, que se conoce como la Guerra del Pacífico, el ejército chileno derrotó rápidamente a los de Perú y Bolivia y ocupó durante dos años la capital peruana.

El Tratado de Ancón, firmado en 1883, indicó el fin de la Guerra del Pacífico. Por este tratado, Perú le cedió a Chile la provincia de Tarapacá y dejó bajo administración chilena durante diez años las de Tacna y Arica. Este asunto finalmente se resolvió con la mediación de EE.UU. en 1929. Por el Tratado de Tacna-Arica, Chile le devolvió la provincia de Tacna a Perú y conservó la de Arica.

La época contemporánea Desde la década de los 20, un partido izquierdista conocido como APRA (Alianza Popular Revolucionaria Americana) ha sido un factor importante en la política peruana. Con el apoyo del APRA, Fernando Belaúnde Terry fue elegido presidente en 1963 e impulsó reformas sociales. Un golpe militar en 1968 derrocó al gobierno de Belaúnde Terry y marcó el inicio de una década de gobiernos militares de tipo nacionalista y populista. Después de aprobarse una nueva constitución, Fernando Belaúnde Terry fue elegido presidente una vez más en 1980.

A finales de la década de los 80, la crisis económica, la penetración del narcotráfico y el terrorismo del grupo guerrillero Sendero Luminoso agobiaban cada vez más a Perú. Alberto Fujimori, un ingeniero y político peruano de origen japonés, triunfó en las elecciones de 1990. El nuevo presidente empezó un programa de reformas económicas y políticas. Durante su segundo período presidencial pasó momentos críticos cuando un grupo de terroristas se apoderó de la Embajada Japonesa durante la fiesta de fin de año de 1996 y más de 300 diplomáticos fueron tomados como rehenes. El rescate dramático se efectuó tres meses después con una pérdida mínima de rehenes. Cuando se cumplió la presidencia de Fujimori, la economía del país haba decaído bastante y él había sido acusado de tendencias autocráticas. En junio de 2001 se llevaron a cabo elecciones presidenciales que elevaron al economista Alejandro Toledo a la presidencia. Su ascenso es notable ya que a pesar de sus orígenes humildísimos, este político talentoso asumió este puesto importante prometiendo un programa de reconstrucción al que Perú se acoge con esperanzas de solucionar sus problemas sociales y económicos.

¡A ver si comprendiste!

A. Hechos y acontecimientos. ¿Recuerdas los datos más importantes de la lectura? Para asegurarte, completa las siguientes frases.

1. Lima se conoce como "la Ciudad de los Reyes" porque...
2. El producto que permitió a Perú una expansión económica a mediados del siglo XIX es... Este producto se usa para...
3. La Guerra del Pacífico resultó en...
4. Fernando Belaúnde Terry fue elegido presidente en... y otra vez en...
5. El presidente Fujimori pasó momentos críticos en 1996 cuando... El resultado de este incidente fue...
6. Alejandro Toledo ha prometido...

B. A pensar y a analizar. En grupos de cuatro, tengan un debate sobre uno de los siguientes temas. Dos personas en su grupo deben argüir a favor y dos en contra.

1. Los españoles son responsables por todos los problemas de Perú hoy día.
2. Si los españoles no hubieran llegado al Nuevo Mundo, toda Sudamérica probablemente sería un solo país gobernado por emperadores incas y sería muy poderoso.

Ventana al Mundo 21

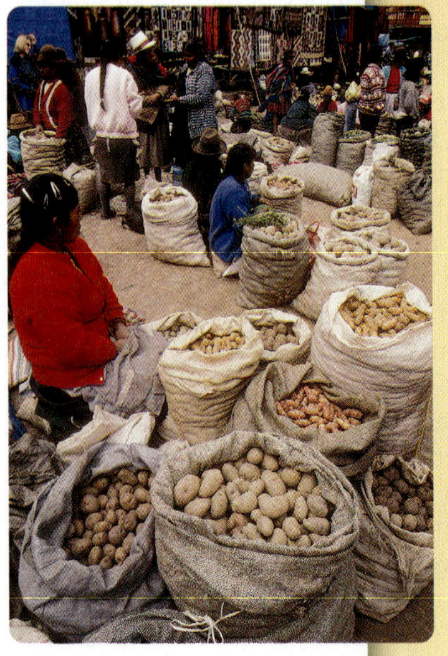

La herencia gastronómica incaica

La próxima vez que pidas papas fritas, acuérdate de los incas y de su imperio legendario en lo alto de los Andes, donde la papa se originó. Se han contado más de 250 variedades de este alimento delicioso —papas pequeñitas junto a otras gigantescas; unas redondas, otras ovaladas, otras alargadas como los dedos de una mano; unas dulces y otras ligeramente picantes; hay papas blancas, amarillas, azules, moradas, verdes y rojas. Los incas las conservaban por medio de un sistema ingenioso de deshidratación que convertía la papa en lo que llamaban *chuño*. El chuño todavía es parte de la alimentación de los indígenas en el altiplano. Es un alimento que se puede conservar por meses y hasta por años. Tiene la apariencia de una roca blanca o una piedra negra pero basta remojarlo en agua por varias horas y luego cocinarlo para tener una comida muy nutritiva. Si los irlandeses, al adoptar la papa, hubieran hecho chuño como los incas, no habrían sufrido el hambre de 1848, causada por la destrucción de los cultivos de papa por un insecto dañino.

Al igual que los mayas y aztecas, los incas basaron su dieta en el maíz, una planta que cultivaban con reverencia. En Cuzco, en el palacio del emperador inca, los artesanos trabajaron en oro todo un jardín de plantas de maíz para el placer personal del monarca. También usaban el maíz para hacer *chicha,* una bebida ceremonial que todavía se toma hoy día en el altiplano.

Los incas también cultivaban la quinua, una planta sudamericana con un contenido enorme de proteína. Los incas usaban las semillas de esta planta para hacer sopa y una bebida. En 1975 la Academia de Ciencias de EE.UU. clasificó la quinua como uno de los mejores alimentos para el consumo humano. Poco después, este "supercereal" fue seleccionado por la NASA para formar parte de la dieta de los astronautas en los vuelos espaciales de larga duración. No cabe duda que el mundo entero come mejor hoy día gracias a la herencia gastronómica incaica.

A. La herencia gastronómica incaica. En grupos de tres, preparen una exposición sobre la influencia mundial que los incas han tenido. Den ejemplos específicos tomados tanto del pasado como del presente. Mencionen qué compañías internacionales dejarían de existir sin las contribuciones de los incas y cómo cambiaría la dieta de todos nosotros sin esas contribuciones.

Manual de gramática

Antes de hacer esta actividad, conviene repasar la sección *4.5 Presente de subjuntivo en cláusulas nominales*, del **Manual de gramática** (pp. 330–333).

B. Repaso: subjuntivo en cláusulas sustantivas. Completa los siguientes comentarios sobre la papa y algunos de sus derivados.

1. Es increíble que la papa (tener) más de 250 variedades.
2. Es difícil creer que (haber) papas azules y moradas.
3. No creo que me (gustar) el chuño.
4. Dudo que (ser) muy popular hoy día.
5. ¿Crees que se (poder) comprar chicha en este país?

Y ahora, ¡a leer!

A. Anticipando la lectura. Haz estas actividades.

1. ¿Cuál de los cinco sentidos usamos más: la vista, el oído, el olfato, el gusto o el tacto? Explica.
2. Lee la primera estrofa del siguiente poema. ¿Qué sentido se ha usado más? Explica.
3. Describe la foto que acompaña esta lectura. Luego, relaciónala con lo que el poeta dice en la primera estrofa. ¿Es la foto una buena representación de las palabras del poeta? ¿Por qué?
4. Compara el lugar de la foto con el lugar donde tú vives. ¿Cuáles son las diferencias? ¿las semejanzas?

B. Vocabulario en contexto. Busca estas palabras en la lectura que sigue y, a base del contexto en el cual aparecen, decide cuál es su significado. Para facilitar encontrarlas, las palabras aparecen en negrilla en la lectura también.

1. **chilla**
   a. grita b. despierta c. duerme
2. **celestes**
   a. azul claro b. dorados c. verdes
3. **el roce**
   a. el ruido b. el silencio c. la fricción
4. **repican**
   a. repiten b. suenan c. anuncian
5. **asoleadas**
   a. oscuras b. bañadas de sombra c. bañadas por el sol
6. **se entrelazan**
   a. se pierden b. se cruzan c. se pelean

Conozcamos al autor

Hernán Velarde (1866–1935) fue un cultísimo poeta y escritor limeño. Pertenece al grupo de los escritores costumbristas peruanos, llamados así porque su poesía, como el arte costumbrista, pinta hermosos cuadros de la vida, el ambiente o las costumbres de tiempos pasados. Hernán Velarde es autor de *Lima colonial (Relato de mi abuela),* en el que describe la vivaz y enérgica vida de la Lima colonial, tanto desde el punto de vista arquitectónico como también social. Aunque Velarde viajó y vivió largamente en Europa, sus raíces siempre fueron netamente peruanas.

En su poesía, Velarde usa el lenguaje de una manera apasionante, vívida y hasta musical. En el poema que aparece a continuación, el poeta depende en gran parte del sonido de ciertas palabras que se combinan para producir un efecto que intensifica las imágenes que presenta en la obra. Este es, sin duda, un poema que debe ser leído en voz alta para apreciar mejor su musicalidad.

Visión de antaño°

de... de tiempos antiguos

En mi tierra
todo **chilla,** todo canta.
Las paredes
de los templos y las casas,
de colores
diferentes son pintadas;
casas verdes,
casas rojas, casas blancas
y amarillas
y **celestes** y rosadas.

En Lima, casas pintadas de diferentes colores

Las iglesias
en sus torres y fachadas
mil colores
combinados desparraman.°
En los trajes
ya de seda,°
ya de lana,°
ya de lino,°
mil matices° se destacan,
ya en los chales,°
ya en los mantos,° ya en las sayas°
con reflejos
de violentas llamaradas,°
ya en los ponchos
con sus listas° y sus franjas,°
ya en las grandes
ondulosas y plegadas
capas° negras
con sus vueltas encarnadas.°

Grita el suelo
con el **roce** de las llantas
de carretas
que se cruzan encumbradas°

dispersan
silk
wool
linen
colores
pañuelos largos que llevan en los hombros / vestidos amplios como una capa / faldas
outbursts, blazes
rayas de color / *fringe, border*
plegadas... *pleated capes*
vueltas... *red undersides*
altas

con los tallos°
sacarinos de la chala°
o los brotes°
perfumados de la alfalfa.

stalks
hoja que envuelve el maíz
buds

Vibra el aire
con el ruido de campanas
de cien torres
que **repican** o que llaman
y pregones°
que renuevan sus cantatas°
con cien voces
unas graves, otras altas;
unas breves
como gritos de llamada,
largas otras
cual lamentos y plegarias;°
todas ellas
se confunden, todas cantan
y se mezclan,
produciendo con sus raras
vibraciones
un enjambre° de sonatas.

street vendor's cries
canciones
oraciones
abundancia

A pie enjuto,°
en sus carros, a horcajadas°
en sus asnos,
en sus mulas o sus jacas°
vendedores
que se cruzan y que pasan,
cantan fruta
cantan leche, cantan agua,
y turrones°
y melcochas° y empanadas°
y refrescos
y tamales y fritangas°
y alfileres°
y botones y percalas.°
En los muros
y en las calles **asoleadas**
los colores
y los ruidos se **entrelazan.**

delgado
montados
caballos pequeños
nougat candy
taffy / turnovers
comida frita
straight pins
telas de algodón fino

Es mi tierra
pintoresca y casquivana°
que se viste
de colores y que canta.

alegre

¿Comprendiste la lectura?

A. Hechos y acontecimientos. ¿Recuerdas los datos más importantes de la lectura? Para asegurarte, contesta las siguientes preguntas.

1. ¿De qué tierra habla el poeta? ¿Es un lugar muy tranquilo? Explica tu respuesta.
2. ¿Cómo son las casas y los barrios? ¿Son muy uniformes o variados?
3. ¿Cómo viste la gente de esa tierra? ¿Qué tipo de ropa llevan? ¿Siempre es de algodón?
4. ¿Qué hace gritar al suelo?
5. ¿Qué llevan en las carretas?
6. ¿Cómo son las voces de los pregones?
7. ¿Cómo transportan los vendedores su mercancía? ¿En qué consiste esa mercancía?

B. A pensar y a analizar. Haz estas actividades con un(a) compañero(a) de clase.

1. ¿Cuál es el tema principal de este poema? Expliquen.
2. ¿Cómo se puede describir el tono de este poema: poético, lírico, científico, sentimental, complicado, natural o común y corriente? Expliquen.
3. En la opinión de Uds., ¿es la visión de Lima realista o idealista? Expliquen.
4. Dibujen la tierra del poeta, según la descripción en el poema. Tal vez quieran hacerlo como tarea en casa. Luego, la clase puede decidir quiénes dibujaron con más exactitud la visión de Velarde.

C. Lectura dramatizada. En grupos de cuatro, dramaticen este poema y preséntenselo a la clase.

1. Decidan el número de lectores, de dos a cuatro.
2. Practíquenlo en voz alta hasta que lo puedan leer con un ritmo acelerado que haga resaltar la musicalidad de este poema.
3. Coreografíen movimientos apropiados, que comuniquen el significado y la emoción del poema al ser leído.
4. Presenten su lectura dramatizada leyendo sus respectivas partes con la coreografía que diseñaron.

Introducción al análisis literario

La poesía sensorial

A veces el poeta toma como tema de su poesía una persona, un animal, un objeto o algo que pertenece a la naturaleza. Para hacer destacar este tema o hacer la imagen más vívida, el escritor usa palabras intensamente descriptivas que se dirigen a los cinco sentidos —la vista, el oído, el olfato, el gusto y el tacto. Por eso, esta clase de poesía se llama **sensorial.** Por ejemplo, en "Visión de antaño" Velarde le atribuye a la tierra la capacidad de chillar y cantar —sentido del oído. Este aspecto sensorial es aparente en cada estrofa de este magnífico poema.

A. Los cinco sentidos. Lee en voz alta el poema "Visión de antaño" con dos o tres compañeros(as) y escriban las palabras o frases que describen los siguientes objetos. Luego, identifiquen a qué sentido está dirigida cada descripción.

Modelo: mi tierra
todo chilla, todo canta: sentido del oído

1. las casas
2. los trajes
3. el suelo
4. las carretas
5. el aire
6. los vendedores

B. Poesía sensorial. En grupos de tres, escriban una descripción o un poema en el cual se usan imágenes sensoriales para objetos, animales o cosas de la naturaleza. Algunas posibilidades para el tema podrían ser: mi perro, un juguete de mi niñez, mi abuelo(a), mi universidad, mi coche, mi novio(a).

¡LUCES! ¡CÁMARA! ¡ACCIÓN!

Cuzco y Pisac: formidables legados incas

Cuzco, la capital del fabuloso imperio incaico, fue el centro indiscutible de la vida económica y política del imperio. Esta bella ciudad estaba protegida por varias fortalezas, la más impresionante de las cuales es Sacsahuamán, con sus gigantescas rocas que pesan hasta 125 toneladas y algunas que miden hasta nueve metros de altura. Hoy día Cuzco conserva en muchos aspectos las huellas de su pasado glorioso. Éstas se pueden ver no sólo en los restos arqueológicos, sino también en los muros y cimientos de muchos edificios de la ciudad, y en las costumbres, el lenguaje y las vestimentas de su gente.

Otras ciudades, como Pisac, se distinguen por su belleza arquitectónica e importancia comercial. Pisac es un pintoresco pueblo colonial que fue establecido por los españoles a unos treinta y dos kilómetros de Cuzco. En Pisac abunda la artesanía inca actual, en la cual está presente el espíritu y el ingenio indígena.

En este fragmento podrán caminar por las calles del Cuzco moderno y escalar las formidables paredes de Sacsahuamán. También podrán examinar la extraordinaria artesanía de Pisac.

Antes de empezar el video

Contesten las siguientes preguntas en parejas.

1. ¿En qué consiste el legado indígena de EE.UU.? ¿Qué hay en ese legado que se considera formidable? Den ejemplos específicos.

2. ¿Existe una artesanía indígena actual en EE.UU.? Si la hay, ¿qué tipo de artesanía es? ¿de textiles, de barro, de cuero, de metales o piedras preciosas o de otros materiales? Den algunos ejemplos de los productos que hacen.
3. ¿Se producen en EE.UU. réplicas de la artesanía indígena antigua? ¿Quiénes la producen? ¿En qué consiste?

¡A ver si comprendiste!

A. Cuzco y Pisac: formidables legados incas. Contesta las siguientes preguntas con un(a) compañero(a).

1. ¿Qué hace que Cuzco sea hoy, igual que en el pasado, una ciudad de belleza excepcional?
2. ¿Cómo viste la gente más humilde de Cuzco?
3. ¿Qué es Sacsahuamán? ¿Qué propósito tenía?
4. ¿Por qué se dice que en los productos de Pisac están presente el espíritu y el ingenio indígena?

B. A pensar y a interpretar. Contesta las siguientes preguntas.

1. ¿Qué significa que la mayoría de edificios coloniales en Cuzco estén construidos sobre los cimientos de la antigua ciudad incaica?
2. En tu opinión, ¿cómo se construyó Sacsahuamán? ¿Cómo fue posible que los indígenas de esa época movieran rocas de 125 toneladas de peso? Explica. ¿Qué otros ejemplos conoces de civilizaciones que construyeron monumentos o fortificaciones similares?
3. Explica el título de esta sección del video. ¿Qué hace que Cuzco y Pisac sean formidables legados incas? ¿Cómo se comparan con los legados de los indígenas de este país?

EXPLOREMOS EL CIBERESPACIO

Explora distintos aspectos del mundo peruano en las **Actividades para la Red** que corresponden a esta lección. Ve primero a **http://college.hmco.com** en la red, y de ahí a la página de ***Mundo 21.***

LECCIÓN 2

Ecuador

Nombre oficial: *República del Ecuador*

Población: *13.183.978 (estimación de 2001)*

Principales ciudades: *Quito (capital), Guayaquil, Cuenca, Machala*

Moneda: *Sucre (S/.) y dólar (US$)*

GENTE DEL MUNDO 21

Oswaldo Guayasamín (1919–1999), pintor, muralista y escultor de fama mundial, nació en Quito de padre indígena y madre mestiza. Prefirió ser conocido solamente como Guayasamín. Su obra, al igual que su vida personal, es altamente controvertida y fascinante. Su arte avergüenza al mundo porque retrata los crímenes humanos, dibuja la injusticia del hombre hacia sus semejantes y denuncia las injusticias que sufren los débiles a manos de los poderosos. Guayasamín es considerado por muchos el creador del expresionismo kinético. En los años 60 pintó una serie de cuadros titulada *La edad de la ira,* la cual sacudió la conciencia del público, desde Roma hasta Santiago de Chile, desde Praga hasta México, desde Madrid hasta San Francisco. Sus cuadros se avalúan hasta en un millón de dólares. A través de la Fundación Guayasamín el artista construyó un museo, un taller artesanal y una casa, donde residió con su familia. Todo es propiedad del pueblo ecuatoriano por medio de la Fundación Guayasamín.

Beatriz Parra Durango es una distinguida cantante de ópera nacida en Guayaquil en 1939. Desde su infancia mostró su talento operático. Graduada con honores en el Conservatorio Tchaikovski de Moscú, su amplia y destacada trayectoria artística le ha valido importantes y numerosos premios nacionales e internacionales que muestran la importante labor cultural y humana de esta mujer extraordinaria. Se ha destacado en festivales del bello canto en Europa y las Américas. En 1978 recibió la Condecoración Nacional en el Grado de Oficial al Mérito Artístico conferida por el Consejo Supremo del Gobierno Ecuatoriano. Ese mismo año también fue declarada Mujer del Año por su trayectoria internacional y su aporte a la cultura del país. En EE.UU., fue destacada como ciudadana de honor y Miami le confirió la Llave de la Ciudad. En 1985 recibió el premio al Valor Humano en la ciudad de Nueva York. Ha realizado numerosas giras internacionales en las que ha dejado muy en alto el nombre de su país, no solamente como solista operática sino también como enviada cultural.

Abdón Ubidia es un escritor nacido en Quito en 1944. Ha dedicado su vida a las letras y a la actividad intelectual, la cual incluye su participación en múltiples simposios y seminarios en muchas partes del mundo, así como también investigaciones de campo como recopilador de leyendas y tradiciones orales. Esta labor ha resultado en *La poesía popular* (1982) y *El cuento popular* (1997), entre otros. Es director literario de la Editorial

El Conejo y de la revista cultural *Palabra Suelta*. Dirige talleres literarios y ha dictado clases y conferencias en colegios y universidades. También escribe en varias revistas del país y del exterior y ha escrito y adaptado obras de teatro. Su libro de relatos *Bajo el mismo extraño cielo* (1979), mereció el Premio Nacional de Literatura de ese año. Su novela *Sueño de lobos* (1986), también ganó ese premio y fue declarada el mejor libro del año de Ecuador. Algunos de sus relatos han sido traducidos al inglés, francés, alemán, ruso y próximamente al italiano. Su novela *Ciudad de invierno* (1984) ya ha alcanzado diez ediciones. En 1989 publicó *Divertinventos o libro de fantasías y utopías*. En 1996, publicó *El palacio de los espejos.* En el año 2000 publicó el libro *Referentes,* en 2001 *Antología del cuento ecuatoriano contemporáneo* y en 2002 *Adiós siglo XX.*

Otros ecuatorianos sobresalientes

Jorge Enrique Adoum: poeta, dramaturgo, novelista, ensayista

Marcelo Aguirre: pintor

César Dávila Andrade: poeta, cuentista, ensayista

María Luisa González: bailarina, coreógrafa, maestra

Jaime Efraín Guevara: compositor y cantante de música popular

Viera Kléver: coreógrafo, bailarín, maestro, director

Camilo Luzuriaga: director de cine

Marcos Restrepo: pintor

Enrique Tábara: pintor

Alicia Yáñez Cosío: novelista

Patricio Ycaza Cortés (1952-1997): historiador, profesor, político

Personalidades del Mundo 21

Contesta las siguientes preguntas con un(a) compañero(a) de clase.

1. ¿Por qué es alarmante y controvertida la obra de Guayasamín? ¿Qué creen que lo motivó a tratar el tema indigenista? ¿Por qué es tan popular el tema indigenista en Latinoamérica? ¿Qué interés hay en este país por este tema?
2. ¿Creen Uds. que la cantante de ópera Beatriz Parra Durango tiene una vida común y corriente? ¿Por qué piensan que su país la considera hija predilecta?
3. ¿A qué ha dedicado su vida Abdón Ubidia? ¿Qué actividades intelectuales realiza? ¿Qué opinan Uds. del título de su novela *Sueño de lobos*? ¿De qué creen que se trata? ¿Por qué creen eso?

Cultura ¡en vivo!

Manual de gramática

Antes de leer **Cultura ¡en vivo!**, conviene repasar la sección *5.2 Presente de subjuntivo en las claúsulas adverbiales*, del **Manual de gramática** (pp. 393–397).

Los misteriosos shamanes del Amazonas

En las profundidades de las selvas amazónicas, que desde las alturas de un avión semejan una enorme pintura de tonos verdes y marrones, una joven indígena de la tribu Huaorani se queja dolorosamente. Hace días que está enferma y para salvarla, Mengatoi, el shamán, bebe una poción oscura obtenida de una planta medicinal. Sentado al lado de la enferma, el shamán medita y a través de un canto que él mismo repite, cae en una especie de trance que lo conduce a una jornada mística a través de la cual espera encontrar el remedio que devolverá la salud a la joven.

Frecuentemente, este médico amazónico encontrará la clave de la enfermedad siguiendo los pasos del espíritu del jaguar a través de la selva. El animal lo conduce hacia plantas específicas que le ayudarán a sanar a la paciente. Al mismo tiempo, posiblemente también apaciguará a los espíritus de los animales que tal vez fueron enojados por la enferma. Al regreso de su jornada espiritual, el shamán sabrá exactamente cómo curar la enfermedad para devolver la salud física y espiritual a la muchacha.

Es que para los Huaorani, así como para muchas otras tribus del Amazonas que aún no han caído en las garras del mundo moderno, la vida es un equilibrio espiritual y físico, un balance perfecto entre el ser humano y el mundo que lo rodea. Estas gentes no poseen nada, pero lo tienen todo, ya que la selva provee abundante caza y los ríos están llenos de peces. La tribu es una comunidad unida que confía en su shamán para devolverles la salud que a veces pierden, tal vez porque sin advertirlo, ofendieron el espíritu de algún animal. Es un mundo misterioso y lleno de tradiciones que ahora atrae la atención de gentes del mundo entero que desean adueñarse de la ciencia del shamán.

A. Los shamanes del Amazonas. Contesta las siguientes preguntas.

1. ¿Quién es Mengatoi? ¿Qué hace para ayudar a la joven Huaorani?
2. ¿Cómo encuentran los shamanes las medicinas que necesitan?
3. ¿Cómo ven la vida muchas tribus amazónicas? ¿Qué papel hace el shamán en esta visión de la vida?
4. ¿Qué interés hay fuera de las selvas amazónicas en la ciencia del shamán? En tu opinión, ¿tiene el shamán algo que ofrecer a la medicina moderna? Explica tu respuesta.

B. Palabras claves: enfermedad. Para ampliar tu vocabulario, trabaja con un(a) compañero(a) para definir en español estas palabras relacionadas con la palabra **enfermedad.** Luego, escriban una oración original con cada palabra.

1. enfermo(a)
2. enfermero(a)
3. enfermizo
4. enfermería
5. enfermarse

MEJOREMOS LA COMUNICACIÓN

Para hablar de enfermedades y medicamentos

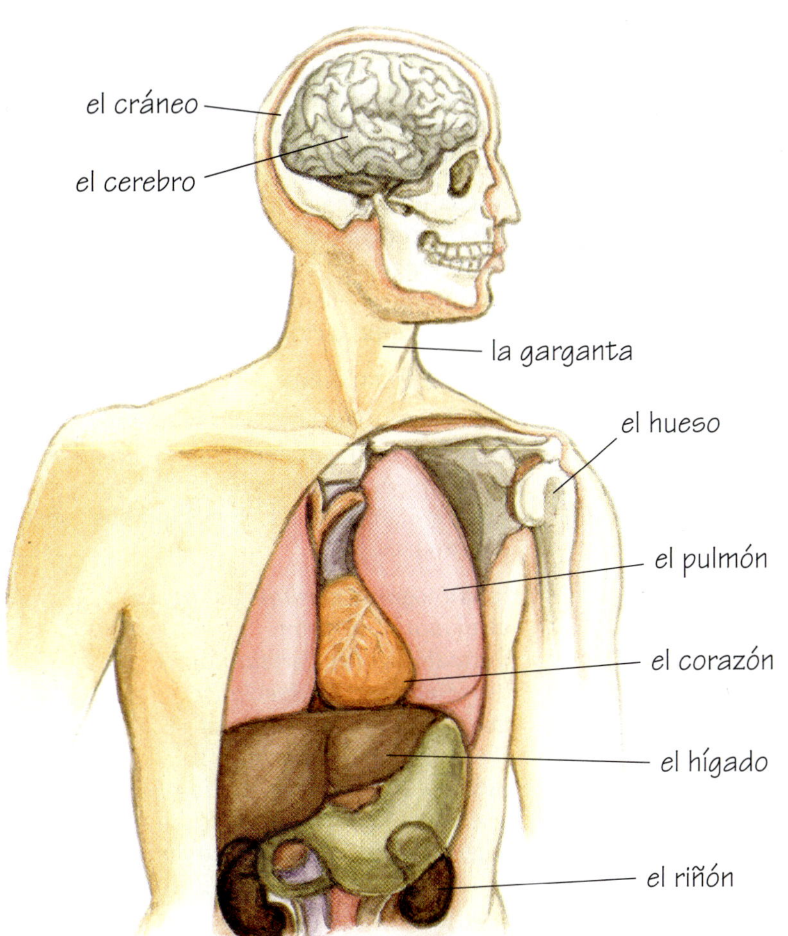

Al hablar de enfermedades

— ¡Hombre! Hace más de un mes que no te veo. ¿Dónde has estado?	*What a surprise! I haven't seen you for over a month. Where have you been?*
— ¿No lo sabías? Sufrí un infarto y estuve a punto de morir.	*Didn't you know? I had a heart attack and came close to dying.*

alergia *allergy*
amigdalitis *f tonsilitis*
apendicitis *f. appendicitis*
artritis *f. arthritis*
ataque cardiaco / al corazón, infarto *m. heart attack*
cáncer *m. cancer*
catarro, resfriado *cold* (illness)
diabetes *f. diabetes*
fiebre *f. fever*
gripe *f. flu*
paperas *mumps*
pulmonía *pneumonia*
sarampión *m. measles*
tensión arterial *f. blood pressure*
tos *f. cough*
tumor *m. tumor*
—benigno *benign*
—maligno *malignant*
varicela *chicken pox*

— Estuve internado más de dos semanas.	*I was hospitalized for over two weeks.*
— Y cómo te sientes ahora. ¿Ya estás bien?	*And how do you feel now? Are you alright?*
— Bueno, me estoy recuperando poco a poco y con tal que me cuide, el médico dice que me podré recuperar completamente.	*Well, I'm recuperating little by little and as long as I take care of myself, the doctor says I should recover completely.*

aliviado(a) *recovered*
adolorido(a) *sore*
débil *weak*
en terapia *in therapy*
mejorando(a) *getting better*

Al hablar de médicos

— ¿Quién es tu médico? ¿Estás satisfecho con cómo te trataron?	*Who is you doctor? Are you satisfied with how you were treated?*
— Mi cardióloga es maravillosa. No creo que haya una mejor, a menos que sea en otro país.	*My cardiologist is wonderful. I don't believe there's a better one, unless it's in another country.*

cardiólogo(a) *cardiologist (heart)*
cirujano(a) *surgeon*
dermatólogo(a) *dermatologist*
especialista *m./f. specialist*
ginecólogo(a) *gynecologist*
internista *m./f. internist*
médico(a) *doctor, practitioner*
  de familia *family practitioner*
  general *general practitioner*

obstetra *m./f. obstetrician*
oftalmólogo(a) *ophthalmologist*
oncologista *m./f. oncologist*
ortopedista *m./f. orthopedist*
psiquiatra *m./f. psychiatrist*

Al hablar de medicamentos

— ¿Tienes que tomar muchos medicamentos?
Do you have to take lots of medicine?

— ¡Qué va! ¡Es ridículo! Tengo pastillas para bajar la presión, para subir la presión, para evitar infecciones, para dormir, para la inflamación, para la fiebre, para todo. Aun cuando me siento bien, tengo pastillas que tomar.
Come on! It's ridiculous! I have pills to lower my blood pressure, to raise my blood pressure, to avoid infections, to sleep, for inflammations, for fever, for everything. Even when I feel fine, I have pills to take.

acupuntura *acupuncture*
antibiótico *m. antibiotic*
antidepresivo *antidepressant*
antihistamínico *antihistamine*
aspirina *aspirin*
atomizador *m. nebulizer, inhaler*
bálsamo *balm, ointment*
descongestionante *m. decongestant*
hierbas medicinales *medicinal herbs*
jarabe para la tos *m. cough syrup*
penicilina *penicillin*
píldora, pastilla *pill*
vaporizador, pulverizador *m. spray*

¡A conversar!

A. Enfermedades. En grupos de tres o cuatro túrnense para hablar de la enfermedad más seria que han sufrido. ¿Cuál fue? ¿Cómo se sintieron? ¿Qué medicamentos tuvieron que tomar? ¿Quién los atendió?

B. Dramatización. Dramatiza la siguiente escena con un(a) compañero(a) de clase. Un(a) paciente está en la clínica hablando con el (la) médico(a) después de un examen médico. El (La) médico(a) tiene malas noticias para el (la) paciente. El (La) paciente, en cambio, tiene muchas preguntas.

C. Práctica: subjuntivo en cláusulas principales. ¿Cómo reacciona esta persona al saber que tiene un tumor maligno?

1. No me operaré a menos que los médicos (poder) sacar todo el tumor.
2. Prefiero hacer quimioterapia para que los médicos no (tener) que operarme.
3. También haré los tratamientos de radiación a menos que mi oncólogo me (decir) que no es necesario.
4. Reconozco que tengo que decidir qué tratamiento voy a seguir antes de que el cáncer (extenderse) por el cuerpo.
5. Pero antes de que (tomar) cualquier decisión, quiero irme a la costa a pasar un fin de semana solo(a).

Del pasado al presente

Ecuador: corazón de América

Interior de la iglesia de la Compañía de Jesús

Proceso independentista Entre 1794 y 1812 hubo varias rebeliones independentistas que fueron suprimidas por las autoridades españolas. El 9 de octubre de 1820 una revolución militar proclamó la independencia en Guayaquil. La victoria de Antonio José de Sucre el 24 de mayo de 1822 en Pichincha terminó con el poder español en el territorio ecuatoriano, el cual pasó a ser una provincia de la Gran Colombia. También en 1822 tuvo lugar en Guayaquil la famosa reunión entre Simón Bolívar y José de San Martín que resultó en la liberación de toda la región andina. El 13 de mayo de 1830, poco después de la renuncia de Bolívar como presidente de la Gran Colombia, una asamblea de notables proclamó en Quito la independencia ecuatoriana y promulgó una constitución de carácter conservador.

Guayaquil, Ecuador

Ecuador independiente En el siglo XIX, Ecuador pasó por un largo período de lucha entre liberales y conservadores. Los conservadores dominaban en la sierra; los liberales en la costa. La rivalidad entre ambos partidos reflejaba la diferencia entre la sierra y la costa, representadas por las dos principales ciudades, Quito en la sierra y Guayaquil en la costa. Quito era el centro conservador de los grandes hacendados que se beneficiaban con el trabajo de los indígenas y que se oponían a los cambios sociales. Por otro lado, Guayaquil se convirtió en un puerto cosmopolita, controlado principalmente por comerciantes y nuevos industriales interesados en la libre empresa e ideas libe-rales. A finales del siglo XIX, el gobierno fue ejercido por los liberales. Durante esta época se construyó el ferrocarril entre Quito y Guayaquil, el cual ayudó a la integración del país.

Después de un período de desarrollo económico que coincidió con la Primera Guerra Mundial, se produjo una fuerte crisis en la década de los 20 que llevó a la intervención del ejército en 1925. Éste fue el comienzo de un período que duró hasta 1948 y fue uno de los más violentos en la historia del país. Durante este período ocurrió la guerra de 1941 con Perú, el cual se apoderó de la mayor parte de la región amazónica de Ecuador. Una conferencia de paz celebrada en Río de Janeiro en 1942 ratificó la pérdida del territorio, pero Ecuador no cesó de reclamar estas tierras.

Época más reciente A partir de 1972, cuando se inició la explotación de sus reservas petroleras, se vio en Ecuador un acelerado desarrollo industrial, el

Refinería petrolera en la provincia de Napo, Ecuador

cual modificó substancialmente las estructuras económicas tradicionales basadas en la agricultura. Desafortunadamente, ya para 1982 los ingresos del petróleo empezaron a disminuir, causando grandes problemas económicos en el país. En 1987 un terremoto destruyó parte de la línea principal de petróleo, lo cual afectó aún más la economía y dio origen a una serie de enfrentamientos políticos. En febrero de 1997 el Congreso le pidió al presidente Bucaram que renunciara el puesto. A pesar de la objeción de la vicepresidenta Rosalía Arteaga, el Congreso nombró presidente interino a Fabián Alarcón. En mayo del mismo año, Alarcón fue nombrado presidente en elecciones nacionales. En enero de 2000, un golpe de estado dirigido por elementos militares e indígenas depuso al presidente y entregó el poder a Gustavo Noboa, un académico de carácter tranquilo y moderado convertido en honesto servidor público. En el campo económico, Ecuador, al igual que El Salvador y Panamá, cambió el sucre por el dólar en marzo de 2000. A pesar de los grandes problemas que enfrenta en el siglo XXI, Ecuador, el corazón de América, sigue palpitando.

¡A ver si comprendiste!

A. Hechos y acontecimientos. ¿Recuerdas los datos más importantes de la lectura? Para asegurarte, completa las siguientes oraciones con información que leíste sobre la historia de Ecuador.

1. El poder español terminó en el territorio ecuatoriano con...
2. Quito y Guayaquil, las dos ciudades rivales en el siglo XIX, se diferenciaban en...
3. La rivalidad entre Quito y Guayaquil reflejaba la diferencia entre...
4. El resultado de la guerra de 1941 con Perú fue...
5. El acelerado desarrollo económico que empezó en 1972 solamente duró...
6. Fabián Alarcón llegó a ser presidente de Ecuador sólo después de que...
7. En marzo de 2000, Ecuador cambió el sucre por...

B. A pensar y a analizar. Contesta las siguientes preguntas con dos o tres compañeros(as) de clase.

1. En la opinión de Uds., ¿por qué Ecuador se llama así y por qué se le llama también el "corazón de América"?
2. ¿Está basada la economía ecuatoriana en un producto principalmente? Si dicen que sí, ¿cuál es y qué peligro existe para la economía nacional el tener un solo producto? Si dicen que no, ¿en que producto(s) está basada y no sería mejor concentrarse en un solo producto? Expliquen su respuesta.

Ventana al Mundo 21

Las islas Galápagos

En octubre de 1835 el buque inglés *HMS Beagle* ancló en las Galápagos. Un ilustre pasajero, Charles Darwin (1809–1882), fascinado por las islas, se dedicó a estudiarlas. Veinte años más tarde publicó su tesis importantísima, *El origen de las especies* (1859).

¿Qué tienen de fascinante estas islas, también llamadas Encantadas? Pues, además de la belleza y riqueza increíble de su fauna y flora, son un verdadero laboratorio viviente para los científicos de cualquier época. Han sido una fuente de inspiración para poetas y escritores, como Herman Melville, quien las visitó al pasar por allí en un barco ballenero y diez años más tarde publicó su obra monumental, *Moby Dick.* Son, además, un refugio para las enormes tortugas terrestres llamadas galápagos que llegan a pesar hasta 280 kilos y pueden vivir hasta 250 años.

Las islas Galápagos se extienden al norte y al sur de la línea ecuatorial, a 600 millas de Ecuador. Son diecinueve islas de origen volcánico que tienen una superficie total de 7.844 kilometros cuadrados. En 1832 fueron declaradas parte del patrimonio ecuatoriano por el general Juan José Flores, primer presidente de Ecuador. Aunque se ha tratado de colonizarlas, permanecen en su mayoría despobladas. Los verdaderos señores de las islas son las muchas clases de animales raros que las pueblan, tales como los leones marinos, los albatros dómines, los pingüinos, las iguanas y, por supuesto, las tortugas. Es sorprendente que un cuarenta y siete por ciento de las especias de plantas que existen en la tierra crezcan exclusivamente en estas islas. Visitar estas islas encantadas y encantadoras es una aventura única que tiene que hacerse por barco o avioneta.

A. Las islas Galápagos. Contesta las siguientes preguntas con un(a) compañero(a) de clase.

1. ¿Qué piensan Uds. que observó Darwin en las islas? ¿Cómo pudo haber afectado esto el libro *El origen de las especies*?
2. ¿Cuándo fueron declaradas las islas parte de Ecuador?
3. En la opinión de Uds., ¿por qué no hay hoteles en estas islas que atraigan a un gran número de turistas cada año?
4. ¿Cómo es posible que el cuarenta y siete por ciento de las especies de plantas que existen en la tierra crezcan exclusivamente en estas pequeñas islas?

Manual de gramática

Antes de hacer esta actividad, conviene repasar la sección *5.1 Presente de subjuntivo en las cláusulas adjetivales,* del **Manual de gramática** (pp. 391–392).

B. Repaso: cláusulas adjetivales. Completa las siguientes oraciones con la forma apropiada del presente de indicativo o de subjuntivo de los verbos que están entre paréntesis.

1. Las Galápagos son las islas que (hacer) famoso a Darwin.

2. Darwin le pide al capitán del HMS Beagle una estadía que le (permitir) estudiar las islas en detalle.
3. Allí Darwin descubre las enormes tortugas terrestres que (poder) llegar a pesar hasta 280 kilos.
4. Para protegerlas, el gobierno ecuatoriano no permite visitantes que sólo (querer) acampar allí.
5. Ahora se requiere que todas las personas que (visitar) las islas (ser) acompañadas por un guía.

Y ahora, ¡a leer!

A. Anticipando la lectura. Hagan esta actividad en grupos de ocho o diez personas. Luego contesten las preguntas en los mismos grupos. Una persona en cada grupo debe escribir un mensaje de no más de media página. Esa persona luego le va a leer el mensaje en privado a otra persona del grupo. Esa persona se lo va a contar a otra, ésa a otra y así sucesivamente, hasta que todos en el grupo hayan escuchado el mensaje. La última persona en escuchar el mensaje debe escribirlo y luego deben comparar la versión original con la última versión.

1. ¿Qué hacen si no recuerdan el mensaje exacto que le deben pasar a otra persona? ¿Le dicen a esa persona que tenían un mensaje pero que se les olvidó? ¿O no le dicen nada e inventan algo para decirle?
2. ¿Conocen a personas que exageren la verdad sólo para impresionar a la persona con quien hablan? ¿Lo han hecho ustedes alguna vez? Si así es, ¿qué pasó?
3. ¿Creen que algunas personas exageran la verdad para impresionar a sus jefes? ¿Conocen a alguien que lo haya hecho y que haya tenido muchos problemas a causa de esto? Expliquen.

B. Vocabulario en contexto. Busca estas palabras en la lectura que sigue y, a base del contexto en el cual aparecen, decide cuál es su significado. Para facilitar encontrarlas, las palabras aparecen en negrilla en la lectura también.

1. **cuervos**
   a. capitanes　b. pájaros negros　c. soldados
2. **positiva**
   a. insegura　b. dudosa　c. definitiva
3. **¡Cáspita!** Exclamación que indica...
   a. terror　b. sorpresa　c. aprobación
4. **un ala**
   a. una pluma　b. un brazo de un ave　c. cuerpo de un ave
5. **retírate**
   a. vete　b. acércate　c. jubílate
6. **la frente**
   a. el pecho　b. el brazo　c. la cabeza

Conozcamos al autor

José Antonio Campos (1868–1939) nació y se educó en Guayaquil. En 1887 se inició en el periodismo con *El maravilloso,* semanario humorístico y de actualidad política. En años siguientes escribió en la columna diaria de varios periódicos ecuatorianos. Fundador de *El cóndor* y la *Revista del Banco del Ecuador*, fue profesor de literatura, y en 1915 publicó un libro de lectura llamado *El lector ecuatoriano.* Alcanzó fama por toda América Latina gracias a sus cuentos llenos de humor y perspicacia. Mejor conocido bajo su seudónimo, "Jack el Destripador", un tema favorito de Campos fue la sátira política y la burla contra las instituciones burocráticas que ridiculizó con gran picardía. En sus artículos de costumbres retrata las gentes, usos, costumbres y recuerdos de su ciudad en forma muy amena y acertada al punto que en muchos aspectos siguen tan vigentes hoy como en el día en que los escribió. Los seis libros publicados por él son: *Dos amores* (1889); *Los crímenes de Galápagos* (1904); *Rayos catódicos y fuegos fatuos* (1906); *Cintas alegres* (1919); *América libre* (1920) y *Cosas de mi tierra* (1929), el más conocido y gustado de su amplia producción.

El cuento aquí transcrito requiere mucha atención de parte del lector porque está compuesto de muchos diálogos. El narrador tiene solamente una brevísima línea poco antes del desenlace final.

Los tres cuervos

—¡MI GENERAL!

—¡Coronel!

—Es mi deber comunicarle que ocurren cosas muy particulares en el campamento.

—¡Diga usted, coronel!

—Se sabe, de una manera **positiva**, que uno de nuestros soldados se sintió al principio un poco enfermo; luego creció su enfermedad; más tarde sintió un terrible dolor en el estómago y por fin vomitó tres cuervos vivos.

—¿Vomitó qué?

—Tres cuervos, mi general.

—**¡Cáspita!**

—¿No le parece a mi general que éste es un caso muy particular?

—¡Particular, en efecto!

—¿Y qué piensa usted de ello?

—¡Coronel, no sé qué pensar! Voy a comunicarlo en seguida al Ministerio...

—Tres cuervos, mi general.

—¡Habrá algún error!

—No, mi general; son tres cuervos.

—¿Usted los ha visto?

—No, mi general; pero son tres cuervos.

—Bueno, lo creo, pero no me lo explico. ¿Quién le informó a usted?

—El comandante Epaminondas.

—Hágale usted venir en seguida, mientras yo transmito la noticia.

—Al momento, mi general.

—¡Comandante Epaminondas!

—¡Presente, mi general!

—¿Qué historia es aquélla de los tres cuervos que ha vomitado uno de nuestros soldados enfermos?

—¿Tres cuervos?

—Sí, comandante.

—Yo sé de dos, nada más, mi general; pero no de tres.

—Bueno, dos o tres, poco importa. La cuestión está en descubrir si en realidad había verdaderos cuervos en este caso.

—Claro que había, mi general.

—¿Dos cuervos?

—Sí, mi general.

—¿Y cómo ha sido eso?

—Pues la cosa más sencilla, mi general. El soldado Pantaleón dejó una novia en su pueblo que, según la fama, es una muchacha morena, linda y muy viva.

—¡Comandante!

—¡Presente, mi general!

—Sea usted breve y omita todo detalle innecesario.

—¡A la orden, mi general!

—Y al fin, ¿qué hubo de los cuervos?

—Pues bien, el muchacho estaba triste... y no quería comer nada, hasta que cayó enfermo del estómago y... de pronto ¡puf!... dos cuervos.

—¿Usted tuvo ocasión de verlos?

—No, mi general, pero oí la noticia.

—¿Y quién se la dijo a usted?

—El capitán Aristófanes.

—Pues dígale usted al capitán que venga inmediatamente.

—¡En seguida, mi general!

—¡Capitán Aristófanes!

—¡Presente, mi general!

—¿Cuántos cuervos ha vomitado el soldado Pantaleón?

—Uno, mi general.

—Acabo de saber que son dos, y antes me habían dicho que eran tres.

—No, mi general, no es más que uno, afortunadamente; pero sin embargo me parece que basta uno para considerar el caso como extraordinario...

—Pienso lo mismo, capitán.

—Un cuervo, mi general, no tiene nada de particular, si lo consideramos desde el punto de vista zoológico. ¿Qué es el cuervo? No lo confundamos con el cuervo europeo, mi general,... La especie que aquí conocemos es muy distinta...

—¡Capitán!

—¡Presente, mi general!

—¿Estamos en la clase de Historia Natural?

—No, mi general.

—Entonces, vamos al caso. ¿Qué hubo del cuervo que vomitó el soldado Pantaleón?

—Es positivo, mi general.

—¿Usted lo vio?...

—No, mi general; pero lo supe por el teniente Pitágoras, que fue testigo del hecho.

—Está bien. Quiero ver en seguida al teniente Pitágoras...

—¡Teniente Pitágoras!

—¡Presente, mi general!

—¿Qué sabe usted del cuervo?

—Pues, mi general, el caso es raro en verdad; pero ha sido muy exagerado.

—¿Cómo así?

—Porque no fue un cuervo entero, sino parte de un cuervo, nada más. Fue **un ala** de cuervo, mi general. Yo, como es natural, me sorprendí mucho y corrí a informar a mi capitán Aristófanes; pero parece que él no oyó la palabra *ala* y creyó que era un cuervo entero; a su vez fue a informar a mi comandante Epaminondas, quien entendió que eran dos cuervos y él se lo dijo al coronel, quien creyó que eran tres.

—Pero... ¿y esa ala o lo que sea?

—Yo no la he visto, mi general, sino el sargento Esopo. A él se le debe la noticia.

—¡Ah diablos! ¡Que venga ahora mismo el sargento Esopo!

—¡Vendrá al instante, mi general!

—¡Sargento Esopo!

—¡Presente, mi general!

—¿Qué tiene el soldado Pantaleón?

—Está enfermo, mi general.

—Pero ¿qué tiene?

—Está muy enfermo.

—¿Desde cuándo?

—Desde anoche, mi general.

—¿A qué hora vomitó el ala del cuervo que dicen?

—No ha vomitado ninguna ala, mi general.

—Entonces, imbécil, ¿cómo has relatado la noticia de que el soldado Pantaleón había vomitado un ala de cuervo?

—Con perdón, mi general. Yo desde chico sé un versito que dice:

"Yo tengo una muchachita
Que tiene los ojos negros
Y negra la cabellera
Como las alas del cuervo.
Yo tengo una muchachita..."

—¡Basta, idiota!

—Bueno, mi general, lo que pasó fue que cuando vi a mi compañero que estaba tan triste por la ausencia de su novia, me acordé del versito y me puse a cantar...

—¡Ah diablos!

—Eso fue todo, mi general, y de ahí ha corrido la historia.

—¡**Retírate** al instante, imbécil!

Luego se dio el jefe un golpe en **la frente** y dijo:

—¡Pero qué calamidad! ¡Creo que puse cinco o seis cuervos en mi información, como suceso extraordinario de campaña!

¿Comprendiste la lectura?

A. Hechos y acontecimientos. ¿Recuerdas los datos más importantes de la lectura? Para asegurarte, contesta las siguientes preguntas.

1. ¿Qué noticias le dio el coronel al general? ¿Cómo se dio cuenta el coronel de estas noticias?
2. ¿Quién decidió verificar las noticias con el comandante: el coronel o el general?
3. ¿Coincidieron las noticias del comandante con las del coronel? ¿Qué dijo el comandante?
4. ¿Aceptó el general la nueva versión de las noticias según el comandante? ¿Con quién las verificó?
5. ¿Cuál fue la versión de las noticias del teniente? ¿del sargento?
6. Según el sargento, ¿cómo empezó el rumor de alas y cuervos?
7. ¿Puso fin al rumor el general al final? Explica tu respuesta.

B. A pensar y a analizar. Contesta las siguientes preguntas.

1. ¿De quién crees que se está burlando el autor de este cuento: de la gente en general, de los militares o de alguien más? ¿Por qué crees eso?
2. En tu opinión, ¿cuál fue la causa de la confusión al comunicar el mensaje? ¿Se podría haber evitado esta confusión? ¿Cómo?
3. ¿Crees que el general cumplió con su deber? ¿Por qué?

C. Presentación teatral. Preparen una presentación teatral de este cuento. Nombren a un(a) director(a) y decidan quiénes harán qué papeles. Memoricen sus partes fuera de clase antes de ensayar su presentación con su director. Cuando ya estén preparados, hagan un video de su presentación y compártanlo con otras clases de español.

Introducción al análisis literario

La narración humorística

En este tipo de narración el autor utiliza el humor para contar los hechos y las situaciones que relata. Toda obra humorística se caracteriza por contener situaciones que provocan la risa del lector. El humor puede darse en las cosas que les suceden a los personajes o en lo que éstos dicen. A veces puede ser un disparate, algo absurdo, una exageración o algo inesperado. La clave del humor es la sorpresa que causa y que salta de una caja imaginaria, como un resorte, cuando menos lo espera el lector.

A. Información humorística. Para conseguir un efecto cómico el autor de "Los tres cuervos" usa varios personajes que van pasando la información de uno a otro. Con un(a) compañero(a) de clase, determinen quiénes son estos personajes y en qué orden aparecen. ¿Cuál es el significado de sus nombres y del orden en que aparecen?

B. Narración humorística. En grupos de cuatro, van a escribir un cuento humorístico al estilo de "Los tres cuervos". Para hacerlo, creen un mensaje y repítanlo varias veces, cambiándolo un poco cada vez. Es importante que el mensaje incluya información que se preste fácilmente a la mala interpretación. Luego preséntenlo a la clase.

Escribamos ahora

A A generar ideas: escribir un cuento humorístico

1. **Un mensaje.** El humor en "Los tres cuervos" se basa principalmente en la falta de comunicación y exageración de un mensaje que los personajes secundarios se pasaron del uno al otro. A continuación hay un mensaje que podría usarse en un cuento humorístico porque sería fácil interpretarlo incorrectamente. Lee el mensaje con cuidado y con dos compañeros(as) decidan qué partes del mensaje se prestan a una mala interpretación

   —Me complace contarte que la Srta. Hortensia Buenasuerte acaba de ganar diez millones de dólares en la lotería y los cobrará mañana con su amigo el Sr. Napoleón Aprovechado en la ciudad de Lima, Idaho.

2. **Un mensaje interpretado incorrectamente.** Con dos compañeros(as), decidan en tres interpretaciones incorrectas que podrían ocurrir al pasar este mensaje de una persona a otra. Informen a la clase de lo que decidieron.

3. **A generar ideas.** Decide ahora si vas a escribir tu cuento humorístico basándote en el mensaje que usaste en la sección **Un mensaje**, o si prefieres usar el mensaje que tu grupo desarrolló en la **Actividad B** de la sección **Introducción al análisis literario**. Al hacer tu selección, decide qué personajes va a tener tu cuento y la manera en que el mensaje se va a transmitir.

B El primer borrador

1. **¡A organizar!** Vuelve ahora a la lista de personajes que preparaste en la sección anterior, **A generar ideas**, y organiza tus personajes en el orden en que van a aparecer en tu cuento. Al lado de cada personaje, anota también la versión del mensaje que él (ella) va a comunicar.

2. **Mi cuento humorístico.** Imagínate que el periódico de tu comunidad publica una sección en español cada miércoles. Recientemente anunciaron que quieren que los miembros de la comunidad contribuyan cuentos humorísticos originales. Como tú piensas escribir uno para tu clase de español, decides mandárselo al periódico también. Usa lo que desarrollaste en las secciones anteriores para escribir ahora el primer borrador de tu cuento humorístico. Recuerda que tu cuento debe provocar risa. Usa el cuento de "Los tres cuervos" como modelo. ¡Buena suerte!

C **Primera revisión.** Intercambia el primer borrador de tu cuento con el de un(a) compañero(a). Revisa el cuento de tu compañero(a), prestando atención a las siguientes preguntas.

¿Entiendes bien el cuento de tu compañero(a)? ¿Entiendes el humor del cuento? ¿Es divertido el humor? ¿Tienes algunas sugerencias sobre cómo podría mejorar su cuento?

D **Segundo borrador.** Prepara un segundo borrador de tu cuento tomando en cuenta las sugerencias de tu compañero(a) e ideas nuevas que se te ocurran a ti.

E **Segunda revisión.** Antes de que revises el segundo borrador y para ayudarte a a practicar el uso del subjuntivo, haz la siguiente actividad con un(a) compañero(a). Completa el siguiente párrafo con la forma correcta de los verbos que están entre paréntesis. Usa el presente indicativo o el presente subjuntivo, según sea necesario.

El general quiere que sus soldados le (decir) la verdad. Él (buscar) a una persona que (haber) visto al soldado vomitar los cuervos. El general (saber) que no lo (ir) a encontrar, a menos que (hablar) con todas las personas que comunicaron el relato. En realidad, el general (dudar) que un soldado (poder) vomitar tres cuervos pero, en caso de que (ser) verdad, (decidir) investigar el asunto él mismo.

Ahora lee tu cuento una vez más, fijándote en el uso del subjuntivo. Tal vez quieras pedirle a un(a) compañero(a) que te lo revise también. Haz todas las correcciones necesarias, prestando atención especial no sólo al uso del subjuntivo, sino también a los verbos en el pasado y el presente y a la concordancia.

F **Versión final.** Considera las correcciones del uso del subjuntivo y otras que tus compañeros(as) te hayan indicado y revisa tu cuento una vez más. Como tarea, escribe la copia final en la computadora. Antes de entregarla, dale un último vistazo a la acentuación, a la puntuación y a las formas de los verbos.

G **Cuento humorístico sobresaliente.** Cuando tu profesor(a) te devuelva el cuento, revísalo con cuidado e incorpora las sugerencias de tu profesor(a). Luego devuélveselo a tu profesor(a), que leerá algunos en voz alta.

EXPLOREMOS EL CIBERESPACIO

Explora distintos aspectos del mundo ecuatoriano en las **Actividades para la Red** que corresponden a esta lección. Ve primero a **http://college.hmco.com** en la red, y de ahí a la página de ***Mundo 21***.

LECCIÓN 3

Bolivia

Nombre oficial: *República de Bolivia*

Población: *8.300.463 (estimación de 2001)*

Principales ciudades: *La Paz (capital administrativa), Sucre (capital judicial), Santa Cruz, Cochabamba*

Moneda: *Boliviano ($b)*

GENTE DEL MUNDO 21

Jaime Escalante, nacido en 1931, ingeniero y profesor de física, matemáticas e informática, es natural de La Paz. En 1964 emigró a Los Ángeles con su esposa e hijo para realizar su sueño de ser maestro en los EE.UU. Al llegar, aprendió inglés y obtuvo un título, primero en electrónica y luego en matemáticas. En 1976 consiguió empleo de maestro de informática y matemáticas en la escuela secundaria Garfield. Se destacó a nivel nacional e internacional por sus métodos ingeniosos de enseñanza que trajeron un éxito resonante a los estudiantes hispanos de esa escuela. Sus esfuerzos, tribulaciones y lucha por sacar adelante a sus alumnos fueron presentados en la película *Stand and Deliver*, en la que Edward James Olmos hace el papel de Escalante. Bolivia le confirió la máxima condecoración de la patria, el Cóndor de Los Andes, en 1990. Escalante se mudó a Sacramento, California, en 1991, donde enseñó en la escuela secundaria Hiram Johnson hasta 1998, año en que se jubiló y regresó a su país natal. Ese mismo año, el gobierno de EE.UU. le otorgó el "United States Presidential Medal for Excellence" y la Organización de Estados Americanos le dio el Premio Andrés Bello.

Gaby Vallejo nació en Cochabamba en 1941. Es una escritora y activista dedicada que se ha destacado por su defensa del niño y de la mujer. Es responsable por la publicación de diversas revistas culturales y ha sido presidenta durante varias gestiones de la Unión Nacional de Poetas y Escritores, filial Cochabamba. Es actualmente presidenta del *IBBY* (*International Board of Books for Young People*) de Bolivia, fundadora del Comité de Literatura Infantil y Juvenil de Cochabamba y Académica de Número de la Academia Boliviana de la Lengua. También es presidenta del *PEN* o Asociación Mundial de Escritores, filial Bolivia. Como novelista ha desarrollado la temática social boliviana de los últimos tiempos en sus obras *Los vulnerables* (1973), *La sierpe empieza en cola* (1991), *Encuentra tu ángel y tu demonio* (1998) e *Hijo de opa* (1977), que fue otorgada el Premio Nacional "Erich Guttentag". En 1985, esta novela fue llevada al cine con el título de *Los Hermanos Cartagena* y en 2002 fue traducida al inglés por Alice Weldon. En el campo de la literatura infantil, Gaby Vallejo ha publicado textos tan valiosos como: *Juvenal Nina* (1981), *Mi primo es mi papá* (1989),

Detrás de los sueños (1986), *Con los ojos cerrados* (1993), *Amor de colibrí* (1995), *Del libro a la vida* (1995), *Palabras y palabritas* (1996) y *La llave misteriosa* (2002). Muchos de sus cuentos para adultos han sido recogidos en antologías latinoamericanas. Tiene también libros para estimular la lectura como *Manual del promotor de lectura* (1990) y *Leer: un placer escondido* (1994). Por su vasta labor cultural y literaria, fue galardonada con el primer Premio al Pensamiento y a la Cultura "Antonio José de Sucre" en 2001.

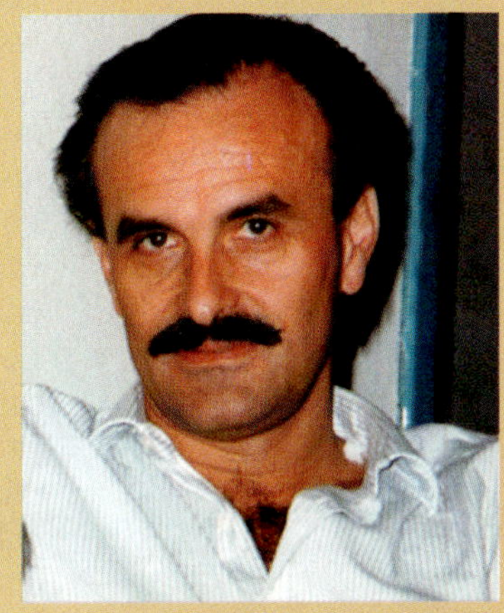

Alfonso Gumucio Dagrón nació en 1950. Es un prolífico escritor, cineasta, fotógrafo, incansable viajero y especialista en comunicación para el desarrollo. Estudió en Francia y luego viajó extensamente por Europa, América, Asia, África y Oceanía. Ha vivido en España, Francia, Nicaragua, México, Burkina Faso, Nigeria, Haití y Guatemala. Ha dirigido más de diez películas documentales y ha publicado dieciséis libros de ensayos, cuentos y poesía. Su obra de tipo testimonio *La máscara del gorila* (1982) obtuvo el mismo año el Premio Nacional de Literatura del Instituto Nacional de Bellas Artes de México. Siempre interesado en el arte cinematográfico, ha escrito la primera *Historia del cine boliviano* (1983) y un estudio biográfico sobre un importante crítico, *Luis Espinal y el cine* (1986). Varias de sus obras han sido publicadas en francés y en inglés: *Bolivie* (1981), *Les Cinémas d'Amérique Latine* (1981) y *Popular Theatre* (1995). Su obra poética incluye cinco libros titulados *Antología del asco* (1979), *Razones técnicas* (1980), *Sobras completas* (1984), *Sentímetros* (1990) y *Memoria de caracoles* (2000).

Otros bolivianos sobresalientes

Héctor Borda Leaño: poeta, político

Matilde Casazola: poeta y compositora

Agnes de Franck: artista

Gil Imaná: pintor

Roberto Mamani Mamani: artista, fotógrafo, dibujante

Renato Oropeza Prada: escritor

Jorge Sanjinés Aramayo: cineasta

Pedro Shimose: escritor, poeta y músico

Blanca Wiethüchter: poeta, ensayista

Personalidades del Mundo 21

Contesta las siguientes preguntas con un(a) compañero(a) de clase.

1. En su opinión, ¿quiénes podrán comunicarse mejor con estudiantes hispanos de este país: maestros anglos o hispanos? ¿Quiénes podrán comunicarse mejor con estudiantes masculinos: maestros que son hombres o mujeres? ¿Por qué creen Uds. que el boliviano Jaime Escalante alcanzó a tener tanto éxito con los estudiantes de Garfield High en Los Ángeles?
2. ¿Qué actividades preocupan a Gaby Vallejo? ¿Qué clase de obras piensan Uds. que ella escribe? ¿Qué premios importantes ha recibido?
3. ¿Qué carreras tiene Alfonso Gumucio Dagrón y en qué países ha vivido? ¿Cómo creen que dispone de tiempo para hacer tantas cosas diferentes? ¿Podrían Uds. distribuir su tiempo para combinar sus estudios con una vida activa de viajes y producción cultural? Expliquen su respuesta.

Cultura ¡en vivo!

Manual de gramática

Antes de leer **Cultura ¡en vivo!,** conviene repasar la sección *5.3 Futuro: verbos regulares e irregulares,* del **Manual de gramática** (pp. 398–400).

La vestimenta andina

Cholas bolivianas

Cuando un turista se pasea por las calles de La Paz, Lima o Quito se sentirá inmediatamente atraído por las vestimentas indígenas, ya que en Bolivia, Perú y Ecuador se han conservado los trajes tradicionales con una fidelidad sorprendente. Lo cautivarán las llamativas ropas de las mujeres, o *cholas,* ya que ellas llevan un sinnúmero de faldas, o *polleras,* de colores diferentes, superpuestas de tal manera que parecen crinolinas. Blusas bordadas, un pañuelo grande de lana para uso diario y uno de seda lujosamente bordado para domingos o días de fiesta completan este interesante vestuario.

Sin embargo, el sombrero será el detalle más fascinante, ya que en Bolivia los indígenas tienen pasión por esta prenda. Hasta en las casitas más modestas puede verse una variedad de sombreros colgados de las paredes. Cada región se distingue por el sombrero que usa — en la Paz, los *bombines*; en Cochabamba, los sombreros blancos y altos; y en Sucre, los sombreros y gorras de encaje, brocado y terciopelo. Por supuesto, no falta el *chullo,*un gorro muy usado por los hombres en los lugares fríos. Es muy práctico porque cubre las orejas y puede llevarse solo o debajo de otro sombrero.

El sombrero boliviano dice mucho de la mujer en particular. Si un hombre es rico, su esposa tendrá una gran colección de sombreros. Una joven puede comunicar su afecto si teje el nombre del joven en un chullo y luego se lo da de regalo. Si una mujer recibe flores, las luce en la cinta del sombrero; y si está de novia o si es casada, el sombrero lo indicará. En fin, ¿quién necesita hablar para comunicarse cuando todo lo dice el sombrero boliviano?

A. La vestimenta andina. Contesta las siguientes preguntas.

1. La vestimenta, por colorida y llamativa que sea, siempre ha tenido un propósito práctico. ¿Cuál será el propósito de estas prendas andinas: polleras sobrepuestas una tras otra, el mantón de lana, el chullo?
2. ¿Qué importancia tiene el sombrero para el indígena andino? Explica.

B. Palabras claves: vestir. Para ampliar tu vocabulario, trabaja con un(a) compañero(a) para decidir en el significado de las palabras en negrilla.

1. Si tengo que cambiar de traje en el segundo acto, ¿a qué distancia del escenario está el **vestuario**?
2. ¿Cómo es posible que no pueda oficiar sin su **vestidura** sagrada?
3. Me encanta tu **vestido**. ¿Es nuevo?
4. ¿Dónde vamos a **vestirnos**? ¿En casa de Marta o en casa de Alicia?
5. Sin duda tiene la mejor **vestimenta** de todas mis amigas. ¿Sabes dónde la consigue?

MEJOREMOS LA COMUNICACIÓN

Para hablar de la vestimenta en un almacén

Al buscar en la sección de damas

— ¡Ay, me encanta esta blusa de seda! ¿La tendrán en mi talla? — *Oh, I love this silk blouse! I wonder if they have it in my size.*

— No sé. Éstas son todas de tallas pequeñas. Tú llevas una mediana, ¿no? — *I don't know. These are all small sizes. You wear a medium, don't you?*

— ¡Ojalá! Ya hace más de un año que tengo que llevar grande... y no veo ni una sola grande. — *I wish! It's been over a year now that I've had to wear a large . . . and I don't see a single large one.*

— ¿No te interesarían estas blusas de satén? Son muy bonitas. — *Wouldn't you be interested in these satin blouses? They're very pretty.*

— No. Si no son de seda, no me interesan. — *No. If they're not silk, I'm not interested.*

algodón *m. cotton*
encaje *m. lace*
lana *wool*
lino *linen*
mezclilla *denim*
nilón *m. nylon*
terciopelo *velvet*

— Pero mira estos vestidos. Son lindos. Tengo que probarme uno. — *But look at these dresses. They're lovely. I have to try one on.*
[Unos minutos después...] — *[A few minutes later . . .]*

— ¿Qué opinas? ¿Estoy hermosa o qué? — *What do you think? Am I beautiful or what?*

— Bueno, si te voy a ser sincera, tengo que decirte que esa moda no va con tu figura. Además, las lentejuelas ya están pasadas de moda. — *Well, to be honest, that style doesn't go with your figure. Besides, sequins are no longer in style.*

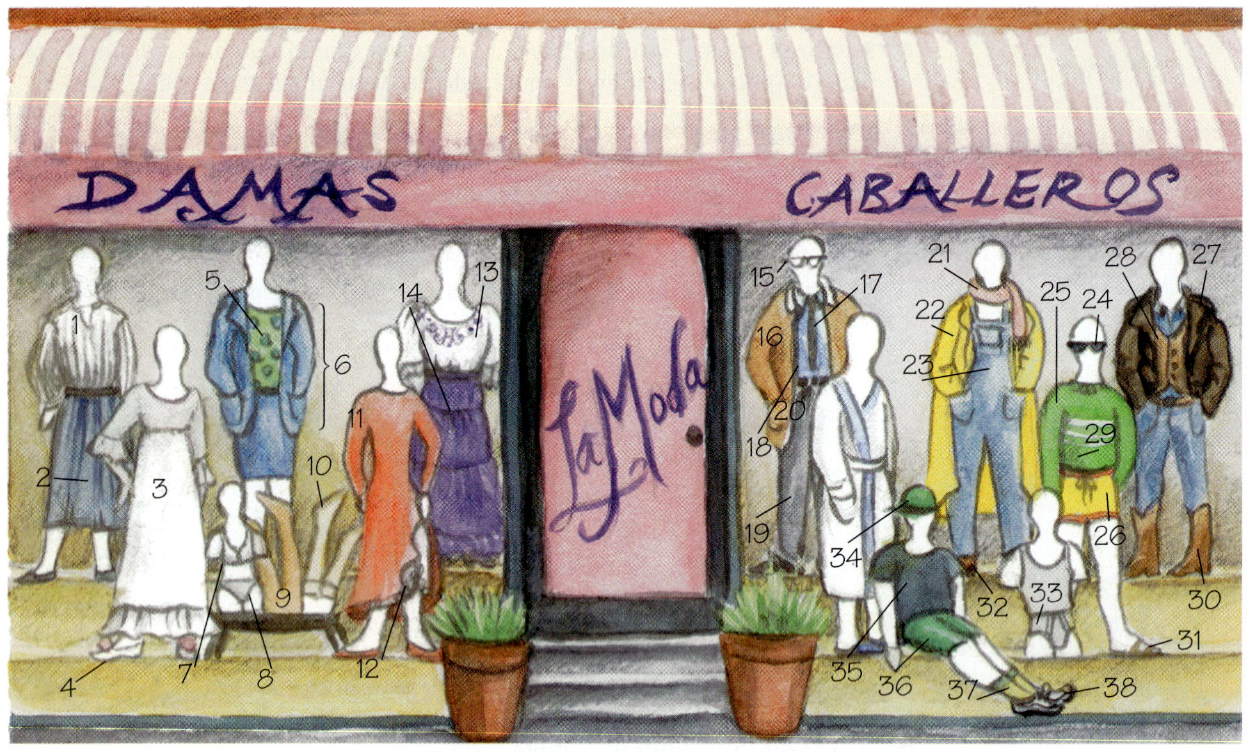

1. la blusa a rayas
2. la falda con tablas
3. el camisón
4. la zapatilla
5. la blusa con lunares
6. el traje
7. el sostén
8. el calzón
9. las pantimedias
10. las medias
11. el vestido
12. la enagua
13. la blusa bordada
14. la falda con volantes plegados
15. los lentes
16. el abrigo
17. la corbata
18. la camisa
19. los pantalones
20. la bata
21. la bufanda de lana
22. el impermeable
23. los overoles
24. las gafas de sol
25. el suéter de algodón
26. el traje de baño
27. la chaqueta de piel
28. el chaleco
29. los jeans
30. la bota
31. la sandalia
32. los zapatos
33. el calzoncillo
34. el sombrero
35. la camiseta
36. los shorts
37. el calcetín
38. los tenis

Al buscar en la sección de caballeros

— ¿Buscas algo en particular o sólo andas curioseando?
— Necesito comprar un par de zapatos de vestir. ¿Los tendrán aquí?

Are you looking for something in particular or are you just looking?
I need to buy a pair of dress shoes. I wonder if they have them here.

bota de trabajo *heavy-duty boot*
chanclo de goma *rubber boot*
mocasín *m. moccasin*

pantuflas (zapatillas) *slippers*
zapato *shoe*
  de calle *loafer*
  de tacón alto *high-heeled*

— En ese caso, voy a buscar un suéter para Lorenzo en el Departamento de Moda Joven. Mañana es su cumpleaños, sabes, y pienso que un suéter sería el regalo perfecto.	*In that case I'm going to look for a sweater for Lorenzo in the Teens Department. His birthday is tomorrow, you know, and I think that a sweater would be the ideal gift.*

Departamento de... . . . *Department*
- **Caballeros** *Men's*
- **Complementos de Moda** *Fashion Accessories*
- **Deportes** *m. pl. Sports*
- **Hogar** *m. Housewares*
- **Infantil** *m. Children's*
- **Señoras** *Women's*

— Sí, lo sé. ¿Por qué no me esperas? Yo quiero comprarle unos vaqueros.	*Yes, I know. Why don't you wait for me? I want to buy him some blue jeans.*

Algunas variaciones en la vestimenta

	Español general	Español regional
bluejeans	**pantalones**	**vaqueros** (Mex. y Cent. Am.)
bra	**sostén**	**corpiño** (zona andina)
coat	**abrigo**	**tapado** (Cono Sur)
hat	**sombrero**	**bombín** (zona andina)
knitted cap	**cachucha**	**chullo** (zona andina)
shoes	**zapatos**	**calzado** (zona andina)
skirt	**falda**	**pollera** (zona andina y Cono Sur)
slippers	**zapatillas**	**chanclas** (Mex. y Cent. Am.)
sweater	**suéter**	**chompa** (zona andina)
T-shirt	**camiseta**	**playera** (Mex. y zona costal)

¡A conversar!

A. Dramatización. Dramatiza la siguiente situación con un(a) compañero(a) de clase. Dos amigos(as) están en el almacén porque mañana es la fiesta de cumpleaños de otro(a) amigo(a) y tienen que comprarle algo. Los (Las) amigos(as) han decidido comprarle una prenda de ropa en serio, y otras prendas de ropa en broma y discuten las posibilidades.

B. Desfile de modelos. Prepárate para participar en un desfile de modelos. Un(a) estudiante será el (la) locutor(a) y va a describir toda la vestimenta de su compañero(a) cuando él (o ella) pase frente a la clase. Luego, cambien de papel. Tal vez quieras vestir un traje especial para esta ocasión, ya sea bien formal o exageradamente informal.

C. Práctica: el futuro y el condicional. Completa este párrafo con la forma apropiada del futuro o condicional de los verbos que están entre paréntesis para saber porqué están tan molestas estas dos chicas.

¿Qué les (haber) pasado a Toño y Jaime? Dijeron que (estar) aquí a las seis y cuarto a más tardar. Nosotras (poder) ir a buscarlos pero si vienen y no nos encuentran se van a molestar. Cuando lleguen yo (tener) que decirles lo que pienso. Ellos (deber) ser más responsables y no dejarnos plantadas así.

Del pasado al presente

Bolivia: desde las alturas de América

Colonia y maldición de las minas

En 1545 se descubrieron grandes depósitos de plata en el cerro de Potosí, al pie del cual, el siguiente año, se fundó la ciudad del mismo nombre. Potosí llegaría a rivalizar con Lima gracias a la gran riqueza minera. A mediados del siglo XVII era la mayor ciudad de América. Se fundaron otras ciudades en las zonas mineras: La Paz (1548) y Cochabamba (1570). Las minas de plata del Alto Perú, nombre dado por los españoles a la región que ahora llamamos Bolivia, fueron el principal tesoro de los españoles durante la colonia. Pero para los indígenas de la región andina estas mismas minas eran lugares donde se les explotaba inhumanamente bajo el sistema de trabajo forzado llamado "mita", que también se aplicaba a la agricultura y al comercio.

Una mina de Potosí

La independencia y el siglo XIX

En 1809 hubo rebeliones en contra de las autoridades españolas en las ciudades de Chuquisaca y La Paz que fueron rápidamente controladas por tropas enviadas por los virreyes del Río de la Plata y del Perú. El Alto Perú fue la última región importante que se liberó del dominio español. La independencia se declaró el 6 de agosto de 1825 y se eligió el nombre de República Bolívar, en honor de Simón Bolívar, aunque después prevaleció el nombre de Bolivia. El general Antonio José de Sucre, vencedor de los españoles en la decisiva batalla de Ayacucho (1824), ocupó la presidencia de 1826 a 1828. La ciudad de Chuquisaca cambió su nombre a Sucre en 1839 en honor a este héroe de la independencia, quien murió asesinado en 1830.

Pérdida de territorios
Chile
Argentina
Paraguay
Brasil
Bolivia
Océano Pacífico

La independencia trajo pocos beneficios para la mayoría de los habitantes de Bolivia. El control del país pasó de una minoría española a una minoría criolla, muchas veces en conflicto entre sí debido a intereses personales. A finales del siglo XIX, las ciudades de Sucre y La Paz se disputaron la sede de la capital de la nación. Ante la amenaza de una guerra civil, se optó por una solución de compromiso. La sede del gobierno y el poder legislativo se trasladaron a La Paz, mientras que la capitalidad oficial y el Tribunal Supremo permanecieron en Sucre.

Guerras territoriales Durante su vida independiente, Bolivia ha perdido una cuarta parte de su territorio original a causa de disputas fronterizas con países vecinos.

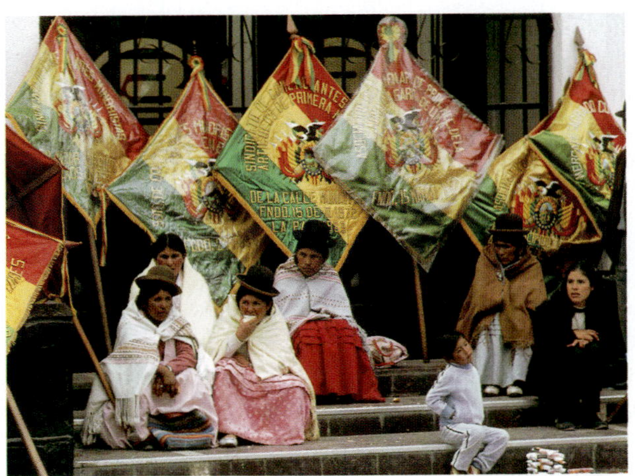

Muestra de solidaridad con el gobierno en La Paz

Como resultado de la Guerra del Pacífico (1879–1883), Bolivia tuvo que cederle a Chile la provincia de Atacama, rica en nitratos y su única salida al Pacífico. Para compensar la pérdida, Chile construyó un ferrocarril de La Paz al puerto chileno de Arica. Cuando Argentina se anexó una parte de la región del Chaco, también construyó un ferrocarril que comunicaba a los dos países. Coincidiendo con el auge del caucho, Bolivia le otorgó a Brasil en 1903 la rica región amazónica de Acre. Finalmente, la Guerra del Chaco con Paraguay (1933–1935) provocó enormes pérdidas humanas y territoriales para Bolivia. La derrota del ejército boliviano en la Guerra del Chaco causó un profundo malestar y descontento.

De la Revolución de 1952 al presente

En abril de 1952, se inició la llamada Revolución Nacional Boliviana bajo la dirección del partido político Movimiento Nacionalista Revolucionario. Su líder, Víctor Paz Estenssoro, impulsó una ambiciosa reforma agraria que benefició a los campesinos indígenas, nacionalizó las principales empresas mineras y, en general, abrió las puertas para el avance social del grupo formado por los mestizos.

Durante casi tres décadas Víctor Paz Estenssoro y Hernán Siles Suazo fueron las figuras políticas más importantes de Bolivia y ocuparon la presidencia alternativamente por un total de cinco períodos. En la última década del siglo XX aparecieron nuevas figuras políticas, e incluso una mujer, Lydia Gueiler Tejada, ocupó brevemente la presidencia. De 1993 a 1997 gobernó Gonzalo Sánchez de Lozada, un político progresista que impulsó reformas económicas novedosas. Sin embargo, el siglo XX terminó con el retorno del envejecido general Hugo Bánzer Suárez, quien ocupó la presidencia en la década de los 70 y fue aparentemente la única figura unificante en un panorama político demasiado diversificado. La mala salud lo forzó a dejar la presidencia en 2001 (falleció en mayo de 2002). El Vice Presidente Jorge Quiroga Ramírez lo reemplazó hasta las elecciones de junio 2002, las cuales volvió a ganar. Con su nombramiento, es evidente que el valeroso pueblo boliviano sigue pasando por una crisis de liderazgo que posiblemente se solucionará con la aportación de una nueva ola de intelectuales que han regresado a su país para trabajar por su progreso.

¡A ver si comprendiste!

A. Hechos y acontecimientos. ¿Recuerdas los datos más importantes de la lectura? Para asegurarte, contesta las siguientes preguntas con un(a) compañero(a) de clase.

1. ¿Qué se descubrió en el cerro de Potosí en 1545? ¿Cuál fue el resultado de este hallazgo?
2. ¿Qué nombres tuvo Bolivia durante la colonia española?
3. ¿Quién fue Antonio José de Sucre? ¿Cuál es su importancia en la historia de Bolivia?
4. ¿Por qué tiene Bolivia actualmente dos capitales?
5. ¿Qué territorios perdió Bolivia en conflictos fronterizos con sus países vecinos?

6. ¿Cuáles son algunos de los efectos de la Revolución de 1952?
7. ¿Quiénes fueron las dos personas que ocuparon la presidencia del país alternativamente por cinco períodos?
8. ¿Qué implicaciones para el comienzo del siglo XXI representa el retorno de un militar a la presidencia?

B. A pensar y a analizar. Contesta las siguientes preguntas con dos o tres compañeros(as) de clase.

1. ¿Cómo es posible que Bolivia haya acabado por ser un país pobre, con toda la riqueza minera que ha existido en la región desde antes del siglo XVI?
2. En la opinión de Uds., ¿a qué se debe la falta de estabilidad política de Bolivia que permitió que sus vecinos anexaran una cuarta parte de su territorio a fines del siglo pasado?
3. ¿Por qué siguieron siendo elegidos los mismos individuos a la presidencia a lo largo de la segunda mitad del siglo XX?
4. ¿Qué necesita este país para asegurarse un futuro positivo?

Ventana al Mundo 21

La música andina

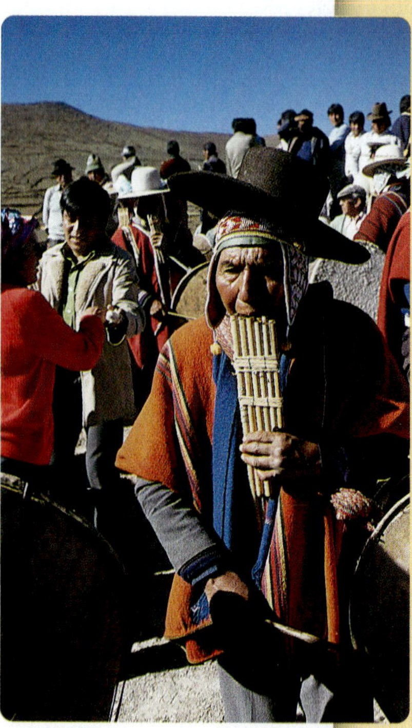

Los pueblos de las mesetas andinas —Bolivia, Ecuador, Perú y el norte de Chile y Argentina— comparten una rica tradición cultural. Existe un folklore andino que incluye las costumbres, la vestimenta, la tradición oral, la danza y la música. Aunque la realidad que representa el folklore es muy antigua, es un campo de estudio relativamente reciente. La música folklórica es anónima, transmitida de abuelos a padres y de éstos a sus hijos como patrimonio familiar.

El folklore musical de los pueblos andinos es sumamente rico. Existe una gran variedad de instrumentos de viento hechos de cañas, como las "quenas" y los "sicus", o flautas indígenas. Estos instrumentos parecen imitar el sonido del viento en lo alto de los Andes. Los instrumentos de percusión incluyen los "bombos", las "cajas" y los tambores. Un instrumento mestizo muy utilizado por conjuntos andinos es el "charango", una especie de pequeña guitarra hecha de la concha de un armadillo.

En Bolivia la música andina está maravillosamente enriquecida con músicos como Ernesto Cavour, nacido en 1940 en La Paz. Compositor prodigioso, es tal vez el mejor charanguista del mundo. Toca los matices musicales más variados, desde llantos indígenas dulcísimos a sonidos de una alegría contagiosa. También se destacan los compositores Mauro Núñez, Jaime Torres, Celestino Campos y Eddy Navia. Grupos musicales de gran altura son Savia Andina, Los

Kjarkas y Wara, los cuales están consiguiendo reconocimiento internacional gracias a nuevas grabaciones patrocinadas por EE.UU., Alemania y Japón.

A. La música andina. Haz estas actividades con un(a) compañero(a) de clase. Luego, comparen sus resultados con los de otros grupos de la clase.

1. Pídele a tu compañero(a) que te diga...
   - qué países comparten una tradición cultural andina.
   - cómo se transmite la música folklórica andina.
   - los nombres de dos instrumentos andinos de viento y dos de percusión.
   - el nombre de una pequeña guitarra hecha de la concha de un armadillo.
2. Tanto en las Américas como en Europa y Asia la música andina sigue aumentando en popularidad. ¿A qué se debe?

B. Repaso: cláusulas adverbiales. Completa las siguientes oraciones con la forma apropiada del presente de indicativo o subjuntivo de los verbos que están entre paréntesis.

Manual de gramática

Antes de hacer esta actividad, conviene repasar la sección *5.2* del **Manual de gramática** (pp. 393–397).

1. La música andina también tiene raíces en el Cono Sur, ya que en el norte de Chile y Argentina también (existir) el folklore andino.
2. Al escuchar algunos instrumentos andinos es inevitable pensar en el viento de los Andes aunque (saber: tú) que es sonido producido por instrumentos.
3. A menos que alguien me lo (recordar), jamás pienso en la concha de un armadillo cuando (escuhar: yo) el charango.
4. Hasta que (tener: Uds.) la oportunidad de escuchar la música de los Kjarkas o de Wara, no podrán imaginarse lo especial de esta música.
5. Insisto que en cuanto (presentarse) la oportunidad, deben asistir a un concierto de estos grupos.

Y ahora, ¡a leer!

A. Anticipando la lectura. ¿Has pensado alguna vez en lo que significa ser miembro de un grupo minoritario? Las siguientes preguntas te ayudarán a considerar el tema.

1. ¿Hasta qué punto crees que un niño minoritario está consciente de ser "diferente"? ¿A qué edad se hace consciente de eso? ¿Normalmente, qué o quién(es) crees que hacen nacer esa conciencia: sus padres, hermanos, amigos, maestros,...?
2. ¿Cómo crees que reacciona un(a) joven minoritario(a) al darse cuenta que es diferente de la mayoría?¿Se sentirá orgulloso(a) de no ser como la mayoría? ¿avergonzado(a)? Explica tu respuesta.

3. ¿Es diferente la vida de las personas minoritarias? ¿Tienen más o menos problemas para conseguir un buen empleo? ¿Son aceptados de manera diferente en lugares públicos tales como los restaurantes, los bares, los bailes, los clubes y las vecindades?
4. ¿Hasta qué punto crees que los miembros de grupos minoritarios se identifican con el país de origen del grupo? ¿Crees que a la mayoría de los chicanos de EE.UU. les gustaría irse a vivir a México, o a los japonés-americanos a Japón? ¿Por qué?
5. ¿Cómo crees que sería la vida de un chicano en México, de un afroamericano en África o de un chino-americano en China? ¿Sería más fácil o más difícil que en EE.UU.? ¿Por qué crees eso?

B. Vocabulario en contexto. Busca estas palabras en la lectura que sigue y, a base del contexto en el cual aparecen, decide cuál es su significado. Para facilitar encontrarlas, las palabras aparecen en negrilla en la lectura también.

1. **harto**
   a. satisfecho b. cansado c. contento
2. **helada**
   a. romántica b. impresionante c. fría
3. **Percibió**
   a. No sabía b. Recordó c. Observó
4. **burlonas**
   a. ridiculizantes b. divertidas c. patrióticas
5. **palidez**
   a. blancura b. barba c. tristeza
6. **Súbitamente**
   a. Lentamente b. De repente c. Con cuidado

Conozcamos a la autora

Maricarmen Ohara nació en Trinidad, Bolivia, de padre japonés y madre boliviana. Es autora de más de veinticinco libros bilingües para niños y adultos que incluyen *Tesoro de refranes populares / A Treasure of Popular Proverbs* (1990), *Cuentos de muchos mundos / Stories of Many Worlds* (1993), *Cuentos para todos / Tales for Everybody* (1994), y *Tesoro de lenguaje popular: adivinanzas, trabalenguas, canciones y fábulas / Spanish Riddles, Tongue Twisters, Songs and Fables* (1997). En Bolivia fue premiada por varios cuentos, una novela y una obra de teatro. Además de enseñar español en Ventura, California, es también conferencista y fundadora de la editorial Alegría Hispana Publications. Como catedrática en California, en 1996 fue nombrada Educadora del Año y en 1997 recibió el premio de Diversidad Multicultural.

A continuación, Ohara nos presenta un relato sobre la discriminación dirigida hacia un grupo minoritario poco conocido en América Latina, los asiáticos.

Chino-japonés

Fernando Hidehito Takei Mier estaba **harto** de su vida en La Paz. No era que no le gustara esta ciudad donde había nacido hacía veintiún años. Al contrario, amaba la belleza **helada** del majestuoso Illimani° y el azul prístino e intenso del cielo paceño;° el clima seco y caliente durante el día, frío y hasta gélido° por las noches; las calles empinadas y resbalosas° del centro; los viejos edificios de las tortuosas° calles coloniales; los olores a comidas picantes y frutas maduras de los mercados públicos; los partidos de fútbol jugados a muerte los domingos por la tarde en el estadio de Miraflores. Amaba los carnavales, los desfiles del Seis de Agosto, los bailongos° que acababan con cueca y huayño,° las parrilladas domingueras y mirar a las chicas bonitas en El Prado. Amaba las deliciosas y picantes comidas paceñas, desde el chicharrón,° el chuño, la sopa de quinua a las salteñas de pollo. Amaba lo humilde y lo grande de esta ciudad que era tan suya como también suya era la patria boliviana.

Illimani: volcán en Bolivia
paceño: de La Paz
gélido: helado / **empinadas...** *steep and slippery* / tortuosas: zigzageantes
bailongos: bailes
cueca... bailes populares de Bolivia, Perú y Chile / chicharrón: *pig rinds*

Y sin embargo, Fernando Hidehito Takei Mier estaba harto. Harto y dolorido casi hasta el resentimiento. El dolor había comenzado muy temprano, en la escuela primaria adonde lo llevaba cada día su madre, Rosario Mier de Takei. Poco sabía la buena señora que su niñito de carita redonda y blanca-nacarada,° pelo cortito y negro, ojos pequeños y rasgados° rodeados por pestañas cortas y lacias,° nariz ancha y aplastada° y boca de labios llenos y sonrosados° pasaba momentos de confusión y dolor infantil durante las horas escolares. Los otros niños lo miraban como si fuera un marciano° recién aterrizado y durante las horas de clase, si sus miradas se encontraban, le sacaban la lengua silenciosamente y ponían las manos en sus ojos estirándolos° hasta hacerlos parecer un par de rasgaduras° en sus caritas burlonas. Fernando

nacarada: color de perla / rasgados: *almond shaped* / lacias: straight / aplastada: *flattened* / sonrosados: *pink*
marciano: del planeta Marte
estirándolos: *stretching them*
rasgaduras: ojos orientales

Hidehito no podía comprender la razón de esos gestos agresivos y bajaba los ojitos pretendiendo concentrarse en dibujar las letras del alfabeto castellano.

Esa noche, por primera vez, el niño observó la cara morena de su madre concentrándose en sus ojos grandes y oscuros sombreados por pestañas onduladas. Luego miró a su padre, eternamente silencioso, que como todas las noches, leía un libro lleno de palitos° arreglados en columnas. **Percibió** que su padre parecía mucho mayor que su madre y notó que los ojos del Sr. Takei, que se divisaban° detrás de sus pesados lentes de carey,° no eran grandes sino más bien parecidos a la abertura° de un ojal;° eran ojos débiles, aguados° y sin aparente vitalidad.

Desde entonces Fernando Hidehito supo que había en él algo diferente que causaba que sus compañeritos le cantaran cancioncitas **burlonas** durante los recreos, que empezaron a convertirse en largos períodos de martirio.°

—*Uno, dos, tres, chino japonés.*

—*Uno, dos, tres, chino cochino.°*

Por las noches, cuando su madre lo acostaba, la abrazaba y tragándose° las lágrimas preguntaba:

—Mamita, ¿por qué los otros niños no me quieren? ¿Por qué me cantan una canción que dice "Uno, dos, tres, chino japonés"?

Ella lo miraba con pena impotente° reflejada en sus grandes ojos oscuros:

—Tesoro, te cantan esas tonterías porque son burros.° No comprenden nada.

—¿Pero por qué me dicen chino japonés? ¿Acaso° no soy boliviano?

—Ay mi amorcito, es que son ignorantes. Tu papi es japonés, no chino. Son dos cosas diferentes. Y tú eres boliviano, nacido en Bolivia, criado en esta tu ciudad, La Paz. Claro que eres boliviano, bien boliviano, requeteboliviano.°

—¿Pero por qué me dicen chino japonés? —insistía el niño.

—Por tontos. Mira, a mí por ejemplo, mis amigas me dicen "camba", porque nací en Trinidad, en el oriente boliviano. Así nos llaman a los benianos° y a los cruceños°, porque somos descendientes de la raza camba. En cambio a los de La Paz, Cochabamba, Sucre, Oruro y Potosí les decimos "collas". Tu abuelito era "colla" y tu abuelita "camba".

—Pero ¿"cambas" y "collas" son bolivianos?

—Claro que sí, sólo que viven en regiones diferentes.

—¿Y se insultan llamándose "cambas" y "collas"?

—Sí, a veces, por tontos, por regionalistas...

—Mamita, dime, ¿es verdad que parezco° japonés?

—A mí me pareces la cosa más linda del mundo.

Fernando Hidehito pegó un buen estirón° en la escuela secundaria. Era alto, sólido, de movimientos un poco lentos como los de un oso amistoso y algo torpe.° Su cara redonda había perdido la **palidez** nacarada de la infancia y se había tostado hasta adquirir el color bronce y las mejillas color manzana roja que tipifica a los habitantes de los pueblos altiplánicos.° Sus compañeros continuaban sus cantinelas° a las que habían añadido connotaciones insultantes derivadas de su apellido materno.

—*Fernando / Idehito / Takei / Mier, / chino / de / mier°...*

—*Chino / de / mier...*

Ya no lloraba en los brazos amantes de su madre. Había aprendido el código del hombre macho y por varios meses la señora de Takei había presenciado una sucesión de magulladuras,° narices sangrantes, cojeos,° ropas rasgadas y silencio total. Para cuando el joven se graduó de la secundaria era

little sticks

se veían

concha de tortuga / *opening* / *buttonhole* / watery

tortura, sufrimiento

sucio, roñoso

swallowing

pena... tristeza incapacitada

tontos

Tal vez, quizá

absolutely Bolivian

personas de Beni, Bolivia / personas de Santa Cruz

I look

pegó... *had a sudden growth spurt*

clumsy

de las montañas

repeticiones

mierda, excremento

golpes / *limping*

evidente que la tiendita de su padre ya no daba más porque las constantes devaluaciones del peso boliviano habían carcomido° el capital penosamente° ganado. Gentes de sangre joven y agresiva habían desbancado° al viejo japonés que cerró derrotado las puertas del destartalado° almacén. Era evidente que el joven universitario tenía que hacer algo, pero él, como incontables más, se encontraba en una especie de callejón sin salida.°

Los reveses° del mundo a veces causan situaciones que parecen milagrosas.° A mediados de los 80, el gobierno japonés, que había reconstruido su economía de una manera pujante° y mundialmente reconocida, se acordó que en la lejana América Latina vivían japoneses que durante la época de tremenda pobreza del Japón habían tenido que emigrar a tierras extrañas. Esos hijos del País del Sol Naciente tenían *niseis,* o sea, hijos que seguramente merecían la oportunidad de trabajar en la tierra de sus padres. Así, el gobierno japonés empezó a conceder permisos especiales de trabajo a esos *niseis.* Corrió la voz de que en el Japón los sueldos eran altísimos, que era posible ahorrar y regresar en relativamente poco tiempo con un capitalito;° en fin, que ésta era una oportunidad fabulosa.

¡Cómo cambió el panorama de mucha gente en situación similar a la de Fernando Hidehito! **Súbitamente** el horizonte se abría con la promesa de un viaje a una tierra lejana que prometía empleo pagado en miles de dólares. De pronto era motivo de orgullo tener los ojos de ojal; Fernando Hidehito presenció° entre sorprendido e indignado el brusco° cambio de actitud hacia la raza de su padre. Era común que gente desesperada por la situación económica tratara de irse al Japón haciéndose pasar por *niseis.* ¡La de° gente que compró apellidos japoneses para conseguir ese pasaporte a la prosperidad!

El joven partió° lleno de esperanzas. En Osaka ya no sería "Chino / de / mier...", allí no sería diferente a nadie, por fin se sentiría como los demás. Muy pronto se vino abajo° esa esperanza. Trabajo había, con buen sueldo, pero ¡la de sufrimientos que tuvo que pasar! El tratamiento era humillante, puesto que un *nisei* es peor que un "Chino / de / mier...". No había comunicación sino a través de gestos, pues él no hablaba japonés; el trabajo era durísimo; el alojamiento y la comida carísimos; el clima insano, la ciudad fea y hostil. Una verdadera pesadilla.° A medida que empezó a descifrar° los sonidos de la lengua japonesa, escuchaba que los japoneses lo miraban con desprecio° y le decían, como escupiendo°:

—¡*Gaijín!*

Gaijín. Extranjero. Conque aquí tampoco encajaba.° Bueno, estaba bien. Después de todo, era cierto. Él era *boliviano, nisei, gaijín.* Estaba aquí, no por amor al Japón, sino para conseguir la platita° que le garantizara los *money orders* que aseguraban la subsistencia de sus viejitos. Lo aguantó todo,° ahorró hasta el último yen, y se concentró en sobrevivir con la ilusión de volver a su patria, a Bolivia donde no era un *gaijín* sino un boliviano hecho y derecho.°

Finalmente llegó ese día largamente soñado, saboreado, casi masticado.° El vuelo de Osaka a San Pablo se le hizo interminable. Apenas° durmió un par de horas en el incómodo asiento de la clase económica. En San Pablo cambió a una aerolínea boliviana que hizo escala° en Santa Cruz, la ciudad camba más pujante° del oriente boliviano, famosa por sus muchos encantos° tropicales. Su avión a La Paz partiría al día siguiente y eran solamente las cuatro de una tarde que invitaba a la exploración de esta interesante ciudad.

destruido / difícilmente
substituido
privado
callejón... *deadend alley*
failures
miraculous
enérgica
un... poco de dinero
witnessed / inesperado
La... El gran número de
salió
se... se terminó
delirio, sueño malo / interpretar / arrogancia
spitting
conectaba
dinero
Lo... *He put up with all of it*
hecho... *complete, full*
saboreado... *tasted, almost chewed* / *He barely*
hizo... paró
progresista / maravillas

Fernando Hidehito se dirigió° a la plaza principal. Respiró con fruición° el aire caliente, regocijado,° feliz de estar otra vez en suelo° boliviano. La melancolía causada por el largo tiempo fuera de la patria empezó a disiparse.° Se sentó en un banco, bajo un árbol inmenso de flores intensamente perfumadas y contempló con sus ojos rasgados el cielo azul. Se perdió en una ensoñación mitad modorra° placentera de la que lo despertó bruscamente el griterío° de unos muchachones que empezaron a cantar:

—¡Chino colla, chino colla!

—¡Chino colla, chino colla, pata de olla!

Fernando Hidehito estalló° en sonoras carcajadas° que resonaron° por toda la plaza pública de Santa Cruz, Bolivia.

se... fue / gusto
contento / tierra
desaparecer
sueño pesado e incómodo
ruido
explotó / risa contagiosa / se oyeron

¿Comprendiste la lectura?

A. Hechos y acontecimientos. ¿Recuerdas los datos más importantes de la lectura? Para asegurarte, contesta las siguientes preguntas.

1. ¿Dónde nació y se crió Fernando Hidehito Takei Mier? ¿Quiénes fueron sus padres?
2. ¿Qué le gustaba a Fernando Hidehito de La Paz?
3. A pesar de todo lo que le gustaba, ¿por qué estaba harto de la vida en La Paz?
4. ¿Qué le decían sus compañeros cuando era niño? ¿Por qué decían esto? ¿Dejaron de decirle esto en la secundaria? Explica tu respuesta.
5. ¿Qué decisión del gobierno japonés le dio nueva esperanza?
6. ¿Cuál fue el resultado cuando Fernando Hidehito aceptó la oferta del gobierno japonés? ¿Encontró la vida que buscaba? Explica tu respuesta.
7. ¿Qué decidió hacer?
8. ¿Qué le pasó a Fernando cuando su vuelo hizo escala en Santa Cruz? ¿Cuál fue su reacción? ¿Por qué crees que reaccionó así?

B. A pensar y a analizar. ¿Hasta qué punto crees que el ser japonés-boliviano como Fernando Hidehito es diferente al de ser japonés-americano, afroamericano o chicano en EE.UU.? ¿Sufren los mismos prejuicios? ¿Se irían los japonés-americanos, afroamericanos y chicanos a vivir al país de origen de sus padres o abuelos si pudieran? Explica tu respuesta.

Introducción al análisis literario

Ambiente narrativo en detalle

En la *Lección 3* de la *Unidad 4* se aclara que una historia ocurre dentro de un ambiente. La descripción de ese ambiente indica el lugar donde actúan los personajes. Este entorno puede ser físico, psicológico o social.

- **El ambiente físico:** el medio natural dentro del cual sucede el relato. Tiene un doble aspecto: local y temporal. El local se refiere al sitio en que se desarrolla la obra (por ejemplo, Bolivia). El temporal es la época en que transcurre la acción (por ejemplo, la niñez del protagonista).

- **El ambiente psicológico:** el clima íntimo que impregna a la obra y que resulta de los problemas psíquicos que se plantean (por ejemplo, el amor, el odio o el suspenso).
- **El ambiente social:** las condiciones sociales en que se desenvuelve la acción (por ejemplo, la pobreza, la vida cotidiana o la herencia cultural).

Tanto el ambiente psicológico como el social se desarrollan a través de elementos que el narrador expresa indirectamente o que sugiere mediante las acciones de sus personajes en el ambiente físico.

A. Ambiente físico, psicológico y social. La clase debe dividirse en seis grupos de cuatro o cinco personas. Cada grupo examina la manera en que se desarrollan los ambientes que la autora usa en "Chino-japonés". Por ejemplo: dos grupos analizan el ambiente físico; dos grupos analizan el ambiente psicológico; y dos grupos analizan el ambiente social. Al final, cada grupo hablará del ambiente asignado y mostrará ejemplos específicos de cómo aparece en la historia.

B. Lugar narrativo. En la primera parte del relato la autora describe la variedad de cosas que le gustaban a Fernando Hidehito. En grupos de tres, imiten esa sección del relato escribiendo una sección parecida. Describan lo que les gusta de su ciudad o universidad y de su vida en ella.

¡LUCES! ¡CÁMARA! ¡ACCIÓN!

La maravillosa geografía musical boliviana

Bolivia tiene una geografía extremadamente variada. Montañas altísimas de picos cubiertos eternamente por la nieve contrastan con selvas subtropicales de clima caluroso y valles donde los extremos de frío y calor están suavizados por un clima benigno. A casi cuatro mil metros sobre el nivel del mar encontramos el altiplano, una meseta árida sujeta a las inclemencias de vientos fuertísimos. Allí los indígenas aymaras todavía usan su lengua nativa y conservan celosamente la música y canciones del pasado.

En este fragmento van a escuchar la música típica del altiplano boliviano. También tendrán la oportunidad de conocer a Micasio Quispe, un artesano que hace instrumentos musicales como tarkas, flautas y quenas. Desde niño él aprendió a fabricar los instrumentos sagrados que acompañan a los aymaras en cada momento de su vida. Finalmente, escucharán a Ernesto Cavour, un famoso charanguista que es autor de muchas canciones compuestas especialmente para este singular instrumento.

Antes de empezar el video

Contesten las siguientes preguntas en parejas.

1. ¿Cómo se imaginan Uds. que será vivir en un altiplano a más de doce mil pies sobre el nivel del mar? ¿Será difícil o agradable? ¿Por qué? Den algunos ejemplos específicos.
2. ¿Han escuchado alguna vez música andina? ¿Dónde? ¿Qué les pareció? ¿Cómo la describirían: alegre, dramática, triste, melancólica,...?

¡A ver si comprendiste!

A. La maravillosa geografía musical boliviana. Contesta las siguientes preguntas con un(a) compañero(a) de clase.

1. ¿Cuál es la capital más alta del planeta?
2. ¿Cómo es el altiplano boliviano?
3. ¿Cuál es la lengua indígena más antigua de Sudamérica? ¿Dónde sigue hablándose?
4. ¿Se puede decir que el hacer instrumentos es para Micasio Quispe sólo una manera de ganarse la vida? ¿Tiene para él una importancia más profunda?

B. A pensar y a interpretar. Contesta las siguientes preguntas.

1. ¿Qué impresión tienes de Bolivia después de ver este video? ¿De su geografía? ¿De la música aymara?
2. ¿Por qué crees que Micasio Quispe se refiere a los instrumentos nativos como "sagrados"? Explica por qué dice que los instrumentos nativos están en contacto con la naturaleza. ¿Qué ejemplo da?
3. Bolivia, así nombrada en honor de Simón Bolívar, fue la república preferida del gran libertador. ¿Por qué crees que de los cinco países que liberó, Bolivia fue el preferido?

EXPLOREMOS EL CIBERESPACIO

Explora distintos aspectos del mundo boliviano en las **Actividades para la Red** que corresponden a esta lección. Ve primero a **http://college.hmco.com** en la red, y de ahí a la página de ***Mundo 21.***

Manual de gramática
Unidad 5 Lección 1

5.1 THE PRESENT SUBJUNCTIVE IN ADJECTIVE CLAUSES

- Adjective clauses are used to describe a preceding noun or pronoun (referred to as the antecedent) in the main clause of the sentence. In Spanish, the subjunctive is used in the adjective clause when it describes something whose existence is unknown or uncertain.

Quiero visitar **una ciudad peruana** que **esté** situada junto al mar.

unknown antecedent — adjective clause in the subjunctive

Los peruanos buscan líderes que **resuelvan** los problemas del país.	*Peruvians are looking for leaders who will solve the country's problems.* (These leaders may not exist.)
Perú necesita más industrias que **ayuden** a mejorar su economía.	*Perú needs more industries that will help to improve its economy.* (These industries may not exist.)

- When the adjective clause describes a factual situation (someone or something that is known to exist), the indicative is used.

Hace poco visité **una ciudad peruana** que **está** situada junto al mar.

known antecedent — adjective clause in the indicative

Lima es una ciudad peruana que **está** situada junto al mar.	*Lima is a Peruvian city that is located near the sea.* (The city of Lima exists.)
Perú tiene industrias que **ayudan** a diversificar su economía.	*Peru has industries that help diversify its economy.* (These industries exist.)

- When negative words such as **nadie, nada,** and **ninguno** indicate nonexistence in an independent clause, the adjective clause that follows is always in the subjunctive.

Aquí no hay **nadie** que no **sepa** dónde está Machu Picchu.	*There is no one here who does not know where Machu Picchu is.*
No hay **ningún** país sudamericano que **tenga** una herencia indígena tan rica como Perú.	*There is no South American country that has an indigenous heritage as rich as Peru.*

- The personal **a** is omitted before the direct object in the main clause when the person's existence is unknown or uncertain. It is used, however, before **nadie, alguien,** and forms of **alguno** and **ninguno** when they refer to people.

Busco **una persona** que conozca bien la cultura peruana.	*I'm looking for a person who knows well Peruvian culture.*
No conozco **a nadie** que viva en Arequipa.	*I don't know anyone who lives in Arequipa.*

Ahora, ¡a practicar!

A. Información, por favor. Para prepararte para un viaje a Perú, escribe algunas de las preguntas que le vas a hacer a tu guía turístico.

MODELO museos / exhibir la historia precolombina del país

¿Hay museos que exhiban la historia precolombina del país?

1. agencias turísticas / ofrecer excursiones a las ruinas incaicas
2. tiendas de artesanía / vender artículos típicos de Pisac
3. escuela de idiomas / enseñar español
4. Oficina de Turismo / dar mapas de la ciudad
5. libro / describir los descubrimientos arqueológicos recientes
6. bancos / cambiar dólares los sábados
7. lugares / ofrecer cursos de español para extranjeros
8. autobuses modernos / viajar de la capital a la región amazónica

B. Pueblo ideal. Te encuentras en Perú y deseas visitar un pueblo interesante. Descríbele a tu compañero(a) el pueblo que te gustaría visitar, usando la información dada.

MODELO tener edificios coloniales

Deseo visitar un pueblo que tenga edificios coloniales.

1. quedar cerca de un sitio arqueológico
2. tener playas tranquilas
3. ser pintoresco
4. no estar en las montañas
5. no encontrarse muy lejos de la capital

C. Comentarios. Combina las frases de la primera columna con las de la segunda para saber los comentarios u opiniones que expresaron algunos estudiantes de la clase acerca de Perú.

_____	1. Es un país que (producir)	a. a los indígenas.
_____	2. Es un país que (exportar)	b. interesantes edificios coloniales.
_____	3. Los peruanos quieren un gobierno que (mejorar)	c. pacíficas y democráticas.
_____	4. El Callao es un puerto que (encontrarse)	d. la estabilidad política.
_____	5. Lima es una ciudad que (poseer)	e. minerales como el cobre y la plata.
_____	6. Pisac es un pueblo que (estar)	f. cerca de Lima.
_____	7. Necesitan tener medidas que (combatir)	g. algodón y arroz.
_____	8. Deben seguir teniendo elecciones que (ser)	h. el terrorismo.
_____	9. Deben promover medidas que (garantizar)	i. a treinta y dos kilómetros de Cuzco.
_____	10. El gobierno peruano necesitar realizar reformas sociales que (beneficiar)	j. la economía.

Lección 2

5.2 THE PRESENT SUBJUNCTIVE IN ADVERBIAL CLAUSES

Conjunctions Requiring the Subjunctive

Similar to adverbs, adverbial clauses answer the questions "How?", "Why", "Where?", "When?" and are always introduced by a conjunction. The following conjunctions always introduce adverbial clauses that use the subjunctive because they indicate that the main action is dependent upon the outcome of another uncertain condition or action.

a fin (de) que *in order that*
a menos (de) que *unless*
antes (de) que *before*
con tal (de) que *provided that*
en caso (de) que *in case that*
para que *so that*
sin que *without*

Salimos para Quito el próximo jueves, **a menos que tengamos** inconvenientes de última hora. — *We are leaving for Quito next Thursday, unless we have last-minute problems.*

Quiero pasar un semestre en Ecuador **antes de que termine** mis estudios universitarios. — *I want to spend a semester in Ecuador before I finish my university studies.*

Algunos diputados han escrito una petición **para que** el gobierno **aumente** las inversiones extranjeras. — *Some representatives have written a request for the government to increase foreign investments.*

Conjunctions Requiring the Indicative

The following conjunctions introduce adverbial clauses using the indicative because they state the reason for a situation or an action or they state a fact.

como / **puesto que** / **ya que** } *since*
porque *because*

La gente de Ecuador está contenta **porque** el gobierno **protege** el medio ambiente de las islas Galápagos. — *The people of Ecuador are happy because the government protects the environment in the Galapagos Islands.*

Ya que mi padre **tiene** problemas con la tensión arterial, ve regularmente a un cardiólogo muy bueno. — *Since my father has blood pressure problems, he regularly sees a very good cardiologist.*

Ahora, ¡a practicar!

A. Opiniones. Los miembros de la clase expresan diversas opiniones acerca de Ecuador. Usa las conjunciones de la lista siguiente para completar las oraciones.

a fin (de) que
a menos (de) que
como
con tal (de) que
porque

1. Los ecuatorianos no van a estar contentos _____ mejore la situación económica.
2. A muchos ecuatorianos no les importa quién sea el presidente _____ pueda resolver los problemas del país.
3. Se han dictado nuevas leyes _____ los comerciantes creen nuevas industrias.
4. Cuando están enfermos, muchos indígenas van a ver al shamán _____ creen que él los va a curar.
5. Yo no visito a un médico especialista _____ que el médico de la familia me lo recomiende.

B. Propósitos. Tú eres un(a) negociante que acaba de formar una empresa. Utilizando las sugerencias dadas o tus propias ideas, explica por qué has decidido crear tu propia compañía.

MODELO el talento de nuestro país / tener seguridad de empleo

He formado una empresa para que el talento de nuestro país tenga seguridad de empleo. o

He formado una empresa a fin (de) que el talento de nuestro país tenga seguridad de empleo.

1. los accionistas / ganar dinero
2. los consumidores / gozar de buenos productos
3. nuestra gente / conseguir mejores empleos
4. nuestro país / competir con las empresas extranjeras
5. el desempleo / disminuir
6. mis empleados / poder tener una vida mejor
7. ... (añade otras razones)

C. Excursión dudosa. Faltan pocos días para que termine tu corta visita a Ecuador y el recepcionista del hotel te pregunta si tienes intenciones todavía de visitar las islas Galápagos. Tú le aseguras que quieres ir, pero que hay obstáculos. ¿Bajo qué condiciones irás o no irás?

MODELO tener dinero para el viaje

Iré con tal de que tenga dinero para el viaje

1. terminar el mal tiempo
2. no tener demasiado que hacer
3. conseguir una excursión organizada que me interese
4. encontrar una excursión de pocos días
5. poder posponer mi salida del país
6. la empresa de viajes confirmar mis reservaciones
7. ... (añade otros obstáculos)

D. Razones. Indica algunas de las razones que se dan para defender o atacar la presencia de las compañías multinacionales en Ecuador, especialmente en la industria petrolera. Puedes utilizar las sugerencias que aparecen a continuación o dar tus propias razones.

MODELO contribuir al mejoramiento de la economía

Muchos defienden (están por) las compañías multinacionales porque contribuyen al mejoramiento de la economía local.

impedir el desarrollo económico local

Muchos atacan (están en contra de) las compañías multinacionales ya que impiden el desarrollo económico local.

1. deteriorar el medio ambiente
2. mejorar los servicios públicos
3. monopolizar la producción
4. desarrollar la red de transporte
5. influir en el gobierno local
6. reducir el desempleo
7. interesarse solamente en sus ganancias
8. afectar la cultura local
9. ... (añade otras razones)

Conjunctions of Time

- Either the subjunctive or the indicative can be used with the following conjunctions of time.

cuando *when*
después (de) que *after*
en cuanto / **tan pronto como** } *as soon as*
hasta que *until*
mientras que *while; as long as*

- The subjunctive is used in an adverbial clause if what is said in the adverbial clause implies doubt or uncertainty about an action or if it refers to a future action.

Cuando **vaya** a Quito, visitaré a unos amigos de la familia. — *When I go to Quito, I will visit some family friends.*

Tan pronto como **llegue** a Ecuador, voy a probar las frutas tropicales. — *As soon as I get to Ecuador, I'm going to try the tropical fruit.*

- The indicative is used in an adverbial clause if what is said in the adverbial clause describes a completed action, a habitual action, or a statement of fact.

Cuando **fuimos** a Quito, vimos hermosas cerámicas precolombinas en el Museo Arqueológico. — *When we went to Quito, we saw beautiful Pre-Columbian ceramics at the Archeological Museum.*

Después de que **visitaba** un museo, siempre compraba algún regalo en la tienda del museo. — *After I visited a museum, I would always buy a gift in the museum store.*

Cuando **voy** a Guayaquil, visito a unos amigos de la familia. — *When I go to Guayaquil, I visit some family friends.*

Aunque

- When **aunque** *(although, even though, even if)* introduces a clause that expresses a possibility or a conjecture, it is followed by the subjunctive.

Aunque llueva mañana, iremos a un parque nacional. — *Even if it rains tomorrow, we'll go to a national park.*

Aunque no me **creas**, te contaré que vi los pinzones de Darwin durante mi visita a las islas Galápagos. — *Even though you may not believe me, I'll tell you I saw Darwin's finches during my visit to the Galapagos Islands.*

- When **aunque** introduces a factual statement or situation, it is followed by the indicative.

Aunque Ecuador no **es** un país grande, es un país con una gran variedad de paisajes. — *Although Ecuador is not a big country, it is a country with a great variety of landscapes.*

Como, donde, *and* según

When the conjunctions **como** *(as, since, in any way)*, **donde** *(where, wherever)*, and **según** *(according to)* refer to an unknown or nonspecific place, thing, or idea, they are followed by the subjunctive. When they refer to a known, specific place, thing, or idea, they are followed by the indicative.

En esta ciudad la gente es más bien conservadora y no puedes vestirte **como quieras**. — *In this city people are rather conservative, and you cannot dress any way you wish.*

Para comprar objetos de cuero, puedes ir **donde** te **indiqué** ayer. — *To buy leather goods, you can go where I showed you yesterday.*

Ahora, ¡a practicar!

A. Flexibilidad. Tú y un(a) amigo(a) tratan de decidir lo que van a hacer. Tú quieres ser muy flexible y se lo muestras cuando te hace las siguientes preguntas.

MODELO ¿Vamos al cine hoy por la tarde o el próximo viernes? (cuando / [tú] querer)

Pues, cuando tú quieras.

1. ¿Nos encontramos frente al café o frente al cine? (donde / convenirte)
2. ¿Te llamo por teléfono a las tres o a las cinco? (como / [tú] desear)
3. ¿Te espero en casa o en el parque cercano? (donde / [tú] decir)
4. ¿Te devuelvo el dinero hoy o mañana? (según / convenirte)
5. ¿Te dejo aquí o en la próxima esquina? (como / serte más cómodo[a])
6. ¿Te paso a buscar a las dos o a las tres? (cuando / [tú] poder)

B. Intenciones. Di lo que piensas hacer en Quito, a pesar de que puedes tener problemas.

MODELO tardar algunas horas / buscar artículos de artesanía en las tiendas

Aunque tarde algunas horas, voy a buscar artículos de artesanía en las tiendas.

1. quedar lejos de mi hotel / visitar el Museo Antropológico
2. tener poco tiempo / admirar el arte barroco quiteño de la Iglesia de La Compañía
3. estar cansado(a) / dar un paseo por el Quito Antiguo
4. no interesarme la pintura / pasar unos momentos en la Fundación Guayasamín
5. estar en las afueras de Quito / llegar al monumento Mitad del Mundo
6. no entender mucho de fútbol / asistir a un partido en el Estadio Atahualpa

C. Parques nacionales y reservas naturales. Completa la siguiente información acerca de estos lugares de Ecuador.

Cuando __1__ (querer/tú) admirar la variedad y riqueza de los diferentes ecosistemas ecuatorianos, puedes visitar algunos de los diez parques nacionales o algunas de las catorce reservas naturales. Como el gobierno __2__ (gastar) mucho dinero en estos parques, están bastante bien mantenidos. Aunque estas reservas __3__ (constituir) un gran atractivo turístico, muchas están situadas en lugares alejados y de difícil acceso. Antes de que __4__ (viajar/tú) a un parque, es buena idea pasar por las oficinas de la Corporación Ecuatoriana de Turismo en Quito para obtener mapas e informaciones y permisos, en caso de que __5__ (ser) necesarios. Aunque __6__ (haber) muchos lugares donde practicar ecoturismo, el lugar más visitado es el Parque Nacional Galápagos. Mientras que los visitantes __7__ (tener) prácticamente libre acceso a los otros parques, el gobierno controla el número de turistas que visitan las islas Galápagos. Es buena idea que antes de que tú __8__ (ir) leas uno de los muchos libros sobre estas islas para que __9__ (poder) gozar más de tu visita.

D. Mundo ideal. Explica lo que la gente tendrá que hacer para que los ecologistas estén satisfechos. Puedes utilizar las sugerencias dadas a continuación o dar tus propias opiniones.

MODELO haber un medio ambiente limpio en todas partes

Estarán más contentos cuando haya un medio ambiente limpio en todas partes. o

Se sentirán más satisfechos en cuanto (tan pronto como) haya un medio ambiente limpio en todas partes. o

No quedarán contentos hasta que haya un medio ambiente limpio en todas partes.

1. haber menos contaminación del aire
2. eliminarse la destrucción de bosques tropicales
3. establecerse más reservas biológicas protegidas
4. no seguir disminuyendo la capa de ozono
5. los vehículos utilizar menos gasolina
6. los medios de transporte no contaminan la atmósfera
7. haber menos lluvia ácida
8. todo el mundo reciclar más
9. los gobiernos proteger las especies animales en vías de extinción
10. controlarse el tráfico de contaminantes

Lección 3

5.3 THE FUTURE: REGULAR AND IRREGULAR VERBS

Forms

-ar Verbs	*-er* Verbs	*-ir* Verbs
regresar	***vender***	***recibir***
regresar**é**	vender**é**	recibir**é**
regresar**ás**	vender**ás**	recibir**ás**
regresar**á**	vender**á**	recibir**á**
regresar**emos**	vender**emos**	recibir**emos**
regresar**éis**	vender**éis**	recibir**éis**
regresar**án**	vender**án**	recibir**án**

To form the future of most Spanish verbs, use the infinitive and add the appropriate endings, which are the same for all verbs: **-é, -ás, -á, -emos, -éis, and -án.** Only the following verbs have irregular stems, but they use regular endings.

- The **-e-** of the infinitive ending is dropped:

  caber (**cabr-**): **cabr**é, **cabr**ás, **cabr**á, **cabr**emos, **cabr**éis, **cabr**án
  haber (**habr-**): **habr**é, **habr**á, **habr**ás, **habr**emos, **habr**éis, **habr**án
  poder (**podr-**): **podr**é, **podr**ás, **podr**á, **podr**emos, **podr**éis, **podr**án
  querer (**querr-**): **querr**é, **querr**ás, **querr**á, **querr**emos, **querr**éis, **querr**án
  saber (**sabr-**): **sabr**é, **sabr**ás, **sabr**á, **sabr**emos, **sabr**éis, **sabr**án

- The vowel of the infinitive ending is replaced by **-d-**:

  poner (**pondr-**): **pondr**é, **pondr**ás, **pondr**á, **pondr**emos, **pondr**éis, **pondr**án
  salir (**saldr-**): **saldr**é, **saldr**ás, **saldr**á, **saldr**emos, **saldr**éis, **saldr**án
  tener (**tendr-**): **tendr**é, **tendr**ás, **tendr**á, **tendr**emos, **tendr**éis, **tendr**án
  valer (**valdr-**): **valdr**é, **valdr**á, **valdr**á, **valdr**emos, **valdr**éis, **valdr**án
  venir (**vendr-**): **vendr**é, **vendr**ás, **vendr**á, **vendr**emos, **vendr**éis, **vendr**án

- **Decir** and **hacer** have irregular stems:

  decir (**dir-**): **dir**é, **dir**ás, **dir**á, **dir**emos, **dir**éis, **dir**án
  hacer (**har-**): **har**é, **har**ás, **har**á, **har**emos, **har**éis, **har**án

- Verbs derived from **hacer, poner, tener,** and **venir** have the same irregularities. **Satisfacer** follows the pattern of **hacer**.

-hacer	*-poner*	*-tener*	*-venir*
deshacer	componer	contener	convenir
rehacer	imponer	detener	intervenir
satisfacer	proponer	mantener	prevenir
	suponer	retener	

Uses

- The future tense is used primarily to refer to future actions.

  Llegaremos a La Paz el sábado por la noche. — *We'll arrive in La Paz Saturday night.*

  El próximo domingo **habrá** un concierto de música andina. — *Next Sunday there will be a concert of Andean music.*

- The future tense can express probability in the present.

  — ¿Sabes? Roberto no está en clase hoy. — *"You know? Roberto is not in class today."*

  — **Estará** enfermo. No falta a clases casi nunca. — *"He must be (He's probably) sick. He almost never misses classes."*

Substitutes for the Future Tense

- The construction **ir + a** plus infinitive may be used to refer to future actions. This construction is more common in spoken language than the future tense.

  — ¿Dónde **vas a pasar** las vacaciones este verano? — *"Where are you going to spend your vacation this summer?"*

  — **Voy a viajar** por el altiplano boliviano durante dos semanas. — *"I'm going to travel through the Bolivian high plateau for two weeks."*

- The present indicative may be used to express actions that are scheduled to take place in the near future. In English these structures are normally expressed in the present progressive tense. (See p. 73.)

  Un estudiante de Cochabamba **viene** a vernos la próxima semana. — *A student from Cochabamba is coming to see us next week.*

  Mañana **hago** una presentación acerca de las dos capitales de Bolivia en mi clase de español. — *Tomorrow I'm doing a presentation on Bolivia's two capitals in my Spanish class.*

Ahora, ¡a practicar!

A. Viaje a Bolivia. Unos amigos tuyos viajarán pronto a La Paz y te hablan de ese viaje.

MODELO llegar al aeropuerto El Alto un miércoles por la mañana

Llegaremos al aeropuerto El Alto un miércoles por la mañana.

1. descansar el primer día
2. salir a visitar la ciudad el día siguiente

3. ver la colección de objetos de oro en el Museo de Metales Preciosos
4. entrar en el Mercado Central
5. subir al Parque Mirador Laykacota
6. escuchar música andina en una peña folklórica
7. pasear por las ruinas de Tiahuanaco
8. hacer una excursión al lago Titicaca
9. saber mucho más sobre Bolivia al regresar
10. estar cansados cuando regresemos

B. ¿Qué harán? Di lo que harán las personas indicadas el próximo fin de semana.

MODELO **Iremos a una fiesta.**

1. tú
2. yo
3. Catalina y Verónica
4. nosotros
5. Uds.
6. Jaime y sus amigos
7. tú

C. Promesas de una amiga. Completa con el futuro de los verbos indicados para saber lo que te promete una amiga antes de salir hacia La Paz.

Cuando te escriba, te __1__ (decir) qué aprendí y también cómo me divertí durante mi estadía en La Paz. __2__ (Tener) muchas cosas que contarte. Sé que tú __3__ (querer) informarte de todo lo que vi e hice. No __4__ (poder/yo) salir de la ciudad frecuentemente, pero __5__ (salir) varias veces hacia otros lugares. __6__ (Poder/nosotros) hablar largas horas cuando nos veamos.

D. Planes para el verano. En grupos de tres o cuatro, hablen de sus planes para el verano inmediatamente después de su graduación. Hablen hasta encontrar algo que cada individuo en el grupo hará que nadie más en el grupo hará y una actividad que todos harán menos tú. Luego, informen a la clase de los planes más interesantes en su grupo.

5.4 THE CONDITIONAL: REGULAR AND IRREGULAR VERBS

Forms

-ar Verbs	*-er* Verbs	*-ir* Verbs
regresar	***vender***	***recibir***
regresar**ía**	vender**ía**	recibir**ía**
regresar**ías**	vender**ías**	recibir**ías**
regresar**ía**	vender**ía**	recibir**ía**
regresar**íamos**	vender**íamos**	recibir**íamos**
regresar**íais**	vender**íais**	recibir**íais**
regresar**ían**	vender**ían**	recibir**ían**

- To form the conditional, use the infinitive and add the appropriate endings, which are the same for all verbs: **-ía, -ías, -ía, -íamos, -íais,** and **-ían**. Note that the conditional endings are the same as the imperfect ones for **-er** and **-ir** verbs.
- Verbs with an irregular future stem have the same irregular stem in the conditional.

-e- Dropped	Vowel → *d*	Irregular Stem
caber → **cabr-**	poner → **pondr-**	decir → **dir-**
haber → **habr-**	salir → **saldr-**	hacer → **har-**
poder → **podr-**	tener → **tendr-**	
querer → **querr-**	valer → **valdr-**	
saber → **sabr-**	venir → **vendr-**	

Uses

- The conditional is used to express what would be done under certain conditions, which could be hypothetical or highly unlikely. It can also indicate contrary-to-fact situations. The conditional may appear in a sentence by itself or in a sentence that has an explicit **si-** clause. (See p. 473.)

Con más tiempo, yo **visitaría** Potosí y **admiraría** la arquitectura colonial de la ciudad.	*With more time, I would visit Potosí and would admire the colonial architecture of the town.*
Si el estaño y la plata aportaran mucho dinero a la economía boliviana, Potosí **sería** una ciudad muy importante hoy.	*If tin and silver contributed much money to the Bolivian economy, Potosí would be a very important city today.*

- The conditional refers to future actions or conditions when viewed from a standpoint in the past.

Antes de viajar a Japón, Fernando Hidehito pensaba que en Osaka todo **sería** diferente.

Before traveling to Japan, Fernando Hidehito thought that in Osaka everything would be different.

Al iniciar su carrera como maestro en EE.UU. en 1964, Jaime Escalante nunca se imaginó que más tarde él y sus estudiantes **llegarían** a ser famosos.

At the start of his career as a teacher in the U.S. in 1964, Jaime Escalante never imagined that he and his students would later become famous.

- The conditional of verbs such as **deber, poder, querer, preferir, desear,** and **gustar** is used to express a polite request or to soften suggestions and statements.

— ¿**Podría** decirnos qué piensa del presidente actual de Bolivia?
— **Preferiría** no hacer comentarios.

"Could you tell us what you think about Bolivia's current president?"
"I would prefer not to make any comments."

- The conditional can express probability or conjecture about past actions or conditions.

— ¿Por qué hacia fines del siglo XX fue elegido presidente de Bolivia el envejecido general Hugo Bánzer Suárez?

"Why towards the end of the twentieth century was the terribly old General Hugo Banzer Suarez elected president of Bolivia?"

— No sé; **sería** por la falta de líderes políticos con experiencia.

"I don't know; it was probably because of the lack of political leaders with experience."

Ahora, ¡a practicar!

A. Entrevista. Eres periodista y la escritora Gaby Vallejo te ha concedido una entrevista. ¿Qué preguntas le vas a hacer?

MODELO qué tipo de obra / escribir para la televisión

¿Qué tipo de obra escribiría Ud. para la televisión?

1. qué / hacer para una difusión más amplia de la literatura infantil
2. cuánto apoyo / deber dar el gobierno a las artes
3. qué cambios / sugerir para mejorar la educación
4. cómo / darles más estímulos a los artistas jóvenes
5. cuántos nuevos concursos infantiles / organizar

B. Consejos. Un(a) amigo(a) y tú hablan con un(a) boliviano(a) a quien conocen. Completa el siguiente diálogo para saber qué consejos les da acerca de posibles lugares que podrían visitar.

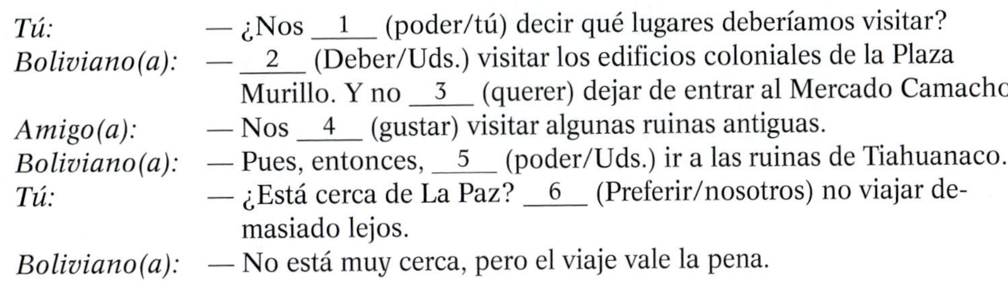

Tú:	— ¿Nos __1__ (poder/tú) decir qué lugares deberíamos visitar?
Boliviano(a):	— __2__ (Deber/Uds.) visitar los edificios coloniales de la Plaza Murillo. Y no __3__ (querer) dejar de entrar al Mercado Camacho.
Amigo(a):	— Nos __4__ (gustar) visitar algunas ruinas antiguas.
Boliviano(a):	— Pues, entonces, __5__ (poder/Uds.) ir a las ruinas de Tiahuanaco.
Tú:	— ¿Está cerca de La Paz? __6__ (Preferir/nosotros) no viajar demasiado lejos.
Boliviano(a):	— No está muy cerca, pero el viaje vale la pena.

C. ¿El fin de la discriminación? Completa el siguiente texto para conocer algunas de las esperanzas de Fernando Hidehito, el protagonista del cuento "Chino-japonés", antes de partir para Japón, la tierra de su padre.

Fernando Hidehito pensaba que, una vez en Japón, su vida __1__ (cambiar) y __2__ (ser) diferente; que en adelante nadie lo __3__ (llamar) "Chino / de / mier..."; que él __4__ (sentirse) como los demás; que __5__ (trabajar) mucho y que __6__ (vivir) en un país sin discriminación. Desgraciadamente, estaba equivocado.

D. ¿Qué pasaría? Hoy todos los estudiantes hablan de por qué el (la) profesor(a) no vino a clase el día anterior. En grupos de tres, especulen sobre lo que habrá pasado.

MODELO **Tendría una emergencia de último momento.**

UNIDAD 6

Aspiraciones y contrastes: Argentina, Uruguay, Paraguay y Chile

Buenos Aires, Argentina

LOS ORÍGENES

Colonización del Cono Sur

En la época del descubrimiento, el territorio de Argentina actual estaba poblado por grupos indígenas de diversos niveles culturales. En las sierras del interior y en los valles de los ríos Paraná y Paraguay se hallaban los indígenas guaraníes, que vivían en aldeas fortificadas llamadas *tavas* y conocían la agricultura. Estas tierras, que actualmente forman Paraguay y partes de Argentina, fueron colonizadas por medio de "reducciones", o misiones de jesuitas. La región de la Pampa, o gran llanura, la Patagonia en el sur y las zonas costeras estaban habitadas por tribus de cazadores que resistieron a los colonizadores y fueron en su mayoría exterminadas.

La región que Uruguay ocupa hoy se llamó la Banda Oriental, ya que se sitúa al este de Buenos Aires y al otro lado del Río de la Plata. La poblaban diversas tribus, en su mayoría nómadas charrúas, que resistieron la penetración europea. Esto dificultó la colonización española de la región. El territorio chileno estaba habitado por unos 500.000 indígenas. El norte estaba ocupado por pueblos incorporados al Imperio Inca, como los atacameños y los diaguitas. En la zona central y al sur del río Bío-Bío vivían los mapuches —llamados araucanos por los españoles— que resistieron durante siglos la colonización.

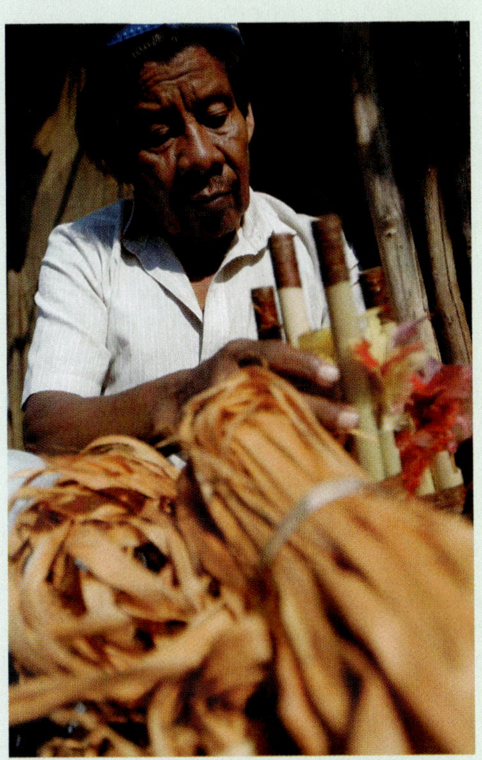

▲ Indigena guaraní en el siglo XXI

Fundación de las ciudades de Asunción y Buenos Aires

Los primeros europeos en la región que conocemos como Paraguay fueron, en 1524, los hombres de una expedición portuguesa. En 1526, las naves de Sebastiano Caboto exploraron los ríos Paraná y Paraguay. En agosto de 1537, Juan Salazar de Espinosa fundó el fuerte de Nuestra Señora de la Asunción, que en pocos años se convirtió en un núcleo de exploración de la región. Allí mismo los españoles encontraron una población guaraní amistosa con la que comenzó de inmediato un proceso de mestizaje.

Pedro de Mendoza fundó en 1536 el fuerte de Nuestra Señora Santa María del Buen Aire, la futura ciudad de Buenos Aires, el cual fue abandonado cinco años después como consecuencia de los ataques de los indígenas guaraníes. En 1580, el gobernador de Asunción le encargó a Juan de Garay el restablecimiento de la ciudad de Buenos Aires que se edificó siguiendo un diseño cuadricular.

Fundación de las ciudades de Montevideo y Santiago

En 1603 el gobernador de Paraguay, Hernando Arias de Saavedra, exploró la Banda Oriental y se dio cuenta del gran potencial ganadero del país. Mientras tanto, los franciscanos y los jesuitas comenzaron la labor de evangelización. Aunque hacían una gran labor en sus reducciones, estuvieron expuestos continuamente a ataques de los portugueses del Brasil. Para impedir el avance de los portugueses y para consolidar el dominio español sobre el territorio, el gobernador de Buenos Aires, Bruno Mauricio de Zabala, fundó en 1726 el fuerte de San Felipe de Montevideo. En 1777 la Banda Oriental quedó incorporada al Virreinato del Rio de la Plata, que recientemente había sido establecido con capital en Buenos Aires.

En 1540, Pedro de Valdivia, teniente gobernador de Pizarro, inició la colonización de la región que ahora se conoce como Chile y al siguiente año fundó Santiago. La nueva colonia se vio atacada con frecuencia por indígenas, que no estaban dispuestos a permitir que los extranjeros blancos esclavizaran o mataran a los suyos y se asentaran en su territorio. En 1553, el cacique auracano Lautaro logró capturar y matar a Valdivia en la zona sur del país. Esto fue el comienzo de una feroz resistencia de los araucanos a ser asimilados, la cual duró hasta finales del siglo XIX, de los araucanos a permitirse ser asimilados. A pesar de formar parte del Virreinato del Perú, la colonia permaneció muy aislada y pobre en comparación con otras colonias del imperio español debido a la falta de metales preciosos y al aislamiento del terreno.

¡A ver si comprendiste!

A. Hechos y acontecimientos. Completa las siguientes oraciones.

1. Los dos ríos principales de Paraguay son...
2. Las reducciones eran...
3. La región que Uruguay ocupa hoy se llamó...
4. Los mapuches, llamados araucanos por los españoles, resistieron...
5. Los indígenas que habitaban la región que hoy día llamamos Paraguay eran...
6. En 1536 Pedro de Mendoza fundó...
7. Las reducciones jesuitas en Paraguay y Uruguay continuamente estuvieron expuestas a...
8. La colonia en Chile permaneció muy aislada y pobre en comparación con otras colonias del imperio español debido a...

B. A pensar y a analizar. Contesta las siguientes preguntas con dos o tres compañeros(as) de clase.

1. ¿Por qué creen Uds. que fueron tan importantes las reducciones jesuitas en esta región? ¿Qué labor hacían? ¿Con quiénes trabajaban?
2. ¿Qué pasó con los grandes números de indígenas que habitaban el Cono Sur? Expliquen sus respuestas.

LECCIÓN 1

Argentina

Nombre oficial: *República Argentina*

Población: *37.384.816 (estimación de 2001)*

Principales ciudades: *Buenos Aires (capital), Córdoba, La Plata, Rosario, Mendoza*

Moneda: *Peso ($)*

GENTE DEL MUNDO 21

Rodolfo "Fito" Páez, distinguido compositor, cantante y director de cine, nació en Rosario en 1963. Músico precoz, a los trece años fundó su primera banda y para 1983, a los diecinueve, ya se había ganado un lugar respetable en el competitivo mundo musical argentino. En 1984 salió su primer disco como solista, *Del '63* y al año siguiente, *Giros*. Su popularidad creciente lo llevó a viajar por países de todo el mundo, siempre actuando con otros músicos de primera plana, tales como Sting. Nunca olvidó las tragedias políticas y sociales que causaron el asesinato de su tía y de su abuela, a quienes dedicó el álbum *Ciudad de pobres corazones* (1987) que fue elegido como el "Mejor del Año" por el diario *Clarín*. *¡Ey!* (1988), que se grabó en Nueva York y La Habana, desplegó nuevas facetas de su creatividad. *Tercer mundo* (1990), de fuerte contenido social, fue seguido por su exitoso álbum *El amor después del amor* (1992), el disco más vendido en la historia del rock nacional argentino. Sus talentos se extienden al mundo del cine donde ha dirigido a su esposa Cecilia Roth, con quien lleva una vida en la que tratan de integrar su interés por la música y la actuación con su preocupación por los problemas que afectan a su país y al Tercer Mundo.

Cecilia Roth, una de las luminarias del cine argentino y latinoamericano, nació en Buenos Aires en 1958. Es hija de ilustres intelectuales que salieron al exilio cuando ella tenía diecisiete años. Después de pasar diez años muy movidos en Madrid, regresó a su país para recuperar la salud física y espiritual. En Argentina conoció a Fito Páez, con quien se casó en 1999. La carrera artística de la actriz comienza con películas como *El curso en que amamos a Kim Novak* (1979) y otras. Pedro Almodóvar la contrató en 1980 para actuar en *Pepi, Luci, Bom y otras chicas del montón* y en 1982 en *Laberinto de pasiones* con Antonio Banderas. Con él también participó en *El señor Galíndez* en 1983. En 1992, en Argentina, el famoso director de cine Adolfo Aristarain la dirigió en la conmovedora película *Un lugar en el mundo,* con Federico Luppi. Volvió a trabajar con Federico Luppi en *Martín* (Hache) (1997), película con la que ganó un premio Goya a la mejor actriz. En 1997 rodó *Cenizas del paraíso* y en 1999 volvió a ser dirigida por Almodóvar en *Todo sobre mi madre,* que ganó el Óscar a la mejor película extranjera. Entre sus últimos filmes sobresalen *Una noche con Sabrina Love* (2000) de Alejandro

Agresti; *Antigua vida mía* (2000) y *Vidas privadas* (2001). Además de su trabajo en el cine, también hace teatro y telenovelas. Con tales credenciales, Cecilia Roth se ha consagrado como una artista internacional de gran vuelo y de primera categoría.

Jorge Luis Borges (1899–1986), escritor argentino, nació en Buenos Aires y en 1914 se mudó a Ginebra, Suiza. Allá estudió el bachillerato y aprendió francés y alemán; desde pequeño dominaba el inglés. De vuelta a Buenos Aires en 1921, trabajó de bibliotecario y fundó revistas literarias. Publicó varios libros de poesía y de ensayos literarios a partir de 1923. Su fama mundial se debe a las colecciones de cuentos como *Ficciones* (1944), *El Aleph* (1949) y *El hacedor* (1960), donde el autor cuestiona con ironía y gran inteligencia el concepto habitual de la realidad. Durante la década de los 70 siguió publicando volúmenes de poesía y cuentos. Hacia 1955 una enfermedad lo dejó ciego y lo obligó a dictar sus obras a partir de entonces. En 1985, publicó *Los conjurados,* su último libro de poemas. Sus obras han sido traducidas a muchas lenguas extranjeras y son reconocidas entre las más importantes del siglo XX. Murió en Ginebra, donde reposan sus restos.

Otros argentinos sobresalientes

Adolfo Aristarain: director de cine

Marcos-Ricardo Barnatán: poeta, crítico

Héctor Bianciotti: escritor

Joaquín Lavado (Quino): dibujante y caricaturista, creador de "Mafalda"

Jorge Marona: compositor, escritor

Astor Piazzolla (1921–1992): bandoneonista y compositor

Enrique Pinti: autor de teatro y musical, coreógrafo

Gabriela Sabatini: tenista

Ernesto Sábato: físico, periodista, ensayista y novelista

Personalidades del Mundo 21

Contesta las siguientes preguntas con un(a) compañero(a) de clase.

1. ¿A qué edad empezó su carrera musical Fito Páez? ¿A quiénes recuerda en algunas de sus composiciones? ¿Cuáles de sus discos han alcanzado mayor popularidad?
2. ¿A qué edad regresó Cecilia Roth a Buenos Aires? ¿Quién la ha dirigido en algunas de sus mejores películas? ¿Creen Uds. que ella y su esposo Fito Páez tienen mucho en común? ¿Por qué?
3. ¿Qué concepto de la realidad cuestiona Jorge Luis Borges en sus cuentos? ¿Habrá más de una realidad? ¿Cómo cambió la realidad de Borges en 1955?

Cultura ¡en vivo!

Fútbol, balompié, soccer... ¡Qué deporte!

Torneo entre la selección argentina y la inglesa

Si te preguntaran: ¿Quién jugó al fútbol por primera vez?, podrías lucirte diciendo que los chinos y japoneses ya jugaban una versión rudimentaria de este deporte hace más de dos mil años. Y no puede negarse que tanto los mayas como los incas también se entretuvieron con un juego de pelota similar al fútbol moderno. Lo que es indiscutible es que los ingleses ya lo jugaban en la Edad Media, y en el siglo XIX le dieron la forma y las reglas que lo convirtieron en el deporte más popular del mundo. La Federación Internacional de Fútbol Asociado (FIFA) se fundó en 1904. Uruguay tuvo el honor de patrocinar la primera Copa Mundial en 1930.

El deporte fue llevado a Sudamérica por marineros ingleses e italianos y su popularidad se expandió muy rápidamente. Los latinoamericanos adoptaron el fútbol con una pasión que continúa creciendo hasta el punto de haberse convertido en verdadero fanatismo. Es el deporte que une y desune. Hace rezar, gritar, llorar, cantar, bailar y pelear a multitudes que no vacilan en pintarse de pies a cabeza con los colores de su equipo favorito y que pagan precios, a veces exorbitantes, para "hinchar", o aumentar el número de aficionados de su partido favorito.

En el humilde y muy pintoresco barrio de La Boca en Buenos Aires, Argentina, se juega al fútbol con ardor. De ese lugar han surgido estrellas de repercusión mundial, tales como Diego Maradona, considerado en su tiempo uno de los mejores jugadores del mundo. Gracias a su pie izquierdo privilegiado, Maradona consiguió triunfos espectaculares para su país. Alfredo Di Stefano es otro destacado futbolista argentino que hizo historia de 1940 a 1960.

Hasta 2002, ya se habían jugado diecisiete Copas Mundiales. ¿Los ganadores? Europa: ocho veces; Sudamérica: nueve veces. De esas nueve copas, Argentina ganó dos veces; Brasil: cinco; y Uruguay: dos.

A. ¡Qué deporte! Contesta las siguientes preguntas con un(a) compañero(a) de clase.

1. ¿Es más probable que los chinos y japoneses hayan originado el fútbol o los mayas y los incas? Expliquen.
2. ¿Cuándo se fundó la FIFA y dónde se jugó la primera Copa Mundial?

3. En la opinión de Uds., ¿cómo se compara el fanatismo por el fútbol de los latinoamericanos con el de los norteamericanos por el fútbol americano? ¿Quiénes serán más fanáticos? ¿Por qué creen Uds. eso? ¿Cuáles son algunos ejemplos del fanatismo?
4. ¿Cuántas veces hubo competencias de la Copa Mundial de fútbol hasta 2002? ¿Cuántas veces han ganado equipos latinoamericanos? ¿europeos? Si la Copa Mundial se juega cada cuatro años, ¿cuándo fue la última? ¿Quién ganó? ¿Cuándo será la próxima?

B. Palabras claves: árbitro. Para ampliar tu vocabulario, trabaja con un(a) compañero(a) de clase para decidir en el significado de las palabras relacionadas con la palabra **árbitro.** Luego, contesten las preguntas.

1. ¿Has **arbitrado** un juego de fútbol alguna vez?
2. ¿Hiciste la decisión de asistir a esta universidad **arbitrariamente**?
3. ¿Tienes amigos **arbitristas**? ¿Es verdad que Ramírez es un político **arbitrista**?
4. ¿Quién hace las decisiones **arbitrables** en tu familia? ¿Tienes cuestiones **arbitrables** pendientes?
5. ¿Sientes a veces que tus profesores deciden tus notas **con arbitrariedad**?

MEJOREMOS LA COMUNICACIÓN

Para hablar del fútbol

Al hablar de un partido de fútbol

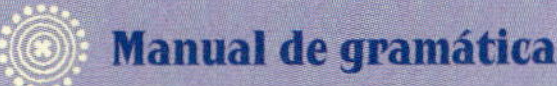

Manual de gramática

Antes de leer **Mejoremos la comunicación**, conviene repasar el imperfecto de subjuntivo en las secciones *6.1 y 6.2*, del **Manual de gramática** (pp. 472–477).

(Diálogo refleja el voseo *típico de los porteños)*

— Ya conseguí las entradas, che. A propósito, ¿vos sabés si Batistuta va a jugar esta noche? Se lesionó el pie izquierdo en el partido con Paraguay. Dudaban que estuviera listo para el el partido de esta noche.
I already got our tickets. By the way, do you know if Batistuta is playing tonight? He injured his left foot in the game against Paraguay. They doubted that he would be ready for tonight's game.

— Vale más que esté listo; es el mejor jugador que tenemos. Anotó dos goles la semana pasada.
He'd better be ready; he's the best player we have. He scored two goals last week.

— ¿Recordás el gol de tiro libre que hizo contra Chile?
Do you remember the free kick goal he made against Chile?

— ¡Cómo si uno pudiera olvidarse!
As if one could forget!

se fracturó el tobillo *he sprained his ankle*
se le acalambró la pierna *he got a cramp in his leg*
se le dislocó el hombro *he dislocated his shoulder*
se torció el tobillo *he twisted his ankle*
sufrió un tirón *he pulled a muscle*
gol de córner *m. corner goal*
gol de cabeza *m. goal made with head kick*
golpe de cabeza *m. head kick*
tiro *shot (at a goal)*
tiro directo *direct kick*
tiro indirecto *indirect kick*
tiro penal *penalty kick*
tiro de esquina *corner kick*

— ¡Es bárbaro! Lo que no comprendo es por qué no le contaron una falta por la patada que le dio a Villarreal. ¡Deberían haber cobrado un penal o expulsarlo!
He's cool! What I don't understand is why they didn't penalize him for kicking Villarreal. They should have penalized him or thrown him out of the game!

— Gracias a Dios que no, porque si él hubiera salido, ¡la selección uruguaya nos habría derrotado rotundamente!
Thank God they didn't because if he had the Uruguayan team would have trounced us.

nos habrían aniquilado *they would have annihilated us*
dado una paliza *given us quite a beating*
demolido *demolished us*
humillado *humiliated us*
va puleado *given us a huge beating*

¡A conversar!

A. Si fueras al partido conmigo, verías... Prepara una descripción oral de cómo se juega al fútbol para una persona que no sabe nada del juego. Luego cuéntasela a un(a) compañero(a) de clase. Tu compañero(a) va a hacerte preguntas cuando tu explicación no sea clara y va a explicar lo que tú tal vez no puedas.

B. Dramatización. Dramatiza la siguiente situación con un(a) compañero(a) de clase. Dos amigos(as) están comparando el fútbol con el fútbol americano. Un(a) amigo(a) favorece uno, su compañero(a) favorece el otro.

C. Práctica: imperfecto de subjuntivo en cláusulas adjetivales. En parejas, completen este diálogo para saber qué opinan estos(as) dos porteños(as) del partido de fútbol con la selección uruguaya.

Amigo(a) 1: ¡Es increíble! Si (estar) en cualquier otro país esto no habría pasado. Estoy convencido(a) que el árbitro quería que la selección uruguaya (ganar) desde el principio y por eso ganaron.

Amigo(a) 2: Tenés razón, che. Ese hombre es un árbitro que no tiene ningún sentido de honestidad, de honor. Si ese árbitro no (ser) argentino diría que se dejó comprar por la selección uruguaya.

Amigo(a) 1: Me gustaría tener árbitros que (conocer) bien el partido de fútbol, que (respetar) a los jugadores y entrenadores, y que (dejarnos) ganar de vez en cuando, ¿no?

DEL PASADO AL PRESENTE

Argentina: gran país en crisis

La independencia y el siglo XIX A principios de 1806, una pequeña fuerza expedicionaria británica ocupó Buenos Aires, que fue reconquistada por sus propios habitantes, sin ayuda de las tropas españolas. El próximo año, el virrey del Virreinato del Río de la Plata, Rafael Sobremonte, fue reemplazado por el jefe de los militares bonaerenses que habían defendido la ciudad. El 9 de julio de 1816, el congreso de Tucumán proclamó la independencia de España de las Provincias Unidas del Río de la Plata.

Las cataratas de Iguazú en la provincia de Misiones

Una guerra con Brasil, que se había anexado la Banda Oriental (Uruguay), concluyó con un acuerdo entre Argentina y Brasil, el cual reconoció la independencia de Uruguay en 1828. El año siguiente Juan Manuel de Rosas tomó el poder, lo cual dio comienzo a una opresiva dictadura que duró hasta 1853. En 1865, la Triple Alianza formada por Argentina, Brasil y Uruguay tuvo una guerra sangrienta contra Paraguay. Los aliados vencieron y Argentina adquirió el territorio de Misiones.

Las provincias y Buenos Aires se disputaron durante muchas décadas la supremacía política. El conflicto entre los que pretendían centralizar el poder en

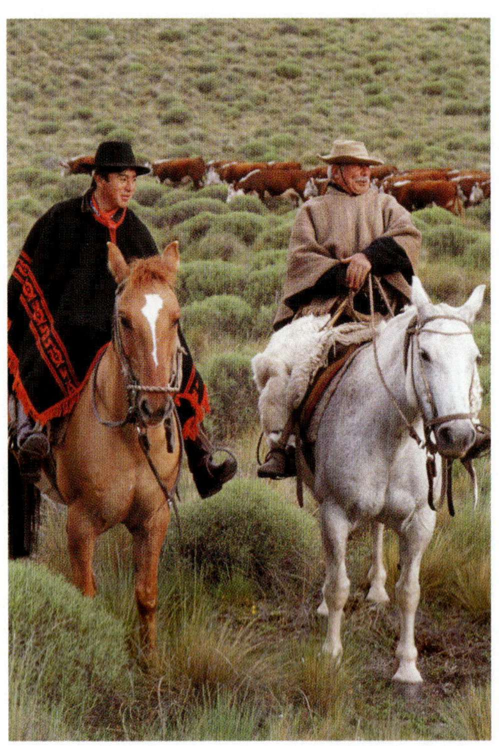
Gauchos del siglo XXI

Buenos Aires (unitarios) y los que defendían los intereses de las provincias (federalistas) se resolvió en 1880 con la creación del territorio federal de Buenos Aires. La ciudad de La Plata pasó a ser la capital de la provincia de Buenos Aires, una de las más grandes del país.

El "granero del mundo" A finales del siglo XIX y a comienzos del XX se incrementó notablemente la llegada de inmigrantes europeos, principalmente españoles e italianos, que convirtieron a Buenos Aires en una gran ciudad que recordaba a las capitales europeas. Una extensa red ferroviaria unió las provincias con el gran puerto de Buenos Aires facilitando la exportación de carne congelada y cereales. Argentina pasó a ser el "granero del mundo" y parecía tener asegurada su prosperidad económica.

La crisis económica mundial de 1929 tuvo graves consecuencias sociales en Argentina, lo cual forzó al gobierno argentino a firmar un acuerdo de preferencia comercial con los países de la Comunidad Británica de Naciones. En 1930 una rebelión militar derrocó al régimen constitucional que se había mantenido durante casi setenta años. Sin embargo, los conflictos sociales y políticos no fueron resueltos por los varios gobiernos militares y civiles que siguieron.

La era de Perón Como ministro de trabajo, el coronel Juan Domingo Perón se hizo muy popular. De hecho, cuando fue encarcelado en 1945, las masas obreras consiguieron que fuera liberado. En 1946, tras una campaña en la que participó muy activamente su segunda esposa María Eva Duarte de Perón (Evita), Perón fue elegido presidente con el cincuenta y cinco por ciento de los votos. Durante los nueve años que estuvo en el poder, desarrolló un programa político denominado "justicialismo", el cual incluía medidas en las que se mezclaba el populismo (política que busca apoyo en las masas con acciones muchas veces demagógicas) y el autoritarismo (imposición de decisiones antidemocráticas).

En 1951 Perón fue reelegido, pero la muerte de su esposa en 1952 lo privó del apoyo de una de las figuras más populares de Argentina. El deterioro progresivo de la economía a partir de 1950 y un enfrentamiento con la Iglesia Católica como consecuencia de la abolición de la enseñanza religiosa obligatoria y la legalización del divorcio, causaron una sublevación militar que obligó la salida de Perón del país en 1955. Siguió un período de inestabilidad política, durante el cual ningún presidente pudo terminar su mandato.

Juan Domingo Perón y su esposa María Eva Duarte

En 1972, Perón pudo regresar a su país donde tuvo un gran recibimiento popular. En 1973, fueron elegidos por una gran mayoría Perón y su tercera esposa María Estela Martínez (conocida como Isabel Perón) como presidente y vicepresidenta de la república, respectivamente. Perón murió en 1974 y así su esposa se convirtió en la primera mujer latinoamericana en ascender al cargo de presidente.

Las últimas décadas Los conflictos sociales, la acentuación de la crisis económica y una ola de terrorismo urbano condujeron a un golpe militar en 1976. Con esto se inició un período de siete años de gobiernos militares en los que la deuda externa aumentó drásticamente, el aparato productivo del país se arruinó y se estima que entre nueve mil y treinta mil personas "desaparecieron".

En 1983, después de la derrota argentina en la guerra por la recuperación de las islas Malvinas (en poder de los británicos), subió al poder Raúl Alfonsín, líder de la Unión Cívica Radical, ganador de las elecciones presidenciales. Durante su gobierno diversos miembros de los regímenes militares acusados de abusos de poder fueron procesados penalmente. Con la inflación sin control, la Unión Cívica Radical fue derrotada por los peronistas en las elecciones de 1989. Carlos Saúl Menem asumió la presidencia ese año y de inmediato promovió una reforma económica con recortes en el gasto público y privatización de empresas estatales. Fue reelegido en 1995. Bajo su dirección, se redujo la inflación y se reactivó la economía, pero el desempleo siguió aumentando. Fernando de la Rúa, elegido presidente en octubre de 1999, fue depuesto violentamente en diciembre de 2001. Lo sucedieron cinco presidentes en menos de quince días plagados por problemas causados por una de las mayores crisis económicas y políticas por las cuales ha pasado Argentina. En enero de 2002 el congreso eligió al senador Eduardo Duhalde, y en 2003 Nestor Kirchner fue elegido. Él tendrá que enfrentar la difícil situación de la que Argentina esperá salir adelante.

¡A ver si comprendiste!

A. Hechos y acontecimientos. ¿Recuerdas los datos más importantes de la lectura? Para asegurarte, contesta las siguientes preguntas.

1. ¿Cómo adquirió Argentina el territorio de Misiones?
2. ¿Por qué Argentina pasó a ser conocida como el "granero del mundo" a finales del siglo XIX y a comienzos del XX?
3. ¿Quién fue Juan Domingo Perón?
4. ¿Quién fue la primera presidenta latinoamericana?
5. ¿Qué tipo de gobierno tuvo Argentina entre 1976 y 1983?
6. ¿Qué sucedió con la inflación y la economía durante el gobierno de Carlos Saúl Menem?
7. ¿Qué pasó a fines de 2001?
8. ¿Por qué, principios de este siglo, tuvo Argentina cinco presidentes en menos de quince días?

B. A pensar y a analizar. A pesar de ser un gran país con excelentes recursos naturales y un alto nivel de alfabetización, durante la segunda mitad del siglo XX Argentina sufrió gobiernos autoritarios y gobiernos militares que empleaban el terrorismo. ¿Qué permitió tanta corrupción en el gobierno? ¿Puede un gobierno democrático, como el que hoy existe en Argentina, garantizar los derechos humanos para que no se repitan los casos de desaparecidos? Explica.

Ventana al Mundo 21

¡Esas formidables mujeres argentinas!

La vida y muerte de Eva Perón fueron tan singulares que era inevitable que se convirtiera en una figura mítica. Su enigmática personalidad continuará interesando al mundo; ella ya es inmortal. Pero "Evita" es tan sólo una de las tantas formidables mujeres argentinas cuyos méritos y talentos son de notar.

Por ejemplo, la poeta **Alfonsina Storni** (1892–1938) se atrevió a decir "Tú me quieres blanca" y, en más de una ocasión, le pidió al "Hombre pequeñito" que le abriera la jaula para poder volar.

Mercedes Sosa, luchadora por la gente del pueblo

Una mujer igual de poderosa y luchadora para la gente del pueblo es la cantante **Mercedes Sosa,** cuya vibrante voz todavía emociona al mundo.

En el cine, la directora **María Luisa Bemberg** (1917–1995) aprendió ella sola el arte cinematográfico y dirigió su primera película a los cincuenta y seis años; su obra *Camila* le ganó una nominación para el premio "Óscar".

Los niños latinoamericanos siguen recitando las poesías tiernas e ingeniosas de la adorable **María Elena Walsh.** ¿Quién puede resistir poemas que dicen "La naranja se pasea / de la sala al comedor..."?

Y ¿qué adulto puede resistir los cuentos de **Luisa Valenzuela**? Escritora y periodista, ella sigue atacando a los políticos tiranos con sus cuentos llenos de metáforas y sus alusiones a crímenes terribles cometidos contra el pueblo argentino.

Así, en todas las fases de la vida —en la política, la literatura, el cine y el mundo de los niños— la mujer argentina sigue causando gran impacto en la cultura del país.

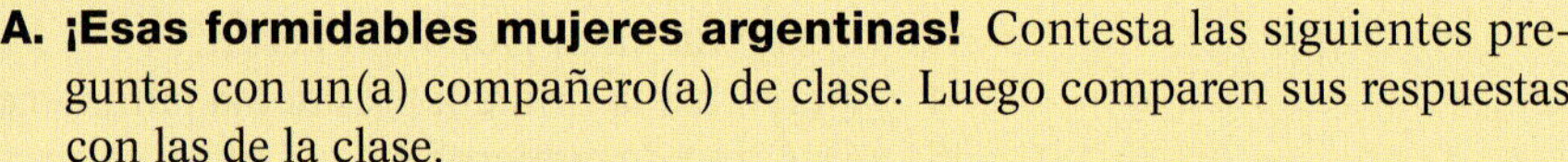

A. ¡Esas formidables mujeres argentinas! Contesta las siguientes preguntas con un(a) compañero(a) de clase. Luego comparen sus respuestas con las de la clase.

1. En las dos citas de Alfonsina Storni, ¿quién será el "Hombre pequeñito" y a quién se dirigirá cuando dice "Tú me quieres blanca"?
2. ¿Creen Uds. que es peligroso que una mujer en Latinoamérica escriba sobre los terribles crímenes cometidos por los políticos? ¿Cómo creen que lo ha podido hacer Luisa Valenzuela?
3. ¿Hay mujeres en la historia de EE.UU. que sean semejantes a las argentinas mencionadas aquí? Nombren una mujer estadounidense que se parezca a cada una de las siguientes y expliquen lo que tienen en común.

Evita Perón	Mercedes Sosa	María Elena Walsh
Alfonsina Storni	María Luisa Bemberg	Luisa Valenzuela

Manual de gramática

Antes de hacer esta actividad, conviene repasar la sección *5.3 Futuro: verbos regulares e irregulares,* del **Manual de gramática** (pp. 398–400).

B. Repaso: futuro para expresar probabilidad en el presente. Completa las siguientes preguntas con la forma apropiada del futuro. Luego, trabaja con un(a) compañero(a) de clase para contestarlas.

1. ¿Cuál (ser) el significado de la "jaula" en la vida de Alfonsina Storni?
2. ¿A cuánta gente del pueblo (poder) ayudar Mercedes Sosa antes de que deje de cantar?
3. ¿Cuántos premios (haber) recibido las películas de María Luisa Bemberg?
4. ¿Cuántos niños latinoamericanos (recitar) poesías de María Elena Walsh este año?
5. ¿Cuántos políticos argentinos (querer) exiliar a Luisa Valenzuela?

Y ahora, ¡a leer!

A. Anticipando la lectura. Contesta las siguientes preguntas.

1. ¿Has tenido la sensación alguna vez, mientras lees un cuento o una novela de misterio, o ves un programa de terror en la televisión, de que tú mismo(a) estás en la escena? ¿Has sentido que el peligro de lo que lees o el terror de lo que ves está presente en el mismo cuarto contigo? Si así es, describe el incidente.
2. ¿Qué causa que a veces nos imaginemos que somos parte de lo que leemos o vemos en la televisión? Explica tu respuesta.
3. ¿En qué tipo de cuento —realista, de horror, de fantasía, de ciencia ficción, de misterio, de amor o algún otro— es más probable cambiar, distorsionar o ignorar la realidad? Da algunos ejemplos y explica cómo se modificó la realidad en cada caso.

B. Vocabulario en contexto. Busca estas palabras en la lectura que sigue y, a base del contexto en el cual aparecen, decide cuál es su significado. Para facilitar encontrarlas, las palabras aparecen en negrilla en la lectura también.

1. **los ventanales**
   a. los vientos b. las ventanas grandes c. el aire acondicionado
2. **se concertaban**
   a. se abrazaban b. se chocaban c. se ponían de acuerdo
3. **recelosa**
   a. orgullosa b. temerosa c. con bravura
4. **senderos**
   a. jardineros b. insectos c. caminitos
5. **latía**
   a. palpitaba b. sentía c. lloraba
6. **suelto**
   a. libre b. largo c. corto

Conozcamos al autor

Julio Cortázar (1914–1984) es uno de los escritores argentinos más reconocidos de la segunda mitad del siglo XX. Nació en Bruselas, Bélgica, de padres argentinos, pero se crió en las afueras de Buenos Aires.

En 1951 publicó su primer libro de relatos, *Bestiario,* para poco después trasladarse a París, donde residió desde entonces. En 1963 apareció *Rayuela,* novela experimental ambientada en París y Buenos Aires, y considerada su obra maestra. En este libro el autor invita al lector a tomar parte activa sugiriéndole alternativas diferentes en el orden de la lectura. Cortázar murió en 1984 en París tras haber contribuido decisivamente a la difusión de la literatura latinoamericana en el mundo.

"Continuidad de los parques" está tomado de su segundo libro de cuentos, *Final del juego* (1956). Este cuento, como muchas obras de Cortázar, se desarrolla alrededor de una contraposición entre lo real y lo ficticio; cómo el mundo "inventado" de la literatura puede afectar el mundo "real" de los lectores. Es uno de los mejores paradigmas de la corriente literaria conocida como "realismo mágico".

Continuidad de los parques

Había empezado a leer la novela unos días antes. La abandonó por negocios urgentes, volvió a abrirla cuando regresaba en tren a la finca; se dejaba interesar lentamente por la trama,° por el dibujo de los personajes. Esa tarde, después de escribir una carta a su apoderado° y discutir con su mayordomo° una cuestión de aparcerías,° volvió al libro en la tranquilidad del estudio que miraba hacia el parque de los robles.°

Arrellanado° en su sillón favorito, de espaldas a la puerta que lo hubiera molestado como una irritante posibilidad de intrusiones, dejó que su mano izquierda acariciara° una y otra vez el terciopelo verde y se puso a leer los últimos capítulos. Su memoria retenía sin esfuerzo los nombres y las imágenes de los protagonistas; la ilusión novelesca lo ganó casi en seguida. Gozaba del placer casi perverso de irse desgajando° línea a línea de lo que lo rodeaba, y sentir a la vez que su cabeza descansaba cómodamente en el terciopelo del alto respaldo,° que los cigarrillos seguían al alcance de la mano, que más allá de los **ventanales** danzaba el aire del atardecer bajo los robles. Palabra a palabra, absorbido por la sórdida disyuntiva° de los héroes, dejándose ir hacia las imágenes que **se concertaban** y adquirían color y movimiento, fue testigo del último encuentro en la cabaña del monte. Primero entraba la mujer, **recelosa**, ahora llegaba el amante, lastimada la cara por el chicotazo° de la rama. Admirablemente estañaba ella la sangre° con sus besos, pero él rechazaba sus caricias,° no había venido para repetir la ceremonia de una pasión secreta, protegida por un mundo de hojas secas y **senderos** furtivos. El puñal se entibiaba° contra su pecho y debajo **latía** la libertad agazapada.° Un diálogo anhelante° corría por las páginas como un arroyo de serpientes, y se sentía que

plot

administrador /*foreman* / contratos laborales

oak trees

Extendido cómodamente

caress

separando

back (of chair)

opción

whiplash

estañaba... *she stopped the flow of blood* / atenciones

puñal... cuchillo se calentaba / *hidden* / expectante

todo estaba decidido desde siempre. Hasta esas caricias que enredaban° el cuerpo del amante como queriendo retenerlo y disuadirlo, dibujaban abominablemente la figura de otro cuerpo que era necesario destruir. Nada había sido olvidado: coartadas,° azares,° posibles errores. A partir de esa hora cada instante tenía su empleo minuciosamente atribuido. El doble repaso despiadado° se interrumpía apenas para que una mano acariciara una mejilla.° Empezaba a anochecer. Sin mirarse ya, atados° rígidamente a la tarea que los esperaba, se separaron en la puerta de la cabaña. Ella debía seguir por la senda que iba al norte. Desde la senda opuesta él se volvió un instante para verla correr con el pelo **suelto**. Corrió a su vez, parapetándose° en los árboles y los setos,° hasta distinguir en la bruma malva° del crepúsculo° la alameda que llevaba a la casa. Los perros no debían ladrar,° y no ladraron. El mayordomo no estaría a esa hora, y no estaba. Subió los tres peldaños° del porch y entró. Desde la sangre galopando en sus oídos le llegaban las palabras de la mujer: primero una sala azul, después una galería, una escalera° alfombrada. En lo

were entangling

excusas / circunstancias

doble... revisión cruel / *cheek*

unidos

protegiéndose

bushes / **bruma...** *light fog* / anochecer / *bark*

steps

stairwell

alto, dos puertas. Nadie en la primera habitación, nadie en la segunda. La puerta del salón, y entonces el puñal en la mano, la luz de los ventanales, el alto respaldo de un sillón de terciopelo verde, la cabeza del hombre en el sillón leyendo una novela.

¿Comprendiste la lectura?

A. Hechos y acontecimientos. ¿Recuerdas los datos más importantes de la lectura? Para asegurarte, contesta las siguientes preguntas.

1. ¿Cuándo comenzó el protagonista a leer la novela?
2. ¿Por qué abandonó la lectura de la novela?
3. ¿Qué hizo después de ver a su mayordomo?
4. ¿Qué tipo de novela era la que leía? ¿de misterio? ¿de amor? Explica.
5. ¿Qué relación tenían la mujer y el hombre de la novela?
6. ¿Adónde se dirigió el hombre después de que la pareja se separó?
7. ¿Por qué no estaba el mayordomo a esa hora?
8. ¿A quién encontró el amante al final del cuento?
9. ¿En qué momento del cuento lo "ficticio" se convierte en lo "real"?
10. ¿Qué sugiere el título del cuento: "Continuidad de los parques"?

B. A pensar y a analizar. Haz estas actividades con un(a) compañero(a) de clase. Luego comparen sus resultados con los de otros grupos.

1. Expliquen la relación entre los tres personajes del cuento —el señor que leía la novela, el hombre del puñal y la mujer. ¿Se conocían o sólo el señor que leía era un personaje verdadero y los otros dos eran ficticios?
2. ¿Es posible que la realidad ficticia literaria se convierta en la realidad verdadera? Expliquen.
3. ¿Qué opinan Uds. de la falta de diálogo en este cuento? ¿Creen que sería mejor si hubiera diálogo? ¿Por qué? ¿Por qué habrá decidido el autor no usar diálogo?

C. Teatro para ser leído. En grupos de seis, adapten el cuento de Julio Cortázar, "Continuidad de los parques" a un guión de teatro para ser leído. Luego, ¡preséntenlo!

1. Conviertan la parte narrativa del cuento, "Continuidad de los parques", a sólo diálogo, dentro de lo posible.
2. Añadan un poco de narración para mantener transiciones lógicas entre los diálogos.
3. Preparen siete copias del guión: una para cada uno de los tres actores, una para los dos narradores, una para el (la) director(a) y una para el (la) profesor(a).
4. ¡Preséntenlo!

Introducción al análisis literario

El realismo mágico

En la *Unidad 5* se introduce el concepto de ambiente: físico, psicológico y social. Este ambiente se desarrolla en el tiempo real; es decir, es realidad. La técnica literaria conocida como **realismo mágico** extiende este concepto y se caracteriza por el uso simultáneo de dos ambientes: el *real* y el *ficticio.* El mezclar los dos ambientes resulta en una segunda realidad, la cual en el realismo mágico es tan válida como la primera. Generalmente, la historia comienza con la descripción de un día "normal" *(primera realidad)* que consigue fascinar al protagonista en cierto momento, como en el cuento de Cortázar: "la ilusión novelesca lo ganó casi en seguida". En ese momento el personaje pasa del *ambiente real* al *ficticio,* y el autor, con la habilidad de un mago, conduce los eventos de tal modo que al final el *ambiente ficticio* toma el lugar del *real,* fusionándose ambos en un círculo en que los dos ambientes se funden y confunden, creando así la segunda realidad.

A. Evidencia de dos realidades. Con dos compañeros(as) de clase, busquen evidencia en el cuento de Cortázar de las dos realidades y hagan lo siguiente.

1. Preparen una lista de dos columnas, una con evidencia del ambiente real, la otra con evidencia del ambiente ficticio.
2. Identifiquen el momento exacto cuando el ambiente real se une al ficticio para crear la segunda realidad.

B. La película. Haz la siguiente actividad con un(a) compañero(a) de clase.

1. Imaginen que Uds. y dos compañeros(as) están en la clase de español. Describan por escrito el ambiente que los rodea con muchos detalles.
2. Imaginen que ahora la clase mira una película fascinante que comienza a absorberlos. Describan lo que está pasando en la película y cómo de repente los cuatro compañeros(as) terminan siendo parte de la película.

¡LUCES! ¡CÁMARA! ¡ACCIÓN!

Buenos Aires: la tumultuosa capital de Argentina

La gran nación argentina tiene una de las capitales más vibrantes del continente latinoamericano. Buenos Aires fue fundada en 1536 a orillas del río de la Plata, el río más ancho del mundo. A los porteños les gusta resaltar este hecho, diciendo que el río de la Plata tiene una sola orilla ya que la otra no se ve.

En el siglo XIX llegaron a Buenos Aires inmigrantes de todas partes de Europa. Gracias a esto, la ciudad tiene un ambiente particularmente europeo. La cosmopolita capital tiene avenidas anchas y edificios que recuerdan a París, y tiendas elegantes con vitrinas que muestran la última moda italiana. Es también famosa por sus variados restaurantes, muchos al aire libre, que tientan con su despliegue de deliciosas comidas nacionales e internacionales.

En el campo cultural, Buenos Aires ofrece de todo: de ópera a conciertos de música popular, de ballet a exposiciones de arte y escultura. Por supuesto, la capital ofrece el imprescindible tango. Para los aficionados al deporte hay carreras de caballo en el hipódromo de Palermo, y los hinchas —o sea, grandes aficionados— del fútbol pueden presenciar emocionantes partidos en la famosa Boca. Siempre hay también la posibilidad de pasearse por los hermosos parques y barrios capitalinos, cada uno con su propia esencia y espíritu. No cabe duda: ¡no hay modo de aburrirse en Buenos Aires!

Antes de empezar el video

Contesten las siguientes preguntas en parejas.

1. ¿Hay más ventajas o desventajas de vivir en la ciudad más importante del país? Expliquen sus respuestas.
2. ¿Qué tipo de actividades culturales y deportivas hay en las ciudades principales que con frecuencia no hay en ciudades menores?
3. ¿Dónde preferirían vivir Uds., en una gran metrópolis o en una ciudad pequeña? ¿Por qué?

¡A ver si comprendiste!

A. Buenos Aires. Contesta las siguientes preguntas con un(a) compañero(a) de clase.

1. ¿Cuál fue el nombre original de Buenos Aires?
2. ¿Cómo es posible que sólo se vea una orilla del río de la Plata?
3. ¿En qué consiste el "paseo obligado" de los porteños?
4. ¿Cuál es un hábito británico de cierta parte de la sociedad bonaerense?
5. ¿Cuál es uno de los deportes más representativos de los porteños?
6. ¿Qué adjetivo describe mejor la melodía del tango y la manera de ser de los porteños?

B. A pensar y a interpretar. Contesta las siguientes preguntas.

1. ¿Por qué crees que tantos europeos emigraron a Buenos Aires? ¿Cuándo ocurrió esto?
2. ¿Crees que Buenos Aires sea de veras una ciudad tan europea como París? Explica.
3. ¿Cómo se compara Buenos Aires con otras ciudades principales de Latinoamérica, como por ejemplo, la Ciudad de México, San Salvador y Bogotá?
4. ¿Por qué crees que el tango es tan representativo de Buenos Aires en particular y de Argentina en general?

EXPLOREMOS EL CIBERESPACIO

Explora distintos aspectos del mundo argentino en las Actividades para la Red que corresponden a esta lección. Ve primero a **http://college.hmco.com,** y de ahí a la página de ***Mundo 21***.

LECCIÓN 2

Uruguay

Nombre oficial *República Oriental del Uruguay*

Población: *3.284.841 (estimación de 2001)*

Principales ciudades: *Montevideo (capital), Salto, Paysandú, Las Piedras*

Moneda: *Nuevo peso uruguayo (U$)*

GENTE DEL MUNDO 21

Mario Benedetti, uno de los escritores más importantes de Latinoamérica, nació en Paso de los Toros en 1920. Es un autor profundamente compenetrado con la realidad política y social de su país. Ha trabajado en diversos empleos; entre otros ha sido contador, taquígrafo, traductor, periodista y director del prestigioso semanario *Marcha*. Entre 1938 y 1945 residió en Buenos Aires, pero en 1945 regresó a Uruguay. En 1949 publicó *Esta mañana*, su primer libro de cuentos y, un año más tarde, los poemas de *Sólo mientras tanto*. En 1960, su novela *La tregua*, le ganó trascendencia internacional ya que ha tenido más de un centenar de ediciones; fue traducida a diecinueve idiomas y fue llevada al teatro, la radio, la televisión y el cine. De 1967 a 1971 residió en Cuba. A su regreso a Uruguay fue exiliado por el gobierno militar en 1973; esta vez se fue a Argentina, luego a Perú y España. Sus extensas publicaciones suman más de sesenta obras que abarcan todos los géneros, incluyendo sus más famosas letras de canciones. Se destacan la novela *Gracias por el fuego* (1965), el ensayo *El escritor latinoamericano y la revolución posible* (1974), los cuentos de *Con y sin nostalgia* (1977) y los poemas de *Vientos de exilio* (1981). Sus libros más recientes son: *Andamios* (1996), *La vida ese paréntesis* (1998), *Buzón de tiempo* (1999) y *Rincón de haikus* (1999). Actualmente vive en Montevideo, donde goza del respeto y la admiración de todo el Cono Sur y del mundo en general.

Beatriz Flores Silva es una realizadora cinematográfica nacida en Montevideo en 1956 que habla español, francés e inglés. En 1982 se radicó en Bélgica, donde estudió Dirección de Cine, diplomándose en 1989 y perfeccionándose en dirección de actores bajo la guía de famosos profesores internacionales. Realizó varios guiones y trabajos de dirección. Se destacan los cortometrajes *El pozo* y *Las lagartijas* (1990) —que recibió el premio a la Mejor Ficción del Festival de Cine de Algarve, Portugal. También sobresale *Los siete pecados capitales*, un largometraje colectivo donde intervino como productora, directora y guionista.

Fue fundadora de la sociedad productora cooperativa *AA. Les Films Belges*, y trabajó en técnicas de guión en Budapest y Los Ángeles. Ha dictado cursos de dirección de actores en la Academia de Arte Dramático de Lovaina y también en Uruguay, adonde regresó en 1992 para trabajar en el campo de la Cooperación al Desarrollo. De 1995 a 1996 fue Fundadora y Directora de la Escuela de Cinematografía de Uruguay. Al mismo tiempo realizó el telefilm *La historia casi verdadera de Pepita la Pistolera,* que obtuvo importantes premios en los festivales de cine de Chile y México en 1993, Argentina en 1994 y en el Festival de Cine Latino en Chicago de 1994. Su largometraje *En la puta vida*, basado en la obra *El huevo de la serpiente* de la prestigiosa periodista María Urruzola, fue recibido calurosamente por la prensa internacional.

Hugo "Foca" Machado es un prestigioso compositor y músico que promueve el candombe como expresión músico-cultural de Uruguay y del Río de la Plata. Su incansable actividad musical y cultural comenzó en 1969 en Montevideo, su ciudad natal, tocando en la comparsa Fuego para la Lonja y luego en la comparsa Acuarela de Candombe. Entre sus principales actuaciones se distinguen su integración en 1975 como Jefe de la Cuerda de Tambores a Kanela y su Baracutanga, con el compositor Eduardo Da Luz y su participación en las comparsas Central y Senegal. También se distinguió por su actuación en 1988 con Yabor en el Festival de Cosquín, y por su participación en diversos ciclos en el Teatro San Martín de Buenos Aires y en shows de televisión. Ha realizado innumerables conciertos junto a destacados músicos, como Ricardo Nolé, Ricardo Lew, Rubén Rada y Pablo Enríquez y en el Candombazo en Buenos Aires. Con su Cuerda de Tambores hizo giras por Argentina y recibió una invitación especial para participar en los conciertos de las cantantes Soledad y Natalia Oreiro en el Teatro Gran Rex.

Entre sus numerosas grabaciones se destacan los discos *Empalme* y *Ey Bo Road* con la agrupación Raíces; *Para los indios Tobas* junto a Mercedes Sosa y *Opus Cuatro* con Nora Sarmoria y otros músicos distinguidos. Además, enseña clases sobre candombe y dirige talleres musicales en Buenos Aires.

Otros uruguayos sobresalientes

Miguel de Águila: compositor

Julio Alpuy: pintor, dibujante y escultor

Germán Cabrera: escultor

José Gamarra: pintor, dibujante y grabador

Gabriel Inchauspe: modisto

Sylvia Lago: escritora

Juan Carlos Onetti (1909-1995): periodista, bibliotecario, cuentista y novelista

Cristina Peri Rossi: poeta, novelista, traductora y ensayista

Hermenegildo Sabat: pintor y caricaturista

María Urruzola: educadora, escritora y periodista

Personalidades del Mundo 21

Contesta las siguientes preguntas con un(a) compañero(a) de clase. Luego, compartan sus respuestas con el resto de la clase.

1. ¿Cuál es la temática principal de la narrativa de Mario Benedetti? ¿Qué lo preparó para escribir sobre esta temática? ¿Dirían Uds. que ha llevado una vida ordinaria? ¿Por qué sí o por qué no?
2. ¿Dónde y qué estudió Beatriz Flores Silva? ¿Cuántas lenguas habla? ¿Qué contribución a su país se le puede atribuir? ¿Cómo se llama el libro de María Urruzola y cómo se titula la película basada en esta obra? ¿De qué creen Uds. que se trata?
3. ¿Qué significa "foca"? ¿Por qué creen Uds. que el Sr. Machado es conocido como Hugo "Foca" Machado? ¿Cuál es su contribución a la vida cultural de Uruguay? ¿Cómo podrían compararlo con Mario Benedetti?

Cultura ¡en vivo!

¡Candombe!

El tamboril repique y el tamboril bombo

En caso de que les tocara asistir a una celebración de candombe, sería muy importante que supieran que es un festival de música afro-uruguaya que forma parte del alma uruguaya de una manera similar al tango, sin el cual los argentinos no podrían sentirse completos. La música del candombe es la música nacional de Uruguay, y todo uruguayo reacciona inmediatamente a su llamada. Como en las fiestas de carnaval, en las del candombe, todos los participantes bailan y se divierten toda la noche y con frecuencia continúan bailando por varios días. El instrumento del candombe es el tamboril que es la versión afro-americana del tambor africano tradicional y que se toca con un palo en una mano dejando la otra libre.

El tamboril del candombe tiene tres formas: el tamboril *chico,* el tamboril *repique* y el tamboril *piano* o *bombo*. El chico produce el sonido más alto y sirve de guía a los otros instrumentos. El repique es el improvisador, el que le permite al músico mostrar su creatividad. El piano o bombo es el único tamboril que se toca con las dos manos a la vez, es decir, el palo y la mano libre tocan simultáneamente.

El tamboril es tan importante en la cultura uruguaya que aparece continuamente en las pinturas de artistas uruguayos, en literatura escrita por autores y poetas uruguayos y por supuesto, en la música popular y sinfónica de compositores uruguayos. Hoy en día, tan pronto como se oye el primer sonido de este maravilloso instrumento, es imposible resistir ponerse de pie y empezar a moverse y a bailar con un gusto y una soltura contagiosos. Hasta se ha celebrado una misa Candombe y un "Candomballet."

A continuación, hay una canción popular que trata de imitar el sonido del tamboril.

LOS TAMBORES DE LOS NEGROS (fragmento)

Idelfonso Pereda Valdés

Borocotó, borocotó, borocotó, chas, chas
Borocotó, borocotó, borocotó, chas, chas
Cuando la ciudad se apaga de luces y colores
y muere el carnaval en la primera aurora,
los negros se retiran,
y mi corazón, que es un tambor,
repite locamente, apasionadamente,
Borocotó, borocotó, borocotó, chas, chas
Borocotó, borocotó, borocotó, chas, chas

A propósito, el uso de la palabra "negro", para referirse a personas de descendencia africana no tiene ningún significado negativo o despectivo dentro de la cultura hispana. Al contrario, es muy común oír referirse a "Mi negro" o "Mi negrita" al hablar cariñosamente (*lovingly*) del novio o novia o del esposo o esposa de personas tanto afroamericanas como blancas.

A. ¡Candombe! Contesta las siguientes preguntas. Luego, comparen sus respuestas con las de otros grupos de la clase.

1. ¿Qué es el candombe? ¿Cómo se llaman las tres formas del instrumento que se usa para celebrar el candombe?
2. ¿Cómo interpretas la letra de la canción "Los tambores de los negros"? ¿Qué significa para ti?

B. Palabras claves: religioso. Para ampliar tu vocabulario, trabaja con un(a) compañero(a) para definir las siguientes palabras. Luego, escriban una oración original con cada palabra.

1. religión 2. religioso 3. religiosamente 4. religiosidad

Mejoremos la comunicación

Para hablar de los festivales

Manual de gramática

Antes de leer **Mejoremos la communicación,** conviene repasar el imperfecto del subjuntivo en las secciones 6.3 y 6.4 del **Manual de gramática** (pp. 478–481).

Al hablar de días feriados patrióticos

— ¿Celebran el 4 de julio en Uruguay? *Do you celebrate the Fourth of July in Uruguay?*

— No, porque el Día de la Independencia de Uruguay es el 25 de agosto. Ese día nos divertimos mucho y tenemos fuegos artificiales. *No, because Uruguay's Independence Day is the 25th of August. That day we have a lots of fun and have fireworks.*

asado *barbecue, cookout*
bandera *flag*
barbacoa *barbecue*
desfile *m. parade*
Día de la Bandera *m. Flag Day*
himno nacional *national anthem*
parrillada *barbecue, cookout*

Al hablar de días feriados civiles

— Nosotros no celebramos el Día de Acción de Gracias pero lo celebraríamos si ustedes estuvieran visitándonos. *We don't celebrate Thanksgiving Day, but we would celebrate it if you were visiting us.*

Día de los Enamorados *m. Valentine's Day*
Día de los Inocentes *m. April Fool's Day*
Día de las Madres *m. Mother's Day*
Día de los Padres *m. Father's Day*

Día del Trabajador *m. Labor Day*
Nochevieja *New Year's Eve*

— En Uruguay también celebramos estos días pero no necesariamente el mismo día que ustedes. Por ejemplo, tanto nosotros como ustedes celebramos el Día de las Madres el segundo domingo de mayo. Pero en Argentina lo celebran en octubre, en Costa Rica en agosto y en Panamá no es hasta diciembre.

In Uruguay we also celebrate these days but not necessarily the same day you do. For example, both you as well as us celebrate Mother's Day on the 2nd Sunday in May. But in Argentina they celebrate it in October, in Costa Rica in August, and in Panama it's not until December.

— ¿Cómo celebran ustedes el Día de las Madres y el de los Padres?

How do you celebrate Mother's and Father's Day?

— Siempre nos divertimos mucho. Como ustedes, tenemos fiestas familiares con mucha comida y regalos. Pero no nos divertiríamos a menos que toda la familia estuviera presente.

We always have a good time. Like you, we have family get-togethers with lots of food and gifts. But we wouldn't enjoy it unless the whole family were there.

Al hablar de Carnaval

— ¿Cómo celebran Carnaval?

How do you celebrate Carnival?

— ¡Ay, Carnaval! Ese festival lo celebramos los tres días antes de empezar la Cuaresma, el Miércoles de Ceniza. En Uruguay, como en la mayoría de los países latinoamericanos y en EE.UU., lo celebramos como en Río de Janeiro con muchos bailes de disfraces y desfiles. Con la excepción de que en Uruguay también tenemos ¡candombe!

Ah, Carnival! We celebrate that festival the three days before Lent begins on Ash Wednesday. In Uruguay, as in most Latin American countries and in the U.S., we celebrate like they do in Rio de Janeiro with lots of costume dances and parades. Except that in Uruguay we also have candombe!

alegría *cheerfulness, joy*
ambiente festivo *m. festive atmosphere*
danzante, danzanta *dancer*
espectador(a) *spectator*
mascarada *masquerade*
tamborilero(a) *drummer*

Al hablar de festivales religiosos

— ¿Celebran ustedes festivales religiosos también?

Do you celebrate religious festivals also?

— ¡Sí, claro! Ojalá no tuviéramos tantos festivales religiosos. Como has de saber, nosotros celebramos el Día del Santo además del cumpleaños. Todos los pueblos también celebran el de sus santos patrones. El Día de los Reyes Magos es muy especial para los niños de toda Latinoamérica porque en ese día reciben regalos. Creo que ustedes no lo celebran, ¿verdad?

Yes, of course! I wish we didn't have so many religious festivals. As you must know, we celebrate our Saint's Day in addition to our birthdays. All the towns also celebrate the day of their Patron Saint. Epiphany is very special for children in all of Latin America because they receive gifts that day. I believe you don't celebrate it, right?

— No. Pero lo celebraríamos tan pronto como supiéramos que íbamos a recibir más regalos. *No. But we would celebrate it as soon as we found out we were going to receive more gifts.*

Día de los Muertos *m. All Souls' Day*
Nochebuena *f. Christmas Eve*
Navidad *f. Christmas*
Pascua Florida *Easter*
Biblia *f. Bible*
dios *m. god*
iglesia *church*
Corán *m. Koran*
mesquita *mosque*
oración *f. prayer*
predicar *preach*
pastor *m. preacher*
sacerdote/cura *m. priest*
reunión de fieles *f. prayer meeting*
rezar/orar *to pray*
sinagoga *sinagogue*
templo *temple*
tora *Torah*
venerar *f. to worship*

¡A conversar!

A. Festivales favoritos. Contesta las siguientes preguntas. Luego, comparte tus respuestas con tres o cuatro compañeros(as). Finalmente, díganle a la clase quién de los compañeros(as) es el (la) que sabe celebrar mejor los días feriados.

1. ¿Cuál es tu festival favorito?
2. ¿Qué hiciste para celebrarlo la última vez?
3. ¿Cómo lo celebrarías si estuvieras en Montevideo?

B. Debate. En EE.UU. frecuentemente hay conflictos entre personas religiosas: algunos quieren rezar en lugares y funciones públicas, mientras que otros insisten en que nuestra constitución no lo permite. ¿Qué opina la clase? Tengan un debate —una mitad de la clase está a favor, la otra mitad en contra. Su instructor(a) puede dirigir la discusión.

C. Práctica: subjuntivo en cláusulas principales. Pon los verbos que aparecen entre paréntesis en el imperfecto del subjuntivo para saber qué opinan estos uruguayos del candombe.

1. Ojalá (participar) toda la comunidad afro-uruguaya.
2. La policía no (deber) permitir tráfico en la calle principal.
3. Ojalá yo (tener) la oportunidad de escuchar a Foca Machado otra vez.
4. Todo el mundo (deber) poder escucharlo.
5. Ojalá todo el mundo (ponerse) a bailar.

DEL PASADO AL PRESENTE

Uruguay: la "Suiza de América" en recuperación

El proceso de la independencia

Plaza de independencia, Montevideo, Uruguay

En 1777, la Banda Oriental, quedó incorporada al Virreinato del Río de la Plata, con capital en Buenos Aires. José Gervasio Artigas dirigió una rebelión en 1811, que puso fin al dominio de los españoles en 1814, cuando éstos entregaron la ciudad de Montevideo. Por su parte, Artigas no reconoció la autoridad de Buenos Aires que todavía pretendía dominar la Banda Oriental. En 1816, fuerzas venidas desde Buenos Aires derrotaron a las de Artigas, pero fueron incapaces de conseguir controlar todo el país. Los portugueses se aprovecharon de esta circunstancia y tomaron Montevideo en 1817. Cuatro años más tarde, en 1821, anexaron la provincia a Brasil.

En 1825 se produjo la expedición de los "33 orientales" procedentes de Buenos Aires, donde estaban exiliados. Estos "uruguayos" iniciaron una rebelión antibrasileña bajo la dirección de Juan Antonio Lavalleja. El 25 de agosto del mismo año Juan Antonio Lavalleja proclamó la independencia de la Banda Oriental. Por fin, en 1828, Argentina y Brasil firmaron un tratado en que reconocieron la independencia de Uruguay. El general Fructuoso Rivera fue elegido presidente ese mismo año y pronto tuvo que enfrentarse a rebeliones dirigidas por Lavalleja.

Los blancos y los colorados Las hostilidades entre los riveristas, integrados por las clases medias urbanas, y los lavallejistas, defensores de los intereses de los grandes propietarios, dieron origen a las dos fuerzas políticas que iban a dominar la historia de Uruguay: el Partido Colorado y el Partido Nacional, éste popularmente conocido como el de los blancos.

En 1903 fue elegido presidente el colorado José Batlle y Ordóñez, quien dominó la política uruguaya hasta su muerte en 1929. Impresionado por el consejo ejecutivo de Suiza, Batlle y Ordóñez estableció un consejo nacional modificado y desarrolló un estado de bienestar social que cubría a los ciudadanos desde la cuna a la tumba.

"Suiza de América" A finales del siglo XIX y comienzos del XX, el país se benefició con la inmigración de europeos, principalmente italianos y españoles.

Palacio legislativo de Montevideo, Uruguay

La población pasó de 450.000 habitantes en 1875 a un millón al finalizar el siglo. Montevideo se convirtió en una gran ciudad. En la década de los 20, el país conoció un período de gran prosperidad económica y de estabilidad institucional. Uruguay comenzó a ser llamado la "Suiza de América". Pero la crisis económica mundial de 1929 provocó en Uruguay bancarrotas, desempleo y paralización de la actividad productiva.

Un golpe de estado en 1933 inició un período de represión política. Sin embargo, la "Suiza de América" y los ideales optimistas del batllismo resurgieron entre los años 1947 y 1958 con la presidencia de Luis Batlle Berres, sobrino de Batlle y Ordóñez. Las elecciones de 1958 llevaron al poder, por primera vez en noventa y tres años, al Partido Nacional, o el de los blancos. Sin embargo, dos gobiernos de los blancos no consiguieron contener el malestar económico y social que existía en el país.

Avances y retrocesos

La marina de Punta del Este

En 1972, el presidente Juan María Bordaberry declaró un "estado de guerra interna" para contener a la guerrilla urbana conocida como los Tupamaros. En 1973 Bordaberry fue sustituido por una junta de militares y civiles que reprimió toda forma de oposición representada por la prensa, los partidos políticos o los sindicatos. Los once años de gobierno militar devastaron la economía, y más de 300.000 uruguayos salieron del país por razones económicas o políticas. La normalidad constitucional retornó en 1984 con la elección de Julio Sanguinetti Cairolo, el candidato propuesto por el Partido Colorado; fue reelegido en 1995.

En noviembre de 1999 la dinastía Batlle volvió al poder cuando el candidato del Partido Colorado, Jorge Batlle, resultó elegido presidente en una segunda vuelta y por un margen estrecho que no incluyó la mayoría de votos en Montevideo. Hoy día, a principios del siglo XXI, la economía uruguaya está siendo castigada por el contagio de la crisis en Argentina, que ha hecho caer los ingresos por turismo y comercio y ha obligado a acelerar el ritmo de la devaluación controlada de la moneda uruguaya.

¿A ver si comprendiste?

A. Hechos y acontecimientos. ¿Recuerdas los datos más importantes de la lectura? Para asegurarte, completa las siguientes oraciones.

1. José Gervasio Artigas es conocido por...
2. Los dos países que firmaron el tratado de 1828 que reconoció la independencia de Uruguay fueron...
3. Los orígenes e intereses específicos del Partido Colorado y del Partido Blanco son...
4. El presidente José Batlle y Ordóñez desarrolló un bienestar social que cubría a los ciudadanos desde...
5. En la década de los 20, Uruguay comenzó a ser llamado...
6. El efecto que el gobierno militar tuvo en la economía de Uruguay de 1973 a 1984 fue...
7. El candidato elegido a la presidencia en 1984 y otra vez en 1995, que ha traído el retorno a la normalidad constitucional a Uruguay, es...
8. A principios del siglo XXI, la economía de Uruguay ha...

B. A pensar y a analizar. Se puede decir que Uruguay es una ciudad-estado. ¿Qué significa esto? ¿Por qué también se le ha llamado la "Suiza de América"? Desde 1929 Uruguay no ha podido recuperar su imagen de la "Suiza de América". ¿Por qué?

Ventana al Mundo 21

El esclavo africano de la Banda Oriental

Cuando los colonizadores españoles constataron que la mano de obra indígena no sería suficiente para explotar minas e instalar plantaciones y estancias, decidieron explotar a los esclavos africanos. De esta manera, ya en 1518, la corona española autorizó la entrega de cuatro mil esclavos que fueron llevados a diferentes partes de la América del Sur. De 1518 hasta 1800 se calcula que el tráfico de esclavos alcanzó la enorme cifra de tres millones. De éstos, se ha documentado que unos treinta mil africanos fueron a la Banda Oriental, nombre de la región que ocupa Uruguay.

Los que llegaron a la Banda Oriental fueron sometidos a un régimen de trabajo intenso y despiadado, aunque no muy similar al que sus compatriotas sufrieran en otras partes de América. Dada la falta de minas o grandes plantaciones en la Banda Oriental, la mano de obra de los esclavos negros fue utilizada principalmente en los saladeros, sitios donde se echa sal en carne para preservarla, y en la construcción de murallas; trabajaron también como aguadores vendiendo agua, pregoneros anunciando mercancía y

Jugador afro-uruguayo de la selección uruguaya

faroleros cuidando las linternas de la ciudad. Las esclavas trabajaban de lavanderas, hacían todo tipo de trabajo doméstico y también hacían y vendían pasteles. Muchos de estos esclavos tenían gran sentido creativo y talento artesano que pudieron desarrollar sirviendo a sus amos de herreros, carpinteros, panaderos, jaboneros, carreteros, ladrilleros y cortadores de adobes. Todo esto lo hacían como esclavos, sirviendo a sus amos primero, y luego vendiendo sus servicios a otros, siempre dándoles la mayor parte de sus ganancias a sus amos.

Los esclavos africanos lograron conservar su dignidad por medio de medidas sutiles que los españoles no pudieron controlar. Una de esas fue el uso del tamboril africano, un instrumento rudimentario del que arrancaban sonidos que expresaban todo aspecto de sus vidas: desde el nacimiento hasta la iniciación a la adolescencia; del matrimonio y momentos alegres a los ritos fúnebres.

En América, el tamboril se convirtió en un poderoso medio de comunicación. Así, cuando los amos les prohibían reunirse y conversar, los esclavos usaban el tamboril para comunicarse. Era un lenguaje que les permitía transmitir mensajes, anunciar una huida o convocar una reunión secreta. Al darse cuenta del uso de este instrumento, los amos lo prohibieron y tan sólo permitían que lo tocaran los domingos como parte de las ceremonias cristianas y en ocasiones o fiestas especiales.

Hoy el tamboril sigue usándose para ceremonias mágico-religiosas, las danzas y el canto. Los descendientes de los primeros africanos se dedican a tocar el tamboril y a transmitir su melódico y poderoso mensaje artístico y cultural que recuerda de una manera festiva el ingenio de los valerosos esclavos africanos.

A. El tamboril uruguayo. Contesta las siguientes preguntas con un(a) compañero(a) de clase. Luego, comparen sus respuestas con las de la clase.

1. ¿Cuándo y por qué comenzó la importación de esclavos africanos a América del Sur? ¿Aproximadamente cuántos fueron traídos a la Banda Oriental?
2. ¿Cómo usaban el tamboril los primeros afro-uruguayos? ¿Hubo algo parecido en la historia de EE.UU.? Explica.
3. ¿Qué diferencias hay en el uso que se hizo del esclavo africano en EE.UU. y en la Banda Oriental?

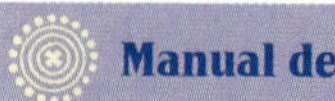

Manual de gramática

Antes de hacer esta actividad, conviene repasar la sección 6.1 *Imperfecto de subjuntivo: formas y cláusulas con* ***si,*** del **Manual de gramática** (pp. 472–475).

B. Repaso: claúsulas en si. Completa las siguientes oraciones para saber qué habría pasado en la Banda Oriental si lo ocurrido hubiera sido distinto.

1. Los colonizadores españoles no habrían traído esclavos africanos a las Américas si...
2. Los esclavos africanos que acabaron en la Banda Oriental habrían tenido que trabajar en la minas y las grandes plantaciones si...
3. Las esclavas en la Banda Oriental también habrían trabajado en las grandes plantaciones si...
4. Los esclavos africanos no habrían logrado conservar su dignidad si no...
5. Si los amos hubieran prohibido totalmente el uso del tamboril, los esclavos de la Banda Oriental no...

Y ahora, ¡a leer!

A. Anticipando la lectura. Contesta las siguientes preguntas con dos compañeros(as) de clase. Luego, comparen sus respuestas con las de otros grupos.

1. ¿Qué es el milenio? ¿Cuándo ocurrió el último? ¿Cómo se determina cuándo va a ocurrir? ¿Ocurre al mismo tiempo para todas las culturas del mundo? Expliquen.
2. ¿Se han preguntado alguna vez qué pasaría si todo fuera lo opuesto de lo que es —por ejemplo, si los animales fueran al zoológico a ver a los humanos? ¿O si los pájaros caminaran por la tierra y los hombres volaran por el aire?
3. ¿Han leído Uds. una historia o han visto una película en que el mundo parezca ser al revés o en que exista un universo paralelo? ¿Cómo se llamaba? Descríbanla brevemente.

B. Vocabulario en contexto. Busca estas palabras en la lectura que sigue y, a base del contexto en el cual aparecen, decide cuál es su significado. Para facilitar encontrarlas, las palabras aparecen en negrilla en la lectura también.

1. **ejercer**
   a. olvidar b. practicar c. analizar
2. **manejada**
   a. matada b. controlada c. divertida
3. **el delito**
   a. la práctica b. la inocencia c. el crimen
4. **invadidos**
   a. víctimas b. liberados c. atacados
5. **la defunción**
   a. la muerte b. la inteligencia c. los malos hábitos
6. **juntarse**
   a. existir b. unirse c. burlarse

Conozcamos al autor

Eduardo Galeano nació en Montevideo en 1940. Fue jefe de redacción del semanario *Marcha* y director del diario *Época.* Estuvo exiliado en Argentina y España de 1973 hasta 1985. En Buenos Aires fundó y dirigió la revista *Crisis.* Es autor de más de una docena de libros y de una gran cantidad de artículos periodísticos. Entre sus libros más conocidos está la trilogía *Memoria del fuego (I) Los nacimientos* (1982), *Memoria del fuego (II)* (1984), *Memoria del fuego (III)* (1986), serie que en 1989 recibió el premio del Ministerio de Cultura de Uruguay y el "American Book Award". Galeano también recibió dos veces el premio Casa de las Américas, en 1975 y 1978, y el premio "Aloa" de los editores daneses, en 1993. Es uno de los maestros más destacados del arte del ensayo en Latinoamérica.

Esta selección viene de uno de sus últimos libros, *Patas arriba* (1998). En esta obra, Galeano insiste que para el segundo milenio el mundo está en proceso de convertirse en un lugar totalmente absurdo: donde la izquierda se convierte en la derecha, el ombligo aparece en la espalda y los pies se transforman en la cabeza.

El derecho al delirio

Ya está naciendo el nuevo milenio. No da para tomarse el asunto demasiado en serio: al fin y al cabo,° el año 2001 de los cristianos es el año 1379 de los musulmanes, el 5114 de los mayas y el 5762 de los judíos. El nuevo milenio nace un primero de enero por obra y gracia de un capricho° de los senadores del imperio romano, que un buen día decidieron romper la tradición que mandaba celebrar el año nuevo en el comienzo de la primavera. Y la cuenta de los años de la era cristiana proviene de otro capricho: un buen día, el papa de Roma decidió poner fecha al nacimiento de Jesús, aunque nadie sabe cuándo nació.

al... *after all*
whim

El tiempo se burla de los límites que le inventamos para creernos el cuento de que él nos obedece; pero el mundo entero celebra y teme esta frontera.

Una invitación al vuelo

Milenio va, milenio viene, la ocasión es propicia° para que los oradores de inflamada verba peroren° sobre el destino de la humanidad, y para que los voceros° de la ira de Dios anuncien el fin del mundo y la reventazón° general, mientras el tiempo continúa, calladito la boca, su caminata a lo largo de la eternidad y del misterio.

favorable
hablen / profetas
caos

La verdad sea dicha, no hay quien resista: en una fecha así, por arbitraria que sea, cualquiera siente la tentación de preguntarse cómo será el tiempo que será. Y vaya uno a saber cómo será. Tenemos una única certeza: en el siglo veintiuno, si todavía estamos aquí, todos nosotros seremos gente del siglo pasado y, peor todavía, seremos gente del pasado milenio.

Aunque no podemos adivinar el tiempo que será, sí que tenemos, al menos, el derecho de imaginar el que queremos que sea. En 1948 y en 1976,

las Naciones Unidas proclamaron extensas listas de derechos humanos; pero la inmensa mayoría de la humanidad no tiene más que el derecho de ver, oír y callar. ¿Qué tal si empezamos a **ejercer** el jamás proclamado derecho de soñar? ¿Qué tal si deliramos,° por un ratito? Vamos a clavar los ojos° más allá de la infamia, para adivinar otro mundo posible:

si... *if we became delirious*
clavar... *to fix our eyes*

el aire estará limpio de todo veneno° que no venga de los miedos humanos y de las humanas pasiones;

poison

en las calles, los automóviles serán aplastados° por los perros;

run over

la gente no será **manejada** por el automóvil, ni será programada por la computadora, ni será comprada por el supermercado, ni será mirada por el televisor;

el televisor dejará de ser el miembro más importante de la familia, y será tratado como la plancha° o el lavarropas;

iron

la gente trabajará para vivir, en lugar de vivir para trabajar;

se incorporará a los códigos penales° **el delito** de estupidez, que cometen quienes viven por tener o por ganar, en vez de vivir por vivir nomás, como canta el pájaro sin saber que canta y como juega el niño sin saber que juega;

penal code

en ningún país irán presos° los muchachos que se nieguen a cumplir° el servicio militar, sino los que quieran cumplirlo;

irán... *will be arrested /* **se...** *refuse to fulfill*

los economistas no llamarán *nivel de vida*° al nivel de consumo, ni llamarán *calidad*° *de vida* a la cantidad° de cosas;

nivel... *standard of living / quality / quantity*

los cocineros no creerán que a las langostas les encanta que las hiervan° vivas;

boil

los historiadores no creerán que a los países les encanta ser **invadidos**;

los políticos no creerán que a los pobres les encanta comer promesas;

la solemnidad se dejará de° creer que es una virtud, y nadie tomará en serio a nadie que no sea capaz de tomarse el pelo;°

se... will stop
tomarse... *make fun of himself, loosen up*

la muerte y el dinero perderán sus mágicos poderes, y ni por **defunción** ni por fortuna se convertirá el canalla° en virtuoso caballero;

sinvergüenza

nadie será considerado héroe ni tonto por hacer lo que cree justo en lugar de hacer lo que más le conviene;

el mundo ya no estará en guerra contra los pobres, sino contra la pobreza, y la industria militar no tendrá más remedio que declararse en quiebra;°

en... *broke*

la comida no será una mercancía,° ni la comunicación un negocio, porque la comida y la comunicación son derechos humanos;

commodity

nadie morirá de hambre, porque nadie morirá de indigestión;

los niños de la calle no serán tratados como si fueran basura, porque no habrá niños de la calle;

los niños ricos no serán tratados como si fueran dinero, porque no habrá niños ricos;

la educación no será el privilegio de quienes puedan pagarla;

la policía no será la maldición° de quienes no puedan comprarla;

damnation

la justicia y la libertad, hermanas siamesas condenadas a vivir separadas, volverán a **juntarse**, bien pegaditas,° espalda contra espalda;

glued

una mujer, negra, será presidenta de Brasil y otra mujer, negra, será presidenta de los Estados Unidos de América; una mujer india gobernará Guatemala y otra, Perú;

en Argentina, las *locas* de Plaza de Mayo serán un ejemplo de salud mental, porque ellas se negaron a olvidar en los tiempos de la amnesia obligatoria;

la Santa Madre Iglesia corregirá las erratas de las tablas de Moisés, y el sexto mandamiento° ordenará festejar° el cuerpo;

commandment / celebrar

la Iglesia también dictará otro mandamiento, que se le había olvidado a° Dios: «Amarás a la naturaleza, de la que formas parte»;

se... *had been forgotten by*

serán reforestados los desiertos del mundo y los desiertos del alma;

los desesperados serán esperados y los perdidos serán encontrados, porque ellos son los que se desesperaron de tanto esperar y los que se perdieron de tanto buscar;

seremos compatriotas y contemporáneos de todos los que tengan voluntad de justicia y voluntad de belleza, hayan nacido donde hayan nacido y hayan vivido cuando hayan vivido, sin que importen ni un poquito las fronteras del mapa o del tiempo;

la perfección seguirá siendo el aburrido privilegio de los dioses: pero en este mundo chambón y jodido,° cada noche será vivida como si fuera la última y cada día como si fuera el primero.

chambón... *clumsy and tough*

"El derecho al delirio", de *Patas arriba por Eduardo Galeano.*

¿Comprendiste la lectura?

A. Hechos y acontecimientos. ¿Recuerdas los datos más importantes de la lectura? Para asegurarte, contesta las siguientes preguntas.

1. Según el autor, ¿cómo se estableció el calendario cristiano? ¿Está basado en conocimientos científicos?
2. A pesar de los derechos humanos declarados por las Naciones Unidas, ¿qué derechos tiene la gran mayoría de la gente del mundo?

3. ¿Qué visión tiene Eduardo Galeano con respecto a los siguientes elementos?

el automóvil	la mujer negra en la política
los desiertos del mundo	los niños de la calle
la educación	los pobres
la Iglesia Católica	el servicio militar obligatorio
las langostas	el televisor

B. A pensar y a analizar. Contesta las siguientes preguntas con un(a) compañero(a) de clase. Luego, comparen sus respuestas con las de otras parejas.

1. ¿Tuvo el milenio algún significado especial para Uds.? Si contestan que sí, ¿cuál fue? Si contestan que no, ¿por qué no?
2. ¿Están Uds. de acuerdo con el autor cuando dice que la inmensa mayoría de la humanidad no tiene más que tres derechos humanos? ¿Por qué?
3. ¿Hay algunas visiones del mundo que no compartan con el autor? ¿Cuáles son? ¿Por qué no están Uds. de acuerdo con el autor?
4. ¿Con qué propósito comunica el autor esta visión del mundo? Expliquen.

Introducción al análisis literario

El ensayo

El **ensayo** es una obra literaria en prosa que intenta convencer, informar, hacer pensar y también divertir al lector. Normalmente el ensayo es una composición relativamente breve. Su lenguaje puede ser formal; su tono, serio y reflexivo; su intención, comentar un hecho importante y también convencer al público de la opinión del(de la) autor(a).

Hay también otro tipo de ensayo: el humorístico. Éste usa la sátira y el humor para comentar acerca de una situación seria.

- **Sátira:** Es el uso de burla, sarcasmo o ironía para ridiculizar, atacar o desenmascarar los vicios, malas costumbres, defectos, corrupción y, en general, todo lo negativo que existe en la sociedad.
- **Humor:** Es la habilidad del escritor de hacer reír a su público. Generalmente, el ensayo humorístico disfruta de mucha aceptación y popularidad porque el autor hace reír al mismo tiempo que pone de relieve lo absurdo, lo acertado o lo falso de la situación presentada. Debido a su brevedad y a la importancia social de discutir eventos y situaciones contemporáneas, los ensayos son una parte importantísima de los periódicos o revistas serios.

A. Ensayo. ¿Qué tipo de ensayo es "El derecho al delirio"? ¿Usa la sátira o el humor? Si así es, da algunos ejemplos.

B. La sátira y el humor. Eduardo Galeano utiliza el sarcasmo y el humor para tratar temas serios como la pobreza, la educación y la Iglesia Católica. Con un(a) compañero(a) de clase, piensen en comentarios sarcásticos o humorísticos que podrían incluir en un ensayo sobre los siguientes temas. Si necesitan ayuda, vuelvan a estudiar los ejemplos que aparecen en la lectura de Galeano.

1. El abuso de las drogas
2. La falta de respeto y consideración por los ancianos
3. La lucha por la igualdad económica entre los sexos

Escribamos ahora

A A generar ideas: la realidad y la imaginación

1. **El realismo mágico.** En la *Lección 1* el cuento de Julio Cortázar "Continuidad de los parques" combina la realidad y la imaginación para crear una nueva realidad en la que el lector de una novela en la primera escena se convierte en la víctima en la escena final.

   Vas a redactar un cuento que combine la realidad y la imaginación. Piensa en algunas experiencias personales y prepara una lista de "realidades". Luego, en una segunda columna, usa tu imaginación e interpreta las "realidades" de una manera diferente y creativa.

Realidad	Imaginación
Estás en casa, cenando con la familia.	Estás en otro planeta. Eres el (la) invitado(a) de honor en un banquete.
Estás en tu clase de literatura.	Hay un titiritero *(puppeteer)* tirando las cuerdas y controlando a todos en la clase. Profesor(a) y estudiantes, todos son títeres.
...	...

   Comparte tus ideas para el cuento con un(a) compañero(a). Explica lo que piensas desarrollar y escucha sus ideas y sugerencias. Haz comentarios también acerca del cuento que él (ella) piensa desarrollar y ofrece ideas para ayudarle a elaborar sus ideas.

2. **Organización antes de escribir.** Ahora selecciona una de las ideas que desarrollaste en la sección anterior y empieza a organizar tu cuento. Haz primero un esquema o diagrama que te ayude a ordenar los elementos principales y los detalles de tu cuento.

B Primer borrador.

Siguiendo el esquema o diagrama que desarrollaste en la sección anterior, prepara un primer borrador de tu cuento. No olvides de incluir suficientes detalles descriptivos y de seleccionar palabras que le den colorido a lo que quieras comunicar. Escribe sobre el tema por unos diez minutos sin preocuparte por los errores. Lo importante es incluir todas las ideas que tú consideras importantes.

C Primera revisión.

Intercambia el primer borrador de tu redacción con la de un(a) compañero(a). Revisa el cuento de tu compañero(a), prestando atención a las siguientes preguntas.

1. ¿Es clara y comprensible la primera situación (real)? ¿Parece estar completa o te gustaría tener más información?
2. ¿Puedes sugerir algunas palabras descriptivas que le den más colorido a la primera situación?
3. ¿Es fácil seguir la transición de la primera situación (real) a la segunda (imaginativa)?

4. ¿Puedes sugerir más detalles o información para hacer más interesante la situación resultante?

Menciona lo que te gusta del cuento de tu compañero(a) tanto como lo que sugieres que haga para mejorarlo.

D **Segundo borrador.** Prepara un segundo borrador de tu cuento, tomando en cuenta las sugerencias de tu compañero(a) e ideas nuevas que se te ocurran a ti.

E **Segunda revisión.** Prepárate para revisar tu cuento con las siguientes actividades.

1. Hojea el cuento de Julio Cortázar e indica cuáles de los siguientes tiempos verbales usa en "Continuidad de los parques."

presente de indicativo	pretérito
futuro	imperfecto*
presente de subjuntivo	condicional
presente progresivo	presente perfecto*
mandatos	pluscuamperfecto*

En el texto hay oraciones complejas que contienen más de un tiempo verbal. ¿Puedes encontrar unos ejemplos? ¿Qué tiempos verbales tienden a aparecer juntos?

2. Ahora indica qué tiempos verbales usa el dramaturgo chileno, Sergio Vodanovic, en este trozo del drama "El delantal blanco".¿Usa sólo tiempos verbales en el presente o usa otros tiempos también? ¿Qué determina el uso de los tiempos verbales?

La señora: *(Se encoge de hombros con desgana.)*¡No sé! Ya estamos en marzo, todas mis amigas han regresado y Álvaro me tiene todavía aburriéndome en la playa. Él dice que quiere que el niño aproveche las vacaciones, pero para mí que es él quien está aprovechando. *(Se saca el blusón y se tiende a tomar el sol.)* ¡Sol! ¡Sol! Tres meses tomando sol. Estoy intoxicada de sol. *(Mirando a la EMPLEADA.)* ¿Qué haces tú para no quemarte?

La empleada: He salido tan poco de la casa...

La señora: ¿Y qué querías? Viniste a trabajar, no a veranear. Estás recibiendo sueldo, ¿no?

La empleada: Sí, señora. Yo sólo contestaba su pregunta...

3. Ahora dale una ojeada rápida a tu composición para asegurarte de que no haya errores en el uso de los tiempos verbales. Luego, intercambia composiciones con otro(a) compañero(a) y revisa su uso de los tiempos verbales.

F **Versión final.** Considera los comentarios de tu compañero(a) sobre el uso de los tiempos verbales y revisa tu cuento por última vez. Como tarea, escribe la versión final en la computadora. Antes de entregarla, dale un último vistazo a la acentuación, la puntuación y la concordancia.

*Pueden ser de indicativo o de subjuntivo; añadir "de indicativo" o "de subjuntivo" según corresponda.

Publicación. Cuando tu profesor(a) te devuelva la composición corregida, revísala con cuidado y luego prepara una versión para publicar. Incluye dos ilustraciones, una que represente la situación inicial y la otra la situación imaginativa. Tal vez encuentres unas fotos o dibujos que puedas usar o quizás quieras dibujar las situaciones.

EXPLOREMOS EL CIBERESPACIO

Explora distintos aspectos del mundo uruguayo en **las Actividades para la Red** que corresponden a esta lección. Ve primero a **http://college.hmco.com** y de ahí a la página de ***Mundo 21***.

LECCIÓN 3

Paraguay

Nombre oficial *República del Paraguay*

Población: *5.734.139 (estimación de 2001)*

Principales ciudades: *Asunción (capital), Ciudad del Este, Encarnación*

Moneda: *Guaraní (G/)*

GENTE DEL MUNDO 21

Augusto Roa Bastos, escritor paraguayo, nació en Asunción en 1917, hijo de padre brasileño de ascendencia francesa y de madre guaraní. Presenció la revolución de 1928 y la guerra del Chaco (1932–1935). En 1947 amenazado por la represión, se estableció en Buenos Aires donde dio a conocer buena parte de su obra. En 1970 regresó a su país pero otra vez fue expulsado; en 1976 una dictadura lo obligó a abandonar Argentina para trasladarse a Francia. Su producción narrativa se origina en el exilio y tiene como tema principal la historia de la violencia política de su país. En 1974 apareció *Yo, el supremo,* la novela paraguaya más traducida del siglo pasado. Entre sus publicaciones más recientes están las novelas *Madama Sui* (1995) y *La tierra sin mal* (1998). Roa Bastos fue galardonado en Brasil con el premio de Letras del Memorial de América Latina (1988), en España con el prestigioso premio Miguel de Cervantes (1989) y en Paraguay con la Condecoración de la Orden Nacional del Mérito (1990). Además ha realizado varias recopilaciones de cuentos y ha escrito guiones cinematográficos. Actualmente, sigue viviendo en el exilio.

Luis Bordón Este sobresaliente músico paraguayo ha elevado el arte del arpa paraguaya a alturas pocas veces igualadas. Nació en Guarambaré el 19 de agosto de 1926. A la temprana edad de catorce años ya era miembro de un destacado conjunto y en 1950 salió en gira con el conjunto folklórico de Julián Rejala.

Durante cuarenta años residió en Brasil donde se le abrieron las puertas para lanzar las grabaciones de su música. Con el correr del tiempo, consiguió grabar treinta y cuatro discos de larga duración que le han ganado fama universal. Es importante mencionar que cuenta con ocho discos de oro; su éxito máximo es el disco "El arpa y la cristiandad" que consta de doce canciones navideñas de todo el mundo y del cual hasta el presente ya se han vendido más de veinte millones de copias. Además de Brasil, sus discos también se han lanzado en EE.UU., Alemania, Francia, España, Portugal, Holanda, Japón, Venezuela, Argentina, México, Colombia y otros países. Ha recibido numerosos galardones nacionales e internacionales que celebran la belleza de su música, la cual refleja tan acertadamente la armonía del alma paraguaya. Entre los premios que ha recibido podemos mencionar el Diploma y Homenaje a Luis Bordón en su

cincuenta aniversario como solista del Arpa por la Asociación de Arpistas del Paraguay (1999); Diploma de Honor otorgado por la Colectividad Paraguaya de Iquique, Chile (2000); Medalla Orbis Guaraniticus concedido por la UNESCO a personalidades de la cultura y el arte (2001).

Actualmente continúa su exitosa carrera juntamente con su hijo Luis Bordón Jr. (Luisinho), destacado guitarrista con quien forma un dúo de exquisita armonía.

Carlos Martínez Gamba es un poeta y escritor paraguayo que se distingue porque escribe solamente en guaraní, que juntamente con el español, es la lengua nacional del país. Nació en Villarrica en 1942 y como muchos otros escritores de su generación, está en el exilio. Aunque reside desde hace años en la Argentina, en la provincia de Misiones, sólo usa el guaraní —"el francés de América", como lo llamaban los jesuitas— para comunicar su poesía. Parte de sus numerosas composiciones poéticas han sido traducidas al español por el Dr. Ramiro Domínguez, entre las cuales se destaca *Pychãichí* (1970). De esta obra dice que es una pequeña obra maestra, "producto de la picaresca criolla y popular". Martinez Gamba también tradujo al guaraní un poemario de Rodrigo Díaz-Pérez, con el título de *Yvoty aty poravo pyre* (1973). Es indudable que este escritor merece ser citado por su talento, su obra creativa y el orgullo que siente por sus orígenes guaraníes.

Otros paraguayos sobresalientes

Delfina Acosta: poeta, narradora y periodista

Margot Ayala: novelista (guaraní)

Susy Delgado: novelista (guaraní)

Modesto Escobar Aquino: poeta y compositor (guaraní)

Renée Ferrer: poeta, narradora y ensayista

Nila López: periodista, actriz, catedrática y poeta

Félix Pérez Cardoso: arpista

Josefina Plá (1909–1999), poeta, dramaturga, narradora, ensayista, ceramista, crítica de arte y periodista

José María Rivarola Matto: dramaturgo

Héctor Rodríguez Alcalá: ensayista

Ramón R. Silva: poeta y compositor (guaraní)

Personalidades del Mundo 21

Contesta las siguientes preguntas con un(a) compañero(a) de clase. Luego, compartan sus respuestas con el resto de la clase.

1. ¿Cuándo salieron exiliados de Paraguay Augusto Roa Bastos y Carlos Martínez Gamba? ¿Cuánto tiempo han tenido que vivir en el exilio? ¿Por qué habrán tenido que salir de sus países? ¿Qué peligro para su país pueden presentar escritores como ellos?
2. ¿Cuántos discos ha grabado Luis Bordón? ¿Qué evidencia hay de que su producción musical es apreciada en el extranjero? ¿Por qué habrá pasado cuarenta años en Brasil? ¿Quién es Luisinho?
3. ¿Qué distingue a Carlos Martínez Gamba? En su opinión, ¿por qué es su obra tan única? ¿Creen Uds. que él tiene razón en escribir como lo hace?

Cultura ¡en vivo!

El "hispano guaraní"

Paraguay se distingue de otras naciones latinoamericanas por la persistencia de la cultura guaraní mezclada con la hispánica. Los guaraníes son miembros de la familia lingüística tupí-guaraní que incluye a muchos grupos indígenas que habitaban grandes extensiones de Sudamérica. Tradicionalmente las mujeres se encargaban del cultivo del maíz, los porotos, la mandioca, la batata y el maní. Por su parte, los hombres se dedicaban a la caza y a la pesca. La práctica de la agricultura de roza (cortar y quemar la selva) requería que los guaraníes cambiaran de lugar cada cinco o seis años y llevaran una vida seminómada.

Con la llegada de los españoles se inició un proceso de mestizaje rápido. Gracias a los misioneros jesuitas, que orientaron el talento natural de los guaraníes hacia la música y las artesanías, se convirtieron en maestros del arpa, la guitarra y el violín, que ellos mismos hacían con las maderas preciosas que se encontraban en Paraguay. Los jesuitas también desarrollaron una forma de escritura para la lengua guaraní en el siglo XVI. Esta lengua, que se ha mantenido a través de los siglos, les da a los paraguayos un sentido de identidad nacional. La mayoría de la población actual de Paraguay es mestiza y habla tanto guaraní como español. Mientras que el español se habla en la vida comercial, el guaraní se emplea como lenguaje familiar.

Actualmente, en la región oriental de Paraguay existen cuatro grupos de indígenas guaraníes que permanecieron aislados por muchos años. En las últimas décadas su modo tradicional de vida ha cambiado radicalmente. Con la pérdida de sus tierras se han tenido que convertir en trabajadores de las plantaciones y de los pueblos que han surgido con el desarrollo de la región. Es muy probable que el mundo moderno acabe por destruir una antigua cultura milenaria de Sudamérica, hecho que será lamentado por generaciones futuras.

A. El "hispano guaraní." Haz estas actividades con un(a) compañero(a) de clase. Luego, comparen sus resultados con los de otros grupos de la clase.

1. Describan la rutina diaria de los guaraníes antes de la llegada de los españoles. ¿Cómo cambió en las reducciones jesuitas? ¿Cómo es su vida ahora?
2. Comparen los cambios recientes en la vida de los guaraníes con los cambios que han sufrido los indígenas en EE.UU.

B. Palabras claves: cultura. Para ampliar tu vocabulario, trabaja con un(a) compañero(a) para identificar el significado de las palabras relacionadas con la palabra **cultura.**

1. En tu opinión, ¿quiénes son las dos personas más **cultas** de Paraguay?
2. ¿Qué recursos **culturales** hay en Internet?
3. ¿A quiénes debes tu **culturización**?
4. ¿Qué importancia tiene la **aculturación** de los indígenas en Paraguay ahora?
5. ¿Hasta qué punto **culturizaron** los jesuitas a los guaraníes?

MEJOREMOS LA COMUNICACIÓN

Para hablar de culturas indígenas

Manual de gramática

Antes de leer **Mejoremos la comunicación**, conviene repasar la sección *6.5 Otros tiempos perfectos,* del **Manual de gramática** (pp. 481–486).

Al hablar de culturas precolombinas

— Me fascina mi clase de civilizaciones indígenas. Estoy aprendiendo tanto.	*My indigenous civilizations class fascinates me. I'm learning so much.*
— ¿Ah, sí? ¿Qué has aprendido?	*Oh, really? What have you learned?*
— ¡Fíjate, che, que en Perú había varias y en México y Mesoamérica aún más! Por ejemplo, los mayas habitaban en el área del Yucatán y los aztecas en la meseta central de México. Si los españoles no hubieran llegado al Nuevo Mundo es probable que muchas otras civilizaciones hubieran sobrevivido.	*Imagine, in Perú alone there were several and in Mexico and Mesoamerica even more! For example, the Mayans lived in the area of the Yucatan and the Aztecs in the central plateau of Mexico. If the Spaniards had not arrived in the New World, it's likely that many other civilizations would have survived.*

Al hablar de razas

— ¿No hubo una mezcla de razas?	*Wasn't there a mix of races?*
— Las mezclas más importantes históricamente ocurrieron después de la llegada de los españoles. Fue entonces que surgió la raza más grande actualmente —los mestizos, o sea, hijos de blancos e indígenas. Pero ha habido otras mezclas.	*The most historically important mixes occurred after the arrival of the Spaniards. It was then that today's largest race came to be—the mestizos, that is, the children of white and indigenous peoples. But there have been other mixes.*

mulatos (hijos de blancos y negros) mulattos (children of whites and blacks)
zambos (hijos de indígenas y negros) zambos *(children of indigenous peoples and blacks)*

— Y los criollos también, ¿no?
— Pues, no. Los criollos en Latinoamérica no eran una raza nueva sino hijos nacidos en las Américas de padres españoles o con sangre europea pura. Históricamente, son los criollos los que más poder político y económico han tenido. Los mestizos generalmente han formado la clase media, mientras que los indígenas y negros de sangre pura han estado al margen y componen el grupo más pobre de las Américas.

And the Criollos as well, right?
Actually, no. The Criollos in Latin America were not a new race, but rather children born in the Americas to Spanish parents or with pure European blood. Historically, the criollos are the ones that have had more political and economic power. The mestizos generally have formed the middle class, while the pure-blooded indigenous peoples and blacks have been on the fringe and make up the group of poorest people in the Americas.

Al hablar de lenguas indígenas

— Me imagino que habrán hablado una cantidad de lenguas. ¿Cómo se comunicaban el uno con el otro?
— Bueno, con frecuencia no se comunicaban. Pero en algunas regiones predominaban ciertas lenguas. Por ejemplo, en México los aztecas hablaban náhuatl.

I suppose they must have spoken a number of languages. How did they communicate with each other?
Well, they often didn't communicate with each other. But in some regions certain languages predominated. For example, in Mexico the Aztecs spoke Nahuatl.

Lugar	Raza	Lengua
Caribe	caribes	taíno
México	aztecas	náhuatl
Mesoamérica	mayas	quiché, cakchiquel,...
selva brasilera	tupí-guaraníes	guaraní
zona andina	incas	quechua

—¿Ha habido alguna influencia de las lenguas indígenas en el español?

Has there been any influence on Spanish from the indigenous languages?

—¡Qué va! Una tremenda cantidad de palabras que usamos diariamente han venido directamente de lenguas indígenas. Mira aquí. Acabo de preparar esta breve lista de ejemplos de sólo el taíno, el náhuatl y el quechua. ¡Imagina cuántas más habrá!

Come on! A tremendous amount of words that we use daily have come directly from indigenous languages. See here. I've just finished preparing this short list of examples taken only from Taino, Nahuatl, and Quechua. Imagine how many more there must be!

Palabras indígenas comunes en español		
taíno	**náhuatl**	**quechua**
cacique	chicle	alpaca
caníbal	chocolate	cóndor
canoa	coyote	guano
hamaca	cuate	llama
huracán	guajolote	pampa
maíz	petate	papa
tabaco	tomate	quinina

¡A conversar!

A. Culturas y lenguas indígenas. En grupos de tres o cuatro, hablen de los tres grupos de indígenas que hablaban taíno, náhuatl y quechua. Tal vez quieran dar un vistazo a lo que leyeron de estos grupos en las lecciones sobre México, el Caribe, Perú y Bolivia. Decidan a cuál de los tres le fue mejor con los españoles. En su opinión, ¿qué diferencias habría en la vida de estos tres grupos si los españoles no hubieran interferido? ¿Habrían alcanzado mejores niveles de vida? Expliquen.

B. ¿Taíno? ¿Náhuatl? ¿Quechua? Con un(a) compañero(a) de clase reorganicen estas palabras en tres columnas diferentes para mostrar cuáles han venido al español del taíno, del náhuatl y del quechua. Después de terminar esta actividad verifiquen su trabajo consultando las listas que aparecen bajo el subtítulo **Al hablar de lenguas indígenas.**

alpaca	coyote	maíz
cacique	cuate	pampa
caníbal	guajolote	petate
canoa	guano	pampa
chocolate	hamaca	quinina
chicle	huracán	tabaco
cóndor	jaguar	tomate

C. Práctica: el condicional perfecto y el pluscuamperfecto de subjuntivo. Completa este párrafo con la forma apropiada del condicional perfecto y el pluscuamperfecto de subjuntivo de los verbos que están entre paréntesis para saber qué opina este joven de la llegada de los españoles.

No puedo dejar de pensar qué (pasar) si los españoles no (destruir) tantas civilizaciones indígenas. ¿(Sobrevivir) las civilizaciones de los aztecas, los mayas y los incas? Sinceramente, dudo que (sobrevivir) porque lo más probable es que unos (matar) a los otros hasta que todos (desaparecer). Y tú, ¿qué opinas?

DEL PASADO AL PRESENTE

Paraguay: la nación guaraní se moderniza

Las reducciones jesuitas Desde el siglo XVII, los jesuitas llevaron a cabo una intensa labor de evangelización y colonización. Organizaron un total de treinta y dos reducciones, o misiones, que llegaron a tener más de cien mil indígenas. Las reducciones jesuitas llegaron a constituir un verdadero estado prácticamente independiente. La riqueza de las reducciones se basaba en una próspera producción agrícola y artesanal.

Varios enfrentamientos ocurrieron entre los terratenientes de Asunción que querían apoderarse de las reducciones y los jesuitas que las administraban. En 1750, España y Portugal decidieron repartirse las reducciones. Esto resultó en una guerra que duró once años. Los jesuitas se oponían a este reparto, y así, con la intención de apoderarse de la riqueza de las reducciones, el rey Carlos III de España decretó en 1767 la expulsión de los jesuitas de todo el Imperio Español. Debido a esto, en unas pocas décadas la mayoría de las reducciones perdieron su esplendor y se convirtieron en ruinas.

Restos de una reducción jesuita en Paraguay

La independencia y las dictaduras del siglo XIX La independencia de Paraguay de la autoridad española se declaró formalmente el 12 de octubre de 1813. Fue el primer país latinoamericano en proclamarse como república. El abogado José Gaspar Rodríguez de Francia fue el primero en gobernar Paraguay; fue cónsul junto con el capitán Fulgencio Bautista durante un año. En 1814 Rodríguez de Francia fue declarado dictador supremo y en 1816, dictador perpetuo, cargo que ocupó hasta su muerte en 1840.

El prolongado gobierno de Francia, llamado "el Supremo", cerró casi completamente el país a la influencia extranjera y estableció el modelo autoritario que seguiría el gobierno de Paraguay en el siglo XIX. El dictador Carlos Antonio López gobernó como primer cónsul a partir de 1841 y como presidente de la república de 1844 hasta su muerte en 1862. López abrió Paraguay al exterior y favoreció el desarrollo de intercambios comerciales. Su hijo Francisco Solano López gobernó de 1862 hasta su muerte en 1870.

La Guerra de la Triple Alianza En 1864, el gobierno de Solano López se enfrentó a Brasil y causó un conflicto conocido como la Guerra de la Triple Alianza en la que Brasil, Argentina y Uruguay unieron sus fuerzas contra Paraguay. La guerra fue un desastre para Paraguay. El propio Solano López murió en una batalla en 1870 y el ejército paraguayo fue destruido. La población, calculada en medio millón a mediados del siglo XIX, fue reducida a menos de 200.000 en la década de 1870. Grandes porciones de territorio paraguayo fueron anexadas por Brasil y por Argentina, y tropas brasileñas ocuparon el país durante seis años.

Los colorados y los liberales Después de la salida de las fuerzas brasileñas de ocupación, comenzó la lenta reconstrucción del país. Los grandes partidos políticos se formaron en ese tiempo: el Colorado y el Liberal. Los colorados, que se proclamaban herederos del patriotismo de Solano López, gobernaron desde 1887 hasta 1904. En este año, los liberales tomaron el poder a través de una revuelta y lo conservaron durante tres décadas.

Alfredo Stroessner

La Guerra del Chaco Un conflicto fronterizo entre Bolivia y Paraguay resultó en la Guerra del Chaco entre 1932 y 1935, en la que murieron más de cien mil paraguayos. Según un tratado de paz firmado tres años más tarde, Paraguay quedó en posesión de tres cuartas partes del Chaco.

Época contemporánea Una rebelión militar en 1936 seguida por una revuelta de los liberales en 1947 acabaron por establecer un clima político que ayudaría a que el general Alfredo Stroessner fuera nombrado presidente en 1954. Stroessner dominó el país hasta su derrocamiento en 1989. Fue sucedido por el general Andrés Rodríguez, que continuó su alianza con el ex dictador a través del matrimonio de su hija con el hijo de Stroessner. En 1993 se llevó a cabo la primera elección democrática y salió elegido Juan Carlos Wasmosy, que prometió "construir un nuevo Paraguay", promesa que nunca cumplió. En 1996 el gobierno de Wasmosy, con ayuda de EE.UU., logró evitar un levantamiento militar. En 1998 el candidato del Partido Colorado, Raúl Cubas Grau ganó las elecciones presidenciales y prometió mejorar la economía del país y reducir los gastos militares. Sin embargo, su presidencia fue de corta duración, ya que debió exiliarse a causa de su participación en el asesinato de su vicepresidente. Desde marzo de 1999 ejerce la presidencia Luis González Macchi. En 2000 fracasó un golpe de estado dirigido por un grupo de militares contra el presidente González Macchi. A fines de 2002 hubo protestas civiles en contra de la corrupción del gobierno y de la implementación de nuevas medidas de austeridad.

En la actualidad el país se moderniza rápidamente gracias a convenios con Brasil, con el que construyó la gigantesca represa hidroeléctrica de Itaipú. Como Paraguay sólo puede utilizar una fracción de la electricidad, le vende el resto al Brasil. En el futuro hará algo similar con el proyecto hidroeléctrico de Yacyretá, que comparte con Argentina.

La represa de Itaipú: la más grande del mundo

¡A ver si comprendiste!

A. Hechos y acontecimientos. ¿Recuerdas los datos más importantes de la lectura? Para asegurarte, completa las siguientes oraciones.

1. Las reducciones jesuitas llegaron a ser...
2. José Gaspar Rodríguez de Francia gobernó Paraguay por tanto tiempo que lo llamaban...
3. El resultado de la Guerra de la Triple Alianza para Paraguay fue...
4. En la Guerra del Chaco con Bolivia, Paraguay...
5. Alfredo Stroessner estuvo en el poder desde... hasta...
6. Itaipú es...

B. A pensar y a analizar. Paraguay tiene una tradición de gobernantes que ocupan el cargo por largos períodos de tiempo. ¿Por qué será? ¿Qué efecto tiene esto en la economía y en las distintas ramas de gobierno del país? En varias ocasiones Paraguay ha tenido conflictos militares con sus vecinos. ¿Cuál será la causa de tantas dificultades con sus vecinos? ¿Por qué no habrá podido defenderse mejor en estos casos?

Ventana al Mundo 21

La problemática literaria de Paraguay (siglo XX)

Paraguay presenta el fenómeno curioso del bilingüismo. El guaraní, su lenguaje ancestral, existe junto con el español, heredado de los españoles. Esta coexistencia de dos culturas y dos lenguas ha producido una literatura singular que con frecuencia se ve obligada a emplear ambas lenguas. Entre los escritores paraguayos, sin duda los más conocidos son el insigne Augusto Roa Bastos (1917–) y la muy galardonada y prodigiosa Josefina Plá (1909–1999). Ambos han dominado el ámbito literario paraguayo a lo largo del siglo XX.

Entre todos los países latinoamericanos, es notable la escasez de producción literaria paraguaya a lo largo del siglo XX, con excepción, tal vez, del ensayo histórico-político-cultural, en particular durante las primeras cuatro décadas. Más notable es que gran parte de la narrativa y la poesía se escribiera en el exilio. No es sorprendente considerando la tumultuosa escena estatal a lo largo del siglo: la Guerra del Chaco contra Bolivia (1932–1935), la Re-volución o guerra civil (1947) y los casi treinta y cinco años de la dictadura de Alfredo Stroessner (1954–1989). La represión dictatorial, las censuras y las autocensuras explican, en gran parte, la falta de una producción literaria dentro del país.

No es sino hasta fines del siglo pasado que empiezan a publicarse obras que exploran en profundidad las heridas causadas por el cáncer de la dictadura y critican abiertamente el pasado régimen. Entre estas se destacan *Celda 12* (1991) de Moncho Azuaga, *Los nudos del silencio* (1988) de Renée Ferrer, *La isla sin mar* (1987) de Juan Bautista Rivarola Matto y *En busca del hueso perdido: tratado de paraguayología* (1990) de Helio Vera. En poesía sobresalen *Destierro y atardecer* (1975) y *El poeta y sus encrucijadas* (1991) de Elvio Romero, y *Paloma blanca, paloma negra* (1982) de Jorge Canese.

En 1980, un grupo de jóvenes escritores se unieron para fundar la Editorial NAPA, o Narrativa Paraguaya, que trata de publicar un libro de ficción por mes. De esta manera se proporciona gran incentivo y una apertura para nuevos escritores. Los primeros productos de este esfuerzo incluyen *El contador de cuentos* (1980) por Jesús Ruiz Nestosa y *Teatro Breve del Paraguay* (1981) editado por Antonio Pecci. Parte del ambicioso proyecto es publicar además, una obra bilingüe por año.

A. La problemática literaria de Paraguay (siglo XX). Contesta las siguientes preguntas con un(a) compañero(a) de clase. Luego, comparen sus respuestas con las de la clase.

1. ¿Qué fenómeno lingüístico ha producido una literatura singular en Paraguay?
2. ¿Cómo se explica la escasez de producción literaria paraguaya a lo largo del siglo XX?
3. ¿Qué temas dominan la producción literaria actual de los escritores paraguayos? ¿Por qué?
4. ¿Qué es la NAPA? ¿Cuáles son sus metas? ¿Qué resultados ha dado?

Manual de gramática

Antes de hacer esta actividad, conviene repasar la sección *5.2 Presente de subjuntivo en las cláusulas adverbiales,* **del Manual de gramática** (pp. 393–397).

B. Repaso: cláusulas adverbiales. Completa las siguientes oraciones con la forma apropiada del pretérito, imperfecto o imperfecto de subjuntivo de los verbos que están entre paréntesis.

1. Cuando en 1932 (empezar) un largo período de guerras en Paraguay, la mayoría de los literatos (verse) obligados a salir del país.
2. Antes de que (ser) arrestados, muchos (exiliarse) en Argentina y Uruguay.
3. Por mucho que los exiliados paraguayos (querer) volver a su país, no (poder) hacerlo hasta que (terminar) la represión dictatorial y las censuras.
4. Fue entonces que muchos (empezar) a escribir acerca del cáncer de la dictadura aunque todavía (temer) ser arrestados.
5. No obstante, el vacío que ocurrió en la literatura paraguaya del siglo XX no (desaparecer), a pesar del esfuerzo que (hacer) los jóvenes escritores de la Editorial NAPA a fines del siglo.

A. Anticipando la lectura. Contesta las siguientes preguntas con dos compañeros(as) de clase. Luego, comparen sus respuestas con las de otros grupos.

1. Piensen en alguna persona que conocen que fue adoptada. ¿Vive todavía con sus padres adoptivos?
2. ¿Conoce esa persona a sus padres biológicos? Si no, ¿por qué no? Si sí los conoce, ¿qué opina de ellos?
3. ¿Creen Uds. que sería difícil ser hijo(a) adoptivo(a)? ¿Por qué? Si Uds. lo fueran, ¿les gustaría saber quiénes eran sus padres biológicos? ¿Estarían dispuestos(as) a conocerlos si ellos se presentaran? ¿Por qué?
4. ¿Qué opinan Uds. de los hijos adoptivos que rehúsan conocer a sus padres biológicos? ¿Tendrán razón o no? Expliquen sus respuestas.
5. ¿Qué opinan Uds. de las personas adoptadas que se pasan toda la vida buscando a sus padres biológicos? ¿Lo harían Uds.? ¿Por qué sí o por qué no?

B. Vocabulario en contexto. Busca estas palabras en la lectura que sigue y, a base del contexto en el cual aparecen, decide cuál es su significado. Para facilitar encontrarlas, las palabras aparecen en negrilla en la lectura también.

1. **rumbo**
   a. dirección b. espacio c. zapatos
2. **con maldad**
   a. con compasión b. con curiosidad c. con malas intenciones
3. **vacío**
   a. nada b. frío c. sorpresa
4. **sin rodeos**
   a. sin dificultades b. con compasión c. directamente
5. **demoras**
   a. tardanzas b. dificultades c. reacciones
6. **acogieron**
   a. rechazaron b. aceptaron c. consideraron

Conozcamos a la autora

Milia Gayoso es cuentista, periodista y poeta. Nació en 1962 en Villa Hayes y forma parte de una joven generación de mujeres paraguayas nacidas después de 1955 que comenzaron a publicar sus obras en la década de los 90. Estudió periodismo en la Universidad Nacional de Asunción (1985) y colabora regularmente para el periódico *Hoy*. La problemática de sus cuentos está tratada con una especial sensibilidad propia de la mujer que pretende denunciar la injusticia humana desde el espacio interior y cerrado de las intimidades de un hogar. Sus protagonistas son antihéroes que se mueven en ambientes urbanos—los relatos tienen lugar generalmente en la ciudad de Asunción o de Villa Hayes.

Ha publicado ya cuatro libros de cuentos: *Ronda en las olas* (1990), *Un sueño en la ventana* (1991), *El peldaño gris* (1995) y *Cuentos para tres mariposas* (1996).

Elisa

Quise salir corriendo, sin **rumbo**, quise morir, que me tragara° la tierra. Quise no haber existido nunca cuando lo supe. Ella me tiró, me sacó de su vida, me dejó y luego desapareció. Y ahora vuelve y me busca, quiere tratar de explicar lo inexplicable; yo no la quiero oír, quiero que se marche.

consumiera

Ya me lo habían dicho varias veces en la escuela, o sea, me lo habían insinuado suavemente algunas compañeras, y **con maldad** otras, pero papá decía que no tenía que darle importancia a las habladurías. «Te envidian», susurraba,° mientras me apretaba contra su pecho.

decía en voz baja

Una vez le planteé seriamente a mamá: «dicen que no soy hija de ustedes, que soy adoptada; por favor contame la verdad», y ella se estremeció, preguntó quién me lo había dicho y cuando se lo conté dijo que era una tontería. «Claro que sos nuestra hija; de lo contrario, ¿cómo te explicás que te querramos tanto?» Y salió de la habitación, pero a mí me quedó una sensación de **vacío** que no supe explicarme, quizás porque ella no es tan cariñosa como papá. Sí, me quiere, eso lo sé bien.

Mis amigas suelen decir siempre que tengo una familia hermosa: mis padres están en buena posición económica, son alegres y afectuosos; papá mucho más que mamá pero, a cambio de las demostraciones, ella suele sentarse a conversar conmigo sobre mis amigas, el colegio, las cosas nuevas que quiero y planeamos juntas mi fiesta de quince años, que va a ser el próximo año. Es una buena mamá, pero él es especial, sé que me adora.

Pero mi vida rosa cambió. Un sábado no me dejaron salir a la tarde porque según dijeron «venía una visita», que se presentó a las cuatro de la tarde. La visita era una mujer morena, un poco gorda y no muy bien vestida. Fueron rápidos, **sin rodeos**; sin **demoras** me tiraron la verdad a la cara. Que no soy hija de ellos sino de la mujer y de vaya a saber quién, que yo no soy Delicia Saravia, sino... quizás ni siquiera había tenido tiempo de ponerme nombre. Dijo que me había dado porque no podía criarme° porque... no quise oír más y salí corriendo hacia mi habitación, a hundir° mi cara contra el colchón°, aunque hubiera querido continuar hasta quedar extenuada, lejos.

cuidarme

to sink / mattress

Ella me dejó una carta, escrita con letra desigual e infantil. Ella se llama Elisa y, ¡hablaba de tanto amor!, pero no le creí. Durante los días siguientes, seguí recibiendo cartas; en ellas me explicaba una y otra vez que estaba sola, sin trabajo, sin familia, que no quiso abortar y optó por darme a una buena familia. Mis padres, ¿mis padres?, estaban callados; trataron de explicar pero no quise oírles. Estaba furiosa, no sé con quién pero furiosa.

Continuaron llegando cartas que decían lo mismo: que estuvo sola, que estuvo tan triste, sola, triste, sola, triste... Papá me habló ayer y dijo que el amor de ellos está intacto, que yo soy el verdadero amor en esta casa, que me **acogieron** con afecto, que eligieron que fuera su hija.

Recibí otra carta de Elisa. «No quise perturbarte, ni llevarte de allí, tenía una inmensa necesidad de verte y darte un abrazo y que por una vez en la vida me digas mamá, sólo eso mi bebé y después me iría, y resulta que me voy sin abrazo, sin esa palabra que hace años quiero oír y con tu odio».

No terminé la carta; lo llamé a papá al trabajo y le pedí que me llevara a despedirme de ella.

"Elisa" de *El peldaño gris* (1995) por Milia Gayoso

¿Comprendiste la lectura?

A. Hechos y acontecimientos. ¿Recuerdas los datos más importantes de la lectura? Para asegurarte, contesta las siguientes preguntas. Luego, compara tus respuestas con las de un(a) compañero(a) de clase.

1. ¿Sobre qué problemática versa el cuento de Milia Gayoso?
2. ¿En qué persona y en qué tiempo verbal está narrado el relato?
3. ¿Por qué algunas frases aparecen entre comillas en el texto?
4. ¿Aparece el nombre de la narradora-protagonista en el relato?
5. ¿Cómo son los padres adoptivos de Delicia? ¿Con cuál de los dos se siente mejor y por qué?
6. ¿Cómo es su madre biológica? ¿Qué siente Delicia hacia ella?
7. ¿Cómo se siente la joven cada vez que recibe una carta de Elisa?
8. ¿Por qué llama a su padre al final?

B. A pensar y a analizar. Contesta las siguientes preguntas con un(a) compañero(a) de clase. Luego, comparen sus respuestas con las de otras parejas.

1. ¿Creen Uds. que los nombres Delicia y Elisa tienen algo en común ¿Qué y por qué?
2. ¿Por qué creen Uds. que Delicia se siente avergonzada de ser hija de Elisa?
3. ¿Habrá en América Latina un cierto menosprecio por una persona adoptada? ¿Por qué creen eso? ¿Lo hay en EE.UU.? Expliquen.

Introducción al análisis literario

El elemento emocional

Las obras de ficción son el vehículo para expresar las numerosas emociones experimentadas por los diferentes personajes y sin ellas, no tendríamos una obra literaria. La gama emocional humana es enorme, ya que tenemos la capacidad de experimentar alegría, dolor, júbilo, pena, enojo, ira, esperanza, celos y muchas otras emociones. Una edad en la cual las emociones parecen desatarse furiosamente y casi sin control son los años de la adolescencia cuando el (la) joven experimenta toda clase de encontrados sentimientos. Éstos van con frecuencia acompañados de inseguridad y otras emociones, algunas muy positivas que pueden ayudar a encontrar un sinnúmero de soluciones y otras altamente negativas que pueden ocasionar problemas graves.

A. La emociones de Delicia. En grupos de cuatro o cinco compañeros(as), examinen cuidadosamente las emociones experimentadas por Delicia Saravia. Hagan una lista de estas emociones y traten de comprender por qué se siente de esa manera y qué puede hacer para superar las crisis emocionales que la asaltan.

B. Las emociones personales. Siguiendo con el trabajo en grupos, cada persona dentro del grupo cuenta un momento muy emocional, real o imaginado, que vivió personalmente o que vivió un(a) amigo(a). Los demás escuchan atentamente y cada uno propone una opinión que pueda ayudar a enfrentarse a situaciones similares con madurez.

¡LUCES! ¡CÁMARA! ¡ACCIÓN!

Paraguay: al son del arpa paraguaya

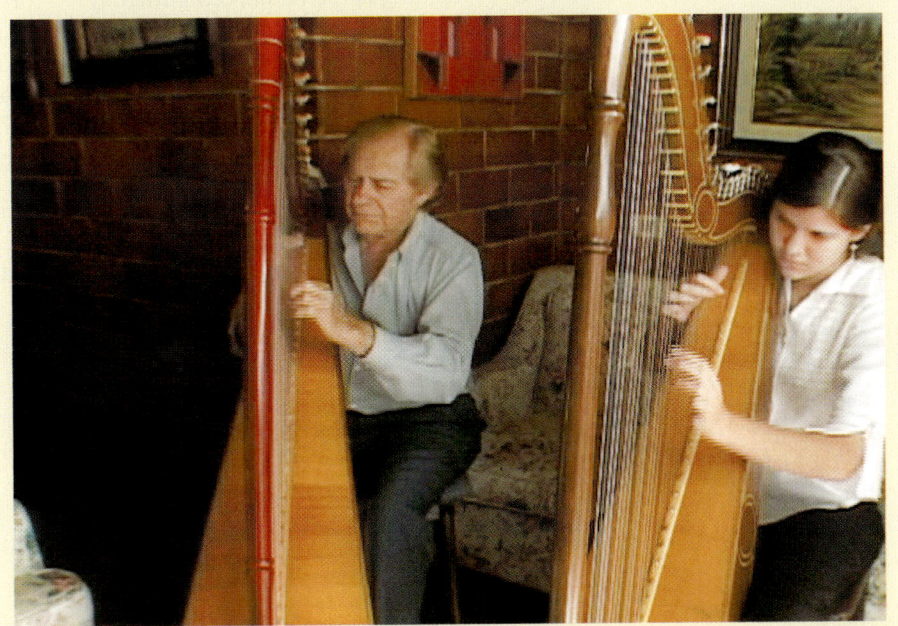

Paraguay es un país bilingüe y bicultural. La vida en Paraguay refleja siglos de coexistencia de la cultura española con la cultura guaraní. En las escuelas, los niños paraguayos estudian tanto el español como el guaraní y en las calles se escuchan ambas lenguas por todas partes. Tal vez nada exprese mejor el alma paraguaya que los sonidos del arpa paraguaya —sonidos que influyen la cultura, lengua y la manera de ser de esta gente tan original.

En esta selección van a hacer un recorrido por Asunción, la capital. También visitarán un mercado donde conocerán a una marchante que vende remedios guaraníes y escucharán a algunas marchantas vender sus productos. Luego visitarán a un artesano paraguayo que construye arpas. Finalmente, escucharán a Luis Bordón, arpista extraordinario, tocar el arpa y hablar de los orígenes de este instrumento en Paraguay.

Antes de empezar el video

Contesten las siguientes preguntas en parejas.

1. ¿Qué significa el arpa para Uds.? ¿Qué tipo de música se toca en el arpa? ¿Dónde tiende a escucharse la música del arpa?
2. ¿Les gustaría vivir en un país bilingüe? ¿Por qué? ¿Les gustaría ser bilingüe? ¿Por qué sí o por qué no?

¡A ver si comprendiste!

A. Al son del arpa paraguaya. Contesta las siguientes preguntas con un(a) compañero(a) de clase.

1. ¿A qué comparan muchos paraguayos los sonidos del arpa?
2. ¿Qué lenguas se hablan en Paraguay?
3. ¿En qué consiste la dualidad de la vida paraguaya?
4. ¿Qué relación hay entre los jesuitas y los indígenas guaraníes?
5. ¿Qué importancia tiene la "puntera" de un arpa?

B. A pensar y a interpretar. Contesta las siguientes preguntas.

1. ¿Por qué crees que es tan importante para los paraguayos preservar las tradiciones guaraníes?
2. En tu opinión, ¿por qué sigue siendo tan popular en el país la música del arpa paraguaya?

EXPLOREMOS EL CIBERESPACIO

Explora distintos aspectos del mundo paraguayo en las **Actividades para la Red** que corresponden a esta lección. Ve primero a **http://college.hmco.com** en la red, y de ahí a la página de ***Mundo 21***.

LECCIÓN 4

Chile

Nombre oficial *República de Chile*

Población: *15.328.467 (estimación de 2001)*

Principales ciudades: *Santiago (capital), Concepción, Valparaíso, Viña del Mar*

Moneda: *Peso (Ch$)*

GENTE DEL MUNDO 21

Roberto Matta (1911–2002), artista chileno de ascendencia vasca, nació en Santiago. Finalizó la carrera de arquitectura en la Universidad Católica de Chile y de 1934 a 1935 trabajó en Francia con el famoso arquitecto Le Corbusier. En París conoció a Pablo Neruda, Federico García Lorca y Salvador Dalí. En 1938 se unió al movimiento surrealista centrado en París, tornándose en uno de los precursores principales del automatismo. Durante la Segunda Guerra Mundial emigró a Nueva York. En 1940 presentó una exposición en la Galería Julian Levy y poco después se asoció con Max Ernst, el gran representante del surrealismo. Roberto Matta tuvo un gran impacto en el desarrollo del movimiento expresionista abstracto en EE.UU. En sus pinturas, que muestran su formación arquitectónica, existe una verdadera explosión de colores que sirven para crear una visión de la complejidad del cosmos tal como lo percibe Matta. Es considerado como el exponente máximo del surrealismo latinoamericano.

Inti Illimani es el nombre adoptado por este grupo musical de singular talento que ha tocado música chilena y latinoamericana desde 1967, cuando los seis integrantes eran todavía estudiantes de ingeniería en la Universidad Técnica de Santiago, Chile. Estos seis jóvenes tenían una enorme pasión por la música indígena de América y se lanzaron a explorarla. El resultado de sus viajes y talento colectivo se incorporó a un nuevo estilo de música, la Nueva Canción, que tomó por asalto a toda América Latina. Los seis músicos poseen voces maravillosas, gran talento poético y singulares dotes personales. Jorge Coulon toca guitarra, tiple, quena, arpa, zampona y rondador; Marcelo Coulon toca quena, flautín, flauta y también guitarra; Daniel Cantillana toca el violín y los instrumentos de percusión; Horacio Durán toca charango, tiple, cuatro y percusión; Efrén Manuel Viera está a cargo del bongo, congas, timbales y otros instrumentos de percusión latinos. Otro miembro fundador, José Seves, acaba de reintegrarse al grupo. La belleza de su música y el mensaje social de sus canciones les trajeron enorme popularidad en toda Latinoamérica. A causa de la dictadura de Pinochet, desde 1973 estuvieron en el exilio por catorce años. Gran parte de ese tiempo residieron en Italia, una experiencia que los ayudó a incorporar elementos aún más interesantes a su hermosa música. Su obra musical, en la cual predominan los ritmos andinos, se destaca por el uso de más de treinta instrumentos. Han dado conciertos en el mundo entero y han grabado más de treinta álbumes. El grupo retornó a Chile en 1990, una vez que se restituyó la democracia.

Isabel Allende, escritora chilena, nació en 1942. Salió exiliada de Chile en 1973, cuando su tío, Salvador Allende, murió en un golpe militar. No pudo regresar a su país hasta 1990, cuando se restituyó la democracia en Chile. Al regresar, recibió el premio Gabriela Mistral de manos del presidente Patricio Aylwin. Está entre la primera generación de escritores latinoamericanos que se crearon leyendo las obras de otros autores latinoamericanos. Comenzó a escribir intensamente en 1981, cuando se encontraba exiliada en Venezuela. Se dio a conocer con su primera novela, *La casa de los espíritus* (1982), que constituye un resumen de la agitación política y económica en Chile durante el siglo XX. Continuó desarrollando estos temas en *De amor y sombras* (1984), *Eva Luna* (1987) y *Cuentos de Eva Luna* (1989). Su novela *El plan infinito* (1991) tiene lugar en EE.UU. En *Paula* (1995), cuenta en detalle las experiencias personales de su familia, en particular de su hija Paula. Sus últimas obras, *Aphrodita* (1997), *Hija de la fortuna* (1999), *Retrato en sepia* (2000) y *La ciudad de las bestias* (2002) se publicaron en EE.UU., donde también se filmó una película basada en su primera novela. En 1988 se casó con el abogado Willie Gordon. Residen en San Rafael, California, donde lleva una activa vida literaria y cultural.

Otros chilenos sobresalientes

Miguel Arteche: poeta, novelista, cuentista y ensayista

Alejandra Basualto: poeta y cuentista

Gustavo Becerra-Schmidt: compositor

Tito Beltrán: cantante de ópera

Eduardo Carrasco: compositor, escritor y catedrático

Marta Colvin Andrade: escultora y catedrática

Andrea Labarca: cantante de música popular

Ricardo Latchman: crítico literario, ensayista, diplomático y catedrático

Guillermos Núñez: pintor

Personalidades del Mundo 21

Contesta las siguientes preguntas con un(a) compañero(a) de clase. Luego, compartan sus respuestas con el resto de la clase.

1. ¿A qué movimiento se unió Roberto Matta cuando empezó a pintar? Ahora es considerado el máximo exponente del surrealismo latinoamericano. ¿Qué significa esto? ¿Qué es el surrealismo? ¿Qué será el surrealismo latinoamericano? ¿Pueden nombrar a otros artistas surrealistas?
2. ¿Por qué creen Uds. que el grupo Inti Illimani estuvo en exilio de Chile por más de diez años? ¿Qué tipo de ritmos predominan en su música? ¿Qué tipo de instrumentos usan?
3. ¿En qué país estaba Isabel Allende cuando comenzó a escribir? ¿Por qué estaba allí? ¿Por qué salió? Qué le habría pasado si se hubiera quedado en Chile? Expliquen su respuesta.

Cultura ¡en vivo!

Potencia económica para el siglo XXI

La bolsa en Santiago de Chile

Latinoamérica, como el león que dormía, ha despertado y el sonido de su rugir llama la atención económica del mundo entero. Con los muchos acuerdos y convenios de comercio libre que surgieron a fines del siglo pasado, el mundo latino se convierte en una potencia económica asombrosa.

El Tratado de Libre Comercio de América del Norte (NAFTA) fue el primer acuerdo económico del siglo pasado, y el más significativo. Ratificado por EE.UU., Canadá y México, NAFTA estableció el patrón que todos los países latinoamericanos quieren adoptar: liberar la competencia de mercados, ampliar y diversificar las exportaciones, aplicar nuevas técnicas de producción, integrar las políticas financieras, fortalecer las infraestructuras y servicios de producción y mejorar la capacidad negociadora. El efecto en EE.UU. del nuevo comercio, como resultado directo de este tratado, es impresionante.

Situado al otro extremo del hemisferio, el Cono Sur también ha entrado en un convenio y ha formado el Mercado Común del Sur (MERCOSUR). Está compuesto de cuatro países miembros y dos estados asociados con dos idiomas, más de 200 millones de habitantes y una variedad de climas y de recursos, con democracia, paz y estabilidad económica. En este ambicioso proyecto de integración económica participan Argentina, Chile, Brasil, Paraguay, Uruguay y Bolivia, países que constituyen una zona de libre comercio sin fronteras internas.

De igual manera, Centroamérica y el Caribe siguen el mismo rumbo que sus vecinos del norte y del sur: el Tratado de Libre Comercio Costa Rica-México (1995), el Tratado de Libre Comercio Nicaragua-México (1997) y el Tratado de Libre Comercio Centroamérica (1998). Este último convenio es entre los gobiernos de las repúblicas de Costa Rica, El Salvador, Guatemala, Honduras, Nicaragua y la República Dominicana.

Ya el siglo de dictaduras se acabó y con él todo lo que fueron las mentadas "repúblicas bananeras". El león que es Latinoamérica no sólo levantó su cabeza para rugir sino que con plena fuerza corre tras su debida parte de lo que es la economía mundial.

A. Potencia económica para el siglo XXI. Contesta las siguientes preguntas con un(a) compañero(a) de clase.

1. ¿Cuál fue el primer tratado de libre comercio en las Américas? ¿Entre qué países se hizo este tratado? ¿Cuál fue su importancia para Latinoamérica?

2. ¿Por qué es importante MERCOSUR? ¿A qué países y a cuánta gente afecta?
3. ¿Qué efecto pueden tener estos convenios en la economía de EE.UU.?

B. Palabras claves: comercio. Para ampliar tu vocabulario, explica el significado de las siguientes palabras. Luego, usa cada palabra en una oración original.

1. comercial
2. comerciar
3. comerciante
4. comercializar
5. comercialización
6. comerciable

MEJOREMOS LA COMUNICACIÓN

Para hablar del mercado internacional latinoamericano

Manual de gramática

Antes de leer **Mejoremos la comunicación** conviene repasar la sección *6.6 Secuencia de tiempos,* del **Manual de gramática** (pp. 486–493).

Al hablar del libre comercio

— Parece mentira, pero con la formación de **MERCOSUR** el sueño de Simón Bolívar de una sola nación latinoamericana empieza a convertirse en realidad, ¿no crees?

It seems unreal, but with the formation of MERCOSUR, Simon Bolivar's dream of a single Latin American nation is beginning to come true, don't you think?

— Bueno, es un comienzo por lo menos.

Well, at least it's a start.

— ¡Y qué comienzo! Con Bolivia entre **los Estados Asociados** al MERCOSUR que participan en el **consejo** del **Mercado Común**, ya un setenta por ciento de la superficie de Latinoamérica se ha unificado. Eso incluye a más del cincuenta por ciento de la población. Más importante aún es que el **Producto Interno Bruto (PIB)** de los seis **miembros** se acerca a un billón de dólares. Eso ya es más que los 750 mil millones de dólares del PIB de Canadá. Eso también implica un **valor de exportaciones** de más de setenta y cinco mil millones de dólares y otros setenta mil millones de dólares en el **valor de importaciones**.

And what a start! With Bolivia now part of the States Associated with MERCOSUR who participate in the council of the Common Market, some seventy percent of the surface of Latin America has already been unified. That includes more than fifty percent of the population. Even more important is that the Gross Domestic Product (GDP) of the six members is nearing a trillion dollars. That's already more than the 750 billion dollars of GDP for Canada. That also implies a value of more than seventy-five billion dollars in exports and another seventy billion dollars in imports.

— Y ten presente que antes de **unirse** a MERCOSUR, el PIB de Chile era solamente unos 115 mil millones de dólares. El de Paraguay estaba aún peor, con un PIB de menos de veinte mil millones de dólares. Pero todavía falta que toda Latinoamérica se una económicamente para lograr un PIB que se compare con los nueve billones de dólares de EE.UU.

And keep in mind that before joining MERCOSUR, the Chilean GDP was only 115 billion dollars. Paraguay's was even worse, with a GDP of less than twenty billion dollars. But it is still necessary for all of Latin America to unite economically to achieve a GDP that will compare with the nine trillion dollars of the U.S.

mil *thousand (1,000)*
millón *million (1,000,000)*
mil millones *billion (1,000,000,000)*
billón *trillion (1 + 12 zeros)*
trillón *quintillion (1 + 18 zeros)*

— Bueno, todas esas **cifras** no tienen mucho significado para mí. ¿Puedes decirme en español cotidiano qué beneficios hay para un hombre **común y corriente** en todo esto?

Well, all those figures don't have much meaning for me. Can you tell me in plain Spanish what benefits there are for the average person in all of this?

— Es bastante obvio. Podemos esperar ver una **aceleración** en los **procesos de desarrollo económico** a través de esta **unión**. También vamos a ver una **amplificación** de los **mercados nacionales**. Además, como resultado de este **tratado** veremos un fuerte énfasis en el **desarrollo científico y tecnológico** de los países **integrantes**. Pero para mí, lo más importante es ver **fortalecerse los lazos culturales** entre los **Estados Partes y los Asociados.**

It's rather obvious. We can expect to see an acceleration in the processes of economic development by way of this union. We are also going to see a growth in the national markets. And another thing, as a result of this treaty we will see a strong emphasis on scientific and technological development for participating countries. But for me, the most important thing is to see cultural bonds strengthened among Member and Associated States.

Al hablar del resto de Latinoamérica

— ¿De veras **benefician** estos **tratados** a toda Latinoamérica?

Do these treaties really benefit all of Latin America?

— Hasta ahora, casi todos los países hispanohablantes y Brasil son parte de un **convenio comercial** u otro. Desafortunadamente, Belice y Guayana siempre parecen **estar al margen**. Cuba y Haití en el Caribe también siempre quedan **excluidos**. Lo bueno es que la República Dominicana sea parte del **Tratado de Libre Comercio Centroamericano**.

Until now, almost all the Spanish speaking countries and Brazil are part of one trade agreement or another. Unfortunately, Belice and Guayana always seem to be on the fringe. Cuba and Haiti in the Caribbean are also always excluded. The good thing is that the Dominican Republic is part of the Central American Free Trade Treaty.

¡A conversar!

A. Tratados de libre comercio. Fuera de NAFTA y los países latinoamericanos, ¿hay tratados de libre comercio entre otros países? ¿Cuáles serán algunos ejemplos? ¿Qué ventajas hay en estos tratados? ¿Cuáles son las desventajas?

B. MERCOSUR. En tu opinión, ¿crees que Colombia, Venezuela, Ecuador y Perú deberían unirse a MERCOSUR? Explica.

C. Debate. Con tres compañeros(as) de clase, preparen un debate sobre el papel que EE.UU. debe jugar en el mercado latinoamericano. Dos deben argüir que EE.UU. debe participar más activamente y dos que no. Informen a la clase cuáles fueron los mejores argumentos.

D. Práctica: secuencia de tiempos. Completa estas opiniones de jóvenes del Cono Sur. Usa los tiempos verbales apropiados y ten presente siempre la secuencia de tiempos.

1. (Yo/esperar) que MERCOSUR (tener) éxito y (servir) de modelo para Centroamérica también.
2. (Ser) obvio que ya (nosotros/estar) viendo una amplificación de los mercados nacionales en el Cono Sur.
3. (Ser) interesante que más del cincuenta por ciento de Sudamérica ya (unirse) a MERCOSUR.
4. (Ser) más interesante si Cuba y Haití también (ser) miembros.
5. Yo (pensar) que Ecuador (ir) a firmar el convenio, pero (decidir) no hacerlo.

Del pasado al presente

Chile: un largo y variado desafío al futuro

La independencia En 1810, Bernardo O'Higgins estableció en Santiago la independencia de Chile con un gobierno provisional que realizó importantes reformas como la proclamación de la libertad económica y la promoción de la educación. Pero cuatro años más tarde, en 1814, Chile volvió a quedar bajo el dominio español. El general argentino José de San Martín y el chileno Bernardo O'Higgins comandaron un ejército que atravesó los Andes y derrotó a los españoles en 1817. O'Higgins tomó Santiago y pasó a gobernar el país con el título de director supremo. El 5 de abril de 1818, tras la batalla de

El comandante Bernardo O'Higgins dirige al ejercito chileno contra los españoles

Maipú, los españoles abandonaron la región y Chile se convirtió en una república. En 1822, O'Higgins promulgó la primera constitución, pero ante una oposición creciente abandonó el poder el siguiente año.

El siglo XIX Entre 1823 y 1830 existió un caos político; en sólo siete años hubo treinta gobiernos. La crisis terminó cuando Diego Portales tomó control del país en 1830 y promulgó, tres años más tarde, una nueva constitución con un sistema político centralizado. De 1830 a 1973 la historia política de Chile se distingue de otras naciones latinoamericanas por tener gobiernos constitucionales democráticos y civiles interrumpidos únicamente por dos interludios de gobiernos militares.

La necesidad de equilibrar la balanza de pagos llevó al gobierno chileno a interesarse por las minas de nitrato o salitre de la frontera norte, de la provincia boliviana de Antofagasta, y las provincias peruanas de Arica y Tarapacá. Chile inició la Guerra del Pacífico (1879–1883), y la victoria sobre la coalición peruano-boliviana le permitió la anexión de estos territorios.

Los gobiernos radicales A partir de 1924 se inició un período de caos político causado por una crisis económica; entre 1924 y 1932 se sucedieron veintiún gabinetes. En 1938, tomó el poder una coalición de izquierda que incluía a los partidos radical, socialista y comunista. Durante los catorce años de gobierno radical se produjo un claro desarrollo industrial y aumentó el porcentaje de población urbana, que alcanzó el sesenta por ciento en 1952.

En 1957, se fundó el Partido Demócrata Cristiano, que era un partido reformista de centro. Su candidato, Eduardo Frei Montalva, ganó las elecciones de 1964 e impulsó una reforma agraria que limitaba las propiedades agrícolas a ochenta hectáreas.

Salvador Allende y Augusto Pinochet El socialista Salvador Allende triunfó en las elecciones de 1970. Proponía una transición pacífica al socialismo que incluía mejoras sociales para el beneficio de las clases más desfavorecidas. Pero la hiperinflación, la paralización de la producción y el boicoteo del capital extranjero, principalmente estadounidense, aumentaron la oposición al gobierno por parte de las clases medias y altas.

Asalto al palacio presidencial de la Moneda

El 11 de septiembre de 1973, las fuerzas armadas tomaron el poder. Allende murió durante el asalto al palacio presidencial de la Moneda. Una junta militar, presidida por Augusto Pinochet, jefe del ejército, revocó las decisiones políticas de Allende. El congreso fue disuelto, acción sin precedente en la historia de Chile como país independiente. Todos los partidos políticos fueron prohibidos y miles de intelectuales y artistas

El pueblo chileno vota en eleciones democráticas

salieron al exilio. Además, se calcula que cerca de cuatro mil personas "desaparecieron".

El regreso de la democracia A fines de la década de los 80, el país gozaba de una evidente recuperación económica. En 1988 el gobierno propuso un referéndum que habría mantenido a Pinochet en el poder hasta 1997. Perdió el referéndum y así, en 1990 asumió el poder un nuevo presidente elegido democráticamente, el demócrata-cristiano Patricio Aylwin. Mantuvo la estrategia económica exitosa del régimen anterior, pero buscó liberalizar la vida política. En diciembre de 1993, fue elegido presidente con un alto porcentaje de la votación el candidato del Partido Demócrata Cristiano Eduardo Frei Ruiz-Tagle, hijo del ex presidente Eduardo Frei Montalva. En enero del año 2000 resultó elegido presidente, en una segunda vuelta y por un margen estrecho, el candidato socialista Ricardo Lagos Escobar. Chile se ha constituido en un ejemplo latinoamericano donde florecen el progreso económico y la democratización creciente del país. Los grupos políticos se han revitalizado al igual que los movimientos estudiantiles universitarios. Todo este clima de libertad democrática prepara al país para las siguientes elecciones que se llevarán a cabo en diciembre de 2005.

¡A ver si comprendiste!

A. Hechos y acontecimientos. ¿Recuerdas los datos más importantes de la lectura? Para asegurarte, contesta las siguientes preguntas.

1. ¿Quién fue Bernardo O'Higgins?
2. ¿En qué consistió la Guerra del Pacífico? ¿Qué territorios adquirió Chile como resultado de esta guerra?
3. ¿Qué proponía Salvador Allende?
4. ¿Qué ocurrió el 11 de septiembre de 1973? ¿Qué consecuencias tuvo este evento para la historia de Chile?
5. ¿Qué propuso en 1988 el gobierno del general Pinochet para extender su poder hasta 1997?
6. ¿Qué partido político ha ocupado el poder en Chile a lo largo de la última década del siglo pasado? ¿Qué cambios ha logrado?

B. A pensar y a analizar. ¿Por qué crees que Chile ha vacilado entre el socialismo y la democracia a lo largo de su historia? ¿Qué efecto tuvo el boicoteo del capital estadounidense en la presidencia socialista de Salvador Allende? ¿Qué tipo de gobierno fue el de Augusto Pinochet? En tu opinión, ¿quiénes son los cuatro mil que "desaparecieron" durante su presidencia?

Ventana al Mundo 21

El premio Nobel y los hispanos en el siglo XX

Es impresionante ver el gran número de hispanos que fueron galardonados a lo largo del siglo XX con el premio Nobel, cuyo propósito es reconocer el valor mundial del trabajo de quienes lo reciben.

Premio Nobel de Literatura

1990	Octavio Paz	mexicano
1989	Camilo José Cela	español
1982	Gabriel García Márquez	colombiano
1977	Vicente Aleixandre	español
1971	Pablo Neruda	chileno
1967	Miguel Ángel Asturias	guatemalteco
1956	Juan Ramón Jiménez	español
1945	Gabriela Mistral	chilena
1922	Jacinto Benavente y Martínez	español
1904	José Echegaray y Eizaguirre	español

Premio Nobel de la Paz

1992	Rigoberta Menchú Tum	guatemalteca
1987	Óscar Arias Sánchez	costarricense
1982	Alfonso García Robles	mexicano
1980	Adolfo Pérez Esquivel	argentino
1936	Carlos Saavedra Lamas	argentino

Premio Nobel de Química

1995	Mario J. Molina	estadounidense
1970	Luis F. Leloir	argentino

Premio Nobel de Física

1968	Luis Walter Álvarez	estadounidense

Premio Nobel de Fisiología y Medicina

1984	César Milstein	argentino
1980	Baruj Benacerraf	estadounidense
1959	Severo Ochoa	estadounidense
1947	Bernardo Alberto Houssay	argentino
1906	Santiago Ramón y Cajal	español

No se puede ignorar que a lo largo del siglo XX sólo dos mujeres hispanas fueron seleccionadas para recibir este honor. En Guatemala, el premio Nobel de la Paz (1992) fue de Rigoberta Menchú Tum, una indígena maya-quiché que a los treinta y tres años se convirtió en símbolo universal del

Gabriela Mistral

sufrimiento de su pueblo *(véase las páginas 231–234)*. En Chile, el premio Nobel de Literatura (1945) fue otorgado a Gabriela Mistral, no sólo la primera mujer hispana seleccionada para este honor sino también la primera persona de Latinoamérica que recibió este premio tan codiciado. Hasta ese entonces, la literatura latinoamericana se consideraba como una Cenicienta.

¿Y quién era **Gabriela Mistral**? Su verdadero nombre es Lucila Godoy Alcayaga (1889–1957). Era una humilde maestra rural chilena que a los treinta años ya había alcanzado fama internacional como educadora. En 1922, el famoso reformista de la educación mexicana, José Vasconcelos, la invitó a México para cooperar en la refoma docente del país.

Ese mismo año publicó su primer y, según muchos, su mejor libro de poesía, *Desolación*. En él expresa la tristeza y soledad que siente por la pérdida de su amado, quien se suicidó cuando ella tenía sólo diecisiete años. Su segundo libro, *Ternura* (1924), canta el amor a todos los seres vivos. En su tercer libro, *Tala* (1938), vuelve hacia la humanidad y la naturaleza y en su último libro, *Lagar* (1954), expresa un amor más intenso e íntimo.

A. El premio Nobel y los hispanos. Haz estas actividades con un(a) compañero(a) de clase. Luego, comparen sus respuestas con las de otros grupos.

1. ¿Cuántos hispanos fueron galardonados con el premio Nobel en el siglo XX? ¿Cuántos países representan? ¿Qué países hispanos han recibido el premio con más frecuencia? ¿Cuáles lo han recibido con más frecuencia durante los últimos veinte años?
2. ¿Por qué se dice que "la literatura latinoamericana se consideraba como una Cenicienta"? ¿Qué significa esto?
3. ¿Qué evidencia hay de que Gabriela Mistral fue no sólo una distinguida poeta sino también una sobresaliente educadora?
4. Expliquen en sus propias palabras el impacto de que Gabriela Mistral, una mujer, haya sido la primera persona latinoamericana que recibió este honor.

Manual de gramática

Antes de hacer esta actividad, conviene repasar la sección *6.1 Imperfecto de subjuntivo: formas y cláusulas con* ***si***, del **Manual de gramática** (pp. 472–475).

B. Repaso: claúsulas con *si* que se refieren a situaciones pasadas hipotéticas. Haz estas actividades con un(a) compañero(a) de clase. Luego, comparen sus respuestas con las de otros grupos.

1. Si Gabriela Mistral no ___ ___(recibir) el premio Nobel de Literatura en 1945, ninguna hispana lo ___ ___ (obtener).
2. Si la literatura latinoamericana ___ ___ (ser) reconocida anteriormente, Gabriela Mistral no se ___ ___ (convertir) en el símbolo que es ahora.
3. Gabriela Mistral no ___ ___ (escribir) sus primeras colecciones de poemas si su amado no ___ ___ ___ (suicidarse).
4. Si Rigoberta Menchú no ___ ___ (escribir) su testimonio, probablemente no ___ ___ (recibir) el premio Nobel de la Paz.

A. Anticipando la lectura. A veces los poetas enfatizan sus mensajes con el uso de la sátira, crítica que ridiculiza a personas o cosas. La sátira aparece a lo largo del poema "La United Fruit Co." Trata de identificarla al leerlo. Para practicar, lee ahora los primeros nueve versos y contesta las siguientes preguntas.

1. ¿Quién es "Jehová"? ¿Por qué se menciona? ¿Qué poderes se asocian con Jehová? ¿A qué gran libro de las religiones cristianas hacen alusión estos versos?
2. ¿Habla en serio el poeta aquí o se está burlando de algo? Si se está burlando, ¿de qué se burla? ¿A qué grandes empresas menciona? ¿Qué tienen en común?
3. ¿Qué critica? En tu opinión, ¿por qué critica?
4. ¿Te has burlado alguna vez de una empresa o institución? ¿Por qué lo hiciste? ¿Qué lograste?

B. Vocabulario en contexto. Busca estas palabras en la lectura que sigue y, a base del contexto en el cual aparecen, decide cuál es su significado. Para facilitar encontrarlas, las palabras aparecen en negrilla en la lectura también.

1. **repartió**
   a. distribuyó
   b. convirtió
   c. instaló
2. **Bautizó**
   a. Cristianizó
   b. Bendijo
   c. Nombró
3. **zumban**
   a. pasan silenciosas
   b. hacen ruido
   c. duermen
4. **tiranía**
   a. nobleza
   b. democracia
   c. opresión
5. **desembarca**
   a. descarga
   b. llega
   c. se queda
6. **sepultados**
   a. enterrados
   b. ahogados
   c. atraídos

Conozcamos al autor

Pablo Neruda (1904–1973), cuyo verdadero nombre era Neftalí Ricardo Reyes Basoalto, escribió obras que sorprenden por su gran variedad, la cual refleja los cambios espirituales y políticos del autor. Comenzó con poemarios de forma tradicional y contenido muy lírico: *Crepusculario* (1923) y *Veinte poemas de amor y una canción desesperada* (1924). Continuó con dos tomos, ambos titulados *Residencia en la Tierra* (1945), caracterizados por su estilo hermético y surrealista. Luego siguió con *España en el corazón* (1937), *Tercera Residencia* (1947) y *Canto General* (1950). En éstos contemplamos el despertar de una conciencia política a favor de los oprimidos y el esfuerzo por alcanzar una expresión que pueda ser comprendida por el pueblo. Esta nueva visión culmina con *Odas elementales* y *Nuevas odas elementales* (ambas de 1956), que son conmovedoras colecciones caracterizadas por un lenguaje llano, sencillo y completamente comprensible. Debido a sus convicciones políticas, no fue hasta 1971 que por fin recibió el premio Nobel de Literatura. Neruda consiguió convertirse en el poeta del pueblo, amado por los oprimidos mineros de su país y por todos los que sufren y pelean por la justicia social en el mundo. Falleció a los doce días después de que su gran amigo, Salvador Allende, murió durante el asalto al palacio presidencial de la Moneda. Póstumamente se publicaron sus memorias, *Confieso que he vivido,* en 1974.

"La United Fruit Co." proviene del *Canto General.* Habla de varios dictadores despóticos y de sus alianzas con compañías internacionales que se dedicaron a explotar al pueblo hispanoamericano y los recursos naturales de cada país.

La United Fruit Co.

Cuando sonó la trompeta, estuvo
todo preparado en la tierra
y Jehová **repartió** el mundo
a Coca Cola Inc., Anaconda,
Ford Motors, y otras entidades:°
la Compañía Frutera Inc.
se reservó lo más jugoso,°
la costa central de mi tierra,
la dulce cintura de América.
Bautizó de nuevo sus tierras
como Repúblicas Bananas,
y sobre los muertos dormidos,
sobre los héroes inquietos
que conquistaron la grandeza,
la libertad y las banderas,
estableció la ópera bufa:°
enajenó los albedríos,°
regaló coronas° de César,
desenvainó la envidia,° atrajo

corporaciones

suculento

ópera... *comic opera*

enajenó... *alienated free will*

crowns

desenvainó... soltó los celos

la dictadura de las moscas,°
moscas Trujillos, moscas Tachos,
moscas Carías, moscas Martínez,
moscas Ubico,° moscas húmedas
de sangre humilde y mermelada,
moscas borrachas que **zumban**
sobre las tumbas populares,
moscas de circo, sabias moscas
entendidas en **tiranía**.
Entre las moscas sanguinarias°
la Frutera **desembarca**,
arrasando° el café y las frutas,
en sus barcos que deslizaron°
como bandejas° el tesoro
de nuestras tierras sumergidas.
Mientras tanto, por los abismos°
azucarados de los puertos,
caían indios **sepultados**
en el vapor de la mañana:
un cuerpo rueda,° una cosa
sin nombre, un número caído,
un racimo° de fruta muerta
derramada en el pudridero.°

flies, pests

Trujillos... dictadores de países latinos

bloodthirsty

razing

transportaron

platos

abysses, chasms

un... un cadáver cae dando vuelas

branch

derramada... tirada en la basura

¿Comprendiste la lectura?

A. Hechos y acontecimientos. ¿Recuerdas los datos más importantes de la lectura? Para asegurarte, contesta las siguientes preguntas.

1. Cuando se dividieron las tierras del mundo, ¿quién recibió la tierra preferida del poeta?
2. ¿Qué nombre le dio el nuevo dueño a las repúblicas americanas? ¿Qué opina el poeta de ese nombre?
3. ¿Qué relación hay entre la "ópera bufa" y los muertos, los héroes, la libertad y las banderas?
4. ¿Cuál fue el resultado de haber establecido una "ópera bufa"?
5. ¿A quiénes llama "moscas"?
6. Según el poeta, ¿para qué usó las moscas el nuevo dueño?
7. ¿Qué efecto tuvo el negocio del azúcar y de las frutas en los "indios"?
8. ¿A qué se refiere el poeta cuando habla de los "indios" —a los indígenas, a la gente pobre o a ambos?

B. A pensar y a analizar. ¿Reconoce el poeta algún aspecto positivo de la United Fruit Co. o sólo ve aspectos negativos? ¿Por qué crees que ha reaccionado así? ¿Estás de acuerdo con el poeta? ¿Por qué? Explica en detalle.

C. Debate. En grupos de cuatro, tengan un debate sobre el tema: Pablo Neruda tiene razón en su representación de Latinoamérica en el poema "La United Fruit Co." Dos deben argüir que sí tiene razón el poeta, dos que no. Informen a la clase de los mejores argumentos que se presentaron.

Introducción al análisis literario

Lenguaje literario: el sonido

El lenguaje literario requiere el uso de ciertas técnicas para enfatizar un mensaje. Una de éstas es el sonido, que incluye varios conceptos, dos de los cuales presentamos aquí:

- **Aliteración:** es la repetición de un sonido o de sonidos semejantes en una serie de palabras. En el siguiente ejemplo se consigue aliteración usando la consonante **l: L**ola vio llover **l**a **l**írica **l**uz de**l l**impio **l**irio.
- **Onomatopeya:** es el sonido articulado que imita el sonido real designado por la palabra. El siguiente ejemplo utiliza la onomatopeya para representar el sonido del trueno: Al mismo tiempo **retumbó** un **trueno.**

A. Onomatopeya. Encuentra en la segunda columna el sonido imitado por cada palabra de la primera columna.

____	1. pato	a. quiquiriquí
____	2. un choque	b. miau miau
____	3. gallo	c. buu buu
____	4. grillo	d. zumba zumba zumba
____	5. pollito	e. páquete
____	6. buho	f. chu chu
____	7. gato	g. pío pío pío
____	8. mosquito	h. guau guau
____	9. tren	i. cuac cuac
____	10. perro	j. cri cri

B. Aliteración y onomatopeya. Con dos compañeros(as), prepara una lista en dos columnas de todos los ejemplos de aliteración y onomatopeya que se encuentran en "La United Fruit Co." Comparen su lista con las otras de la clase.

¡LUCES! ¡CÁMARA! ¡ACCIÓN!

Chile: tierra de arena, agua y vino

Una viña chilena

Chile es el país más largo y angosto de Sudamérica, y posiblemente del mundo. Su geografía incluye desiertos solitarios, cordilleras de picos elevadísimos, regiones cambiantes de especial encanto y valles de clima perfecto para el cultivo de frutas.

En esta selección, viajarán al desierto de Atacama, que tiene fama de ser el más árido del mundo. Allí descansarán en el oasis que se encuentra en San Pedro de Atacama, un pueblecito de menos de dos mil personas. Luego irán a Antofagasta, ciudad situada en la costa del Pacífico donde se vive de la pesca y de los ingresos de su puerto aduanero internacional. De allí viajarán por el centro de Chile, donde producen y exportan el mejor vino de Sudamérica. Un ejemplo especial son las bodegas de Santa Carolina, fundadas en 1875. Santa Carolina es una exportadora de vinos de primera calidad.

Antes de empezar el video

Contesten las siguientes preguntas en parejas.

1. ¿Qué significa "desierto" para Uds.? Expliquen en detalle.

2. ¿Les gustaría vivir en un pueblo donde no haya tiendas, ni bares, ni avenidas, ni tráfico? ¿Qué hará que la gente quiera vivir en tal lugar? ¿Cómo pasarán el tiempo allí?
3. ¿Qué tipo de terreno y clima es necesario para cultivar la uva de la que se hace el vino? ¿Dónde se produce el vino en EE.UU.? ¿Son lugares atractivos? Expliquen.

¡A ver si comprendiste!

A. Chile: tierra de arena, agua y vino. Contesta las siguientes preguntas con un(a) compañero(a) de clase.

1. ¿De qué tiene fama el desierto de Atacama? ¿Cuál es su magia y magnificencia?
2. ¿Qué es el salar de Atacama? ¿Por qué es de interés turístico internacional?
3. Compara el pueblo de San Pedro de Atacama con Antofagasta. ¿En qué se parecen? ¿En qué se diferencian?
4. ¿Adónde exporta Chile su vino? ¿Qué lugar ocupa Chile entre los grandes exportadores de vino en las Américas?

B. A pensar y a interpretar. Contesta las siguientes preguntas.

1. Después de ver el video, ¿qué puedes decir de la geografía chilena?
2. ¿Por qué crees que un terreno tan largo y angosto resultó ser un país?
3. ¿En qué parte del país crees que vive la mayoría de los habitantes de Chile? ¿Por qué?
4. ¿Por qué será que las exportaciones chilenas de vino, fruta y verdura son tan populares en EE.UU.?

EXPLOREMOS EL CIBERESPACIO

Explora distintos aspectos del mundo chileno en las **Actividades para la Red** que corresponden a esta lección. Ve primero a **http://college.hmco.com** en la red, y de ahí a la página de ***Mundo 21.***

6.1 THE IMPERFECT SUBJUNCTIVE: FORMS AND *SI*-CLAUSES

Forms

-*ar* Verbs	-*er* Verbs	-*ir* Verbs
tomar	***prometer***	***insistir***
toma**ra**	prometie**ra**	insistie**ra**
toma**ras**	prometie**ras**	insistie**ras**
toma**ra**	prometie**ra**	insistie**ra**
tomá**ramos**	prometié**ramos**	insistié**ramos**
toma**rais**	prometie**rais**	insistie**rais**
toma**ran**	prometie**ran**	insistie**ran**

- To form the stem of the imperfect subjunctive of all verbs, drop -**ron** from the third-person plural form of the preterite and add the appropriate endings, which are the same for all verbs: -**ra,** -**ras,** -**ra,** -́**ramos,** -**rais,** -**ran.** Note that there is a written accent mark on the first-person plural form.

tomaron → tomara
prometie~~ron~~ → prometiera
insistie~~ron~~ → insistiera

- All verbs with spelling and stem changes, or with irregular stems in the third-person plural form of the preterite maintain that same irregularity in the imperfect subjunctive. (See *Unidad 2*, p. 165.)

leer: le**y**eron → le**y**era, le**y**eras, le**y**era, le**y**éramos, le**y**eran
dormir: d**u**rmieron → d**u**rmiera, d**u**rmieras, d**u**rmiera, d**u**rmiéramos, d**u**rmieran
estar: **estuv**ieron → **estuv**iera, **estuv**ieras, **estuv**iera, **estuv**iéramos, **estuv**ieran

Other verbs that follow this pattern are:

Spelling Changes

creer: cre**y**eron → cre**y**era
oír: o**y**eron → o**y**era

Stem Changes

mentir: m**i**ntieron → m**i**ntiera
pedir: p**i**dieron → p**i**diera

Irregular Verbs

decir: **dij**eron → **dij**era
haber: **hubie**ron → **hubie**ra
hacer: **hicie**ron → **hicie**ra
ir/ser: **fue**ron → **fue**ra
poder: **pudie**ron → **pudie**ra
poner: **pusie**ron → **pusie**ra
querer: **quisie**ron → **quisie**ra
saber: **supie**ron → **supie**ra
tener: **tuvie**ron → **tuvie**ra
venir: **vinie**ron → **vinie**ra

- The imperfect subjunctive has two sets of endings. The -**ra** endings, which have been presented, are the most common throughout the Spanish-speaking world. The -**se** endings (-**se, -ses, -se, ´semos, -seis, -sen**) are used most often in Spain and infrequently in Latin America.

The Imperfect Subjunctive in *si*-clauses

- One important use of the imperfect subjunctive is in sentences that express situations that are hypothetical, improbable, or completely contrary to fact. In these instances, the **si**-clause with the imperfect subjunctive states the condition, and the main clause with the conditional states the result of the condition. Either the main clause in the conditional or the **si**-clause in the imperfect subjunctive may begin the sentence.

Si yo **fuera** a Buenos Aires, no dejaría de visitar la Plaza de Mayo.	*If I were to go to Buenos Aires, I would not fail to visit the Plaza de Mayo.*
Muchos más estadounidenses **visitarían** Argentina si no **estuviera** tan lejos.	*Many more Americans would visit Argentina if it weren't so far away.*

Ahora, ¡a practicar!

A. Deseos. Tus amigos(as) porteños(as) te dicen que les gustaría más Buenos Aires si tuviera las siguientes cualidades.

MODELO aumentar las líneas del metro

Nos gustaría más Buenos Aires si aumentaran las líneas del metro.

1. controlar mejor el crecimiento de la ciudad
2. solucionar los embotellamientos del tráfico
3. proponer medidas para disminuir la contaminación
4. mantener mejor la red de caminos y carreteras
5. permitir menos vehículos en las calles
6. crear más áreas verdes en la ciudad

B. Recomendaciones. Di lo que les recomendarías a tus compañeros(as) que hicieran o no hicieran.

MODELO **Les recomendaría que estudiaran más.**

C. Planes remotos. Di lo que a ti te gustaría hacer si pudieras visitar Argentina.

MODELO ir a Argentina / visitar las pampas

Si fuera a Argentina, visitaría las pampas.

1. estar en Buenos Aires / ver una ópera en el teatro Colón
2. querer comprar algo en Buenos Aires / ir a las tiendas de la calle Florida
3. hacer buen tiempo / tomar sol en las playas de Mar del Plata
4. estar en la provincia de Misiones / admiraría las cataratas del Iguazú
5. viajar al sur de Argentina / pasear por Bariloche y la región de los lagos
6. llegar hasta Córdoba / hacer caminatas en los alrededores de la ciudad
7. poder / pasearme por Mendoza, la ciudad de los árboles y viñedos
8. tener tiempo / llegar hasta los bellos paisajes de la Patagonia

D. Poniendo condiciones. Di bajo qué condiciones harías lo siguiente.

MODELO Visitar Sudamérica

Visitaría Sudamérica si tuviera el dinero.

1. llamar a mis abuelos
2. comprar un carro nuevo
3. hacer un viaje a Europa
4. sacar una "A" en todas mis clases
5. correr un maratón
6. trabajar durante el verano

6.2 THE IMPERFECT SUBJUNCTIVE: NOUN AND ADJECTIVE CLAUSES

The imperfect subjunctive is used in noun and adjective clauses when the verb in the main clause is in a past tense or in the conditional and the same circumstances requiring the present subjunctive occur.

Uses in Noun Clauses

The imperfect subjunctive is used in a noun clause when:

- the verb or impersonal expression in the main clause indicates a wish, a recommendation, a suggestion, or a command and the subject of the noun clause is different from the subject of the main clause. An infinitive is used if there is no subject change.

El pueblo **quería** que el gobierno **cumpliera** sus promesas.	*The people wanted the government to fulfill its promises.*
Me **recomendaron** que **hiciera** ejercicio para perder peso.	*They recommended that I exercise to lose weight.*
Desearíamos que **leyeras** ese libro sobre la inmigración en Argentina.	*We would like you to read that book on Argentine immigration.*
Desearíamos leer ese libro sobre la inmigración en Argentina.	*We would like to read that book on Argentine immigration.*

- the verb or impersonal expression in the main clause indicates doubt, uncertainty, disbelief, or denial. When the opposite of these verbs and expressions is used, the verb in the dependent clause is in the indicative because certainty is implied.

Mis amigos **dudaban** que, hace más de dos mil años, los chinos **jugaran** al fútbol.	*My friends doubted that, over two thousand years ago, the Chinese played soccer.*
En 1973, **parecía imposible** que Juan e Isabel Perón **ganaran** las próximas elecciones y **fueran** elegidos presidente y vicepresidenta de la república.	*In 1973, it seemed impossible that Juan and Isabel Peron would win the coming elections and be elected president and vice president of the republic.*
Los expertos **no dudaban** que la crisis política del año 2001 **fue** un momento sombrío de la historia de Argentina.	*The experts didn't doubt that the political crisis of 2001 was a somber moment in Argentine history.*

- the verb or impersonal expression in the main clause conveys emotions, opinions, and judgments and there is a change of subject. If there is no change of subject, the infinitive is used.

Los argentinos **estaban sorprendidos** de que Fito Páez, a la edad de trece años, **tuviera** su propia banda. *Argentines were surprised that, when he was thirteen years old, Fito Paez had his very own band.*

Fito Páez **temía** que a la gente no le **gustaran** sus canciones. *Fito Paez was afraid that people would not like his songs.*

Fito Páez **temía fracasar** en el competitivo mundo musical argentino. *Fito Paez was afraid of failing in the competitive Argentine musical world.*

Uses in Adjective Clauses

- The subjunctive is used in an adjective clause (dependent clause) when it describes someone or something in the main clause whose existence is unknown or uncertain.

Necesitábamos un guía que **conociera** bien los alrededores de Buenos Aires. *We needed a guide who knew Buenos Aires' surrounding area well.*

La gente pedía un gobierno que **impulsara** reformas sociales. *People were asking for a government that would promote social reforms.*

- When the adjective clause refers to someone or something that is known to exist, the indicative is used.

Encontré un guía que **conocía** muy bien la arquitectura colonial. *I found a guide who knew the colonial architecture very well.*

Jorge Luis Borges escribió cuentos que **tuvieron** gran éxito. *Jorge Luis Borges wrote short stories that had great success.*

Ahora, ¡a practicar!

A. ¿El crimen perfecto? Di lo que quería la mujer del cuento "Continuidad de los parques".

MODELO la noche / llegar pronto

La mujer quería (deseaba, pedía) que la noche llegara pronto.

1. nadie / descubrir su amor prohibido
2. el amante / venir a la cabaña del monte
3. el amante / reunirse con ella pronto
4. el amante / acariciar su mejilla
5. los perros / no ladrar
6. su marido / estar solo en la casa
7. el amante / destruir a su marido
8. ... *(añade otros deseos)*

UNIDAD 6

B. El pasado reciente. ¿De qué se lamentaban algunos argentinos al recordar tiempos de un pasado reciente?

MODELO cenar al aire libre / ya no estar muy de moda

Algunos argentinos se lamentaban de que el cenar al aire libre ya no estuviera tan de moda.

1. el país / tener tantos problemas económicos
2. la moneda nacional / no valer mucho
3. la capital / estar superpoblada
4. el presidente / no hacer nada para mejorar la economía
5. el gobierno / permitir tales desastres en la economía
6. los ciudadanos / no poder hacer nada
7. los bancos / ser cerrados por el gobierno

C. Deseos y realidad. Di primeramente qué tipo de gobernante pedía la gente durante las últimas elecciones presidenciales de Argentina. Luego, di si, en tu opinión, la gente obtuvo o no ese tipo de gobernante.

MODELO crear empleos

La gente pedía (quería) un gobernante que creara empleos.

La gente eligió (votó por) un gobernante que (no) creó empleos.

1. mejorar los sueldos de todo el mundo
2. estabilizar la nación
3. reducir la inflación
4. dar más recursos para la educación
7. atender a la clase trabajadora
5. hacer reformas económicas
6. desarrollar la industria nacional
8. construir más carreteras

D. Pasatiempos en la secundaria. Usa el dibujo que aparece a continuación para decir lo que tú y tus amigos(as) consideraban importante hacer y no hacer cuando estaban en la escuela secundaria.

MODELO **Era importante (necesario, esencial) que durmiéramos lo suficiente.**

Era obvio (seguro, verdad) que los jóvenes dormían demasiado.

Lección 2

6.3 THE IMPERFECT SUBJUNCTIVE: ADVERBIAL CLAUSES

The imperfect subjunctive is used in adverbial clauses when the verb in the main clause is in a past tense or in the conditional and the same circumstances requiring the present subjunctive exist.

- Adverbial clauses always use the subjunctive when they are introduced by the following conjunctions:

a fin (de) que	**con tal (de) que**	**para que**
a menos (de) que	**en caso (de) que**	**sin que**
antes (de) que		

Mis padres visitaron Uruguay **antes de que** Jorge Batlle **ganara** la presidencia.	*My parents visited Uruguay before Jorge Batlle won the presidency.*
Nuestro agente de viajes nos dijo que no veríamos los mejores candomberos **a menos que visitáramos** Uruguay durante el Carnaval.	*Our travel agent told us that we would not see the best candombe players unless we visited Uruguay during Carnival.*

- Adverbial clauses are always in the indicative when they are introduced by conjunctions such as **como, porque, ya que,** and **puesto que.**

Los uruguayos tienen grandes fiestas el 25 de agosto **porque** en esa fecha en 1825, el país se **independizó**.	*Uruguayans have big parties on August 25 because on that date in 1825, the country became independent.*

- Adverbial clauses may be in the subjunctive or the indicative when they are introduced by conjunctions of time: **cuando, después (de) que, en cuanto, hasta que, mientras que,** and **tan pronto como.** The subjunctive is used when the adverbial clause refers to an anticipated event that has not yet taken place. The indicative is used when the adverbial clause refers to completed or habitual past actions or a statement of fact.

Una amiga mía me dijo que visitaría Uruguay tan pronto como **terminara** sus estudios.	*A friend of mine told me that she would visit Uruguay as soon as she finished her studies.*
Mis padres asistieron a un festival de candombe cuando **visitaron** Uruguay.	*My parents attended a candombe festival when they visited Uruguay.*
Cuando **iba** a Montevideo, siempre me paseaba por la Plaza de la Independencia.	*When I would go to Montevideo, I would always stroll through the Independence Plaza.*

- An adverbial clause introduced by **aunque** can also be in the subjunctive or the indicative. The subjunctive is used when the adverbial clause expresses a possibility or a conjecture. If the adverbial clause expresses a fact, the verb is in the indicative.

Aunque **tuviera** tiempo y dinero, no visitaría los casinos de Montevideo.	*Even if I had time and money, I would not visit Montevideo's casinos.*

Aunque **pasé** varias semanas en Uruguay, nunca pude ir a la ciudad de Paysandú.	*Even though I spent several weeks in Uruguay, I was never able to go to the city of Paysandu.*

Ahora, ¡a practicar!

A. Comunicación musical. Completa la siguiente narración acerca de la comunicación entre esclavos.

Los españoles decidieron importar esclavos africanos cuando __1__ (notar) que faltaba mano de obra. A fin de que los esclavos __2__ (hacer) trabajos agrícolas y mineros, los españoles importaron unos tres millones de esclavos entre 1518 y 1800. Mientras que una región como el Caribe __3__ (tener) una alta proporción de esclavos, hubo menos en lo que hoy es Uruguay: unos treinta mil. Era difícil que los esclavos se comunicaran en caso de que __4__ (tratar) de hacerlo. Un problema era las diferentes lenguas que hablaban: en cuanto __5__ (comenzar) a hablar se daban cuenta de que el otro no entendía. Así, comenzaron a usar el tamboril, un instrumento musical, a fin de que las diferentes lenguas no __6__ (impedir) la comunicación y para que los amos no __7__ (darse) cuenta de que se estaban comunicando. Pero, tan pronto como los amos __8__ (descubrir) que el tamboril era un medio de comunicación, prohibieron que lo tocaran, a menos que lo __9__ (usar) en ceremonias religiosas o en fiestas especiales.

B. Los planes de tu amigo. Un(a) amigo(a) te habló de sus planes de pasar un semestre en Montevideo. ¿Qué te dijo?

MODELO a menos que / no reunir el dinero necesario

Me dijo que pasaría el próximo semestre en Montevideo a menos que no reuniera el dinero necesario.

1. con tal que / encontrar una buena escuela donde estudiar
2. siempre que / aprobar todos los cursos que tiene este semestre
3. a menos que / tener problemas económicos
4. a fin de que / su español mejorar
5. en caso de que / poder vivir con una familia

C. Primer día. Tu amigo(a) imagina cómo sería su primer día en la capital uruguaya.

MODELO llegar al aeropuerto internacional / tomar un taxi al hotel

Tan pronto como (Cuando / En cuanto) yo llegara al aeropuerto internacional en Montevideo, tomaría un taxi al hotel.

1. entrar en mi cuarto de hotel / ponerse ropas y zapatos cómodos
2. estar listo(a) / ir a la Ciudad Vieja
3. llegar a la Ciudad Vieja / pasear por la Plaza Constitución
4. terminar de pasear por la plaza / entrar en la Catedral
5. salir de la Catedral / mirar los edificios antiguos
6. cansarse de mirar edificios / caminar hacia la Plaza de la Independencia
7. alcanzar la Plaza de la Independencia / admirar el monumento a Artigas, en medio de la plaza
8. acabar la visita a la plaza / sentarse en uno de los cafés cercanos
9. terminar de tomar un refresco / volver al hotel, seguramente cansadísimo(a)

D. ¡Qué fastidioso! Tú eres una persona muy fastidiosa. Pensabas ir de vacaciones a Punta del Este pero decidiste que no irías a menos que se cumplieran ciertas condiciones. Di cuáles serían esas condiciones.

MODELO a menos que

No iría a menos que pudiera quedarme tres semanas completas.

1. con tal de que
2. sin que
3. antes de que
4. para que
5. en caso de que
6. aunque

6.4 THE IMPERFECT SUBJUNCTIVE IN MAIN CLAUSES

- Both the imperfect subjunctive and the conditional of the verbs **poder, querer,** and **deber** are used to make polite recommendations or statements. With other verbs, the conditional is more commonly used for this purpose.

—**Debieras** (**Deberías**) visitar Uruguay en febrero, cuando hace calor.
—No me gusta el calor. **Quisiera** (**Querría**) ir en octubre.

"You should visit Uruguay in February, when it's hot."
"I don't like hot weather. I'd like to go in October."

- The imperfect subjunctive is used after **ojalá (que)** to express wishes that are unlikely to be fulfilled or that cannot be fulfilled.

¡Ojalá que me **sacara** la lotería y **pudiera** viajar por toda Sudamérica!
¡Ojalá **estuviera** tomando sol en una de las playas de Montevideo en este momento!

I wish I'd win the lottery and could travel throughout South America!
I wish I were sunbathing on one of Montevideo's beaches right now!

Ahora, ¡a practicar!

A. Recomendaciones. Un(a) amigo(a) te hace recomendaciones amables acerca de tu próximo viaje a Uruguay.

MODELO consultar a un agente de viajes

Pudieras (Podrías) consultar a un agente de viajes.

1. viajar durante los meses calurosos de verano
2. llevar dólares en vez de pesos uruguayos
3. leer una guía turística
4. comprar tu billete de avión con anticipación
5. pasar más de cinco días en Montevideo
6. ver las playas de Punta del Este

B. Soñando. Tú y tus compañeros(as) expresan deseos que seguramente no se cumplirán.

MODELO no tener que estudiar para el examen de mañana

Ojalá no tuviera que estudiar para el examen de mañana.

1. estar tomando el sol en una playa en estos momentos
2. andar de viaje por Uruguay

UNIDAD 6

3. ganar un viaje a Montevideo
4. aprobar todos mis cursos sin asistir a clases
5. tener un empleo interesante
6. poder jugar al tenis más a menudo

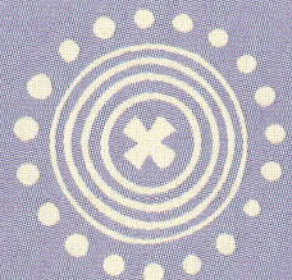

Lección 3

6.5 OTHER PERFECT TENSES

The perfect tenses are formed by combining the appropriate tense of the auxiliary verb **haber** with the past participle of a verb. In *Unidad 4* you learned to combine the present indicative of **haber** with past participles to form the present perfect indicative. In this unit, you will learn to combine other tenses and moods of **haber** with past participles to form the rest of the perfect tenses. The present subjunctive of **haber** followed by a past participle is used to form the present perfect subjunctive; the imperfect indicative and subjunctive of **haber** followed by past participles are used to form the past perfect indicative and subjunctive; the future perfect and conditional perfect tenses are formed using the future and conditional of **haber** with past participles.

Present Perfect Subjunctive

Forms

-ar Verbs	*-er* Verbs	*-ir* Verbs
haya termin**ado**	**haya** aprend**ido**	**haya** recib**ido**
hayas termin**ado**	**hayas** aprend**ido**	**hayas** recib**ido**
haya termin**ado**	**haya** aprend**ido**	**haya** recib**ido**
hayamos termin**ado**	**hayamos** aprend**ido**	**hayamos** recib**ido**
hayáis termin**ado**	**hayáis** aprend**ido**	**hayáis** recib**ido**
hayan termin**ado**	**hayan** aprend**ido**	**hayan** recib**ido**

- Reflexive and object pronouns must precede the conjugated form of the verb **haber.**

  Para muchos es extraordinario que las vestimentas indígenas tradicionales **se hayan conservado** hasta nuestros días. *For many it is extraordinary that the traditional indigenous costumes have been preserved until now.*

- As you learned in *Unidad 4,* the past participle is formed by adding -**ado** to the stem of -**ar** verbs and -**ido** to the stem of -**er** and -**ir** verbs: terminar → **terminado**, aprender → **aprendido**, recibir → **recibido**. The past participle is invariable; it always ends in -**o.**

- The following is a list of common irregular past participles:

abierto	**dicho**	**puesto**	**visto**
cubierto	**hecho**	**resuelto**	**vuelto**
escrito	**muerto**	**roto**	

Use

- The present perfect subjunctive is used in dependent clauses that require the subjunctive and that refer to past actions or events that began in the past and continue in the present. The verb in the main clause may be in the present or present perfect indicative, the future, or in a command form.

Mis padres no han regresado todavía. Es posible que **hayan decidido** pasar más días en Paraguay.
My parents have not returned yet. It is possible that they have decided to spend a few more days in Paraguay.

Hasta ahora no he conocido a nadie que **haya estado** en la región del Chaco.
Up until now I have not met anyone who has been to the Chaco area.

Espero que mis padres **hayan tenido** la oportunidad de asistir a un concierto de música guaraní.
I hope my parents had the opportunity to attend a concert of Guarani music.

Preguntaré cómo ir a Ciudad del Este tan pronto como **haya llegado** a mi hotel en Asunción.
I will ask about how to go to Ciudad del Este as soon as I have reached my hotel in Asuncion.

En tu próxima visita, ve a un lugar donde no **hayas estado** antes.
On your next visit, go to a place where you have not been before.

Ahora, ¡a practicar!

A. Cambios recientes. Menciona algunos cambios que es posible que hayan ocurrido en Paraguay últimamente.

MODELO introducir reformas agrarias

Es posible que se hayan introducido reformas agrarias.

1. nacionalizar algunas empresas
2. repartir tierras a los campesinos
3. promover el desarrollo industrial
4. tratar de estabilizar la economía
5. mejorar el nivel de vida de los indígenas
6. crear más presas hidroeléctricas

B. Razones. Tú y tus compañeros(as) especulan acerca de por qué Elisa no crió a su hija Delicia.

MODELO estar preparada para ser madre

Es probable que Elisa no haya estado preparada para ser madre.

1. tener dinero
2. estar sin trabajo
3. desear una familia acomodada para su hija

4. no querer responsabilidades
5. sentir vergüenza de ser madre soltera
6. ... *(añade otras suposiciones)*

C. Quejas. Los padres de unos(as) amigos(as) que hicieron una excursión a Asunción lamentan de que sus hijos(as) no hayan podido hacer todas las cosas que habían planeado.

MODELO ir al Centro de Artes Visuales

Sentimos (Lamentamos, Es triste, Es una lástima) que no hayan ido al Centro de Artes Visuales.

1. visitar el Panteón Nacional de los Héroes
2. entrar al Palacio de Gobierno
3. subir al Hotel Guaraní para tener una buena vista de la ciudad
4. ver las hermosas casas de Villa Morra
5. probar la sopa paraguaya, que es un tipo de pan
6. asistir a un concierto de arpa paraguaya
7. hacer una excursión al lago Ypacaraí
8. ... *(añade otros planes que no se realizaron)*

D. ¿Buen o mal gusto? ¿Qué opinas de la ropa que llevaban las personas en las siguientes situaciones?

MODELO En su entrevista para gerente de una boutique que se especializa en ropa super elegante para mujeres de negocios, Estela Quispe llevaba jeans y una blusa con lunares negros y amarillos.

Es bueno (fascinante, maravilloso, triste, deprimente) que haya llevado jeans y una blusa con lunares.

1. El primer día de clases Mario Méndez llevaba shorts y zapatos sin calcetines.
2. La noche de su "senior prom" Marianela Ávalos llevaba un vestido largo de terciopelo negro y un collar de perlas.
3. El acompañante de Marianela llevaba overoles, una camisa roja y botas negras.
4. Para su entrevista para ser aceptado a un programa graduado en la Universidad de Stanford, Ernesto Trujillo llevaba un traje azul marino, camisa blanca, corbata roja y un par de tenis blancos.
5. Para la boda de su prima, Maricarmen Rodríguez llevaba una falda negra con volantes blancos y una blusa blanca con rayas negras.
6. El esposo de Maricarmen llevaba pantalones negros, camisa blanca, corbata negra y zapatos blancos.

Past Perfect Indicative and Past Perfect Subjunctive

Past Perfect Indicative	Past Perfect Subjunctive
había aceptado	**hubiera / hubiese** aceptado
habías aceptado	**hubieras / hubieses** aceptado
había aceptado	**hubiera / hubiese** aceptado
habíamos aceptado	**hubiéramos / hubiésemos** aceptado
habíais aceptado	**hubierais / hubieseis** aceptado
habían aceptado	**hubieran / hubiesen** aceptado

- The past perfect indicative is used to show that a past action took place before another past action or before a specific time in the past.

Cuando el abogado José Gaspar Rodríguez de Francia fue declarado dictador perpetuo en 1816, ya **había gobernado** el país como dictador antes.
When the lawyer Jose Gaspar Rodriguez de Francia was declared dictator in perpetuity in 1816, he had already ruled the country as a dictator before.

Antes de octubre de 1813, ningún país latinoamericano **había declarado** su independencia.
Before October 1813, no Latin American country had declared its independence.

- The past perfect subjunctive is used when conditions for use of the subjunctive are met, and a past action takes place before a prior point in time. The main verb of the sentence may be in the past (preterite, imperfect, past perfect), the conditional, or the conditional perfect.

Cuando visitamos Paraguay hace unos años, todos se quejaban de que el gobierno no **hubiera podido** controlar la inflación.
When we visited Paraguay a few years ago, everyone was complaining that the government had not been able to curb inflation.

A la corona española no le gustaba que los jesuitas **hubiesen adquirido** tantas riquezas.
The Spanish crown did not like that the Jesuits had acquired so much wealth.

Future Perfect and Conditional Perfect

Future Perfect	Conditional Perfect
habré comprendido	**habría** comprendido
habrás comprendido	**habrías** comprendido
habrá comprendido	**habría** comprendido
habremos comprendido	**habríamos** comprendido
habréis comprendido	**habríais** comprendido
habrán comprendido	**habrían** comprendido

- The future perfect is used to show that a future action will have been completed prior to the start of another future action or prior to a specific time in the future.

La próxima semana ya **habremos terminado** nuestra visita a Paraguay.	*Next week we will have already finished our visit to Paraguay.*
Cuando tú llegues a las cataratas del Iguazú, yo ya **habré salido** de Paraguay.	*When you reach the Iguazu waterfall, I will have already left Paraguay.*

- The conditional perfect expresses conjecture or what would or could have occurred in the past. It often appears in sentences with a **si**-clause.

No sé qué **habrían hecho** ellos en esa situación.	*I don't know what they would have done in that situation.*
Si hubieras ido al pueblito de Trinidad cerca de Encarnación, **habrías visto** la reducción jesuita mejor preservada del país.	*If you had gone to the small village of Trinidad near Encarnacion, you would have seen the best preserved Jesuit mission in the country.*

Ahora, ¡a practicar!

A. Preguntas difíciles. La mejor amiga de Delicia quería saber qué reacción había tenido ella al descubrir que era una hija adoptiva. ¿Qué le preguntó?

MODELO alegrarse con la noticia

Le preguntó si se había alegrado con la noticia.

1. querer abandonar a sus padres adoptivos
2. escuchar las explicaciones de Elisa
3. leer todas las cartas de Elisa
4. sentir curiosidad por saber qué hacía Elisa
5. perder la confianza en sus padres adoptivos
6. perdonar las mentiras de sus padres adoptivos

B. Quejas. Hacia el fin del siglo XX algunos paraguayos se quejaban de muchas cosas que habían ocurrido un poco antes. ¿Qué lamentaba la gente?

MODELO la deuda externa / aumentar drásticamente

La gente lamentaba que en los años anteriores la deuda externa hubiera aumentado drásticamente.

1. la productividad del país / disminuir
2. los precios de la ropa y de los comestibles / subir mucho
3. la inflación / no controlarse
4. el estándar de vida / declinar
5. muchos intelectuales / emigrar
6. la cultura guaraní / no promoverse mucho
7. ... *(añade otras quejas)*

C. Predicciones. Tu amigo(a) paraguayo(a) es muy optimista. ¿Qué opiniones expresa acerca de lo que cree que habrá ocurrido dentro de veinte años?

MODELO el país / modernizarse completamente

Dentro de veinte años, el país ya se habrá modernizado completamente.

1. el desempleo / bajar
2. la economía / estabilizarse
3. la deuda externa / pagarse
4. el país / convertirse en una potencia agrícola
5. la energía hidroeléctrica / desarrollarse
6. el guaraní / convertirse en una lengua oficial de todo el Cono Sur
7. el país / llegar a ser una nación industrializada

D. Vacaciones muy cortas. Después de una corta estadía en Paraguay, les dices a tus amigos(as) lo que habrías hecho en caso de que hubieras podido quedarte más tiempo.

MODELO conversar más tiempo con estudiantes paraguayos

Habría conversado más tiempo con estudiantes paraguayos.

1. ir a un restaurante donde tocaran música folklórica paraguaya
2. obtener boletos para ver una obra en el Teatro Municipal
3. comprar discos compactos de música de arpa
4. ver un partido de fútbol
5. adquirir más artesanías paraguayas
6. pasear en barco por el río Paraguay
7. bañarse en el lago Ypacaraí
8. visitar algunas reducciones jesuitas

Lección 4

6.6 SEQUENCE OF TENSES

Verbs in the Indicative

- Sequence of tenses refers to the fact that in a sentence with a dependent clause, there must be a correlation between the tense of the main verb and that of the dependent verb. The following tenses can be used when the main and dependent clauses are in the indicative.

Simple Tenses		Perfect Tenses	
Present	acepto	**Present Perfect**	he aceptado
Future	aceptaré	**Future Perfect**	habré aceptado
Imperfect	aceptaba	**Past Perfect**	había aceptado
Preterite	acepté	**Preterite Perfect**	hube aceptado*
Conditional	aceptaría	**Conditional Perfect**	habría aceptado

* The preterite perfect is not used in spoken language, and it is rarely used in written language.

- When the verbs of the main and the dependent clauses are in the indicative, there are no restrictions on the way tenses can combine as long as the sentence makes sense.

Los mapuches de Chile **son** miembros de una familia lingüística que **incluye** a muchos grupos indígenas que **habitaban** grandes extensiones de Sudamérica. *The Mapuches from Chile are members of a linguistic family that include many indigenous groups that lived in large areas of land in South America.*

Unos amigos míos me **contaron** que se **habían divertido** inmensamente cuando **visitaron** Santiago. *Some friends of mine told me that they had had a great time when they visited Santiago.*

Cuando **viajaron** a un pueblecito donde **hacen** guitarras, todos **querían** comprar una. *When they traveled to a small village where they make guitars, everyone wanted to buy one.*

- The same rule applies when the main verb is a command form.

Dime qué **quieres** hacer hoy; no me **digas** lo que **querías** hacer ayer. *Tell me what you want to do today; don't tell me what you wanted to do yesterday.*

Pregúntame adónde **iré** esta tarde. *Ask me where I'll go this afternoon.*

Explíquenme lo que **habrían hecho** Uds. en esa situación. *Explain to me what you would have done in that situation.*

Ahora, ¡a practicar!

A. Lecturas. Menciona algunos de los datos que recuerdas de tus lecturas sobre Chile.

MODELO Bernardo O'Higgins / participar en las guerras de la independencia

Leí que Bernardo O'Higgins participó en las guerras de la independencia.

1. Diego Portales / promulgar una constitución en 1833.
2. Chile / tener gobiernos democráticos entre 1830 y 1933
3. La Guerra del Pacífico / durar de 1879 a 1883
4. Eduardo Frei Montalva, demócrata-cristiano, / ganar las elecciones de 1964
5. Salvador Allende / ser presidente entre 1970 y 1973
6. Allende / morir durante el golpe militar de 1973
7. El dictador Augusto Pinochet / gobernar el país por más de quince años
8. el país / tener un presidente democrático en 1990
9. Eduardo Frei Ruiz-Tagle, hijo de Eduardo Frei Montalva / resultar elegido presidente en 1993
10. Ricardo Lagos / ganar las elecciones presidenciales en la segunda vuelta en el año 2000

B. Recuerdos. Un señor chileno te cuenta cómo era su vida cuando supo del golpe de estado que llevó al poder al general Pinochet en 1973.

MODELO tener quince años

Cuando ocurrió el golpe militar, yo tenía quince años.

1. vivir en Santiago con mi familia
2. ser estudiante de secundaria
3. no entender mucho de política
4. llevar una vida muy tranquila
5. pensar que Allende terminaría su período constitucional
6. que los militares no intervendrían en la política

C. Futuro inmediato. ¿Cómo ves la situación en Chile en los próximos veinte años?

MODELO haber estabilidad política

Opino (Pienso, Imagino) que habrá prosperidad económica todavía. o

Opino (Pienso, Imagino) que no habrá prosperidad económica.)

1. existir un sistema político democrático
2. aumentar la población de modo significativo
3. desarrollarse proyectos económicos con países vecinos
4. disminuir la importancia de la minería
5. desarrollarse incluso más la industria del turismo
6. exportarse frutas y vinos
7. construirse carreteras
8. ... *(añade otras predicciones)*

D. ¿Qué pasará? ¿Habrá cambios en Chile antes del año 2010?

MODELO la constitución / cambiar

Me imagino (Supongo, Sin duda) que antes del año 2010 la constitución (no) habrá cambiado.

1. la población / alcanzar veinte millones
2. el gobierno chileno / hacer acuerdos con EE.UU.
3. los chilenos / poblar el extremo sur del país
4. la gente / destruir muchos bosques nativos
5. la lengua mapuche / desaparecer
6. la falta de carreteras / ser superado
7. las exportaciones hacia Europa y EE.UU. / aumentar significativamente
8. los estudiantes universitarios / conseguir importancia política
9. la moneda nacional / perder su valor
10. ... *(añade otras predicciones)*

E. ¡Ahora sé más! Di lo que pensabas acerca de Chile antes de leer la lección y después de leerla.

MODELO ser un país muy pequeño

Pensaba que Chile era un país muy pequeño, pero ahora sé que hay otros países más pequeños.

1. tener un gobierno militar
2. estar al norte de Perú
3. no tener influencia indígena
4. no ser un país próspero

5. tener grupos indígenas
6. no tener industria minera
7. no tener escritores famosos
8. estar al lado de Uruguay
9. ... *(añade otras impresiones)*

Verbs in the Indicative and the Subjunctive

Main Verb (Indicative)	Dependent Verb (Subjunctive)
Present Present Perfect Future Future Perfect Command	Present Present Perfect

- If the main verb of a sentence is in the present, present perfect, future, future perfect, or is a command, the verb in the dependent clause is usually in the present or the present perfect subjunctive.

La gente **espera** que el nuevo presidente les **resuelva** todos sus problemas. — *People expect the new president to solve all their problems for them.*

Sé que el profesor me **aconsejará** que **lea** los poemas de Pablo Neruda. — *I know the professor will advise me to read Pablo Neruda's poems.*

Queremos conversar con alguien que **haya estado** en Chile recientemente. — *We want to talk with someone who has been to Chile recently.*

- The dependent clause may also be in the imperfect subjunctive or the past perfect subjunctive when the action expressed by the dependent clause occurred prior to that of the main clause.

Siento que tu viaje a la Patagonia no se **realizara.** — *I'm sorry your trip to Patagonia did not take place.*

No creo que Chile **hubiera declarado** su independencia antes de 1800. — *I don't think Chile had declared its independence before 1800.*

- If the main verb is in any of the past tenses, the conditional, or the conditional perfect, the verb of the dependent clause must be either in the imperfect or the past perfect subjunctive. The past perfect subjunctive signals that the action in the dependent clause is prior to that of the main clause.

Main Verb (Indicative)	Dependent Verb (Subjunctive)
Preterite Imperfect Past Perfect Conditional Conditional Perfect	Imperfect Past Perfect

¿**Deseabas** visitar un pueblo que **tuviera** un buen mercado de artesanías? — *Did you want to visit a village that had a good handicrafts market?*

Al no verte en el aeropuerto, todos **temimos** que **hubieras perdido** el vuelo. — *When we didn't see you at the airport, we all feared you might have missed your flight.*

Sería bueno que **aumentaran** el presupuesto para la educación. — *It would be good if they would increase the budget for education.*

Le dije a mi compañera que me **había molestado** que nadie **hubiera querido** acompañarme al Museo de Arte Precolombino. — *I told my friend that it had bothered me that nobody had wanted to accompany me to the Museum of Pre-Columbian Art.*

Ahora, ¡a practicar!

A. Cosas sorprendentes. Les mencionas a tus amigos(as) datos de Chile que te han sorprendido.

MODELO ser país largo y estrecho

Me ha sorprendido que Chile sea un país tan largo y estrecho.

1. poseer una parte de la Antártida
2. tener posesiones en el océano Pacífico, como la Isla de Pascua
3. concentrar la población en la parte central de su territorio
4. gozar, en la zona central, de un clima y paisaje semejantes a los de California
5. disponer de canchas de esquí de renombre mundial
6. producir vinos famosos en el mundo entero
7. ... *(añade otras cosas sorprendentes)*

B. Posible visita. Tú y tus amigos(as) dicen cuándo o bajo qué condiciones visitarán Chile.

MODELO antes de que

Visitaré Chile antes de que termine el año escolar.

1. tan pronto como / reunir dinero
2. con tal (de) que / poder quedarme allí tres meses por lo menos
3. después (de) que / graduarme
4. cuando / estar en mi tercer año de la universidad
5. en cuanto / aprobar mi curso superior de español

C. Cosas buenas. Éstas son algunas de las respuestas que te dan tus amigos(as) chilenos(as) cuando les preguntas qué cambios desean en el país.

MODELO la economía / no depender de los precios del cobre

Preferiría (Me gustaría, Sería bueno) que la economía no dependiera de los precios del cobre.

1. el país / tener otros centros económicos importantes, además de Santiago
2. el gobierno / proteger la industria nacional
3. la carretera panamericana / estar mejor mantenida
4. el gobierno / preocuparse más de la preservación de las riquezas naturales
5. nosotros / explotar más los recursos minerales del desierto de Atacama
6. el presidente / (no) poder ser reelegido

D. Recuerdos de años difíciles. Algunos(as) amigos(as) chilenos(as) te hablan de lo que le gustaba y no le gustaba a la gente durante los años 80.

MODELO las libertades individuales / desaparecer

A la gente no le gustaba que las libertades individuales hubieran desaparecido.

1. la exportación de fruta / aumentar
2. el orden público / restablecerse
3. la economía / mejorar un poco
4. los latifundios / no eliminarse
5. el costo de la educación / subir mucho
6. muchos profesionales / abandonar el país
7. ... *(añade otras preferencias)*

Sequence of Tenses in *si*-clauses

The sequence of tenses in conditional **si**-clauses does not totally comply with the rules given in the preceding section. The following are the most frequently used structures.

- For actions likely to take place in the present or future, the **si**-clause is in the present indicative and the result clause is in the present indicative or the future, or is a command form.

***si*-clause**	**Result Clause**
si + Present Indicative	Present Indicative Future Command

Si **podemos**, **queremos** ver el nuevo edificio del Congreso Nacional en Valparaíso. *If we can, we want to see the new building of the National Congress in Valparaíso.*

Si **voy** a Viña del Mar, **tomaré** sol en una de las playas. *If I go to Viña del Mar, I will sunbathe on one of the beaches.*

Si **estás** en Valparaíso, no **dejes** de subir a uno de los cerros en ascensor. *If you are in Valparaiso, don't fail to go up one of the hills by elevator (funicular railway).*

- For unlikely or contrary-to-fact actions or situations in the present or in the future, the **si**-clause is in the imperfect subjunctive and the result clause in the conditional.

***si*-clause**	**Result Clause**
si + Imperfect Subjunctive	Conditional

Si mis padres **fueran** a la isla de Pascua, **sacarían** muchas fotografías de los *moais*. *If my parents were to go to Easter Island, they would take many pictures of the* moais *(giant sculptures).*

- For contrary-to-fact actions in the past, the **si**-clause is in the past perfect subjunctive and the result clause in the conditional perfect.

***si*-clause**	**Result Clause**
si + Past Perfect Subjunctive	Conditional Perfect

Si hubiera ido a Chillán, **habría visto** los murales del artista mexicano Siqueiros en la Escuela México. *If I had gone to Chillan, I would have seen the murals by the Mexican artist Siqueiros at the Mexico School.*

Ahora, ¡a practicar!

A. En el sur. Si pudieras ir, ¿qué harías en el sur de Chile?

MODELO visitar el mercado de artesanías de Angelmó

Si pudiera ir al sur de Chile, visitaría el mercado de artesanías de Angelmó.

1. navegar en el río Bío-Bío
2. recorrer algunos pueblos mapuches cerca de Temuco
3. ver los fuertes españoles del siglo XVII cerca de Valdivia
4. pasearme por los densos bosques del Parque Nacional Puyehue cerca de Osorno
5. alquilar un bote en el lago Llanquihue

B. Planes. ¿Qué planes tienes para los días que vas a pasar en Santiago?

MODELO tener tiempo / ir al parque de atracciones de Fantasilandia

Si tengo tiempo, iré al parque de atracciones de Fantasilandia.

1. alguien acompañarme / subir al cerro San Cristóbal
2. estar abierta / entrar en La Chascona, una de las casas de Pablo Neruda en Santiago
3. no hacer demasiado frío / esquiar en Farellones
4. despertarme temprano / salir para el pueblo de Pomaire para ver trabajar a los artesanos
5. no haber neblina / ver el glaciar del Parque Nacional El Morado
6. todavía tener dinero / ir a los nuevos centros comerciales
7. darme hambre / comprar fruta en el mercado central

C. ¡Qué lástima! Chile es un país tan largo que no pudiste visitar todo lo que querías. Di lo que habrías hecho si hubieras tenido tiempo.

MODELO visitar el desierto de Atacama

Si hubiera tenido tiempo, habría visitado el desierto de Atacama.

1. pasar unos días en Arica, cerca de la frontera con Perú
2. ver los edificios coloniales de La Serena
3. entrar en iglesias del siglo XVIII en la isla de Chiloé
4. volar a Punta Arenas, la ciudad más austral del mundo
5. hacer una visita a la isla de Pascua

Materias de consulta

Tablas cronológicas del *Mundo 21**

Tabla cronológica de la Unidad 1

Hispanos en EE.UU.	Siglo XIX	El mundo
	1823	**EE.UU**. proclama la Doctrina de Monroe.
	1837	**Inglaterra:** Victoria es coronada reina de la Gran Bretaña.
	1846	**EE.UU.** declara guerra con México.
México: Tratado de Guadalupe Hidalgo.	1848	**Alemania:** Karl Marx y Federico Engels publican *Manifiesto comunista.*
México cede casi la mitad de su territorio a EE.UU.		**Francia:** Revolución obrera, abdicación de Luis Felipe. Napoleón Bonaparte es elegido presidente.
México: La Compra de Gadsden da a EE.UU. partes de Arizona y Nuevo México.	1851	
	1860	**EE.UU.:** Abraham Lincoln se hace presidente.
		China: Pierde la guerra contra Francia e Inglaterra.
	1861–1865	**EE.UU.:** Guerra Civil.
	1866	**Suecia:** Alfred Nobel inventa la dinamita.
Cuba: Guerra de los 10 años contra España. Empieza la primera guerra de la independencia cubana y la primera ola de refugiados cubanos a EE.UU.	1868	
	1877	**EE.UU.:** Los indígenas sioux son forzados a abandonar sus intereses en Nebraska.
México: El General Porfirio Díaz domina el país.	1877–1910	
Cuba: Fin de la guerra de los 10 años.	1878	
	1882	**Europa:** Triple Alianza entre Alemania, Austria-Hungría e Italia.
Cuba: Guerra de Independencia.	1895	**Alemania:** El científico alemán Wilhelm Roentgen descubre los rayos X.
Cuba: Explosión del *Maine* en la bahía de La Habana estalla en la Guerra Hispano-Estadounidense que termina en cederle a EE.UU. Cuba, Puerto Rico, Guam y las Filipinas.	1898	
	Siglo XX	
Cuba: Se establece la República de Cuba cuando termina la ocupación estadounidense.	1902	
Cuba: Fin de la intervención de EE.UU.	1909	
México: Se inicia la Revolución Mexicana y más de 1 millón de mexicanos emigran a EE.UU.	1910–1920	
	1911	Se crea la Repúbilca de China.
	1912	Se hunde el *R.M.S. Titanic.* Más de 1.500 personas mueren.
	1914–1918	Primera Guerra Mundial.
República Dominicana: Ocupación militar del país por parte de EE.UU.	1916–1924	
Puerto Rico: Puertorriqueños reciben ciudadanía estadounidense.	1917	
	1929	**EE.UU.:** Cae la bolsa en Nueva York y empieza la Gran Depresión.
México: 400.000 mexicanos en EE.UU. son repatriados a México.	1929–1935	
República Dominicana: Dictadura de Rafael Leónidas Trujillo.	1930–1961	
	1939–1945	Segunda Guerra Mundial.
	1941	**EE.UU.:** Japoneses atacan Pearl Harbor.
Puerto Rico: Empieza la inmigración de puertorriqueños a EE.UU.	1942	
México: Se establece con EE.UU. el programa de braceros.	1942–1964	
	1946	**Mundo:** Se crean las Naciones Unidas.
Guatemala: Empieza el largo período de inestabilidad y violencia que inicia la inmigración guatemalteca.	1957	

*Algunas fechas en estas tablas son aproximadas ya que faltan datos exactos.

Hispanos en EE.UU.	Siglo XX	El mundo
Cuba: Fidel Castro toma control.	1959	
Cuba: Empieza la segunda gran inmigración de cubanos a EE.UU.	1960	
Cuba: Falla la invasión de la bahía de los Cochinos.		
República Dominicana: Asesinato de Rafael Leónidas Trujillo.	1961	
República Dominicana: Primera gran inmigración de dominicanos a EE.UU.	1962	
	1963	**EE.UU.:** Asesinato del Presidente Kennedy.
	1964	**EE.UU.:** No se renueva el programa de braceros lo cual causa un continuo aumento hasta el presente en el número de trabajadores indocumentados de México.
Cuba: Llegan más de 260.000 refugiados cubanos a EE.UU.	1965–1973	
Cuba: Tercera gran inmigración de Cubanos (Marielitos)	1980	
República Dominicana: Segunda gran inmigración de dominicanos a EE.UU.		

Tabla cronológica de la Unidad 2

España, México, Cuba, la República Dominicana y Puerto Rico	a.C	El mundo
Mesoamérica: Primera fecha del calendario maya.	3372	
	3000	**Egipto:** Empiezan las dinastías de los faraones.
España: Pinturas en las Cuevas de Altamira.	1700–1400	
México: Empieza la civilización olmeca.	1200	**Turquía:** Destrucción de Troya por los griegos.
España: Llegada de los fenicios.	1100	
	1000	**Israel:** Salomón sucede al rey David y hace construir el Templo de Jerusalén.
	753	**Italia:** Fundación de Roma.
México: Los zapotecas establecen un gran centro ceremonial en Monte Albán. **México:** Los olmecas construyen la pirámide de Cuicuilco.	600	
	586	**Babilonia:** El rey Nabucodonosor II establece su imperio y destruye Jerusalén.
España: Aparecen varias colonias griegas.	500	
	490	**Grecia:** Los griegos derrotan a los pérsicos en las batallas de Maratón.
España: Los celtas introducen el uso e del hierro.	450	
	399	**Grecia:** Sócrates es condenado a muerte.
España: Península Ibérica pasa a ser parte del Imperio Romano.	218	
	44	**Roma:** Asesinato de Julio César.
	4	**Cristianismo:** Fecha probable del nacimiento de Jesucristo.
	d.C	
Mesoamérica: La civilización maya desarrolla la escritura, la astronomía y las matemáticas.	250–900	
	306–314	**Italia:** Roma se convierte al cristianismo bajo el emperador Constantino.
México: Se desarrollla Teotihuacán.	326–350	
España: Inicio de varias invasiones por pueblos "bárbaros."	409	
	410	**Italia:** Los visigodos saquean Roma y termina el Imperio Romano.
	541–544	**Europa:** La peste bubónica elimina la mitad de la población europea.
España: El rey Recaredo y toda la península se convierte al catolicismo.	587	
	598	**Inglaterra:** Se establece la primera escuela en Canterbury.
España: Los árabes invaden y controlan grandes partes de la Península Ibérica.	711–1492	
	750–850	**Arabia:** La cultura árabe tiene su Siglo de Oro.
	771	**Europa:** Carlomagno es coronado emperador del Sacro Imperio Romano Germánico, así uniendo a Europa.

España, México, Cuba, la República Dominicana y Puerto Rico	d.C	El mundo
México: Los olmecas levantan la primera pirámide del Nuevo Mundo. Se pintan los primeros frescos en Bonampak.	**800**	**Europa:** Se construyen los primeros castillos europeos.
México: Esplendor de cultura tolteca.	**900–1200**	
España: Córdoba llega a ser el centro máximo de la cultura del occidente.	**912–961**	
	1050	**EE.UU.:** Cahokia, en lo que hoy es Illinois, se convierte en el pueblo más grande de Norteamérica.
México: Florecimiento de la cultura azteca.	**1200–1519**	
	1215	**Inglaterra:** Se declara la *Magna Carta.*
España: Fundación de la Universidad de Salamanca.	**1242**	
	1271	**China:** Marco Polo viaja a Beijing.
	1339	**Rusia:** Empieza la construcción del Kremlin.
México: Los aztecas fundan Tenochtitlán.	**1345**	
	1347–1352	**Europa:** La segunda gran peste bubónica mata un tercio de sus habitantes.
México: El imperio azteca entra en un período de expansión.	**1400**	
	1431	**Francia:** Muere Juana de Arco.
España: Los Reyes Católicos logran la unidad política y territorial de España, la expulsión de los judíos y la llegada a América.	**1492**	
Puerto Rico: Llegada de los españoles.	**1493**	
	1497–1503	**Italia:** Amerigo Vespucci descubre que las costas americanas están separadas de Asia. En su honor, el nuevo territorio se llama América.
	1501	**Italia:** Miguel Ángel esculpe a "David" en Florencia.
Cuba: Colonización por los españoles.	**1511**	
México: Llegada de la expedición Española de Hernán Cortés.	**1519**	
	1520	**Europa:** El chocolate se introduce.
México: El emperador azteca Cuauhtémoc es capturado por los españoles señalando la caída de Tenochtitlán.	**1521**	
España: Siglo de Oro	**1550–1560**	
España: Felipe II recibe España, los Países Bajos, posesiones en las Américas e Italia.	**1556**	**Europa:** Carlos V abdica.
España: Fracasó de la Armada Invencible marca el comienzo de la decadencia.	**1588**	
Puerto Rico: El pirata inglés, Sir Francis Drake fracasa en su asalto a la ciudad de San Juan.	**1595**	
España: Los Borbones toman posesión de la monarquía.	**1714**	
	1803	**Francia:** Napoleón firma el *Louisiana Purchase*.
España: Invasión de tropas francesas.	**1807**	
España: Reinado de Isabel II.	**1833–1868**	
	1845–1846	**Irlanda:** Una enfermedad destruye la cosecha de papas y un millón muere de hambre.
	1846–1848	**EE.UU.:** Guerra con México.
México: Al perder la Guerra Mexicano-Estadounidense, con el Tratado de Guadalupe-Hidalgo México cede la mitad de su territorio a EE.UU.	**1848**	
México: Benito Juárez es elegido presidente.	**1858**	
	1860	**EE.UU.:** Abraham Lincoln se hace presidente.
México: Los franceses son derrotados en la Batalla del 5 de Mayo en Puebla.	**1862**	
México: El frances Maximiliano de Habsburgo es Emperador de México.	**1864–1867**	
	1865	**EE.UU.:** Termina la Guerra Civil cuando el General Lee se da por vencido al General Grant.
México: El general Porfirio Díaz domina al país.	**1877–1910**	
España, Cuba, Puerto Rico: Estalla la Guerra Hispano-Estadounidense y España pierde. Le cede a EE.UU. Puerto Rico, Guam, las Filipinas y renuncia a su control sobre Cuba.	**1898**	
	1901	**Inglaterra:** Muere la reina Victoria; su hijo Eduardo VII se convierte en rey.
Cuba: Se establece la Repúbilca de Cuba.	**1902**	
México: Estalla la Revolución Mexicana.	**1910**	

España, México, Cuba, la República Dominicana y Puerto Rico	d.C	El mundo
	1910–1930	**EE.UU.:** Más de un millón de mexicanos emigran a EE.UU.
Puerto Rico: Como resultado de la ley Jones, los puertorriqueños reciben la ciudadanía estadounidense.	1917	
	1929	**EE.UU.:** Cae la bolsa en Nueva York y empieza la Gran Depresión que llega a afectar a todo el mundo.
México: El Partido Revolucionario Institucional (PRI) se mantiene en control del gobierno.	1929–1997	
España: La Guerra Civil Española.	1936–1939	
España: El Generalísimo Francisco Franco sirve de jefe de estado.	1939–1975	
Puerto Rico: Una nueva constitución establece el Estado Libre Asociado (ELA) de Puerto Rico. Luis Muñoz Marín es elegido el primer gobernador.	1952	**Inglaterra:** Elizabeth II sube al trono tras la muerte de su padre George VI.
Cuba: El militar Fulgencio Batista se mantiene en poder del país.	1952–1958	
Cuba: Fidel Castro y sus hombres derrocan a Fulgencio Batista y toman el poder en diciembre.	1958	
	1959	**EE.UU.:** Alaska y Hawai se convierten en los estados 49 y 50 del país.
Cuba: Crisis con EE.UU. por los sitios de misiles nucleares rusos en este país.	1962	
	1974	**EE.UU.:** El presidente Richard Nixon se ve obligado a renunciar después de *Watergate*.
España: Juan Carlos I de Borbón gobierna.	1975–presente	
España: Nueva constitución establece un Estado de Autonomías.	1978	
España: Se hace miembro de la Comunidad Económica Europea.	1986	
	1989	**Alemania:** Se desmantela el Muro de Berlin, erigido en 1961.
España: Sitio del Expo de Sevilla y de los Juegos Olímpicos de Barcelona.	1992	
México: Rebelión de indígenas en Chiapas cuestiona la política del gobierno hacia los más pobres.	1994	
	1995	**EE.UU.:** La cantante chicana Selena es asesinada en Tejas.
Cuba: Más de dos millones de turistas al año llegan a la isla.	2002	

Tabla cronológica de la Unidad 3

Nicaragua, Honduras, El Salvador y Guatemala	a.C	El mundo
	4236	**Egipto:** Primera fecha del calendario egipcio.
Nicaragua: Huellas de Acahualinca.	4000	
Mesoamérica: Aparecen los primeros pueblos en la región.	2000–1500	
	1600	**Fenicia:** Los fenicios desarrollan su alfabeto.
Mesoamérica: Aparecen varios pueblos de los mayas y de los olmecas.	1200	
	1354–1346	**Egipto:** Dinastía de Tutankamón.
Mesoamérica: Empieza a sentirse la influencia cultural, comercial y artística de los olmecas.	900	
	776	**Grecia:** Primeros juegos olímpicos.
Mesoamérica: Florece la cultura zapoteca en Monte Albán.	500	**EE.UU.:** La civilización adena florece en lo que hoy es Ohio.
Mesoamérica: Empieza la caída de la civilización olmeca.	400	
	399	**Grecia:** Sócrates es condenado a muerte.
	336	**Macedonia:** Es asesinado Felipe II, y su hijo Alejandro Magno es coronado rey.
Mesoamérica: Monte Albán se convierte en un extenso y complejo centro urbano.	100–250 d.C.	
	30	**Roma:** Suicidio de Marco Antonio y Cleopatra. Anexión de Egipto a Roma.
	4	**Cristianismo:** fecha probable del nacimiento de Jesucristo.

Nicaragua, Honduras, El Salvador y Guatemala	d.C	El mundo
Guatemala: En Tikal, la fecha más antigua en la escritura maya.	292	
Mesoamérica: Apogeo de la cultura maya. Desarrollo de su escritura, astronomía y matemáticas.	300–800	
	500	**EE.UU.:** El pueblo thule llega a Alaska.
	771	**China:** Se inventa la imprenta.
Mesoamérica: Los toltecas toman control de las ciudades mayas de Yucatán.	900	
Mesoamérica: Los toltecas y mixtecas de México dominan grandes partes de la región.	970	
	1050	**EE.UU.:** Cahokia, en lo que hoy es Illinois, se convierte en el pueblo más grande de Norteamérica.
	1215	**Inglaterra:** Se declara la *Magna Carta.*
	1227	**Imperio Mongol:** Muere Gengis Kan.
Mesoamérica: Chichén Itzá es conquistada por los toltecas.	1250	
	1501	**África, América:** Son llevados a América los primeros esclavos africanos.
Nicaragua: Cristobal Colón llega a la costa oriental de la región.	1502	
	1517	**Alemania:** Martín Lutero publica su tesis, origen de la Reforma.
El Salvador: Se funda la ciudad de San Salvador.	1525	
	1533	**Rusia:** Iván el Terrible es nombrado rey.
Guatemala: Se transcribe el *Popol Vuh* al alfabeto latino.	1550	
	1558	**Inglaterra:** Isabel I es coronada.
	1565	**EE.UU.:** La fundación de San Agustín, la primera ciudad en EE.UU.
Honduras: Fundación de Tegucigalpa.	1569	
	1588	**España:** Derrota de la Armada Española.
Guatemala: Formación de la Capitanía General de Guatemala.	1821	
	1823	**EE.UU.** Proclamación de la Doctrina del Monroe contra la ingerencia de Europa en América.
Centroamérica: Se establecen las Provincias Unidas de Centroamérica. **Nicaragua y Honduras:** Declaran su independencia.	1838	
	1839–1842	**China y la Gran Britaña:** Primera Guerra del Opio.
El Salvador: Declara su independencia. Manuel José Arce es el primer presidente.	1841	
Nicaragua: Sufre invasiones extranjeras de los salvadoreños en 1843, los británicos en 1847, los EE.UU. en 1909 y 1933.	1843–1933	
	1846–1848	**EE.UU.:** Guerra con México. México tiene que ceder casi la mitad de su territorio a EE.UU.
Guatemala: Declara su independencia.	1847	
	1848	**Francia:** Revolución obrera, abdicación de Luis Felipe. Napoleón Bonaparte III es nombrado presidente.
Honduras: Disturbios políticos preocupan a inversionistas de EE.UU. y el presidente Taft envía a la marina varias veces a restaurar el órden.	1907–1912	
El Salvador: Más de trienta mil personas mueren en una insurrección popular. Agustín Farabundo Martí, el líder de la insurrección fue ejecutado.	1932	
	1936–1939	**Arabia Saudita:** Se descubre petróleo.
Nicaragua: Anastasio Somoza García, jefe de la Guardia Nacional, ordena la muerte del líder guerrillero César Augusto Sandino y se declara presidente.	1937	
Nicaragua: Período de gobierno oligárquico de la familia Somoza.	1937–1979	
	1939–1945	**Mundo:** Segunda Guerra Mundial.
Guatemala: Juan José Arévalo es elegido presidente. Promulga una nueva constitución progresista.	1945	
Guatemala: Jacobo Arbenz es elegido presidente e inicia ambiciosas reformas sociales y económicas.	1950	
	1955	**EE.UU.:** Rosa Parks es arrestada en Montgomery, Alabama y así llama atención al movimiento de derechos civiles.
Guatemala: Sangrienta Guerra Civil da muerte a miles y miles de disidentes políticos e indígenas.	1966–1996	

Nicaragua, Honduras, El Salvador y Guatemala	d.C	El mundo
	1968	**EE.UU.:** Robert F. Kennedy y Martin Luther King, Jr. son asesinados.
Honduras y El Salvador: Tiene lugar la Guerra del Fútbol	1969	
Nicaragua: Los líderes del Frente Sandanista de la Liberación Nacional toman control del país.	1979	
El Salvador: El arzobispo de San Salvador, Óscar Arnulfo Romero, es asesinado. Se forma el Frente Farabundo Martí para la Liberación Nacional (FMLN), reuniendo a todos los grupos guerrilleros.	1980	**EE.UU.:** Llegan los "marielitos" a Miami, sumando unas 125.000 personas.
Honduras: Aprueba una nueva constitución.	1982	
Nicaragua: Daniel Ortega, líder del Frente Sandinista, es elegido presidente.	1984	
El Salvador: Un fuerte terremoto destruye gran parte del centro de la capital, ocasionando más de mil víctimas.	1986	**EE.UU.:** Explosión del trasbordador *Challenger*. Los siete tripulantes mueren.
Nicaragua: Violeta Barrios de Chamorro derrota a Daniel Ortega en las elecciones presidenciales.	1990	
El Salvador: Se firma un acuerdo de paz con el FMLN.	1992	**EE.UU.:** Bill Clinton es elegido presidente.
Guatemala: La indígena maya quiché Rigoberta Menchú Tum recibe el premio Nobel de la Paz.		
Guatemala: El presidente Álvaro Arzú y Ricardo Morán líder de los guerrilleros reciben el premio de la Paz Houphouet-Boigny de la UNESCO.	1997	
Nicaragua, Honduras: Son devastados por el huracán Mitch.	1998	
Honduras: Divisas que entran en el país enviadas por hondureños en EE.UU. alcanzan 600 millones de dólares.	2000	
	2001	**EE.UU.:** George W. Bush es nombrado presidente a pesar de no recibir una mayoría de los votos del pueblo.
Nicaragua: Enrique Bolanos del Partido Constitucionalista Liberal es elegido presidente.	2002	

Tabla cronológica de la Unidad 4

Costa Rica, Panamá, Colombia y Venezuela	a.C	El mundo
Centroamérica: Llegan los primeros grupos de nómadas.	10.000	
	5000	**Norteamérica:** Puntas de flechas de cobre aparecen cerca de los Grandes Lagos.
Centroamérica: Tribus de nómadas empiezan a vivir en pueblos y a dedicarse a la agricultura.	4000	
Costa Rica: Empieza a verse la influencia de culturas ajenas—la mesoamericana y las de Sudamérica.	3000	**Creta:** Período de florecimiento de la civilización minoica.
	2565–2440	**Egipto:** Construcción de las grandes pirámides de Giza.
Colombia: Empiezan a llegar los mesoamericanos a la región.	1200	
Costa Rica: Florecimiento de la cultura Guyabo. **Colombia:** Comienzo de la cultura San Agustín.	800	**México:** Los olmecas levantan la primera pirámide del Nuevo Mundo en La Venta.
	563	**Nepal:** Nace Siddharta Guatama (Buda), fundador del budismo.
Costa Rica: Se establecen tres grupos principales—los chorotegas en el norte, los huetares en el valle central y la zona Atlántica y los brunca en el sur.	500	**España:** Aparecen en el territorio varias colonias griegas y cartagineses.
Colombia: Florecimiento de la civilización San Agustín.	500–500 d.C.	
Colombia: Los chibchas viajan a la región de Mesoamérica.	400-300	
	230-221	**China:** China conquista a todos sus rivales. Edad de Oro de la filosofía china.
	218	**Península Ibérica:** Pasa a ser parte del Imperio Romano.
	200–500 d.C.	**EE.UU.:** Período Hopewell en el noreste.
Venezuela: Los arawaks llegan a Colombia desde Venezuela.	200	
Colombia: La civilización San Agustín construye enormes ídolos de piedra.	100	
	73–71	**Roma:** Rebelión de los esclavos encabezados por Espartaco.
	4	**Cristianismo:** Fecha probable del nacimiento de Jesucristo.

Costa Rica, Panamá, Colombia y Venezuela	d.C	El mundo
	79	**Italia:** Destrucción de Pompeya y Herculano por una erupción del Vesubio.
Colombia: Empieza el florecimiento de la civilización chibcha.	275	**España:** Visigodos invaden la península y permanecen hasta 711.
Venezuela: Llegada de los caribes. **Colombia:** Los taironas construyen grandes ciudades.	500	
	598	**Inglaterra:** Fundación de la primera escuela en Canterbury.
Panamá: Cerámica y oro tallado de la cultura coclé.	600	
Colombia: Inicio de la cultura muisca o chibcha en la cordillera oriental.	700	
	771	**Europa:** Carlomagno es coronado emperador del Sacro Imperio Romano Germánico.
Venezuela: Los indígenas arawak, de Venezuela, habitan las islas del Caribe.	1000	
	1050	**EE.UU.:** Cahokia, en Illinois, se convierte en el pueblo más grande de Norteamérica.
Colombia: Se construye la ciudad perdida de la civilización tairona.	1200	
Venezuela: Américo Vespucio denomina la región "Venezuela." **Panamá:** Rodrigo de Bastidas es el primer explorador del istmo.	1499	
	1501	**África:** Los primeros esclavos africanos son llevados a América.
Costa Rica: Cristobal Colón encuentra en la región a unos 30.000 habitantes.	1502	
	1504	**Italia:** Leonardo de Vinci pinta La Gioconda (*Mona Lisa*).
Panamá: Se funda la Ciudad de Panamá.	1519	
Colombia: Se inicia la colonización de la región.	1525	
Venezuela: Se funda la ciudad de Santiago de León de Caracas.	1528	
	1534	**Inglaterra:** Enrique VIII separa la iglesia inglesa de la obediencia a Roma.
Colombia: Se funda la ciudad de Santa Fe de Bogotá.	1538	
	1558	**Inglaterra:** Isabel I es coronada.
	1565	**EE.UU.:** La fundación de San Agustín, la primera ciudad en EE.UU.
Costa Rica: Costa Rica se integra a la Capitanía General de Guatemala.	1574	
Panamá: La Ciudad de Panamá es saqueada por el pirata Henry Morgan.	1671	
Venezuela: Nace Simón Bolívar en Caracas.	1783	
Colombia: Proclama su independencia cuando el último virrey español abandona el país.	1810	
Venezuela: Un congreso en Caracas declara la independencia de España.	1811	
	1812	**Rusia**: El ejército de Napoleón invade el país.
Colombia: Formación de la República de la Gran Colombia que incluía Colombia, Venezuela, Ecuador y Panamá con Bolívar como presidente.	1821	
Panamá: Simón Bolívar convoca el primer Congreso Interamericano en la Ciudad de Panamá.	1826	
Venezuela: Se proclama la independencia de la Gran Colombia.	1830	**EE.UU.:** Joseph Smith establece la religión mormona.
	1839–1842	**China:** Guerra del Opio provocada por Inglaterra.
Costa Rica: Proclama su independencia absoluta.	1848	**Europa:** Carlos Marx y Federico Engels publican *Manifiesto Comunista.* **EE.UU.:** Se descubre oro en California.
Panamá: Se completa el primer ferrocarril interoceánico con capital estadounidense.	1855	
Costa Rica: Con la unión de *Tropical Trading* y *Boston Fruit Co.,* nace la *United Fruit Company,* que los campesinos pronto nombraron "Mamita Yunai".	1878	
Panamá: El francés Ferdinand de Lesseps trata de construir un canal con capital francés.	1880–1889	
Colombia: Sangrienta Guerra Civil llamada la "guerra de los mil días".	1899–1903	
Panamá: Declara su independencia de Colombia apoyado por EE.UU. **Panamá:** Se firma el Tratado Hay-Bunau Varilla concediendo a EE.UU. el uso, control y ocupación a perpetuidad de la Zona del Canal.	1903	**EE.UU.:** Los hermanos Wright hacen su primer viaje en un avión con motor.
	1912	**Océano Atlántico:** El *R.M.S. Titanic* se hunde durante su primer viaje; unas 1.500 personas mueren.
Venezuela: Gobierno del dictador más sanguinario de todos, Juan Vicente Gómez.	1908–1935	

Costa Rica, Panamá, Colombia y Venezuela	d.C	El mundo
Colombia: Reconoce la independencia de Panamá al recibir 25 millones de dólares de EE.UU. **Panamá:** se completa la construcción del Canal de Panamá.	1914	
Costa Rica: El gobierno autoritario del general Federico Tinoco Granados causa una insurrección popular.	1917–1919	**Rusia:** Los bolcheviques ganan la revolución bajo el mando de Vladimir Lenin; la familia real Romanov es ejecutada.
Venezuela: El famoso novelista Rómulo Gallegos es elegido presidente.	1948	
Colombia: Período de violencia generalizada que se llama "el bogotazo".	1948–1953	
Costa Rica: Se aprueba una nueva constitución que disuelve el ejército y dedica su presupesto a la educación.	1949	**Alemania:** Se proclama la República Federal de Alemania en el occidente; la República Democrática Alemana se crea en la zona soviética.
Costa Rica: José Figueres es elegido presidente. Convence a la *United Fruit Company* a invertir el 45 por ciento de sus ganancias en el país.	1953	
Venezuela: Se hace socio de la Organización de Países Exportadores de Petróleo (OPEP).	1960	**EE.UU.:** Empieza la segunda gran inmigración de cubanos a EE.UU.
	1961–1975	**EE.UU.:** Guerra de Vietnám.
Venezuela: Se nacionaliza la industria petrolera.	1976	
Panamá: El presidente Omar Torrijos y el presidente Carter firman dos tratados cediendo permanentemente el canal a Panamá.	1977	
Panamá: Manuel Antonio Noriega, jefe de la Guardia Nacional, se convierte en el verdadero poder político del país.	1983	**EE.UU.:** Sally Ride se convierte en la primera mujer astronauta que viaja al espacio.
Costa Rica: El presidente Óscar Arias recibe el premio Nobel de la Paz por su papel en resolver los conflictos centroamericanos.	1987	
	1989	**EE.UU.:** Manuel Antonio Noriega, presidente de Panamá, es tomado preso por una intervención militar estadounidense.
	1992	**EE.UU.:** Un tribunal de Miami sentencia a Noriega a cuarenta años de prisión.
Colombia: Muere Pablo Escobar, líder del cartel de drogas de Medellín.	1993	**EE.UU.:** NAFTA es ratificado por EE.UU., Canadá y México.
Venezuela: Hugo Chávez es elegido presidente por una mayoría de votos que no se había visto en los últimos cuarenta años.	1998	**Inglaterra:** El ex dictador chileno, Augusto Pinochet, es tomado preso en Londres.
Panamá: Mireya Moscoso Rodríguez es proclamada primera mujer presidenta del país.	1999	
Costa Rica: Abel Pacheco, del Partido Unidad Social Cristiana, es nombrado presidente.	2002	**Europa:** El euro empieza a usarse en doce países europeos.

Tabla cronológica de la Unidad 5

Perú, Ecuador y Bolivia	a.C	El mundo
Zona andina: Llegan los primeros grupos de nómadas.	12.000	
	5000	**México:** Se cultiva el maíz.
Ecuador: Inicio de la civilización Valdivia, primera en las Américas en usar alfarería.	3200	
Bolivia: Primeros agricultores en la región.	3000	
	2000	**China:** Aparecen los primeros mapas.
Perú: Florece la civilización de Chavín.	900–200	
Ecuador: Indígenas de la región empiezan a negociar con indígenas de México y Chile.	600	
	551	**China:** Nace Confucio.
Ecuador: Indígenas de la región empiezan a producir aleaciones de oro y platino.	300	**Alejandría:** Construcción del Faro de Alejandría, una de las siete maravillas del mundo antiguo.
Bolivia: Inicio y florecimiento de la civilización tiahuanaco, de la cual se originan los quechuas (incas) y los aymaras.	300–1100 d.C.	
Perú: Florece la civilización mochica.	200–700 d.C.	
	270	**Grecia:** Se afirma que la tierra se mueve alrededor del sol.
Perú: Florece la civilización nazca.	200–600 d.C.	

Perú, Ecuador y Bolivia	a.C	El mundo
	20	**Roma:** El poeta latino Virgilio termina *La Eneida*.
	4	**Cristianismo:** Fecha probable del nacimiento de Jesucristo.

Perú, Ecuador y Bolivia	d.C	El mundo
	455	**Italia:** Los vándalos, pueblo germánico, invaden Italia y saquean a Roma.
	476	**Italia:** Termina el Imperio Romano del Oeste.
Perú: Florece la civilización huari.	600–1000	
	643–732	**Islam:** Expansión árabe por el Medio Oriente, el África del Norte, la Península Ibérica y Francia.
Ecuador: Inicio de la civilización chibcha.	700	
Perú: Florece la civilización chimú.	900–1470	
	912–961	**España:** Córdoba es el centro máximo de la cultura del Occidente.
Bolivia: Comienzo de la civilización aymara y construcción de chulpas-torres fúnebres de los aymara. **Perú:** Fundación de Cuzco, por Manco Cápac.	1200	
	1382	**Inglaterra:** Aparece la primera traducción de la Biblia en idioma inglés.
Perú: Florece la civilización inca.	1400–1532	
Perú: Construcción de Machu Picchu por los incas.	1450	
Ecuador/Perú: Los incas derrotan a los quitus, indígenas ecuatorianos que dan su nombre a la ciudad de Quito.	1463	
Ecuador: Huayna Cápac nombra a Quito la segunda capital de los incas.	1487	
	1492	**España:** Los reyes Católicos capturan Granada, último reino musulmán, y termina la Reconquista cristiana.
Ecuador: Toda la región es incorporada al imperio inca.	1500	
Perú/Ecuador: Muere el inca Huayna Cápac y el imperio inca queda dividido entre sus dos hijos—Atahualpa y Huáscar.	1525	
Perú: Los españoles asesinan al inca Huáscar y se apoderan del Imperio Inca.	1533	
Perú: Pizarro funda la ciudad de Lima.	1535	
	1536	**Suiza:** Ginebra acepta la Reforma calvinista.
Perú: Se establece el Virreynato de Perú con capital en Lima.	1543	
Bolivia: Se descubren grandes depósitos de plata en el cerro de Potosí, los cuales llegan a ser el principal tesoro de los españoles.	1545	
Perú: Proclama su independencia de España. **Ecuador:** En la batalla de Pichincha, Antonio José de Sucre termina con el poder español en el territorio ecuatoriano.	1822	
	1824	**México:** Iturbide, emperador de México, es depuesto y fusilado.
Perú y Bolivia: El Alto Perú se declara independiente con el nombre de República de Bolívar (Bolivia).	1825	
Ecuador: Proclama su independencia de España. Comienzo de un conflicto, que duró hasta fines del siglo, entre los conservadores de Quito y los liberales de Guayaquil.	1830	
Perú, Bolivia y Chile: La Guerra del Pacífico entre Chile, Perú y Bolivia.	1879	
Bolivia y Paraguay: La Guerra del Chaco provoca enormes pérdidas humanas y territoriales para Bolivia.	1933–1935	
Ecuador y Perú: Guerra resulta con Perú apoderándose de la mayor parte de la región amazónica de Ecuador.	1941	
Bolivia: Inicio de la Revolución Nacional Boliviana bajo Víctor Paz Estenssoro. Ésta impulsa la reforma agraria, nacionaliza las principales empresas mineras y abre las puertas para el avance social de los mestizos.	1953	
Perú: Fernando Belaúnde Terry es elegido presidente e impulsa reformas sociales.	1963	
Ecuador: Inicia la explotación de sus reservas petroleras.	1972	
Ecuador: Un terremoto destruye parte de la línea principal de petróleo.	1987	
Perú: La crisis económica, la penetración del narcotráfico y el terrorismo del grupo guerrillero Sendero Luminoso agobian a Perú.	1986–1990	

Perú, Ecuador y Bolivia	d.C	El mundo
Perú: Alberto Fujimori es elegido presidente.	1990	
Perú: Rescate dramático de más de 300 diplomáticos en la Embajada Japonesa.	1996	
Ecuador: El Congreso le pide al presidente Bucaram que renuncie y Fabián Alarcón es nombrado presidente en elecciones nacionales.	1997	
Bolivia: Hugo Bánzer Suárez es nombrado presidente del país.	1998	
Ecuador: Un golpe de estado dirigido por elementos militares e indígenas depone al presidente.	2000	
Ecuador: Cambia el sucre por el dólar.		

Tabla cronológica de la Unidad 6

Argentina, Uruguay, Paraguay y Chile	a.C	El mundo
Cono Sur: Llegan los primeros grupos de nómadas.	12.000	
Uruguay: Fueguidos, láguidos y pámpidos en la región. Los pámpidos son los ancestros de los charrúas.	9000	
Argentina: Primeros pobladores en el norte de Córdoba. Antecedentes de los comechingones.	8000	
Chile: Primeros pobladores.	6000	
	4281	**Egipto:** Invención del calendario solar.
Paraguay: Llegada de tres corrientes migratorias de cazadores y recolectores. Éstos son los antecedentes de los guaraní.	3000	
	2000	**China:** Aparecen los primeros mapas.
Uruguay: Poblados de tribus nómadas en la región en búsqueda de alimentos.	1500	
	1450	**Grecia:** Los griegos capturan Knossos y llevan la cultura minoica a la península.
Argentina: Florece la cultura de los saravirones cerca de Córdoba.	600	
Argentina: Florece la cultura de los comechingones cerca de Córdoba. **Chile:** Florece la civilización arica. **Paraguay:** Los tupi-guaraní llegan a la región.	500	
	375–371	**África:** La Edad de Hierro surge al sur del Sahara.
	4	**Cristianismo:** Fecha probable del nacimiento de Jesucristo.
Argentina, Uruguay, Paraguay y Chile	**d.C**	**El mundo**
	64	**Roma:** Incendio de Roma; primera persecución de los cristianos por Nerón.
Chile: Florece la civilización picunche.	400	
Chile: Florece la civilización mapuche.	500	
	604	**India:** Los matemáticos hindúes usan la posición decimal.
Argentina: Florece la civilización diaguita.	900	
	981	**Escandinavia:** El vikingo Eric el Rojo descubre y coloniza Groenlandia.
Uruguay: Más de mil charrúas sostienen una guerra de resistencia el invasor español.	1527–1831	
	1534	**Inglaterra:** Enrique VIII designa canciller a Tomás Moro, el autor de *Utopía*.
Argentina: Fundación del fuerte de Nuestra Señora Santa María del Buen Aire.	1536	
Paraguay: Fundación del fuerte de Nuestra Señora de la Asunción.	1537	
Chile: Fundación de la ciudad de Santiago.	1541	
	1602	**Inglaterra:** Shakespeare estrena varias de sus obras, entre ellas, *Hamlet*.
Paraguay: Reducciones jesuiticas.	1607–1767	
Paraguay: Expulsión de los jesuitas de todo el imperio español.	1767	
Uruguay: Fundación del fuerte de San Felipe de Montevideo.	1776	**EE.UU.:** Se ratifica la Declaración de la Independencia.
Uruguay: La Banda Oriental queda incorporada al Virreinato del Río de la Plata, con capital en Buenos Aires.	1777	

Argentina, Uruguay, Paraguay y Chile	d.C	El mundo
	1804	**EE.UU.:** Lewis y Clark empiezan a explorar el noreste del país.
Paraguay: Proclama su independencia de España.	1813	
Paraguay: José Gaspar Rodríguez de Francia sirve como dictador perpetuo del país.	1814–1840	
	1815	**Francia:** Derrota definitiva de Napoleón en Waterloo.
Argentina: Proclama su independencia de España.	1816	
Chile: Bernardo O'Higgins toma Santiago y pasa a gobernar el país con el título de director supremo.	1817	
Chile: Proclama su independencia de España.	1818	
	1823	**EE.UU.:** Proclamación de la Doctrina Monroe contra la ingerencia de Europa en América.
Uruguay: Proclama su independencia de España.	1828	
Chile: Se distingue por tener gobiernos constitucionales democráticos interrumpidos únicamente por dos gobiernos militares.	1830–1973	
	1848	**Alemania:** Karl Marx y Federico Engels publican *Manifiesto comunista.*
Argentina, Uruguay, Paraguay: La Triple Alianza formada por Argentina, Brasil y Uruguay tuvo una guerra sangrienta contra Paraguay, el que pierde grandes porciones de territorio y una mitad de su población.	1865–1870	
Chile: Inicia la Guerra del Pacífico contra Bolivia y Perú.	1879–1883	
Argentina: Incremento notable de inmigrantes españoles e italianos a Buenos Aires.	1890–1899	
	1903	**EE.UU.:** Henry Ford crea la *Ford Motor Company.*
Uruguay: José Batlle y Ordóñez domina la política uruguaya. Establece un estado de bienestar social que cubre a los ciudadanos desde la cuna a la tumba.	1903–1929	
Uruguay: Período de gran prosperidad económica y de estabilidad institucional en la "Suiza de América".	1920–1929	
Chile: Período de caos político causado por una crisis económica; se suceden veintiún gabinetes.	1924–1932	
	1927	**EE.UU.:** Charles Lindbergh atraviesa el Atlántico en una sola jornada en el *Spirit of St. Louis.*
Paraguay: La Guerra del Chaco con Bolivia. Mueren más de 100.000 paraguayos.	1932–1935	
Argentina: Juan Domingo Perón es elegido presidente.	1946	**Mundo:** Se crean la Naciones Unidas con sede en Nueva York.
Paraguay: El general Alfredo Stroessner domina el país.	1954–1989	
Argentina: Una sublevación militar obliga la salida de Perón del país.	1955	
Chile: El presidente Eduardo Frei Montalva impulsa una reforma agraria que limita las propiedades agrícolas a ochenta hectáreas.	1957	
	1965	**EE.UU.:** Martin Luther King, Jr. gana el premio Nobel de la Paz.
Chile: El socialista Salvador Allende triunfó en las elecciones presidenciales.	1970	
Argentina: Perón regresa a su país y el año siguiente él y su esposa son elegidos presidente y vicepresidenta. **Uruguay:** El presidente Juan María Bordaberry declara un "estado de guerra interna" con los Tupamaros.	1972	**Alemania:** Ocho terroristas árabes atacan la Villa Olímpica y matan a once atletas ísraelíes.
Chile: Allende muere durante el asalto al palacio presidencial y una junta militar, presidida por Augusto Pinochet, jefe del ejército gobierna el país.	1973	
Uruguay: Una junta de militares y civiles reprime toda forma de oposición y devasta la economía. Más de 300.000 uruguayos salen del país.	1973–1983	
Argentina: Perón muere y su esposa se convierte en la primera mujer latinoamericana en ascender al cargo de presidente.	1974	**Grecia:** Un referéndum decide la abolición de la monarquía.
Argentina: Inicio de un período de siete años de gobiernos militares en los que se estima que entre 9.000 y 30.000 personas "desaparecieron".	1976	**EE.UU.:** Celebra sus 200 años de independencia.
	1983	**Inglaterra:** Guerra de las Malvinas con Argentina.
Chile: Patricio Aylwin es nombrado presidente cuando un referéndum que proponía mantener a Pinochet como presidente hasta 1997 fracasó.	1990	
Paraguay: Se lleva a cabo la primera elección democrática y sale elegido Juan Carlos Wasmosy.	1993	

Argentina, Uruguay, Paraguay y Chile	d.C	El mundo
Paraguay: Luis González Macchi es nombrado presidente.	1999	**EE.UU.:** Un incidente internacional ocurre con Cuba sobre la custodia del niño refugiado Elián González.
Chile: El candidato socialista Ricardo Lagos Escobar es elegido presidente.	2000	
Argentina: Nombra cinco presidentes en menos de quince días plagados por problemas causados por una enorme crisis económica y política.	2001	**EE.UU.:** El miedo al ántrax predomina cuando varios correspondientes y oficiales del gobierno lo reciben por correo.
Uruguay: La economía uruguaya sufre por el contagio de la crisis en Argentina.		

Tablas verbales

Verb Conjugations

REGULAR VERBS	*-ar* verbs	*-er* verbs	*-ir* verbs
Infinitive	**hablar** *to speak*	**comer** *to eat*	**vivir** *to live*
Present Participle	**hablando** *speaking*	**comiendo** *eating*	**viviendo** *living*
Past Participle	**hablado** *spoken*	**comido** *eaten*	**vivido** *lived*
SIMPLE TENSES			
Present Indicative *I speak, do speak, am speaking*	hablo hablas habla hablamos habláis hablan	como comes come comemos coméis comen	vivo vives vive vivimos vivís viven
Imperfect Indicative *I was speaking, used to speak, spoke*	hablaba hablabas hablaba hablábamos hablabais hablaban	comía comías comía comíamos comíais comían	vivía vivías vivía vivíamos vivíais vivían
Preterite *I spoke, did speak*	hablé hablaste habló hablamos hablasteis hablaron	comí comiste comió comimos comisteis comieron	viví viviste vivió vivimos vivisteis vivieron
Future *I will speak, shall speak*	hablaré hablarás hablará hablaremos hablaréis hablarán	comeré comerás comerá comeremos comeréis comerán	viviré vivirás vivirá viviremos viviréis vivirán
Conditional *I would speak*	hablaría hablarías hablaría hablaríamos hablaríais hablarían	comería comerías comería comeríamos comeríais comerían	viviría vivirías viviría viviríamos viviríais vivirían

Present Subjunctive *(that) I speak*	hable hables hable hablemos habléis hablen	coma comas coma comamos comáis coman	viva vivas viva vivamos viváis vivan
Imperfect Subjunctive (-ra) *(that) I speak, might speak*	hablara hablaras hablara habláramos hablarais hablaran	comiera comieras comiera comiéramos comierais comieran	viviera vivieras viviera viviéramos vivierais vivieran
Commands *speak* **(tú)** **(vosotros)** **(Ud.)** **(Uds.)**	habla, no hables hablad, no habléis hable, no hable hablen, no hablen	come, no comas comed, no comáis coma, no coma coman, no coman	vive, no vivas vivid, no viváis viva, no viva vivan, no vivan
PERFECT TENSES			
Present Perfect Indicative *I have spoken*	he hablado has hablado ha hablado hemos hablado habéis hablado han hablado	he comido has comido ha comido hemos comido habéis comido han comido	he vivido has vivido ha vivido hemos vivido habéis vivido han vivido
Past Perfect Indicative *I had spoken*	había hablado habías hablado había hablado habíamos hablado habíais hablado habían hablado	había comido habías comido había comido habíamos comido habíais comido habían comido	había vivido habías vivido había vivido habíamos vivido habíais vivido habían vivido
Future Perfect *I will have spoken*	habré hablado habrás hablado habrá hablado habremos hablado habréis hablado habrán hablado	habré comido habrás comido habrá comido habremos comido habréis comido habrán comido	habré vivido habrás vivido habrá vivido habremos vivido habréis vivido habrán vivido
Conditional Perfect *I would have spoken*	habría hablado habrías hablado habría hablado habríamos hablado habríais hablado habrían hablado	habría comido habrías comido habría comido habríamos comido habríais comido habrían comido	habría vivido habrías vivido habría vivido habríamos vivido habríais vivido habrían vivido
Present Perfect Subjunctive *(that) I might have spoken*	haya hablado hayas hablado haya hablado hayamos hablado hayáis hablado hayan hablado	haya comido hayas comido haya comido hayamos comido hayáis comido hayan comido	haya vivido hayas vivido haya vivido hayamos vivido hayáis vivido hayan vivido

	-ar verbs	*-er* verbs	*-ir* verbs
Past Perfect Subjunctive *(that) I had spoken*	hubiera hablado hubieras hablado hubiera hablado hubiéramos hablado hubierais hablado hubieran hablado	hubiera comido hubieras comido hubiera comido hubiéramos comido hubierais comido hubieran comido	hubiera vivido hubieras vivido hubiera vivido hubiéramos vivido hubierais vivido hubieran vivido

Stem-changing Verbs

1 Stem-changing Verbs Ending in *-ar* and *-er*

e → ie: pensar *(to think)*

Present Indicative	pienso, piensas, piensa, pensamos, pensáis, piensan		
Present Subjunctive	piense, pienses, piense, pensemos, penséis, piensen		
Commands	piensa, no pienses (tú)	pensad, no penséis (vosotros)	
	piense, no piense (Ud.)	piensen, no piensen (Uds.)	
Other Verbs	cerrar comenzar	empezar entender	perder sentarse

o → ue: volver *(to return, come back)*

Present Indicative	vuelvo, vuelves, vuelve, volvemos, volvéis, vuelven		
Present Subjunctive	vuelva, vuelvas, vuelva, volvamos, volváis, vuelvan		
Commands	vuelve, no vuelvas (tú)	volved, no volváis (vosotros)	
	vuelva, no vuelva (Ud.)	vuelvan, no vuelvan (Uds.)	
Other Verbs	acordarse acostarse colgar costar	demostrar encontrar jugar (**u → ue**)	llover oler (**o → hue**) mover

2 Stem-changing Verbs Ending in *-ir*

e → ie, i: sentir *(to feel)*

Present Participle	sintiendo			
Present Indicative	siento, sientes, siente, sentimos, sentís, sienten			
Present Subjunctive	sienta, sientas, sienta, sintamos, sintáis, sientan			
Preterite	sentí, sentiste, sintió, sentimos, sentisteis, sintieron			
Imperfect Subjunctive	sintiera, sintieras, sintiera, sintiéramos, sintierais, sintieran			
Commands	siente, no sientas (tú)	sentid, no sintáis (vosotros)		
	sienta, no sienta (Ud.)	sientan, no sientan (Uds.)		
Other Verbs	adquirir (**i → ie, i**) consentir	convertir divertir(se)	herir mentir	preferir sugerir

e → i, i: servir *(to serve)*				
Present Participle	sirviendo			
Present Indicative	sirvo, sirves, sirve, servimos, servís, sirven			
Present Subjunctive	sirva, sirvas, sirva, sirvamos, sirváis, sirvan			
Preterite	serví, serviste, sirvió, servimos, servisteis, sirvieron			
Imperfect Subjunctive	sirviera, sirvieras, sirviera, sirviéramos, sirvierais, sirvieran			
Commands	sirve, no sirvas (tú)	servid, no sirváis (vosotros)		
	sirva, no sirva (Ud.)	sirvan, no sirvan (Uds.)		
Other Verbs	concebir	elegir	reír	seguir
	despedir(se)	pedir	repetir	vestir(se)

o → ue, u: dormir *(to sleep)*		
Present Participle	durmiendo	
Present Indicative	duermo, duermes, duerme, dormimos, dormís, duermen	
Present Subjunctive	duerma, duermas, duerma, durmamos, durmáis, duerman	
Preterite	dormí, dormiste, durmió, dormimos, dormisteis, durmieron	
Imperfect Subjunctive	durmiera, durmieras, durmiera, durmiéramos, durmierais, durmieran	
Commands	duerme, no duermas (tú)	dormid, no dúrmáis (vosotros)
	duerma, no duerma (Ud.)	duerman, no duerman (Uds.)
Other Verbs	morir(se)	

Verbs with Spelling Changes

1 Verbs ending in *-ger* or *-gir*

g → j before **o, a: escoger** *(to choose)*				
Present Indicative	escojo, escoges, escoge, escogemos, escogéis, escogen			
Present Subjunctive	escoja, escojas, escoja, escojamos, escojáis, escojan			
Commands	escoge, no escojas (tú)	escoged, no escojáis (vosotros)		
	escoja, no escoja (Ud.)	escojan, no escojan (Uds.)		
Other Verbs	coger	dirigir	escoger	proteger
	corregir (i)	elegir (i)	exigir	recoger

2 Verbs ending in *-gar*

g → gu before **e: pagar** *(to pay)*				
Preterite	pagué, pagaste, pagó, pagamos, pagasteis, pagaron			
Present Subjunctive	pague, pagues, pague, paguemos, paguéis paguen			
Commands	paga, no pagues (tú)	pagad, no paguéis (vosotros)		
	pague, no pague (Ud.)	paguen, no paguen (Uds.)		
Other Verbs	entregar	jugar (ue)	llegar	obligar

3 Verbs ending in *-car*

c → qu before **e: buscar** *(to look for)*

Preterite	bus**qu**é, buscaste, buscó, buscamos, buscasteis, buscaron	
Present Subjunctive	bus**qu**e, bus**qu**es, bus**qu**e, bus**qu**emos, bus**qu**éis, bus**qu**en	
Commands	busca, no bus**qu**es (tú)	buscad, no bus**qu**éis (vosotros)
	bus**qu**e, no bus**qu**e (Ud.)	bus**qu**en, no bus**qu**en (Uds.)

Other Verbs	acercar	indicar	tocar
	explicar	sacar	

4 Verbs ending in *-zar*

z → c before **e: empezar (ie)** *(to begin)*

Preterite	empe**c**é, empezaste, empezó, empezamos, empezasteis, empezaron	
Present Subjunctive	empie**c**e, empie**c**es, empie**c**e, empe**c**emos, empe**c**éis, empie**c**en	
Commands	empieza, no empie**c**es (tú)	empezad, no empe**c**éis (vosotros)
	empie**c**e, no empie**c**e (Ud.)	empie**c**en, no empie**c**en (Uds.)

Other Verbs	almorzar (ue)	comenzar (ie)	cruzar	organizar

5 Verbs ending in a consonant + *-cer* or *-cir*

c → z before **o, a: convencer** *(to convince)*

Present Indicative	conven**z**o, convences, convence, convencemos, convencéis, convencen	
Present Subjunctive	conven**z**a, conven**z**as, conven**z**a, conven**z**amos, conven**z**áis, conven**z**an	
Commands	convence, no conven**z**as (tú)	convenced, no conven**z**áis (vosotros)
	conven**z**a, no conven**z**a (Ud.)	conven**z**an, no conven**z**an (Uds.)

Other Verbs	ejercer	esparcir	vencer

6 Verbs ending in a vowel + *-cer* or *-cir*

c → zc before **o, a: conocer** *(to know, be acquainted with)*

Present Indicative	cono**zc**o, conoces, conoce, conocemos, conocéis, conocen	
Present Subjunctive	cono**zc**a, cono**zc**as, cono**zc**a, cono**zc**amos, cono**zc**áis, cono**zc**an	
Commands	conoce, no cono**zc**as (tú)	conoced, no cono**zc**áis (vosotros)
	cono**zc**a, no cono**zc**a (Ud.)	cono**zc**an, no cono**zc**an (Uds.)

Other Verbs	agradecer	obedecer	pertenecer
	conducir[1]	ofrecer	producir
	desconocer	parecer	reducir
	establecer	permanecer	traducir

[1]See **conducir** in the section on irregular verbs for further irregularities of verbs ending in **-ducir.**

7 Verbs ending in *-guir*

gu → g before **o, a:** **seguir (i)** *(to follow)*

Present Indicative	si**g**o, sigues, sigue, seguimos, seguís, siguen			
Present Subjunctive	si**g**a, si**g**as, si**g**a, si**g**amos, si**g**áis, si**g**an			
Commands	sigue, no si**g**as (tú)	seguid, no si**g**áis (vosotros)		
	si**g**a, no si**g**a (Ud.)	si**g**an, no si**g**an (Uds.)		
Other Verbs	conseguir	distinguir	perseguir	proseguir

8 Verbs ending in *-guar*

gu → gü before **e:** **averiguar** *(to find out)*

Preterite	averi**güé**, averiguaste, averiguó, averiguamos, averiguasteis, averiguaron	
Present Subjunctive	averi**gü**e, averi**gü**es, averi**gü**e, averi**gü**emos, averi**gü**éis, averi**gü**en	
Commands	averigua, no averi**gü**es (tú)	averiguad, no averi**gü**éis (vosotros)
	averi**gü**e, no averi**gü**e (Ud.)	averi**gü**en, no averi**gü**en (Uds.)
Other Verbs	apaciguar	atestiguar

9 Verbs ending in *-uir*

unstressed **i → y** between vowels: **construir** *(to build)*

Present Participle	constru**y**endo		
Present Indicative	constru**y**o, constru**y**es, constru**y**e, construimos, construís, constru**y**en		
Preterite	construí, construiste, constru**y**ó, construimos, construisteis, constru**y**eron		
Present Subjunctive	constru**y**a, constru**y**as, constru**y**a, constru**y**amos, constru**y**áis, constru**y**an		
Imperfect Subjunctive	constru**y**era, constru**y**eras, constru**y**era, constru**y**éramos, constru**y**erais, constru**y**eran		
Commands	constru**y**e, no constru**y**as (tú)	construid, no constru**y**áis (vosotros)	
	constru**y**a, no constru**y**a (Ud.)	constru**y**an, no constru**y**an (Uds.)	
Other Verbs	concluir	destruir	instruir
	contribuir	huir	sustituir

10 Verbs ending in *-eer*

unstressed **i → y** between vowels: **creer** *(to believe)*

Present Participle	cre**y**endo	
Preterite	creí, creíste, cre**y**ó, creímos, creisteis, cre**y**eron	
Imperfect Subjunctive	cre**y**era, cre**y**eras, cre**y**era, cre**y**éramos, cre**y**erais, cre**y**eran	
Other Verbs	leer	poseer

11 Some verbs ending in *-iar* and *-uar*

i → í when stressed: **enviar** *(to send)*

Present Indicative	envío, envías, envía, enviamos, enviáis, envían	
Present Subjunctive	envíe, envíes, envíe, enviemos, enviéis, envíen	
Commands	envía, no envíes (tú)	enviad, no enviéis (vosotros)
	envíe, no envíe (Ud.)	envíen, no envíen (Uds.)
Other Verbs	ampliar confiar	enfriar guiar	variar

u → ú when stressed: **continuar** *(to continue)*

Present Indicative	continúo, continúas, continúa, continuamos, continuáis, continúan			
Present Subjunctive	continúe, continúes, continúe, continuemos, continuéis, continúen			
Commands	continúa, no continúes (tú)	continuad, no continuéis (vosotros)		
	continúe, no continúe (Ud.)	continúen, no continúen (Uds.)		
Other Verbs	acentuar	efectuar	graduar(se)	situar

Irregular Verbs

1 abrir *(to open)*

Past Participle	abierto	
Other Verbs	cubrir	descubrir

2 andar *(to walk, to go)*

Preterite	anduve, anduviste, anduvo, anduvimos, anduvisteis, anduvieron
Imperfect Subjunctive	anduviera, anduvieras, anduviera, anduviéramos, anduvierais, anduvieran

3 caer *(to fall)*

Present Participle	cayendo
Past Participle	caído
Present Indicative	caigo, caes, cae, caemos, caéis, caen
Preterite	caí, caíste, cayó, caímos, caísteis, cayeron
Present Subjunctive	caiga, caigas, caiga, caigamos, caigáis, caigan
Imperfect Subjunctive	cayera, cayeras, cayera, cayéramos, cayerais, cayeran

4 conducir *(to lead, drive)*[1]

Present Indicative	conduzco, conduces, conduce, conducimos, conducís, conducen			
Preterite	conduje, condujiste, condujo, condujimos, condujisteis, condujeron			
Present Subjunctive	conduzca, conduzcas, conduzca, conduzcamos, conduzcáis, conduzcan			
Imperfect Subjunctive	condujera, condujeras, condujera, condujéramos, condujerais, condujeran			
Other Verbs	introducir	producir	reducir	traducir

[1]All **-ducir** verbs follow this pattern.

5 **dar** *(to give)*

Present Indicative	doy, das, da, damos, dais, dan
Preterite	di, diste, dio, dimos, disteis, dieron
Present Subjunctive	dé, des, dé, demos, deis, den
Imperfect Subjunctive	diera, dieras, diera, diéramos, dierais, dieran

6 **decir** *(to say, tell)*

Present Participle	diciendo	
Past Participle	dicho	
Present Indicative	digo, dices, dice, decimos, decís, dicen	
Preterite	dije, dijiste, dijo, dijimos, dijisteis, dijeron	
Future	diré, dirás, dirá, diremos, diréis, dirán	
Conditional	diría, dirías, diría, diríamos, diríais, dirían	
Present Subjunctive	diga, digas, diga, digamos, digáis, digan	
Imperfect Subjunctive	dijera, dijeras, dijera, dijéramos, dijerais, dijeran	
Affirm. tú Command[2]	di	
Other Verbs	desdecir	predecir

7 **escribir** *(to write)*

Past Participle	escrito		
Other Verbs	inscribir	proscribir	transcribir
	prescribir	subscribir	

8 **estar** *(to be)*

Present Indicative	estoy, estás, está, estamos, estáis, están
Preterite	estuve, estuviste, estuvo, estuvimos, estuvisteis, estuvieron
Present Subjunctive	esté, estés, esté, estemos, estéis, estén
Imperfect Subjunctive	estuviera, estuvieras, estuviera, estuviéramos, estuvierais, estuvieran

9 **haber** *(to have)*

Present Indicative	he, has, ha, hemos, habéis, han
Preterite	hube, hubiste, hubo, hubimos, hubisteis, hubieron
Future	habré, habrás, habrá, habremos, habréis, habrán
Conditional	habría, habrías, habría, habríamos, habríais, habrían
Present Subjunctive	haya, hayas, haya, hayamos, hayáis, hayan
Imperfect Subjunctive	hubiera, hubieras, hubiera, hubiéramos, hubierais, hubieran

[2]The other command forms are identical to the present subjunctive forms.

10 hacer *(to do, to make)*

Past Participle	hecho
Present Indicative	hago, haces, hace, hacemos, hacéis, hacen
Preterite	hice, hiciste, hizo, hicimos, hicisteis, hicieron
Future	haré, harás, hará, haremos, haréis, harán
Conditional	haría, harías, haría, haríamos, haríais, harían
Present Subjunctive	haga, hagas, haga, hagamos, hagáis, hagan
Imperfect Subjunctive	hiciera, hicieras, hiciera, hiciéramos, hicierais, hicieran
Affirm. tú Command	haz
Other Verbs	deshacer rehacer satisfacer

11 ir *(to go)*

Present Participle	yendo
Present Indicative	voy, vas, va, vamos, vais, van
Imperfect Indicative	iba, ibas, iba, íbamos, ibais, iban
Preterite	fui, fuiste, fue, fuimos, fuisteis, fueron
Present Subjunctive	vaya, vayas, vaya, vayamos, vayáis, vayan
Imperfect Subjunctive	fuera, fueras, fuera, fuéramos, fuerais, fueran
Affirm. tú Command	ve

12 morir (ue) *(to die)*

Past Participle	muerto

13 oír *(to hear)*

Present Participle	oyendo
Past Participle	oído
Present Indicative	oigo, oyes, oye, oímos, oís, oyen
Preterite	oí, oíste, oyó, oímos, oísteis, oyeron
Present Subjunctive	oiga, oigas, oiga, oigamos, oigáis, oigan
Imperfect Subjunctive	oyera, oyeras, oyera, oyéramos, oyerais, oyeran

14 poder *(to be able)*

Present Participle	pudiendo
Present Indicative	puedo, puedes, puede, podemos, podéis, pueden
Preterite	pude, pudiste, pudo, pudimos, pudisteis, pudieron
Future	podré, podrás, podrá, podremos, podréis, podrán
Conditional	podría, podrías, podría, podríamos, podríais, podrían
Present Subjunctive	pueda, puedas, pueda, podamos, podáis, puedan
Imperfect Subjunctive	pudiera, pudieras, pudiera, pudiéramos, pudierais, pudieran

15 poner *(to put, to place)*

Past Participle	puesto
Present Indicative	pongo, pones, pone, ponemos, ponéis, ponen
Preterite	puse, pusiste, puso, pusimos, pusisteis, pusieron
Future	pondré, pondrás, pondrá, pondremos, pondréis, pondrán
Conditional	pondría, pondrías, pondría, pondríamos, pondríais, pondrían
Present Subjunctive	ponga, pongas, ponga, pongamos, pongáis, pongan
Imperfect Subjunctive	pusiera, pusieras, pusiera, pusiéramos, pusierais, pusieran
Affirm. tú Command	pon

Other Verbs			
	componer	proponer	sobreponer
	descomponer	reponer	suponer
	oponer		

16 querer *(to want, wish)*

Present Indicative	quiero, quieres, quiere, queremos, queréis, quieren
Preterite	quise, quisiste, quiso, quisimos, quisisteis, quisieron
Future	querré, querrás, querrá, querremos, querréis, querrán
Conditional	querría, querrías, querría, querríamos, querríais, querrían
Present Subjunctive	quiera, quieras, quiera, queramos, queráis, quieran
Imperfect Subjunctive	quisiera, quisieras, quisiera, quisiéramos, quisierais, quisieran

17 reír (i) *(to laugh)*

Past Participle	riendo
Preterite	reí, reíste, rió, reímos, reisteis, rieron
Imperfect Subjunctive	riera, rieras, riera, riéramos, rierais, rieran

Other Verbs			
	freír	reírse	sonreír(se)

18 romper *(to break)*

Past Participle	roto

19 saber *(to know)*

Present Indicative	sé, sabes, sabe, sabemos, sabéis, saben
Preterite	supe, supiste, supo, supimos, supisteis, supieron
Future	sabré, sabrás, sabrá, sabremos, sabréis, sabrán
Conditional	sabría, sabrías, sabría, sabríamos, sabríais, sabrían
Present Subjunctive	sepa, sepas, sepa, sepamos, sepáis, sepan
Imperfect Subjunctive	supiera, supieras, supiera, supiéramos, supierais, supieran

20 salir *(to go out, to leave)*

Present Indicative	salgo, sales, sale, salimos, salís, salen
Future	saldré, saldrás, saldrá, saldremos, saldréis, saldrán
Conditional	saldría, saldrías, saldría, saldríamos, saldríais, saldrían
Present Subjunctive	salga, salgas, salga, salgamos, salgáis, salgan
Affirm. tú Command	sal

21 ser *(to be)*

Present Indicative	soy, eres, es, somos, sois, son
Imperfect Indicative	era, eras, era, éramos, erais, eran
Preterite	fui, fuiste, fue, fuimos, fuisteis, fueron
Present Subjunctive	sea, seas, sea, seamos, seais, sean
Imperfect Subjunctive	fuera, fueras, fuera, fuéramos, fuerais, fueran
Affirm. tú Command	sé

22 tener *(to have)*

Present Indicative	tengo, tienes, tiene, tenemos, tenéis, tienen		
Preterite	tuve, tuviste, tuvo, tuvimos, tuvisteis, tuvieron		
Future	tendré, tendrás, tendrá, tendremos, tendréis, tendrán		
Conditional	tendría, tendrías, tendría, tendríamos, tendríais, tendrían		
Present Subjunctive	tenga, tengas, tenga, tengamos, tengáis, tengan		
Imperfect Subjunctive	tuviera, tuvieras, tuviera, tuviéramos, tuvierais, tuvieran		
Affirm. tú Command	ten		
Other Verbs	contener	detener	retener

23 traer *(to bring)*

Present Participle	trayendo	
Past Participle	traído	
Present Indicative	traigo, traes, trae, traemos, traéis, traen	
Preterite	traje, trajiste, trajo, trajimos, trajisteis, trajeron	
Present Subjunctive	traiga, traigas, traiga, traigamos, traigáis, traigan	
Imperfect Subjunctive	trajera, trajeras, trajera, trajéramos, trajerais, trajeran	
Other Verbs	contraer	distraer

24 valer *(to be worth)*

Present Indicative	valgo, vales, vale, valemos, valéis, valen
Future	valdré, valdrás, valdrá, valdremos, valdréis, valdrán
Conditional	valdría, valdrías, valdría, valdríamos, valdríais, valdrían
Present Subjunctive	valga, valgas, valga, valgamos, valgáis, valgan
Affirm. tú Command	val

25 venir *(to come)*

Present Participle	viniendo
Present Indicative	vengo, vienes, viene, venimos, venís, vienen
Preterite	vine, viniste, vino, vinimos, vinisteis, vinieron
Future	vendré, vendrás, vendrá, vendremos, vendréis, vendrán
Conditional	vendría, vendrías, vendría, vendríamos, vendríais, vendrían
Present Subjunctive	venga, vengas, venga, vengamos, vengáis, vengan
Imperfect Subjunctive	viniera, vinieras, viniera, viniéramos, vinierais, vinieran
Affirm. tú Command	ven
Other Verbs	convenir intervenir

26 ver *(to see)*

Past Participle	visto
Present Indicative	veo, ves, ve, vemos, veis, ven
Imperfect Indicative	veía, veías, veía, veíamos, veíais, veían
Preterite	vi, viste, vio, vimos, visteis, vieron
Present Subjunctive	vea, veas, vea, veamos, veáis, vean

27 volver (ue) *(to come back, to return)*

Past Participle	vuelto
Other Verbs	devolver envolver resolver

Vocabulario español–inglés

This **Vocabulario** includes all active and most passive words and expressions in **Mundo 21** (conjugated verb forms and proper names used in passive vocabulary are generally omitted). A number in parentheses follows all active vocabulary. This number refers to the unit and lesson where the word or phrase is introduced. The number **(3.1),** for example, refers to *Unidad 3, Lección 1.* The gender of nouns is indicated as masculine *(m.)* or feminine *(f.).* When the noun designates a person, both the masculine and feminine forms are given if the English equivalents are different, for example, **abuelo** (grandfather), **abuela** (grandmother). Adjectives ending in **–o** are given in the masculine singular with the feminine ending **–a** given in parentheses, for example, **acomodado(a).**

Verbs are listed in the infinitive form **(-ar, -er, -ir).** Stem-changes in verbs are given in parenthesis, for example **conferir (ie, i).** Spelling changes in verbs are given in parentheses, for example **brincar (qu).** The following abbreviations are used:

adj.	adjective	*Mex.*	Mexico
adv.	adverb	*n.*	noun
El Salv.	El Salvador	*Parag.*	Paraguay
Arg.	Argentina	*pl.*	plural
Carib.	Caribbean	*reflex.*	reflexive
f.	feminine	*sing.*	singular
fig.	figurative	*Sp.*	Spain
int.	interjection	*Urug.*	Uruguay
m.	masculine	*v.*	verb

a:
- **a cámara lenta** in slow motion
- **a cambio de** in exchange for
- **a finales de** at the end of
- **a juego** matching
- **a la orden** at your command
- **a la vez** at the same time
- **a lo largo de** throughout
- **a lo largo y ancho** everywhere
- **a mediados de** at the middle of
- **a medida que** as, at the same time as
- **a menudo** frequently
- **a orillas de** by, beside
- **a partir de** starting from, as of
- **a paso acelerado** at a fast rate
- **a pesar de** in spite of, despite
- **a pie** on foot
- **a posta** on purpose
- **a principios de** at the beginning of
- **a propósito** by the way
- **a punto de morir** close to dying (5.2)
- **¿a qué hora?** at what time (1.1)
- **a rayas** striped (5.3)
- **a solas** alone (5.1)
- **a su vez** in turn
- **a toda plana** full page
- **a través de** through
- **a un peso cada uno** one peso each (2.2)
- **a ver** let's see (4.4)

abad *m.* abbot
abadesa *f.* abbess
abajo *adv.* below
abandonado(a) abandoned
abanicarse (qu) to fan oneself
abanico *m.* fan
abdicar (qu) to abdicate; to renounce, to give up
abdomen *m.* abdomen (5.1)
abdominales *m. pl.* abdominal stretching (5.1)
abedul *m.* birch (tree) (4.4)
abismo *m.* abyss
abogado(a) *m./f.* lawyer
aborigen aboriginal, indigenous
abrazar (c) to embrace
abrazo *m.* embrace, hug
abrigo *m.* overcoat (5.3); *see also* **tapado**
absceso *m.* abscess
absorber to absorb, soak up
abundar to be plentiful, to abound
aburridísimo(a) extremely boring (1.2)
aburrido(a) bored; boring (1.1)
abusado(a) abused
abuso *m.* abuse
acabar to finish, to end
academia *f.* academy
acaparar to monopolize; to stockpile
acariciar to caress
acarrear to carry, to transport
acaso *adv.* perhaps, maybe
acceder to agree, to consent
acción *f.* action, adventure; stock, share (*in business trading*) (3.2)
- **Día** (*m.*) **de Acción de Gracias** Thanksgiving Day (6.2)
- **película** (*f.*) **de acción** adventure movie (1.1)

accionista *m./f.* shareholder, stockholder (3.2)
acechar to lie in wait
aceleración *f.* acceleration (6.4)
acelerado(a) fast, accelerated; intense, impassioned (2.4)
a paso acelerado at a fast rate
acelga *f.* chard
acercarse (qu) to approach, to draw near
acero *m.* steel
ácida acid
- **lluvia** (*f.*) **ácida** acid rain (4.1)

acierto *m.* good judgment
aclamar to applaud, to acclaim
aclarar to clarify
aclimatarse to become acclimated
acolchar to quilt (4.2)
acomodado(a) well-to-do, well-off
clase (*f.*) **acomodada** upper class
clase (*f.*) **menos acomodada** lower class
acomodador(a) *m./f.* usher (1.1)
acomodarse to get comfortable
acompañar to accompany
¿Me acompañas? Will you accompany me? (2.4)
acontecimiento *m.* event, happening
acordar (ue) to agree
acordarse (ue) to remember
acordeonista *m./f.* accordion player
acostumbrar to be accustomed
acostumbrarse a to become accustomed to, to get used to
acreedor(a) *m./f.* creditor
actitud *f.* attitude, position
actividad *f.* activity (3.1)
actividad acuática aquatic activity (3.1)
actor *m.* actor (1.1)
actriz *f.* actress (1.1)
actuación *f.* performance
actual *adj.* current, present
actualidad *f.* present (time)
en la actualidad at the present time, currently
actualmente at the moment, nowadays
actuar (ú) to act
acuarela *f.* watercolor (2.1)
acuático(a) aquatic (3.1)
actividad (*f.*) **acuática** aquatic activity (3.1)
acueducto *m.* aqueduct
acuerdo *m.* agreement, understanding (6.4)
de acuerdo con according to
estar (*irreg.*) **de acuerdo** to agree (3.2)
acuitar to grieve, to be grieved
acusado(a) *m./f.* accused, defendant
acusar to accuse
adaptarse to adapt oneself, to become accustomed
adecuado(a) adequate
adelante *adv.* in front of; beyond
desde hoy en adelante from now on
sacar (qu) adelante to make prosper
además de besides, in addition to
adivinar to guess
adolescencia *f.* adolescence
adolorido(a) sore (3.1, 5.2)
adorado(a) adored
adornar to adorn (4.2)
adquirir (ie, i) to acquire
aduana *f.* customs
adueñarse de to take possession of
advertir (ie, i) to warn; to advise; to draw (someone's) attention
aeronave *f.* airplane
aeropuerto *m.* airport (3.1)
afán *m.* eagerness, zeal
afecto *m.* affection, fondness
afiliación *f.* affiliation (3.3)
afirmar to confirm, to state; to secure, to make firm
afonía *f.* hoarseness
afortunado(a) fortunate
afrontar to face (up to), confront
agarrada *f.* (*Guat.*) forced military roundup
agarrar to catch, to grab (2.3)
ágil agile
agitación *f.* agitation
agitado(a) agitated
agitar to shake; to excite
agobiar to burden, to overwhelm
agonía *f.* agony
agotador(a) tiring (3.1)
agradar to please, to like
Me agradó muchísimo. It pleased me very much. (1.2)
agradecido(a) appreciative
agrario(a) agrarian, agricultural
agravio *m.* offense, insult
agresivo(a) aggressive
agriamente bitterly
agrícola agricultural
agricultura *f.* agriculture
agruparse to form a group, to cluster together
agua *f.* (*but* **el agua**) water
agua mineral con gas carbonated water
agua mineral sin gas mineral water
contaminación del agua *f.* water pollution (4.1)
salto (*m.*) **de agua** waterfall
aguacate *m.* avocado (1.4)
aguado(a) watered down
aguador(a) *m./f.* water vendor
aguantar to endure, to tolerate
aguantarse to keep quiet; to resign oneself
aguardar to wait for, to await
águila *f.* (*but* **el águila**) eagle
aguja *f.* needle (4.2)
agujero *m.* hole (4.1)
ahí *adv.* there, over there
ahora: por ahora for the time being
ahorrar to save
airado(a) angry, irate
aire *m.* air (4.1)
bomba (*f.*) **de aire** tire pump (3.1)
contaminación (*f.*) **del aire** air pollution (4.1)
aislado(a) isolated
aislamiento *m.* isolation
aislar to isolate
ajeno(a) another's, someone else's; detached, foreign
ají *m.* (*pl.* **ajíes**) (*Cono Sur*) hot pepper, chili pepper (2.2); *see also* **chile**
ajo *m.* garlic (2.2)
al:
al borde de on the edge of
al contrario on the contrary (2.4)
al día up to date
al fin at last
al fin y al cabo after all
al fondo at the rear/back
al lado de beside, next to
al mando de under the command of
al margen on the fringe (6.3)
al pie de at the bottom of
al ratito in a little while
ala *f.* (*but* **el ala**) wing
alambrada *f.* wire fence; barbed wire barrier
alambre *m.* wire
alambre de púas barbed wire
alarde *m.* show, display
alargado(a) elongated
alarido *m.* howl, shriek
albergue (*m.*) **juvenil** youth hostel
alborotado(a) excited, agitated
alcachofa *f.* artichoke (2.2)
alcalde *m.* mayor (3.3)
alcaldesa *f.* mayor, mayoress (3.3)
alcance *m.* reach
alcanzado(a) reached, achieved, obtained
alcanzar (c) to reach, to attain
alcanzarse to be attainable
alcapurria *f.* *Puerto Rican meat turnover*
alcázar *m.* castle, fortress
alce *m.* elk (4.4), moose
alcohol *m.* alcohol; alcoholic beverages (3.3)
control (*m.*) **del alcohol** *control of alcoholic beverages* (3.3)
aldea *f.* village
alegrarse to be happy
alegre happy
alegría *f.* cheerfulness, joy (6.2)
alejado(a) distanced
alejar to estrange, to alienate
alfarería *f.* pottery (4.2)
alfarería vidriada glazed pottery (4.2)
alfiler *m.* straight pin
alfiler imperdible safety pin (4.2)
alfombra *f.* carpet
alfombrado(a) carpeted
algodón *m.* cotton (5.3)
aliado(a) *m./f.* ally; *adj.* allied
alianza *f.* alliance
aliento *m.* breath
alimentar to feed
alimentarse to live on
alimenticio(a) nourishing
alimento *m.* food, nourishment
alistarse to enlist, to sign up
aliviado(a) lessened, alleviated; recovered (5.2)
allá tú that's your business
alma *f.* (*but* **el alma**) soul

almacén *m.* department store (5.3)
almeja *f.* clam (1.4)
almendrado *m.* candy made of almond paste
almohada *f.* pillow
alojamiento *m.* housing
alojarse to stay, to lodge
alondra *f.* lark
alpaca *f.* alpaca (*animal similar to the llama*)
alpargata *f.* sandal
alquilar to rent (3.1)
alrededor de around
alrededores *m. pl.* surrounding area
alterar to alter, to change
alternar to alternate
altibajos *m. pl.* ups and downs
altiplano *m.* high plateau, high plain
alto(a) high; tall
  en voz alta out loud
altura *f.* height
alucinógeno *m.* hallucinogen (6.1)
aluminio *m.* aluminum
alzar (c) to raise, lift up; to gather up, put away
ama *f.* (*but* **el ama**) mistress
amabilidad *f.* amiability, affability
amable nice, pleasant, kind
amado(a) *adj.* loved
amanecer (zc) *m.* to dawn, to be at dawn
amante *n. m./f.* lover; *adj.* fond
amar to love
amargado(a) bitter, embittered
amargo(a) bitter
ambicioso(a) ambitious
ambientado(a) accustomed to the ambience
ambiental of or pertaining to the environment (4.1)
ambiente *m.* ambience; atmosphere
  ambiente festivo festive atmosphere (6.2)
  medio ambiente environment (4.1)
ámbito *m.* field (6.3)
ambos(as) *adj. pl.* both
amenaza *f.* threat (4.1)
amenazar (c) to threaten
americano(a) *n. m./f.* U.S. citizen; *adj.* of or pertaining to the Americas
  fútbol (*m.*) **americano** football (2.3)
amistad *f.* friendship
amistoso(a) friendly
amo *m.* master
amor *m.* love
  música (*f.*) **de amor** romantic music
amparo *m.* shelter; protection
ampliado(a) enlarged, made bigger
amplificación *f.* growth (6.4)
ampliar to enlarge
amplio(a) ample
amplitud *f.* amplitude, fullness
analfabetismo *m.* illiteracy
analogía *f.* analogy
ancho(a) wide
  a lo largo y ancho everywhere

anchura *f.* width
anciano(a) *m./f.* elderly person
andar (*irreg.*) to walk (5.1); *see also* **caminar;** to go
andino(a) *adj.* Andean
anexión *f.* annexation
anfetamina *f.* amphetamine (6.1)
anfiteatro *m.* amphitheater
anfitrión *n. m., adj.* host (3.2)
anfitriona *n. f., adj.* hostess (3.2)
anglosajón *m.* Anglo-Saxon male
anglosajona *f.* Anglo-Saxon female
angustia *f.* anguish
anhelo *m.* yearning, longing, desire
anillo *m.* ring (4.2)
ánimo: estado (*m.*) **de ánimo** state of mind, mood
animado(a) lively (2.4)
  película (*f.*) **de dibujos animados** animated film (1.1)
animador(a) *m./f.* entertainer
animar to stimulate, to animate
aniquilado(a) annihilated
anónimo(a) anonymous
anotar to jot down
  anotar puntos to score (6.1)
  anotar un gol to score a goal (6.1)
antaño *adv.* long ago, in days gone by
ante todo above all
anteojos *m. pl.* eyeglasses
antepasado(a) *m./f.* ancestor
antibiótico *m.* antibiotic (5.2)
antidepresivo *m.* antidepressant (5.2)
antiguamente formerly, once
antiguo(a) old (3.1)
antihistamínico *m.* antihistamine (5.2)
Antillas *f. pl.* Antilles, islands in the Caribbean
antorcha *f.* torch
anular to annul, to nullify
anunciar to announce (6.3)
añadir to add
añil *m.* indigo
apacible calm, gentle
apaciguar (güe) to appease, pacify
apagar to turn off
aparecer to appear
apariencia *f.* appearance
apartar to separate
apasionado(a) passionate (1.3); intense, exciting (2.4)
apasionante exciting, thrilling
apearse to dismount
apellido *m.* last name
apenas *adv.* barely, hardly
apendicitis *f.* appendicitis (5.2)
apeñuzcado(a) crammed together
apertura *f.* opening
apio *m.* celery (2.2)
aplastado(a) flattened
aplastante *adj.* crushing
aplastar to crush, to squash
aplicar to apply, to wipe on
apoderarse to seize, to take possession
apogeo *m.* apogee, height

apolítico(a) apolitical, nonpolitical
aporrear to hit, to thump
aportar to bring in (3.2)
aporte *m.* contribution, donation, support (3.2)
apoyar to support (3.3)
apoyo *m.* support, help (3.2)
apreciado(a) appreciated
apreciar to appreciate
aprendiz(a) apprentice
apresurarse to hurry
apretar to squeeze, squash
apretón (*m.*) **de manos** handshake
aprobar (ue) to approve of, to agree with
  aprobarse (ue) to be approved
aprovechar to take advantage
  aprovecharse (de) to take advantage (of) (3.2)
aproximar to approximate, to bring near
apuntarse to attain
árabe *m./f.* Arab
arado *m.* plow
arancel *m.* tariff, duty
araña *f.* spider
arbitrario(a) arbitrary
árbitro *m.* umpire, referee (2.3)
árbol *m.* tree (4.4)
  capa (*f.*) **de árboles** tree canopy (4.1)
arce *m.* maple (tree) (4.4)
arco *m.* goal (6.1); arch; bow
  tiro (*m.*) **al arco** archery (2.3)
arder to burn
ardiente *adj.* burning
ardilla *f.* squirrel (4.4)
ardor *m.* zeal, eagerness
área *f.* (*but* **el área**) area, region
arena *f.* sand (6.3)
Argelia Algeria
argumento *m.* plot (1.2)
arma *f.* (*but* **el arma**) arm, weapon
  control (*m.*) **de las armas de fuego** gun control (3.3)
armada *f.* navy, fleet
armado(a) armed
  fuerzas (*f. pl.*) **armadas** armed forces
armoniosamente harmoniously
armonioso(a) harmonious
aromatizado(a) flavored
arpa *f.* harp
arquero(a) *m./f.* goalie, goalkeeper (6.1); *see also* **portero(a)**
arquitectónico(a) architectonic, architectural
arrancar to originate; pull away, to snatch (6.3)
arreglar to arrange
arreglista *m./f.* arranger
arremeter to charge, to attack
arrestar to arrest (6.1)
arriba: hacia arriba upward
arribo *m.* arrival
arroz *m.* rice (2.2)
arruinarse to be ruined

arte *f.* (*but* **el arte**) art
artes (*f. pl.*) **plásticas** sculpture, clay modeling
bellas (*f. pl.*) **artes** fine arts
artesanal *adj.* artisan, pertaining to craftsmen
artesanía *f.* handicrafts; craftsmanship (4.2)
artesano(a) *m./f.* artisan
artificial artificial
fuegos (*m. pl.*) **artificiales** fireworks (6.2)
artista *m./f.* artist (2.1); performer (4.3)
artista de categoría quality performer (4.3)
artista de retratos portrait artist (2.1)
artista musical musician, musical performer/artist (4.3)
arveja *f.* (*Cono Sur*) pea (2.2); *see also* **chícharo** *and* **guisante**
arzobispo *m.* archbishop
asado *m.* barbecue, cookout (6.2); *see also* **parrillada**
asalto *m.* attack, assault
ascendencia *f.* ancestry (6.3), origin
ascenso *m.* ascent, rise
asco *m.* disgust, repulsion
asegurar to secure; to insure, to assure
asegurarse to make sure
asentado(a) set, written
asentar to establish
asesinado(a) murdered
asesinato *m.* murder, assassination
asesinato político political assassination (3.4)
asesino(a) *m./f.* killer, murderer, assassin
asiento *m.* seat (1.1)
asilo *m.* asylum (1.4)
asilo de huérfanos orphanage
asimismo likewise, in the same manner
asistencia *f.* assistance
asistir a to attend
asno *m.* ass, donkey
asociado(a) associated
Estados (*m. pl.*) **Asociados** Associated States (6.4)
asociación *f.* association (3.4)
libertad de reunión y asociación *f.* freedom of assembly and association (3.4)
asoleado(a) sunny
asomar to appear; to come out
asombrado(a) amazed, astonished
aspa *f.* arm of a windmill
aspirina *f.* aspirin (5.2)
asqueroso(a) revolting, sickening, vile
astro *m.* star
astronauta *m./f.* astronaut
asumir el poder to take control
asunto *m.* matter, topic
asustado(a) scared, alarmed
atacar to attack
ataque *m.* attack
ataque al corazón heart attack (5.2)
ataque cardiaco heart attack (5.2)
ataque de nervios nervous breakdown
atardecer *m.* late afternoon, dusk
atención *f.* attention
prestar atención to pay attention
atentamente attentively
aterrizado(a) landed
aterrizar to land (3.1)
atletismo *m.* track (2.3)
atmósfera *f.* atmosphere (4.1)
atracción *f.* amusement
parque (*m.*) **de atracciones** amusement park
atractivo(a) attractive (1.3)
atraer (*like* **traer**) to attract
atraído(a) attracted
atrás *adv.* behind
atravesando crossing
atravesar (ie) to cross, to go across
atreverse a to dare to
atrevidamente daringly, boldly
atrevido(a) daring, bold
atribuir attribute
atributo *m.* attribute
atroz atrocious
audaz audacious, bold (6.3)
audiencia *f.* audience
Real Audiencia high court
auge *m.* boom, peak
aula *f.* (*but* **el aula**) schoolroom
aumentado(a) increased
aumentar to augment, to increase (3.2)
aumento *m.* increase
ausente absent
auspiciado(a) sponsored
aurora *f.* dawn
austero(a) austere
auto *m.* auto, car (3.1)
autobús *m.* bus (3.1); *see also* **bus** *and* **guagua**
autocensura *f.* self-censure
autóctono(a) native, indigenous
autonomía *f.* autonomy, self-government
autónomo(a) autonomous
autor(a) author (1.2)
autoría *f.* authorship
autoridad *f.* authority
autoritario(a) authoritarian
autorretrato *m.* self-portrait
avalado(a) endorsed, guaranteed
avance *m.* advance
ave *f.* (*but* **el ave**) fowl (1.4), bird
aventura *f.* adventure
película (*f.*) **de aventuras** adventure movie (1.1)
avergonzar (güe) to embarrass
avión *m.* airplane, plane (3.1)
avión sin motor *m.* glider (3.1)
avioneta *f.* light aircraft (3.1)
¡ay de mí! woe is me!
ayuda *f.* help, aid
ayuda médica health care (3.4)
ayudar to help
azadón *m.* large hoe
azahar *m.* orange blossom
azúcar: caña (*f.*) **de azúcar** sugar cane
azucarado(a) sweetened; of or pertaining to sugar

bacalao *m.* cod (1.4)
bahía *f.* bay
bailable danceable (1.3)
bailar to dance (2.4)
¿Bailamos? Shall we dance? (2.4)
Lo siento pero no bailo... I'm sorry, but I don't dance . . . (2.4)
¿Quieres bailar? Do you want to dance? (2.4)
¿Te gustaría bailar conmigo? Would you like to dance with me? (2.4)
¿Vamos a bailar? Shall we go dance? (2.4)
bailarín *m.* dancer (4.3)
bailarina *f.* dancer (4.3)
baile *m.* dance (6.2)
baile de disfraces costume ball (6.2)
¿Me permites este baile? Would you allow me this dance? (2.4)
bajar to lower (5.2)
bajar la presión to lower one's blood pressure (5.2)
bajo under
Países (*m. pl.*) **Bajos** Netherlands
bajo(a): en voz baja quietly, in a whisper
bala *f.* bullet
baladista *m./f.* singer of ballads
balanza (*f.*) **de pagos** balance of payments
balcón *m.* balcony
ballenero(a) *m./f.* whale hunter
ballet *m.* ballet
balneario *m.* seaside resort; spa
baloncesto *m.* basketball (2.3); *see also* **básquetbol**
bálsamo *m.* balm, ointment (5.2)
bambuco *m.* bambuco (*Colombian dance and type of music*)
bancarrota bankrupt
banco(a) bench; bank
banda *f.* band (1.3)
bandera *f.* flag (6.2)
Día (*m.*) **de la Bandera** Flag Day (6.2)
bando *m.* faction, party
banquero(a) *m./f.* banker
baño *m.* bath; bathing
traje (*m.*) **de baño** bathing suit (5.3)
bar *m.* bar
barato(a) inexpensive, cheap
barba *f.* beard
barbacoa *f.* barbecue (6.2)
bárbaro *int.* cool (6.1)
bárbaro(a) *adj.* barbaric, barbarian
barbitúrico *m.* barbiturate (6.1)

barco *m.* boat, ship (3.1)
barco de recreo pleasure boat (3.1)
barco de vela sailboat (3.1); *see also* **bote de vela**
barco transbordador ferry boat (3.1)
barítono *m.* baritone (1.3)
barra *f.* bar
barrer to sweep
barrera *f.* barrier
barrio *m.* neighborhood
barro *m.* clay, earthenware (4.2)
barroco(a) baroque
base *f.* base (2.3)
primera/segunda/tercera base first/second/third base (2.3)
básquetbol *m.* basketball (2.3); *see also* **baloncesto**
basta (it's) enough
bastante *adv.* enough
basura *f.* garbage, trash
bata *f.* robe (5.3)
batalla *f.* battle
batata *f.* (*Sp. y Cono Sur*) sweet potato (2.2); *see also* **camote**
batazo: hacer (*irreg.*) **un batazo** to make a hit (*baseball*) (2.3)
bate *m.* bat (2.3)
bateador(a) *m./f.* batter (2.3)
bateador(a) designado(a) designated hitter (2.3)
batear to bat (2.3)
batería *f.* drums (1.3)
baterista *m./f.* drummer (4.3)
batir beat
baúl *m.* trunk
beca *f.* scholarship
becario(a) *m./f.* scholarship recipient
becerro *m.* bull calf
béisbol: campo (*m.*) **de béisbol** baseball field (2.3)
belleza *f.* beauty
bello(a) beautiful
beneficiar to benefit (6.4)
beneficio *m.* profit, gain; benefit (3.2)
beneficioso(a) beneficial, advantageous
berenjena *f.* eggplant (2.2)
berro *m.* watercress
betabel *m.* (*Mex.*) beet (2.2); *see also* **remolacha**
betún *m.* tar, pitch
bibliotecario(a) librarian
bicicleta *f.* bicycle (3.1)
bien *adv.* good; well
bienes *m. pl.* goods (3.2)
bienes (*m. pl.*) **de consumo** consumer goods (3.2)
pasarlo bien to have a good time
portarse bien to behave
bienestar *m.* well-being (3.2)
Bienestar Social Welfare
bienvenido(a) welcome
bilingüe bilingual
bilingüismo *m.* bilingualism
billetera *f.* billfold, wallet (4.2)
billón *m.* trillion (6.4)
biodiversidad *f.* biodiversity (4.1)
biológico(a) biological (4.1)
reserva (*f.*) **biológica** biological reserve (4.1)
bizcochito *m.* little cookie, little sponge cake
blanqueador *m.* bleach, whitener
bloqueado(a) blocked
bloqueo *m.* blockade
blues *m. pl.* blues (*music*) (4.3)
blusa *f.* blouse (5.3)
blusa a rayas striped blouse (5.3)
blusa bordada embroidered blouse (5.3)
blusa con lunares polka dot blouse (5.3)
boca *f.* mouth (5.1)
bocarriba *adv.* face up
boda *f.* wedding
bodega *f.* (1.4)
bodegón *m.* tavern, bar
bohío *m.* hut
boicoteo *m.* boycott
bolero *m.* bolero (*Spanish dance and type of music*)
boletería *f.* box office (1.1)
boleto *m.* ticket (1.1)
bolsa *f.* stock market
bolsa nacional national stock market (3.2)
bolsillo *m.* pocket
bolso *m.* handbag, purse, shoulder bag (4.2)
bomba (*f.*) **de aire** tire pump (3.1)
bombachas *f. pl.* (*Cono Sur*) panties (5.3); *see also* **calzón** *and* **pantis**
bombardeo *m.* bombardment, shelling, bombing
bombín *m.* hat (5.3)
bombón *m.* candy (6.2)
bonaerense *m./f.* person from Buenos Aires
bondadoso(a) good, kind
bongó *m.* bongo drum (*Cuban instrument*) (2.4)
bordado *m.* embroidery (4.2)
bordado(a) embroidered (5.3)
blusa (*f.*) **bordada** embroidered blouse (5.3)
bordar to embroider (4.2)
borde *m.* border; edge
al borde de on the edge of
boricua *m./f.* Puerto Rican
borracho(a) *adj.* drunk
borrador *m.* draft
borroso(a) blurred, fuzzy (2.1)
bosque *m.* forest (4.1)
bosque lluvioso rain forest (4.1)
bosque tropical tropical forest (4.1)
bota *f.* boot (5.3)
bota de trabajo heavy-duty boot (5.3)
botánico(a) *adj.* botanical
jardín (*m.*) **botánico** botanical garden
bote *m.* small boat (3.1)
bote de remo rowboat (3.1)
bote de vela sailboat (3.1); *see also* **barco de vela**
botón *m.* button
brasilero(a) *adj.* Brazilian (6.3)
brazo *m.* arm (5.1)
mover (ue) los brazos con soltura to move one's arms loosely (5.1)
brecha *f.* opening, gap
brécol *m.* broccoli (2.2); *see also* **bróculi**
breve *adj.* brief
brillante brilliant, bright (2.1)
brillar to shine; to blaze
brincar (qu) to jump
británico(a) *adj.* British
brocado *m.* brocade
broche (*m.*) **de oro** crowning glory
broculi *m.* broccoli (2.2)
broma *f.* joke
hacer (*irreg.*) **broma** to play a joke (6.2)
bromeliácea *f.* bromeliad
bronce *m.* bronze
brote *m.* bud, shoot
brusco(a) brusque, abrupt, sudden
Bruselas: col (*m.*) **de Bruselas** Brussels sprout (2.2)
bruto *m.* brute
Producto (*m.*) **Interno Bruto (PIB)** Gross Domestic Product (GDP) (6.4)
bucear con tubo de respiración to snorkel (2.3)
buceo *m.* diving
buceo con tubo de respirar snorkeling
bueno(a): Noche (*f.*) **Buena** Christmas Eve (6.2)
bufanda *f.* scarf (5.3)
bulto *m.* bulk, package, bundle
buque *m.* ship
buque de carga cargo boat (3.1)
buque de guerra warship
burla *f.* joke, jest
bus *m.* bus ; *see also* **autobús** *and* **guagua**
buscador(a) (*m./f.*) **de talento** talent scout
buscar (qu) to look for
pasar a buscar to come by (for someone) (1.1)
búsqueda *f.* search, quest
butaca *f.* orchestra/box seat (1.1)

cabalgando riding horseback
cabalgar (gu) to ride horseback
caballeriza *f.* horse stable
caballero *m.* gentleman; knight
caballete *m.* roof

caballo *m.* horse (2.3)
montar a caballo to ride a horse (2.3)
cabaña *f.* cabin; shack, hut
cabellera *f.* hair, head of hair
cabello *m.* hair
caber (*irreg.*) to fit
no cabe duda there is no doubt
cabeza *f.* head (5.1)
golpe (*m.*) **de cabeza** head kick (6.1)
cabezal *m.* headrest
cable *m.* cable
cable del freno brake cable (3.1)
cabo *m.* cape
cacahuate *m.* peanut (2.2); *also written* **cacahuete;** *see also* **maní**
cacao *m.* cacao (*tree or bean*)
cacerola *f.* basin
cachucha *f.* knitted cap (5.3); *see also* **chullo**
cacique *m.* Indian chief
cadejo *m.* (*El Salv.*) *mythical dog*
cadena *f.* chain
cadena de transmisión drive chain (3.1)
cadencia *f.* cadence (2.4)
cadera *f.* hip (5.1)
caer (*irreg.*) to fall
caerse to fall down
café *m.* cafe
cafetería *f.* cafeteria
caída *f.* fall, downfall, collapse
calabacita *f.* zucchini (2.2); squash (2.2)
calabaza *f.* pumpkin (2.2); *see also* **zapallo**
calcetín *m.* sock (5.3)
caldero *m.* cauldron
calidad *f.* quality
cálido(a) hot
calificación *f.* qualification
callado(a) silent, quiet
callarse to keep quiet, to shut up
calle *f.* street (3.1)
niños (*m. pl.*) **de la calle** street children
callejón (*m.*) **sin salida** dead-end ally
calmante (*m.*) **de nervios** tranquilizer (6.1)
calzado *m.* shoe (5.3); *see also* **zapato**
calzón *m.* panties (5.3); *see also* **bombachas** *and* **pantis**
calzoncillo *m.* man's underwear (5.3)
cámara *f.* chamber
a cámara lenta in slow motion
Cámara de Representantes House of Representatives
camarón *m.* shrimp (1.4)
cambiar to change; to exchange
cambio *m.* change
a cambio de in exchange for
en cambio on the other hand
palanca (*f.*) **del cambio de velocidades** gear lever (3.1)
caminar to walk (5.1); *see also* **andar**
caminata *f.* (long) walk
camino *m.* road (3.1)
camión *m.* big truck (3.1); (*Mex.*) bus (3.1)
camioneta *f.* van; light/small truck (3.1)
camioneta cubierta minivan (3.1)
camisa *f.* shirt (5.3)
camiseta *f.* undershirt (5.3); T-shirt (5.3); *see also* **playera**
camisón *m.* nightgown (5.3)
camote *m.* sweet potato (2.2); *see also* **batata**
campamento *m.* camp
campana *f.* bell
campanario *m.* bell tower
campanita *f.* little bell
campánula *f.* morning glory
campaña *f.* campaign (3.3)
hacer (*irreg.*) **campaña** to campaign (3.3)
tienda (*f.*) **de campaña** tent
campeonato *m.* championship (5.1)
campesino(a) *m./f.* peasant, country person
campiña *f.* large field
campo *m.* countryside (3.1); field (2.3)
campo de béisbol baseball field (2.3)
canal *m.* channel
canario(a) *m./f.* canary
canasto *m.* basket
cancel *m.* screen partition
cáncer m. cancer (5.2)
cáncer de la garganta throat cancer (5.2)
cáncer de los pulmones lung cancer (5.2)
cáncer de los riñones kidney cancer (5.2)
cáncer del cerebro brain cancer (5.2)
cáncer del hígado liver cancer (5.2)
candidato(a) *m./f.* candidate (3.3)
candombe *m.* candombe (*festival with Afro-uruguayan music*)
cangrejo *m.* crab
caníbal *m./f.* cannibal
canoa *f.* canoe (3.1)
cansado(a) tired (2.4)
cansarse to get tired
cantante *m./f.* singer (1.3)
cantarín *m.*, **cantarina** *f.* singer; *adj.* sing-song
cantidad *f.* quantity, large number (6.3)
cantimplora *f.* canteen
cantina *f.* tavern, saloon
cantinela *f.* same old song
canto *m.* song, chant (6.3)
cantor(a) *m./f.* singer (1.3)
caña *f.* cane
caña de azúcar sugar cane
cañón *m.* cannon
capa *f.* coat (of paint); cape, cloak
capa de árboles tree canopy (4.1)
capa de ozonosfera ozone cover (4.1)
capacidad *f.* capacity, ability
capaz capable
capital *m.* capital, money (3.2)
capitalino(a) of the capital
capitán *m.*, **capitana** *f.* captain (6.1)
capitolio *m.* capital building
capricho *m.* caprice, whim
capturado(a) captured, seized
cara *f.* face (5.1)
característica *f.* characteristic
carbón *m.* coal (4.4)
carbonizado(a) burned
carcajada *m.* loud laughter
cárcel *f.* jail
carcomido(a) eaten away
cardamomo *m.* cardamom *(East Indian plant)*
cardiaco: ataque (*m.*) **cardiaco** heart attack
cardiólogo(a) cardiologist (5.2)
carey *m.* tortoise shell
carga *f.* cargo
buque (*m.*) **de carga** cargo boat (3.1)
tren (*m.*) **de carga** freight train (3.1)
cargadores *m. pl.* suspenders
cargar (gu) to carry
cargarse to charge
cargo *m.* post, position
Caribe *m.* Caribbean (Sea)
caribeño(a) Caribbean (2.4)
caricia *f.* caress
cariñoso(a) loving
caritativo(a) charitable
carmín *m.* carmine, crimson
carnal *m.* blood releative
Carnaval *m.* Carnival (*festival celebrated the three days before Lent*)
carne *f.* meat, flesh (1.4)
carne asada roasted/barbecued meat (1.4)
carne de puerco pork (1.4)
carne de res beef (1.4)
carne en adobo marinated meat (1.4)
carne molida ground beef (1.4)
carnicería *f.* butcher shop
carrera *f.* career; race (*competition*) (5.1)
carreras (*f. pl.*) **y saltos** track and field (5.1)
carreta *f.* carriage; cart (3.1)
carretera *f.* highway, road (3.1)
carretero *m.* cartwright, cart maker
carro *m.* car; cart
carruaje *m.* carriage
cartón *m.* cardboard (2.1)
casa *f.* house
casa rodante camper (*vehicle*) (3.1)
casado(a) *m./f.* married person
casarse con to get married to
cascada *f.* cascade; waterfall
casco *m.* helmet (3.1)
casi almost
caso case, event; occasion
vamos al caso let's get to the point
casona *f.* large house, mansion
cáspita *int.* holy cow, wow

casquivano(a) lively; impetuous
castaño(a) chestnut, brown
castellano *m.* Spanish (*language*)
castigo *m.* punishment
castillo *m.* castle
catarro *m.* cold (*illness*) (5.2); *see also* **resfriado**
catástrofe *f.* catastrophe, disaster
catedral *f.* cathedral
catedrático(a) *m./f.* university professor
catolicismo *m.* Catholicism
caucho *m.* rubber
caudillo *m.* boss; chief, leader, commander
causado(a) caused
cautelosamente cautiously
cauteloso(a) cautious, wary
cautivante captivating (2.4)
cautiverio *m.* captivity
caza *f.* hunting, hunt; game
cazador(a) *m./f.* hunter
cazar (c) to hunt
cebolla *f.* onion (2.2)
ceder to give up, to hand over
celebrar to celebrate (6.2)
célebre famous, celebrated
celeste *adj.* sky blue
celo *m.* jealousy, envy
celta *m./f.* Celt
cencerro *m.* small bell (2.4)
Cenicienta *f.* Cinderella
ceniza *f.* ash
  Miércoles (*m.*) **de Ceniza** Ash Wednesday (6.2)
censura *f.* censorship
  autocensura *f.* self-censure
centelleante *adj.* sparkling, flashing
centenar *m.* one hundred
centrado(a) centered; balanced
centralizado(a) centralized
centro *m.* center (1.1)
  centro comercial shopping center
cerámica *f.* ceramics (4.2)
ceramista *m./f.* ceramics maker
cerca: volarse (ue) la cerca to go out of the park (over the fence) (2.3)
cercanía *f.* nearness, proximity; *pl.* outskirts
cercano(a) *adj.* nearby, close
cercar (qu) to fence in, to enclose
cerciorarse to make sure
cerebro *m.* brain (5.2)
  cáncer (*m.*) **del cerebro** brain cancer (5.2)
cero *m.* zero
cerrar (ie) to close (3.2)
cerro *m.* hill
certeza *f.* certainty
certidumbre *f.* certainty
cervecería *f.* brewery, bar, pub
cerveza *f.* beer
cesar to cease, to stop
César *m.* Caesar
cesión *f.* cession, transfer
cestería *f.* basket making (4.2)
chachachá *m.* cha-cha (*rhythmic Cuban dance*) (2.4)
chal *m.* shawl
chala *f.* corn husk
chaleco *m.* vest (5.3)
champiñón *m.* mushroom (2.2); *see also* **hongo** *and* **seta**
chancla *f.* (*Mex.*) slipper; *see also* **zapatilla**
chanclo (*m.*) **de goma** rubber boot (5.3)
chaqueta *f.* jacket (5.3)
  chaqueta de piel leather jacket (5.3)
charco *m.* puddle of water
  cruzar (c) el charco to cross the water
charla *f.* talk
charlar to talk (5.1)
charretera *f.* epaulet, military ornament worn on the shoulder
chavo(a) *m./f.* guy/gal (4.3)
chayote *m.* chayote (*a pear shaped, edible fruit of the chayote vine*) (2.2)
chequere *m.* *instrument made of a gourd covered with beads that rattle* (2.4)
chicano(a) *m./f.* Mexican American
chícharo *m.* (*Mex.*) pea (2.2); *see also* **guisante** *and* **arveja**
chicharón *m.* crisp pork rind (1.4)
chicle *m.* gum
chilacayote *m.* bottle gourd (2.2)
chile *m.* (*Mex., Sp.*) hot pepper, chili pepper (2.2); *see also* **ají**
chillar to scream, to shriek
chillón *m.*, **chillona** *f.* crybaby; *adj.* loud, gaudy
chiquita *f.* little girl
chiquito *m.* little boy
chirimoya *f.* cherimoya, custard apple (2.2)
chirivía *f.* parsnip
chirriar to sizzle
chiste *m.* joke
chocolate *m.* chocolate
choclo *m.* (*Cono Sur*) corn (2.2); *see also* **maíz**
cholo(a) person with mixed white and Indian parentage, half-breed; *see also* **mestizo**
chompa *f.* sweater (5.3); *see also* **suéter**
chullo *m.* knitted cap (5.3); *see also* **cachucha**
chuño *m.* type of dehydrated potato
cicatriz *f.* scar
ciclismo *m.* bicycling (2.3)
ciego(a) *n.* blind person; *adj.* blind
cielo *m.* sky
ciencia ficción *f.* science fiction
  película (*f.*) **de ciencia ficción** science fiction movie (1.1)
científico(a) *adj.* scientific (6.4)
ciento: por ciento percent
cierto(a): por cierto of course
ciervo *m.* deer
cifra *f.* figure (6.4)
cilantro *m.* coriander (1.4)
cima *f.* top (of a mountain)
cinc *m.* zinc (4.4)
cine *m.* movie theater
  estrella (*f.*) **de cine** movie star
cineasta *m./f.* director
cinematográfico(a) *adj.* film
cintura *f.* waist (5.1)
cinturón *m.* belt (4.2)
cipote *m./f.* (*El Salv.*) youngster, child
circo *m.* circus
cirujano(a) *m./f.* surgeon (5.2)
ciudad *f.* city (3.1)
ciudadanía *f.* citizenship (3.4)
ciudadano(a) *m./f.* citizen (3.4)
civil civil
  derecho (*m.*) **civil** civil right (3.4)
civilización *f.* civilization (6.3)
clamar to cry out
clarinete *m.* clarinet (1.3)
clarinetista *m./f.* clarinet player (1.3)
claro(a) clear
clase *f.* class
  clase acomodada upper class
  clase media middle class
  clase menos acomodada lower class
clásico(a) classic (2.1, 4.3)
clave *f.* key; *pl.* clave (*instrument made of two wooden sticks tapped together to set the beat*) (2.4)
clavel *m.* carnation (4.4)
clientela *f.* customers, clientele
club (*m.*) **(nocturno)** (night)club
coalición *f.* coalition
cobarde *m./f.* coward
cobrar to collect; to charge
  cobrar un penal to penalize (6.1)
cobre *m.* copper (4.4)
cocaína *f.* cocaine (6.1)
coche *m.* car (3.1); coach
cochinito *m.* suckling pig (1.4)
cochino *m.* pig
cociente (*m.*) **de inteligencia** intelligence quotient (IQ)
cocinero(a) *m./f.* cook
cocotazo *m.* knuckle blow to the head
codiciado(a) coveted, desired
código *m.* code
codo *m.* elbow (5.1)
coger (j) to catch, to get hold of (2.3)
cohete *m.* rocket
cohitre *f.* *Puerto Rican plant with blue and white flowers*
coincidir to coincide
cojeo *m.* limping
col *f.* cabbage
  col de Bruselas Brussels sprout (2.2)
  col morada red cabbage (2.2)
cola *f.* tail
  hacer (*irreg.*) **cola** to stand in line (1.1)
colaborar to collaborate
colapso *m.* collapse
colectivo(a) *adj.* collective
  transporte (*m.*) **colectivo** public transportation (3.1)

colega *m./f.* colleague
colegio *m.* school
cólera *f.* anger, fury
colesterol *m.* cholesterol (2.2)
colgado(a) *adj.* hanging
colgar (ue) (gu) to hang (up)
coliflor *f.* cauliflower (2.2)
colina *f.* hill
colla *m./f. inhabitant of Andean plateau*
collar *m.* necklace (4.2)
colonia *f.* colony
colonizador(a) colonizing
colono *m.* colonist, settler
color *m.* color
  color oscuro dark color (2.1)
  color vivo bright color (2.1)
  lápices (*m. pl.*) **de colores** colored pencils (2.1)
colorado(a) red
comandante *m./f.* commander
combatiente *m./f.* combatant
combatir to combat, fight
comedia *f.* comedy (1.2), play
comentado(a) commented, talked about
comercial commercial
  centro (*m.*) **comercial** shopping center
  convenio (*m.*) **comercial** trade agreement (6.4)
comerciante *m./f.* merchant
comercio *m.* commerce
  libre comercio free trade (6.4)
cometer to make
cómico(a) comical, funny (1.1)
  película (*f.*) **cómica** comedy (*movie*) (1.1)
comienzo *m.* beginning, start (6.4)
comisionado(a) committee or board member
cómo: ¡Cómo no! Of course (1.1)
como si as if
comodidad *f.* convenience
cómodo(a) comfortable
compañía *f.* company (3.2)
comparación *f.* comparison
comparar to compare (6.4)
comparsa *f.* accompanying entourage
compartir to share
compás *m.* compass; rhythm (2.4)
compasión *f.* compassion, pity
compenetrado(a) with mutual understanding
competencia *f.* competition
competir (i, i) to compete (5.1)
complejidad *f.* complexity
componer (*like* **poner**) to fix; to compose, to make up (6.3)
compositor(a) *m./f.* composer
compras purchase
  ir (*irreg.*) **de compras** to go shopping
comprender to comprehend, to understand; to include
comprensible comprehensible, understandable
comprobar (ue) to prove
comprometido(a) committed
compromiso *m.* obligation, commitment
compuerta *f.* floodgate
compuesto (de) composed, made up (of)
computadora *f.* computer
común *adj.* common
  Mercado *m.* **Común** Common Market (6.4)
comunicar (qu) to communicate (6.3)
comunidad *f.* community
comunista *m./f.* communist (3.3)
con:
  con fascinación fascinated (2.4)
  con lo cual with which
  con lunares polka dotted (5.3)
  Con mucho gusto, gracias. Gladly, thank you. (2.4)
  con tablas pleated (5.3)
  con tal que as long as, provided
conceder to concede; to admit
concentrarse to be concentrated
concertar (ie) to arrange, to agree on
concha *f.* shell
conciencia *f.* conscience; awareness
  conciencia social social conscience (3.4)
concierto *m.* concert (1.3)
  dar (*irreg.*) **un concierto** to give a concert (1.3)
  hacer (*irreg.*) **una gira de concierto** to do a concert tour (1.3)
concilio *m.* council
concordar (ue) to agree
concretar to specify, to state explicitly
concurso *m.* contest
condado *m.* county
condecoración *f.* award
condecorar to decorate, to award
condenado(a) condemned
condenar to condemn
condición *f.* condition (3.4)
  condición social social condition (3.4)
condimento *m.* condiment
cóndor *m.* condor (*large vulture-like bird*)
conducir (*irreg.*) to guide, to lead; to drive
conejo(a) *m./f.* rabbit (4.4)
confeccionado(a) made, put together
conferencia *f.* conference; lecture, discussion
conferencista *m./f.* lecturer, speaker
conferir (ie, i) to confer, bestow
confianza *f.* confidence
confiar (í) to be confident of, to trust
confundir to confuse, to mistake
  confundirse to blend; to mingle
conga *f.* conga (*tall barrel-like drum* [2.4] *or Brazilian dance and type of music* [2.4])
congelado(a) frozen
congojoso(a) distressed, sad
conjunto *m.* group, musical group (1.3), ensemble; band (*music*) (1.3); suit; outfit
conjuro *m.* incantation, spell
conmemorar to commemorate
conmocionar to shock
conmovedor(a) moving, touching (1.1)
conmovido(a) moved, touched
Cono (*m.*) **Sur** Southern Cone (Argentina, Chile, Uruguay)
conocido(a) *adj.* known
conocimiento *m.* knowledge
conpatriota *m./f.* compatriot, fellow countryman
conquista *f.* conquest
conquistar to conquer
consagración *f.* consecration
consagrar to consecrate
consciente conscious; aware
conseguir (i, i) (g) to obtain, to get
consejo *m.* council
  consejo ejecutivo *m.* executive council
consenso *m.* consensus
conserje *m./f.* superintendent; receptionist
conservador(a) *m./f.* conservative (*in principles and beliefs*) (3.3); *adj.* conservative
conservar to conserve
consiguiente *adj.* consequent; resulting
  por consiguiente consequently
consigna *f.* slogan
consigo with himself/herself/itself
consolidar to consolidate
consonancia *f.* harmony
constatar to verify, confirm
constitución *f.* constitution
constituir to constitute
construir (y) to construct
consumado(a) consummate, perfect
consumidor(a) *m./f.* consumer
consumir to consume (6.1)
consumo *m.* consumption
  bienes (*m. pl.*) **de consumo** consumer goods
  consumo de drogas drug abuse (6.1)
contador(a) *m./f.* counter; accountant
contagioso(a) contagious
contaminación *f.* pollution (4.1)
  contaminación del aire / de la tierra / del agua air, land/ground, water pollution (4.1)
contaminado(a) contaminated, polluted
contaminante *m.* contaminant (4.1)
contar (ue) to tell, to talk about
  contar con to count on, to rely on
  contar una falta to penalize (6.1)
  Mis días estaban contados. My days were numbered.
contemplar to contemplate
contemporáneo(a) contemporaneous
contener (*like* **tener**) to contain
contenido *m.* content
contigo with you
continuamente continuously (6.1)
contra against (3.4)
  en contra against

contrario(a) contrary, opposing
al contrario on the contrary (2.4)
contradecir (*like* **decir**) to contradict
contraído(a) tightened, contracted (5.1)
contraste *m.* contrast
contratar a nuestras empresas to contract our companies (3.2)
control:
control de la natalidad *m.* birth control (3.3)
control de las armas de fuego *m.* gun control (3.3)
control del alcohol *m.* control of alcoholic beverages (3.3)
control del narcotráfico *m.* control of drug traffic (3.3)
en control in charge
controlar to control
convencer (z) to convince
convencido(a) convinced (6.1)
convenio *m.* agreement (6.4)
convenir (*like* **venir**) to agree, to concur
convento *m.* convent
convertirse (ie, i) (en) to change (into), to become (a) (6.4)
convocado(a) convoked, convened
convocar (qu) to convoke, to convene
cooperar to cooperate
Copa (*f.*) **Mundial** World Cup *(soccer)*
copiar to copy
coqueto(a) *m./f.* flirt
coraje *m.* courage, bravery
corazón *m.* heart
ataque (*m.*) **al corazón** heart attack (5.3)
corazón de maguey *m.* heart of maguey cactus (2.2)
encomendarse (ie) de todo corazón to entrust oneself completely
corbata *f.* tie (5.3)
cordero *m.* lamb
cordón *m.* shoelace (5.3)
Corea *f.* Korea
coreografía *f.* choreography (1.2)
coreógrafo(a) *m./f.* choreographer
córner: gol (*m.*) **de córner** corner goal (*soccer*) (6.1)
corona *f.* crown
coronado(a) crowned
corpiño *m.* bra, brassiere (5.3); *see also* **sostén**
corporal *adj.* corporal, bodily
correctamente correctly (5.1)
corredor(a) *m./f.* runner (5.1)
corregir (i, i) (j) to correct
correr to run; to jog (5.1); *see also* **footing**
corresponsal *m./f.* correspondent, agent
corretear to run about
corriente common; current, running
corrupción *f.* corruption (3.4)
corrupción política political corruption (3.4)
cortar to cut
corte *m.* cut, cutting
cortés courteous
corto(a) short (1.2)
jardinero (*m.*) **corto** shortstop (2.3)
cortometraje *m.* short-length movie
coser to sew (4.2)
máquina (*f.*) **de coser** sewing machine (4.2)
cosido *m.* sewing (4.2)
cosmopolita cosmopolitan
costa *f.* coast, coastal land
costar (ue) to cost ; to find it difficult
costeño(a) coastal, from the coast
costero(a) coastal
costoso(a) costly, expensive
costumbre *f.* custom
costumbrista folkloric
costura *f.* sewing (4.2)
coterráneo(a) of the same country or region
cotidiano(a) *adj.* everyday (6.4)
cotizado(a) valued
coyote *m.* coyote
cráneo *m.* cranium, skull
creación *f.* creation
crear to create
creativo(a) creative (1.1)
crecer (zc) to grow
crecido(a) grown
creciente *adj.* growing
crecimiento *m.* growth (3.2)
tasa (*f.*) **de crecimiento** growth rate (3.2)
crédito *m.* credit (3.2)
creencia *f.* belief
criado(a) raised
criarse (í) to be raised
criatura *f.* creature
crinolina *f.* hoop skirt (5.3)
criollo(a) *m./f.* criollo (*Spaniard born in the Americas*)
crisantemo *m.* chrysanthemum (4.4)
crisis *f.* crisis
crisol *m.* melting pot
cristalería *f.* glassware (4.2)
cristianismo *m.* Christianity
crítica *n.* criticism
crítico(a) *adj.* critical
crónica *f.* chronicle
crucero: hacer (*irreg.*) **un crucero** to take a cruise
cruz *f.* cross
cruzar (c) to cross (3.1)
cruzar el charco to cross the water
cuadrangular: hacer (*irreg.*) **un cuadrangular** to hit a home run (2.3)
cuadricular *m.* to divide into squares
cuadro *m.* painting (2.1); drawing
cuadruplicar (qu) to quadruple
cual which
con lo cual with which
tal cual such as
cualquier(a) any
cuanto:
¿Cuánto duró? How long did it last?
¡Cuánto lo siento! I'm so sorry!
¿Cuánto tardaste en...? How long did you take to . . . ?
Cuaresma *f.* Lent (6.2)
cuartel *m.* barracks
cuate *m.* twin; buddy
cubierta *f.* cover; *adj.*
camioneta cubierta *f.* minivan (3.1)
cubista cubist (*art*)
cubo *m.* pail, bucket
cubrir (*like* **abrir**) to cover
cubrirse to cover up
cueca *f. Andean dance* (2.4)
cuello *m.* neck (5.1); collar (6.1)
cuenta *f.* bead (4.2); bill
collar de cuentas bead necklace (4.2)
darse (*irreg.*) **cuenta de** to realize; to become aware of
de su propia cuenta on his/her own
llevar cuenta to keep count
tomar en cuenta to take into account
cuentista *m./f.* storyteller
cuento *m.* short story (1.2), tale, story
cuerda *f.* string
cuerno *m.* horn
cuero *m.* leather (4.2)
cuerpo *m.* body (5.1)
Cuerpo de Paz Peace Corps
cuervo *m.* crow
cuestionado(a) questioned
cuestionar to question
cueva *f.* cave
cueva de Altamira Altamira cave (*prehistoric site in Sp.*)
cuidado *int.* careful, watch out
cuidadosamente carefully
cuidarse to take care of oneself (5.2)
culebra *f.* snake
culminar to culminate
culpa *f.* fault
culpable guilty
cultivo *m.* crop; cultivation, farming
culto(a) learned, educated; cultured
cultura *f.* culture (6.3)
cumbia *f. Colombian dance and type of music* (2.4)
cumpleaños *m.* birthday (6.2)
¡Feliz cumpleaños! Happy birthday!
cumplimiento *m.* fulfillment
cumplir to carry out, to do; to fulfill
cuna *f.* birthplace
cuñada *f.* sister-in-law
cuñado *m.* brother-in-law
cuota *f.* quota
cúpula *f.* dome, cupola
curar to cure
curiosear to snoop, to pry
cursar to study, to take a course
cuyo(a) whose

danés *m.*, **danesa** *f.* Danish
danzante *m./f.* dancer (6.2)

danzón *m. Cuban dance derived from the* **habanera** (2.4)
dañado(a) damaged
dañar to harm, to damage (4.1)
dañino(a) harmful, damaging
daño *m.* harm, damage (4.1)
hacer (*irreg.*) **daño** to hurt, to harm
dar (*irreg.*) to give
dar un concierto to give a concert (1.3)
dar una patada to kick (6.1)
dar una película to show a film
dar vuelta to turn
darse cuenta de to realize, to become aware of
darse por vencido(a) to give up, to admit defeat
dardo *m.* dart, arrow
de of, from
de acuerdo con according to
de antemano beforehand
de categoría quality
de hecho as a matter of fact, actually
de igual manera in a similar manner
de lujo deluxe
de nuevo once again
de pie standing up
de primera categoría first class
de primera plana front page (*of a newspaper*)
de pronto suddenly
de su propia cuenta on his/her own
de todos modos anyway
debate *m.* debate (3.3)
deber *m.* obligation
debido(a) *adj.* due, owed
débil weak (5.2)
debilidad *f.* weakness
debutar to make a debut, to begin
década *f.* decade, ten-year period
decadencia *f.* decline; decadence
decaer (*like* **caer**) to decline, to fall off
decifrar to decipher
decir (*irreg.*) to say, to speak
¿Podría decirme dónde está(n)...? Can you tell me where . . . is/are? (2.2)
según se dice according to what they say
declamación *f.* recitation
decorar to decorate
decretado(a) decreed
dedicarse (qu) to dedicate oneself, to devote oneself
dedo *m.* finger (5.1)
defender (ie) to defend (6.1)
defensa *m./f.* guard (6.1); *see also* **defensor(a)**
defensor(a) *m./f.* guard (6.1); *see also* **defensa**
deforestación *f.* deforestation, cutting down forests (4.1)
deforme deformed
dejar de to stop, to quit
dejarse to allow oneself
delante: hacia delante forward
delantero(a) *m./f.* forward (*team position*) (6.1); *adj.* forward, front
luz (*f.*) **delantera** headlamp (3.1)
delgado(a) thin
delicia *f.* delight, pleasure
delirio *m.* delirium, mania, frenzy
demanda *f.* lawsuit
demasiado(a) *adj.* too much
demócrata *m./f.* democrat (3.3)
demonio *m.* devil, demon
demostrar (ue) to demonstrate, to show
denominación *f.* denomination, name
denominado(a) named, called
denominar to name
dentadura (*f.*) **postiza** false teeth, dentures
dentro de within
denuncia *f.* accusation, denunciation
denunciar to denounce
departamento *m.* department (5.3)
Departamento de Caballeros / Señoras / Moda Joven Men's/Women's/Teens' Department (5.3)
Departamento de Deportes / Hogar / Complementos de Moda Sports / Housewares / Fashion Accessories Department (5.3)
dependiente (de) dependent (on)
deponer (*like* **poner**) to depose
deporte *m.* sport
hacer (*irreg.*) **deportes** to play sports (5.1)
depósito *m.* deposit
hacer (*irreg.*) **un depósito** to deposit
depositorio *m.* depository
depresión *f.* depression
deprimente depressing
derechista *m./f.* rightist, right-wing (3.3)
derecho *m.* right (3.3); law
derecho civil civil right (3.4)
derecho humano human right (3.4)
hecho y derecho complete, perfect
derivar to derive
dermatólogo dermatologist (5.2)
derramamiento *m.* spilling, overflowing
derramar to spill
derramar lágrimas to shed tears
derrame *m.* spill
derrame de petróleo oil spill (4.1)
derrame de sangre bloodshed
derretir (i, i) to melt
derrocado(a) ousted, overthrown
derrocamiento *m.* overthrow
derrocar (qu) to overthrow
derrota *f.* beating (6.1); defeat
derrotado(a) defeated
derrotar to destroy, to defeat (2.3)
desabotonar to unbutton, to undo
desacuerdo *m.* disagreement
desafío *m.* challenge
desamparado(a) underprivileged
desaparecer (zc) to disappear
desaparecido(a) disappeared (3.4)
persona (*f.*) **desaparecida** missing person (3.4)
desaprender to forget, to unlearn
desarrollado(a) developed
desarrollo *m.* development (6.4)
desastre *m.* disaster
desastroso(a) disastrous
desbancado(a) replaced
descalzo(a) barefoot
descanso *m.* rest
descargar (gu) to discharge
descomunal enormous, huge, colossal
desconocido(a) *m./f.* stranger, unknown person
descontento(a) discontent
descubrimiento *m.* discovery
desde from
desde hoy en adelante from now on
desde un principio from the beginning
desear: ¿Deseas ver la nueva película? Do you want to see the new movie? (1.1)
desecho (*m.*) **de los desperdicios** waste disposal (4.1)
desembarcar (qu) to disembark, to go ashore
desembocadura *f.* mouth, outlet (of a river)
desempeñar to fulfill, to carry out
desempleo *m.* unemployment (3.2)
reducir (zc) el desempleo to reduce unemployment (3.2)
tasa (*f.*) **de desempleo** unemployment rate (3.2)
desenlace *m.* ending; result, outcome
desenvolver (*like* **volver**) to unravel, to disentangle
desenvolverse to manage, to cope
deseo *m.* desire, wish
desequilibrado(a) unbalanced, lopsided
desértico(a) desert-like, barren
desesperado(a) desperate
desfavorecido(a) disfavored
desfilar to parade, to march
desfile *m.* parade (6.2)
desflorar to tarnish, to spoil
desgracia *f.* misfortune
desgraciadamente unfortunately
deshacer (*like* **hacer**) to destroy, to damage
deshacerse to do away with
desheredado(a) disinherited
deshidratación *f.* dehydration
desierto *m.* desert
designar to designate
desigual unequal
desigualdad *f.* inequality, disparity
desilusión *f.* disappointment, disillusionment
desintegración *f.* disintegration
deslizarse to slide (2.3)
deslumbrar to dazzle
desmán *m.* outrage; misfortune
desmayado(a) unconscious
desnutrición *f.* malnutrition, undernourishment

desorden *m.* disorder
desparramarse to scatter, to spread
despedir (i, i) to fire, to dismiss, to lay off (*employees*) (3.2)
  despedirse (i, i) to take leave, to say good-bye
despegar (gu) to take off (3.1)
desperdicio *m.* waste (4.1)
  desecho (*m.*) **de los desperdicios** waste disposal (4.1)
despertado(a) awakened
despertar (ie) to wake up
despiadado(a) pitiless, merciless
desplegar (ie) (gu) to unfold, open
desplomar to crash
despoblado(a) uninhabited
despoblar (ue) depopulate
despojar to deprive, to dispossess
despótico(a) despotic, tyrannical
desprecio *m.* disdain, scorn
despreocupadamente without concern or worry
desprevenido(a) unprepared, off guard
destacado(a) outstanding (1.2)
destacarse (qu) to stand out (2.1)
destartalado(a) dilapidated
destemplado(a) harsh; dissonant
destierro *m.* exile, banishment
destino *m.* destiny, fate; destination
destituido(a) dismissed, removed from office
destripador(a) *m./f.* someone or something that disembowels; ripper
destrozar (c) to destroy
destruir (y) to destroy
desunir to disunite, to separate
desventaja *f.* disadvantage
desventura *f.* misfortune, bad luck
desviar to divert, to deflect
detallado(a) detailed
detalle *m.* detail
detención *f.* detention (3.4)
detener (*like* **tener**) to detain, to hold back
  detener la tasa de desempleo to hold back the unemployment rate (3.2)
detenido(a) detained
deterioro *m.* deterioration
detestar to detest
  Las detesto. I detest them (*f.*). (1.1)
deuda *f.* debt
deudor(a) *m./f.* debtor
devastar to devastate
develación *f.* unveiling
devolver (ue) to return
devorar to devour
día *m.* day
  al día up-to-date
  Día de Acción de Gracias Thanksgiving Day (6.2)
  Día de (la) Independencia Independence Day (6.2)
  Día de la Bandera Flag Day (6.2)
  Día de las Madres Mother's Day (6.2)
  Día de los Enamorados Valentine's Day (6.2)
  Día de los Inocentes April Fool's Day (6.2)
  Día de los Muertos All Souls' Day (6.2)
  Día de los Padres Father's Day (6.2)
  Día de los Reyes Magos Epiphany (6.2)
  Día del Santo Saint's Day (6.2)
  Día del Trabajador Labor Day (6.2)
  día feriado holiday (6.2)
diablo *m.* devil
diamante *m.* diamond (4.4)
diario *m.* newspaper; *adj.* daily
dibujante *m./f.* drawer, sketcher (2.1)
dibujar to draw
dibujo *m.* drawing (2.1)
  película (*f.*) **de dibujos animados** animated film (1.1)
dicho *m.* saying
dictadura *f.* dictatorship (3.4)
  dictadura militar military dictatorship (3.4)
dictar to dictate; to teach
dificilísimo(a) extremely difficult (1.2)
digno(a) worthy, deserving
dilema *m.* dilemma
diminuto(a) diminutive, little
dios *m.* god
diosa *f.* goddess
diputado(a) *m./f.* representative (3.3)
directo(a) direct
director(a) *m./f.* director (1.1)
dirigente *m./f.* leader, manager
dirigir (j) to direct
disco *m.* (playing) record
  grabar un disco to record an album (1.3)
  sacar (qu) un disco to release an album (1.3)
discográfico(a) pertaining to records or recordings
discoteca *f.* discotheque, disco (1.3)
discriminación *f.* discrimination (3.4)
diseñador(a) designer
diseño *m.* design (4.2)
disfraz *m.* costume; disguise (6.2)
  baile (*m.*) **de disfraces** costume ball (6.2)
disfrazado(a) disguised, wearing a mask (6.2)
disfrazar (c) to disguise; to mask, to cloak
disfrutar de to enjoy (something)
disgusto *m.* annoyance, displeasure
disidente *m./f.* dissident
disminuir (y) to diminish (4.1), to decrease, to reduce
disolver (ue) to dissolve
disparar to fire (*a gun*)
disparate *m.* absurd or nonsensical thing
displicente indifferent
dispuesto(a) prepared, ready
disputa *f.* dispute
disputar to dispute
distinguido(a) distinguished
distinguirse (g) to distinguish oneself
distinto(a) distinct, different (4.4)
distraído(a) distracted
distribución *f.* distribution
distribuir (y) to distribute
disuadir to dissuade, to discourage
disuelto(a) dissolved
diversidad *f.* diversity
diversificar (qu) to diversify
diversión *f.* diversion, amusement
diverso(a) diverse (3.1)
divertido(a) entertaining (1.2), enjoyable
divertir (ie, i) to entertain
  divertirse to have a good time, to enjoy oneself (6.2)
  Nos divirtió bastante. It entertained us quite a bit. (1.2)
divino(a) divine
divisar to discern, to make out
doblado(a) bent, folded
doblar to bend; to turn; to dub
dobles *m. pl.* doubles
docena *f.* dozen
docencia *f.* teaching, instruction
docente *adj.* teaching; educational
documentado(a) with identity papers
documental: película documental *f.* feature-length documentary (1.1)
doler (ue) to hurt
dolor *m.* pain; ache
dolorido(a) pained, grief-stricken; sorrowful
doloroso(a) painful, distressful
doméstico(a) domestic (4.4)
dominar to dominate
dominio *m.* dominance, supremacy
don *m.* gift, talent, knack
donaire *m.* elegance, grace
doncella *f.* virgin, maiden
dondequiera anywhere; everywhere
dorado(a) gold color, golden
drama *m.* drama (1.2), dramatic work
dramático(a) dramatic (1.1)
dramaturgo(a) *m./f.* playwright (1.2)
droga *f.* drug (6.1)
  consumo (*m.*) **de drogas** drug abuse (6.1)
drogadicción *f.* drug addiction (6.1)
drogadicto(a) *m./f.* drug addict (6.1)
ducado *m.* dukedom
ducharse to shower (5.1)
duda *f.* doubt
  no cabe duda there is no doubt
  sin duda without a doubt
dueño(a) *m./f.* owner; master
  dueño(a) (*m./f.*) **de negocio** proprietor
dulce *m.* sweet
dulzura *f.* sweetness
duradero(a) durable, lasting
durar to last, to remain
duro(a) hard; strong; tough
  madera (*f.*) **dura** hardwood (4.4)

ebanista *m./f.* cabinet maker, woodworker
echar to throw
  echar de menos to miss
  echar versos to recite poetry
  echarse a perder to spoil *(food)*
ecología *f.* ecology (4.1)
ecológico(a) ecological (4.1)
  equilibrio (*m.*) **ecológico** ecological balance (4.1)
ecologista *m./f.* ecologist (4.1); *see also* **ecólogo(a)**
ecólogo(a) *m./f.* ecologist (4.1); *see also* **ecologista**
economía *f.* economy (3.2)
económico(a) economic (6.4)
economista *m./f.* economist (3.2)
ecosistema *m.* ecosystem (4.1)
ecoturismo *m.* ecotourism
Edad (*f.*) **Media** Middle Ages
edificación *f.* building, construction
edificarse (qu) to edify
edificio *m.* edifice, building
editorial *f.* publishing house
educador(a) *m./f.* educator
efecto (*m.*) **invernadero** greenhouse effect (4.1)
efectuarse (ú) to be carried out, to take effect
eficaz efficient
eficiencia (*f.*) **productiva** productive efficiency (3.2)
efímero(a) ephemeral, short-lived
egipcio(a) *adj.* Egyptian
eje *m.* hub (3.1)
ejecución *f.* execution (4.2), realization
ejecutado(a) executed
ejecutar to execute, to carry out
ejecutivo(a) executive
  consejo (*m.*) **ejecutivo** executive council
ejemplar *m.* copy
ejemplo *m.* example
ejercer (z) to practice (a profession)
ejercicio *m.* exercise
  ejercicio aeróbico aerobics, aerobic exercise (5.1)
  hacer (*irreg.*) **ejercicio** to do exercise (5.1)
ejercido(a) practiced, exercised
ejército *m.* army
ejote *m.* (*Mex.*) string/green bean (2.2); *see also* **poroto verde** *and* **judía verde**
elaborado(a) manufactured, produced
elección *f.* election
elegir (i, i) (j) to elect; select
elevar to elevate, to raise
  elevarse to stand; to rise
eliminarse to be eliminated
elogio *m.* praise
elote *m.* corn on the cob (2.2)
embajada *f.* embassy
embarazo *m.* pregnancy
embarazoso(a) embarrassing, awkward
embarcarse (qu) to embark, to go aboard
embargo *m.* embargo
  sin embargo nevertheless, however
embarque *m.* shipment
embellecido(a) beautified
emborracharse to get drunk
embrujar to bewitch, to cast a spell on (2.4)
emigrante *m./f.* emigrant (1.4)
emigrar to emigrate
emitir to broadcast, to transmit
emocionante exciting (1.1)
empanada *f.* turnover
empeño *m.* ambition, zeal
empeorando getting worse (6.1)
emperador *m.* emperor
empezar (ie) (c) to begin (5.1)
empinado(a) steep
empleado(a) *m./f.* employee
emplear to employ
empleo *m.* employment, jobs (3.2)
emplumado(a) feathered
emprender to begin
empresa *f.* company
  contratar a nuestras empresas to contract our companies (3.2)
  libre empresa *f.* free enterprise
empresario(a) *m./f.* manager
en:
  en cambio on the other hand
  en contra against
  en control in charge
  en fin in short, well
  en gran parte for the most part
  en la actualidad at the present time, currently
  en medio de in the middle of
  en peligro endangered (4.1)
  en seguida right away
  en serio seriously (5.1)
  en silencio silently
  en su mayoría in the majority
  en terapia in therapy (5.2)
  en vez de instead of
  en vías de in the process of
  en voz alta out loud
en voz baja quietly, in a whisper
enagua *f.* slip (5.3)
enamorarse (de) to fall in love (with)
  Día (*m.*) **de los Enamorados** Valentine's Day (6.2)
encajar to fit
encaje *m.* lace (5.3)
encantado(a) enchanted
encantador(a) enchanting, delightful (1.2)
encantar to captivate, to enchant; to delight, to charm (2.1)
  Me encanta la trompeta. I love the trumpet. (1.3)
  Me encantan. I love them. (1.1)
Me encantaría. I'd love to. (1.1)
encarcelado(a) jailed
encargado(a) in charge of
encargar (gu) to order, to ask; to entrust with
  encargarse de to be in charge of
encender (ie) to light
encendido(a) fiery
encima *adv.* on top
enclavado(a) located, situated
encomendarse (ie) to entrust oneself
  encomendarse de todo corazón to entrust oneself completely
encontrado(a) found
encontrar (ue) to find (6.1)
  encontrarse to find oneself
encrucijada *f.* crossroads
encuentro *m.* encounter
encumbrado(a) high, lofty
endiablar to bedevil, to possess with the devil
endibia *f.* endive (a plant used in salads) (2.2)
endrogado(a) under the influence of narcotics (6.1)
enemigo(a) *m./f.* enemy
enemistad *f.* enmity, antagonism
énfasis *m.* emphasis (6.4)
enfatizar (c) to emphasize
enfermedad *f.* illness, sickness (5.2)
enfermo(a) sick; sick person
  sentirse (ie, i) enfermo(a) to feel sick
enfocar (qu) to focus
enfoque *m.* way of considering or treating a matter
enfrentamiento *m.* confrontation
enfrentar to confront, to face; to bring face to face
engaño *m.* deception, trick
englobar to include
engrandecimiento *m.* increase, enlargement
enjambre *m.* crowd, throng; great number or quantity
enjuto(a) skinny, lean
enlace *m.* link
enlazar (c) to link
enloquecer (zc) to drive crazy
enmantado(a) blanketed
enmarcar (qu) to frame (*a picture*)
enojado(a) angered; angry
enojar to get angry
enriquecer (zc) to enrich
  enriquecerse to get rich
enriquecimiento *m.* enrichment
ensayo *m.* essay
  ensayo literario literary essay (1.2)
enseñar to show; to teach
ensoñación *f.* dream
ensordecedor(a) deafening
ensuciarse to get dirty
entendido(a) *adj.* understood
enterarse de to learn about, to find out
entero(a) entire
enterrado(a) buried

entierro *m.* burial
entrada *f.* admission ticket (1.1); entree (1.4); entrance (4.3)
entrañas *f. pl.* entrails, bowels
entre sí among themselves
entrega *f.* delivery
hacer (*irreg.*) **entrega** to deliver
entregar (gu) to hand over, to deliver
entrelazarse (c) to interweave, to intertwine
entrenado(a) trained
entrenador(a) *m./f.* coach (6.1)
entrenamiento *m.* training (3.2)
entrenamiento técnico technical training (3.2)
entrenar to train
entretener (*like* **tener**) to entertain
entretenido(a) entertaining (1.1)
entretenimiento *m.* entertainment (3.2)
entrevistar to interview
entusiasmo *m.* enthusiasm (1.2)
La recomiendo con entusiasmo. I recommend it enthusiastically. (1.2)
envejecido(a) old, aged
envenenado(a) poisoned (4.1)
enviado(a) sent
enviar (í) to send
envidia *f.* envy
envidiar to envy
envuelto(a) wrapped
epazote *m.* epazote plant (also known as: Wormseed, Mexican tea, West Indian goosefoot, Jerusalem parsley, Hedge mustard, Sweet pigweed)
epicentro *m.* epicenter
época *f.* epoch, period of time
equilibrar to balance, to equilibrate
equilibrio *m.* equilibrium, balance (4.1)
equilibrio ecológico ecological balance (4.1)
equipo *m.* team (2.3)
equivocarse (qu) to be mistaken
erguido(a) erect (5.1); puffed up with pride
erigir (j) to erect
erosión *f.* erosion (4.1)
errata *f.* error
esbelto(a) slender, svelte
escala *f.* stopover
escalera *f.* stairs, stairway
escalón *m.* stair
escaloncillo *m.* small stepladder
escalope *m.* scallop (1.4)
escarola *f.* endive (a plant used in salads) (2.2)
escasez *f.* scarcity
escaso(a) scarce
escena *f.* scene (1.2)
escenario *m.* scenario (1.2)
escéptico(a) skeptical
esclavitud *f.* slavery
esclavo(a) *m./f.* slave
esclusa *f.* lock
escoger (j) to select
escogido(a) selected
escolar *m./f.* pupil, student; *adj.* of or relating to school
guagua (*f.*) **escolar** (*Carib.*) school bus
esconderse to hide
escondido(a) hidden
escoplo *m.* chisel (4.2)
escotilla *f.* hatch, hatchway
escritor(a) *m./f.* writer (1.2)
escritura *f.* writing
escudero *m.* squire, shield bearer
escudo *m.* shield
esculpir to sculpt
escultor(a) *m./f.* sculptor (2.1)
escultura *f.* sculpture (2.1)
escupiendo spitting
escurrirse to drain
esencia *f.* essence
esfera *f.* sphere
esforzarse (ue) (c) to strive, to exert much effort
esfuerzo *m.* effort
esmeralda *f.* emerald (4.4)
espacial *adj.* spatial, space
espada *f.* sword
espalda *f.* back (5.1)
espantoso(a) frightening (1.1), terrifying
espárragos *m. pl.* asparagus (2.2)
espasmo *m.* spasm
especializarse (c) to specialize
especie *f.* type; *pl.* species (4.1)
especies (*f. pl.*) **en vía de extinción** endangered species (4.1)
espectáculo *m.* show
espectador(a) *m./f.* spectator (6.2); *pl.* audience **espejo** *m.* mirror
esperanza *f.* hope
espiando spying
espinacas *f. pl.* spinach (2.2)
espinoso(a) thorny
espíritu *m.* spirit, soul
esplendor *m.* splendor
esposo(a) *m./f.* husband/wife
espuela *f.* spur
espuma *f.* foam
esquina *f.* corner
tiro (*m.*) **de esquina** corner kick (*soccer*)
estabilidad *f.* stability
establecer (zc) to establish
establecerse to settle
estación *f.* station (3.1)
estación de tren/ferrocarril train station (3.1)
estadía *f.* stay
estadidad *f.* statehood
estadio *m.* stadium
estadística *f.* statistics
estado *m.* state
estado de ánimo state of mind, mood
Estados (*m. pl.*) **Asociados** Associated States (6.4)
Estados (*m. pl.*) **Partes** Member States (6.4)
golpe (*m.*) **de estado** coup d'état
jefe(a) (*m./f.*) **de estado** Chief of State
estallar to break out; to explode
estallido *m.* explosion
estancia *f.* stay; ranch, large farm
estañar to plate with tin
estaño *m.* tin (4.4)
estar (*irreg.*) to be
estar de acuerdo to agree (3.2)
estar en forma to be in shape (5.1)
estar harto(a) to be fed up
estar listo(a) to be ready (6.1)
estar muerto(a) to be dead (3.1)
¿Podría decirme dónde está(n)...? Can you tell me where . . . is/are? (2.2)
estatua *f.* statue (2.1)
estelar *m./f.* stellar
estereotipo *m.* stereotype
esterilización *f.* sterilization
estilística *f.* stylistics, style
estilo *m.* style
estimado(a) loved, appreciated
estimulante *m.* stimulant (6.1)
estimular to stimulate
estiramiento *m.* stretching (5.1)
estirar to stretch (5.1)
estómago *m.* stomach (5.1)
estrategia *f.* strategy
estratégico(a) strategic
estrechez *f.* narrowness
estrella *f.* star
estrella de cine movie star
estrella de televisión TV star
estremecerse (zc) to shake, tremble
estremeciéndose trembling, shaking
estrenar to show for the first time
estrepitosamente noisily
estriado(a) striped; striated
estribo *m.* toe clip (*bicycle*) (3.1); stirrup
estricto(a) strict
estupendo(a) stupendous (1.1)
estupidez *f.* stupidity, idiocy
etapa *f.* phase, stage
eternidad *f.* eternity
étnico(a) ethnic
etnología *f.* ethnology
euforia *f.* euphoria
Europa (*f.*) **Oriental** Eastern Europe
evaluar (ú) to evaluate
evitar to avoid (4.1)
exagerar to exaggerate
excelente excellent (1.2)
excitante stimulating (2.4)
excluido(a) excluded (6.4)
excursión *f.* trip
hacer (*irreg.*) **una excursión** to go on a trip/tour/excursion
exhalar to exhale (5.1)
exhausto(a) exhausted
exhibición *f.* exhibition (2.1)
exigencia *f.* requirement, demand
exigir (j) to demand
exiliado(a) exiled, in exile
exiliarse to go into exile
exilio *m.* exile
salir (*irreg.*) **al exilio** to leave in exile

éxito *m.* success
tener (*irreg.*) **éxito** to be successful
exitoso(a) successful
éxodo *m.* exodus
expedición *f.* expedition
expedicionario(a) *adj.* expeditionary
experimentar to experiment; to experience
experto(a) *m./f.* expert (5.1)
explosión *f.* explosion
explotación *f.* exploitation
explotar to explode; to exploit
exportación *f.* exports, exportation; *pl.* exports (6.4)
exportar bienes (*m. pl.*) to export goods (3.2)
exposición *f.* exposition (2.1)
expresión *f.* expression
libertad (*f.*) **de expresión** freedom of speech
expulsar to expel, to drive out; to throw out (*of a game*) (6.1)
exquisito(a) exquisite (4.2)
extender (ie) to extend, to spread out
extenso(a) extensive
extenuado(a) debilitated, weakened
exterminado(a) exterminated; killed
exterminio *m.* extermination
extinción *f.* extinction (4.1)
especies (*f. pl.*) **en vía de extinción** endangered species (4.1)
extranjero(a) *m./f.* foreigner; *adj.* foreign (3.2)
extraño(a) strange (3.1); foreign

fábrica *f.* factory (3.2); shop
fachada *f.* facade, front
facultad *f.* school, college
falda *f.* skirt (5.3); *see also* **pollera**
falda con tablas pleated skirt (5.3)
falda con volantes plegados ruffled skirt (5.3)
fallecer (zc) to die
fallecimiento *m.* death
fallido(a) unsuccessful
falta lack; fault, foul (6.1)
contar (ue) una falta to penalize (6.1)
hacer (*irreg.*) **falta** to be lacking, to need
faltar to lack, to be lacking
fama *f.* fame
familiar *m.* family member; *adj.* pertaining to the family
fiesta (*f.*) **familiar** family get-together (6.2)
familiarizarse (c) to familiarize oneself
fanatismo *m.* fanaticism
fangoso(a) muddy
fantástico(a) fantastic (1.2)
farmacéutico(a) *adj.* pharmaceutical
faro *m.* lighthouse
farolero(a) *m./f.* lamplighter; lamp maker
fascinante fascinating (1.2)
fascinar to fascinate (2.1)
Me fascinan. They fascinate me. (1.1)
fase *f.* phase
fauna *f.* wildlife, fauna (4.4)
favorecido(a) favored
faz *f.* face, surface
fe *f.* faith
fecha *f.* date *(calendar)*
federación *f.* federation
felicidad *f.* happiness
feliz happy
fenicio(a) *m./f.* Phoenician
fenomenal phenomenal (1.3), terrific
fenómeno *m.* phenomenon
feriado: día (*m.*) **feriado** holiday (6.1)
feroz ferocious
ferrocarril *m.* railroad
estación (*f.*) **de ferrocarril** train station (3.1)
ferroviario(a) *adj.* railroad
fertilizante *m.* fertilizer
fervientemente fervently, earnestly
festival *m.* festival (6.2)
festivo(a) festive (6.2)
fibra *f.* fiber
ficción *f.* fiction
ciencia (*f.*) **ficción** science fiction
fidelidad *f.* fidelity
fiebre *f.* fever (5.2)
fiel faithful, true
fiero(a) fierce, ferocious
fiesta *f.* party
fiesta familiar family get-together (6.2)
figura *f.* figure
fila *f.* row, tier (1.1)
filete *m.* fillet
filial *m.* subsidiary, branch
filmar to film
filo *m.* cutting edge of a knife
filosofía *f.* philosophy
filósofo(a) *m./f.* philosopher
fin *m.* end
al fin at last
al fin y al cabo after all
en fin in short, well
fin de semana weekend (4.3)
por fin finally
final *m.* ending (1.2)
a finales de at the end of
finalizar (c) to finalize
financiero(a) financial (3.2)
institución (*f.*) **financiera** financial institution (3.2)
finca *f.* farm
fino(a) fine; of high quality (4.2); delicate (1.3)
firmado(a) signed
firmar to sign
fiscal *m./f.* district attorney
flaquear to weaken; to give way
flauta *f.* flute (1.3)
flautista *m./f.* flautist (1.3)
flexión *f.* stretching exercise (5.1)
hacer (*irreg.*) **flexiones** to stretch (5.1)
flexionar to stretch (5.1)
flor *f.* flower (4.4)
flora *f.* plant life, flora (4.4)
florecer to flourish
floreciente prosperous, flourishing
florecimiento *m.* flowering, flourishing
florido(a): Pascua (*f.*) **Florida** Easter (6.2)
flota *f.* fleet
flotar to float
foca *f.* seal (*animal*)
foco *m.* focus
folklórico(a) folk, folkloric
música (*f.*) **folklórica** folk, folkloric music (1.3)
fomentar to foment, to stir up
fonda *f.* inn; boardinghouse
fondo *m.* background
al fondo at the rear, back
footing: hacer (*irreg.*) **footing** to go jogging, to go running (5.1); *see also* **correr**
forjado(a) forged
forma *f.* form (4.4)
estar (*irreg.*) **en forma** to be in shape (5.1)
formar to form (4.4)
formidable formidable, terrific (1.1)
fortalecer (zc) to fortify, to strengthen (6.4)
fortalecimiento *m.* fortifying, strengthening
fortaleza *f.* fortress, stronghold
fortificado(a) fortified
forzado(a) forced
forzar (ue) (c) to force
foto(grafía) *f.* photo(graph) (4.1)
fracasar to fail
fracaso *m.* failure, ruin
fragua *f.* forge
fraile *m.* friar, monk
franja *f.* fringe; border; strip (of land)
freno *m.* brake
cable (*m.*) **del freno** brake cable (3.1)
freno (*m.*) **trasero** rear brake (3.1)
palanca (*f.*) **de freno** brake lever (3.1)
frente *f.* forehead, brow; front
frente a facing, opposite
fresa *f.* drill *(dentist's office)*; strawberry
fresco(a) fresh; *m.* fresco (2.1)
frescura *f.* coolness; calmness; luxurious foliage
frijol *m.* bean (2.2); *see also* **habichuela, judía,** *and* **poroto**
fritanga *f.* fried snack
frontera *f.* frontier, border
fronterizo(a) along the border
frotar to rub
fruición *f.* enjoyment
fuego *m.* fire
control (*m.*) **de las armas de fuego** gun control (3.3)
fuegos (*m. pl.*) **artificiales** fireworks (6.2)

fuente *f.* fountain
fuente de trabajo employment source
fuera de outside
fuerte *m.* fort; *adj.* loud (*music*) (1.3)
fuerza *f.* strength; force
fuerza laboral work force
fuerzas (*f. pl.*) **armadas** armed forces
fuerzas (*f. pl.*) **de seguridad** security forces
fugaz *adj.* fleeting, brief
fumarola *f.* hole emitting hot gases and vapor
funcionamiento *m.* functioning
fundado(a) founded; established
fundador(a) *m./f.* founder
fundar to found, to establish
fundir to melt, to fuse
fúnebre funereal; mournful, gloomy
funk *m.* funk (*music*) (4.3)
furia *f.* fury, rage
furibundo(a) furious
furtivo(a) furtive
fusil *m.* rifle
fusilado(a) shot
fusilamiento *m.* shooting, execution
fútbol *m.* soccer (6.1)
fútbol americano football

gabinete *m.* consulting room; cabinet
gachupín *m./f.* (*Mex.*) Spaniard born in Spain
gafas *f. pl.* eyeglasses (5.3)
gafas de sol sunglasses (5.3)
galán *m.* handsome man
galardón *m.* award
galardonado(a) awarded (a prize)
gallinazo *m.* buzzard
gallo *m.* rooster
misa (*f.*) **de gallo** midnight mass (6.2)
galopar to gallop
ganadería *f.* cattle
ganadero(a) *m./f.* cattle rancher
ganado *m.* cattle; livestock
ganador(a) *m./f.* winner
ganancia *f.* earning, profit (3.2), gain
ganar to earn; to win
ganchillo *m.* crochet hook
tejer a ganchillo to crochet (4.2)
garaje *m.* garage (4.2)
garantía *f.* guarantee
garantizar (c) to guarantee
garbanzo *m.* chick pea (2.2)
garganta *f.* throat (5.2)
garra *f.* paw, hand
caer (*irreg.*) **en las garras de** to fall in the grasp of
garza *f.* heron
gas *m.* gas
agua (*f. but* **el agua**) **mineral con gas** carbonated water
agua (*f. but* **el agua**) **mineral sin gas** mineral water
gastar to spend
gastronómico(a) gastronomic, gastronomical
gaveta *f.* drawer
gelatina *f.* gelatin
gemelo(a) *m./f.* twin
generoso(a) generous
genial brilliant
genio(a) *m./f.* genius
gente *f.* people (3.4)
gentil genteel, polite
geranio *m.* geranium
germánico(a) Germanic
gestión *f.* administration, management
gesto *m.* gesture
gigante *m.* giant
gimnasia *f.* gymnastics (2.3)
Ginebra *f.* Geneva
ginecólogo(a) *m./f.* gynecologist (5.2)
gira *f.* tour
hacer (*irreg.*) **una gira** to do a tour (1.3)
girar to rotate, to revolve
girasol *m.* sunflower (4.4)
gitano(a) *m./f.* gypsy
glacial glacial; icy
global global (3.2)
glosario *m.* glossary
gobernador(a) *m./f.* governor (3.3)
gobierno *m.* government
gol *m.* goal (6.1)
anotar un gol to score a goal (6.1)
gol de córner corner goal (6.1)
gol de tiro libre free kick goal (6.1)
meter un gol to score a goal (6.1)
golf *m.* golf (2.3)
golpe *m.* blow, hit
golpe de cabeza head kick (6.1)
golpe de estado coup d'état
golpe ilegal foul (2.3)
golpe militar military coup, military takeover
hacer (*irreg.*) **golpes ilegales** to hit foul (balls) (2.3)
gorra *f.* cap
gótico(a) gothic (2.1)
gozar (c) de to enjoy (something)
grabación *f.* recording
grabado *m.* engraving, illustration (2.1)
grabador(a) *m./f.* engraver
grabar to engrave; to record
grabar un disco/CD to record an album / a CD (1.3)
gracias:
Gracias, no. Necesito descansar. No, thank you. I need to rest. (2.4)
Gracias, pero estoy muy cansado(a). Thank you, but I'm very tired. (2.4)
Gracias. Me encantaría. Thanks. I'd love to. (2.4)
gran *adj.* big, large
en gran parte for the most part
granero *m.* granary
grano *m.* grain
grasa *f.* fat; grease
grave grave, solemn; serious
gravedad *f.* seriousness
griego(a) Greek
gringuito(a) *m./f.* little Yankee (gringo)
gritar to shout, to yell, to scream
grito *m.* cry
grotesco(a) grotesque; bizarre
grulla *f.* construction crane
grupo *m.* group (1.3)
grupo minoritario minority group
guadaña *f.* scythe
guagua *f.* (*Carib.*) bus; *see also* **autobús** *and* **bus**
guagua escolar (*Carib.*) school bus
guajolote *m.* turkey; *see also* **pavo**
guanábana *f.* soursop (*slightly acidic fruit of a West Indian tree*) (2.2)
guano *m.* guano (*manure composed of bird droppings*)
guante *m.* glove (4.2)
guaracha *f.* *Cuban dance*
guaraní *m.* language of the Tupi-Guarani Indians of Paraguay (6.3)
guardabarros *m. sing.* fender (3.1)
guardabosque *m./f.* fielder (*baseball*) (2.3); *see also* **jardinero**
guardar to keep, to tend
guatemalteco(a) *adj.* Guatemalan
guayaba *f.* guava (2.2)
guerra *f.* war
buque (*m.*) **de guerra** warship
guerra (*f.*) **de guerrillas** guerrilla warfare
película (*f.*) **de guerra** war movie (1.1)
Segunda Guerra (*f.*) **Mundial** Second World War
guerrera *f.* type of military jacket
guerrero(a) *m./f.* warrior
guerrillero(a) *m./f.* guerrilla (fighter)
guiando guiding
guiñar el ojo to wink
guión *m.* script (1.2)
guionista *m./f.* script writer
güiro *m.* *instrument made of an elongated gourd rasped with a stick* (2.4)
guisante *m.* (*Sp.*) pea (2.2); *see also* **chícharo** *and* **arveja**
guitarra *f.* guitar (1.3)
guitarrista *m./f.* guitar player (1.3)
gustar:
No me gustan del todo. I don't like them at all. (1.1)
¿Te gustaría bailar conmigo? Would you like to dance with me? (2.4)
¿Te gustaría ir al cine conmigo? Would you like to go to the movies with me? (1.1)
gusto *m.* taste
Con much gusto, gracias. Gladly, thank you. (2.4)

haba *f.* fava bean (2.2)
habanera *f.* *Cuban dance*
habichuela *f.* (*Sp.*) bean; *see also* **frijol, judía,** *and* **poroto**
habitación *f.* room
habitado(a) inhabited
habitante *m./f.* inhabitant
habitar to inhabit (6.3)
hábito *m.* habit
habladurías *m. pl.* idle talk, chatter
hacendado(a) *m./f.* landowner; *adj.* landed
hacer (*irreg.*):
  hacer broma to play a joke (6.2)
  hacer campaña to campaign (3.3)
  hacer cola to stand in line (1.1)
  hacer daño to hurt, to harm
  hacer deportes to play sports (5.1)
  hacer ejercicio to exercise (5.1)
  hacer el papel (de) to play the role (of), to play (*a part*) (3.2)
  hacer entrega to deliver
  hacer falta to be lacking, to need
  hacer flexiones to stretch (5.1)
  hacer footing/jogging to go jogging, to go running (5.1); *see also* **correr**
  hacer golpes ilegales to hit foul (balls) (2.3)
  hacer mohínes to make faces
  hacer resbalar to make (something) slide (2.3)
  hacer surf to surf (2.3)
  hacer un crucero to take a cruise
  hacer un cuadrangular/jonrón to hit a home run (2.3)
  hacer un depósito to deposit
  hacer un jit/batazo to make a hit (*baseball*) (2.3)
  hacer un juicio to sue
  hacer un mandado to run an errand
  hacer una excursión to go on a trip/tour/excursion
  hacer una gira musical (de concierto) to do a musical (concert) tour (1.3)
  hacer una reservación to make a reservation
  hacer windsurf to windsurf (2.3)
  hacerse to become
hacia toward
  hacia arriba upward
  hacia delante forward
hada (*f. but* **el hada**) **madrina** fairy godmother
hallar to find
hamaca *f.* hammock
hambre *f.* (*but* **el hambre**) hunger
hard rock *m.* hard rock (*music*) (4.3)
harina *f.* flour
harmonía *f.* harmony
harto(a) tired, fed up
  estar (*irreg.*) **harto(a)** to be fed up
hawaiano(a): tabla hawaiana *f.* surfboard
heavy metal *m.* heavy metal (*music*) (4.3)
hechizador(a) enchanting, captivating
hechizar (c) to bewitch, to put a spell on; to enchant
hecho *m.* fact
  de hecho as a matter of fact, actually
  hecho y derecho complete, perfect
hectárea *f.* hectare (approx. 2.5 acres)
helado(a) *adj.* cold
heredar to inherit
heredero(a) *m./f.* crown prince/princess; heir
herencia *f.* inheritance; heritage
herida *f.* wound
herido(a) *adj.* wounded
herir (ie, i) to wound, to hurt
hermético(a) hermetic, airtight
heroína *f.* heroine (6.1)
herrero *m.* blacksmith
herrumbroso(a) rusty
hervido(a) boiled
hervir (ie, i) to boil
híbrido(a) *adj.* hybrid
hidroeléctrico(a) hydroelectric
hielo *m.* ice
hierba *f.* herb (5.2)
  hierba (*f.*) **medicinal** medical herb (5.2)
hierro *m.* iron (4.4)
hígado *m.* liver (5.2)
  cáncer (*m.*) **del hígado** liver cancer (5.2)
hilar to string together (ideas)
hilo *m.* thread (4.2)
himno (*m.*) **nacional** national anthem (6.2)
hinchado(a) swollen
hinchar to swell up
hiperinflación *f.* hyperinflation
Hispania Roman name for Spain
hispano(a) *m./f.* Hispanic, person with Spanish blood
hispanohablante *m./f.* Spanish speaker; *adj.* Spanish-speaking
historia *f.* history; story
histórico(a) historic (4.1)
históricamente historically (6.3)
hogar *m.* home
hoja *f.* leaf (1.4)
  hoja de maíz corn husk (1.4)
  hoja de plátano banana leaf (1.4)
hojear to leaf or glance through
hombre (*m.*) **de negocios** businessman
hombro *m.* shoulder (5.1)
homenaje *m.* homage
hondo(a) deep, intense
hongo *m.* mushroom (2.2); *see also* **champiñón** *and* **seta**
honrado(a) honorable
hora: ¿a qué hora? at what time? (1.1)
horcajada: a horcajadas astride, straddling
horizonte *m.* horizon
hormiga *f.* ant
horneado(a) baked
horno *m.* oven; kiln (4.2)
hospedaje *m.* rooming house
hospedarse to lodge, to stay
hostal *m.* hostel
hotel *m.* hotel
hoy today, now **desde hoy en adelante** from now on
hoz *f.* sickle, scythe
huelga *f.* strike
huella *f.* footprint
huérfano(a) *m./f.* orphan
hueso *m.* bone
huida *f.* escape
huir (y) to run away, to flee
humano(a) *adj.* of or pertaining to humans
  derecho (*m.*) **humano** human right
  recurso (*m.*) **humano** human resource (3.2)
humanidad *f.* humanity
humilde *adj.* humble; *n. pl.* poorer people (3.2) **humillado(a)** humiliated
humillante humiliating
humo *m.* smoke
huracán *m.* hurricane

íbero(a) *m./f.* Iberian, original occupant of the Iberian Peninsula
  Península (*f.*) **Ibérica** Iberian Peninsula
ida *f.* departure; outward journey
  vuelo (*m.*) **de ida y vuelta** round-trip flight (3.1)
idealista *m./f.* idealist (2.1)
identidad *f.* identity
idioma *m.* language
ídolo(a) *m./f.* idol
iglesia *f.* church
igual equal, same
  de igual manera in a similar manner
igualdad *f.* equality (3.4)
  igualdad de oportunidades equal opportunity (3.4)
ilegal illegal
  golpe (*m.*) **ilegal** foul ball (2.3)
ilustre illustrious
imaginativo(a) imaginative (1.1)
imitar to imitate
impar *adj.* odd (*not even*)
impedir (i, i) to stop, to prevent
imperdible *m.* safety pin
  alfiler (*m.*) **imperdible** safety pin (4.2)
imperio *m.* empire
  Sacro Imperio (*m.*) **Romano** Holy Roman Empire
impermeable *m.* raincoat (5.3)
imponente imposing, impressive
implicar (qu) to imply (6.4)

imponer (*like* **poner**) to impose
importación *f.* import (6.4); importation
importar to be important, to matter; to import
importe *m.* amount, price, cost
impresión *f.* printing (4.2)
impresionado(a) impressed
impresionante impressive (1.1)
impresionista *adj.* impressionistic, impressionist (2.1)
impreso(a) printed
imprimir to print; to publish; to stamp
impuesto *m.* tax
impulsar to impel, to drive; to promote
incansable untiring
incapaz incapable
incendio *m.* fire, burning (4.1)
incentivo *m.* incentive
incluir (y) to include (6.4)
incluso *adv.* including, even
incómodo(a) uncomfortable
incomprensible incomprehensible (1.2)
inconcluso(a) inconclusive
inconsciente unconscious
incontable innumerable
incorporarse to join
incrementar to increase, to augment; to intensify
incursionar to penetrate, to get through
indefenso(a) defenseless, helpless
independiente *n., m./f.* independent (3.3); *adj.* independent
independizarse (c) to become independent
índice *m.* index; rate
  índice de mortalidad death rate
indígena *adj.* indigenous, native (6.3)
indigestarse to get indigestion
indigestión *f.* indigestion
indignado(a) infuriated, angered
indignar to anger, to infuriate
indiscutible indisputable, unquestionable
indocumentado(a) without identity papers
industria *f.* industry
inepto(a) inept, incapable
inesperado(a) unexpected
inestabilidad *f.* instability
inexplicable unexplainable
infamia *f.* infamy
infantil infantile
infarto *m.* heart attack (5.2)
  sufrir un infarto to have a heart attack (5.2)
infección *f.* infection (5.2)
inflamación *f.* inflammation (5.2)
inferior inferior, lower
infinito(a) infinite
inflación *f.* inflation
inflamación *f.* swelling, inflammation (5.2)
influencia *f.* influence (6.3)
influyente influential
infrahumano(a) *adj.* subhuman
ingenioso(a) ingenious, resourceful
ingresar to join; to come in, to enter
ingreso *m.* income (3.2)
  ingreso nacional per cápita national average salary / income per capita
inhumano(a) inhumane
iniciación *f.* initiation
iniciado(a) initiated, familiar with
iniciar to initiate, to start, to begin
  iniciarse to begin, to initiate
iniciativa *f.* initiative
inicio *m.* beginning
injusticia *f.* injustice (3.4)
  injusticia militar military injustice (3.4)
injusto(a) unjust (3.4)
inmigrante *m./f.* immigrant
inmortalizar (c) to immortalize
inmóvil motionless, immobile
inmune immune, free, exempt
inmutable immutable
innegable undeniable
inning *m.* inning (2.3)
inocente innocent
  Día (*m.*) **de los Inocentes** April Fool's Day (6.2)
inquieto(a) restless, fidgety, uneasy
inquietud *f.* uneasiness
insano(a) insane
inscrito(a) inscribed
insectívoro(a) insectivorous
insigne famous, illustrious
insospechado(a) unexpected
instalarse to establish oneself
institución (*f.*) **financiera** financial institution (3.2)
instrumento *m.* instrument (2.4)
insurrección *f.* insurrection; uprising
integrado(a) integrated
integrante integral; participating (6.4)
integrar to integrate
intelectual *adj.* intellectual
inteligencia *f.* intelligence
  cociente (*m.*) **de inteligencia** intelligence quotient (IQ)
intentar to try, to attempt
intercambiar to exchange
intercambio *m.* exchange; interchange
interés *m.* interest
  tasa (*f.*) **de interés** interest rate
interesante interesting (1.1)
interín *m.* interim
intermedio(a) intermediary
internado(a) hospitalized (5.2)
interno(a) internal
  Producto (*m.*) **Interno Bruto (PIB)** Gross Domestic Product (GDP) (6.4)
intervenir (*like* **venir**) to intervene
íntimo(a) intimate
inundación *f.* flood
inútil useless
invadir to invade
invasor(a) *m./f.* invader; *adj.* invading
  pueblo (*m.*) **invasor** invading tribe
invernadero: efecto (*m.*) **invernadero** greenhouse effect (4.1)
inversión *f.* investment (3.2)
inversionista *m./f.* investor (3.2)
invertir (ie, i) to invest (3.2); to invert, to reverse
  invertir en la bolsa nacional to invest in the national stock market (3.2)
investigación *f.* investigation; research
invisible invisible (4.2)
inyectar to inject (6.1)
ir (*irreg.*) to go
  ir de compras to go shopping
  ¿Vamos a bailar? Shall we go dance? (2.4)
iridescente iridescent
irlandés *m.,* **irlandesa** *f.* Irish
ironía *f.* irony
irreparable irreparable
isla *f.* island
istmo *m.* isthmus
izquierdista *m./f.* leftist, left-wing (3.3)
izquierdo(a) left (6.1)

J

jabonero(a) *m./f.* soap maker
jaca *f.* pony, small horse
jade *m.* jade (4.4)
jamás never, ever
jardín *m.* garden
  jardín (*m.*) **botánico** botanical garden
jardinero *m.* fielder (*baseball*) (2.3); *see also* **guardabosque**
  jardinero corto shortstop (2.3)
jaspe *m.* jasper (*veined marble stone*)
jaula *f.* cage
jazz *m.* jazz (1.3)
  música (*f.*) **de jazz** jazz music (1.3)
jeans *m. pl.* blue jeans (5.3); *see also* **vaqueros**
jefe(a) *m./f.* boss, chief
  jefe(a) de estado Chief of State
jerez *m.* sherry
jeringa *f.* syringe (6.1)
jeroglífico *m.* hieroglyphic
jesuita *m.* Jesuit
jíbaro(a) *m./f.* Puerto Rican peasant
jícama *f.* jicama (*a large, tuberous root of the jicama plant*) (2.2)
jit *m.* hit (*baseball*) (2.3)
  hacer (*irreg.*) **un jit** to make a hit (2.3)
jitomate *m.* (*Mex.*) tomato (2.2)
jonrón *m.* home run, homer (2.3)
  hacer (*irreg.*) **un jonrón** to hit a home run
jornada *f.* journey
joya *f.* jewel
joyería *f.* jewelry store
joyero(a) jeweler

jubilarse to retire
judío(a) *m./f.* Jew
judía *f.* (*Sp.*) bean (2.2); *see also* **frijol** *and* **judía**
judía (*f.*) **verde** (*Sp.*) string/green bean (2.2); *see also* **ejote** *and* **poroto verde**
juego *m.* game
juez(a) *m./f.* judge
juicio *m.* lawsuit
hacer (*irreg.*) **un juicio** to sue
jugada *f.* play (2.3)
jugador(a) *m./f.* player (6.1)
jugador(a) de primera/segunda/tercera base first/second/third baseman
jugar (ue) (gu) to play (2.3)
jugar un papel to play a role
juguete *m.* toy
juntar to unite, to join
juntarse to get together
junto(a) together
jurado *m.* jury; panel of judges
jurar to swear, to take an oath
jurisdicción *f.* jurisdiction
justicia *f.* justice (3.4)
justicia social social justice
justo(a) just, fair, right
juventud *f.* youth, early life
juzgar (gu) to judge, to pass judgment on

kinético(a) kinetic

laberinto *m.* labyrinth
labio *m.* lip (5.1)
labor *f.* work
laboral *adj.* working
fuerza (*f.*) **laboral** work force
labrado *m.* tooled (leather) (4.2)
labrar to work (4.2); to carve
lacio(a) limp
ladino(a) *m./f.* native assimilated to a dominant culture
lado *m.* side (1.1)
ladrillero *m.* brick maker
lago *m.* lake (3.1)
lágrima *f.* tear
derramar lágrimas to shed tears
lana *f.* wool (5.3)
lancha (*f.*) **de motor** motorboat (3.1)
langosta *f.* lobster (1.4)
lanza *f.* lance
lanzada *f.* lance thrust
lanzador *m.* pitcher (2.3)
lanzar (c) to pitch (2.3); to launch
lanzar (c) la pelota to pitch the ball (2.3)
lanzarse to throw oneself; to begin
lápices de colores *m. pl.* color pencils (2.1)
largo(a) long (1.2)
a lo largo de throughout
a lo largo y ancho everywhere
largometraje *m.* feature film
lastimar to hurt
lastimarse to hurt oneself (6.1)
¡Qué lástima! What a shame! (6.1)
lastimeramente sadly, pitifully
lavandera *f.* laundrywoman, washer-woman
lavarropas *m. sing.* washing machine, clothes washer
lazo *m.* bond (6.4)
lazo cultural cultural bond (6.4)
leal loyal
lechoso(a) milky
lechuga *f.* lettuce (2.2)
lector(a) *m./f.* reader
legalmente adv. legally
legislador(a) *m./f.* legislator (3.3)
legislatura *f.* legislature
legua *f.* league (approx. 3 miles)
lejano(a) distant, remote
lejos far away
lema *m.* slogan
lengua *f.* language (6.3); tongue
sacar (qu) la lengua to stick one's tongue out
trabarse la lengua to get tongue-tied
lenguaje *m.* language, speech
lentamente slowly
lenteja *f.* lentil
lentejuela *f.* sequin, spangle (5.3)
lentes *m. pl.* eyeglasses (5.3)
lento(a) slow
a cámara lenta in slow motion
leña *f.* firewood, kindling
león *m.* lion
león marino sea lion
lesionarse to get hurt, to get injured (6.1)
letra *f.* letter, character; *pl.* learning; humanities
levantamiento *m.* uprising
levantar to erect, to construct; to raise
levanter pesas to lift weights (5.1)
levantarse to raise up; to go up against
ley *f.* law (3.4)
leyenda *f.* legend
liberal *adj.* liberal
liberarse to liberate oneself
libertad *f.* liberty (3.4)
libertad de expresión freedom of speech
libertad de reunión y asociación freedom of assembly and association (3.4)
libre:
gol (*m.*) **de tiro libre** free kick goal (6.1)
libre empresa *f.* free enterprise
lucha (*f.*) **libre** wrestling (2.3)
tiempo (*m.*) **libre** free time (4.2)
tiro (*m.*) **libre** free kick
librería *f.* bookstore
licenciarse to graduate, to receive a degree
licenciatura *f.* degree
liceo *m.* high school; prep school
líder *m./f.* leader
lienzo *m.* canvas (*for painting*) (2.1)
liga *f.* league
ligero(a) *adj.* light
lima *f.* rasp (4.2)
limón *m.* lemon (1.4)
limpio(a) clean
lino *m.* linen (5.3)
lírico(a) lyrical
lirio *m.* iris (4.4)
lirismo *m.* lyricism
lista *f.* list; stripe, band
lista de los diez mejores top ten list (1.3)
listo(a) bright, intelligent; ready
estar (*irreg.*) **listo(a)** to be ready (6.1)
litografía *f.* lithography (4.2)
llamada *f.* call
llamarada *f.* outburst; blaze
llamativo(a) loud, flashy, showy (2.1)
llanero(a) *m./f.* plainsman (plainswoman)
llano(a) flat; simple, plain
llanta *f.* rim, wheel (3.1)
llanto *m.* crying, weeping
llanura *f.* flatness, evenness; plain
llavero *m.* key case (4.2)
llegada *f.* arrival
llegar (gu) a ser to become
llenar to fill
lleno(a) full
llevar:
llevar a cabo to carry out, to see through
llevar cuenta to keep count
llevar talla pequeña/mediana/grande to wear a small/medium/large size (5.3)
llorar to cry
llover (ue) to rain
lluvia *f.* rain
lluvia ácida acid rain (4.1)
lluvioso: bosque lluvioso *m.* rain forest (4.1)
lo:
Lo siento pero no bailo... I'm sorry, but I don't dance . . . (2.4)
Lo siento. I'm sorry. (2.4)
Lo siento mucho. I'm very sorry.
lobo *m.* wolf
localización *f.* localization
localizado(a) located

locura *f.* madness
locutor(a) *m./f.* announcer (radio)
lodo *m.* mud
lograr to get; to achieve; to manage to (6.4)
logro *m.* success, achievement
loma *f.* hill
lonchería *f.* luncheonette
lucha *f.* struggle, fight, conflict
  lucha libre wrestling (2.3)
luchador(a) *m./f.* fighter
luchar to fight, to struggle
lucir (zc) to shine; to distinguish oneself
lugar *m.* place
  tener (*irreg.*) **lugar** to take place
lujo *m.* luxury
  de lujo deluxe
lumbre *f.* fire
luminario(a) bright light
luminoso(a) luminous, bright, brilliant
luna *f.* moon
lunar *m.* polka dot (5.3)
  blusa (*f.*) **con lunares** polka dot blouse (5.3)
luz *f.* light; lamp
  luz delantera head lamp (3.1)
  luz trasera rear light (3.1)

M

macho(a) manly; brave
madera *f.* wood (4.2)
  madera dura hardwood (4.4)
  tallado (*m.*) **en madera** woodcarving (*craft*) (4.2)
madre *f.* mother
  Día (*m.*) **de las Madres** Mother's Day (6.2)
madrugada *f.* dawn
madrugador(a) *m./f.* early riser
madrugar (gu) to get up early (3.1)
madurez *f.* maturity
maduro(a) mature; ripe
maestría *f.* Masters degree
magia *f.* magic
mágico(a) *adj.* magic
mago(a) *m./f.* magician
  Día (*m.*) **de los Reyes Magos** Epiphany (6.2)
  Reyes (*m. pl.*) **Magos** Wise Men (*biblical*), Three Kings
maguey *m.* cactus (2.2)
  corazón (*m.*) **de maguey** heart of maguey cactus (2.2)
magulladura *f.* bruise
maíz *m.* corn (2.2); *see also* **choclo**
majestuoso(a) majestic
mal badly; poorly
  pasarlo mal to have a bad time
malaquita *f.* malachite (a green stone)
maldición *f.* curse
malestar *m.* malaise; uneasiness
maleta *f.* suitcase (4.2)
maletín *m.* briefcase (4.2)
malévolo(a) malevolent, evil, bad
malgastar to misspend
maltratar to mistreat
maltrato *m.* ill treatment
maltrecho(a) battered, damaged
Malvinas *f. pl.* Falkland Islands
mambo *m.* *Cuban dance* (2.4)
mamey *m.* sapota tree fruit (2.2)
mancha *f.* stain, spot
mancharse to dirty or soil one's hands or clothing
mandado: hacer (*irreg.*) **un mandado** to run an errand
mandamiento *m.* commandment
mandar to send
mandato *m.* command; mandate; term of office
mandíbula *f.* jawbone, mandible
mandioca *f.* cassava, manioc; tapioca
mando *m.* command
  al mando in command
maneo *m.* shaking
manera *f.* manner, way
  de igual manera in a similar manner
mango *m.* handle
maní *m.* peanut (2.2); *see also* **cacahuate**
manifestación *f.* demonstration
manifestarse (ie) to reveal oneself
mano *f.* hand (5.1)
  apretón (*m.*) **de manos** handshake
  mano de obra labor, work
manso(a) tame
mantener (*like* **tener**) to maintain, to keep
  mantenerse en forma to stay in shape (5.2)
manto *m.* cloak, mantle
mantón *m.* shawl, mantle, cloak
manubrio *m.* handlebar (3.1)
máquina (*f.*) **de coser** sewing machine (4.2)
mar *m./f.* sea
maraca *f.* maraca (*gourd-shaped rattle*) (2.4)
maravilla *f.* miracle
maravilloso(a) marvelous (1.1, 2.1)
marcar (qu) to mark
marchar to march
marchito(a) faded
marciano(a) *m./f.* Martian
mareo *m.* dizziness
margarita *f.* daisy (4.4)
margen *m.* border, edge
  al margen on the fringe (6.3)
marido *m.* husband, spouse
mariguana *f.* marijuana (6.1); *also written* **marihuana, marijuana**
marinero *m.* sailor
marino(a) of or pertaining to the sea
  león (*m.*) **marino** sea lion
  marina (*f.*) **mercante** merchant marine
mariposa *f.* butterfly
mariscal *m./f.* marshal
marisco *m.* shellfish
marítimo(a) *adj.* maritime, sea
mármol *m.* marble (*stone*)
marrón *m.* brown
martillo *m.* hammer
martirio *m.* martyrdom
marxista *m./f.* Marxist (3.3)
más more
  más allá further on, beyond
  nada más nothing else; that's all (5.1)
  por más (mucho) que however much
masacre *f.* massacre
máscara *f.* mask (4.1)
  máscara de oxígeno oxygen mask (4.1)
mascarada *f.* masquerade (6.2)
masivo(a) massive
matadero *m.* slaughter house
matar to kill
mate *m.* (*Arg., Urug., Parag.*) a kind of tea
materia *f.* (school) subject
maternidad *f.* maternity, motherhood
materno(a) maternal
matiz *m.* shade, nuance (of meaning)
matricularse to enroll, to register
matrimonio *m.* marriage; married couple
maya *m./f. n., adj.* Maya (6.3)
maya-quiché *m.* Quiché (*language of the Mayas*) (6.3)
mayor *m./f.* older person; *adj.* larger; greater
mayordomo *m.* steward
mayoría *f.* majority
  en su mayoría in the majority
mazo *m.* mallet (4.2)
mazorca *f.* pod
me:
  Me encantaría, gracias. I'd love to, thank you. (2.4)
  ¿Me permites este baile? Would you allow me this dance? (2.4)
  ¿Me acompañas? Will you accompany me? (2.4)
medalla *f.* medal
media *f.* stocking (*clothing*) (5.3)
mediación *f.* mediation
mediado(a) halfway
  a mediados de at the middle of
mediano(a) *adj.* medium
mediante *adv.* through, by means of
medicamento *m.* medicine (5.2)
medicinal medicinal (5.2)
  hierba (*f.*) **medicinal** medicinal herb (5.2)
médico(a)*n., m./f.* doctor (5.2); *adj.* médical (3.4)
  ayuda (*f.*) **médica** health care (3.4)
medida *f.* measure
  a medida que as, at the same time as
medio(a) middle
  clase (*f.*) **media** middle class
  Edad (*f. sing.*) **Media** Middle Ages

en medio de in the middle of
media pensión *f.* includes room, breakfast, and one other meal
medio ambiente *m.* environment (4.1)
medio hermano *m.* half brother
por medio de by means of
mediocampista *m.* midfielder (6.1)
mediometraje *m.* short film
medios *m. pl.* means
medir (i, i) to measure
meditar to meditate
mediterráneo *m.* Mediterranean
mejilla *f.* cheek
mejorando getting better (5.2)
mejorar to improve (5.2), to make better
mejorar la tasa de crecimiento to improve the growth rate (3.2)
mejorarse to get better, to improve (*oneself*) (3.4)
melcocha *f.* taffy
melodioso(a) melodic
memoria *f.* memory
menjunje *m.* mixture; brew
menos *adv.* less
clase (*f.*) **menos acomodada** lower class
echar de menos to miss
por lo menos at least (6.1)
mensaje *m.* message
mentado(a) aforementioned
mente *f.* mind, intellect
mentir (ie, i) to tell a lie
mentira *f.* lie
mentón *m.* chin (5.1)
menudo(a) small, trifle
a menudo frequently
mercadeo *m.* marketing
mercado *m.* market (6.4)
mercancía *f.* merchandise, goods
mercante *m./f.* merchant
merecedor(a) deserving, worthy
merecer (zc) to deserve, to merit
merengue *m. Dominican* (*Republic*) *dance* (2.4)
meridional *f.* southern
meseta *f.* plateau (6.3)
Mesoamérica Middle America (6.3)
mesoamericano(a) of or pertaining to Middle America
mesón *m.* inn, tavern
mestizaje *m.* cross-breeding, mixture of races
mestizo(a) *m./f.* Mestizo (*person with mixed white and Indian parentage*) (6.3)
meta *f.* goal, aim, objective
metal: heavy metal *m.* heavy metal (*music*) (4.3)
meter to put, to place
meter un gol to make a goal (6.1)
meterse to get into, to enter
metro *m.* subway (3.1)
metrópoli *f.* metropolis; mother country
mezcla *f.* mixture, mix (6.3)
mezclar to mix, to blend; to combine
mezclilla *f.* denim (5.3)
mezquita *f.* mosque
mi *adj.* my
mí *pron.* me
mí mismo(a) myself
miedo *m.* fear
miembro *m.* member (3.3)
mientras while
mientras tanto meanwhile
Miércoles (*m.*) **de Ceniza** Ash Wednesday (6.2)
mierda *f.* shit
migra *f. slang* immigration police
mil thousand (6.4)
mil millones billion (6.4)
milagro *m.* miracle
milagroso(a) miraculous
milenio *m.* millennium
militar *adj.* military
dictadura (*f.*) **militar** military dictatorship (3.4)
golpe (*m.*) **militar** military coup, military takeover
injusticia (*f.*) **militar** military injustice (3.4)
millón million (6.4)
mil millones billion (6.4)
milonga *f.* popular song and dance
milpa *f.* corn field, corn harvest
mina *f.* mine
mineral *n. m. and adj.* mineral (4.4)
agua (*f. but* **el agua**) **mineral con gas** carbonated water
agua (*f. but* **el agua**) **mineral sin gas** mineral water
minero(a) *m./f.* miner
ministro(a) *m./f.* minister
primer ministro *m./f.* Prime Minister
minoría *f.* minority
minoritario(a) *adj.* minority
grupo (*m.*) **minoritario** minority group
minuciosamente thoroughly, minutely
mirada *f.* look, expression
misa *f.* mass (6.2)
misa de gallo midnight mass (6.2)
misil *m.* missile
misterio *m.* mystery
película (*f.*) **de misterio** suspense thriller movie (1.1)
misteriosamente mysteriously
místico(a) *adj.* mystic
mistificar (qu) to mystify
mitad *f.* half
mítico(a) mythical
mito *m.* myth
mocasín *m.* moccasin (5.3)
moda *f.* style
pasado(a) de moda out of style, no longer in style (5.3)
modelar to model
modernizador(a) *adj.* modernizing
moderno(a) modern (2.1)
modificado(a) modified
modo *m.* manner, way
de todos modos anyway
modo de vida way of life
modorra *f.* drowsiness
mohín *m.* grimace, gesture
hacer (*irreg.*) **mohínes** to make faces
mojado(a) wet
molde *m.* cast
molestado(a) bothered
molestar to bother, to annoy
molesto(a) bothered, upset, annoyed
molino *m.* mill
molino de viento windmill
piedra (*f.*) **del molino** millstone
monarca *m./f.* monarch
monarquía *f.* monarchy
monasterio *m.* monastery
monja *f.* nun
monolito *m.* monolith
monopolio *m.* monopoly
montado(a) mounted
montar a caballo to ride a horse (2.3)
monte *m.* mount; mountain
montón *m.* lot, bunch
monumento *m.* monument (4.1)
morado(a) purple; violet
col (*f.*) **morada** red cabbage (2.2)
moraleja *f.* moral
mordedura *f.* bite
morder (ue) to bite
morfina *f.* morphine (6.1)
morir (ue, u) to die
moro(a) *m./f.* Moor; *adj.* Moorish
morrón *m.* sweet red pepper (2.2); *see also* **pimiento**
mortalidad: índice (*m.*) **de mortalidad** death rate
mosquita *f.* fly
mostrado(a) shown
mostrar (ue) to show, to display; to manifest
motocicleta *f.* motorcycle (3.1)
motor *m.* motor, engine
avión (*m.*) **sin motor** glider (3.1)
lancha (*f.*) **de motor** motorboat (3.1)
vehículo (*m.*) **de motor** motor vehicle
movedizo(a) moving, changeable
mover (ue) to move (5.1)
mover los brazos con soltura to move one's arms loosely (5.1)
movimiento *m.* movement (2.4)
muchachón *m.* big boy
mucho *adv.* much, plenty, a lot
Con mucho gusto, gracias. Gladly, thank you. (2.4)
por mucho (más) que however much
muchedumbre *f.* crowd
mudarse to move, to relocate
mueble *m.* piece of furniture
muela *f.* molar; tooth
muerte *f.* death
pena (*f.*) **de muerte** death sentence, death penalty (3.3)

muerto(a) *m./f.* dead person; *adj.* dead
Día (*m.*) **de los Muertos** All Souls' Day (6.2)
estar (*irreg.*) **muerto(a)** to be dead (3.1)
muestra *f.* proof
mujer (*f.*) **de negocios** businesswoman
mula *f.* mule (3.1)
mulato(a) *m./f.* mulatto (*person with mixed white and black parentage*) (6.3)
multinacional multinational (3.2)
mundial *adj.* world, pertaining to the world
Copa (*f.*) **Mundial** World Cup *(soccer)*
Segunda Guerra (*f.*) **Mundial** Second World War
mundo *m.* world
Nuevo Mundo New World (*Americas*) (6.3)
muñeca *f.* doll; wrist (5.1)
mural *m.* mural (2.1)
muralista *m./f.* muralist
muralla *f.* wall
murmullo *m.* murmur, whisper
muro *m.* wall
músculo *m.* muscle (5.1)
museo *m.* museum
música *f.* music (1.3)
música clásica / folklórica / pop / popular / romántica (de amor) / tejana (ranchera) / salsa classical (4.3) / folk, folkloric (1.3, 4.3) / pop (1.3) / popular (1.3) / romantic (love) (1.3) / country and western (1.3) / salsa (1.3) music
música de jazz/mariachis/ópera/protesta jazz (1.3) / mariachi (4.3) / opera (1.3) / protest (1.3) music
tienda (*f.*) **de música** music shop
musical: película (*f.*) **musical** musical film (1.1)
músico *m./f.* musician (1.3)
muslo *m.* thigh (5.1)
musulmán *m.*, **musulmana** *f.* Moslem
mutuo(a) mutual, joint

N

nabo *m.* turnip
nacarado(a) pearly
nacido(a) born (6.3)
naciente: País (*m.*) **del Sol Naciente** Land of the Rising Sun
nacimiento *m.* birth
nación *f.* nation (3.2)
Naciones (*f. pl.*) **Unidas** United Nations
nacional national
himno (*m.*) **nacional** national anthem (6.2)
ingreso (*m.*) **nacional per cápita** national average salary
origen (*m.*) **nacional** national origin (3.4)
nacionalidad *f.* nationality
nacionalizar (c) to nationalize
nada nothing
nada más that's all (5.1)
para nada not at all
nadar to swim (5.1)
nadie no one, nobody
náhuatl *m.* Nahuatl (*language of the Aztecs*) (6.3)
narciso *m.* daffodil (4.4)
narcótico *m.* narcotic (6.1)
narcotraficante *m./f.* drug trafficker
narcotráfico *m.* drug traffic
control (*m.*) **del narcotráfico** control of drug traffic (3.3)
nariz *f.* nose (5.1)
narrador(a) *m./f.* narrator (1.2)
natación *f.* swimming (2.3)
natal natal; native
natalidad *f.* birthrate
control (*m.*) **de la natalidad** birth control (3.3)
natural natural
recurso natural *m.* natural resource (3.2)
naturaleza *f.* nature
navaja *f.* penknife
nave *f.* ship (3.1); vessel
navegar to sail (2.3)
Navidad *f.* Christmas (6.2)
neblina *f.* fog (4.4)
nebuloso(a) misty, foggy
necio(a) *m./f.* fool, idiot
néctar *m.* nectar
negar (ie) (gu) to deny (3.4)
negarse to refuse
negociación *f.* negotiation
negociador(a) *m./f.* negotiator
negociar to negotiate
negocio *m.* business
dueño(a) (*m./f.*) **de negocios** proprietor
hombre (*m.*) **/ mujer** (*f.*) **de negocios** *m./f.* businessman/businesswoman
neoclásico(a) neoclassic, neoclassical (2.1)
nervios *m. pl.* nerves
ataque (*m.*) **de nervios** nervous breakdown
calmante (*m.*) **de nervios** tranquilizer (6.1)
netamente clearly, distinctly
neumático *m.* tire (3.1)
ni pensar don't even think about it
nilón *m.* nylon (5.3)
niñez *f.* childhood
niños (*m. pl.*) **de la calle** street children
nítido(a) clear, neat
nitrato *m.* nitrate
nivel *m.* level
nivel de vida standard of living
níveo(a) snow white
no:
¡cómo no! of course! (1.1)
no cabe duda there is no doubt
no del todo not at all
no obstante nevertheless
no tener (*irreg.*) **más remedio** to have no alternative or choice
noche *f.* night, evening
Noche Buena Christmas Eve (6.2)
Nochevieja *f.* New Year's Eve (6.2)
nómada *f.* nomad
nomás just, only
nombramiento *m.* appointment, nomination
nominar to nominate (3.3)
nopal *m.* cactus (2.2)
noreste *m.* northeast
norte *m.* north
Noruega *f.* Norway
noticias *f. pl.* news
novedoso(a) innovative
novela *f.* novel (1.2)
novelesco(a) novelesque
novelista *m./f.* novelist (1.2)
novia *f.* girlfriend
novio *m.* boyfriend
nube *f.* cloud
núcleo *m.* center, nucleus
nudo *m.* knot
nuevo(a) new
de nuevo once again
numeración *f.* numbering, numerals
nunca never
nunca se ponía el sol the sun never set
nutritivo(a) nutritious

obedecer (zc) to obey
obligar (gu) to oblige, to force, to compel
obra *f.* work (1.2)
obra de teatro play (1.2)
obrero(a) *m./f.* worker (3.2)
obsequio *m.* gift
obsesionado(a) obsessed
obstante: no obstante nevertheless
obstetra *m./f.* obstetrician (5.2)
obtener (*like* **tener**) to obtain, to receive
ocasión *f.* occasion (6.1)
ocasionar to cause
occidental occidental, western
oculto(a) hidden
ocupar to occupy
odiar to hate
Las odio. I hate them (*f.*). (1.1)
odio *m.* hate, hatred
odioso(a) odious, hateful
oficio *m.* job, occupation, profession
oftalmólogo(a) ophthalmologist (5.2)
oído *m.* (inner) ear (5.1); hearing
ojal *m.* buttonhole

ojeada *f.* glance, glimpse
ojo *m.* eye (5.1)
  guiñar el ojo to wink
ola *f.* wave *(sea)*
olfato *m.* smell
óleo *m.* oil paint
  tubo (*m.*) **de óleo** tube of oil paint (2.1)
oligarquía *f.* oligarchy
oligárquico(a) oligarchic
olla *f.* pot
olor *m.* odor, smell
olvidar to forget
ombligo *m.* bellybutton
ondear to wave, to flutter
ondulado(a) wavy
onírico(a) pertaining to dreams
opaco(a) opaque, gloomy (2.1)
ópalo *m.* opal (4.4)
ópera *f.* opera (1.3)
  música (*f.*) **de opera** opera music (1.3)
opio *m.* opium (6.1)
opinar to think (5.3); to give one's opinion
  ¿Qué opinas de...? What do you think of . . . ?
oponer (*like* **poner**) to oppose
  oponerse to be opposed (3.3)
oportunidad *f.* opportunity (3.4)
  igualdad (*f.*) **de oportunidades** equal opportunity (3.4)
  oportunidad de trabajo job opportunity (3.4)
oposición *f.* opposition (3.4)
opresión *f.* oppression
oprimido(a) oppressed
opuesto(a) opposite
opulento(a) opulent
oración *f.* prayer; sentence
orador(a) *m./f.* orator, speaker
orden: a la orden at your command
ordenado(a) ordered
ordeñar to milk
oreja *f.* ear (5.1)
orgullo *m.* pride
orgulloso(a) proud
oriental *m./f.* oriental, eastern
  Europa (*f.*) **Oriental** Eastern Europe
oriente *m.* east
origen (*m.*) **nacional** national origin (3.4)
originario(a) de originating from, coming from
originarse to originate
orilla *f.* edge
  a orillas de by, beside
oro *m.* gold (4.2)
  broche (*m.*) **de oro** crowning glory
  Siglo (*m.*) **de Oro** Golden Age
orquesta *f.* orchestra (1.3)
orquídea *f.* orchid (4.4)
osar to dare
oscilar to swing
oscuro(a) dark (2.1)
oso(a) bear (4.4)
ostión *f.* oyster (1.4)
otorgar (gu) to grant, to give; to award
otro(a) another
  por otra parte on the other hand
  por otro lado on the other hand
ovalado(a) oval
overoles *m. pl.* overalls (5.3)
oxígeno *m.* oxygen (4.1)
oyente *m./f.* listener
ozono *m.* ozone (4.1)
  capa (*f.*) **de ozono** ozone layer (4.1)
ozonosfera *f.* ozone layer
  capa (*f.*) **de ozonosfera** ozone cover

pacificación *f.* pacification; peace, quiet
pacífico(a) peaceful, pacific
pactar to come to an agreement
padre *m.* father
  Día (*m.*) **de los Padres** Father's Day (6.2)
pago *m.* payment
  balanza (*f.*) **de pagos** balance of payments
país *m.* country (3.2)
  País del Sol Naciente Land of the Rising Sun
  Países (*m. pl.*) **Bajos** Netherlands
paisaje *m.* landscape (2.1)
paja *f.* straw
palabra *f.* word (6.3)
palanca *f.* lever; influence, pull (*fig.*)
  palanca de freno brake lever (3.1)
  palanca del cambio de velocidades gear lever (3.1)
palacio *m.* palace
paleta *f.* palette (2.1)
palidez *f.* paleness
palito *m.* little stick
palma *f.* palm (of a hand); palm tree
palo *m.* stick
palpitando palpitating, beating
palpitante palpitating, throbbing (2.4)
palta *f.* (*Cono Sur*) avocado (2.2); *see also* **aguacate**
panadería *f.* bakery
panadero(a) *m./f.* baker
panecillo *m.* roll, bun
panel *m.* panel (4.2)
panfletista *m./f.* satirist
panorama *m.* panorama (2.1)
pantalla *f.* screen (1.1)
pantalón *m.* pants (5.3)
pantalones *m. pl.* pants (5.3); blue jeans (5.3)
pantimedia *m.* pantyhose (5.3)
pantis *m. pl.* panties; pantyhose (5.3); *see also* **bombachas** *and* **calzones**
pantorrilla *f.* calf (*leg*) (5.1)
pantufla *f.* slipper (5.3)
pañuelo *m.* handkerchief
papa *f.* potato (2.2); *see also* **patata**; *m.* pope
papel *m.* role (1.1); paper (2.1)
hacer (*irreg.*) **el papel** to play the role (of) (3.2)
  jugar un papel to play a role
papelería *f.* stationery store
par *m.* pair; *adj.* even
para for
  para nada not at all
parada *f.* stop
parado(a) stopped; established
paradójicamente paradoxically
parador *m.* inn, state-owned hotel
paraíso *m.* paradise
paralización *f.* paralyzation
paralizar to paralize, to stop
paramilitar *m./f.* paramilitary
parar to stop
parecer (zc) to seem, to appear
  Me pareció un poco largo. It (*m.*) seemed a little long to me. (1.2)
  parecerse to resemble, to seem like
pared *f.* wall
pareja *f.* couple
pariente *m./f.* relative
parpadeo *m.* blinking
parque *m.* park
  parque de atracciones amusement park
  parque nacional national park (4.1)
  parque zoológico zoo
parrillada *f.* barbecue, cookout (6.2); *see also* **asado**
parroquial parochial, parish
parte *f.* part
  en gran parte for the most part
  Estados (*m. pl.*) **Partes** Member States (6.4)
  por otra parte on the other hand
participar to participate (6.4)
particular peculiar
  en particular in particular (5.3)
partido *m.* game (2.3); party (*political*) (3.3); adj. parted, having left
  partido político political party (3.3)
partir to leave
  a partir de starting from, as of
pasajero(a) *m./f.* passenger (3.1); *adj.* passing
  tren (*m.*) **de pasajeros** passenger train (3.1)
pasaporte *m.* passport
pasar:
  pasado(a) de moda out of style, no longer in style (5.3)
  pasar a buscar to come by (for someone) (1.1)
  pasar una película to show a film
  pasarlo bien/mal to have a good/bad time
  pasó a ser it became
pasatiempo *m.* pastime, amusement, hobby (4.2)

Pascua (*f.*) **Florida** Easter (6.2)
pasearse to take a walk; to ride
paseo *m.* walk, stroll
pasmar to astound, to amaze
paso *m.* step (2.4)
a paso acelerado at a fast rate
paso doble *march-step dance* (2.4)
pastel *m.* pie; cake
pastelería *f.* pastry shop
pastilla *f.* tablet, pill (5.2); *see also* **píldora**
pastoreando shepherding, tending flock
pata *f.* foot (of an animal)
patada *f.* kick (6.1)
patata *f.* (*Sp. and Cono Sur*) potato (2.2); *see also* **papa**
patear to kick (6.1)
patio *m.* orchestra seat (1.1)
patizambo(a) knock-kneed, deformed
patriarca *m.* patriarch
patrimonio *m.* patrimony, heritage
patriótico(a) patriotic (6.2)
patrocinar to sponsor
patrón *m.*, **patrona** *f.* boss; *m.* pattern
santo patrón patron saint (6.2)
patrullar to patrol
pausa *f.* pause, break
pavimentado(a) paved (3.1)
pavimento *m.* pavement (3.1)
pavo(a) *m./f.* turkey (1.4); *see also* **guajolote**
paz *f.* peace (3.4)
Cuerpo (*m.*) **de Paz** Peace Corps
pecho *m.* breast; chest (5.1)
pedagogía *f.* pedagogy, methodology
pedal *m.* pedal (3.1)
pedalear to pedal
pedazo *m.* piece
pegar (gu):
pegar un tiro to shoot
pegarse to stick
pelado(a) pealed
peleando fighting
pelear to fight
película *f.* movie, film (1.1)
dar (*irreg.*) **una película** to show a film
¿Deseas ver la nueva película? Do you want to see the new movie? (1.1)
pasar una película to show a film
película cómica comedy (*movie*) (1.1)
película de acción adventure movie (1.1)
película de ciencia ficción science fiction movie (1.1)
película de dibujos animados animated film (1.1)
película de guerra war movie (1.1)
película de misterio suspense thriller (*movie*) (1.1)
película de terror (**horror**) horror movie (1.1)
película de vaqueros western (*movie*) (1.1)
película documental feature-length documentary (1.1)
película musical musical (*movie*) (1.1)
película policíaca detective movie (1.1)
película romántica romance movie (1.1)
¿Quieres ir a ver una película? Do you want to go see a movie? (1.1)
peligro *m.* danger (4.1)
en peligro endangered (4.1)
peligroso(a) dangerous
pelo *m.* hair (5.1)
tomar el pelo to pull (someone's) leg, to tease or make fun (of someone)
pelota *f.* ball (2.3)
lanzar (c) / tirar la pelota to pitch the ball (2.3)
pelotón *m.* firing squad
pena *f.* pain, suffering; sadness
pena de muerte *f.* death sentence, death penalty (3.3)
¡Qué pena! What a pity! (5.1)
valer (*irreg.*) **la pena** to be worthwhile (1.2)
penal *m.* penalty (6.1)
cobrar un penal to penalize (6.1)
pendenciero(a) quarrelsome
pendón *m.* banner, standard
penetrante penetrating
penicilina *f.* penicillin (5.2)
Península (*f.*) **Ibérica** Iberian Peninsula
pensador(a) *m./f.* thinker
pensamiento *m.* thought, thinking (3.4)
pensar (ie) to think; to plan
ni pensar don't even think about it
pensión *f.* boardinghouse
media pensión includes room, breakfast, and one other meal **pensión completa** includes room and three meals a day
penúltimo(a) next-to-last
penuria *f.* penury, want
peón *m.* laborer, worker
peor worse
pepino *m.* cucumber (2.2)
pepita *f.* seed
percala *f.* percale, fine cotton cloth
percibir to perceive
perder (ie) to lose
echarse a perder to spoil
pérdida *f.* loss
perezoso(a) lazy
perfil *m.* profile
periódico *m.* newspaper (3.2)
periodista *m./f.* newspaper reporter
perla *f.* pearl
permanecer (zc) to remain
permitir to permit
¿Me permites este baile? Would you allow me this dance? (2.4)
perpetuidad *f.* perpetuity
perpetuo(a) perpetual
persona desaparecida *f.* missing person (3.4)
personaje *m.* character (1.2)
personaje principal main character (1.2)
perspectiva *f.* perspective
perspicacia *f.* perspicacity, sagacity
pertenecer (zc) to belong (3.3)
perteneciente belonging
perturbar disturb, upset
perverso(a) perverse
pesas: levantar pesas to lift weights (5.1)
pesadilla *f.* nightmare
pesado(a) heavy
pesar: a pesar de in spite of, despite
pesca *f.* fishing
pescado *m.* fish (*caught*) (1.4)
pescado de agua dulce fresh water fish (1.4)
pescado de agua salada salt water fish (1.4)
pescar (qu) to fish (2.3)
pésimo(a) very bad, terrible (1.1)
pestaña *f.* eyelash
pesticida *m.* pesticide
petate *m.* sleeping mat
petróleo *m.* oil (4.4)
derrame (*m.*) **de petróleo** oil spill (4.1)
petrolero(a) *adj.* oil
petroquímica *f.* petrochemistry
pez *m.* fish
piadoso(a) pious, devout
pianista *m./f.* pianist (1.3)
piano *m.* piano (1.3)
PIB (Producto [*m.*] **Interno Bruto)** GDP (Gross Domestic Product) (6.4)
picado(a) chopped (1.4)
picante hot, spicy
picardía *f.* prank, mischief
picazón *f.* itch, itching
pico *m.* beak
pie *m.* foot (5.1)
a pie on foot
al pie de at the bottom of
de pie standing up
piedra *f.* stone
piedra del molino millstone
piedra preciosa gem (4.4)
piel *f.* skin (3.4); leather (4.2); fur (5.3)
piel fina fine leather (4.2)
pierna *f.* leg (5.1)
pieza *f.* piece; part
píldora *f.* pill (5.2); *see also* **pastilla**
pilote *m.* pile; stake
pimiento *m.* bell pepper (2.2)
pimiento morrón sweet bell pepper
pincel *m.* brush (2.1)
pino *m.* pine (tree) (4.4)
pintar to paint
pintarse to paint oneself
pintor(a) *m./f.* painter (2.1), artist
pintoresco(a) picturesque, colorful
pintórico(a) pertaining to painting
pintura *f.* painting (2.1)
piolín *f.* string, cord

pionero(a) *m./f.* pioneer
pirámide *f.* pyramid
pisar to step on
piscina *f.* swimming pool
piso *m.* floor (6.1)
pisotear to trample, to stamp on
pista *f.* hint; track (*for running or racing*)(5.1)
placentero(a) pleasant
placer *m.* pleasure
plagado(a). plagued, infested
plan: tengo otros planes I have other plans (1.1)
plana *f.* page
  a toda plana full page (*of a newspaper*)
  de primera plana front page (*of a newspaper*)
plancha *f.* iron; metal plate
plantado(a) planted; firm
plástico *m.* plastic (5.3)
plata *f.* silver (4.4)
plataforma *f.* platform (3.3)
plátano *m.* banana
plateado(a) silvery, silver
playera *f.* (*Mex.*) T-shirt (5.3); *see also* **camiseta**
plaza *f.* plaza, square
  plaza de toros bullring
plazo *m.* term, period
plegado(a) pleated
  falda (*f.*) **con volantes plegados** pleated skirt (5.3)
plegaria *f.* prayer
pleno(a) full
plomo *m.* lead (4.4)
pluma *f.* feather; pen
pluma fuente *f.* fountain pen
población *f.* population (6.4)
poblado(a) inhabited
poblar (ue) to inhabit; to settle; to populate
pobre *m./f.* poor person (3.4); *adj.* poor
pobreza *f.* poverty
poco *m.* small quantity
  a poco supposedly (6.1)
  poco a poco little by little
  por poco almost
poder *m.* power; *v.* (*irreg.*) to be able
  asumir el poder to take control
  ¿Podría decirme dónde está(n)...? Can you tell me where . . . is/are? (2.2)
poderío *m.* power
poderoso(a) powerful (1.3)
poema *m.* poem (1.2)
poemario *m.* book of poems, collection of poems
poesía *f.* poetry (1.2)
poeta *m./f.* poet (1.2)
polaco(a) *m./f.* Pole; *adj.* Polish
polarizar (c) to polarize
policía *f.* police (force) (6.1); *m./f.* policeman (-woman)
policíaco(a) *adj.* police, detective (1.1)
  película (*f.*) **policíaca** detective movie (1.1)
política *f.* politics (3.3)
político(a) political (3.3)
  afiliación (*f.*) **política** political affiliation (3.3)
  asesinato (*m.*) **político** political assassination (3.4)
  corrupción (*f.*) **política** political corruption (3.4)
  partido (*m.*) **político** *m.* political party (3.3)
pollera *f.* (*Cono Sur*) skirt (5.3); *see also* **falda**
pollo *m.* chicken (1.4)
polvoriento(a) dusty
pómez *m.* pumice
poner (*irreg.*) to put
  nunca se ponía el sol the sun never set
  ponerse a to start
  ponerse a régimen to go on a diet
poniente *m.* west
pop: música pop *f.* pop music (1.3)
popular popular (1.3)
música popular *f.* popular music (1.3)
populista *m./f.* populist
por:
  por ahora for the time being
  por añadidura moreover, in addition
  por ciento percent
  por cierto of course
  por consiguiente consequently
  por ejemplo for example
  por eso that's why
  por fin finally
  por la mañana (tarde, noche) in the morning (afternoon, night)
  por lo menos at least (6.1)
  por lo tanto therefore
  por más (mucho) que however much
  por medio de by means of
  por otra parte on the other hand
  por otro lado on the other hand
  por poco almost
  por supuesto of course, naturally
  por último finally
porción *f.* portion
pormenor *m.* detail
poroto *m.* (*Cono Sur*) bean (2.2); *see also* **frijol, judía,** *and* **habichuela**
  poroto verde string/green bean (2.2); *see also* **ejote** *and* **judía verde**
porquería *f.* garbage (*fig.*), junk
portabotellas *m. sing.* water bottle clip (3.1), bottle holder
portavoz *m./f.* spokesperson
porteño(a) *m./f.* person from Buenos Aires (6.1)
portero(a) goalie, goalkeeper (6.1); *see also* **arquero**
portón *m.* gate
posada *f.* inn; boardinghouse
  las Posadas *f. pl.* pre-Christmas celebrations (6.2)
posarse to perch, to settle
poseer (y) to possess, to have
posta: a posta on purpose
posterior later; subsequent
postizo(a) false
postular to be a candidate for (3.3)
póstumamente posthumously, after death
potable drinkable
potencia *f.* power
precedido(a) preceded
precioso(a) precious
  piedra (*f.*) **preciosa** gem (4.4), precious stone
precipicio *m.* precipice, cliff
precisar to explain, to state clearly
precolombino(a) pre-Columbian (6.3)
precoz precocious
predecir (*like* **decir**) to predict
predominar to predominate (6.3)
pregón *m.* *Cuban dance* (2.4); public announcement; street vendor's cry or shout
pregonero(a) *m/f.* announcer; peddler
prejuicio *m.* prejudice
premio *m.* prize, award
prendedor *m.* brooch
prensa *f.* press
preocupación *f.* preoccupation, concern (3.2)
preocuparse to worry
presentación *f.* presentation (2.1)
presente *m.* present (6.2)
  tener (*irreg.*) **presente** to keep in mind (6.4)
preservar to preserve (4.1)
presidente(a) *m./f.* president
  vicepresidente(a) *m./f.* vice president
presión *f.* pressure (5.1)
  bajar la presión to lower one's blood pressure (5.2)
  subir la presión to raise one's blood pressure (5.2)
prestado(a) lent, loaned
prestar to lend
  prestar atención to pay attention
prestigio *m.* prestige
presupuesto *m.* budget (3.2)
pretexto *m.* pretext, excuse
prevalecer to prevail, to triumph
previsto(a) anticipated, provided
prieto(a) dark
primer ministro *m./f.* Prime Minister
primor *m.* exquisiteness
primoroso(a) beautiful, exquisite
principal main, principal (1.2)
  personaje (*m.*) **principal** main character (1.2)
  recurso (*m.*) **natural principal** principal natural resource (4.4)

príncipe *m.* prince
principio *m.* beginning
  a principios de at the beginning of
  desde un principio from the beginning
prioridad *f.* priority
privación *f.* deprivation
privado(a) deprived
privar to deprive, to take away
privilegiado(a) privileged
privilegio *m.* privilege
probar (ue) to try; to taste
problema *m.* problem (6.1)
problemático(a) problematic
procedente (coming) from
prócer *m.* national hero
procesión *f.* procession (6.2)
proceso *m.* process (6.4)
proclamar to proclaim, to declare
prodigioso(a) prodigious, wondrous
producción *f.* production
productivo(a) productive (3.2)
  eficiencia (*f.*) **productiva** productive efficiency (3.2)
producto *m.* product
  Producto Interno Bruto (PIB) Gross Domestic Product (GDP) (6.4)
productor(a) *m./f.* manufacturer
profano(a) irreverent; indecent
proferir (ie, i) to utter, to speak
profeta *m./f.* prophet
profundidad *f.* depth, deepness
progresista *adj., m./f.* progressive
prohibir to prohibit
promesa *f.* promise
prometedor(a) promising
prometer to promise
promocionar to promote
promover (ue) to promote; to foster
promovido(a) promoted, encouraged
promulgar to enact, to promulgate
pronto *adv.* soon, fast
  de pronto suddenly
propenso(a) inclined, prone
propiamente properly
propiciado(a) sponsored, supported
propiedad *f.* property (3.4)
propietario(a) *m./f.* landowner
propio(a) *adj.* own, one's own
  de su propia cuenta on his (her) own
proponer (*like* **poner**) to propose, to suggest (3.3)
proporcionar to furnish, to provide (3.2)
  proporcionar entrenamiento técnico to provide technical training (3.2)
propósito *m.* purpose
  a propósito by the way
propugnar to defend, to advocate (3.3)
prosperar to prosper, to be successful
prosperidad *f.* prosperity
protagonista *m./f.* protagonist, main character (1.2)
protectorado *m.* protectorate
proteger (j) to protect (4.1)
protegido(a) protected
  zona (*f.*) **protegida** *protected area* (4.1)
protesta *f.* protest
  música (*f.*) **de protesta** protest music (1.3)
protestantismo *m.* Protestantism
prototipo *m.* prototype, model
proveer (y) to provide (3.2)
provenir (*like* **venir**) to come from, to originate in
provocar (qu) to provoke, to incite
próximo(a) next, coming
proyecto *m.* project
psiquiatra *m./f.* psychiatrist (5.2)
púa: alambre (*m.*) **de púas** barbed wire
publicado(a) published
público *m.* public, audience
  servicio (*m.*) **público** public service (3.2)
pudridero *m.* garbage dump
pueblo *m.* town, village; people
  pueblo invasor invading tribe
puente *m.* bridge
puerro *m.* leek
puerto *m.* port
  puerto de salida port of departure
puesto *m.* position (3.3)
pujante strong, vigorous
pulido(a) polished
pulir to polish
pulmón *m.* lung (5.2)
  cáncer (*m.*) **de los pulmones** lung cancer (5.2)
pulverizador *m.* spray (5.2); *see also* **vaporizador**
puma *m.* puma, mountain lion (4.4)
punta *f.* tip; point
puntada *f.* stitch (*in sewing*) (4.2)
punto *m.* point (6.1)
  anotar puntos to score (6.1)
  tejer a punto to knit (4.2)
  tejido (*m.*) **/trabajo** (*m.*) **de punto** knitting (4.2)
  punzante sharp, biting
puñado *m.* handful
puro(a) pure (1.3, 6.3)

Q

qué:
  ¡Qué lástima! What a shame! (6.1)
  ¿Qué opinas de...? What do you think of . . . ?
  ¡Qué va! Nonsense!, Come on! (5.2)
quechua *m.* Quechua (*language of the Incas*) (6.3)
quedar to remain, to stay
  quedarse to stay, to remain
quehacer *m.* task, chore, duty
quejarse to moan, groan
quema (*f.*) **de la selva** burning of the jungle (4.1)
quemado(a) burned
quemando burning
quemar to burn
  quemar y talar to burn and cut down (4.1), to slash and burn
querer (*irreg.*) to love; to want
  ¿Quieres bailar? Do you want to dance? (2.4)
  ¿Quieres ir a ver... ? Do you want to go see... ? (1.1)
quiché *see* **maya-quiché**
químico(a) chemical (6.1)
quinina *f.* quinine
quinto(a). fifth
quiosco *m.* kiosk
quitar to remove, to take away
  quitar la vida to kill
  quitarse to take off, to remove
quizás perhaps
  Quizás la próxima vez. Maybe next time. (1.1)

rábano *m.* radish (2.2)
rabia *f.* fury, rage
rabioso(a) furious
racial racial
  segregación (*f.*) **racial** racial segregation (3.4)
racismo *m.* racism
radicalizar to become radical
radicar (qu) to live in; to take root
  radicarse to be located, to live
ráfaga *f.* gust (of wind)
raíces *f. pl.* roots
raja *f.* slice
rama *f.* branch
rana *f.* frog
ranchero(a) country, western (1.3)
  música ranchera *f.* country and western music (1.3)
raras veces rarely, seldom
rasgado(a) almond shaped
rasgadura *f.* tear, slit
rasgo *m.* trait, characteristic
ratificar (qu) to ratify
rato *m.* a while
  al ratito in a little while
ratón *m.* mouse
raya *f.* stripe
  a rayas striped (5.3)
rayo *m.* ray (4.1); spoke (*wheel*) (3.1)
  rayos (*m. pl.*) **ultravioleta** ultraviolet rays (4.1)
raza *f.* race (*ancestry*) (3.4)
real royal
  Real Audiencia *f.* high court
realidad *f.* reality (6.4)
realista realistic (2.1)

realizar (c) to do, to carry out, to accomplish
realizarse to come true
reanudarse to start again
rebaja *f.* lowering
rebaño *m.* herd
rebelde *m./f.* rebel
recapacitar to think over, to reconsider
recaudación *f.* collection (of taxes), tax levy
recaudar to collect, to raise (funds)
receptor *m.* catcher (2.3)
recesión *f.* recession
rechazado(a) rejected
rechazar (c) to reject
recibimiento *m.* receiving, reception
reciclaje *m.* recycling (4.1)
reciclar to recycle (4.1)
recién recently, newly
reciente recent
recio(a) swift, vigorous, strong
recitando reciting
reclamar to protest, to complain
reclutado(a) recruited
reclutar to recruit, to draft
recoger (j) to collect, to gather
recomendar (ie) to recommend
La recomiendo con entusiasmo. I recommend it enthusiastically. (1.2)
reconciliado(a) reconciled
reconocer (zc) to recognize (3.2)
reconocido(a) recognized, known
reconocimiento recognition
Reconquista *f.* Reconquest
reconstruir (y) to reconstruct
recontar (ue) to retell
recopilar to compile
recorrido *m.* journey
recorte *m.* newspaper clipping
recrear to recreate
recreo *m.* recess
barco (*m.*) **de recreo** pleasure boat (3.1)
recuento recount
recuperar to recuperate (5.2), to recover
recurrir a to turn to, to appeal to
recurso *m.* resource (3.2)
recurso humano human resource (3.2)
recurso natural natural resource (3.2)
red *f.* network, Internet; trick, trap
redacción *f.* writing, composition
redactar to write
redondo(a) round, rounded
reducción *f.* mission
reducir (*like* **conducir**) to reduce (3.2)
reducir el desempleo to reduce unemployment (3.2)
reemplazar (zc) to replace
refinado(a) refined, polished
reflejar to reflect
reflejo *m.* reflection
reflexionar to reflect on, think over
reforma *f.* reform
reformador(a) reforming
refrán *m.* refrain, saying
refresco *m.* soft drink
refrigerio *m.* snack, refreshment
refugiado(a) refugee
refugiar to take refuge
regalar to give away
regalo *m.* gift (6.2)
reggae *m.* reggae (*music*) (4.3)
régimen *m.* regime, system; diet
ponerse (*irreg.*) **a régimen** to go on a diet
registrar to examine, to inspect
regla *f.* rule
regocijado(a) delighted
reguero *m.* trickle; stream
rehén *m.* hostage
rehusar (ú) to refuse (3.2)
reina *f.* queen
reinado *m.* reign
reino *m.* kingdom
relajarse to relax
relatar to narrate, to tell
relato *m.* account; story, narrative
relevista *m.* relief pitcher (2.3)
religión *f.* religion (3.4)
religioso(a) religious (2.1)
relojería *f.* watchmaker's shop, jeweler's shop
reluciente shining, glittering
remedio *m.* remedy, cure; solution
no tener (*irreg.*) **más remedio** to have no alternative or choice
remo *m.* oar
bote (*m.*) **de remo** rowboat (3.1)
remojar to soak
remolacha *f.* beet (2.2); *see also* **betabel**
remunerado(a) paid
renacentista *m./f.* *of or pertaining to the Renaissance* (2.1)
renacimiento *m.* Renaissance; rebirth
rencor *m.* rancor, resentment
rendirse (i, i) to surrender
renombre *m.* fame, renown
renovado(a) renovated
renovarse (ue) to renew
renuncia *f.* resignation
renunciar to give up, to renounce
repartición *f.* division, distribution
repartir to divide
reparto *m.* division
repatriado(a) returned to one's country, repatriated
repetidamente repeatedly
repicar (qu) to ring
repleto(a) full
reposar to rest, to relax
representante *m./f.* representative (3.3)
represión *f.* repression (3.4), control
reprimido(a) repressed, suppressed
reprimir to repress, to suppress
reprobación *f.* censure, condemn, reproval
república (*f.*) **bananera** banana republic (3.2)
republicano(a) republican (3.3)
repulsivo(a) repulsive
requebrar (ie) to flirt with
requisito *m.* requirement
resbalar to slide
hacer (*irreg.*) **resbalar** to make (something) slide (2.3)
resbaloso(a) slippery
rescate *m.* ransom
resentimiento *m.* resentment; grudge
reserva *f.* reserve (4.1)
reserva biológica biological reserve (4.1)
reservación *f.* reservation
hacer (*irreg.*) **una reservación** to make a reservation
reservar to reserve
resfriado *m.* cold (*illness*) (5.2); *see also* **catarro**
residencia *f.* dorm (6.1)
residir to reside, to live
resistir to resist
resolver (ue) to solve; to resolve
resonante resounding
resorte *m.* spring
sillón (*m.*) **de resortes** dental chair
respaldo *m.* back of a chair
respetar to respect
respeto *m.* respect
respirar to breathe (4.1)
buceo (*m.*) **con tubo de respirar** snorkeling
resplandor *f.* light, radiance
restaurante *m.* restaurant
restaurar to restore
resto *m.* remainder, rest; *pl.* remains
restringir to restrict, to limit
resucitar to resuscitate, to bring back to life
resumen *m.* summary
resurgir to resurge
retener (*like* **tener**) to hold, to keep
retirar to remove, to move away; to withdraw
retirarse to withdraw, to leave
retornar to return
retorno *m.* return
retratando painting a portrait
retrato *m.* portrait (2.1)
artista (*m./f.*) **de retratos** portrait artist (2.1)
reunión *f.* assembly (3.4); meeting (3.4)
libertad (*f.*) **de reunión y asociación** freedom of assembly and association (3.4)
reunir (ú) to reunite
revalorización *f.* revaluation
revisar to revise, to check
revista *f.* magazine
revivir to relive (5.1)
revocar to revoke, to repeal
revolucionario(a) revolutionary
revólver *m.* revolver
revolver (ue) to stir, to mix

revuelta *f.* revolt, rebellion
rey *m.* king
  Día (*m.*) **de los Reyes Magos** Epiphany (6.2)
  Reyes (*m. pl.*) **Magos** Three Wise Men, Three Kings
rezar (c) to pray
rico(a) rich (2.4)
riesgo *m.* risk, danger
rincón *m.* corner
riñón *m.* kidney (5.2)
  cáncer (*m.*) **de los riñones** kidney cancer (5.2)
río *m.* river (4.4)
riqueza richness; wealth
risa *f.* laugh; laughter
rítmico(a) rhythmic (1.3)
ritmo *m.* rhythm (2.4)
rito *m.* rite
rivalizar (c) to rival, to compete
róbalo *m.* bass (1.4)
robar to steal, to rob
roble *m.* oak (tree) (4.4)
roce *m.* friction
rock *m.* rock (*music*) (1.3)
  hard rock *m.* hard rock (*music*) (4.3)
  música (*f.*) **rock** rock music (1.3)
  rock clásico classic rock (*music*) (4.3)
rodado(a) smooth, flowing
rodando tumbling
rodante: casa (*f.*) **rodante** camper (*vehicle*) (3.1)
rodar (ue) to roll
rodeado(a) de surrounded by
rodear to surround
rodilla *f.* knee (5.1)
rol *m.* role (1.1)
romano(a) *adj.* Roman
  Sacro Imperio (***m.***) Romano **Holy Roman Empireromántico(a)** romantic (1.1, 2.1, 2.4)
  música (*f.*) **romántica** romantic music (1.3)
  película (*f.*) **romántica** romance movie
romper to break
  romper la ley to break the law
rompimiento *m.* breaking off
ropa (*f.*) **interior** underclothes (5.3)
ropaje *m.* clothes
roquero(a) *m./f.* rock star (4.3)
rosa *f.* rose (4.4)
rosario *m.* rosary
rostro *m.* face
roto(a) broken
rotulador *m.* felt tip pen (2.1)
rotundo(a) emphatic; categorical
rubí *m.* ruby (4.4)
rudamente roughly
rudimentario(a) rudimentary
rueda *f.* tire
  tracción (*f.*) **a cuatro ruedas** four-wheel drive
ruego *m.* request; plea
rugir *m.* to roar
ruina *f.* ruin
rumba *f.* rumba (*Cuban dance*) (2.4)
rumbo a in the direction of
ruptura *f.* rupture, break
rutinario(a) *adj.* routine

S

sabana *f.* savanna, grassland
sábana *f.* sheet
sabio(a) *m./f.* learned person, scholar
sabroso(a) delightful, pleasant (2.4)
sacar (qu):
  sacar adelante to make prosper
  sacar la lengua to stick one's tongue out
  sacar un disco to release a record (1.3)
sacarino(a) saccharine
sacerdote *m.* priest
Sacro Imperio (*m.*) **Romano** Holy Roman Empire
sacudirse to shake oneself
sala *f.* living room
saladero *m.* salting house; (*Urug.*) large slaughterhouse
salado(a) vivacious (2.4)
salario *m.* salary (3.2)
  puerto (*m.*) **de salida** port of departure
salir (*irreg.*) to leave, to depart
  salir al exilio to leave in exile
salitre *m.* saltpeter
salón *m.* salon (2.1)
  salón (*m.*) **de baile** dance hall
salpicar to sprinkle; to splash
salsa *f.* salsa (*Caribbean dance*) (2.4)
  música (*f.*) **salsa** salsa music (1.3)
salsero(a) salsa musician or singer
saltar to jump, to leap
salto *m.* leap
  carreras (*f. pl.*) **y saltos** track and field (5.1)
  salto (*m.*) **de agua** waterfall
salud *f.* health (3.4)
saludar to greet
saludo *m.* salute
salvajemente savagely
salvar to save, to rescue
salvavidas *m.* lifesaver
samba *f.* samba (*Brazilian dance*) (2.4)
sanar to heal, to cure
sandalia *f.* sandal (5.3)
sangrante bloody, bleeding
sangre *f.* blood (6.3)
  derrame (*m.*) **de sangre** bloodshed
sangriento(a) bleeding, bloody
sanguinario(a) bloodthirsty, cruel
santo(a) *m./f.* saint
  Día (*m.*) **del Santo** Saint's Day (6.2)
  santo patrón patron saint (6.2)
sapo *m.* toad
saquear to sack, to plunder
sartén *f.* frying pan
satén *m.* satin (5.3)
sátira *f.* satire
satisfecho(a) satisfied (3.3)
saxofón *m.* saxophone (1.3)
saxofonista *m./f.* saxophonist (1.3), saxophone player (4.3)
saxófono *m.* saxophone (1.3)
saya *f.* skirt
secarse (qu) to dry, to dry oneself
seco(a) dry
secuestrar to kidnap
secuestro *m.* kidnapping
secundaria *f.* high school
sed *f.* thirst
seda *f.* silk (5.3)
sedativo *m.* sedative (6.1)
sede *f.* seat (of government)
sefardita *m./f.* Sephardic
segregación *f.* segregation (3.4)
  segregación racial racial segregation
seguida: en seguida right away
seguidor(a) *m./f.* follower
seguir (i, i) to follow; to continue
  seguir en uso to be still in use
según according to
  según se dice according to what they say
Segunda Guerra (*f.*) **Mundial** Second World War
segundo(a) second
seguramente surely, certainly
seguridad *f.* security
  fuerzas (*f. pl.*) **de seguridad** security forces
  tener (*irreg.*) **la seguridad de** to be certain of
selección *f.* selection; team (*soccer*) (6.1)
seleccionado(a) selected
sello *m.* stamp
selva *f.* jungle (4.1)
  quema (*f.*) **de la selva** burning of the jungle (4.1)
  selva (*f.*) **tropical** tropical rain forest (4.1)
semanario(a) employed by the week
sembrar (ie) to sow, to seed; to spread
semejante similar
semejar to be similar to
semejanza *f.* similarity
semilla *f.* seed
senado *m.* senate
senador(a) *m./f.* senator (3.3)
sencillo(a) simple, easy (1.2)
senda *f.* path, trail
seno *m.* bosom, breast
sensorial pertaining to the senses
sensual sensual (1.3)
sentido *m.* sense, meaning
sentimiento *m.* sentiment
sentir (ie, i) to feel
  Lo siento. I'm sorry. (2.4)
  Lo siento pero no bailo... I'm sorry, but I don't dance . . . (2.4)

sentirse bien/enfermo to feel well/sick
señal *f.* sign, signal
señalar to signal; to point to
sepultar to bury
sequía *f.* drought (4.1)
ser *m.* being (*creature*); *v.* (*irreg.*) to be
llegar a ser to become
pasó a ser it became
ser testigo to testify
sereno(a) serene, calm
serie *f.* series
serio(a) serious
en serio seriously (5.1)
serpentina *f.* paper streamer
serpiente *f.* serpent
servicio (*m.*) **público** public service (3.2)
sesión *f.* showing (1.1)
seta *f.* (*Sp.*) mushroom (2.2); *see also* **hongo** *and* **champiñón**
sexenio period of six years
sexo *m.* sex (3.4)
sexto(a) sixth
shaman *m.* shaman, healer
shorts *m. pl.* shorts (5.3)
si if
como si as if
sí *adv.* yes; *reflex.* himself, herself, themselves
¡claro que sí! of course! (1.1)
entre sí among themselves
Sí, gracias. Yes, thank you. (2.4)
sí mismos themselves
sierra *f.* mountain
siglo *m.* century
Siglo (*m.*) **de Oro** Golden Age
significado *m.* meaning (6.4)
significar (qu) to signify, to mean
signo *m.* sign, signal
siguiente next, following
silbido *m.* whistle
silencio *m.* silence
en silencio silently
sillón *m.* armchair
sillón de resortes dental chair
silvestre rustic, wild
simbolizar (c) to symbolize
símbolo *m.* symbol
simples *m. pl.* singles (tennis)
sin:
sin duda without a doubt
sin embargo nevertheless, however
sincero(a) sincere (5.3)
sincopado(a) syncopated (2.4)
sindicato *m.* union
sinfín *m.* endless number
sinnúmero (*m.*) **de** countless, innumerable (6.2)
sino but rather
sirvienta *f.* servant, maid
sistema *m.* system (3.4)
sistema de educación system of education (3.4)
sitio *m.* place, location; siege
soberano(a) sovereign
sobrar to have left over
sobras *f. pl.* leftovers
sobredosis *f.* overdose (6.1)
sobresaliente outstanding
sobresalir (*irreg.*) to excel, to stand out
sobrevivir to survive (6.2)
social:
conciencia (*f.*) **social** social conscience (3.4)
condición (*f.*) **social** social condition (3.4)
justicia (*f.*) **social** social justice
socialista *m./f.* socialist (3.3)
socio *m./f.* member
sofocado(a) suppressed, put down
sol *m.* sun (4.1)
gafas (*f. pl.*) **de sol** sunglasses (5.3)
nunca se ponía el sol the sun never set
País (*m.*) **del Sol Naciente** Land of the Rising Sun
solo(a) alone; lonely
a solas alone (5.1)
solar *m.* lot, plot
soldado *m.* soldier
soledad *f.* loneliness; solitude
solemnidad *f.* solemnity
soler (ue) to be used to, to be accustomed to
solista *m./f.* soloist (1.3)
soltar (ue) to release
soltero(a) single; bachelor
soltura *f.* looseness
mover (ue) los brazos con soltura to move one's arms loosely (5.1)
solvente *adj.* solvent, debt-free
sombra *f.* shade
sombreado(a) overshadowed
sombrero *m.* hat (5.3); *see also* **bombín**
sombrío(a) somber, dark (2.1)
sometido(a) subjected
son *m.* sound
sonar (ue) to sound; to ring
sondeo *m.* probe
sonido *m.* sound
sonreír (i, i) to smile
sonriendo smiling
sonrisa *f.* smile
sonrosado(a) pink
soñar (ue) to dream
soplado (*m.*) **de vidrio** glassblowing (*craft*) (4.2)
soplar to blow
soplo (*m.*) **de viento** gust of wind
soprano *m./f.* soprano (1.3)
sordo(a) *m./f.* deaf person
sorprendente surprising (1.1)
sorprenderse to be surprised, to be amazed
sorprendido(a) surprised
sorpresa *f.* surprise
sortear to dodge
soso(a) boring, uninteresting
sostén *m.* brassiere, bra (5.3); *see also* **corpiño**
sostener (*like* **tener**) to support, to maintain, to provide for; to hold up
sostenido(a) supported, held up
soviético(a) *adj.* Soviet
suave gentle, mild, soft (1.3)
suavemente softly, smoothly
suavidad *f.* gentleness, mildness; softness, smoothness
subestimar to underestimate
subir to raise
súbitamente suddenly
subrayar to underline
subterráneo(a) subterranean, underground
tren (*m.*) **subterráneo** subway train
suburbio *m.* suburb
suceder to happen, to occur; to succeed, to follow
sucedido *adj.* happened, occurred
sucesión *f.* succession
sucio(a) dirty
sucumbir to succumb
sucursal *f.* branch
sudar to perspire (5.1)
Suecia *f.* Sweden
sueldo *m.* salary
suelo *m.* floor; ground; soil; land
suelto(a) loose
sueño *m.* dream
suéter *m.* sweater (5.3); *see also* **chompa**
sufrimiento *m.* suffering
sufrir to suffer (5.2)
sufrir un infarto to have a heart attack (5.2)
sugerencia *f.* suggestion
suicidio *m.* suicide (3.3)
suicidio voluntario assisted suicide (3.3)
sujeto(a) *adj.* subject to
sumergido(a) submerged
sumergirse (j) to become immersed
sumisión *f.* submission; submissiveness
superación *f.* surmounting, overcoming
superar to surpass, to exceed; to overcome
superficie *f.* surface (6.4)
supermercado *m.* supermarket
superpuesto(a) superimposed
suplantar to supplant, to take the place of
suponer (*like* **poner**) to suppose, to assume
supremacía *f.* supremacy
suprimido(a) suppressed; put down
suprimir to suppress
supuesto: por supuesto of course, naturally
Sur: Cono (*m.*) **Sur** Southern Cone (Argentina, Chile, Uruguay)
surf: hacer (*irreg.*) **surf** to surf (2.3)
surgir (j) to arise, to spring up (6.3)
surrealista surrealistic (2.1)
suspirar to sigh
suspiro *m.* sigh

sustentar to sustain
sustituir (y) to substitute
susurrar to murmur

tabaco *m.* tobacco
tabaquería *f.* tobacco shop
taberna *f.* tavern
tabla *f.* table; tablet (2.1); pleat (5.3)
  con tablas pleated (5.3)
  tabla hawaiana surfboard
tablavela *f.* windsurfing board
tacón *m.* heel
tacto *m.* touch
taíno(a) *m./f.* Taino (*native Indian of the Caribbean*) (6.3); *n. m.* Taino (*language of the Caribbean Indians*) (6.3)
tal cual such as
tala *f.* cutting down (*of trees*) (4.1)
  quemar y talar to slash and burn (*trees*), to burn and cut down (*trees*) (4.1)
talento *m.* talent, ability
  buscador(a) (*m./f.*) **de talento** talent scout
talentoso(a) talented (1.3)
talla *f.* size (5.3)
  llevar talla pequeña/mediana/grande to wear a small/medium/large size (5.3)
tallado *m.* carving (4.2)
  tallado (*m.*) **en madera** woodcarving (*craft*) (4.2)
tallar (*Mex.*) to rub oneself; to scrub oneself
taller *m.* workshop
tallo *m.* stalk
talón *m.* heel
tamaño *m.* size
tambor *m.* drum (1.3)
tamboril *m.* African drum; corps of African drums (6.2)
tamborilero *m.* drummer (6.2)
tamborista *m./f.* drummer (1.3)
tango *m.* tango (*Argentine dance*) (2.4)
tanto *adv.* so long, so much, so often
  mientras tanto meanwhile
  por lo tanto therefore
tapado *m.* (*Cono Sur*) coat, overcoat (5.3); *see also* **abrigo**
tapiz *m.* tapestry
taquígrafo *m./f.* stenographer
taquilla *f.* box office, ticket window (1.1)
taquillero(a) ticket seller (1.1)
tardar to delay
tarea *f.* homework
tarjeta *f.* card
  tarjeta de identificación ID card
tarjetero *m.* credit-card holder (4.2)
tartaleta *f.* tart, pie
tasa *f.* rate
  tasa de crecimiento growth rate (3.2)
  tasa de desempleo unemployment rate (3.2)
  tasa de interés interest rate
tataranieto(a) great-great-grandchild
taxi *m.* taxi
te:
  ¿Te gustaría bailar conmigo? Would you like to dance with me? (2.4)
teatro *m.* theater (1.2, 4.3)
  obra (*f.*) **de teatro** play (1.2)
teclear to type
técnico(a) technical (3.2)
  entrenamiento (*m.*) **técnico** technical training (3.2)
tecnología *f.* technology (3.2)
tecnológico(a) technological (6.4)
tejano(a) *adj.* Texan (1.3)
  música (*f.*) **tejana** country and western music (1.3)
tejeduría *f.* weaving (4.2)
tejer to weave (4.2)
  tejer a ganchillo to crochet (4.2)
  tejer a punto to knit (4.2)
tejido *m.* weaving (4.2)
  tejido de punto knitting (4.2); *see also* **trabajo de punto**
tela *f.* material, fabric (4.2)
telaraña *f.* cobweb
telenovela soap opera
televidente *m./f.* TV viewer
televisado(a) televised (3.3)
televisión *f.* television
  estrella (*f.*) **de televisión** *f.* TV star
tema *m.* theme, topic
temática *f.* subject, theme
temblar (ie) to shake, to tremble
temblor (*m.*) **de tierra** earth tremor; earthquake
temer to fear (4.1)
temor *m.* fear
templo *m.* temple
temporada *f.* season (2.3)
temporal *adj.* temporary
temprano(a) early
tener (*irreg.*) to have
  no tener más remedio to have no alternative or choice
  tener éxito to be successful (1.2)
  tener la seguridad de to be certain of
  tener lugar to take place
  tener presente to keep in mind (6.4)
teniente *m./f.* lieutenant
tenis *m.* tennis (2.3); sneaker, tennis shoe (5.3)
tenista *m./f.* tennis player
tenor *m.* tenor (1.3)
tentación *f.* temptation
teología *f.* theology
tercer, **tercero(a)** third
terapia *f.* therapy (5.2)
  en terapia in therapy
tercio(a) third
terciopelo *m.* velvet (5.3)
ternura *f.* tenderness
terrateniente *m./f.* landowner, landholder
terremoto *m.* earthquake
terreno *m.* terrain, ground, land
  vehículo (*m.*) **todo terreno** all-terrain vehicle (3.1)
terrible terrible (1.2)
tesoro *m.* treasure
testigo *m./f.* witness
  ser (*irreg.*) **testigo** to testify
testimonio *m.* testimony
tibio(a) tepid, lukewarm
tienda *f.* store
  tienda de campaña tent
  tienda de música music shop
tierno(a) tender; loving, affectionate
tierra *f.* earth, land, ground (4.1)
  contaminación (*f.*) **de la tierra** land/ground pollution (4.1)
tieso(a) stiff
tijeras *f. pl.* scissors (4.2)
tiniebla *f.* darkness, obscurity
tinta *f.* china ink (2.1)
tirado(a) *m./f.* lying down
tirando pulling
tirano(a) *m./f.* tyrant
tirar to pitch (2.3); to throw, to toss
  tirar la pelota to pitch the ball (2.3)
tiro *m.* shot (*at a goal*) (6.1)
  gol (*m.*) **de tiro libre** free-kick goal (6.1)
  pegar (gu) un tiro to shoot
  tiro al arco *m.* archery
  tiro de esquina *m.* corner shot
  tiro libre *m.* free kick
tisú *m.* gold or silver lamé
titularse to be titled
tiza *f.* chalk (2.1)
tiznado(a) dirty
tobillo *m.* ankle (5.1)
tocar (qu) to play (a musical instrument) (1.3); to touch, to come in contact with
  tocarle to be one's turn
todo:
  ante todo above all
  de todos modos anyway
  encomendarse de todo corazón to entrust oneself completely
  no del todo not at all
  No me gustan del todo. I don't like them at all. (1.1)
todo(a): a toda plana full page
tolerancia *f.* tolerance
tomar to take; to drink
  tomar el pelo to pull (someone's) leg, to tease or make fun (of someone)
  tomar en cuenta to take into account
  tomar preso to arrest (6.1)
tomate *m.* tomato (2.2)
tonificar (qu) to tone (5.1); to strengthen
tono *m.* tone
tontería *f.* foolishness
tópico *m.* topic
toque *m.* touch
tormentoso(a) turbulent
tornar a to begin again

tornasolado(a) iridescent
torno de alfarero potter's wheel (4.2)
toro *m.* bull
plaza (*f.*) **de toros** bullring
torpe awkward, clumsy
torpedeado(a) damaged (as if by a torpedo)
torre *f.* tower; spire
tortuga *f.* turtle
tortuoso(a) winding
tortura *f.* torment; torture
tos *f.* cough
totalmente totally (6.1)
toxicómano(a) *m./f.* drug addict (6.1)
trabajador(a) *m./f.* worker
Día (*m.*) **del Trabajador** Labor Day (6.2)
trabajo *m.* job (3.4)
fuente (*f.*) **de trabajo** employment resource
trabajo de punto knitting (4.2); *see also* **tejido de punto**
trabarse to get stuck
trabarse la lengua to get tongue-tied
tracción *f.* traction
tracción a cuatro ruedas four-wheel drive
tradicional traditional (4.3)
traductor(a) *m./f.* translator
traficante *m./f.* trader, trafficker
tragando swallowing
trágico(a) tragic (1.1)
traje *m.* suit (5.3)
traje de baño bathing suit (5.3)
trampa *f.* trap
transmisión: cadena (*f.*) **de transmisión** drive chain (3.1)
tranquilidad *f.* tranquility
tranquilizante *m.* tranquilizer (6.1)
tranquilizar (c) to tranquilize, to calm down
transbordador *m.* ferryboat (3.1)
barco (*m.*) **transbordador** ferryboat (3.1)
transbordador espacial spaceship
transcurrir to pass, to elapse
transcurso *m.* course (of time)
transferir (ie, i) to transfer
transformar to transform
transitar to pass, to travel
transmitir to transmit
transporte *m.* transportation (3.1)
sistema (*m.*) **de transporte** transportation system (3.1)
transporte colectivo public transportation (3.1)
trapo *m.* piece of cloth
tras after
trasero *m.* bottom, buttocks
trasero(a) *adj.* rear; behind
freno (*m.*) **trasero** rear brake (3.1)
luz (*f.*) **trasera** rear light (3.1)
trasladar to move, to transfer
tratado *m.* treaty (6.4)
tratar to treat (5.2)
tratarse de to be about (1.2)
trato *m.* agreement, deal
través: a través de through
travieso(a) mischievous
trayectoria *f.* trajectory
tremendo(a) tremendous (6.3)
trémulo(a) trembling, quivering
tren *m.* train (3.1)
estación (*f.*) **de tren** train station (3.1)
tren de carga/pasajeros freight/passenger train (3.1)
tren subterráneo *m.* subway train
tribunal *m.* court
Tribunal Supremo Supreme Court
trillón *m.* quintillion (6.4)
trilogía *f.* trilogy
tristeza *f.* sadness
triunfo *m.* triumph
trompeta *f.* trumpet (1.3)
trompetista *m./f.* trumpet player (1.3)
trono *m.* throne
tropa *f.* troop
tropezar (ie) (c) to bump into, to run into
tropical tropical (1.3)
música (*f.*) **tropical** tropical music (1.3)
bosque (*m.*) **tropical** tropical forest (4.1)
selva (*f.*) **tropical** tropical forest
trópico *m.* tropics
trotar to jog (5.1)
trotamundos *m./f. sing. and pl.* world traveler
trucha *f.* trout (1.4)
truncado(a) truncated
tubo *m.* tube
buceo (*m.*) **con tubo de respirar** snorkeling
tubo de óleo *m.* tube of oil paint (2.1)
tumba *f.* tomb
túmulo *m.* burial mound; tomb
tumultuoso(a) tumultuous
tuna *f.* prickly pear (cactus) (2.2)
turco(a) *m./f.* Turk; *adj.* Turkish
turquesa *f.* turquoise (4.4)
turrón *m.* nougat

ubicar (qu) to be located, to be situated
último(a) last, final
por último finally
ultravioleta ultraviolet (4.1)
umbral *m.* threshold
únicamente *adv.* only
único(a) *adj.* only, sole; unique
unidad *f.* unity
unificar (qu) to unify (6.4)
unificante unifying
unión *f.* union (6.4)
uniparental *adj.* one-parent
unir to unite
unirse to join (6.4)
universidad *f.* university
uranio *m.* uranium (4.4)
urbanismo *m.* urbanism, city planning
uso: seguir en uso to be still in use
usuario(a) *m./f.* user
utilizar (c) to utilize, to use
uva *f.* grape
va: ¡Qué va! Nonsense!, Come on!

vaca *f.* cow
vacilar to hesitate, to waver
vacío(a) empty
vacuno(a) *adj.* bovine, cattle
vaina *f.* thing
vale *int.* okay, fine
valentía *m.* bravery, valor
valer (*irreg.*) to be worth
vale más que one had better (6.1)
valer la pena to be worthwhile
¡Válgame Dios! Oh my God!
válido(a) valid, worthwhile
valiente brave, valiant
valioso(a) valuable
valle *m.* valley
valor *m.* value (6.4)
vals *m.* waltz (2.4)
válvula *f.* tire valve (3.1)
vamos let's; let's go
¿Vamos a bailar? Shall we go dance? (2.4)
vamos al caso let's get to the point
vándalo(a) *m./f.* Vandal
vanguardia *f.* vanguard; to be in the forefront
vanidoso(a) vain, conceited
vapor *m.* steam (4.4)
vaporizador *m.* spray (5.2); *see also* **pulverizador**
vaqueros *m. pl.* (*Mex.*) (blue) jeans (5.3); *see also* **jeans**
película (*f.*) **de vaqueros** western (*movie*) (1.1)
várice *f.* varicose vein
varita *f.* little wand
vasco(a) Basque
vaya *int.* mockery, banter
vecino(a) neighbor
vegetal *m.* vegetable
vehemencia *f.* vehemence, passion
vehículo *m.* vehicle (3.1)
vehículo con tracción a cuatro ruedas vehicle with four-wheel drive (3.1)
vehículo de motor motor vehicle (3.1)
vehículo todo terreno all-terrain vehicle (3.1)
vela:
barco (*m.*) **de vela** sailboat (3.1)
bote (*m.*) **de vela** sailboat
velo *m.* veil

velocidad: palanca (*f.*) **del cambio de velocidades** gear shift lever (3.1)
velozmente rapidly
venado *m.* deer (4.4)
vencedor(a) *m./f.* conqueror, victor, winner
vencer (z) to defeat, to conquer
vencido(a) beaten, defeated
darse (*irreg.*) **por vencido(a)** to give up, to admit defeat
vencimiento *m.* defeat; victory
venenoso(a) poisonous, venomous
venidero(a) coming, future
venta *f.* sale, selling
ventaja *f.* advantage (3.2)
ventura *f.* luck, good fortune
ver (*irreg.*) to see
a ver let's see (4.4)
verdadero(a) true; real
verdugo *m.* executioner
veredicto *m.* verdict
vergonzoso(a) shameful; shy, bashful
vergüenza *f.* embarrassment; shame
vertiente angled, sloped
vestido *m.* dress (5.3)
vestimenta *f.* clothes, dress (4.2)
vez *f.* time (*occasion*)
a la vez at the same time
a su vez in turn
de vez en cuando from time to time
en vez de instead of
vía *f.* roadway; route
en vías de in the process of, on the way to
viajar to travel
viaje *m.* trip
viajero(a) traveler
vibración *f.* vibration
vibrar to vibrate
vicepresidente(a) *m./f.* vice president
víctima *m./f.* victim
victoria *f.* victory (6.1)
vida *f.* life
modo (*m.*) **de vida** way of life
nivel (*m.*) **de vida** standard of living
quitar la vida to kill
vidriera *f.* display case
vidriería *f.* glassmaking (4.2); glassworks
vidrio *m.* glass
soplado (*m.*) **de vidrio** glassblowing (*craft*) (4.2)
viejo(a) old
viento *m.* wind
molino (*m.*) **de viento** windmill
soplo (*m.*) **de viento** gust of wind
vigencia *f.* use
en vigencia in effect
vigilar to keep an eye on (3.4)
vinculación *f.* bond, link
violar to violate (3.4)
violencia *f.* violence
violeta *f.* violet (4.4)
viraje *m.* turning, veering
virreinato *m.* viceroyalty, viceroyship
virrey *m.* viceroy
virtud *f.* virtue
visigodo(a) *m./f.* Visigoth
visita *f.* visitor
visitar to visit
vistazo *m.* glance
vistoso(a) colorful (4.2)
vitalicio(a) for life
vitamina *f.* vitamin
vívido(a) vivid
vivienda *f.* house, dwelling; housing
viviente living
vivo(a) vivid, bright (2.1)
volante *m.* ruffle (5.3)
falda (*f.*) **con volantes plegados** pleated skirt (5.3)
volar (ue) to fly
volarse la cerca to go out of the park (over the fence) (2.3)
vólibol *m.* volleyball (2.3)
volteado(a) turned around
volumen *m.* volume
voluntad *f.* will, will power
voluntario *m.* volunteer; *adj.* voluntary
suicidio (*m.*) **voluntario** assisted suicide (3.3)
vomitar to vomit
votar to vote (3.3)
voz *f.* voice
en voz alta out loud
en voz baja quietly, in a whisper
vuelo flight (3.1)
vuelo de ida y vuelta *m.* round-trip flight (3.1)
vuelta *f.* turn; return
dar (*irreg.*) **vuelta** to turn
vuelo (*m.*) **de ida y vuelta** *m.* round-trip flight (3.1)
Vuestra Merced Your Grace

windsurf:
hacer (*irreg.*) **windsurf** to windsurf (2.3)

¡Ya está! It's settled!
yegua *f.* mare
yerba *f.* grass; wild plant
yunque *m.* anvil

zacate *m.* scrubber
zafiro *m.* sapphire (4.4)
zambo *m.* person of mixed blood (Indian and black) (6.3)
zanahoria *f.* carrot (2.2)
zapallo *m.* (*Cono Sur*) pumpkin (2.2); *see also* **calabaza**
zapatilla *f.* slipper (5.3); *see also* **chancla**
zapato *m.* shoe (5.3); *see also* **calzado**
zapato de calle loafer (5.3)
zapato de vestir dress shoe (5.3)
zapote *m.* sapodilla plum (*a tropical fruit*) (2.2)
zapoteca *m./f.* Zapotec (*indigenous group from Oaxaca, Mex.*)
zarandear to shake
zona *f.* zone, area (4.1)
zona protegida protected area (4.1)
zoológico *m.* zoo
parque (*m.*) **zoológico** zoo
zorro(a) *m./f.* fox (4.4)
zurdo(a) left-handed

Índice

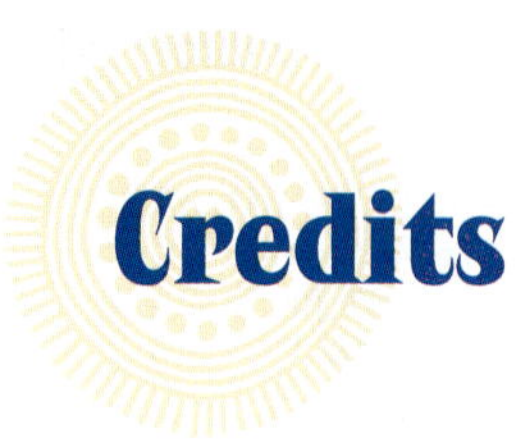

Credits

Text Credits

Unidad 1

From *Body in Flames/Cuerpo en Llamas* by Francisco X. Alarcón. Copyright © 1990. Reprinted with permission of Chronicle Books LLC, San Francisco. Visit www.chroniclebooks.com.

From *Cuando era puertorriqueña* by Esmeralda Santiago. Introducción y traducción copyright © 1994 by Random House, Inc. Reprinted by permission of Vintage Books, a Division of Random House, Inc.

From *Soñar en Cubano* by Cristina García, Spanish translation © copyright 1993 by Espasa-Calpe, S.A., Madrid. Used by permission of Alfred A. Knopf, a division of Random House, Inc.

"Esperanza muere en Los Angeles," reprinted by permission of the author, Jorge Argueta, from *Love Street.*

Unidad 2

"Tiempo libre" by Guillermo Samperio, from *El muro y la intemperie,* Ediciones del Norte, Hanover, NH.

"El diario inconcluso" by Virgilio Díaz Grullón. Reprinted from *Américas,* a bimonthly magazine published by the General Secretariat of the Organization of American States in English and Spanish.

Unidad 3

"Paz del solvente" and "Al principio" by José Adán Castelar from *Poesía Contemporánea de la América Central,* edited by Francisco Albizurez Palma, Editorial Costa Rica, 1995. Reprinted by permission.

"Los perros mágicos de los volcanes" by Manlio Argueta. Reprinted with the permission of the publisher, Children's Book Press, San Francisco, CA. Story copyright © 1990 by Manlio Argueta and Stacey Ross. Pictures copyright © 1990 by Elly Simmons.

Extract from "Me llamo Rigoberta Menchú y así me nació la conciencia," Elizabeth Burgos. © Elizabeth Burgos, 1985. Reprinted by permission of Agencia Literaria Carmen Balcells, S.A.

Unidad 4

"Himno a la abolición del ejército," by Viriato Camacho Vargas. Source: *Historia General de Costa Rica,* volumen V, Vladimir de la Cruz de Lemos, Euroamericana de Ediciones, San José, Costa Rica.

"La paz no tiene fronteras" by Óscar Arias Sánchez, from *Oscar Arias: en busca de la paz* by Hans Janitschek, Editorial Diana, 1989. Reprinted by permission of Editorial Diana.

"Pena tan grande" and "La única mujer" by Bertalicia Peralta, from *The Defiant Must: Hispanic Feminist poems from the Middle Ages to the Present,* Angel Flores and Kate Flores, Editors, p. 108.

"Un día de estos" from *Los funerales de la Mamá Grande* by Gabriel García Márquez. © Gabriel García Márquez, 1962. Reprinted by permission of Agencia Literaria Carmen Balcells, S. A.

"La cascada de Salto de Angel" by Maricarmen Ohara from *Leyendas y cuentos latinoamericanos,* Alegria Hispana Publications, 1992. Reprinted by permission.

Unidad 5

"Visión de antaño" by Hernán Velarde from *Recreo 5: Juegos para aprender español,* by María Paz Berruecos, Elisa María Gonzalez Mendoza and Graciela Gonzales de Tapia, 1987. Reprinted by permission of Editorial Trillas, México.

José Antonio Campos, "Los tres cuervos" from *El Cuento Hispánico,* Edward J. Mullen and John F. Garganigo (eds.), Cuarta Edición.

"Chino-japones" by Maricarmen Ohara. Copyright by Maricarmen Ohara. Reprinted by permission.

Unidad 6

"Continuidad de los parques" from *Final del juego* by Julio Cortázar. © Julio Cortázar, 1956, and Heirs of Julio Cortázar. Reprinted by permission of Agencia Literaria Carmen Balcells, S. A.

"El derecho al delirio" by Eduardo Galeano from *Patas arriba. La escuela del mundo al revés.* Siglo Veintorino Editores, México/España, 1998.

"Elisa" by Milia Gayoso, from *El peldano gris* (Asunción, Paraguay: Editorial Don Bosco). Copyright © 1994 by Milia Gayoso.

"La United Fruit Co." and "Explico algunas cosas" by Pablo Neruda. © Pablo Neruda, 1950 and Fundación Pablo Neruda. Reprinted by permission of Agencia Literaria Carmen Balcells, S.A.

Photo Credits

Unidad 1

2: Alex Sunheart Galindo. **3:** Bill Wassman/The Stock Market/Corbis. **4:** *t* AP/Wide World Photos; *b* AP/Wide World Photos. **5:** Federic De LaFosse/Sygma. **6:** Mitchell Gerber/Corbis. **9:** Corbis/UPI Bettmann. **10:** *t* AP/Wide World Photos; *b* Courtesy of the New Mexico Hispanic Cultural Center. **11:** Jim Prigoff. **13:** Courtesy of Francisco X. Alarcón. **16:** Manual Colon/Joven poesia with permission from *El Show de Cristina*, 1994 The Univisión Network Limited Partnership/The Cristina Show. **18:** *t* AP/Wide World Photos; *b* AP/Wide World Photos. **19:** AFP/Corbis. **20:** Beryl Goldberg. **23:** UPI/Bettmann. **24:** *t* Springer/Corbis; *b* AP/Wide World Photos. **25:** AP/Wide World Photos. **27:** Rudi Weislein. **34:** *t* AP/WideWorld Photos; *b* Rose Hartman/LGI/Corbis. **35:** *t* Jerry Bauer; *b* AP/Wide World Photos. **37:** Busacca/N.A.R.A.S/Retna. **40:** *t* Larry Mulvehill/Ray Hillstron; *b* AP/Wide World Photos. **41:** Corbis/Royalty Free. **42:** Bettman/Corbis. **43:** Beryl Goldberg. **45:** AP/Wide World Photos. **50:** *t* Beryl Goldberg; *b* Ken Bank/Retna. **51:** Courtesy of the North County Times. **52:** Beryl Goldberg. **55:** © Reuters NewMedia Inc./Corbis. **56:** *t* Beryl Goldberg; *b* Corbis/Royalty Free. **57:** © Luis Gubb/Corbis/Saba. **59:** Courtesy of Children's Book Press.

Unidad 2

94: David G. Houser. **95:** Robert Frerck/Odyssey Productions. **96:** *t* Reuters/Corbis/Bettmann; *b* ©AFP/Corbis. **97:** Brad Rickerby/Sipa Press. **98:** Robert Frerck/Odyssey Productions. **101:** *b* Erich Lessing/Art Resource, NY. **102:** *t* Erich Lessing/Art Resource, NY; *m* AP/Wide World Photos; *b* Chamussy/Sipa Press. **103:** Robert Frerck/Odyssey Productions. **104:** Robert Frerck/Odyssey Productions. **112:** *t* Gigi Kaesar; *b* AP/Wide World Photos. **113:** Mary Powell/LGI Press/Corbis. **114:** Historical Picture Archives/Corbis. **118:** Donne Bryant/DDB Stock. **119:** *t* Robert Frerck/Odyssey Productions; *b* Robert Frerck/Odyssey Productions. **120:** *Frida y Diego Rivera (cuadro de Frida Kahlo, 1931)* San Francisco Museum of Art, Albert M. Bender Collection. **126:** *t* Courtesy of Rosario Ferre; *b* © AFP/Corbis. **127:** *t* Geraldo Somoza/Outline Press; *b* Matthew Stockman/All Sport/Getty. **129:** M. Algaze/The Image Works. **133:** t Robert Frerck/Odyssey Productions; *b* Robert Frerck/Odyssey Productions. **134:** Robert Frerck/Odyssey Procuctions. **135:** *t* Bettmann/Corbis; *b* ©Hulton-Deutsch Collection/Corbis. **137:** Franklin Guitierrez. **142:** *t* Osvaldo Sales/Center for Cuban Studies; *b* Layle Silbert. **143:** AP/Wide World Photos. **144:** ©AFP Corbis. **147:** *t* Bettmann/Corbis; *b* Bettmann/Corbis. **148:** *t* © Creutzmann Swen/Corbis Sygma; *b* © Giraud Philippe/Corbis Sygma. **149:** Steve Cagan/Impact Visuals. **151:** Bettmann/Corbis.

Unidad 3

174: Jan Butchofsky-Houser/Corbis. **175:** *l* Brenda Latavala /DDB; *r* Beryl Goldberg. **176:** *t* Reuters NewMedia, Inc./Corbis; *b* Courtesy of Curbstone Press/ Photo Margaret Randall. **177:** Peter Keeley/Impact Visuals. **178:** Peter Chartrand/DDB. **181:** Corbis. **182:** Corbis. **183:** Corbis. **185:** Archive Photos. **190:** *t* Layle Silbert; *b* Janet Gold. **191:** Courtesy of Max Hernandez. **192:** Robert Francis/South American Pictures. **195:** *t* Gary Braasch/Corbis; *b* Brenda J. Latavala/DDB. **196:** Max and Bea Haan/DDB. **197:** SHIA Photo/Impact Visuals. **206:** Layle Silbert. **207:** Courtesy of Juan Carlos Colorado. **208:** Reuters/Rutillo Enamordo/Archive Photos. **211:** *t* Luis Villoto/Stock Market/Corbis; *b* Bigwood/Liaison Agency. **212:** Doug Bryant/DDB. **213:** Robert Fried. **216:** Layle Silbert. **222:** AP/Wide World Photos. **223:** Courtesy of Luis Gonzalez Palma. **224:** Diego Goldberg/Sygma. **227:** *t* Daemerich/Stone/Getty; *b* D. Donne Bryant/DDB. **228:** Sherylin Bjorkgren/DDB. **229:** The Newberry Library. **231:** Sipa Press. **232:** Robert Fried. **236:** Courtesy of Fabián Samaniego.

Unidad 4

250: Byron Augustin/DDB. **251:** *t* Robert Fried; *b* AP/Wide World Photos. **252:** *t Ixok AmarGo, Central American Women's Poetry for Peace*, © 1987, edited by Zoe Anglesey, Granite Press; *b* NASA. **253:** Courtesy of Carmen Naranjo. **254:** Kevin O. Mooney/Odyssey Productions. **257:** *t* James Rowan/Stone/Getty; *b* Doug Bryant/DDB. **258:** Larry Hamil. **260:** Ulrike Welsch. **262:** B. Leibtreau/Sygma. **263:** Pressens Bild/Sygma. **268:** *t* Lawrence Agron/Archive Photos; *b* ©Sachs Ron/Corbis/Sygma. **269:** Trapper/Sygma. **270:** Suzanne Murphy/DDB. **273:** Northwind Picture Archives. **274:** *t* Northwind Picture Archives; *b* Dirk Halsted/Sygma. **276:** Inga Spence/DDB. **278:** Photo by Zoe Anglesey, *Ixok Amar Go, Central American Women's Poetry for Peace,* © 1987, Granite Press. **284:** *t* Biblioteca Luis Angel Arango; *b* Les Stone/Sygma. **286:** AP/Wide World Photos. **289:** C. Duncan/DDB. **290:** *t* Les Stone/Sygma; *b* Les Stone/Sygma. **291:** Corbis. **293:** Ledru/Sygma. **300:** *t* Pierre Boulat/LIFE Magazine ©Time, Inc.; *b* John Spellman/Retna. **301:** Layle Silbert. **302:** *t* Robert Frerck/Odyssey Productions; *b* Robert Frerck/Odyssey Productions. **305:** Corbis. **306:** *t* Beryl Goldberg; *b* M. Antman/Image Works. **308:** Scheid/Liaison Agency.

Unidad 5

340: Buddy Mays/Corbis. **341:** *t* Gianni Dogli Orti/Corbis; *b* Barnabas Bosshart/Corbis. **342:** *t* Jerry Bauer; *b* Courtesy of Sony Discos. **343:** AP/Wide World Photos. **344:** Gianni Dagli Orti/Corbis. **348:** *t* Robert Frerck/Odyssey Productions; *b* Robert Fried. **349:** Robert Frerck/Odyssey Productions. **350:** Robert Frerck/Odyssey Productions. **352:** Columbus Memorial Library, OAS. **353:** Wesley Bocxe/Image Works. **358:** Castellaza/Latin Stock/DDB. **359:** Courtesy of Abdoa Ubidia. **360:** Alison Wright /Corbis. **364:** *t* Buddy Mays/Travel Stock; *b* Daniel Komer/DDB. **365:** D. Krikland/sigma. **366:** Inga Spence/DDB. **374:** *t* Saba/Corbis; *b* Courtesy of Gaby Vallejo. **375:** Courtesy of Alfonso Dagrón. **376:** Craig Duncan/DDB. **380:** *t* Joly/Latin Stock/DDB. **381:** Tony Morrison/South American Pictures. **382:** Ulrike Welsch. **384:** Courtesy of Maricarmen Ohara.

Unidad 6

405: AP/Wide World Photos. **404:** Pablo Corral/Corbis. **406:** *t* Reuters NewMedia, Inc., Corbis; *b* Reents/Sermoneit/Corbis/Sigma. **407:** Corbis. **408:** Photo News/Liaison Agency. **411:** Corbis/Royalty Free. **412:** *t* Kit Houghton/Corbis; *b* Rafael Wallman/Liaison Agency. **414:** Corbis/Colleta. **416:** Bettmann/Corbis. **422:** *t* Marcelo Isarrualde/Prisma/Impact Visuals; *b* Courtesy of Beatriz Flores Silva. **424:** Conjunto Bantu. **428:** Bettmann/Corbis. **429:** *t* Wolfgang Kaehler/Corbis; *b* Max and Benn Hann/DDB. **431:** AP/Wide World Photos. **433:** Marcelo Isarrualde. Susan Bergholz Literary Services. **440:** *t* Courtesy of Alfred Knopf; *b* Courtesy of Fabián

Samaniego. **442:** Luis Villato/Stock Market/Corbis. **446:** Courtesy of Fabián Samaniego. **447:** *t* AP/Wide World Photos; *b* Chris R. Sharp /DDB. **453:** Courtesy of Fabián Samaniego. **456:** *t* Sergio Larrain/Magnum Photos; *b* Xenophile Records. **457:** AP/Wide World Photos. **458:** Ulrike Welsch. **461:** Culver Pictures. **462:** AFP/Corbis. **463:** AP/Wide World Photos. **465:** Archive Photos. **467:** Corbis. **470:** Charles O'Rear/Corbis.

Video Credits

The video to accompany *Mundo 21* was produced by PICS (the Project for International Communication Studies) at The University of Iowa Video Center.

PICS Director: Sue K. Otto, PICS/The University of Iowa
Producer: Anny A. Ewing, AltamirA Educational Solutions
Editor: Brian Gilbert, The University of Iowa Video Center
Graphics: Rich Tack, The University of Iowa Video Center

1.1 "La joven poesía," excerpted from *El Show de Cristina,* © 1994 the Univisión Network Limited Partnership/ The Cristina Show.

1.3 "¡Hoy es posible!: Jon Secada," excerpted from *¡Hoy es posible!,* © Televisión Española, S.A. 1997.

1.4 "En comunicación con Centroamérica," written, produced, and directed by Bob Nesson. Academic consultant: Fabián Samaniego; narrated by Lucía Cáceres; camera and editing: Bob Nesson; additional editing: Alla Kovgan and Michael Shafran; translators: David Delmar and Primavera C. Garrido; Associate Producer: Primavera C. Garrido. A Production of Nesson Media Boston, Inc.

2.1 "Juan Carlos I: un rey para el siglo XX," excerpted from *Juan Carlos I: 60 años de historia,* © Televisión Española, S.A. 1998.

2.2 "Carlos Fuentes y la vitalidad cultural," excerpted from *El espejo enterrado, programa V: Las tres humanidades,* © 1991 Sogepaq, S.A.

2.4 "La Cuba de hoy," excerpted from *Informe semanal: Miami: Pequeña Habana,* © Televisión Española, S.A. ~1997.

"*Azúcar amarga:* la realidad de la Revolución Cubana," trailer from the film *Azúcar amarga,* © 1996 First Look Pictures/Overseas FilmGroup, excerpted from *Cartelera* TVE, © Televisión Española, S.A. 1998, with permission from Overseas FilmGroup.

3.1 "Nicaragua: bajo las cenizas del volcán," excerpted from *América Total: El mar dulce,* © Televisión Española, S.A. 1996.

3.3 "En el Valle de las Hamacas: San Salvador," excerpted from *América Total: Los hijos del volcán,* © Televisión Española, S.A. 1996.

3.4 "Guatemala: influencia maya en el siglo XXI," written, produced, and directed by Bob Nesson. Academic consultant: Fabián Samaniego; narrated by Lucía Cáceres; camera and editing: Bob Nesson; additional editing: Alla Kovgan and Michael Shafran; translators: David Delmar and Primavera C. Garrido; Associate Producer: Primavera C. Garrido. A Production of Nesson Media Boston, Inc.

Mayan Glyphs and Sun God reproduced with permission from *The Maya: Life, Myth, and Art,* by Timothy Laughton. Stewart, Tabori & Chang.

Kinich Ahau Sun God reproduced with permission from *Gods of the Maya, Aztecs, and Incas,* by Timothy R. Roberts. Michael Friedman Publishing/Art Archives.

4.1 "Costa Rica: para amantes de la naturaleza," excerpted from *América Total: Declaración de paz,* © Televisión Española, S.A. 1997.

"A correr los rápidos de Costa Rica," excerpted from *De paseo: Río Pacuare,* una producción de CANAL 13 © 1997.

4.3 "Medellín: el paraíso colombiano recuperado," excerpted from *América Total: La casa de Juan Valdéz,* © Televisión Española, S.A. 1996.

4.4 "La abundante naturaleza venezolana," excerpted from *América Total: El lugar más viejo del planeta,* © Televisión Española, S.A. 1997.

5.1 "Cuzco y Pisac: formidables legados incas, excerpted from *América Total: Urubamba,* © Televisión Española, S.A. 1996.

5.3 'La maravillosa geografía musical boliviana," excerpted from *América Total: Altiplano,* © Televisión Española, S.A. 1996.

6.1 "Buenos Aires: la tumultosa capital de Argentina," excerpted from *América Total: El tango...todavía,* © Televisión Española, S.A. 1996

6.3 "Paraguay: al son del arpa paraguaya," written, produced, and directed by Bob Nesson. Academic consultant: Fabián Samaniego; narrated by Lucía Cáceres; camera and editing: Bob Nesson; additional editing: Alla Kovgan and Michael Shafran; translators: David Delmar and Primavera C. Garrido; Associate Producer: Primavera C. Garrido. A Production of Nesson Media Boston, Inc.

6.4 "Chile: tierra de arena, agua y vino," excerpted from *América Total: Por los caminos del cobre,* © Televisión Española, S.A. 1995.